U0133468

满族口头遗产传统说部丛书

萨布素将军传

傅英仁 讲述

程 迅
王宏刚 记录整理

吉林人民出版社

图书在版编目（CIP）数据

萨布素将军传 / 傅英仁讲述；程迅，王宏刚记录整
理 . -- 长春：吉林人民出版社，2019.5
（满族口头遗产传统说部丛书）
ISBN 978-7-206-16904-5

Ⅰ . ①萨… Ⅱ . ①傅… ②程… ③王… Ⅲ . ①满族—
民间故事—中国 Ⅳ . ① I277.3

中国版本图书馆 CIP 数据核字（2019）第 293268 号

出 品 人：常　宏
产品总监：赵　岩
统　　筹：陆　雨　李相梅
责任编辑：张　莲　金　鑫　赵梁爽
装帧设计：赵　谦

萨布素将军传
SABUSU JIANGJUN ZHUAN

讲　　述：傅英仁　　　　记录整理：程　迅　王宏刚
出版发行：吉林人民出版社（长春市人民大街 7548 号　邮政编码：130022）
咨询电话：0431-85378007
印　　刷：吉林省优视印务有限公司
开　　本：720mm×1000mm　　1/16
印　　张：39　　　　字　　数：630 千字
标准书号：ISBN 978-7-206-16904-5
版　　次：2019 年 5 月第 1 版　　印　　次：2019 年 5 月第 1 次印刷
定　　价：140.00 元

出 版 说 明

　　满族口头遗产传统说部是具有较高社会价值和文化价值的满族文化的百科全书。整理发掘满族说部的项目工作被文化部列为中国民族民间文化保护工作试点项目，并被国务院批准列入第一批国家级非物质文化遗产名录。

　　"满族口头遗产传统说部丛书"是千百年来满族各氏族对祖先英雄事迹和生存经验的传述，一代一代口耳相传，保留下来的珍贵的满族遗存资料。经过近三十年抢救整理，从二〇〇七年到二〇一七年的十年间，根据整理文本的先后，我社分四次陆续出版了五十部说部和三本研究专著。此套丛书无论从社会价值和文化价值来看，都是一套极具资料性、科研性和阅读性融为一体的满族文化的百科全书。

　　此次出版对以下两个方面做了调整：

　　一、在听取各方专家建议的基础上，对原丛书进行了筛选，选取最有价值、最有代表性的四十三部说部，删去原版本中与文本关系不紧密的彩插，对文本做了大幅的编辑校订，统一采用章回体表述方式，并按照内容分为讲述萨满史诗的"窝车库乌勒本"、讲述家族内英雄人物的"包衣乌勒本"、讲述英雄和历史人物的"巴图鲁乌勒本"、讲述说唱故事的"给孙乌春乌勒本"等，突出了说部的版本特色。

　　二、保留研究专著《满族说部乌勒本概论》，作为本丛书的引领，新增考古发掘的图片和口述整理的手稿彩色影印件。

　　特此说明。

吉林人民出版社

编委会

主　　编：谷长春

副 主 编：杨安娣　富育光　吴景春
　　　　　荆文礼　常　宏

编　　委：（以姓氏笔画为序）
　　　　　于　敏　王少君　王宏刚
　　　　　王松林　朱立春　刘国伟
　　　　　孙桂林　陈守君　苑　利
　　　　　金旭东　赵东升　赵　岩
　　　　　曹保明　傅英仁

满族口头遗产传统说部丛书　序

冯骥才

　　任何民族的文学都包括两大部分。一是个人用文字创作的、以书面传播的文学，一是民间集体口头创作的、口口相传的文学。后一部分文学是前一部分文学的源头，是根性的文学。中国作为东方文明的古国，口头文学的历史去之遥远。就像西方文学始于古希腊罗马的神话故事，我国文学史上第一部作品是《诗经》，即民间口头文学集，这表明口头文学是一个民族文学的源头。在漫长的历史中，这两部分文学一直同根并存，相互滋育，各自发展，共同构成一个民族文化与精神的极为重要的支撑。

　　中华民族有着巨大文学想象力和原创力。数千年间，各族人民以口头文学作为自己精神理想和生活情感最喜爱和最擅长的表达方式，创作出海量和样式纷繁的民间文学。口头文学包括史诗、神话、故事、传说、歌谣、谚语、谜语、笑话、俗语等。数千年来，像缤纷灿烂的花覆盖山河大地；如同一种神奇的文化的空气在我们的生活中无所不在；且代代相传，口口相传，直到今天。

　　我们的一代代先人就用这种文学方式来传承精神，表达爱憎，教育后代，传播知识，娱悦生活，抚慰心灵；农谚指导我们生产，故事教给我们做人，神话传说是节日的精神核心，史诗记录文字诞生前民族史的源头。它最鲜明和最直接地表现中华民族的精神向往、人间追求、道德准则和价值取向。中国人的气质、智慧、审美、灵气、想象力和创造力，充分彰显在这种口头的文学创造中。

　　这种无形地流动在民众口头间的口头文学，本来就是生生灭灭的。在社会转型期间，很容易被忽略，从而流失。

特别是在这个现代化、城市化飞速推进的信息时代，前一个历史阶段的文明必定要瓦解。口头文学是最脆弱、最易消亡。一个传说不管多么美丽，只要没人再说，转瞬即逝，而且消失得不知不觉和无影无踪，所以联合国教科文组织把口头传统和表现形式，包括作为非物质文化遗产媒介的语言列为非物质文化遗产之一。

在中国，有史诗留存的民族并不很多，此前发现的有藏族史诗《格萨尔王传》、蒙古族史诗《江格尔》、柯尔克孜族史诗《玛纳斯》、苗族史诗《亚鲁王》。作为满族民族历史和文化传统的重要载体——"说部"，是满族及其先民世代相传的极其宝贵的精神财富。它最初用"乌勒本"（满语 ulabun，为传或传记之意）指称，后受汉文化影响，改称为"说部"或"满族书""英雄传"。说部最初用满语讲述，至清末满语渐废，改用汉语并夹杂一些满语讲述。在漫长的历史进程中，满族各氏族都凝结和积累了精彩的"乌勒本"传本，如数家珍，口耳相传，代代承袭，保有民族的、地域的、传统的、原生的形态，从未形成完整的文本，是民间的口碑文学。"满族说部迥异于其他文类，不仅涵盖了口头传统，也吸纳了民俗学中多种民间文艺样式，包容性极强。"

我以为，对于无形地保留在人们记忆与口口相传中的口头文学，抢救比研究更重要。它是当下"非遗"工作的重中之重，要清醒地认识到文化和文明于人类的意义。当社会过于功利的时候，文化良知就要成为强音，专家学者要在抢救非物质文化遗产中勇于承担责任，走进民间帮助艺人传承与弘扬民间艺术，这也是知识分子的时代担当。

让人感到欣喜的是，经过吉林省的专家学者近三十年的抢救、发掘和整理，在保持满族传统说部的原创性、科学性、真实性，保持讲述人的讲述风格、特点，保持口述史的原汁原味的基础上，将巨量的无形的动态的口头存在，转化为确定的文本。作为"人类表达文化之根"的满族说部，受东北地域与多族群文化的影响，内容庞杂，传承至今已逾千万字。此次出版的《满族口头遗产传统说部丛书》为四十三部说部和一本概论。"说部"分为讲述萨满史诗的"窝车库乌勒本"、讲述家族内英雄人物的"包衣乌勒本"、讲述英雄和历史人物的"巴图鲁乌勒本"、讲述说唱故事的"给孙乌春乌勒本"四大部分。概论作为全套丛书的引领，从学术研究的角度对乌勒本产生的历史渊源、民族文化融合对其的影响、发展和抢救历程等多方面深入思考。

多年来"非遗"的抢救、保护、研究和弘扬，已取得卓越的成就。但未来的路途依然艰辛漫长，要做的事情无穷无尽。像口头文学这样的文化遗产的整理和出版，无法立即带来什么经济利益，反而需要巨大的投资和默默无闻的付出，能在这个物质时代坚守下来，格外困难。

文化传统和传统文化不是一个概念，我们的终极目的不是保护传统文化，而是传承文化传统。传统文化是固定的、已有既定形态的东西。我们所以要保护它，是因为这些文化里的精神在新时代应以传承，让我们的文化身份不会在国际资本背景下慢慢失落。

现在常把文化自觉与文化自信并提，这两个概念密切相关同时又有各自的内涵。文化自觉是真正认识到文化的重要性和自觉地承担；文化自信的关键是确实懂得中华文化所具有的高度和在人类文明中的价值。否则自信由何而来？

对传统文化的抢救与整理，不仅是为了传承，更为了弘扬。我们的民族渴望复兴，复兴的重要精神支撑在我们的传统和文化里，让我们担负起历史使命，让传统与文化为民族的伟大复兴发挥它无穷的力量。

冯骥才

二〇一九年五月

目录

关于满族民间传说《萨布素将军传》流传情况的座谈会纪要

程 迅 王宏刚

一九八一年六月二十二日，吉林省社会科学院语言文学研究所东北少数民族文学文化研究室的程迅、王宏刚同志邀请了宁安县县志编辑室的傅英仁同志，在宁安县宁安旅社，就满族民间传说《萨布素将军传》（原名《老将军八十一件事》）的流传情况，开了一次座谈会。

在座谈会前的一个多月时间里，傅英仁同志利用业余时间，先后花费了一百多个小时，完整地讲述了他所听过的萨布素将军的故事，并全部录了音。研究室的两位同志听了并记录了全部录音带，感到这些故事以抗俄名将萨布素将军为主线，广泛地记述了清初顺治至康熙年间东北地区各族人民抗击沙俄侵略者的英勇斗争，内容丰富、情节生动、篇幅浩瀚，既融合了汉族及东北各少数民族民间文学的特点，又具有鲜明的满族民间文学的艺术色彩，是颇有价值的。

这么一部长篇的民间英雄传说，迄今才开始搜集、整理，应该说是发现得较晚，我们此前没有掌握任何有关传说产生、流传等可资参证的材料，而傅先生恰恰在这方面有多年的访问、调查、研究，机不可失，为便于整理和研究，便开了这次座谈会。

以下是座谈会的记录：

座谈会记录

王：傅老师，今天我们请您来开一个座谈会。现在萨布素将军的故事已经全部录完了，我们听完以后有一些想法，还有一些问题想要提出来向您请教，关于如何进行整理也想听听您的意见。

傅：我看是有必要开个座谈会，大家共同讨论讨论，因为这次讲述只是初讲，过去还没有像这样坐下来系统地、完整地讲过。这样看来，在故事当中还有哪些不足的地方，或者大家有什么想法，把它提出来，会更好一些。

程：傅老师，我们这次听萨布素的英雄事迹印象很深。觉得这个故事内容很丰富，不少情节也曲折动人。对于这样一个长篇传说，您能这样流畅地讲出来，看来您是很熟悉的。您能否给我们讲一讲您在什么地方、听什么人讲的？您是否完全凭记忆把这些故事讲下来的呢？

傅：要说这个事儿话可长了，我看咱们还是从头来谈一谈。(插：好！)你们知道我是满族，满族有一个习惯，晃常要举行祭祀或者抄谱，在我小时候是常有的事，每年冬天差不多有十份、二十份祭祀，这家完了那家，那家完了又一家。当祭祀完了的时候，总要讲一些故事。我们家呢，就讲老将军的故事。因为萨布素是我们富察氏家族的祖先，一般我们对萨布素不提名，都称老将军。在平素间、过年、过节啦，或者没事的时候也是讲故事，我讲这一段，他讲那一段。这就是说，在我们傅氏家族中讲将军的传说已经成为一个习惯。到了民国初期，我有个三爷叫傅永利，大家都叫他永达，"达"呢，就是他当过"达"这么个小头目，一生就跑腿一个，没有成家，他过房给我太爷脚底下了。有很长一段时间在我们家吃，在我们家住，一直到一九四二年在我们家故去，他就成为我们家的一员了。尤其是我，一小的时候跟他干活，卖零工，这些事没少干。他有个外号叫"三云"。"三云"你们可能不太懂，"云"就是"云山雾罩"，就是挺能"白话"，(插：挺能讲。)对，挺能讲。我三爷这个人多才多艺，尤其是讲故事，讲得很生动。冬天的时候他背着一把宝剑，其实不是什么宝剑，不知他从哪里淘腾来的。说这是我们将军的剑，还背着皇帝的诰命。其实也不是将军的诰命，他就说这是皇上给将军的圣旨，(插：挺有意思)他老的性格是挺开朗的。现在我回忆起来，他能从头到尾完整地讲这个故事。那时候爱听的人很多，比如讲东屯缸窑沟，那是他讲故事的基地。满族那时候讲故事非常风行，三个人就可以讲，一讲就是几天。这样，我从小就爱听民间故事，爱讲民间故事，我三爷能讲将军的故事，我就对萨布素产生了比较浓厚的兴趣，觉得故事很好，对萨布素很崇敬。萨布素的故事确实是感动人。小时候经常听故事都听得吃不下饭，吃饭的时候还问三爷，萨布素丢了，以后找到没有？昌顺死的时候，我的印象最深，听完之后，觉得噎着什么似的。能达到这样的程度，确实是产生兴趣了。

伪满时期，我当教员，宪兵队限制他，不让他讲了。这个我下面还要唠。三爷叫我的小名说，你要把这个故事传下去，你给我整理整理吧。

我用了五六年的工夫，帮他把故事整理出来了。通过平素间的听和这次整理，萨布素的影响又进一步加深。这时候我读的书比小时候多了一些，虽然还没想到要出书，但感到故事很感人，要把它传出去。（插：您老那时整理有多少？）（傅用手比画）有这么高一摞子。（插：真多呀！）就能和我现在讲得差不多。（插：看来原来的规模就很大！）你看他能一冬冬讲，虽然不是每天都讲，在缸窑沟一待就是一冬，一冬都讲，这是伪满时期的材料，大部分故事都没有了。（插：那时整理的材料现在还有吗？）没啦！不但是那时的材料，在一九五七年以前我又第二次整理，那两份材料加起来就更多了。还有其他一些资料，因为一九五七年以后一些政治的原因，我都忍痛地把它烧掉了。（插：那现在这些文字材料一点儿都没有了吗？）不，我还没说完，我烧这些材料之前，五六天在琢磨这个问题，我是烧还是不烧，心里特别难受。这是多少年的结晶啊！一九五七年往前那是二三十年啊，烧的时候我感到对不起三爷。我想详细的不好保存，我就把它变成简单的，白天不敢写，就用了几晚上写了一些提纲，提纲就不多了，就几十篇。我现在还有一九五七年的提纲。把提纲弄出来以后，我就藏起来，这样就保存下来了。这次我给你们讲的，是我这两三年中又一次整理的。这两三年形势好了，（插：心情也比较好？）对，就敢公开拿出来整理了。花费了很大力气，每天都在反复回忆这个故事，这回总算是把它全讲出来了。

王：傅老师，现在离一九五七年已有二十多年了，这次您根据那个提纲回忆来给我们讲，是否能保存这个故事的原貌？也就是说，是不是有遗漏的地方？有自己补充的东西？这样提也许不礼貌。

傅（笑）：不，不，应该这么提。这里我要说明，自一九五七年以后的二十多年，虽然在明面上我不敢整理，但之后我也后悔，烧了那些材料真可惜，（插：是太可惜了！）以后想，不行！还是有这么一个念头：把它整理出来。这样，在这二十多年中，我一有时间就按提纲一节一节地整理，那时不敢写整个的东西，就东一篇西一篇，你们现在看我的东西很热闹，有这样的纸也有那样的纸。（插：是，是这样。）我想起来一段就写一些，为什么这二十年来你政治上有点问题，不让你写，你还要写呢？因为萨布素的形象在我心里真是根深蒂固了。碰到些问题，也和萨布素联系在一起，萨布素的形象总在我眼前晃动着。那时，我都那么想，我这一辈子是没有希望了。我把材料保存下来，流传下去。这故事实在感人。（插：这想法是对的。）多亏是这样，否则这次讲的不能那样顺利。我对萨布素感情发展到这个程度，我给你们讲到萨布素免官时，我都睡不着觉。开始，我没跟你们说小昌顺死了，但到了那一段，我只得忍痛说出昌顺和奥兰特牺牲了。确实，感情是太深了。

刚才你们提出是否有遗漏的地方，我开始给你们讲这个故事的时候，我是这么想的：我想先一口气从头到尾把故事讲完，一气呵成，有遗漏的地方以后再补充。现在看来确实有遗漏的地方。比如说，在我三爷讲故事的时候有说有唱，基本上是三个调。这个调我记住了，词我记不全了，在我原稿上有。一个调是这个调（唱，略），这是在悲伤的时候唱的这个调，（唱：到东方去找那我的昌顺哪，小昌顺不知道你流落何方……）（插：这是民歌调。）在萨布素被罢官的时候，唱的调基本上和这个差不多，但萨布素毕竟是个将军，调也严肃些。词是月亮啦怎么怎么地，想到家乡啦，想到沙尔虎达啦。回想这一段也有这么一段唱，唱有六七处。（插：这回您老只给我们指出两三处。）有六七处呢。（插：这看来是遗漏了。）

还有遗漏的地方，像萨布素奉旨出征，宁古塔参军的场面还有遗漏。从虎林过来一支卡伦兵，萨布素队伍走了，硬撵到松花江口去了。类似这类事情回头一想还有。（插：将来想起来得补充上。）可得补充上。

至于有没有补充的地方，个别地方也有。萨布素出征松花江的那一日，提到朝鲜鸟枪队，他们参加了，原来故事有。说领头的是一个领催，（插：是个小官。）这和历史上有很大出入，以后我看书知道那人叫边岌，大概是个侯爵。（插：大官！）差不多和萨布素平级。那时满族话，有个头就叫领催。官也小了，人家作用也说小了。这次我看了史书，确有这件事，就补充进去了。

再有就是沙俄大小头目的名字，分不清说不明，那时老百姓也不知叫什么名，反正就是叫罗刹头。左一个罗刹头，右一个百人长。（插：对，百人长多。）以后我看了一些史料，知道一些罗刹头的名字，比如有一个叫斯捷潘诺夫，我就把名字点清楚了。因为你整理成书就要说清楚啊，左一个罗刹头，右一个罗刹头，不好分清。这是我的一个补充。

有的地方我也改了一下子。好比在语言方面，我讲的基本上是现在的语言。好比说是"研究研究""调查调查"，（插："安排工作""分配任务""听从指挥"。）对，像这些话，已经习惯了，天天说这些话，冷丁一下子改不过来，我看在修改的时候尽量地恢复原来的语言风貌。这一点还是挺费劲吧？（插：做点努力吧！）

程：还有什么您老去掉的没有？

傅：去掉的有。这事我也想说一说。这传说中迷信色彩还不少，好比说，"托利"怎么来救他(萨布素)，他从吉林回来在山洞里得到一个神杆，说上面的神鹰能飞出去一百步远，能把敌人的眼睛叼瞎。这么能耐，只要你一招手，它就回来，别人招呼还不行，非得萨布素去。这是迷信色彩。以后这神鹰在故事中也没有再出现，我就把它去掉了。后来你们说先保存原貌，我又作了补讲。

王：傅老师，我还有一个问题，你们傅氏家族中有不少文武双全、满汉兼通的人物，而萨布素的传说又很受重视，除了您之外，还有没有别人把它整理成文字？

傅：这故事是否有文字记载，在别的地方我是不知道。在我们宁古塔来说，恐怕不会有。因为它太长了，要把这么长的一部东西写下来，是很困难的。有没有六七十万字？（插：有。）那时都用毛笔抄，谁有那样的闲心啊，也没那么长的工夫。

不用说写成文字，就拿讲来说，宁古塔这地方，据我知道，能够比较完整地讲下来的人也不多。有这样一个人，提起来也是偶遇，去年春天我到虎林碰到一个写县志的老刘，他说："我大爷一辈子就在宁古塔生活，死也死在宁古塔。他知道的关于萨布素的故事可多了。"我说："你们不是汉族吗，你大爷怎么知道的呢？""他跟一个人干活，那人是个满族人，讲萨布素故事讲得可好了，他就跟他学的。"当时我也没注意是我三爷，回来我问我老叔，他说："你看，那就是刘大个子，他跟三爷干了十来年了。"就这么回事，他讲得可好了。我还埋怨那个老刘，你怎么当时不记下来呢？他说："谁不说呢？"我让他给讲讲，他说讲不了。这个人现在仍在虎林写县志呢。除他之外，缸窑沟有个火炮，是打围的，瓜尔佳氏，姓关。当时能够完整地讲出来的恐怕也就这几个，这些人活着的话都九十多岁了，一百来岁了。至于说文字材料没有也不对，有，有过。我三爷有一个红布包，里面有几本书，其实也不是书，是我父亲画画的画谱。有一个文字材料是用绫子包的，到一个地方规规矩矩把它打开，说："不要动，光看可以。"这个材料，我在伪满时见过，是用呈文纸写的。呈文纸就是现在的双抄纸。年代是同治初年，不是同治二年就是同治十二年。（插：还挺早的呢。）是挺早，那不是写的完整的故事，挺简单，大概有五六张。

程：上面写的什么，您老还有没有印象？

傅：可有印象了，我记得这是向将军呈文的背面写的。那一面是满文，大概有几个汉字。在那背面写的，写的是回目，挺简单。没有一回二回次序，就是写老将军驯牛，驯牛又写上第一次和瓦礼祜怎么怎么地，就是简单几个字，为了便于他说，他一看这个就想到了，就能讲一大堆。（插：好像就是故事提纲。）就是故事提纲。（插：是用汉文写的还是满文写的？）是用汉文写的，那时用满文写的不多了。

王：傅老师，我们这次听故事，这故事都有回目，原来这故事有没有回目？

傅：这故事原来是口传心授下来的，当时没有回目，我们那时传下来的是老将军的八十一件事，这一件件事是独立的，你们现在也能看出故事的原来面貌，一回一个故事，是根据八十一件事整理出来的，每一件还包括不少小故事。比如到抚顺这件事，包括他到抚顺去，回来到阿勒楚克，帮苏木哈拉老协领破案，以至成亲算一回。到吉林接圣驾这一回，包括康熙帝见一个铁匠等一些事算一回。内容太多的，我就把它分成几回来说。这八十一回就发展成为一百来个回目。（插：是否以一件事为中心，还包括一系列小故事？）是这样，这样也是为了便于讲。

我三爷到一个地方不一定住十天八天，讲完一件事就行。有时，挑最热闹的讲，他还用一种特殊的调讲呢，他说，今天我讲萨布素将军放牛的故事。讲第二件事就说，我讲萨布素到抚顺贸易得兵书的事。有时让他讲，他还拿一把呢，讲一讲就不讲了。这一回我编了回目，为了便于记忆，编了回目就醒目一些。你们看这样好不好？（插：这样比较好。）

程：傅老师，您刚才提到的五六篇提纲性的材料，现在还有没有？

傅：在你们来以前，我没想到这个材料，心想只要我整理出来，我还用它干什么？你们来以后我就想找，我打听了好几家，我兄弟家，长汀老关头家，还有我一个叔叔家，我去信问了，那两家说没有，我叔叔到关里去了，我的兄弟告诉我了，说他的东西都钉在一个小木箱里头，我看这提纲肯定有。（插：您找到的话，让我们看看。）那当然是了。（插：这材料可真宝贵。）如果找到的话，我去信告诉你们。（现在我们已经看到了这个材料，很有价值。那是当年十月十四日我们再次到宁安时，在傅先生家看到这个提纲式的东西，共有十几张纸。当时在傅先生手头的是三张，其余他兄弟合手去转抄了。标题是"老将军八十一件事"，三页共有二十五件事，都是故事的纲要，写在相当于八开的大呈文纸上，背面是满汉文对照的呈文，落款处有同治三年字样，故事提纲是用毛笔竖

写的，字迹特别工整，很有功夫，概括得也简明扼要，外面包的三块绫布仍在，当然已陈旧褪色）

王：傅老师，过去你们讲这个故事都是在什么场合，以什么形式讲的呢？

傅：现在你们也清楚了，萨布素将军的故事主要是给我们傅氏家族讲的，他是我们家族的先祖，他的功绩、他的事迹主要是给本族子孙讲的，就像家训似的。有这么一个作用，在祭祀的时候，节庆喜日全族的人聚集在一起，都挺高兴，也有点闲工夫，一讲就好几天。前面我提到的三爷，他除了在本族讲以外，还到族外讲，根据地是缸窑沟。都是他的晚辈，也熟悉，这个叫三叔，那个叫三大爷，还有叫三哥的，你不讲还不行呢。讲得热闹的时候，他还特意拿一把，不讲了，大家就把他按倒在炕上，胳肢他，他没招了，还得起来讲。听故事的人多，以后大家不叫他"三云"了，叫他"三将军"，因为他专能讲将军的故事。一方面，也是他岁数大了，再叫"三云"不好听了，所以人们就说三将军来了，给我们讲故事，这样，他就讲出名了。我有一个姨夫叫寿正川，姓关，是教书的先生，也是满汉齐通。每到冬天，我三爷不去，他都打发人去找。我有个老太爷，是我们远支的，年岁也和我三爷差不多。一到冬天，他什么也不干了，就跟在我三爷后面转。还有老关家，像关瑞芳、关文魁，也有汉族，像老祖家，还有一个海大憨，他听了故事，再给别人讲，但他记忆力不太好，讲起来东一耙子，西一扫帚，大伙说你讲的也不像萨布素啊，他就说，我就记住这一些。我三爷有时就一冬一冬讲，当然不是天天讲，我估计他安下心来能讲三个月，一下午讲三个小时，讲三个月，当然也有停顿。

程：是不是左邻右舍都来听了？

傅：都听。那时候邻居住的也比较远，东一家西一家，也有的隔半里多地，也不大好找，但也来听。关于讲的形式，和现在讲评书不完全一样，没有大鼓这些东西。那时候满族的炕是圈炕，南炕北炕都坐满了人，有十几个，他就开始讲了，讲就像讲笑话似的，高兴的时候他也唱。方才我不是讲了那么几种调吗，但基本上是讲述，唱的并不多。大家知道他会唱，就说："不行不行，你别给我们讲，这一段是唱的。"没办法，只能唱一段。越到岁数大就越不爱唱了，边讲还边比画，我看见过，比画完了就坐下来讲，基本上是坐下来讲。当时屯里也没有什么别的文艺活动，所以大家都愿听。除了砍点柴火，这地方到冬天就没什么事了。

尤其到过年，过年他就抖起来，也不用自己办年货，大家都巴结拽他，找他讲故事。

程：傅老师，现在的宁古塔满族人中间还有没有讲这个故事的？也就是说这个故事现在还流传不？

傅：哎呀，现在可能没有人能讲这些故事了。方才我说了，在伪满的时候我三爷背着一把宝剑和一卷所谓的圣旨到哪里都宣传这是我们将军剑，这是我们将军圣旨。伪满康德六年的时候，日伪宪兵队到处设情报网，各屯都有，冷丁来这么一个人，还背着东西来干啥来了，日本人特别重视，挺注意，就把他盯梢了，还翻了他一回东西，把他吓坏了。再也不敢讲了，就回家了。这时我已经当教员了，也劝他别干了。从打这时他就不讲这个故事了。刘大个子也不在宁安了，讲的人就更少了。加上知道这故事的老人基本上前后故去了。现在小年轻的你给他坐着讲那个，他们不爱听，现在文艺活动多了，有电影、演剧、唱歌，不愿意听这些老故事，所以这些故事流传不开。

王：傅老师，过去听过萨布素故事的人不少都故去了，还有没有健在的？

傅：有，还有。有也是不多了。现在我能记住的，比如长汀有个老退休工人，今年七十多岁，瓜尔佳氏，叫关墨卿。扎拉里氏老张家，张玉生他也知道些。缸窑沟知道的比较多，方才说的关四炮，今年有八十多岁，搬到龙道沟，也不知到哪儿去了。还有他干儿子那一系老倪家，现在他干儿子都已经死了，他干儿子有个兄弟，我前两年看见他还提了一回，管他叫三叔，论辈分还是我的长辈。他说三叔给我们讲了不少呢，他能知道一些。另外还有一个老太太，在西边鸭子沟是我六奶奶，这人也不行了，倒在炕上。他们那一支能知道多些。

程：还有一个问题，这个故事除了在宁安以外，您老在别处听说过没有？别的地方有没有流传的？

傅：大家可以回忆一下，我讲的故事。萨布素有一支在康熙年间因为抗俄的需要迁到瑷珲去了，瑷珲就是江北的老瑷珲。他们有一支人到卜魁就是齐齐哈尔那里去了。萨布素的直系家族还有进京的。我们傅氏家族分布在嫩江、卜魁、瑷珲、吉林，当然故事也就流传在这一带，据我所知，吉林长春有人知道这个故事，尤其是萨布素当将军执政的时代，在北边流传得很广。比如、瑷珲的大五家子、小五家子，扶余县的三家子知道这些故事的人不少，他们流传这个故事比较远，一直到中华人民共和国成立以后还讲萨布素的故事，特别是瑷珲，我估计还有老人能讲出这些故事。别的地方，我没联系，情况就不太清楚了。总的来说，我想萨布素是黑龙江将军，还当过宁古塔副都统，包括现在黑龙江、吉林两省的范围，他的故事的流传决不限于方才说的几个地方。何况，萨布素在古书上有记载，还有像陈仪专门写了传记，就不会局限于老傅家知道。以后，你们多访问访问一些地方，大概就更清楚了。

王：我还想提一个问题，您看萨布素的故事最早是从什么时候传下来的？

傅：这个故事流传很久了，我们老人讲过这个事情。萨布素的一个儿子常德，之后在吉林当了将军。我们有个第四代祖先，叫乌勒喜奔，在常德的将军衙门里当笔帖式，就是秘书，文笔挺高，对萨布素的一生很熟悉。听说他最早的时候就能把萨布素的故事成套讲出来，我想这是故事最早的起源。我这个祖先有时候回宁古塔住上一段日子，就给我们族人讲萨布素的故事，后来就成为习惯，用萨布素来教育后代学好，也有点家训的意思。这样一代一代就流传下来了，尤其到我三爷这，有了八十一件事，就算是到了顶峰。

王：我再插一句，这笔帖式在什么年间？

傅：在雍正年间。我们还传说这么回事，萨布素不是免官了吗？康熙帝之后是雍正，那时用现在的话说是平反了，下正式诏书平反了。(插：就是为过去免官的事？) 是，给他恢复名誉，又说是"将军第一"。这个圣旨一直下到宁古塔，黑龙江两岸，都用快马传，宁古塔的老傅家为此开了一次庆祝大会。(插：高兴了，这也是一件大事。) 高兴。不然的话，我们有意见，总觉得太冤屈。有些地方朝廷不太知道情况，我举一个例子吧，比如派五百户老弱残兵朝廷一直不知道，我们有意见就在这。雍正年间一平反，大家觉得挺高兴。

程：这么看来，这故事在你们老傅家是从笔帖式那里传下来的？

傅：据传说是这么说的。现在我考虑也可能是逐渐形成的，这故事不可能一下子这么完全。这里我想告诉你们，我们这支老傅家不是萨布素的直属后代，你们如果有兴趣的话，我可以给你们看看傅氏家谱呢。

程：还有家谱呢！现在还有保存啊？

傅：有，现在还有保存，还不止一份，有几份家谱。如果能找到萨布素的直系后代，一定知道得更多，因为他们一定讲得更起劲，可惜我现在没法知道他们这一支是怎么讲的。这里我有个想法，我想那一代说不定有有心人把它归纳为八十一件事，这样便于讲，又便于记。这么多故事你怎么记？有了八十一件事就比较好记，不至于失传。我三爷手里的提纲是同治年间抄的，以这个提纲往上推，形成这八十一件事比同治年间更早一些。

王：傅老师，这三爷本人识字不识字？

傅：认识几个字，认识不多。他非常聪明，记忆力很强，你给他讲一遍故事，他回过来给你讲，保管讲得差不多，而且经久不忘。

程：还有一个问题，您三爷对这个故事这么熟悉，又这么长，是光听别人讲的，还是有别人指点？

傅：这个事真应该说一说。我三爷的故事大部分应该是从祖先那里听传下来的，大部分内容在同治年间的那个提纲里都有，也有那里没有的。我父亲在世的时候，还指出过：三叔，这事在咱们本子里没有，您怎么加上了呢？三叔就说，我这是从哪里听来的。这么看来，这故事在他手里也是各处搜集，加上他还识几个字，祖先又流传下来的，加上他的补充，在他那里已经形成顶峰了。

王：我再提一个问题。在你们傅氏家族中，为了使将军的故事传下去，是不是有意识培养故事的接班人？

程：你们这个故事能一代一代传下来，是听了传下来的，还是有人专门传的呢？

傅：要说有意识地培养接班人还不是这么回事。但我们有这样的习惯，这一辈子老人到晚年的时候，总想法告诉下一代，甚至都当作临终嘱托，说："你们得注意啊，把我们老将军的故事流传下去，不要到咱们这一代就停止了。"我举个例子，伪满宪兵队不让我三爷讲故事了，他回来了。过三四年后我当教员了，他看我识文断字，就提我的小名，说你得把这个故事弄完整了，把它记下来吧。要不然的话，在我这一代人传不下去，对不起祖宗，也对不起后代子孙。你把它记下来，将来也能给大家讲一讲，就这样自然而然地传下来了。

程：这些日子以来，您老花了很多精力，大热天的可真不容易。现在这故事全部讲完了，您老看看今后在整理这些故事中还要注意哪些问题，您还有些什么想法，讲一讲，我们共同研究研究。

傅：这么长一篇东西讲完了，必定会产生一些新的想法，产生一些新的问题，你们这次来，也花费了很大的精力，两个多月吧，远离家乡来到宁安，很认真很仔细地抄录萨布素的故事，这一点我感到很快慰。

萨布素将军不仅是我们老傅家的先祖，使我们后世子孙念念不忘，感到荣耀，他也是整个满族的骄傲，更是中华民族的好儿女。他的一生是抗击侵略者罗刹的一生，也是团结东北各少数民族保卫边疆、浴血奋战的一生。(插：那确实是。) 通过萨布素的故事，还可以看到他的为人、品质、作风、道德观念等等。这些在我看来都是非常令人敬佩的。我在年轻的时候，下决心想要把它整理出来，花费了很多精力，想把它整理成文字，甚至整理成书，但因种种原因，我的志向没有实现。

王：这次就让我们一起来实现吧！

程：我们共同把它整理好，使您老的愿望实现，咱们要把先人的愿望实现。这故事不仅是你们老傅家的事，它反映了北方各民族抗击罗刹、保卫边疆的事。我们来以前也听说一些，这故事内容很丰富，情节很生动，更主要的是有教育后代的意义，我们很重视这一点。这次听了这个故事，给我们留下了很深的印象。

一九八一年八月

引　　言

　　猛虎插翅，似蛟龙出海，老汗王努尔哈赤以十三副铠甲在长白山起兵，一举追杀乱贼尼堪外兰，又以少胜多，巧败叶赫锡伯等九部联军，点燃了统一女真的战火。

　　上靠阿布卡恩都力①庇佑，下有诸申②百姓的相助，老汗王经过几十年东征西讨，南战北抚，终于在赫图阿拉③城称汗建国。太宗、世祖两朝，几十年仍是马不卸鞍、人不离戈，直到圣祖康熙帝平三藩，收台湾，中华天朝才归大清一统。

　　国内尚未安定，可是北患骤起。那沙俄哥萨克匪徒乘我内乱，伺机而入，蚕我疆土，凌我边民，烧杀抢掠，无恶不作，各族百姓都叫他们为吃人的罗刹④。

　　罗刹的暴行激起我大清朝野的愤慨。为保我天朝北土，顺治帝、康熙帝屡派八旗劲旅征剿。那外兴安岭以南的各族边民持弓弩、夹刀棍与持枪带炮的罗刹白刃相搏。有多少八旗将士饮血疆场，有多少诸申巴图鲁⑤葬身水府，经过了几十年的浴血奋战，才驱除了罗刹，收复了国土。

　　这成千上万的各族人民的优秀儿女的英雄业绩，在黑龙江、乌苏里江、松花江两岸的老百姓心里扎了根，演化出多少可歌可泣的故事传说，就像江河里的珍珠一样，数不尽，采不完，被各族群众世代相传！

　　在这众多的抗俄英雄中，有一位是我的十一世同宗先人——黑龙江将军萨布素。他出身寒微，从一个放牛的娃娃，成为一个威震白山黑水的将军；他驱敌有功，治理有方，被时人赞为"凡所兴做，足传久远"。

---

　　① 阿布卡恩都力：满语，天神。
　　② 诸申：女真语，平民。
　　③ 赫图阿拉：满语，横岗，现辽宁新宾县境内。
　　④ 罗刹：梵语，魔鬼。
　　⑤ 巴图鲁：满语，勇士。

他多次被康熙帝下诏表彰，又被赐予"将军第一"的称号。

萨布素是满族的巴图鲁，是中华民族的英雄，是我们富察哈拉①的骄傲。过去，每当祭天、续谱等重大族内活动完了，总要听讲老将军的故事。开讲时要捻上鞑子香②，讲述人要漱口净面，十分庄重。老将军留下的十条训律成为我们富察哈拉的家法族规，而老将军晚年受诬遭贬，更在族人中回响着"仁义救将军"的呼声。

传讲老将军的故事，是进行族教的大事。为了将这部传说世代相传，在我们哈拉中有专门的传承人。相传，早在雍正朝，我的第十世祖乌勒喜奔曾在老将军的儿子——吉林将军常德府上任笔帖式③，听到了许多老将军的传说。他回到了故乡——宁古塔④，就给族人讲，老将军的传说便初具规模。一直到清末民初，传到我的三祖父傅永利那里，形成了规模宏伟的"老将军八十一件事"。

傅永利一生贫寒，成不起家，靠给别人帮工过活。他长年身背一把宝剑和一个黄绫挎包，走屯串巷，主讲老将军的故事，大伙儿称他为"三将军"。后来，他受日伪警察迫害，愤然谢世。临终前，他含着泪叮嘱我：一定要把老将军的故事传给子孙后代！

四十余年来，三祖父的临终之言，不绝于耳；老将军的传说故事，魂牵梦萦。现在就听我从头讲起吧！

----

① 富察哈拉：满语，姓氏。
② 鞑子香：学名兴安杜鹃，其干枝叶可捻碎为香。
③ 笔帖式：满语，文书。
④ 宁古塔：清初东北重镇，现黑龙江省宁安市。

第一章 南马场驯牛

（一）

清初，顺治年间，宁古塔辖区北至巍峨逶迤的外兴安岭，南接盛京辖区，东到滔滔的大海，包括那费雅喀，鄂伦春人住的库页岛，西连贝加尔湖的蒙古大草原。

宁古塔老城，坐落在水势平稳的十里江畔[①]。离城四十余里的山湾处，有一块跑马望不到边的芳草地，这就是有名的南马场。春风掠过山湾，吹拂着这一马平川的草原，那刚露头的小草尖儿，那不知名的五彩野花，把南马场织成一片大彩锦，还有那淙淙作响的山泉溪水在熠熠闪亮，像给那彩锦镶上了珍珠、宝石。

（二）

有一天，鬓发半白的宁古塔老章京[②]沙尔虎达慢悠悠地骑着马，观赏着这迷人的草原风景，心想朝廷拨来的一百头蒙古大牛，要是放牧到这里，用不上一年，保险个个膘肥体壮。

老章京累了，想遛遛马，忽见远处跑过来一头大公鹿，它撒蹄快跑，如同飞起来一般，在它身后好像有一个人在紧追。老章京是个打围[③]的好手，一见到野牲口[④]就心里痒痒，忙张弓搭箭，拍马迎去，两个嘎什

---

① 十里江畔：指流经宁古塔的牡丹江。
② 章京：满语，指官员。
③ 打围：东北方言，打猎。
④ 野牲口：东北方言，野兽。

哈①紧紧跟上。

离鹿一百步开外，老章京一箭射去，大公鹿应声倒下，老章京乐呵呵下马前去。到了跟前，老章京才看到那追鹿的人是个十三四岁的少年，身板像小白桦树一样挺拔，浓浓的剑眉下，一对细长的眼睛闪亮闪亮的，虽说追鹿累得他上气不接下气的，可见了老章京还不忘打千请安，老章京心里就有几分喜欢。

老章京刚想说话，后面又跑过来一个男孩，看上去比头前那个孩子要小一些。圆圆的脸，大眼睛，长得敦敦实实，虎头虎脑。那模样儿挺可爱，可说起话却挺冲，他指着那倒地的死鹿，没好气地问："你要来抢我们的鹿吗？没门！"

"哦？我，我怎么会来抢你们的鹿呢？"老章京一窘，再细瞅那鹿，果然在腹部上面有一支箭，便和颜道："这是谁射中的？"

那大的不吱声，那小的眨巴眨巴眼睛，上前一步说："我，我射中的。"

不料，老章京把脸一抹，训斥道："挺大一个小伙子，连只鹿也射不死，以后怎么披甲打仗？还这么厉害，哼！"

这小的撇撇嘴，后退了一步。那大的却上前一步说："老玛发②，箭是我射的，我们只有石箭头，射不死野牲口。"

"是这么回事呀。"老章京笑了，问他俩名字。

大的指着小的说："他叫瓦礼祜，我叫萨布素。"

"哦？萨布素，这名字起得好，你真是萨布素③，快要追上鹿啦。"老章京畅怀大笑，伸出大拇指说："你是个好样的，是个小巴图鲁。"

"不，我不是巴图鲁，我的老祖宗充舜才是巴图鲁。"萨布素有点脸红了。

"那你说说，为什么你的老祖宗充舜才是巴图鲁？"

"他老人家原在长白山约克通鄂城。有一次他独自上山，打死两只大熊，回来的路上，碰到了五个膀大腰圆的小阿哥④。这五个人拦住他就要抢这两只大熊。我老祖宗轻轻摆摆手，笑着说：'你们如能把这两只熊扛出去五里地，我就送给你们。'那五个人一声欢呼，扛起大熊就走，充

① 嘎什哈：满语，卫兵。
② 玛发：满语，爷爷或对老者的尊称。
③ 萨布素：满语，跑得快。
④ 小阿哥：满语，小伙子。

舜不慌不忙地跟在后面。才走出去二里地，那五个小伙子开始龇牙咧嘴，又走了一里，累得差点散了架，只得扔下大熊，坐在地上只顾喘气了。充舜看到这五个人的狼狈样憋不住乐，便一只手提一只大熊，飞也似的向近处一座立陡立陡的山上跑去，到了山顶，他大气不喘，轻轻把两只大熊放下。这五个人紧跑紧跟了上来，到了我老祖宗跟前，齐刷刷地跪着磕头，口称恩都力[①]，说啥也要跟他走。后来，我老祖宗收养了他们，成为城主。嘿！这才算真正的巴图鲁。"萨布素越说脸上越光彩。

老章京听了心里暗夸，这小子有家教！

老章京要回走，被萨布素拦住，要他把那挂大鹿茸拿去，老章京再三推辞。瓦礼祜上腔了，说你知道不知道祖宗留下的规矩。老章京只得收下，小哥俩这才有说有笑地抬着鹿走了。

（三）

日头偏西，老章京派一个嘎什哈把城里的哈哈[②]都召集到衙门口。萨布素和瓦礼祜也来看热闹。

他两人小身子细，一下就钻到了最里圈。只见一群长着大犄角的牲口围在木栏内，有的慢吞吞地嚼着草，有的还直顶架，有一个"哞哞"地叫了起来，把周围的人全都吓了一跳。

老章京说这是朝廷拨给宁古塔屯田的牛，谁愿意领这个差事？可是半天也无人应承。

老章京正有些着急，突然一个脆声话音打破了沉默。

"大人若是信得过，这群牛就交给我吧！"

老章京一看，说话的小伙正是南马场射鹿的萨布素，便高兴地说道："好！我信得过你，可你一个人不行。"

"还有我，我也放牛！"小瓦礼祜挺身而出，和萨布素站在一起，虎视眈眈地说。

老章京故意把脸一黑："这是官差，不是闹着玩的，放不好可要受重罚。"

萨布素一挺胸脯说："放不好，我甘愿挨揍。"

---

①　恩都力：满语，神。

②　哈哈：满语，男人。

第二天清早，萨布素和瓦礼祜一人扛着一个小行李卷，带着干粮，把牛群赶到了草甸子上。

瓦礼祜对萨布素说："阿浑①，咱们把牛分开，你劈一半，我劈一半，看谁放得好。"

"那你先挑吧。"

"好！"瓦礼祜眼睛瞪得溜溜圆，把那些大的肥的全挑去了，挑到第四十九头时，看到有一头大牤牛，坨挺大，可瘦得肋骨一根根像要支出来一样，那长长的犄角下，一对大眼睛像托利②一样在闪光。瓦礼祜倒抽一口冷气，对萨布素说："这头大牤牛就归你吧。"说罢，又挑了一头模样儿老实的牤牛，把牛群赶到西山下，萨布素把剩下的牛赶到东山下，两个人各自搭了一个小窝棚，各放各的牛。

（四）

萨布素自小跟着阿玛③给八旗放马，他寻思着这放牛也和放马一个道理，得先训练头牛。他认准了那头横踢乱蹦的大牤牛，趁它不注意时，把鹿筋绳套在它的两只犄角上，把它绑在大榆树上。大牤牛挣不脱绳索，气得哞哞乱叫，不吃东西。萨布素等它饿急了，就割把青草放在它跟前，趁它急于吃草时，凑上来摩挲几把，有时还特意给它拌点作料。渐渐地，大牤牛不乱踢乱蹦了。有一次，大牤牛一连拉了三天稀，趴在地上不吃东西。萨布素就把自己的干粮送到它的嘴里。大牤牛吃完了干粮还伸出舌头舔萨布素的手掌。从此，他俩成了好朋友。每天总是大牤牛在前领路，萨布素断后。吃草的时候，哪个大牛要欺负小牛，大牤牛一叫唤，那大牛就老实了，有的牛挺淘气，一不注意就开小差了，大牤牛就撵上去，轻轻把它顶回来，整个牛群井然有序。

再说瓦礼祜，仗着他挑了五十头好牛，心里挺得意，心想，到了秋天，我的牛比萨布素的壮，人人都夸我是依尔根觉罗④的巴图鲁，那该多神气！所以头几天，他也挺上心。可三天一过，就泄劲了，这放牛原来是这么腻歪人，骑上吧，硌屁股，你说它跑得慢吧，一离群倒也难撵，不听

---

① 阿浑：满语，哥哥。
② 托利：满语，铜镜。
③ 阿玛：满语，父亲。
④ 依尔根觉罗：满语，瓦礼祜的姓氏。

话的牛你越打它越倔，最气人的是它们吃草的那个慢劲儿，没完没了的，不知有没有尽头，下雨刮风还得干挺着。每天日头晒到屁股了，他才把牛放出去。太阳没下山，就把牛群圈起来了。他今天下水泡摸鱼，明日上树捉雀，后来又撵狍子、抓松鼠，玩得痛快极了。

秋天到了，老章京来了。只见萨布素的牛个个膘满肉肥，溜光水滑；瓦礼祜的牛秃毛缺角的，活像一堆堆柴火架子。

老章京越看越气，大鞭子就要挥到瓦礼祜身上，被萨布素挡住。萨布素说："大人，这事不能全怪瓦礼祜，他那片草甸子草不厚，水也不清，我和他换一换，他的牛也能放肥。"

老章京放下马鞭对瓦礼祜说："嘎小子，到明年秋天，你放的牛还这个样，我抽你两百鞭。"

萨布素没走多远，瓦礼祜追了上来，他给萨布素行了个礼说："山英阿浑①，把你的牛群换给我吧。"

萨布素二话不说就和他对换了牛群，瓦礼祜领着牛群到了东山下，萨布素领着瘦牛群到了西山下，两个人又各放各的牛。

过不了几天，瓦礼祜牵着那头头牛来了，气冲冲地对萨布素说："这是头什么牛，简直就是耶鲁里②。"

萨布素一看：几天不见这牛就变了模样，脊梁骨尖尖地支棱着，身上横一道竖一道尽是鞭痕，正眼泪巴擦地盯着他呢。便心疼地责怪道："瓦礼祜！你怎么可以这样对待它？它也通人性啊！"

瓦礼祜说："哼！谁叫它天天往你这里跑呢。"

"好，你把它留下吧，你不要，我还想得慌呢！"萨布素挑了一头模样老实的牛给他。

瓦礼祜一走，那头牛亲热地哞哞长叫起来，萨布素仔细地给它擦洗伤口。

从此，萨布素更尽心地驯化这群牛。他采了芦叶做成"布拉"③，吹出各种各样的鹧鸪调，牛群听了就知道什么时候吃草、喝水，什么时候出圈、回家。萨布素又驯化出二牛三牛四牛，有领头的、把边的、压阵的，就像一群列队的西丹④兵。牛群很快又壮起来。

---

① 山英阿浑：满语，好哥哥。
② 耶鲁里：萨满教用语，魔鬼。
③ 布拉：满语，哨子。
④ 西丹：满语，指服预备役的八旗男丁。

瓦礼祜呢，开头是热心了几天，过了一阵子又是外甥打灯笼——照旧（舅），玩了整整一个夏天，人晒得像个黑铁蛋，更壮实了，可那群牛又成了干柴堆。

秋风一起，百草黄了。萨布素瞧着这群体壮个大的牛群，自个儿也要笑出声来，可瓦礼祜含着眼泪对那群瘦牛说："牛啊牛，你们为什么这么不懂事，不多吃多喝点，弄得牛不牛鬼不鬼的，害得我还要挨鞭子。"说着，滚下了伤心的泪珠儿，可那群牛没一个理睬他的。

明天老章京就要来查牛了，瓦礼祜愁得半宿合不上眼，挨打是小事，可怎么有脸见依尔根觉罗的人？瓦礼祜的心像被箭穿了一般。忽然，他想出一招：把自己的牛混到萨布素的牛群里去，这样有肥的有瘦的，谁也分不出哪个是谁放的。主意一定，瓦礼祜连夜把两群牛混到了一起。

第二天，老章京巡查到这里，一看这一大群牛里肥的这么肥，瘦的这么瘦，好生纳闷，便问他俩："这瘦牛是谁放的？"

瓦礼祜的脑袋摇得像拨浪鼓一样，连声说不是我放的。

萨布素不吱声。

老章京又问："是谁把牛混到一起去的？"

瓦礼祜忙接茬儿："是牛淘气，自己混到一起去的。"

萨布素见瓦礼祜犯了错还耍好，便不急不火地笑着说："大人，混到一起也不要紧，谁驯的牛就听谁的，可以分出来。"

"当真？"老章京未曾听说牛可以受驯。

萨布素走到一个坡地上，掏出布拉吹起来。说也奇，那五十头壮牛成群列队地走了出来，走在最头前的那头牛，像个佐领①似的在前带队，后面跟着四头大牛是伊里布②，又跟着十二条是昆布丹③，最后四条是压阵的领催④。萨布素吹一个调，它们齐刷刷往前走，萨布素变一个调，那牛群规规整整向左转，嘿！就像一拨训练有素的披甲兵⑤，萨布素就像演习阵法的将军！

老章京看呆了，随从的人看呆了，瓦礼祜看傻了，过了一阵子才齐声叫好。

---

① 佐领：清代八旗官职，四品。
② 伊里布：满语，前哨。
③ 昆布丹：满语，卫兵。
④ 领催：八旗的低级军官。
⑤ 披甲兵：清代八旗的正式甲兵。

老章京侧脸一看，剩下的那些牛又瘦又脏。好个瓦礼祜，你既懒又滑，不教训教训，就长歪啦！老章京气呼呼把瓦礼祜叫到跟前，劈头就是一鞭。

谁料到这一鞭抽到了萨布素肩膀上，原来，萨布素一见老章京发了怒，就挺身来护瓦礼祜。

萨布素抓住马鞭，单腿下跪，向老章京请求道："大人，别打他。他人小不懂事，明年我俩一齐放，再放不好，你就打我们俩。"

瓦礼祜心里一热，两眼哗哗地淌下泪来，一把拽住萨布素，叫一声："山英阿浑！"再也说不出话来。

老章京再也挥不起鞭子，打一个唉声，抽出三支锃亮的新铁箭，交给萨布素说："这个赏给你，你得把他带好。"小哥儿俩连忙叩谢。

老章京走了，在旁的人都夸萨布素，瓦礼祜更是心悦诚服。从此两个人把牛赶到一起，形影不离。

萨布素教他怎样驯牛，瓦礼祜也灵得很，很快就学会了，瘦牛一天天见胖了。空暇时间，小哥儿俩就练箭，下雨练，刮风练，天长日久，铁箭头磨秃了，他俩的膀子硬了，箭也射得准了。

北海①的风儿一吹过，山就变成了五花山②，大草甸也变成了七彩流溢的大锦毯。小哥儿俩心里就像这初秋的晴空一样，要多敞亮就有多敞亮。

可是，有一天，最听话的头牛不见了，急得小哥儿俩找遍了大甸子，连影儿也不见。一直到月升东天，它才自个儿回来了，两眼通红，气哼哼的，不吃也不喝。

第二天，头牛又不见了，萨布素让瓦礼祜看好牛群，自己进山去找。到了晚上，头牛又像昨晚一样气呼呼地回来了。

一连三天都是这样，到了第四天早晨，萨布素对瓦礼祜说："今天我们能得着一个大虎，快准备一副大爬犁吧。"

"嗨！别逗了！"瓦礼祜一个劲儿地摇头。别说是小孩，就是大人，也得几个好猎手才能对付一只老虎呀！

萨布素见他不信，便说："你不去，我自个儿去，等得了虎你别后悔。"

"我去！我去！"瓦礼祜麻利地帮他扎了个大爬犁，俩人一同进山去了。

---

① 北海：这里的北海指贝加尔湖。
② 五花山：东北的群众把初秋色彩斑斓的山叫作五花山。

到了南山沟，瓦礼祜惊叫了一声，真有一只猛虎躺在血泊中打滚，那头牛两个犄角上绑着两把寒光闪闪的尖刀，还在猛戳那老虎呢。

瓦礼祜明白了，这是萨布素想出的绝招，他一把抱住萨布素喊道："山英阿浑！巴图鲁！"

萨布素看那老虎快咽气了，便把头牛领开，卸下了它头上的尖刀，摸着它那满是腥血的犄角，禁不住去亲亲它的脑袋，对它说："好头牛，你才是巴图鲁，你真赛过了虎呀！"

"呀，就叫它赛虎吧！"瓦礼祜说。

"好，就叫它赛虎。"

头牛哞哞欢叫着，像是在答应呢。从此，头牛就被他们称作赛虎了。

小哥儿俩费了挺大劲才把死虎抬上爬犁。瓦礼祜指着那老虎额头上的"王"字花纹说："这只虎兴许就是祸害嘎珊①许多人的塔斯哈罕王②呢！"

"是啊！这一来，我们的赛虎可为民除害啦。"说到这，小哥儿俩又和赛虎亲热了一阵，才拉着死虎有说有笑地回去了。

第二天上午，小哥儿俩把死虎收拾出来了，萨布素拿着虎骨虎肉，准备到宁古塔集市上去卖，那张虎皮有窟窿了，就留着自己用。萨布素临走前对瓦礼祜说，一定要把虎皮反过来晾晒，又叮嘱他要让赛虎吃好喝好，瓦礼祜一一答应。

傍晚，西天边一片火烧云，萨布素踏着霞光兴冲冲地回来了，看到瓦礼祜蹲在一块大卧牛石旁，便喊了他一声，可他没回答。萨布素快步跑到他跟前，却像被打了闷棍，一下子惊呆了。原来，瓦礼祜正蹲在地上的头牛赛虎旁，赛虎的大犄角断了一截，满头是血，只有一口悠荡气了。

萨布素猛扑上去，撕心裂肺地喊道："赛虎！赛虎！你怎么了？"

瓦礼祜一见，便"哇"的一声大哭起来。

萨布素抹抹眼泪，仔细看，原来卧牛石上晾着虎皮，头牛以为是老虎，冲上去与它搏斗，把犄角撞断了。萨布素心疼极了，赶紧上前抚摸头牛赛虎的犄角，赛虎深情地望着小哥儿俩，咽了气。小哥儿俩痛哭着，在自己额上划一口子，鲜血滴到赛虎头上。他俩将虎皮裹在它身上，挖坑将它埋葬了。

---

① 嘎珊：满语，部落，村屯。
② 塔斯哈罕王：满语，虎王。

第二章　护病得兵书

一

下了头一场霜，天气渐渐冷起来。有一天，小哥儿俩骑着马，练习马上射柳，忽见北边来了一拨儿人，为首的是个佐领，对他俩说："章京大人有话，传你二人马上到衙门去，这牛就交给他们放吧。"萨布素把牛群一点数，交给那两个人，便和瓦礼祜跟着佐领直奔宁古塔章京衙门。

萨布素和瓦礼祜到了衙门，只见老章京端坐在大堂中央，两旁站着佐领、骁骑校[①]、笔帖式大小官员，气氛庄严。他们恭恭敬敬地给老章京"打千"[②]请安。

老章京微微一笑说："你俩放牛有功，正好镶黄旗出了两名披甲的缺。你俩参加比赛，合格就顶甲兵缺。""嘛！"两人答应一声退下，脸上不动声色，可心里格外高兴。那咱像他们这样岁数，能当个西丹就已经不错了，现在老章京让他俩直接验甲，那真是格外看重了。

第一关是验捻子，就是量体高，一根直杆上有一个黄捻子，萨布素上去一量，嘿，已经过了。瓦礼祜上去一量，哈！正好。第一关就算顺顺当当过了。

第二关是回履历，小哥儿俩也嘎嘣儿脆地通过了。第三关最重要，就是试箭法。

箭靶在堂前空场摆好了。萨布素走到百步开外，弓开满月，"嗖！嗖！嗖！"就是三箭。弦声刚落，喝彩声起，三支箭刷刷刷钉在靶心上。

瓦礼祜上来也是一连三箭，弓响箭飞，也有人叫好，虽说有两箭不

---

① 骁骑校：清代的中级军官。
② 打千：满族礼节。

在靶心，可三箭中靶，在这样的年纪，也挺了不起。

老章京说一句："验甲合格，准予披甲！"乌扎哈①佐领立即给他俩一套崭新盔甲、号衣、弓箭腰马。两人一走出衙门，富察哈拉和依尔根觉罗的族人都围上来了，一看他俩验上了，欢呼雀跃。萨布素父亲拉着儿子的手，都高兴得不知说啥好了。瓦礼祜早已抱着萨布素，"阿浑山英、山英阿浑"地叫个不停。两族人又热闹了一阵，才各自散去。

萨布素跟着阿玛回到家里，已是深夜了，全族人在西炕祖宗板前点起轵子香，给阿布卡恩都力磕头，给老佛爷磕头，谢天神给富察哈拉又添一个新披甲，求祖宗保佑萨布素成为一个巴图鲁。

第二天，三星还没落，萨布素和瓦礼祜就骑马赶到宁古塔城。点完卯，萨布素到了章京府上，一进门，就见老章京身旁站着一个虎彪彪的年轻人。老章京见了萨布素，眉开眼笑地说："来来，我让你俩认识认识。"

那膀大腰圆的后生行了一礼，说："在下巴海。"声如洪钟。

呀！这就是沙尔虎达老章京的儿子，名震八方的少年英雄巴海！萨布素喜上心头，正要行大礼，被老章京一把拦住，说："自家人，别客气，巴海，这就是驯牛杀虎的萨布素。"

巴海上前和萨布素行了抱腰礼②。

沙尔虎达高兴地说："海东青③与高山做伴，千里马与草原做伴，以后你俩就是兄弟。"

两个年轻人亲热地称兄道弟。

沙尔虎达又说："我给你们请了一个巴克西④，明日与你们一起学习吧。"

萨布素一听，喜出望外。听阿玛从小对他说，老汗王原是个当茶童挖棒槌的，就是他自幼好学习，满汉齐通，才打下大清的江山。如今，自己也有这样的机会啦！猛地，他又想起了瓦礼祜，便给老章京恭恭敬敬磕了头说："大人，让瓦礼祜也来学吧！"

沙尔虎达微笑着答应了。

第二天，瓦礼祜也高高兴兴地来了，小哥儿仨进屋后，在西炕点上

① 乌扎哈：满语，人名。
② 抱腰礼：满族大礼。
③ 海东青：东北一种俊鹰名。
④ 巴克西：满语，师。

了鞑子香，向老佛爷磕了几个头，对巴克西——一个老笔帖式磕了几个头。又跟着巴克西到了庭院神杆①前。神杆下放着一张桌，上面有纸、笔、墨、砚文房四宝。巴克西在一张大纸上写了"正心顶礼"四个大字，小哥儿仨在下面画个圈，就算正式入学了。

从此，白天小哥儿仨一起识文练字，晚上一起到校场骑马射箭。不知不觉冬天过去了，春天到了，小哥儿仨长进很快。

一天，春雨滂沱，巴海说这时候十里江畔一定有奇景可观。瓦礼祜一听乐得一蹦三高，萨布素也连连点头，小哥儿仨骑着马，冒着大雨，向长江飞驰而去。

春华秋实，转眼到了秋天。一天，萨布素骑着"雪上飞"兴冲冲地从山上打围回来，老章京把他召去说："今年秋围我们宁古塔各旗打了不少皮张，准备让你叔父吉隆阿带到抚顺去赶马市，你也十八了，跟他到外面去长长见识吧。"

萨布素一听喜出望外，他早就想到老汗王赶马市的地方看一看，高兴得一宿都没合上眼。过了两日，萨布素收拾妥当，便跟叔父吉隆阿上路了。

爷儿俩到了抚顺城，正好赶上大市，嚯！好气派，青砖琉璃瓦的高楼大宅一个挨一个，南往北来的买卖人挤满了整整三条街，有满人、汉人、朝鲜人、蒙古人，还有那高高鼻子的西域人，除了北边出的骏马、人参、貂皮、鹿茸、东珠②，南边来的铁锅、兵器、绸缎、布匹等东西外，还有许多萨布素连名都叫不出的新鲜玩意儿，爷儿两个看得眼花缭乱。

两个人新鲜了一阵，便开始找铁锅，那时宁古塔的旗人③最缺的就是它。吉隆阿问了几个换锅的汉人，都是一个价，得满满一铁锅貂皮才能换一个锅。萨布素一听直伸舌头，他对叔父说："换锅的人多，他们都想占这个便宜。等过两天，一定会降价的。先压压行吧。"吉隆阿听侄儿讲得有理，就和他先在店里住下了。

爷儿俩住的是刘家店，挨炕连铺睡的是一位白胡子老汉，别看他鬓发如雪，可是鹤发童颜，两只眼睛像流星一样闪亮，萨布素一见就有几分敬意。

老汉性格很倔，别人问他什么话，他都不回答，每天鸡鸣而起，在

---

① 神杆：过去满族多在庭院内立一根挺直的树杆，作为祭天的神杆。
② 东珠：东北产的珍珠。
③ 旗人：清代满族编入八旗的，亦称旗人。

庭院里舞剑。萨布素好奇，从窗户缝偷偷看去，只见寒光耀眼，不见人影儿，只听风声呼呼响，萨布素暗暗叫好。晚上，老汉在一个旮旯里，点一盏油灯，不知看些什么书。萨布素有心凑前，一见他那严峻得如同石刻一般的脸色，只得作罢。

过了几天，吉隆阿带着萨布素又上集市去，一看，果然行情大变，原本一锅貂皮换一个锅的，现在五张就可换一个，上好的貂皮三张就可以换一个。吉隆阿大喜，夸萨布素有远见，一下子把带来的貂皮全换了。乡邻们都有新锅使了，萨布素心里也美滋滋的。

叔侄俩又忙乎了几天，把带来的东西差不多都换出去了，换进了不少铁锅、布匹、咸盐。吉隆阿把东西打好驮，准备回宁古塔去。

临走的头天晚上，萨布素把吉隆阿请到门外说："你看，这老玛发原先身板多硬实，可这两天米水不进，怕是得了大病，我想留下侍候他几日。"吉隆阿为难地说："孩子，你的心思我知道，可我们离家挺久了，路又那么远，我们得快回喀①!"

萨布素急道："叔叔，我已向阿布卡恩都力许愿，一定得把这老人侍候到病好，我才回喀。叔叔，您就先走吧，家里等着急用呢!"

那咱，满族人对天神许愿是最神圣的誓言了，吉隆阿见他如此，只得默许。

（三）

送走了叔父，萨布素就像侍候亲玛发一样侍候老汉，天天端水端饭，擦屎擦尿。可老人得的是伤寒病，一打起"摆子"那架势可真吓人，萨布素马上找来了郎中给他治。伤寒在那个年月是富贵病，一服药得一两多银子，叔叔给他留下的碎银子，两服药就花完了，眼见老汉病情越加严重，手里又没了银两，萨布素急得心里冒火，嘴角生疮。

一天，他猛地听到马厩里一匹马在长嘶，萨布素赶紧跑到里面，正是他那匹心爱的马"雪上飞"在鸣嘶呢。萨布素冷丁闪过一个念头：只有把马卖了，才能治好老汉的病。可一抬头，那马正伸出舌头要舔小主人呢，萨布素心一横，把白马牵出了客店。

白马像出笼的小鸟，一开店门就脚底生风撒蹄跑，萨布素想最后让

---

① 喀：满语，去。

它痛快痛快吧，就骑着它到了城外。白马越跑越快，越跑越欢，一连跑了三圈，它哪知道小主人正心如刀割呢！

萨布素到了马市，那时天寒地冻，买主很少。但有一个关内老客看出"雪上飞"是匹良马，出了一个不小的价钱。萨布素刚要把马缰绳给他，忽然，自己和小伙伴瓦礼祜在南马场骑着它练箭的情景一下子出现在眼前。萨布素头一扭，牵着马往回走。

快走到客店了，萨布素又想到李老汉的病情，迈着沉重的步子，又把马牵到了马市。

过一会儿，又找到了一个买主。萨布素刚要接银子，猛地，在十里长江中，它冒大雨把自己救上来的情景清清楚楚地浮现在眼前，萨布素急忙把银子还给买主，道了一句歉，牵着马又往回走。

一路上，萨布素的心像要被捣碎了一般，脚有千斤重。到客店跟前，太阳已经有气无力地落到西山上，不能拖了！得赶紧卖马，萨布素一咬牙，骑上白马，向马市赶去。

到了马市，剩下不几个人，萨布素找好买主，把缰绳给他时自己把嘴唇都咬破了。买主刚要走，萨布素又叫住他，到旁边的小贩那里买了一些烧饼，给白马吃，白马舔着小主人的手，不吃那烧饼。买主看了也觉难受，便说："小兄弟，既然你这么不舍这马，就别卖了。"

"不，我一定得卖了。"萨布素说完，一跺脚，扭头大步就走了。

走出不远，萨布素觉得有人碰他，一回头，啊！竟是那白马撵上来了。萨布素摸着它的脑袋，含着泪说："雪上飞呀雪上飞，我也舍不得你呀！为了李老汉的病，你走吧！"

白马听懂了，它昂首长嘶了三声，自己回到那买主身旁。

萨布素见它自己跑了，眼泪再也止不住了，流到了嘴里，滚烫苦涩！

在萨布素的精心侍候下，李老汉的病终于好了。可萨布素因操劳过度，变得又黑又瘦。这一天，李老汉见萨布素进来，满含泪水的眼睛瞅着他，半晌才说出话来："孩子，没有你，我这把老骨头就得扔在这异乡客地。"老人紧紧拉着萨布素的手，又说："我叫李善东，山东济南府人，习文练武是祖上留下的家风，以后，我就把我的本领传给你吧！"

"老玛发，你是我的巴克西。"萨布素大喜过望，行了大礼。老人把萨布素扶起来，从一个黄褡袋中掏出两本书，说道："这一本是《三国演义》，那本是《孙子兵法》，你就学这两本书吧，学通了能帮助你出兵打仗，行军布阵。"

萨布素早就听说老汗王就是学了这两本书，才连战连捷，建国称汗的。现在自己也要学了，怎能不格外高兴呢。

第二天，东方刚泛白，萨布素就起来跟李老汉练功，李老汉指着旁边一根碗粗的柞木杆说："你能不能一刀砍断它？"

萨布素二话不说，双手握刀，高举过头，猛劲砍去，只听"咚"的一声巨响，萨布素一个趔趄，差点倒地，定睛一看，唉！柞木杆连根掘起，横倒在地上，刀砍进去还不到一半。

老人微微一笑，让萨布素把柞木杆扶起，自己单手持刀，轻轻一挥，只见白光一闪，什么动静也没有，咦，那柞木杆仍然直挺挺地耸立着。

萨布素上前推了一下那柞木杆，柞木杆就拦腰断开，那白茬口光滑如镜，萨布素惊得双目圆睁。

老人捡起一块砖头，放在萨布素刀上，让他朝上扔，然后用刀接住。萨布素怕扔太高了接不住，就轻轻用刀一挑，那砖抛了没有一人高，掉在刀上，弹了一下，落到了地上，臊得萨布素满脸通红。

老人把砖捡起来，放在自己刀上，竟转了三圈，用力向空中甩去，只见一道黑影朝天上冲去，最后不见踪影，也不知过了多长时间，只听呼呼一阵风响，嚯！砖头平平稳稳落到刀背上，竟没有一点声响，萨布素惊讶得不相信自己的眼睛。

老人笑笑说："孩子，什么家伙都不能光凭蛮力，要使巧劲儿，你就从学接砖头开始学习刀术吧。"

萨布素点点头，把砖头放到刀上，开始练了起来。没接几回，就练得萨布素虎口裂疼，肩膀胀酸，萨布素咬咬牙，还是一遍遍地练着，老人在旁不时指点他。

吃过早饭，李老汉就开始教他那两本兵书。萨布素识的汉字不多，老人一边教他学汉字，一边给他讲故事。萨布素听得都忘了吃午饭，当听到刘、关、张桃园结义时，萨布素感动得流下眼泪。

晚饭后，爷儿俩一个讲，一个听，一直到月牙偏西，才躺下睡觉。

一连学了几天，萨布素的刀术长进很快，尤其是学那兵书，就像一根拨灯棍一样，拨亮了萨布素的心，开窍多啦！

这爷儿俩，也不管数九寒冬，也不管逢年过节，总是一个教一个学。两个月过去了，萨布素把两本兵书都学了一遍。有一次，萨布素问老人："巴克西，曹操雄踞北方，拥兵百万，为何就在赤壁，被诸葛亮、周瑜一把大火烧得丢盔弃甲，差一点丢了性命呢？"

李老汉答道："曹操被打败，主要是孙权和刘备能联合，而且能用诸葛亮、周瑜这样的旷世奇才。"

萨布素听了，连连点头。

李老汉又说："从用兵上说，诸葛亮、周瑜能以己之长，攻敌之短，以少胜多。曹操之败是败在他骄傲轻敌上。"

萨布素说："巴克西，你这一说，我就想起，我们大清老汗王以十三副铠甲起兵，他能打败九部联军，三擒布占泰①也是他能攻敌之弱，以少胜多。"

"哈哈，你讲得很好，这样才能学以致用。孩子，这样学下去，你能成为一个有用的人才。"老人一高兴，破天荒地夸了几句，萨布素心里比喝了蜜水还甜。

第二天，萨布素一听到鸡叫，便一骨碌翻身起床，这时，他突然觉得屋里空荡荡的，细一瞅，呀，老人家不见了。只见自己枕头旁边放着一个黄绸布小包。他打开一看，正是那两本兵书，还有一些碎银子。

萨布素知道恩师已去，便点香祷告，遥祝老人家一路顺风。这才收拾行装，准备回宁古塔去。

---

①　布占泰：当时九部联军之一乌拉部的首领。

第三章　断案结良缘

（一）

　　萨布素正要出门回走，没想到迎头碰上宁古塔的两个领催。见他们二人风尘满面，萨布素赶忙让进客店，这两个领催原是奉命到阿勒楚克城[①]办事，顺路来接萨布素的。

　　三个人拉家常一直到深夜。第二天，三星平西，萨布素告辞了店主，跟着那两个领催向阿勒楚克城骑马而去。

　　那时，江南已是河边开杨柳了，可塞北春寒正浓。三个人一路上风餐露宿，吃了不少辛苦，一连走了十来天，还没到阿勒楚克城。

　　一天晚上，星月无光，三个人走着走着，就没有道了，怕迷失了方向，便在一个树丛的枯草地上拢起了篝火，煮了一点鹿肉干，吃饱了，便裹了一张狍子皮，倒地而睡。

　　东方微白，三个人一睁眼，哟！怎么手脚都给捆上了呢？再定睛一看，旁边站着五六个人，个个腰刀出鞘，虎视眈眈地瞪着他们。萨布素惊道："你们为何平白无故地抓我们？"

　　"平白无故？说得轻巧，为了捉住你们这些盗贼，我们折腾了一宿，你们倒睡得挺香。"一个头领模样的人气呼呼地说。

　　"我们不是盗贼，快放开。"两个领催怒喊着。

　　"别装蒜，快把他们押回去！"那头领一喊，旁人连推带搡把他仨押走了。

　　走不多远，就是阿勒楚克城，进了土木围墙后，那拨人把他们带进

---

　　① 阿勒楚克城：现黑龙江省哈尔滨市阿城区。

一个官府，拉到后面一个小哈次①就要往里塞。那小哈次还没有一人高，萨布素个大又被绑得结结实实，一时进不得门去，那些人就硬塞。萨布素怒道："你们不分青红皂白，就把人当盗贼，我要见你们的大人。"

"你还嘴硬！"一个小伙子过来就是一拳。

萨布素气往上涌，正要和他争理，突然，"别打人！"一个姑娘清脆的声音传来。萨布素一抬头，一个端庄的旗家姑娘手持一张小弓，亭亭玉立地站在眼前，目光灼灼地看着自己，萨布素不觉有些脸红。

姑娘问道："为何把他们绑来？"

"他们就是昨晚逃出城的那三个偷刀人。"那头领说。

萨布素急辩道："格格②，我们不是贼人，我们昨晚还没到阿勒楚克城呢。"

那头领还要争说，姑娘止住，说："宝刀是不是他们盗的，待我阿玛来审定，你们先给他们松绑。"说罢，姑娘又瞅了一眼萨布素，转身走了。

那拨人只得给他们仨松了绑，倒锁上门扬长而去。

太阳一竿高的时候，昨天抓他们的那个头领来到小哈次前，冷冷地对萨布素说："协领大人传你上堂。"

萨布素一出小哈次门，来的人就要上绑。

萨布素轻轻地一推，冷冷地说："不用侍候。"说罢，大步向前堂走去。萨布素昂着头，走进大堂，见两旁站着一排佩刀持棍的披甲，个个横眉立目，气势汹汹。大堂中央的案桌后坐着一个鬓发半白的老大人，他的三绺长须飘垂到胸，龙眉凤目，煞是威风。萨布素正要给他打千请安，不料，在旁的那头领恶声恶气喝道："贼人！快给大人下跪！"

萨布素一听贼人二字，气不打一处来，站而不跪。

那头领又说："禀大人，这小子是他们三个逃人中最年轻的，一路上最嚣张的就是他。"

"掌嘴！"那大人喝道。

两边的披甲"嘛"的一声，就要上前架萨布素。

"慢！"早晨小哈次前遇到的那姑娘从后廊走出，对大人略施一礼，说道："阿玛，不问清是怎么回事，怎么先打起人来？我看他不像个贼人。"

---

① 小哈欠：满语，小库房。
② 格格：满语，姑娘。在皇宫内也指公主。

"这不是你一个姑娘家来的地方，退下！"大人微怒道。

"我偏不！"姑娘一撇嘴，侧身站在一旁。

那大人无可奈何地瞟了他女儿一眼，对那些披甲说："你们先退下吧。"那些人又退到两旁。

那大人对萨布素说："你快说说，昨天下午你们怎么偷偷溜进我的府上，盗走了我的宝刀，你们想逃到哪里去？把宝刀藏到哪里去了？"

萨布素听了这话，不禁觉得好笑，便微微一笑说："大人，昨天我们三人还在道上，没进城，怎么到您老的府上？没到您府上，怎么盗走您的宝刀？"

"你们从哪里来？"

"抚顺城。"

"到哪里去？"

"回宁古塔。"

"为何不走近道，到这里来绕一个大圈子？"

"我们到阿勒楚克城有事，那两个被绑着的领催，是奉沙尔虎达老章京之命，调你们协领辖下的几个牛录①，到宁古塔去练箭术。"萨布素不慌不忙地说。

那大人正是阿勒楚克协领，一听这话慌了神，瞪了那头领一眼，说："瞧你们糊涂成这样，把章京大人的人给错抓了。"

那头领脸上红一阵白一阵，协领的女儿在旁忍不住了，说："阿玛，你别说别人了，你还糊涂得差点错打了好人呢！"

老协领被女儿噎得够呛，叫人立刻把关在小哈次的那两个领催请来，自己下座把萨布素请到后屋。

萨布素见老协领面有愧色，便不介意地说道："咱们是不打不相识啊，不过，大人，您的宝刀怎么丢的，能不能说与我们听一听？"

老协领长叹一声，起身到墙上取下一个刀鞘，递给萨布素说："这是一把家传宝刀，是老汗王赐给我玛发的，我天天早上都用它练一阵子，昨天上午还挂在墙上，到黑儿只有鞘不见刀了。"

萨布素仔细端详，只见那刀鞘上镶着七块熠熠闪光的宝石，真是一件奇宝啊！可惜刀鞘分离，不知宝刀下落。萨布素正在惋惜，忽见刀鞘口上有一丝黄绸条，不觉心里一动，眼前一亮，问道："大人，正黄旗是

---

① 牛录：八旗制下的一个基层单位，满语原意为箭。

不是常有人到您府上来？”

“是啊，不过，你怎么猜得？”

萨布素寻思了一下，说道：“大人，如您能按我的话去做，那宝刀兴许能找回来。”

“找回来？当真？你快说，快说！”老协领面露喜色。

萨布素如此这般轻轻把自己的打算说了一遍，最后又叮嘱道：“大人，宝刀找回后，一定不要声张，不要为了一把刀伤了人的和气。”老协领听了连连点头。

老协领按萨布素的话让人做了一柄刀把，看上去和原来那把宝刀把差不多，装在那刀鞘上。

吃过午饭，老协领把正黄旗的那两个佐领请来，吩咐道：“今日下午，要操练正黄、正红两旗的披甲，我今日身体不适，你俩谁替我去督阵，拿我的宝刀去，谁敢违军法，立杀无赦。”

一个佐领痛快地说道：“大人，卑职愿去。”

另一个佐领却有些迟疑，支吾道：“卑职也愿去。”

在佐领身旁的萨布素对后说话的佐领瞟了一眼，老协领领会其神，微微点头，对那佐领说：“好，就让你代劳一趟吧，天黑前把刀给我送回。”

“嗻！”那佐领迟疑地接过那安假刀柄的宝刀，无可奈何地去操练那两旗兵马。

太阳卡山的时候，那佐领汗涔涔地来到协领府上，见了协领，打千请安，双手把宝刀呈上说：“禀大人，卑职练兵已毕，宝刀归还。”

协领忙接过宝刀，抽出一看，寒光四射，啊！宝刀回来了！老协领感叹地说：“宝刀啊宝刀，以后你再也不要离开刀鞘了。”

那佐领听了，臊得满脸通红，跪在那里不知如何是好了。

老协领和颜道：“兄弟，我看人情比刀重，你放心去吧。”

“谢大人！”佐领羞容满面地回家去了。

晚上，老协领把萨布素他们三个都请到府上，大宴了一番，庆祝宝刀失而复得。

（二）

这天晚宴散后，老协领心情很兴奋，他忍不住对老夫人和女儿讲起了萨布素，讲他怎么在宁古塔南马场驯牛杀虎，在抚顺城怎么护理李老汉得兵书，又怎么巧破失刀案。老协领越讲越有劲儿，赞叹道："这真是一个山英阿哥！"

老夫人忍不住问道："这样的好小伙不知定亲了没有？"

"这倒没听说。"

"你明日问一问吧。"

"哦？"老协领见老夫人急切的目光和女儿微红的脸，突然明白了，说道："好，好，我明天去问一问。"

女儿的脸儿飞红，对老协领说道："阿玛，你明日让他来射箭吧！"

"好，好，明日我一定让他来和你比箭，哈哈哈……"老协领说罢大笑。

第二天清晨，霞光满天，两只喜鹊在协领府园的大柳树上喳喳地叫着。萨布素来到树下，一看老协领父女俩已等在那里。萨布素忙和老协领见礼，抬头刚想和格格行礼，不禁怔了一下，只见那格格身着小箭袖的戎装，匀溜的个儿越发精神，油黑的两把头①上插着小小的淡黄的冰了花②儿，粉白的瓜子脸上一对黑亮的眼睛闪着水波儿，脚穿一双薄底的绣花鞋，浑身透着灵秀气儿。

格格也要给萨布素行礼，可一见到这虎背熊腰的小阿哥目光灼灼地看着自己，也不觉脸儿发烫，愣在那里了。

老协领见状，微微一笑说："小阿哥，今日请你来是想让你和我女儿比比箭。"

"不，不，小的不敢。"萨布素连忙推辞。

"咳！恭敬不如从命，骑射乃我满人根本，我也想看看你的箭术。"

其实，萨布素看见弓箭就手痒痒，听了此话，也不再推辞了，接过老协领手里的弓箭，一拉弓弦，便对老协领说，这张弓太软了，可否换一张硬一点的？

老协领忙让家人从屋里搬出一张上面盖了黄绸布的大弓，萨布素一看，弓把磨得溜光锃亮，弦有小指粗，一色鹿筋编的，真是一张好弓。老协领说："这张弓还是我老祖宗跟老汗王起兵时用过的。年轻时我还能使它，老了不中用了，使起来费劲儿了。"说罢，叹息一声。

---

① 两把头：满族姑娘发式。
② 即冰凌花，在女真故地安出水（现阿什河）一带的满族群众称之为冰了花。

萨布素轻轻拉弦，猛地张开，弓开满月，哈！正合手，便搭箭射靶，"嗖、嗖、嗖"一阵风声，三支箭齐刷刷地钉在百步开外的靶心上，箭身有一半插到靶木里！"山英①! 山英！"老协领拍掌叫好。

格格淡淡一笑，一抿嘴，张弓搭箭，一连三箭。射完后，又对萨布素抿嘴一笑，跑到老协领身后。

萨布素定睛一看，靶上仍只有自己射的那三支箭，那格格射的三支箭哪去了？萨布素心里纳闷。老协领对他说："你去看看靶吧。"

萨布素应了一声，快步前去，到了靶前，萨布素一下子惊得眼睛睁得像铜铃一般。原来，格格的三支箭射在萨布素的三支箭尾上，一支咬一支，连成一支箭啦！

萨布素飞步而归，见了格格，行了大礼，说道："格格神箭，格格神箭。"

格格发出一阵银铃般的笑声，回屋去了。

夜晚，繁星满天。老协领和萨布素对坐着开怀畅饮。老协领问了萨布素的家世，知道萨布素就是长白山闻名的巴图鲁充舜的后人，他阿玛又是一个穆昆达②，额娘③是个萨满，小阿哥尚未定亲，老协领心中暗喜。

酒过三巡，菜过五味，老协领借口有事，出去一下，走出门外，见了老夫人与女儿便说："这小伙就是长白山充舜后人，未定亲。"

老夫人听了欢喜地点点头。

老协领对女儿说："姑娘，你已十五了，可以定亲了，如果你喜欢这小阿哥，把香荷包交给你。"

格格脸上飞起了红霞，低着头一声不吱，可老协领一转身，就把香荷包交给老夫人了。

（三）

萨布素他们准备回宁古塔去了，临走头天下午，萨布素在老协领的庭院里转悠了半天，终于碰到了格格。那格格穿着绣边的旗袍，格外俊俏，见了萨布素便大大方方地请他进屋。萨布素进屋便行礼谢道："格格，

---

① 山英：满语，好。

② 穆昆达：满语，氏族长。

③ 额娘：满语，母亲。

没有你，这次我进府难免挨一顿棒呀！"

格格低头含笑。

"格格好箭法，怎么练的？"

"等以后到了宁古塔，我再教你。"格格说着脸红了。

萨布素听了这样近便的话，心里觉得甜滋滋的。

姑娘又问萨布素道："那宁古塔地方可好？"

"那可是一个好地方。在我家南边不远的地方有一个忽尔罕海[①]，那大瀑布像一屏玉，护着红罗女的红棺椁。"

格格道："红罗女，就是那渤海巾帼英雄，三打契丹，新罗平盗，最后除奸投湖的红罗女吗？"

"是啊，是啊！你到我们那里，红罗女的传说你三天三夜也听不完，那忽尔罕海的一景一物都是红罗公主[②]用红罗巾绣出来的。"

"啊！我到了宁古塔一定要到忽尔罕海去看红罗女的红棺椁。"

萨布素又说："在我家东面还有一个快活林。"

"快活林？那一定是个好玩的地方！"格格好奇地问。

萨布素的脸一下子阴了，沉吟不语。

"你怎么了？"格格急道。

萨布素的泪水涌上了眼眶，沉重地说："这是一个伤心的故事。早些年，这里有一个大部落，部落里有一个格格心灵手巧，模样儿也俊，可就是个哑巴，到了出嫁的年龄了，还没有一家去定亲。部落里有一个小阿哥，家里很穷，心却善良，见哑格格很苦，常帮她干活儿。哑格格见他的渔网破了也补不起，便把自己青丝一般的秀发拔下来，给他补好了渔网，从此，他就能打到许多鱼，但哑格格却没了头发变丑了，可小阿哥真正爱上了她。

不料，部落里一下子闹起了瘟疫，有人说是这个哑格格带来的。哑格格没法辩说，又怕连累了自己心爱的小阿哥，便一个人悄悄地躲到那片林子里，准备永远不回去了。

小阿哥找她找了三天三宿，在那林子里找到了哑格格，可不管小阿哥怎样劝说，哑格格还是不回去，并让小阿哥以后再也不要找她。

哑格格的深情感动了天神阿布卡恩都力，天神把神泉降到这片林子

---

① 忽尔罕海：现黑龙江宁安境内的镜泊湖，当地的满族群众有时因袭渤海国时期的旧名，仍称忽尔罕海。

② 红罗公主：传说中，红罗女是渤海王的义女，故叫红罗公主。

里。哑格格如果喝了神泉水，就能治好哑病，长出秀发，可她要把神泉水带给部落，又怕别人害怕，就变成了一只梅花鹿，把闹病的人带到了这林子中，病人喝了神泉水病就好了，大家就把这片林子叫快活林，而哑姑娘永远成为一只不会说话的梅花鹿了。"

老协领的女儿听着萨布素讲完这个故事，眼里闪着泪花，轻声说道："萨布素阿哥，你要和那快活林的小阿哥一样啊，我也就是那……"格格脸红不语了。

萨布素心潮翻滚，他再也控制不住自己的激情，上前一把抓住格格的双肩，把她紧紧地搂在怀里。

（四）

过了几天，萨布素回到了宁古塔，老章京、巴海、瓦礼祜都为他订了好亲事而高兴。

过不久，春姑娘给大地换了新装，牡丹江两岸绿草茵茵，开满了五彩野花。一天，老章京满脸喜气地来告诉萨布素：盛京五大臣府公文已到，擢升他为领催。那时不到二十岁的小伙子要得到功名也很不易，萨布素自然格外高兴。沙尔虎达又让他去阿勒楚克领几个牛录的披甲，顺便看看老协领一家。嗨！很快能见到苏木格格啦！萨布素春风满面，飞马回家，拿了三罐蜂蜜，像疾风一般驰向阿勒楚克城。

萨布素到了阿勒楚克城，直奔协领府上，兴冲冲地推门一看，哟！格格一个人在台阶上托腮呆坐。萨布素说了一声："格格！"

格格抬头一看，呀！萨布素来了，腰间正挂着自己的荷包呢，然后露出了惨淡的一笑。萨布素看到格格一脸泪痕，忙问："怎么了？"

"阿玛，阿玛他要不行了。"格格的泪珠儿滚落下来。

萨布素一个箭步进了屋，只见老夫人和家人都围在炕边。他们一见萨布素，便喊道："大人，萨布素来了！"

原来，老协领一生戎马倥偬，立了许多军功，受了许多伤，这次新病老病一起发作，突然人事不省。他在昏睡中总念叨着萨布素的名字，可宁古塔这么远，想不到萨布素真赶来了。

老协领听到喊声，微微睁开双眼，一见真是萨布素在喊他，像蒙一层雾的眸子又闪亮了。萨布素说："岳父，是我来了。"又拎起三罐蜂蜜说："这是给你补养身体的。"

　　老协领露出一点笑容，低声说道："你来了就好。"边说边要起身，格格立刻把他扶起。

　　萨布素说："岳父，我已经升为领催了。"

　　老协领颤巍巍地抓起身旁的那把宝刀，交给萨布素说："这个就交给你了，好好保卫我们大清国。"

　　萨布素接过刀，连连点头。

　　老协领又把老夫人和女儿叫到跟前，抓着萨布素的手说："她俩我也托付给你了。"没等萨布素回答，老协领竟撒手人世了。

　　办完了丧事，萨布素就带着老夫人和格格一起回到了宁古塔。

　　沙尔虎达老章京得知老协领故去，十分悲痛，亲自吊唁一番，又派人在江南为萨布素家修建了三间草房，让萨布素遵从老协领的遗愿，早日完婚。婚期就定顺治十一年四月十八日，这是个大喜吉祥的日子。

第四章　巴尔图告急

（一）

旧历十月初一，正是满族举行"巴音波罗里"①大祭的日子，小城宁古塔沉浸在一片欢腾之中。

从金光初照的清晨，到繁星满天的傍晚，各氏同族祭拜了天神，又祭祖先。悠悠扬扬的祭词从瓜尔佳氏、依尔根觉罗、富察哈拉等各氏家族中传出，祭词唱道：

> 清天高大，
> 重天之祭，
> 祝祷天神。
> 九层之天，
> 分上分下。
> 今日吉，
> 良辰好……
> 旧时已过换新月，
> 择于吉日良辰，
> 祭天求神……
> 而今五谷丰登……
> 保我子孙，
> 佑我族人。

---

① 巴音波罗里：丰收祭。

对于富察哈拉氏族来说，这是个双喜临门的日子，族中老小都集聚在年轻的骁骑校萨布素家中，古朴而又热闹的婚礼正在进行。

> 选择吉日良辰，
> 摆下新婚宴席，
> 杀了自家养的肥猪供奉在天诸神。
>
> 诸神保佑，夫妻幸福，
> 六十无病七十不衰，
> 八十子孙满堂，
> 九十须发才白，
> 百岁无灾。
> 子孙孝敬兄弟仁义，
> 父宽子善日后做官，
> 夫妻共享富贵生活。

德高望重的老穆昆达唱完了这一首"阿查布密"[①]，萨布素与苏木姑娘二人双双上前施礼致谢，答谢老人的祝福。就在这时，外面一声传禀：老将军沙尔虎达大驾光临。如同油锅里撒进了盐粒，好像篝火中又添了薪柴，已经进入尾声的婚礼又掀起了高潮。

主婚人唱起了新的赞歌，姑娘和小伙子们围着新郎新娘翩翩起舞，跳起了"莽式舞"[②]，众人齐喊"空齐"，热闹非凡。

德高望重的沙尔虎达把祝福的美酒，轻轻泼洒在新人头上，用他那浑厚的嗓音唱道：

> 像天边一朵红霞，
> 像崖头一只雄鹰，
> 苏木姑娘与萨布素，
> 就像天和地永不分离，
> 为祝贺这千里姻缘，

---

① 阿查布密：合卺歌。
② 莽式舞：满族传统喜庆舞蹈。

请接受我这虔诚的心意。

该是双方过礼的时候了，主婚人这句话刚出口，沸腾的人群立时就安静下来。

往常，在这个节日里，男方要送给女方许多礼品，女方也乘机炫耀一下自己的嫁妆。礼品与陪嫁的多少要看家中穷富而定。

要论家道，苏木姑娘的老阿玛本是阿勒楚克的老协领，萨布素的家也是宁古塔数得着的富裕户。可就连塔拉密①也没瞧见他们把礼品与陪嫁都藏到哪去了，心中还捏着一把汗呢。

萨布素一定是猜透了主婚人的心思，他不慌不忙地给众人施了大礼，又像变戏法似的从怀里掏出一块熊皮，双手托着它，两眼凝视了片刻，动情地说道："这是我英雄的祖先充舜，在长白山力搏巨熊留下的遗物，他用这张熊皮把部落的人从洪水中救了出来，他把这张熊皮分成五块，分给了我们富察哈拉的五支人。现在赠送给你，虽说不是金银财宝，却是富察哈拉的骄傲！"

苏木姑娘脸上飞着彩霞，眼中闪着清波，她上前一步，单腿跪地，双手高举过头，接过熊皮，捧在胸前，银铃似的说道："阿玛订下了这金银般的亲事，额娘选好了这玉石般的良缘，我喜欢的是你的勇武刚健。姑娘我骑马来到亲人身边，整箱整匹的嫁妆我没要，只带一张宝弓来。"

这时，早有贴身女侍挤上前，递给她一把乌黑闪亮的雕花大弓。

富察哈拉与阿勒楚克苏木氏的先人，都曾为大清国的建立出生入死，流血牺牲。而今，眼见英雄的后辈人，在婚礼中交换的是这样的礼物，老章京沙尔虎达也禁不住热泪盈眶了。他激动地捋着黄胡子，说："大清国有你们这样的儿子，何愁故土不能收复，何愁罗刹不能平定！"

（二）

此刻，正有一个衣衫褴褛、满面伤痕的年轻人，扶着墙站在门外。他听到老章京沙尔虎达、最后这几句话，再也控制不住自己，终于跌跌撞撞地打开门，大叫一声："章京大人，救救我的亲人！"

满屋子的人都愣住了。

---

① 塔拉密：主婚人。

手疾眼快的新郎官上前一把扶住了来人，新娘子随手递上一碗米酒，给他慢慢地喝了几口。

年轻人醒过来了。

他叫巴尔图，是精奇里江达斡尔总管凯扎昆的儿子。不久前，他也正在当新郎，一场浩劫夺去了他的亲人，烧毁了他的家园。

厄运把他从幸福的顶端，抛进了痛苦的深渊。

那一天，精奇里江上缓缓地漂流着桃花水，乍暖还寒的小风轻轻吹拂着江岸，大地上刚刚泛青的树枝瑟瑟作响。

一辆送亲的轿车朝江边的部落跑来。车上坐着新媳妇吉勒吉玛，还有好几个"霍都古"①。新郎巴尔图和"胡米同华达"②骑着大红马，紧紧跟在车旁。

按着祖上传下来的规矩，达斡尔人从订婚、过礼到结婚，本是有许多繁复的程序的。

不是凯扎昆头人有意想破坏这个古俗，也不是这老头吝啬自己的家产，实在是可怜的吉勒吉玛命苦，她很小就成了孤儿，是凯扎昆从深山里把她捡回来的。

因为一直收养在身边，就省去了订婚、过礼的事。胜似父亲的凯扎昆老人怕吉勒吉玛受委屈，又以养女的资格替她办置了许多嫁妆。

选定了吉日良辰，凯扎昆让儿子巴尔图套上车马，拉了一车嫁妆，选派了众多的男女陪伴，没有岳父家可去，就驱车绕部落转一圈，沿着精奇里江兜了一会儿风，权当是真的拜访了岳父，接回了新娘。

尽管这样，车行半路也要遵古俗停下来休息，生起篝火，喝酒吃点心，假如路上遇到生人，也要请他喝酒吃点心。

说来也巧，巴尔图和吉勒吉玛刚把酒菜点心准备停当，就从山坳里走出五六个人来。

打头的这个满脸大胡子，鹰钩鼻子又尖又长，左眼的下眼皮缺了一块肉，看上去总像翻白眼。剩下几个也都是一副副怪模样，一双双蓝眼珠直瞅地上的酒菜点心，有的还忍不住地咽了好几下口水。

巴尔图把这伙人打量了一番，料想他们可能是来自远方的异族，一个个疲劳不堪的样，叫人可怜。就请他们席地而坐，同吃美酒点心。

---

① 霍都古：送亲的女伴和男伴。
② 胡米同华达：男伴中年龄最小的。

酒席间，那个左眼有疤的人，一边打着手势，用他那变了调的达斡尔话告诉巴尔图：他们是俄国的商队，翻越了乌拉尔山，经过勒拿河流域，又穿过了外兴安岭，到这里来，是为和达斡尔人做生意。

说着话，这个疤瘌眼儿就侧过头，来瞅吉勒吉玛，正遇上吉勒吉玛审视他的目光。

他双肩一抖，慌忙用手上前胸画了个十字，喃喃地自语："噢，上帝，难道会是她？"

接着他又连连摇头。

吉勒吉玛也陷入了沉思。

在她心灵的深处，还恍恍惚惚记得那个场面：那是一个金秋的傍晚，父母打猎回来，把小吉勒吉玛挂上树杈上荡秋千，俩人生起篝火，收拾一只打死的灰狼。

突然，从林中窜出一伙强盗，打头的那人一枪打死了阿玛，又扑向了额娘，小吉勒吉玛眼瞅着那人一把从额娘耳朵上撕下那对儿金耳环，额娘双耳流血，小吉勒吉玛吓得晕过去了。

……

这一切有时是很清晰的，有时却又很模糊。

吉勒吉玛来不及细想，因为送亲车就要赶车回部落了。

巴尔图盛情邀请俄国商人，达斡尔人很需要他们的猎枪与铁锅。

（三）

达斡尔部落里，全体族人都迎候在凯扎昆的门前。

喜车一到，爆竹声就噼噼啪啪地响起来。吉勒吉玛头遮红布，被女伴扶下车，可她没有进西屋，却走到凯扎昆跟前，给老人请安的时候，悄悄地说了一些话。

凯扎昆点头答应着，又走过来对尾随进院的俄国商人说："尊贵的商人们，你们不远万里到此地来，都跟达斡尔人做什么买卖？"

瞅着面前这个目光炯炯、体格健壮的达斡尔头人，这伙商人不免有些心虚。除了阴险的用心和罪恶的枪弹外，他们实在是没带别的东西来。

疤瘌眼儿急中生智，忙从胸衣口袋里掏出一个小盒子，双手递给凯扎昆。

"英明的头人，这是俄罗斯女皇陛下才可能拥有的宝贝，戴在你那玫瑰花一般漂亮的儿媳头上，会使她浑身顿生光彩。"

凯扎昆手捏着耳环的链头，这纯金的耳环在阳光下放射出耀眼的光辉。

是的，吉勒吉玛应该佩戴这样美的耳环。

老人正想把耳环交给儿媳，突然，吉勒吉玛大叫一声："强盗！恶魔！我的额娘……"

凯扎昆一怔，顿时明白过来。他立即招呼大家拿起弓箭腰刀，可是已经晚了。

疤瘌眼儿一步上前，用火栓枪和刺刀顶住老人的后背，剩下的几个俄国人也端着火枪，把部落的人圈在一起。

巴尔图像雄狮下山，大吼一声，直扑这个刚刚喝了他喜酒的俄国商人，没等他到跟前，疤瘌眼儿一枪打去，他就直挺挺地倒下了。

吉勒吉玛冲过去，抱住巴尔图的身体大哭起来。

这时，疤瘌眼儿用刺刀逼着凯扎昆往人群前走了几步，吼道："老东西，你听着，只要你归顺沙皇帝国，每年向我们贡献貂皮和粮食，再把你那个刚娶来的新娘子送给我，我保证你后半生的荣华富贵。"

凯扎昆冷笑了两声，咬牙切齿地回答："我达斡尔部落本是大清帝国的属民，一女岂能找两个婆家？要我归顺，真是瞎了你的鼠眼。"

老人说着，猛一转身，一把抱住疤瘌眼儿，一边扭打，一边命令族人赶快进森林。

人群里一阵骚动，有与敌人扭打的，有带领妇女儿童往林中跑的，可没走出几步，就被一排排子弹射中了。其余的人又被围到一堆。

疤瘌眼儿在同伙帮助下，重又把凯扎昆扭住，老人满身刀伤，满脸流血，他反剪着双手，嘴里不停地叫骂着罗刹、强盗。

吉勒吉玛不顾一切地冲过来，要与疤瘌眼儿拼命，一个罗刹用刺刀挑她，被疤瘌眼儿踢了一脚。他走近吉勒吉玛，伸出毛茸茸的大手，去摸吉勒吉玛的脸蛋，冷不防被她咬了一口。

疤瘌眼儿一脚把吉勒吉玛踢倒，他恼羞成怒地盯着吉勒吉玛，恶狠狠地说："妈的，我眼上的这块疤瘌，就是你娘老子抠的，它害得我十几年找不到老婆。这笔债，今天要由你来偿还！"

说着，他又转身用刀剥下凯扎昆的衣裳，寒光闪闪的刀尖对着老人的心窝。

狞笑着："新娘子，你是要你的贞操，还是要你的老爹！哈哈哈……"

"吉勒吉玛，要报仇雪恨哪！"

凯扎昆老人高喊着，身体向前一撞，那锋利的刀刃就刺透了心脏，随着刀柄拔出，一腔热血直喷而出，染红了脚下的大地。

族人们呼喊着，哭叫着，搬起石头，拣起木棒，向前拥过来。几个年轻的猎手走在前面，老人和妇女把儿童藏在自己的身后，他们也紧紧跟在年轻人的后面。

像一堵人墙倾斜而来，愤怒的喊声惊天动地，仇恨的怒火熊熊燃烧。

几个手端火枪的罗刹，虽然免不了一阵惊慌，可拳头、石块、木棒毕竟不是枪弹的对手。

一阵激烈的枪声响过，人们都倒在血泊里。

不知过了多少时辰，巴尔图被剧烈的疼痛搅醒了。他挣扎着爬起来，检查一下，身上虽说打了几个洞，可都没有伤着要害处。

奇怪的是，他的伤口好像抹了草药。

莫非部落里还有幸存的人？

巴尔图在一片废墟里爬呀爬，见到的都是残缺不全的尸体，他简单地安葬了亲人的尸骨后，就长跪在坟墓前，发誓爬也要爬到宁古塔，找到大清兵，为死难亲人报仇。

（四）

听完巴尔图的述说，萨布素安慰了他几句话，自己便急不可耐地请求老章京，要前去精奇里江追杀罗刹。

老章京毕竟是久经沙场的战将，宁古塔距精奇里江千山万水，哪里是说去就去的。更何况这发兵打仗之事，还须得启奏皇上批准才行。

于是，老章京命笔帖式上书皇上，请命挞伐罗刹。命萨布素立即操练兵马，准备出征。

第五章　苏木夫人集军粮

（一）

朝廷降旨，命宁古塔八旗兵加强战备，随时准备远征，打击入侵之罗刹。

连日来，老章京沙尔虎达不断巡视各路兵马，只见正红、正蓝、正黄、正白、镶蓝、镶黄、镶白各旗都在挑选壮丁，补充装备，贮备军粮，就连那普通的百姓，饭前茶后闲聊的也是抗击罗刹的事。

这一天，沙尔虎达正和萨布素、瓦礼祜商量训练之事，忽然，卫兵来报说衙门口来了外国使节。

沙尔虎达等人忙到门口迎接。原来是朝鲜边城的崔永浩大人奉李朝国王之命，到宁古塔借粮来了。

原来，去年秋天，朝鲜边城一带遭了大水，眼瞅着就要到手的庄稼都被水冲走了。家家户户抢收的一点粮食早吃得颗粒皆无，就连山菜野菜也采净吃光，有不少人家靠抓老鼠剥树皮吃树叶度日，他们希望能暂借五百石粮食。沙尔虎达把朝鲜使节安置好，便在衙门里召开了紧急会议。

宁古塔八旗首领都会集一起，听了老章京的话后，大家面面相觑，谁也不说话。

别看大家不吱声，可那心里想的啥，老章京也猜个八九不离十。

带兵打仗的人，谁不知道粮食的贵重？更何况宁古塔今秋也是个歉收年，家家户户的存粮也不多。

老章京呷了一口茶水，沉思一阵，说道："朝鲜李朝与我大清帝国一向是兄弟之邦。早先，咱不也求过人家？眼下人家遇了难，咱们可不能见死不救哇。可是……"

有人说："'五百石'这个数目也太大了。"

还有人说："我们行兵打仗的军粮还不足呢。"

大家七嘴八舌，议论纷纷。

沙尔虎达最后把目光盯在萨布素的脸上，萨布素站起来说："我们粮食是很紧张，可是朝鲜借又不能不借，这件事关系重大，望大人容我想一想。"

沙尔虎达让众首领都回家去，每个人的脚步都沉甸甸的。

（二）

往常有说有笑的萨布素，这天从衙门回来，脸儿总不开晴，睡觉也睡不实成，翻来掉去地一个劲儿叹气。

聪明伶俐的苏木夫人，猜到丈夫一定是有了难处，果不然，经她一询问，萨布素便把朝鲜借粮的事说了。

苏木夫人说："俗话说：人多主意多，柴多火焰高。赶明儿个我和众姐妹商量商量，只要大家一动手，凑点粮食不成什么问题。"听了苏木夫人这话，萨布素还是摇头，他说："光靠各家各户献余粮，是凑不上这个数的。更何况大部分余粮都充了军粮，也不能勒父老乡亲的腰装好汉哪。"

苏木夫人点了点头，这一夜，两口子都没睡好。

次日清晨，苏木夫人起得很早，她想起小时听阿玛讲过的一个故事。说的是早些年金国打了败仗，金兀术带领三家王子和马步兵丁，退到了三江口。当时是人困马乏，连冷带饿的，眼瞅着就不行了。

正在这呼天不语、喊地不应的夹当儿，就见黑龙江上，干糊糊地下来一群又一群大马哈鱼。那多带劲儿，真是水有多深，鱼有多厚。

金兀术忙给东海老龙王磕了三个响头，就抓鱼吃了。人吃熟的，马嚼生的。没过三天，人马就都还原了。

打那以后，黑龙江边上就留下了大马哈鱼救驾的事。

想着这个有趣的故事，苏木夫人突然心中一动，她像着了魔似的，三脚并作两步，急匆匆地出了家门，直朝城边奔去。

一路上，苏木夫人东张西望，走走停停，查看了好几个水泡子，最后来到大江边上，对着那一江清水直出神。

只见那清清亮亮的江底，自由自在地游动着一种奇怪的鱼，这鱼浑身的鳞片是倒生的，人们叫它倒鳞鱼。

多少年来，也许因为这鱼样子丑，又是倒鳞，所以没有捕捉过。据老辈子人说，这鱼有毒，吃了要闹瘟病。于是，这人不吃狗不理的倒鳞鱼，越繁殖越多。不光是江中铺满底，就是沟沟岔岔的小河流子、大大小小的水泡子里，也是一群一群的。

要是这倒鳞鱼能吃，那该有多好哇! 不仅解了眼前的借粮之急，而且家家户户的饭桌上，又可以多一道丰盛的美餐呢!

苏木夫人决心要尝一尝这倒鳞鱼，她蹲在江边，用手捞了两条寸八长的倒鳞鱼，悄悄地返回了家门。

（三）

老阿玛吃完了早饭，收拾了一下，就到马场去干活了。老额娘喂上了鸡鸭鹅狗，又给猪煮了一锅食，没啥活，就进屋做针线活去了。

她坐在南炕上，暖洋洋的日头光照在身上，脸膛红扑扑，心里喜滋滋。飞针走线，缝的是小裤小袄。

姑娘结婚，有喜了，当额娘的心里盼着早日抱外孙呢。

快到晌午时，额娘见厨房没有动静，心想苏木姑娘可能身上不大自在，没叫她。自个儿到院里抱了一抱柴火。刚迈进门槛，忽听见女儿房中“咕咚”一声，接着又传出轻轻的呻吟声。

老额娘扔下柴火，跑到东屋一看，只见女儿脸色蜡黄，浑身哆嗦，晕倒在地上，旁边还有一只打碎的碗，一条烧好的倒鳞鱼掉在地上，黄色的鱼汤还散发着一种奇异的清香。

她双手抱着女儿的腰，想把苏木姑娘拖到炕上，怎奈人老体弱，使不出多大的劲儿。

门帘一响，萨布素进来了。

“啊!”他大吃一惊，上前抱起夫人，连声呼叫着，摇摆着，把她放到炕上。

老额娘拿出绿豆米酒，用匙喂了几口，又把浸了酒的毛巾敷在她的头上。过了一会儿，苏木姑娘才慢慢地睁开了眼睛。

见女儿醒来，老额娘是又急又气，就数落起来。

“唉，想什么吃不好，偏偏馋这种倒鳞鱼。就是要吃，也该和额娘说一声，额娘好先替你尝头一口。”

“额娘，您说些什么呀?”

苏木姑娘脸上泛出了红晕，她深情地瞅了丈夫一眼，满肚子的话，好像一瞬间就无言地传给了他。

萨布素激动得再次把夫人搂在怀里，眼里闪着泪光，嘴微微动，可没讲出话来，半天他才对岳母解释，说苏木冒死尝倒鳞鱼，为的是想用这鱼顶粮，帮助衙门筹备粮食啊。

老额娘的泪水一下子淌下来了，她默默地把地打扫干净，鱼汤倒到门外，忙乎晌午饭去了。这时，小两口又温存了一番，萨布素扳着夫人的头，抚摸着她的脸蛋，心疼地说："我的好沙里甘①，你要好生保养身子，衙门里的事有我，千万别胡闹了！"

苏木夫人点了点头，嘴上是答应了，心里却想着：这个事还没完呢。

（四）

也不知是冲了哪门子神，老额娘养活的五只大母鸡，这几天突然像得了瘟病似的，蛋也不下，食也不吃，整天耷拉着膀子，咯咯咯叫个不停。

那五只大母鸭却像气吹的一样，天天见长不说，毛色越来越亮，有一只大白鸭，一天竟下了两只蛋。

百思不解的老额娘，虽说没抓到什么线索，可心里也有个小九九。

这天早上，天刚麻麻亮，她听见了女儿起来的声音，就悄悄爬起来，掀开窗帘一角，偷偷看着女儿。

只见女儿手端一个大盆，悄悄打开鸡架、鸭架，往架里扔了好几条倒鳞鱼。

老额娘"梆梆"直敲窗户，嘴里还吵个不停。苏木姑娘急忙朝她使眼色，打手势，意思是怕惊动了别人。接着她就进了额娘的屋，坐在炕沿上，慢慢解释起来。

"那天，大公鸡和大母鸡打架，撞倒了垃圾桶，我见大公鸡叼起了倒鳞鱼，别的鸡都跟着抢，满院子鸡飞鸭叫的，最后那只大花鸭子抢去了鱼尾巴，大公鸡吃了鱼头。

这下可坏了，我一下晌也没离院。到了下晚，就见那大公鸡蔫了，可那只大花鸭子，啥事也没有，反倒更欢实了。我寻思着这里头准有点说道，第二天又给它们吃了鱼。这不，都三四天了，鸡也没死，鸭也更

---

① 沙里甘：满语，妻子。

甜活人了，一天还给您下两只蛋呢。"

"可那鸡不下蛋啦。"

"是呀，症喉就在这里。同样吃鱼，为啥两样结果？额娘您说，这鸡和鸭有啥不同的呀？"

"鸡是吃米的，鸭是吃菜的。"

"鸭最爱吃的顶数苣荬菜了，莫非这苣荬菜能解毒？"

苏木夫人好像突然醒悟了其中的奥妙，她赶紧把昨天采的苣荬菜剁碎了，搅拌上鱼汤，又加了些苞米面，端给鸡吃。

几只蔫蔫巴巴的鸡，走过来，闻一闻，马上就狼吞虎咽地吃起来。

到了晌午歪，就有三只母鸡"咯咯嗒嗒"地叫唤着，要下蛋了。

娘儿俩那个乐劲，就甭提了。

鸡归鸡，鸭归鸭，要想叫大家都信服，还得自己再来尝一尝。

下午，娘儿俩就忙活开了。捞鱼的捞鱼，采菜的采菜。不一会儿，一小锅热气腾腾的苣荬菜炖倒鳞鱼就端到了饭桌上。

额娘要先吃，女儿要先尝，俩人争得脸红脖子粗，谁也不相让。

冷不防萨布素推门进来，端过那鱼锅，七划拉，八咕嘟，一转眼就把一锅鱼给吃光了。

"你……"苏木夫人抢过了空锅，愣愣地瞅着丈夫。

萨布素一抿嘴巴，对她做了个鬼脸，打趣道："这么好吃的东西，你们还想独吞，我早就盯上啦！哈哈哈……"他开心地大笑起来。

这一夜，萨布素睡得格外香甜。苏木夫人半夜里听见他说梦话，还笑出了声，一定是做了好梦。

第二天，萨布素一到衙门，就向沙尔虎达禀告了吃倒鳞鱼的事。

老章京听了深受感动，他关切地说："难为苏木姑娘还是个双身板，我一定要好好嘉奖她。"他又对笔帖式说："传我的令，命各旗佐领以上的首领，带上自己的夫人，今天中午到萨布素家赴鱼宴。"

沙尔虎达拍了一下萨布素的肩膀，笑着说："快回去准备鱼宴吧。"

"保证叫大家满意。"

萨布素一转身就跑出了衙门。

（五）

一块块又肥又厚的鱼肉，细嫩细嫩的，有青有绿的苣荬菜，切得细碎细碎的，淡黄色的鱼汤里还飘着一片片山花椒树皮，那个香劲儿就别提有多馋人了。

大家都吃得满头大汗。沙尔虎达放下碗筷，兴高采烈地说："宁古塔哪个河岔子里没有倒鳞鱼？哪个山湾里不长苣荬菜？只可惜这么美好的佳肴，今天才一饱口福。往后，我们可以大吃特吃倒鳞鱼，结余的粮食，我们就可以支援朝鲜兄弟啦！"

朝鲜特使带着五百石粮食返回了。临行时，他们按照清朝的规矩，给沙尔虎达及大小首领们一一行了大礼，千恩万谢地表示：

中朝两国是一家人，以后有啥危难，一定前来支援。

第六章　激战松花江

（一）

清顺治十五年秋后的一天。波涛汹涌的黑龙江上，几艘大平底船正向着松花江口驶去。

为首的船上，一个满脸大胡子的罗刹，翻愣着他那疤瘌眼儿，一边喝酒，一边叽里咕噜地朝士兵耍威风。他，就是那个血洗达斡尔人部落的匪首斯捷潘诺夫。

原来，这几年由于清政府的招抚安顿，黑龙江一带的居民大都搬入内地，剩下一些不愿走的，也都拿起了刀枪，使得斯捷潘诺夫一伙四处碰壁，到处挨打。他费尽了力气，好不容易才在呼玛河口修筑了一座寨堡，却被清军和当地居民给团团围住，差点没掏了他的老窝。后来，他虽冲破了包围，可军粮已颗粒无存。在冬天，这伙罗刹饿得发了疯，竟吃了五十多个死人的尸首。

斯捷潘诺夫一回想吃人的情景，就禁不住浑身打战，作为一个教徒，他怕死后灵魂下地狱。为了今冬的粮食，他决意凭借手中的火枪火炮，带领全部残兵败将四百五十人，拼全力去抢劫一遭。

（二）

松花江上，宁古塔老章京沙尔虎达率领清军分乘四十七艘船舰，逆流而上。

行至松花江口，船队戛然停止前进，原来是前锋打探情况的人回来了。老章京把各船首领召集起来，分析了罗刹的人力火力，让大伙献计献策。

巴海说："论船只，论兵力，咱都超过罗刹，加上咱们朝鲜咸镜道兵马北虞候边岌率领的鸟枪队，干脆冲上去拼了。"

瓦礼祜接着说："那伙罗刹一个个饿得皮包骨，风一吹直打晃，不用费劲，准把他们全端了。"

沙尔虎达捋着胡子，摇摇头。

"轻视不得，以往的经验教训是：硬打硬拼，平推直进伤亡太大呀。勇气固然得有，可罗刹的大炮弹杀伤力太强。"

萨布素沉思了一会儿，说："老章京说得极是，清兵虽然人多船多，但弓箭长矛怎么对付那火枪大炮啊？不能拿着鸡蛋碰石头哇！"

巴海白愣了一下眼珠，表示不满。可萨布素朝他笑了笑，又接着说："正因为这样，我想此仗只能智取，不能硬拼。"

"快快说来，咋个智取法？"老章京催促道。

"能否把主要兵力埋伏在岸上，再派少量船只前去把罗刹引来，然后乘罗刹下船上岸之机，一举歼灭他们？"接着他把具体作战计策详细说了一遍。老章京听完连连点头，站起身环视左右江岸说道："这里江面狭窄，江岸陡峭，两岸又是密林，真是个打埋伏的好地方啊！"

"好！哪个愿前去诱敌上钩？"

"我！"

"我！"

"我！"

大家互不相让，老章京两手一摆，说："别争啦，萨布素水性好，他去最合适。"

（三）

五只小船排成一行，每只船上五六个人，他们装扮成打鱼的赫哲人，还故意把酒桶、米袋、鱼都摆在船上显眼的地方。

萨布素站在船头，奋力地摇橹，不时地手搭凉棚，眺望前方。

渐渐地，江面上出现了一团黑影。一会儿，罗刹的船队就驶过来了。

五只小船突然调转船头，回头就划走了。

这可急坏了斯捷潘诺夫，他眯缝着疤瘌眼儿，透过望远镜早看见了船上的粮食和酒桶，到手的猎物怎能丢掉？

他大声叫唤着："快快，追上去，有粮食！"

小船像一叶轻舟，顺流而下，大船哪里追得上它？斯捷潘诺夫气急败坏地下令开炮轰。

"轰隆隆，哗啦啦！"

水面掀起丈把高的水柱，一只小船中弹翻了个儿，萨布素救起落水的士兵，命大家掀掉船上的酒桶和米袋，原来都是假的。

小船很快就拐过山崖，进入松花江口，来到了埋伏地点。

萨布素命令大家下船上岸，这时，斯捷潘诺夫的船队也紧紧地跟了上来。

得意忘形的罗刹们，狞笑着把船靠了岸，一个个刚爬出船头，没等他们站稳脚跟，只听得岸上响起一片喊声。

"杀！"

喊声震天，万箭齐发，枪炮齐鸣，复仇的箭矢、弹丸，呼啸着飞向岸边的罗刹。

斯捷潘诺夫一时间被这阵势给造蒙神了，可他毕竟是个狡猾多端的老狐狸，身上的伤疤教会了他如何跟中国的清兵打仗。他镇静下来，仔细辨别了一下方向，听听那枪声和炮声，咧开大嘴狞笑起来。

"哈哈，只有一门土炮，枪也不过百十个，勇士们，只要撤出这块倒霉的地方，冲到前方去，占领那个小山头，最后的胜利就是我们的。冲啊，谁第一个上去，我给他晋升两级，再配一个女人！"

"冲啊！……"

一个百人长打头，几个十人长跟腚，几十个罗刹一窝蜂子似的往前跑。

箭矢像雨点似的飞过来，冲在前面的罗刹，身上插了不少箭，一个个像刺猬似的倒在地上。没中箭的也屁滚尿流地缩回来。

飞来的箭矢差点射着斯捷潘诺夫。他知道此地不能久留，要么后退撤到船上逃走，要么冲到林中拼个雌雄。逃命倒容易，可抢不到粮食，冬天也得饿个半死。

于是，他重整旗鼓，命令三个百人长各带一百人，分三路向前方高地包抄过去，自己则和一百多人在后。看到清军的火力已被吸引过去，斯捷潘诺夫才在百人长的掩护下离岸冲向树林，想迂回占领那离江不远的一块高地。

潜伏在林中的清军和朝鲜鸟枪队，刀出鞘，箭搭弦，枪上膛，个个虎视眈眈，注意着这伙吃人的强盗。

罗刹越来越近了，埋伏的将士眼睛里都闪出了火苗，可是老章京捋捋已经花白的长须，摆摆手，大伙的心都要给憋出来了，可谁也不敢放一枪一矢。

斯捷潘诺夫一伙乘着这个时机，奔过江岸这一片二百多米远的卵石沙地。可是他们刚接近树丛，漫天飞过一阵箭矢。

一批罗刹当场倒地送了命。

等斯捷潘诺夫占领了树林中的小高地后，他收罗了手下的兵马，一清点，只剩下二百多人。

斯捷潘诺夫就像一个输红了眼的赌徒，他命人把五门火炮架在高地上，其他罗刹在百人长带领下，借着火炮的轰炸，向清军阵地发起攻击。

罗刹的炮弹在清军阵地中开了花，不少清兵中弹身亡，一阵猛烈的炮火过后，树林里烧起了漫天大火，清军个个被呛得睁不开眼睛，弓箭也失去了威力。

朝鲜鸟枪队为节省子弹，也不敢贸然开枪。老章京估计了一下局势：罗刹虽然伤亡不小，可还剩下二百多人，二百多支枪，还有两门以上火炮，硬打下去，凶多吉少。

沙尔虎达命令大家把伤兵撤到后面，把土炮调来佯装正面攻击敌人，再派朝鲜鸟枪队从侧面抄过树林，到西边去打，来个前后夹击。

斯捷潘诺夫见清军箭也稀了，炮也不响了，就站起来命令罗刹们往前冲。冷不防，从背后打来一排子弹，一个个又龟缩在地，不得不调转枪口，前后还击。

过不久，传来了密集的枪声，斯捷潘诺夫吓得魂不附体，命令罗刹们边打边掩护他后撤。等到斯捷潘诺夫上了船，罗刹们才一窝蜂似的拥过来，爬上船。

这时，沙尔虎达率领清军追到岸边，与朝鲜鸟枪队会合一处，准备追击企图逃跑的敌人。

一发发子弹推上了膛。

一枝枝箭杆搭上了弓。

一双双复仇的眼睛瞄准了船上的罗刹。

"吉勒吉玛！"

在这千钧一发的关头，沙尔虎达身边的巴尔图突然大叫一声，双手一抖，手中的弓箭掉在地上。

紧接着，一张张拉满的大弓松弛了，一杆杆端直的枪托倾斜了。

原来，狡猾的斯捷潘诺夫把绑在船里的一群妇女押上了船头，为首的正是巴尔图新婚的妻子吉勒吉玛。只见她衣衫破烂，头发飘散，被别的姐妹扶着，昂首站立着。

眼看着敌船就要远去，可怎能忍心朝众姐妹身上开枪射击？

失散的亲人就在船上，可怎样才能搭救她们的性命？

身经百战的老章京沙尔虎达一时间也没了主意。

突然，巴尔图像疯了似的冲出去，高举着砍刀，怒吼着朝江水奔去。可是没等他靠近船身，一颗罪恶的子弹就把他打倒了。

吉勒吉玛在船头上呼喊着，众姐妹也呼喊着。

"亲人哪！放箭吧！

老章京啊！开炮吧！"

不知啥时，萨布素已率领一队骑兵冲过来，追上前去。

船上立刻打过来一排子弹，几个清兵随即掉下马来。萨布素一个镫里藏身钻到马肚底下，那匹大白马嘶叫了一声，箭似的飞了过去，直扑进齐腰深的江水中。

顿时，船上的罗刹都把枪头对准江中的萨布素，子弹呼啸着，落在萨布素的身前身后。大白马一会儿潜到水中，一会儿又露出水面，罗刹急红了眼，又把火炮挪过来，朝大白马放起炮来。一会儿，江水中就不见了踪影。

斯捷潘诺夫龟缩在船边，见萨布素被打中，就直起身走上前，他一手拉着捆绑妇女们的绳索，以妇女为盾牌，一手挥舞着大刀，号叫着命令快开船。可这时，巴海已带领清军冲过来，斯捷潘诺夫吓得又趴在船边，朝清军打枪。

冲在前面的清军又被打倒了，巴海也被射中了肩膀，一个趔趄险些摔倒。他挣扎着一跃而起，不顾一切地迎着枪弹往前跑，一手扬着战刀，高声叫骂。在江边指挥的老章京心如火烧，眼瞅清军一个个被枪子打倒，几番冲锋都失败了。正在他万般无奈之时，忽听枪声骤然消失，敌船上一阵乱叫。巴海和几个清军乘机冲到江中，把落水的众姐妹救回岸边。

原来是萨布素佯装被打中沉入水底，他拽着马尾巴游到船旁，从后面翻身上船，乘敌不备，出其不意地闯到船头，手挥大刀，左砍右杀，打得罗刹晕头转向，斯捷潘诺夫也吓傻了，手枪也失了灵。于是，萨布素才把众姐妹营救下船。

吉勒吉玛跑到岸边，一下扑倒在草丛里，她抱起巴尔图的头，失声痛哭，一边摇晃一边呼唤。身受重伤的巴尔图，因失血过多早已昏迷过去。经吉勒吉玛的呼唤，他竟能睁开眼睛，张了张嘴，想说什么，可什么也没说出来，头就重重地歪到一边去了。

吉勒吉玛停止哭喊，放下巴尔图的尸体，解下他的弓箭和腰刀，反身就朝江中扑去。

没等她跑出几步，就被逃上岸的一个罗刹百人长冷枪打中。吉勒吉玛忍痛趴在地上，强拉弓箭朝那百人长射去，一箭射去，百人长一缩头，帽子被射飞。百人长举手又一枪，把吉勒吉玛打中了。

正在追杀岸上逃敌的萨布素，见吉勒吉玛被打死，他打马就朝岸上冲去。那百人长也骑马逃入林中。

敌船上的众姐妹被救出虎口，清军的万箭齐发，斯捷潘诺夫眼见大势已去，急忙开船逃命。

这只船慢慢开动了，船到江心，一发炮弹打去，桅杆被炸断了。

"轰！"又一发炮弹打中了船，斯捷潘诺夫一声惨叫，栽进汹涌的江水中。

（四）

战斗结束了。

各旗首领清点了所属牛录，阵亡将士的尸体都收敛完毕，江边公祭就要开始了，可最高首领老章京沙尔虎达却不见了。

此时，沙尔虎达正在一个清兵的扶持下，在烧焦了的树林中默默地行走着，不时停下来翻腾一下树木和土包，他嘴里轻声呼唤着：

"萨布素，萨布素！"

老章京不相信萨布素会出意外，这样一个智勇双全的将才怎能轻易地离去呢？他要找到萨布素，还有重要的任务等待着他来干，退一万步，就是阵亡了，也要见到他的尸体。

最后，老章京没有找到萨布素，他万分悲痛地来到江岸上，按照萨满教最隆重的礼仪，在滔滔的松花江边上，公祭了阵亡的二百名将士。萨布素的灵牌耸立在土冢墓前，左右点燃了香火。

随军萨满头戴神帽，身系腰铃，手敲抓鼓，摇首摆腰，跳舞开祭。铃声鼓声和着祈祷声，在江岸上骤然响起，直冲九霄，震撼天地。

第七章　计救赫哲人

（一）

原来萨布素单人匹马，在古木参天的原始老林里日夜奔驰，追赶着敌人三天三夜，直逼得那个百人长连人带马滚下了万丈悬崖。萨布素才舒了一口气，却累得跌下马来，昏倒在一棵白桦树下。

不知是在梦境，还是来到了仙界，萨布素只觉得身子虚飘飘的，眼前出现了一个白头发、白胡子的老阿玛，正往自己嘴里填东西。那东西又清凉又解渴又滑溜，吞到肚子里，浑身就来了力气。

萨布素想起了松花江，想起了大部队。他挣扎着说："老阿玛，我迷路了，请指给我方向吧！"

"小阿哥，你是向南，还是向北啊？"

"向北，当然是向北。"

萨布素连声答应。

"好！向北。北方的天空上，有一颗最亮最亮的星星，那就是北斗星。"老人家脸上绽出了笑容，讲起了北斗星的故事：相传它是乌苏里哈拉的老部落长乌苏里汗变的。那咱，乌苏里汗救活了一条遇难的小泥鳅。后来，在部落要蒙大难大灾的时候，小泥鳅就把洪水要来的消息告诉了乌苏里汗。可有一条，不能把这信告诉别人，否则，他就遭殃。乌苏里汗怎忍心见部落亲人受害，他把大家救出洪海，自己却化为一股青烟冲上天空，变成一颗星。

讲完了故事，老人家手指北边的天穹说道：

"小阿哥，你往那边瞧，就是那颗最亮最亮的星。"

萨布素顺着老阿玛的手指望去，果然，天空中有一颗亮晶晶的星星，闪闪地发着耀眼的光辉。

"多谢您了，老阿玛。"

萨布素正要给老人打千施礼，可老人突然不见了。

他急忙揉揉眼睛，定定神，四周一片黑暗，夜幕就像个锅底似的扣在大地上，只有天空的星星放着光。

萨布素猛地醒悟到，这是战神超合占爷搭救了自己，并给自己指明了方向。

朝着战神隐去的方向，萨布素连忙磕了几个响头，嘴中念念有词地祈祷了一番。然后起身上马，向着北斗星走去。

（二）

太阳刚刚爬上山尖，大森林里云雾缭绕，十米开外，就分不清草木了。

萨布素双腿一夹，打马冲下一道山梁。

突然，那马前蹄一抖，后腿一扬，冷不防把萨布素甩到了草地上。

"哼哈"几声吆喝，没等他明白是咋回事，早有四个彪形大汉上来，几道绳索，就把萨布素给捆得结结实实，动弹不得。又在他头上套了套包，推推搡搡带到了一处崖洞边上，倒悬在一棵大树的树杈上。

萨布素又气又急又无奈，他怒斥道："好猎手从不背后伤人，你们暗地下绊捉了我，算哪路子英雄！"

"少啰唆！等我们穆昆达来了再处置你。"一个汉子狠狠地说。

"好一个奸细、叛徒，我要挖出你的贼心，祭奠死难的亲人！"

这人说着，上来又狠狠地踹了两脚。

他这一踹，踹掉了萨布素头上的套包。

萨布素两眼金星直冒，怒火中烧，一个鲤鱼打挺，身子一弓，竟坐在树杈上了。

这树下的几个人，全都惊呆了，愣在那里说不出话来。

"看你这一身功夫，不愧为莫日根，只可惜把灵魂抵给了恶魔。"

来者五十开外，身穿鱼皮袄，脚蹬鱼皮靴，胸前佩戴着一串珍珠。

他一个箭步上前，轻轻一跳，身子像飞起一般。

"啪！"

一巴掌又把萨布素打得倒悬下来。

"好功夫！"

萨布素虽然被打得筋骨酸疼，但也忍住疼为这老者的功夫叫绝。当然，从他们的服饰中，萨布素已判断出，这是一伙遭了罗刹抢劫的赫哲渔人。而且，他又知道这伙罗刹有一百多人，就在山后的土围子里，还抢去了不少妇女和儿童。

这时，山崖旁边的一堆树枝被挪开，从洞口呼呼啦啦钻出三十多个年轻人。

"莫日根①，你带二十人攻围子，把罗刹引过去，我带十人摸进围子，救出妇女和孩子，以鹰叫三声为号，立即撤回林子。"

刚才那个老人说。

"鹰叫三声为号，出发吧，老阿爸！"

被叫作莫日根的正是刚才踹萨布素的那个彪形大汉。

见他们要出发，萨布素急了。

"老莫日根阿玛，不能硬攻，要吃大亏的。"

"罗刹给你什么好处了？死到临头还护着他。"

莫日根拔出腰刀，上前正要捅，手被他老阿玛紧紧拉住。

"我看此人武功非凡，如果他肯归顺，不妨给他个立功赎罪的机会。"

"老阿玛，你忘了额娘是怎么死的了？上个月，要不是像他这样一个人前来刺探，罗刹怎能寻到我们的踪迹？"

"什么宁古塔清兵，什么松花江大战，什么迷路了，只有瞎子才会两次掉进同一个陷阱！"

"一朝被蛇咬，十年怕井绳的人，绝不是个猎手！"

萨布素万般无奈地回敬了他一句。

"是毒蛇，是草绳，还是真正的莫日根？我愿意给你一次机会，你肯发誓吗？"

"老阿玛，万能的阿布卡恩都力在上，我萨布素千里迢迢北上到此，为的是追罗刹。今幸遇赫哲部，愿与你们共讨罗刹，若有半句假话，阿布卡恩都力定不饶恕。"

由于发了誓，那老阿玛命令把萨布素从树上放下来，可莫日根仍有疑心，他把萨布素带到山洞里，反剪双手绑在石柱上，这就算是优待了。

老阿玛歉意地点了点头，给萨布素倒了一碗酒，说："先摆摆你的道理，不能硬攻，那么咋个智取呢？"

---

① 莫日根：赫哲语，勇士。

"凭三十几个人、几十只弓箭、五六支鸟枪去攻击围子，岂不等于拿着鸡蛋碰石头，弄不好，围子里的人质也要遭殃。"

"依你的意思？"

萨布素把头稍稍偏过来，俯在老阿玛耳边如此这般地说了一会儿，老阿玛边听边点头。末了，只见他一拍大腿，说道："好！就这么办。等全歼了罗刹，我再给你道歉。"

（三）

这天清晨，天刚麻麻亮。

土围子里的罗刹还在睡觉，几个游动哨兵也困得七扭八歪地依着围子睡着了。

突然，围子外面的小树林里传来一阵嘈杂声和脚步声。

"干什么的？开枪啦！"

惊醒的罗刹哨兵，一边拉枪栓一边吆喝着。等他们追出围外，来到小树林一看，人都跑远了，地上稀稀拉拉地扔下几只山鸡和兔子。

"哈哈！是打猎的，给我追！"

一个十人长拎着山鸡和兔子，命令那几个哨兵去追猎人，他自己却回围子享受野味去了。

几个哨兵不情愿地去了。

围子里的百人长抢过十人长的山鸡和兔子，又命令他出去追击猎人，这个十人长嘟嘟囔囔地出去了。

百人长带着几个亲信，杀鸡宰兔，准备饱餐一顿。那伙追击猎人的罗刹，眼见得一些赫哲人就在前面，可左拐右转的就是抓不着，也打不中。他们追了一气，个个累得喘不上气。特别是那个被百人长夺了野味的十人长，此时真是憋气又窝火。他正想率众人回围子里，突然瞧见跑在前面的一个罗刹，刚把捡到的一只小兔子往衣裳里藏。

他三步并作两步，上来一脚把那个罗刹踢了个跟头，一把抢过兔子，挂在自己的枪上。

趴在地上的罗刹，可怜巴巴地说："前头还有，猎人下的套子趟，他们都是溜趟子的。"

十人长一听，他知道沿着套子趟溜准有大家伙，就把那只小兔子捧给那个罗刹。自己一马当先，其他罗刹紧跟在后，朝密林中摸去。

这些家伙贪婪地钻进一片白桦林里。林子里一条隐隐约约的被踏倒的草溜子，旁边尽是些树木和树枝，在草溜子尽头，有一头狍子，被麻绳套子套住了一条腿，拼命地挣扎着。

这伙罗刹一见狍子，一个个都往前头钻，都想抢到狍子。可是林中杂草丛生，野藤缠绕，跑不快。还是十人长脑袋来得快，他离开众人，取直穿过一片乱草地，朝狍子奔去。

恍然大悟的罗刹们也跟着奔去，他们紧紧盯着十人长。

突然，"咕咚"一声，冲在前面的十人长怪叫一声，掉到陷阱里了。后面的人眼瞅是个陷阱，可跑得太急，刹不住脚，也跟着十人长扑腾扑腾都掉进了陷阱。最后几个人跌倒在陷阱边上，算是拣了一条命。

这陷阱本来是鄂伦春人挖的大鹿窖，赫哲人又在里面安上了木扦子。掉下去的罗刹就像串糖葫芦似的，有的穿透了肚肠，有的刺中了屁股，有的扎穿了嘴巴。一个个鬼哭狼嚎，越挣扎串得越紧。不等土围子里的百人长来营救，十个人里就有八个毙了命。

百人长命人把他们拉上来，有口气的抬回去，断了气的又推进了陷阱，就地埋了起来。

这时，土围子里传来一阵叫喊声、枪声，一个罗刹气喘吁吁地说："大人，可了不得了。"

百人长狠狠地踢了那个奄奄一息的十人长一脚，骂道："都他妈的你嘴馋，中了调虎离山计了！"

（四）

初战得胜，前嫌尽释。

那位莫日根脱了衣服光着膀子亲自解开萨布素的绑绳。然后拿来一条鞭子举在头上，跪下来哭泣着说："莫日根，我委屈了你，请狠狠地抽我解解你的冤屈。"萨布素热情地把这位赫哲兄弟扶了起来，两个人携手上了土炕，拿出酒对饮起来。两个人越喝越投缘，竟结拜成手足兄弟。

萨布素深谋远虑地说："罗刹吃了大亏，伤了元气。我们若不趁热打铁，端了他的老窝，日后罗刹定要报复我们。"

"正是这个道理，我已命人准备鸟枪火药，再把箭矢涂上毒药，非拔了这颗狼牙不可。"老阿玛说。

萨布素一听他说有火药，不由眉头一皱，计上心来。他忙说："咱们只有那几支鸟枪，还是顶不住人家火力，不如把火药造成土雷，再把箭头拴上引火的东西，来个火烧土围子，叫罗刹葬身火海。"

莫日根高兴得差点跳起来。他拉起萨布素的手，连拍了三下，说："真是阿布卡恩都力给赫哲人派来了智多星，拔了罗刹这根狼牙，我要推举你做我们的穆昆达。"

经过三天三夜的紧张准备，三百支拴着小炸药包的箭矢做好了，三十个海碗大小的土雷做成了。第四天夜里，莫日根带十五个人在东面，萨布素带十五个人在西面，老阿玛带几名年轻妇女躲在林子里，准备虚张声势，吓唬罗刹。

黑夜中划过一颗流星，莫日根"叭叭"打了两枪。

老阿玛立即吹起了号角，妇女们敲响了皮鼓。紧接着一群带火的箭头射向围子，围子里马上就着起火来。罗刹一个个睡得正酣，被这号声鼓声惊醒过来，一看围子里起了火，一个个吓得晕头转向，像无头苍蝇似的乱碰乱撞出门来，还没有辨明东南西北，莫日根这里又放出一排带火的箭头。罗刹一见这飞来的火球，调头就往西南逃去。

刚到西南沟，萨布素在后面大喊一声："哪里逃！"这些罗刹也不知后边多少人马，一个劲儿地往前跑。顿时轰隆隆几声巨响，碰上了埋在地下的土雷，几个罗刹被炸得血肉横飞，其余的吓得只恨爹娘少生两条腿，抱头鼠窜，落荒而逃。

号角声声，土雷阵阵，围子里的罗刹摸不清外面到底有多少人马，都以为是宁古塔清军来了，哪里还有再战之心？加上百人长被炸死，他们更成了无首之众，一人往西逃，就一窝蜂似的跟着往西逃。

这样打到三星西沉，罗刹死的死，伤的伤，剩下的二三十人终于冲出围子，往北逃去。

天色渐渐发白，萨布素领兵冲进罗刹住的围子，扑灭了着火的房舍，失掉家园的赫哲人终于夺回了自己的村寨。

第二天，赫哲部老阿玛以最隆重的礼节，把萨布素请到阿合玛发[①]神像前，当着全部落男女老少的面，把祖传的一把腰刀赠给萨布素，请他留下来当本部的穆昆达。

萨布素按满族习惯，给老人行了大礼。他激动地说："满族和赫哲族同是女真后代，同饮这松花江的水，罗刹是我们共同的敌人。你们的困

---

① 赫哲族萨满教神名。

难就是我们的困难啊！老阿玛的深情厚谊我今生不敢忘，可是，我不能留在此地，作为一个八旗兵，我要去找队伍，到北方打罗刹去。"

老人见萨布素非走不可，便不再强留。他从部落中选出九名神箭手，在莫日根的带领下，划着载满粮食兽肉的九只桦皮船，沿江而下，送萨布素去找大清的队伍。

第八章　水淹尚坚乌黑

（一）

斯捷潘诺夫在松花江上落水大败以后，多亏那冰凉的江水使他从昏迷中清醒过来，他死死地抱住一块浮木，逃脱了清军的追击。

斯捷潘诺夫只身逃到尚坚乌黑城，驻守在这里的百人长别列克夫十分热情地欢迎了他，并且把自己住的房间让给了他。

惊魂未定的斯捷潘诺夫简直有点受宠若惊了。虽说别列克夫是个百人长，可俗话说"落水的凤凰不如鸡呀"。他半是感动，半是殷勤地拍了拍别列克夫的肩膀说："危难见忠心。日后我们占领这三江平原，我一定在沙皇陛下面前，推举你别列克夫做这里的总督。"

两人对饮了一阵，斯捷潘诺夫想起松花江上的惨败，止不住掉下两滴泪水。末了，他还拉着别列克夫的手说："那清军一定不会善罢甘休，用不了两日，就要兵临城下，你我岂不成了瓮中之鳖？"

别列克夫却哈哈大笑起来。一会儿他又装出恭敬的样子，说："您这是让清军给吓坏了。先好好休息一下，不用怕，有我呢。"

别列克夫住在耳房里，斯捷潘诺夫拖着疲倦的身子，爬上南炕，钻进了狗皮被窝里。刚要入睡就听外屋突然"哗啦"一声，斯捷潘诺夫一蹦高跳起来，端着枪踹开里屋门，到外屋一看，什么也没有，嘀咕着说：他妈的，耽误老子睡觉。懒洋洋地回到炕上刚要睡觉，又听见"哗啦""哗啦"的声音。

就这样，一直到天亮。斯捷潘诺夫把里外屋搜了个遍，旮旮旯旯的地方也翻了个底朝上。原来是一张挂在棚顶上的破铁皮被风一吹，哗啦哗啦作响，他不由自主地笑了，真是活见鬼。

早晨，别列克夫过来，见他两眼通红，问他睡得如何，斯捷潘诺夫张开大嘴打了个呵欠，连声说："挺好，挺好。"

（二）

沙尔虎达率兵马一直向北方追击。一路又有许多赫哲、鄂伦春青年猎手自告奋勇打罗刹，补充了各牛录的减员。

清军逼近尚坚乌黑，在距城一里多的地方安营下来，把个小城三面围住。只剩东面没围，那里都是滔滔的江水蜿蜒流过，罗刹龟缩城中，插翅难逃。

翌日凌晨，沙尔虎达率领着他年轻的儿子巴海偷偷走出营帐一看，这座城三面是陆地，一面临大江，便立即下令三面围困，攻打城池。

在缴获来的大炮掩护下，朝鲜鸟枪队为左翼，清军二百多神箭手为右翼，两面夹攻，一阵箭林弹雨，打得城墙上顿时鸦雀无声。这时，巴海率二百名骑兵，手持盾牌大刀，冲上前去，准备攀登城墙。

这些马上的巴图鲁，个个圆睁双目，如撒蹄的猛豹一般。谁料他们刚到城下，突然从城上砸下一堆乱石，砸得人仰马翻，城上又射来一排炮弹，当即几个巴图鲁葬身火海。巴海怒号着，冒着弹雨往上冲。

沙尔虎达双眉紧皱，下令鸣金收兵。

夜深了，沙尔虎达苦思攻城之策，他想起了年轻的萨布素，要有他在出点主意，说不定就有攻城的良策了，想到这，他落了几滴眼泪。

第二天，老将军把各旗佐领召集至大帐，商议攻城办法。巴海端着一只受伤的胳膊，怒气冲冲地吼道："今天，我一定冲上去，端了他的老窝。"

沙尔虎达狠狠地瞪了他一眼，训斥道："冲冲冲，在人家炮火射程内，硬冲就是送死，不能硬攻，只能诱敌出城，才能决一死战！"众将点头称是。

可是一连数日，不管清军怎样叫骂，城上就是人头不露，鸦雀无声。但是清军要是走近城门，罗刹就放枪放炮，乱轰一气，使得清军无法靠近城墙。

日子一天天过去，愁得老将军团团转。就在这时，管粮食的牛录向老章京禀报：粮食只能吃三天了。沙尔虎达心烦意乱，独自走出军帐，慢慢向江边踱去。

沙尔虎达站在江边，向远处望去，突然，波涛汹涌的水面上，几个黑点由远而近，越来越大，再一细看，原来是九只桦皮船。他不知来者是敌是友，刚要盘问，只见那撑船的人，手握长杆往岸边一触，打头的这船就像个水鸭子似的，一转圈儿，船身一横，就停下来了。一个汉子飞一样跳到了惊慌失措的沙尔虎达面前。

"给老章京请安！"

"啊？……萨布素，你，你打哪来？你没死？"

沙尔虎达惊喜交加，老泪纵横，他看了又看，瞧了又瞧，心想这是不是在做梦啊？

"启禀大人，我追击罗刹迷了路，是赫哲人送我回来的！"萨布素急切地说。

"好！好！太好了！"沙尔虎达乐得不知说啥是好。一把拉过萨布素，行了抱腰大礼。这时，莫日根早把船只停泊下来，十条壮汉齐刷刷地站在萨布素的身后，一齐向沙尔虎达请安，齐声说："萨布素帮我们赫哲人打败罗刹有功，穆昆达派我们参加大清军队，痛击罗刹，还带来一批粮草肉干，也请一同收下。"

沙尔虎达闪着泪光，说："你们可真是雪中送炭啊！"

沙尔虎达又转向萨布素，拍着他的肩膀，开玩笑地说："你自个儿跑到深山老林去，是不是想占山为王啊！害得我在松花江边还为你哭了一场哪！哈哈！"

萨布素感动得说不出话来。

莫日根说："大人，您可别冤枉萨布素，他的事说来话长，等有空儿，我给您从头讲讲。"

（三）

尚坚乌黑城闹鬼了。

有一天晚上，十多个哨兵在十人长莱尔金的带领下，正在城中巡逻。他们走到城东的一片乱坟岗子附近，突然看见前面有一个白色的怪物，踩着两只大火球，朝他们走来。

莱尔金本来就是个胆小鬼，他吓得大叫一声，转身就往回跑。其他人一见十人长吓成那样，自己也跟着往回跑。

第二天，这事就传遍了全城。罗刹个个胆战心惊，一到天黑就不敢出门。连出去拉屎撒尿，也得找个伴儿。

斯捷潘诺夫信奉上帝，不大信鬼怪，他觉得此事出得蹊跷。

这一天半夜，他和别列克夫两人全副武装，来到了那片乱坟岗子。

虽说不大相信鬼怪，可这半夜三更的，黑咕隆咚，伸手不见五指，又进埋葬死人的坟地，两个人都觉得头皮发炸，上牙直打下牙。

斯捷潘诺夫壮着胆说："哪来的鬼，莱尔金那小子神经出了毛病吧！"

这话还没及落，前面真的出现了一个白色的怪物，发出一种令人毛骨悚然的声音，直扑过来。

他们两个虽然带着枪，但由于这怪物的突然出现，加上距离太近，枪也失灵了。两人被吓呆了，不知如何是好。

紧接着，那白色的怪物手臂一扬，一团黑色的东西迎面打来。斯捷潘诺夫和别列克夫只觉得眼前一道金光闪过，俩人都趴在地上，半天动弹不得。

不知过了多长时间，斯捷潘诺夫听听四外没什么动静，他站起身来，眼睛睁不开，火辣辣地疼得钻心，也看不清别列克夫在哪里。

两个人摸摸索索地爬了回去。

当天中午，斯捷潘诺夫趁着日头当头，把几百名罗刹全副武装开到了乱坟岗子，把坟地仔仔细细地搜查了一遍，没发现半点可疑的东西。

最后，斯捷潘诺夫才和别列克夫大摇大摆地走上前，拿着刀柄东点点西撬撬的。当斯捷潘诺夫的刀柄敲打着一幅棺木盖时，那棺木突然直劈斯捷潘诺夫的脑袋。跟在旁边的别列克夫往里一探头，大叫一声"上帝！"转身就跑。

一群罗刹没闹清怎么回事，也跟着跑。

斯捷潘诺夫很快镇定了下来便停住了脚步，刚一回头，就看见棺材里冲出一个白袍女人，披头散发，龇牙咧嘴，两眼冒血，两手前伸，像要起来抓他似的。斯捷潘诺夫顿时就吓昏过去了，等他苏醒过来，已是第二天晌午了。

守在炕边的别列克夫见他睁开眼睛，这才告诉他说："那棺材里的女人就是这城主的女儿。刚来时我想要她当我的压寨夫人，可她不依，还拿剪刀捅我。我就当着城主的面，把她玩够了，用绳捆上石头，沉到大江里。后来，城主把她打捞上来安葬了。阿门！是她阴魂不散，伺机报仇吗？"

斯捷潘诺夫听得心惊肉跳，不住地在胸前画十字，嘴里叨叨咕咕，祈祷上帝饶恕自己的罪孽。

（四）

这天早上，清军兵营里正在开饭。萨布素手端一碗菜汤，嘴里咬着饽饽，吃得正香。

"活见鬼，活见鬼！"

一个清兵慌里慌张地跑过来，一见萨布素，他忙停下脚步，报告说："我刚刚端了一盆饽饽，还没等进帐，不知从哪里钻出个女人，挺长的头发，伸着黑爪子就抢。一个饽饽两口就吞下肚子，一眨眼工夫，她竟吃了四五个。大家都吓坏了，不知她是人还是鬼。你快去看看吧！"

萨布素跟着那个清兵，来到最前面的那座帐篷。

果然，一个披头散发的女人正蹲在地上拣碎馍馍。

萨布素命人盛来一碗菜汤递给那女人，她立刻惊慌地东藏西躲。

萨布素接过碗，慢慢地靠近她，嘴里不停地说着清兵听不懂的话。说也怪，女人听了之后，竟然一步一步靠近萨布素，最后一把抓住萨布素的胳膊，摇晃着号啕大哭起来。

萨布素把她领到沙尔虎达帐里，正巧莫日根在场，莫日根用赫哲语跟那女人谈了半天，女人才说了真情实话。原来她是尚坚乌黑老城主的女儿，半年前，罗刹侵占了这座城，把男人都杀光了，把女人都糟蹋了，她被扔进了大江，后来她被埋到了乱坟岗，在棺材里她苏醒了过来。从此她白天与虎狼为群，晚上与死人做伴。为了报仇，她才咬牙活了下来，她偷偷在城东墙根下挖了个地洞，只要在城外把江水引过来，大水就能冲塌城墙，淹死罗刹。

沙尔虎达起身向前，亲自斟了一碗米酒，双手递上，眼里滚动着热泪，说："孩子，你受苦了，我敬你一碗酒。"

那女人双腿一跪，接过米酒，然后站起身来，奔出帐外，把酒向天空扬去。说："阿玛，额娘，报仇的日子到了，你们可以瞑目了！"在场的人无不落泪。

沙尔虎达派巴海和瓦礼祜佯装攻城，把城中罗刹注意力吸引到正面。然后，萨布素率领一支掘进队摸到城东，紧挨着江边，掘地三尺，先掏出个地洞。

十个人一班，轮流进洞开掘，足足挖了三天三夜，一条三百多米长的地洞直通墙脚。

（五）

又是一个漆黑的夜晚，尚坚乌黑城中一片宁静。

斯捷潘诺夫和别列克夫忙了一天，满以为城墙坚固，清兵攻不进来，便四仰八叉地打着呼噜，做着美梦。突然一阵哗啦啦的流水声把他们惊醒。

等他们爬起身来看时，屋地上的水都满了，靴子像小船似的漂在上面，眼瞅着土墙就塌了一面。

斯捷潘诺夫来不及穿衣蹬靴，抓起墙上的火枪就跑。

外面早已是一片汪洋大海，穿着裤衩儿的罗刹叫着骂着，有的往房上爬，有的往树上攀。

斯捷潘诺夫"砰！砰！"朝天放了两枪，命令他们赶紧把枪炮收拾好，撤到城墙上去。

斯捷潘诺夫带领一伙罗刹，爬到城墙的制高点，往东一望，只见那大江突然改了道，江水排山倒海地冲过来。

东墙早已被水淹没，城里的房舍转眼间塌的塌、倒的倒，一排大浪打来，水星溅了斯捷潘诺夫一身。他知道，水火无情，大势已去，此处不能再待了。他顾不上招呼别列克夫，自己带着几名罗刹，溜下土墙，沿着墙根向北山逃去。

大水冲了一天一夜，来不及逃走的罗刹，都喂了王八。

沙尔虎达又命萨布素率人前去上游拦河堵坝。命瓦礼祜率人修复城墙，抢修城中房舍。又亲自写了告示，招抚逃离的赫哲人、鄂伦春人回城定居。并决定把这个城堡交给那个英雄的女人，让她来管理这个城，可是，她不见了。

沙尔虎达派人四处寻找，也没有找到她。后来，有人在大江边看见了她的白衣衫。

第九章　神箭夺佐领

（一）

尚坚乌黑大捷，沙尔虎达率领清军凯旋，回到宁古塔。

稍稍歇息几日，沙尔虎达便把那些阵亡将士、战斗中立功人员的事迹上报朝廷，其中特别提到萨布素单骑入水，泅入江里，救出敌船上人质的事情。

说心里话，沙尔虎达真想直接提升萨布素任镶黄旗佐领。可按照八旗兵的老规矩，只有经过比武夺魁，最后的胜者才有资格领职上任。

于是，告示贴出来，说章京决定在七七四十九天后，在校场上举行三天大比武，获胜者将任命为镶黄旗佐领。

苏木夫人得知这一消息，对自己的丈夫能否夺魁有些担心。

当然，萨布素的刀法是没比的，全宁古塔城谁不知道富察哈拉的刀法厉害呢，马背上的功夫也令人叫绝。可是，要论拉弓射箭，宁古塔真叫高手如林，各有千秋。可以说，没有超人一等的箭术是不行的，况且，能否夺魁，关键是比三箭。

苏木夫人自幼曾跟玉泉老人学得一手绝箭，可此时她步履蹒跚，即将临产，怎能传教箭术？

她拿出一块玉石坠子，递给萨布素，若有所思地说："这是老人当年送我的纪念物，你带上它，立即到阿勒楚克南面的玉泉山去，玉泉老人就在那山中隐居。不过，他脾气古怪，轻易不肯招收弟子。只有经过考验，对他心思的人，才能学到真本领。"

萨布素打点好了行装，告别了亲人，一再叮咛苏木夫人好好保重，这才骑上枣红马，连夜奔玉泉山而去。

（二）

日出日落，马不停蹄，人未下鞍，萨布素终于来到了玉泉山下。

这山高耸入云，苍松翠柏，一道瀑布挂在山腰，花香鸟语，仿佛是个仙境。

萨布素牵着马，走到小溪流边上，先让马饮了个够。

他跪在地上，把脸贴近水面张嘴刚想喝水，突然发现清澈见底的流水变得混浊了。

他好生纳闷，抬头一看，原来有一个人正在上游洗脚。

"哎，行行好，下面喝水哪！"

上面那个人听了萨布素的喊声，不但没有停止洗脚，而且又把双脚插到水里，使劲儿地搅和起来。

那股小溪流变得更混浊了，泥沙也冲下来。

萨布素从没遇见这种蛮不讲理的人。他本来就渴得嗓子眼儿冒火，现在更觉得七窍生烟。他发怒了，冲着那个人叫道："滚开！不通人性的家伙，再不滚开，我可要放箭啦！"

谁知那人一听，却"咯咯咯"地笑起来，嘴里说道："能射中我的人，恐怕还没生下来哪！"

说完，竟蹚着小溪流，往山里走去。

萨布素气得两眼通红，他"嗖"地抽出一支箭，拉了个满弓，对准那人的后背，一咬牙，刚要放箭，突然又把手松了。

他想起了先祖"三不射"的教诲。摇摇头，顺顺气，心想，怎能为了一口水，就从背后射人？那人虽然无理，可也不犯死罪呀。

"算了，等一会儿，水就会清亮了。"萨布素自己劝导自己，坐在溪流边上等着水变清。

等了好一阵子，那水才清亮起来。

萨布素喝足了水，又嚼了点饽饽，见那马也吃鼓了肚，这才重又上路，往山里走去。

羊肠小路，弯弯曲曲，十里不见一户人家。

拐过了一个山头，山坡上出现了一座破草房子。

有房就有人，萨布素打马前去，想打听一下玉泉老人的住处。他一抬头，猛然发现那座破草房子旁边有一棵歪脖子树，歪脖子树上挂着一条绳子，绳子上吊着一个人。

只见那人双腿抽动，两手乱抓，一定是刚刚上吊的。萨布素拔出腰刀，往前一抛，那腰刀掠过歪脖子树，"刷"的一声，斩断了绳子，吊着的人落到地上。

萨布素赶到跟前，一看是位老太太，刚要抱她，冷不防那人坐起身号啕痛哭地说："你坏了我的好事，你坏了我的好事！你不是救我呀，你是害我呀！"

萨布素扶着她，轻声劝道："老妈妈有什么难事，能不能跟我说一下？"老太太边哭边述说着自己的身世。原来，这老太太双目失明，下半身子还不灵便，半年前她老头死了，剩她一人，一无亲二无故，真是活一天受一天罪，总觉得死了倒也安静。就这样她摸摸索索，才把绳子套上，却又被救下。她抓住萨布素的手，恳求说："我们族里有个规矩说法，要想随死去的爱根①走，就得叫别人往头上射三箭。你成全了我吧，成全了我吧！"

"老妈妈，万万使不得！使不得。"

"这深山老林里，一年半载也碰不上一个人。今天你来，这也是阿布卡恩都力的旨意。求求你了！我活着，也是活遭罪，就让我随他去吧！"

萨布素心里一阵悲哀，看这老妈妈的情况，实在难熬。假如真的能和她的爱根在一起……不，不能。说什么也不能把箭对准女人放。

萨布素这样想着，把老妈妈抱回她的小草房，又把里里外外收拾了一番。最后，他把自己带的干粮都放到炕上，才说："老妈妈，这点干粮留下，等我找到玉泉老人，学成箭回来，接你到宁古塔享福去。你千万要等我回来呀！"

"孩子，你要找玉泉老人吗？"

"老妈妈，你知道他住在哪里？"

萨布素急切地问道。那老妈妈慢慢地说："我听说，那玉泉老人来无踪，去无影。要想跟他学武艺，非得采来玉泉山顶的猴头蘑做见面礼，他才肯收你当徒弟。"

萨布素乐了，忙说："这猴头蘑还不好采？"

"孩子，你别乐早了。他要的那猴头蘑与众不同，是长在玉泉山顶石碴子尖上的那种红色的蘑。据说，这蘑十年才能长成手掌大小，一次就

---

① 爱根：满语，丈夫。

生一块呀。"

"好，只要世上有的东西，我一定给他老人家弄来。"

"我给阿布卡恩都力磕头，保佑你马到成功，早些回来。"

按照老妈妈的指点，萨布素抄近路直奔玉泉山顶。他爬过一座峰，又越过一道岭。离主峰越近，脚下的路越难走。最后，那陡峭的山崖已经无处下脚，萨布素只好拉着崖上的藤条，慢慢往上攀登。

快要到山崖顶上时，萨布素脚下一滑，一块儿石头滚落，差点闪下万丈深渊，幸好他抓住了旁边的一棵松树枝。他就势骑在松树桠上，向上张望。

一块儿红乎乎的东西，挤在崖头的石缝隙里，那形状就跟人的手掌差不离。

啊，一定是猴头蘑，就是玉泉老人喜欢的那种猴头蘑。

再加把劲儿，马上就可以到手啦。

突然，那猴头好像颤动了一下。萨布素惊奇地瞪大眼睛。又见一只手慢慢地伸出来，摸到猴头蘑的底部，一扭一转，就把猴头蘑给采去，然后那只手就不见了。

萨布素一急，顾不得性命危险，一跃飞上崖去，只见前方百米开外，一个猎人装束的人，正双手捧着那红色的猴头蘑，慢慢装进口袋，转身走了。

"哎……等一等!"

萨布素急得大声呼喊。

那人回过头来，没好气地问："干什么?"

萨布素奔到那人跟前，上气不接下气地问他："请问这位好汉，你采这个猴头蘑干什么用?"

"干什么用? 熬汤、炒菜，咋吃不行?"

"如果是这样，能不能让给我，我急等它有大用场……"

那猎人听罢，把猴头蘑取出来，放在头顶上，跑到百米之外，对萨布素说："来吧，你若能把它射下去，就归你。射不掉，别怪我不客气。"

萨布素的箭术本也不低，百米外的柳叶不是没射掉过。可这次，万一伤了人……

那猎人似乎看出了萨布素的心思，就开导他说："没关系，反正是我让你射的。射中了，归你，射歪了，不也就归你啦!"

"不! 没有百分之百的准星，我不能射。就是有这个把握，也不行这个规矩。豁上不去夺那个魁，我也不能伤了兄弟你的性命。"

萨布素说完这话，转身就走。

"哎哎哎，你先别走，冲你这一番话，我把猴头蘑让给你啦！"

那猎人一扬手，这红乎乎的猴头蘑就落到了萨布素的手里。待他想要致谢时，那猎人一转眼就下山了，不见了。

（三）

萨布素带着这见面礼，在玉泉山里找呀找，找了大半天。日头卡山时分，他来到半山腰，在一眼清泉边，有个石凳，石凳上坐着个童颜鹤发的老玛发。老玛发正打着呼噜睡大觉呢。

萨布素站在一边，想等他睡醒后，问问玉泉老人的住处。

不料他刚站定，那老玛发就开了腔，声音像洪钟似的，震得山谷嗡嗡响。

"是萨布素吗？你一早就到了，为啥才来见我？"

萨布素心里一乐，知道这就是玉泉老人。他双腿一跪，忙给老玛发磕了三个头，才起身答话，把自己遇见的三件事说了。

老人听过，连连点头称赞说："做得对，做得对。一不射背面人，二不射女人，三不射猎人，这'三不射'本是我的老祖先额立垦立下的族规。遵守这个规矩，方能把高超的箭术用于正道；反之，百发百中的射手只能给族胞带来灾祸。"

萨布素俯身而立，低头答道："老玛发点谕极是，萨布素终身不敢忘怀。"

玉泉老人这才站起来，上上下下把萨布素打量了一番，捋着胡子大笑起来，说："苏木格格有眼力，果然选了个好爱根。好啦，现在我就教你箭术，保你七七四十九天之后，箭无虚发，百发百中。"

说完，玉泉老人点起一炷香，插到一棵树上，接着又从石凳后拿出一百二十斤的雕花鹿筋大弓，一个箭步，身子就像飞一样腾空而起，转眼间又轻轻地落到百米开外的草地上。

他双腿微弯，身子后仰，搭箭开弓，大气不喘，小气不出，一下子就拉了个满月。只听"嗖"的一声，那香头就被射下来了。

萨布素刚要叫绝，却又见他取出两箭，搭上弓，只轻轻动了两动，那炷香"腾"地蹦起三尺多高，"啪"地又落回原处。

萨布素简直看花了眼，他平生没有见过如此精湛的箭术。等玉泉老人走过来，萨布素跪地磕头，说："老玛发，不学会这一手，我誓不回家！"

（四）

宁古塔校场上，大比武已经进行了三天，各路英雄大显身手。刀功、箭术、马上的功夫，不断地变换着路数，真是一个更比一个强。喜得看台上的老章京捋着胡子直乐，他为大清朝有这么多的巴图鲁而高兴啊。

日头西沉，满天红霞，一只老雕自天边盘旋而来。

此时，校场上那位已经过五关斩六将大败众英雄的巴图鲁，正在射香火。百米开外的三炷香，"嗖嗖嗖"，三箭飞过，齐刷刷地被斩去半截。接着，这位英雄又后退百步，射掉在柳树尖上的最后三片随风飘动的柳叶。

校场上人群沸腾，喝彩声一浪高过一浪。

这时候，看台上的各旗首领，悄悄跟沙尔虎达耳语，意思是比武可以定局。

沙尔虎达正在犹豫之间，突然见一匹白马旋风似的冲进校场中央，那骑手站在马上，红色的披风被风卷起，就像一团火。

只见那骑手拉出雕花鹿筋大弓，抽出一支黄翎箭矢，随着那马的旋转，就势朝九天之外飞去一箭，那黄翎箭呼呼直响，冲上云天，直射中那老雕的嘴巴。

"嘎"的一声尖叫，老雕从空中掉下来，不偏不歪，正好落在看台上。

执令官拾起这落雕，惊愕得半晌说不出话来，看台上的将领们都围上来，看清了，原来这支黄翎箭正中老雕的口里，射穿了它的喉咙。

"神箭！神箭！九天之外射中老雕的口，真是奇迹呀，不知来者是何人？"

看台上正在议论，校场上早已雷声滚动，各路英雄早已把那个神箭手抬起来，抛向空中，接住他，又抛向空中。

"萨布素——巴图鲁！"

"巴图鲁——萨布素！"

原来这神箭手就是萨布素，他果然不负众望，老章京会心地笑了。他向大家宣布：

"射掉这只老雕的神箭手，就任镶黄旗新佐领！"

第十章　长白山秋围

（一）

秋天，长白山穿上了五颜六色的衣裳，那高耸入云的主峰，时隐时现，察看着人间。

这是打秋围的日子，沙尔虎达率领宁古塔、阿勒楚克、敖东城①等八个城的五百八旗兵，早已在山下安营扎寨。此时，隆重的祭天祭山祭祖活动正在进行。

只见沙尔虎达率领五百旗兵，单腿跪地，面向长白圣地，随着大萨满②的祈祷声，沙尔虎达把一碗米酒高举过头，缓缓起身，把酒轻轻地洒向四方，洒向高山，洒向青天，众人一起叩拜这祖宗的发祥之地。叩拜完毕，沙尔虎达向大家讲起先祖诞生的传说。末了，他十分动情地说："长白圣地是我大清的发祥之地，先时，英明汗（努尔哈赤）在这里十三副铠甲起义，每每行围用兵，兵猎之规甚是周密。现在，北边罗刹不断侵扰，今日行围也为用兵，定要严法令，禁纷杂，戒喧哗。英明汗曾说：'战时喧哗，敌先知觉。猎时喧哗，声响山谷，兽即遁走。'且各旗分片把守，拉开人网，按指定方向前进，三天之内缩小包围圈，到那时定可一举捕获围中之兽。"

沙尔虎达又宣布了各族围猎的地段，然后，他任命萨布素为此次秋围的传令官，并交给萨布素一面小旗，以此为标志，代他巡视各旗形势，处理事宜，违者以军法处置。

---

① 敖东城：现吉林省敦化市境内。
② 萨满：满语，知晓神意的智者，为萨满教的人神中介。

（二）

　　萨布素手持令旗，带着几个旗兵，来到阿勒楚克和敖东城围场的连接处，就见一群人为一只苍狼而争吵不休。

　　见传令官驾到，阿勒楚克的旗兵像见到救星一样，呼啦一下子围上来，七嘴八舌地说："这狼明明是我们射死的，敖东城净耍赖，说是他们射的。"

　　"可不，你瞧，狼倒在我们的围场上了，它嘴上还插着我们的蓝翎箭呢！"

　　萨布素一举令旗，制止了他们的吵扰，把头转向敖东城的旗兵一边，问道："果真如此，就是你们的过错了。"

　　敖东城这边一个黑脸膛的旗兵气呼呼地说："我一箭射中了那苍狼的后脑勺，眼见它跑了几步就蹬腿了，没想到待我追赶到这里，它却被插上了蓝翎箭。哼！"

　　另一个旗兵也不平地说："有本事自己打嘛，抢别人的算啥能耐！"

　　眼瞅两边又要争吵起来，萨布素令旗一摆，厉声斥道："阿勒楚克和敖东城各留一人，其他旗兵都回自己围场，坚守阵地，不得擅自离开。此事待我查明真相，再回禀老章京处理。"

　　萨布素来到那只苍狼跟前，他仔细地观察了一阵，拔下了两只蓝翎箭，用手量了量进箭的深度，又提起苍狼，用脚踢地上的草丛。然后，他郑重宣布："这只苍狼身上虽中两只蓝翎箭，但进箭甚浅，不着要害；而苍狼后脑却有一箭眼，现已有脑浆渗出，这致命的一箭正是敖东城那个黑脸汉所发。还有，那苍狼身下草丛的倒向，也证明它是被阿勒楚克人提过来摔在地上的。现在，我命你二人去传阿勒楚克和敖东城佐领来见老章京，余下的人随我抬回苍狼，把事情始末禀报老章京。"

　　沙尔虎达听了萨布素的禀报，很气愤，他决定将主要起事者处刑。

　　没想到，不到半袋烟的工夫，阿勒楚克的人就负荆请罪来了，只见阿勒楚克老佐领手托着六品乌纱帽，跪在面前，后边一个被五花大绑的旗兵已插上了木牌，正等着发落呢。

　　敖东城的老佐领不断地叩头，恳求老章京高抬贵手，饶阿勒楚克这一次过错。更令沙尔虎达招笑儿的是那射死苍狼的黑汉子，竟一把鼻涕一把泪地哭了起来，假如老章京要处罚，他愿替一死，为啥？他说那兄弟是个独生子，死后老母无人侍候，他自家却兄弟七八个。

沙尔虎达一时犹豫起来，这时，萨布素走过来悄悄地说："若处以极刑，日后阿勒楚克与敖东城必结怨恨，念他只是初犯，认罪又好，且敖东方面又来求情，不如顺水推舟，下不为例，以利大业。"

沙尔虎达心中一喜，不过他面上仍充满愤怒，把阿勒楚克的老佐领斥责了一顿，然后又命人打了起事者三十军棍，才算了事。

（三）

这一日晌午，萨布素巡视回来，他把各围场的情况禀告了沙尔虎达，自己便朝密匝匝的树林走去。

走着走着，突然前方传来一阵女人的呼救声：

"救命啊！救命啊！"

萨布素一个箭步跃上高岗，只见斑斓大虎摇头摆尾，正逼近灌木丛中的两个姑娘。

说时迟，那时快，萨布素拉开大弓，"嗖"的一声，一箭射在那老虎的屁股上。老虎"噢噢"叫唤着，撇下那两个姑娘，转过来就朝萨布素猛扑过来。

因那虎来得如此凶猛、神速，容不得萨布素再搭弓射箭，他一把拔出腰间的刀，与老虎拼搏。

萨布素的刀上下飞舞，左旋右转，那老虎只见眼前刀光闪烁，寒气扑面，嘴巴和眼睛都被刀划得鲜血直滴，却怎么也咬不到那握刀的手。老虎被激怒了，它大吼一声，跃将过去，直把那铁棒似的尾巴横扫过来。

萨布素却如同一只敏捷的松鼠，三跳两跳，躲过了虎尾巴的扫荡，一个空中飞跃，又一个海底捞月，竟提了那血淋淋的半截虎尾，跳到了高岗上。

这时，那两个如梦初醒的姑娘，见断了尾巴的老虎又向救命恩人扑来，忙拎起砍柴刀，与老虎支架。两个姑娘虽说是身单力薄，但用两把柴刀拼命砍杀，也使老虎一时得不了口，就给了萨布素反扑的机会。只见他瞅准时机，朝着老虎张开的大嘴，一刀刺去，竟把这把小刀从虎口中穿了进去，猛虎连吼也没吼，一蹬腿就断了气。

两位姑娘双双跪下，给救命恩人行了礼，这才站起来回答萨布素的问话。

原来，这一对姐妹是宁古塔后山二道岗子瓜尔佳①氏的姑娘。姐妹俩是同胞生，今年整十八岁。本来，这一对俊俏贤惠的姑娘早已有个自己的心上人，可只因家中姐妹太多，母亲双眼失明，老父腿脚不好，日子实在难熬，便把她俩许给了敖东城的一个大户人家。

前些日子，那个人家来送彩礼，姐妹俩死活不应承这门亲事，被老父一怒之下赶出了家门。

姐妹俩虽说怨恨老父无情，但也能体察到老父在这种贫病交加下万般无奈的苦衷。

于是，二人商量好，要上长白圣山来打熊瞎子，取出熊胆给母亲治眼病，要来采"不老草"，回去给老父治腰腿痛病。倘若能采得这两种东西，治好父母的病，老父必能开恩，允许她们和心上人成婚，要是采不到，她们也就不想再回去了……

听了她们二人的叙述，萨布素心中好不难受，他知道宁古塔这几年来虽然风调雨顺，可有些地方仍是不景气，特别是那些人多劳力少的人家，情况就更糟了。他同情这姐妹二人的遭遇，也被她们大胆的行为所感动，决定帮她们一把。

萨布素说："拐过右边那个山头，再往前走百十米，有一座青石砬子，那石砬子顶上有'不老草'。你们姐妹二人采足后，就到山下帐篷里歇息。熊胆我自有办法弄到，待行围结束，回宁古塔，我让苏木夫人送你们，也好去劝劝你家中老人，让他们成全了你姐妹俩的婚事。"

姐妹俩千谢万谢地去采"不老草"了。

（四）

合围开始了。

各个围场的旗兵，已经靠拢到一起，五百多人的猎队，在林中形成了一个圆形的包围圈。

天空中，被惊起的山禽野鸟，呼啦啦飞起来；草丛里，惊恐的獐狍鹿兔拼命逃窜，狡猾的狐狼豺貂四处躲藏，凶狠的虎豹熊猪大声嗥叫着，妄图冲出包围圈。

沙尔虎达一声令下，顿时号角骤响，万箭齐发，能骑善射的八旗兵

---

① 瓜尔佳：满族姓氏。

个个大显身手，不到半晌，猎物就堆成了个小山似的。

萨布素一马当先，追赶着一只冲出包围圈的大熊瞎子。

这是一只很狡猾的大狗熊。猎人常说熊瞎子在林子里净走直道，不会拐弯。可它却左一步右一步地颠来颠去，还往大树后头躲，使萨布素连发三箭竟没有射死它。

其实呢，萨布素并不想很快就结果它，他想再逗一会儿，让这个狗熊把肚子气得大大的，把熊胆胀得满满的，再把熊胆割下来，据老萨满说，这样的熊胆个大饱满，治眼病最有效果。

不过，这样逗很危险，弄不好会被熊瞎子舔了鼻子，揭了头皮，要了性命的。

萨布素可不怕这些，他见那大狗熊还是往前窜，不想和自己恋战，便又朝它屁股放了一箭。这一箭激怒了大狗熊，它转身朝萨布素奔来。

萨布素见它转过身，又一箭射在它那气得鼓鼓的肚子上。顿时红白相间，一嘟噜肠子淌了出来。那狗熊气得双眼通红，它弯腰抓起一把野草，托起肠子塞回肚里，用草塞住伤口，发疯般的扑了上来。

萨布素闪过身，见时机已到，从背后猛一捅，来了个透心刺，这才结果了熊的性命。然后，他麻利地剖开熊肚皮，从狗熊肚子里割下了一个顶大顶大的熊胆。

萨布素把熊胆收好，便又投入了紧张激烈的合围之中。

包围圈越缩越小了。

突然，一只长着大杈角的犴达罕出现在群兽之中，不知所措地四下张望着。这只犴达罕太漂亮了，围猎的猎手齐声欢呼着它的名字："犴达罕！"没有一个人舍得放箭射它。此时，要想捉住它，没有高超的套马本领是不行的。萨布素正要打马上前，一匹铁青马早已飞了过去。

哦，原来是老章京！

只见他一手拉着缰绳，另一只手举着套马杆，套马绳索在杆头轻轻摆动，抖出一个活套口时，随着缰绳的松紧，那马一个腾空飞舞，套马绳索就落在犴达罕头上的犄角下。紧接着，沙尔虎达双腿一夹，铁青马掉转头冲出兽群，硬拖着那头犴达罕回来了。

五百名八旗兵目睹了老章京的神功，一片欢呼声响彻了山岗，直冲云天。

萨布素赶过来，忙给老章京擦了擦脑门上的热汗，敬佩之情顿时倍增。

夜幕落下来了，满载而归的狩猎队伍回到了宁古塔。

狗叫声唤来了在家的男女老少，人们一直迎到城门口。

苏木夫人也来接了，萨布素就把两位逃婚的姑娘交给了她，又从怀里掏出熊胆，嘱咐她先把两位姑娘安置好，天明就送她们回家。

说完话，萨布素又去忙分配猎物的大事去了。

第十一章 义服刘黑塔

（一）

老章京沙尔虎达自从秋围中染上风寒，回来后竟一病不起，病情一日重似一日。

巴海日夜守护在前，请神许愿，他已烧了百炷香；草药偏方，熬了几十种。病人却日夜昏迷不醒，眼瞅着就瘦得剩下了一把骨头。

宁古塔有名的萨满都请过了，他们摇着头，又都走了，说："老章京怕是到寿了。"

巴海一听这话，忍不住泪如雨下，萨布素也哽咽着说不出话。

有一天，萨布素听说镜泊湖有一个梅赫勒①老萨满，专门能治这种昏迷病，他就带着三个随从，打马出发了。

萨布素一行晓行夜宿，走海兰，过大小牡丹，经沙兰直奔得林石，终于见到了镜泊湖。

在镜泊湖南面一个叫莲花泡子的地方，找到了梅赫勒老萨满。

梅赫勒老萨满听完萨布素的介绍，忙穿上法衣，扎上腰铃，点起香火，手拿抓鼓，在地上作起法来。口里叽叽咕咕像是跟谁说着什么话，有问有答的。

一会儿，她就对萨布素说："治了病，治不了命。老佛爷要请他去，这也是他的福分。"

萨布素双腿一弯，扑通跪在地上，扯着老萨满的手，说："他不能去，求求您老，治治他的病，让他多留些天吧！"

梅赫勒老萨满说："实话对你说，他明天就该去了，你快赶回去吧，

---

① 梅赫勒：满族姓氏。

再晚怕是赶不上了。"

萨布素泪如泉涌，他不迭声地恳求："求求您老，发发慈悲，把我的寿命给他，让他多活几年，宁古塔不能没有他呀！"

"好吧，我就跟你们走一趟，或许能延缓一些时辰呢。"

梅赫勒老萨满来到宁古塔，已是第三天晌午了。

章京衙门挂着孝，城中一片静默。

萨布素心里一惊，奔进去，只见沙尔虎达的尸体已经停在木板上，头朝西，放在地上。

他扑倒在旁边，抱着沙尔虎达的头哭诉着："老章京，你怎么走得这样急，你等等我，我给你请寿来了。"

萨布素哭得泪人一样，泪珠落到老章京那苍白的脸上，他伸手去擦那泪水，手抚摸着老章京的鼻翼，觉得鼻翼好像在微微歙动。他忙把手贴近老章京的双唇，竟有一丝气息透了出来。

萨布素停止了哭泣，他大声对跪在一边的巴海说："老章京还有气，他没死。"

巴海抱着老阿玛的头，脸贴脸地试着，果然嗅到了那一丝微弱的气息。

沙尔虎达被轻轻地抬到炕上，又灌下了梅赫勒老萨满配制的一服草药。不到半晌，他就慢慢地睁开了眼睛。

梅赫勒老萨满急忙对他说："你回来了，老章京。"

沙尔虎达盯着老萨满瞅了一会儿，像是突然醒悟了什么，他把手伸给老萨满，慢慢地说："老佛爷派超合占爷①叫我去，我就跟着他走，半路追来了一个老萨满，请我回去再待一个时辰。"

沙尔虎达说完，又盯盯瞅着梅赫勒老萨满，自言自语地说："看来，真有这么回事了，你就是那个请我回来的人了，谢谢你，我还有挺要紧的话没对巴海说呢。他在哪里呀？"

"阿玛，我在这，我就是巴海。"

老章京认出了巴海。又说："萨布素呢？叫他来。"

萨布素忙说："老章京，我就是萨布素啊！"

老章京看看巴海，看看萨布素，断断续续地说："巴海……你待萨布素要……像亲兄弟。萨布素……你今后要辅助他……做事；要效忠

---

① 超合占爷：满语，萨满教的战神。

大清朝廷；要驱逐罗刹，收复边土。这……这三条，你们……二人能否做到？"

巴海、萨布素双双跪在地上，两人齐声答道："能做到！请您老放心！"

老章京满意地笑了，又慢慢地闭上了眼睛。

（二）

发送了老章京，萨布素身戴重孝护送梅赫勒老萨满回镜泊湖。

这一天，萨布素从镜泊湖回来，走到莺歌岭下，碰见一个老太太刚跳下湖。

萨布素救下了老人，问她为什么寻短见，老太太边哭边说："昨日，我的女儿被胡子①抢去，要我拿银子去换，没有银子，今天他们就得杀人。我……我不能活了！"

老太太说完，又要跳湖。

萨布素劝解道："老额娘，你别急，我能救出你的女儿。你把那伙贼人的情况再说说，还有，他们要你啥时去送银子？"

老太太说完了，萨布素就把她送回家。吃过晌午饭，萨布素向老太太要了一块红布，包了一堆碎石，往腰里一系，就上了莺歌岭。

萨布素走进林子，按照记号找到了一棵被剥了皮的白桦树，他刚站定，就从树上飞下来四个蒙面人。

萨布素双肩一抖，闪过了那四个蒙面人的拳头，大声喝道："大胆盏贼，还不把人给我交出来！"

那四个蒙面人却不答话，其中一个黑铁塔似的家伙，开了腔，他说道："想必你是代老太太来赎人的，请给她老人家捎个话去，就说我刘黑塔想娶她姑娘当压寨夫人。银子不要了，改日我还得下山去拜认丈母娘呢！"

说完这话，四人回身就走。

萨布素上前拦住刘黑塔说："慢走，我有话要讲。"

"何话？"

"姑娘早已许配别人，请山大王放她回家，赎银我已带来。"

刘黑塔一听火了，他叫道："我刘黑塔在山东杀了贼人，被官府追捕

---

① 胡子：东北方言，土匪。

逃到这深山老林，二十五岁了还没有亲近过女人，要她当压寨夫人是看中她了，少啰唆，气急了眼，可别怪山大王我手下无情？"

"光天化日之下抢劫民女，还说什么有情无情。"

"你——好大胆子！看刀！"

"嗖嗖嗖嗖"，四个蒙面人一齐向萨布素抛来雪亮的飞刀。

萨布素手持祖传宝刀，沉着应战，只见他上下推挡，左右旋转，眼前一阵刀光剑影，一阵噼里啪啦，飞刀都被那富察刀法给挑了回去，深深地扎在那棵白桦树干上。

山大王最后一柄飞刀，被萨布素轻轻一点，直奔他的脑壳，擦着头皮飞过，削下了头上的蒙面巾。

刘黑塔瞪着一双惊恐的大眼睛，浓眉拧成黑疙瘩，厚厚的嘴唇动了动，说："好刀法！"

又扔过一根木头棒子，萨布素接过棒子，与他四人交了锋。这耍棒子本是汉人的拿手戏，萨布素虽说一身武功，可耍棒子却没有路数。几个回合，他那根榆木棒就抡折了。于是，只得挥舞那半截，渐渐地只剩招架之功。

刘黑塔四人合围圈越缩越小了，他趁萨布素不注意，扔掉棒子，猛地拦腰把他抱住，那三人立即上前反剪了双手，把萨布素捆了，押进山寨。

这是密林深处的一个胡子窝，五六十人合住在五个地窖子里。刘黑塔把萨布素带进东边地窖子，吩咐下人斟了酒，亲自端到他嘴边，说："我刘黑塔敬佩你的武功，你若肯落地为草，我愿与你结为兄弟。不然，你就休想活着出去。"

萨布素撞翻了酒碗，愤怒地说："你若肯改邪归正，我倒肯收留你等诸人披甲当兵，立功赎罪。否则，也只有死路一条。"

刘黑塔上前扇了萨布素两个耳光，叫道："若不是我明天成婚，非宰了你不可。给我押到牢里，日后再发落他不迟。"

（三）

萨布素被推进了牢房——一个小地窖子。借着天窗那一缕阳光，只见地上铺着草，草上铺着狍子皮，一个满面泪痕的姑娘，见萨布素进来，吓得慌忙站起身，往旮旯儿退去。

萨布素四处打量了一遍，就蹲在地上，沉思起来。

傍黑，刘黑塔派人送来了烤野兔、玉米饼子，还有一个布包包。那人把布包包塞给姑娘，嬉皮笑脸地说："大王要你打扮得漂漂亮亮的，明个儿一早就与你成婚。"

姑娘把布包包扔了，失声痛哭起来，不吃不喝，一直哭了半夜。

萨布素怎么劝也不顶用，逃又逃不了，他心里想来想去，只好等天明再与刘黑塔周旋，不妨答应他落地为草，以换取姑娘的自由，以后再作打算。

见姑娘哭乏了，睡下了。萨布素斜倚着墙合上眼睛，蒙蒙眬眬刚要入睡，又听得姑娘那边一阵叹息声，一会儿却又鸦雀无声了。

又困又累的萨布素，进了梦乡。他梦见苏木夫人正朝他走来，几日不见，分外亲热……

突然，萨布素一个激灵坐起来，他猛地推开了姑娘的身体，低声呵斥她："你怎能这样不自重？"

姑娘跪在萨布素的面前，嘤嘤哭诉着："额娘说，占了自己身子的人，死后也得与他做夫妻。我恨那个山大王，我怕……我求你救救我，把我的身子给你，来世甘愿给你当奴妾。"

姑娘跪着，挪动双腿往前靠。萨布素往后退，说："不要胡思乱想，我正想法子救你出去呢。家中额娘正盼你回去，好生生的怎么往死里想？"

姑娘一听有法出去，忙给萨布素磕了三个响头，又赔了歉意。

萨布素说："那山大王原本也不是个坏人。他在山东老家杀了贼人，被官府追捕才逃进深山，生活没了出路，就走到这般地步。只可惜他杀贼人，自己也当了贼人。更可恨他被人害，如今又来害别人。明早他来，我先与他结拜为兄弟，再慢慢来教化他，让他放你回家。你只管放心，有我萨布素在，委屈不了你。"

萨布素的这一席话，本是劝解姑娘的，却不料被前来察看动静的刘黑塔全听了去。

这个五尺高的山东大汉，被萨布素的德行震住了。俗话说：哪有把怀中女人往外推的男人，此真乃义士也！再听那些话，更是句句掏心窝、切肺腑，搅得他心里一阵酸痛。他又想起了自己的伤心事。

那是三年前，刘黑塔累死拼活地烧了五年窑，好容易攒够了聘礼钱，娘儿俩欢喜得不知咋好，说明个儿就给王庄妹子家送去。没想到半夜来了一伙蟊贼，放火烧了他家的房子，刘黑塔光顾救老娘了，那钱全被贼人偷走了。

王家见刘家烧了屋，丢了钱，就把妹子另嫁别人。那妹子死活不从，新婚之夜拿剪刀刺破喉咙，死得好惨哪。老娘也一急病死。刘黑塔连夜操着斧子，寻到那伙贼人家，一连剁了五个，才跑到这关东山。

想到这里，刘黑塔抹了脸上的泪珠，几步走到牢门口，弯腰进来，"扑腾"一下跪到了萨布素面前。一边自己打自己耳光，一边自己骂自己："我刘黑塔好了伤疤忘了疼，我不是人，我该打。好兄弟，你打我吧！好妹子，你打我吧！"

萨布素和那姑娘挺奇怪，刘黑塔就对他俩说："刚才你俩的话，我全听见了。从今后，我跟大哥你走，你说一我决不说二，你叫我往东我决不往西。"

当下，刘黑塔派人把姑娘送回了家，自己领着全班人马一齐归了大清，跟着萨布素一道回到宁古塔，被编入了汉旗军。

从此，刘黑塔和萨布素结成了生死之交，成了他的左膀右臂。

第十二章　巧得人参宝

（一）

萨布素进山挖参已半月有余了，口袋里的粮食都快吃光了，可他却连一颗人参也没搭着影。

这一天，天刚麻麻亮，萨布素悄悄地钻出"马架子"，踏着没膝的露水，朝东山头走去。他想离开伙伴们，试试自己的运气。

萨布素手持索拨罗棍子，猫着腰，两眼仔细地扫视着草丛。忽然，前方有一道红光闪烁了一下，紧接着草丛里有一棵大参苗摆动起来，像是对他招手呢。

萨布素一阵惊喜，他大步流星地奔过去，手被野刺梅扎出了血，竟也顾不上包。

快到了，萨布素放开嗓子，大喊了一声："棒槌！"同时，又立时把准备好的红线拴在那参苗上。

据老辈人讲，这样，那人参即使是千年老参，也会被定位，再也不能化作精灵逃跑。

萨布素又仔细地察看一番，这才发现，这参竟是六品叶的。他高兴极了，急忙奔回马架子，把这喜讯告诉了同来的伙伴。

大家一听，都爬起来跟着他往东跑。跑到跟前一看，却都哈哈大笑起来，有的笑得流出了鼻涕，有的直喊肚子疼。

萨布素被笑懵了，他不由得蹲下身去看那人参，这一看不要紧，却发现自己把红线拴在了一棵"走马芹"的叶子上了。

"哈哈，萨布素这是想人参急花了眼，错把野草当人参啦！"

"要我说呀，他这是故意逗乐和呢，怕咱们睡到日头晒腚。"

萨布素一声不吭，他双手捧着腮帮子，蹲在草丛里愣了神。

他心里琢磨着这事可真蹊跷，自己明明看得一清二楚，分明是个六品叶大参，怎的就变成了"走马芹"？

难道是阿布卡恩都力显灵，催我回去？

想到这，萨布素站起身，对着大家说："今秋上我运气不好，拖累了大家伙也没看好参苗，不如我一人先回去……"

萨布素主意已定，不管众人怎么挽留，他还是留下了米口袋，背着桦皮筐，下山了。

（二）

虽说是烈日当空，万里无云，可这长白山的老林子里，古木参天，野草没人，瞎眼虻、臭蚊子、小咬子一个劲儿地往脸上糊，没走上半个时辰，萨布素就汗流浃背了。

转过一个小山头，一阵清风迎面而来，萨布素来到个高耸的石砬边，原来这下面有一眼泉水，旁边还长着一棵山丁子树，红红的果实令人口生酸水。

萨布素吃着酸甜的山丁子果，喝着冰凉的泉水，舒服得想睡过去。

在他似睡非睡的当口儿，一个衣衫破烂的老头，颤巍巍地走过来，对他哭诉了自己的不幸：

原来，这老头是宁古塔后街老郎家人，三年前进山挖参，死在山里。孤魂在外，思念家人，求萨布素行行好，把他的尸骨带回去，他就住在鬼门谷里一棵老赤柏松下，身旁有一个铜烟袋锅。

老头说完话，还朝萨布素深深地施一礼。

萨布素急忙上前，刚要扶住老头，眼前一亮，老头不见了。

萨布素使劲揉揉双眼，四下里寻找了一遍，仍是无有人影，他这才明白，刚才是做了一个梦呢。

虽然是梦，可却看得真切，听得清楚。他记得三年前，后街老郎家办丧事，家人哭得昏死过去的情景，也认得梦中的老头正是郎家的阿玛，放山时遇难死在山里，托梦给后来的人，这事过去也听说过。萨布素站起身，紧紧裤腰带，就朝鬼门谷去了。

（三）

提起鬼门谷，叫人心里寒。听老辈人讲，那里原本是阿卡凯恩都力的一片参地，每到秋天，参花红艳艳的映红了半面天，几百只棒槌鸟齐声啼叫，专门给那些穷苦的放山人引路。

放山人只要追踪着棒槌鸟，就能绕过十八层盘山道，来到参地，只要不贪心，就能顺原路下山，返回家园。

可是有一年，一个黑心的财主带着一群狗腿子，装成放山人混进了宝地，把参苗拔得精光。阿布卡恩都力一发怒，就封死了下山的出路，把这一群坏蛋困在了山里。他们无论走哪一条道也走不出去，最后都饿死在那里，成了恶鬼。

据说放山人有时还能听到他们的叫喊声呢。

后来，人们就再也找不到进那座山的道路了。偶有个把胆壮的人去那里，也十有八九下不了山。那山就被起名为鬼门谷，令人胆寒。

萨布素为寻回郎家阿玛的尸骨，顾不上自身的危险，他来到山脚下，沿着一条九曲十八弯的盘山小路就进了鬼门谷。

这鬼门谷果不虚传，浓雾团团，阴风阵阵，怪石嶙峋，没人高的蒿草中，狼嚎虎啸，九尺长的怪蛇嗞嗞作响，不时，还能遇到一具具尸骨，幽幽地闪着寒光。

萨布素的脸刮破了，衣服扯得稀烂，好不容易才爬到了山顶，看到一棵赤柏老松下，一具骷髅倚坐在树干上，旁边果真有一个铜烟袋锅。

萨布素跪地向老人的尸骨磕了头，他不能让老人就这样裸着回家，只好剥了一块桦树皮，将骷髅包好，放到背筐里，准备回走。

突然，一只棒槌鸟落在赤柏老松上，啼叫了起来。

萨布素心里一动，忙朝那鸟看去，只见棒槌鸟踩着的树杈上，有一棵小小的参苗，那苗虽小，却生得水水灵灵，煞是招人喜欢。

萨布素小心翼翼地将它捧下，抖去浮土，装入背筐，下山了。

一路顺风，萨布素不一会儿就走出了鬼门谷。他兴许是饿了，觉得背篓越来越沉，两条背带像要勒进皮肉似的，钻心的疼痛，只好放到一块大石头上歇歇脚，直直腰。

这一歇不要紧，就在石头边上，两棵五品叶的参苗正向他点头呢，好像已经等候他多时了。

萨布素定了定神，看清了真是两棵宝参，他才放下背筐，挖起参来。

（四）

山坳里，两个赤手空拳的男孩子，正同一只小饿狼搏斗着。

那只饿狼立在中间，瞪着绿莹莹的眼睛，张着血盆的大口，一会儿向前扑，一会儿向后跳。

前面那个男孩，嘴里"嗨！"地呐喊着，两只拳头似铁球飞转，吓得那狼不敢上前。

后面那个稍小的男孩也不善劲，他也"呀！呀！"地大叫，两只脚跳跃着，朝那苍狼的屁股进攻。

这样僵持了一会儿，那狡猾的苍狼突然掉过头，朝后面猛扑过去。

正在这紧要关头，萨布素抢前一步，手举砍刀朝苍狼嘴巴捅去，结果了它的命，救下了两个孩子。

一打听，这大的叫魏海，十五岁，小的叫李昆，十二岁。只因家中贫困，想进山挖参，不想遇上苍狼。两个孩子说完，瞪圆双眼，咬着嘴唇，瞅着萨布素，好像在猜测萨布素到底要怎样处置他俩。

萨布素知道，宁古塔衙门是不准流人进山的，小孩子也一样问罪。但他记得流人中确实有个姓魏和姓李的，从山东流放宁古塔，途中冻坏了手脚，日子很是困难。

另外，不知怎么回事，他一见这两个孩子，就有些喜欢，大概是因为刚才那股子勇敢拼命的劲头儿吧。

萨布素放下背筐，取出那两棵五品叶的人参，递到了魏海和李昆的手上。

说："孩子，拿着这个回家吧，以后不要往山里跑了，被衙门知道可不得了哇！"

两个孩子跪下给他磕了三个大响头，捧着大人参，一溜烟似的跑了。

萨布素望着他们的背影，叹了口气，下山去了。

（五）

宁古塔一年一度的秋集开始了，城里城外，车水马龙，人来人往，热闹极了。

这边是东珠、鳇鱼干、海象牙、海虾仁，那边是貂皮、灰鼠皮、沙狐皮，还有妇女们晒制的山蕨菜、黄花菜，各种各样的蘑菇、木耳等等，二里长街摆得满满的。开集已三天了，人们卖出了钱，又从内地来的货商手里，买回了铁锅、食盐、绸缎和布匹等针头线脑的日用品。

各种山货出手极快，唯独人参市这里按兵不动，急得一些放山人抓耳挠腮的。可那从京城里来的替皇上收贡的官员硬说还有宝参没下山，价码还定不下来。

人们东张西望，议论纷纷，都嘀咕他这是故意压人，但也只好耐着性子等着。

这时，萨布素回来了，他先把老人的尸骨送到后街老郎家，安抚一番，才带着那棵小参来到集市上。

一路上他见人家的参又大又整齐，心想这苗参不管卖上几个钱，都要送给郎家安葬老人。

待他蹲下刚把小参苗掏出来，那京城里来的一名御医就盯上来，开口就出六千八百两银子，要买这参。

萨布素说："您老怎么如此高价买这小参？"

那御医说："此乃千年树参也，别看它个头儿小，已是快成精之参，若再过两年，价值就可连城。我这把年纪，也只收买过三棵千年树参哪。小阿哥，恭喜发大财啦！"

这时，掌管估价的官员走过来，仔细看看人参苗，又和老御医商讨了一阵，才宣布了今年人参的最高价和最低价。

顿时，人参市就像开了锅似的，人头攒动，语声不绝，一片火热。

萨布素知道这树参是郎家老阿玛指点与他的，心中十分感动。他当即把一千两银子送给了郎家，又把五千两银子交到衙门府上，预备明春到盛京城去办置兵器。

剩下这八百两，他分给了那些上山没得货的赶山人，自己一文没剩，高高兴兴回了家。

第十三章　盛京招贤人

（一）

转过年来，一打春，巴海又筹集了一些银两，便派萨布素带了几个随从，到盛京去招收工匠，购买兵器。

萨布素一到盛京，很快就买足了兵器，可招收工匠到宁古塔去就没那么容易了。萨布素试着打探了几家旗人工匠铺，尽管店铺生意难做，但人家一听说到北边，就把头摇得跟个拨浪鼓似的，常言道"故土难离"，更何况是那冰天雪地的宁古塔了。

旗人不肯去，流人、汉人不准去，这事难办着呢。怕巴海等得焦急，他就打发下人把兵器先运回去，自己留下慢慢再做主张。

（二）

有一天，萨布素来到东门里，见一群人团团围在临街的一幢小楼下。那楼虽然陈旧不堪，却也装点了不少红花绿幔，二楼的栏杆里，一个汉家女子手捧着绣球，迟迟不肯抛下。

原来这是老纸匠陈寿的闺女在抛绣球选婿。

陈寿是山东德州府人士，来盛京开了造纸坊，辛辛苦苦地积攒了点家业，买下了这幢小二楼，想再扩大点门面，日后好给女儿完婚。却不想天有不测风云，去年老婆突然得了急症，折腾了七八个月，银子花了上千两，资产变卖精光，就连这二楼也当了出去，老伴儿一口气到底是咽了，自己一把老骨头也黄土埋了半截，放心不下的只是女儿的终身未订。

要说他的女儿小妮子，也是盛京城的一枝花呢。不少旗人阔少楼前楼后转悠，更有那盛京兵部大臣之子英图，多次登门求见，私递定情之物，自个儿张口求婚，吓得小妮子不敢在店中露面儿。

要说青年男女互相表示爱慕之情，在旗人看来本属正常，无奈陈家姑娘自幼受的是汉礼俗教育，她怎能嫁给旗人，更不敢接受兵部大臣儿子的定情物，她要找一个汉人为婿。

陈寿有心想高攀，但又不忍硬违女儿的意愿，便同意了女儿抛绣球选婿的主张。

盛京城中汉人这几年越来越多，婚丧嫁娶自是依着汉人的老规矩，但这抛绣球的事却也不多见。

一时间，远近不少汉家青年男子都前来应选，也有一些旗人子弟赶来围看。

人越聚越多，这时，有两个青年男子闪入人群。只见那略瘦的一位，眉清目秀，衣着简朴，像个小生。另一位气宇不凡，体格健壮，似个"将军"。

就在这两人来到楼前的一刹那，一只大红绣球从空中抛下，直打在那个小生的怀里。那小生犹豫了一下，就把绣球弹了起来，恰被后面的"将军"就势接住，捧在胸前。

这一切如此之快，外人根本不知其中的奥秘，可楼上的小妮子却一收在眼底。她见那小生弹回了绣球，如五雷轰顶，昏厥过去，竟从楼上跌了下来。

刚才许多人见绣球已被别人接走，自是悻悻离去，却不承想还有个活人跌下，一时吓得四处逃散。

萨布素手疾眼快，奔过去双手接住小妮子，忙把她送进店堂，唤人来救急。心中也十分奇怪，好生生地怎么就跌下楼来寻死？

（三）

陈寿见女儿昏死过去，连连呼唤着她的名字，那小生也急得直冒冷汗，他不顾一切，分开众人，赶到跟前，俯身察看了姑娘的情形，见没有跌伤，便伸手掐住姑娘的人中穴位，只一会儿，姑娘就睁开了双眼。

她定了定恍惚的神情，认出了站在面前的人，便泪如泉涌，泣不成声地说："哥哥既是不肯接绣球，为啥还登我家门槛，定是要羞死小妹才走？"

说完又痛哭起来。

那小生欲言又止，双眼也满含热泪。原来他也是山东德州府人士，叫万小山，父亲是有名的老汉医。自幼与陈家为邻，两人青梅竹马，兄妹相称，后来陈寿闯了关东，在盛京开了纸坊，也常有书信往来。

去年秋上，德州遭了水灾，万家被洪水冲塌了屋顶，父子二人只身逃到盛京，投奔陈家，却不料陈家早已破产，自身尚无去处，怎能再养活他人？

万家父子也不忍连累陈家父女，就流浪街头，靠卖苦力挣点口粮，只是陈家姑娘那份情意令万小山心中痛苦。正是男大当婚、女大当嫁的年龄，万小山千里迢迢投奔陈家，怎不想与她结为百年之好？无奈眼下自己连个窝棚都没有，不能让人家跟自己来遭罪呀！

不过，刚才姑娘竟以死殉情，万小山顿觉头脑充血，他方明白过来，便决心挽回这个局面，决不辜负姑娘的一片深情。

这时，那"将军"却走上前来，说："我听说你们汉人有句古话，叫'君子一言，驷马难追'，格格你既抛绣球择夫婿，怎能反悔？"

"不过，我愿意让你一着，与这位小阿哥来比武，若他能赢得过我，我便把绣球还给他，若不赢，格格你定要随我回府成婚。"

那小生听罢此话，深情地望了姑娘一眼，二话没说，便与他出去楼前比高低。

一听说比武择婿，围观的人又上来了，人们把他二人围在中间，不停地呐喊助威。

那"将军"一出手就显出了非凡的功底，只见他拳打脚踢，摸爬滚打，三十六路样样不落，逼得那小生连连后退，只有招架之功，没有还手之力。

大局似乎早已落定，却不料那小生一个鲤鱼跃龙门，跳将上来，伸手在那"将军"的下巴上一划拉，就听他"哎哟"一声，痛得变了颜色，双手捂住嘴巴，动弹不得。

那小生稍停片刻，又冷不防在他下巴上一推，只听"吧"的一声，那下巴又上去了。只是这一下一上，下巴早已肿成个红萝卜了。

"将军"痛定思痛，才知被端掉了下巴，怎肯咽下这口窝囊气？他咬牙切齿又追过去，揪住小生不放。

这下两人都使出了浑身解数，仍不分胜负。这"将军"突然拔出飞刀。在这性命攸关的时刻，看得真切的萨布素挺身而上，一脚踢飞了他手中的飞刀，两手钳住他的臂膀，把他按在地上，喝道：

"行武场上比高低，怎好如此做小手脚？"

说着，轻轻一拨拉，就把他扔出丈八远。

那"将军"后滚翻回到萨布素脚前，连磕三头，叫道："师傅若肯收我做徒弟，我就让了。若不许，我定与他没完。"

萨布素早已看出那小生是个郎中，有一手端拿的好功夫，可他毕竟不通武功，若再战定会失利。可收个徒弟……为了那姑娘，萨布素便答应了。

"好，说定了。"

原来这人正是盛京兵部大臣的长子英图，年逢二八还不曾婚娶，他见陈寿纸坊店里这汉家姑娘姿色出众，有心与她结亲，可这姑娘几次都回绝了他，特别是今天英图见她从楼上跌下来，就知她拼死的原因本是想与那汉家小生结亲。英图也是个知书达理的人，姑娘既另有所爱，自己怎能再强求与人，于是便借坡下驴，给了萨布素一个面子。

不过，英图拜师也并非儿戏，他已访遍了偌大个盛京城，为的是寻个名师高手，可一直不遂心愿。刚才萨布素一动手，他就知道此人不简单，真是踏破铁鞋无觅处，得来全不费工夫。

还没等萨布素仔细回味一下，英图一挥手，早已有随从抬来一顶大轿，不由分说，就把萨布素抬进了兵部大臣的官府。

（四）

一连三日，萨布素早起晚睡，在兵府里教英图习武。

师傅教得仔细，弟子学得用心，三日虽短，英图都觉赛过三年。他越发不肯放师傅走，急得萨布素寝食不安。

有一日，萨布素乘英图不在，自己偷偷溜出官府，径直去找那东门里的陈家纸坊，却不料陈家父女已不知去向，打听街坊也无人知晓，萨布素心中很是懊悔。

萨布素琢磨着，就往集市上走去。来到集市，他专往车马市转悠。只见有个麻脸老汉卖大车轱辘，因为比别人卖得贱，一时间围上不少人。这就惹恼了别的主。

一个大汉说："这大车轱辘历来都是一两银子一副，你显得哪份大气，偏要少他五钱？"

麻脸老汉恳求地解释说:"大兄弟,不是我有意抢你们的生意,实在是我那同乡破了产,被撵出门,得了急病无钱治,他闺女要卖身替爹治病,我怎好见死不救,让那好端端的闺女去卖身?"

听他这么一说,不少人跟着叹气,有的卖主也就不吱声了,那个汉子嘟囔了几句也坐下了。

萨布素一听,忙凑上前去,说:"你说的病人是不是东门里的纸坊掌柜的?"

"正是。"

"我正在找他们。"

"找他有何事?"

"这里不便细说,快带我去看看他们。这货别卖了,我这里的银两先拿去急用。"

萨布素跟着他来到车店边上的一座小房子里,果然看到陈家姑娘哭哭啼啼地守在她爹身边,万家父子俩也在这里,万小山照爹开的方子去找草药,因钱不够,正在发愁呢。

陈家姑娘和万小山一见萨布素,忙给恩人磕头。萨布素扶起他俩,从腰中取出银子,让他们快抓药去,自己坐下来看病人,又一边和那麻脸老汉闲谈起来。

这老汉姓于,外号于四麻子,也是山东德州府人士,有一手制大车的手艺,日子混得不错,见陈家父女和万家父子遭了难,就把自己的下屋借给他们住,不断接济他们吃喝。

萨布素就和他们说起宁古塔的生活,说那里虽然冷些,但生意很好做,眼下还没有能造纸造车的工匠,汉医汉药更是稀罕得很,若他们肯去宁古塔,自己替他们凑盘缠,帮他们盖新屋。

他这一说,老汉医很高兴,于四麻子因这两年盛京会造大车的人多起来,生意也不太好,想到这,他也动了心。唯有重病在身的陈老汉没吱声。

萨布素看他愁眉不展的样子,就劝慰他说:"你不用着急,先治好你的病,等身板硬实了,愿去就带上你,不想去,就留下不走。"

陈老汉听他这么一说,竟滴出几滴老泪,喘息着说:"只怕报不了你这份恩德了,若我不行了,你就带上我闺女,造纸的手艺,她样样在行,不比我差。"

（五）

在萨布素的资助下，陈老汉的病一天天好起来，万小山也与陈家姑娘结为百年之好，于四麻子早把大车店收拾精当，该卖的卖，能带的带，单等陈老汉好利索，他们就启程随萨布素上宁古塔去。

附近的汉人中还有个造醋匠王大福，听了于四麻子的介绍，又把自己的老丈人银匠都联络来，一起求萨布素也带上他们。

萨布素喜得脸上放光彩，把这些能工巧匠带回去，宁古塔可要大变样了，他怎能不乐和呢？

可是，怎么才能给这些汉人弄个去宁古塔的牌照呢？他决心让英图替自己办这件事。

英图把萨布素怎样寻找工匠、如何帮助他们、要带他们走的原委一一禀告了兵部大臣。兵部大臣当下召见了萨布素，得知他就是宁古塔镶黄旗的年轻佐领，有名的富察哈拉神刀手，很是赞成他的主张，不但给他开了牌照，还要托他一件大事。

萨布素一听说兵部大臣交给自己一件大事，忙跪地应承，等候下令。

却不料兵部大臣"哈哈"笑着说："这个重要的差事就是，你把英图也带上，不把他练成巴图鲁，我就不饶你！"

萨布素一乐，答应着："嗻！"然后，带着这些人马回宁古塔了。

这些能工巧匠后来就成了宁古塔造纸、造醋、造大车、铸银、汉医汉药的祖师爷啦。

第十四章　私放李昆魏海

（一）

康熙十一年，爱新觉罗[①]新城在牡丹江畔落成。萨布素做向导，领着巴海等文武官员从内城到外城，出东门进西站，把个新城里里外外瞧了个够，大伙乐得合不上嘴，一个劲儿地夸萨布素真有两下子，说他不光是个将才，还能当个建筑师呢。

按照巴海的布置，旧城搬迁之事进行得井井有条，不过半月，从衙门到住家，就都收拾得利利索索。人们还把新居装饰了一番，就连城门口那两个新石狮子也给披上了红，整个爱新觉罗城就像个刚嫁的新娘子似的。

人们的喜庆劲儿刚过，城里就发生了一件不祥之事，说是有两个流人的孩子把总管老爷家的大黄狗给打死了，还将总管老爷给揍了一顿。说是城门口上都贴着告示，要捉拿这两个小流人，告示上还画着他俩的画像呢。

在满族中有这么个故事：相传当年小汗王被明朝兵将追赶进了一片芦苇甸子，明朝兵将放火烧光了芦苇，可小汗王被狗救了性命，那狗为救主人自己活活累死了。打那起，满族就留下了敬狗的习俗，视狗为圣祖的恩主。

如今，两个流人之子竟然把狗打死了，岂不冒天下之大不韪，怎不惹起族人的愤怒呢？更何况他们还揍了总管老爷。一时间，议论纷纷，人们都说，这俩小子怕是插翅难逃了。

这天傍黑，萨布素正在后院练功夫，突然发现柴火堆旁边有两个人

---

① 爱新觉罗：清朝皇室姓氏，传说宁古塔满语意为"六"，即爱新觉罗六兄弟，故名。

影一闪就不见了。

"大胆的小逃犯，我早就瞅着你们呢，还不快快出来，饶你们一死！"

萨布素这么一吆喝，柴火堆里果然钻出两个少年，双双跪倒在他的面前。

"怎么是你们俩？"

萨布素打量着面前蓬头垢面的李昆和魏海，怔住了。禁不住又追问了一句："是你们打死了总管家的狗？"

两个少年战战兢兢地点点头。

萨布素勃然大怒，他上前一手钳住一个孩子，狠狠地说："上次我搭救了你们，不去学好，却干出这等伤天害理的勾当，这次定不能饶过你们。"

两个孩子也不挣扎，其实是没有气力挣扎，因为他俩有三天没吃东西了。只是上气不接下气地说："大人先赏我们一顿饱饭，听听事情的原委，随后听凭大人咋样处置都行。"

萨布素把他们领进下层，又让苏木夫人给端上了饭菜，瞅着他们吃，听着他们讲。

真是说来话长啊。

（二）

在宁古塔城外的一个小山下，牡丹江甩出的一条河湾边上，有两间依山傍水的小木房，这就是李昆和魏海的家。

三年前，在流放来宁古塔的路上，李昆的娘和魏海的爹染重伤寒死在途中，李老大忍悲痛安葬了妻子和魏家兄弟，带着他们来到流放地。

平日里，搬搬扛扛的粗活他都揽了过来，家中缝缝补补的细活，魏海他娘也自然全包了。两家的日子就像是一家人一样。外人不说，他们心中也有那个意思，只等三年孝满，他们就搬到一块儿住了。

李昆和魏海虽说是个少年，但也知爹娘的苦衷，他俩更是盼着那一天的到来，也省得平日里做点好吃的东西，还得送来端去的。

掐手指头数着，眼瞅着就要到五月端午，孝期就满了，李昆在集市上给爹买了雕花烟斗，魏海给娘买了一朵剪绒花。

魏海的娘今年还不满三十岁，在山东家时人们都叫她美人胚子，是德州府有名的俊俏人。自从死了爹，魏海再也没见到娘打扮过自己。他可怜娘，也知李大伯是个好人，他愿意娘改嫁。

昨天一早，魏海娘拎筐提篮的赶集去了。她有一手编筐编篓的功夫，那些嫩青的柳树条子，在她的手里变成了各式各样的提篮、大大小小的鱼篓，精巧极了，一上市就招徕许多人，特别是那爱弄鱼的孩子们。

就剩下一个小鱼篓了，一个穿着补丁衣服的小姑娘爱不释手地看半天，悄声问道："我没有钱，用盐换行吗？"

"行啊，一把就够了。我给你留着。"

那小姑娘一乐，头也不回地跑了。

这时，一个穿戴讲究的男孩挤上来，一把抓住那只鱼篓，嘴里说："这鱼篓多少钱？我要啦。"

魏海娘忙说："这鱼篓有主啦，不卖了。"

"啥，有主啦？有主还不拿走？"

这工夫，刚才的小姑娘气喘吁吁地跑回来，递上了一包盐，却不料小鱼篓已被别人拿去，"哇"的一声就哭了。

魏海娘就从那男孩手里夺下鱼篓，递给小姑娘，说："拿住，快回家去吧。"

却不料这男孩顿时就躺倒在地，手脚乱蹬，号啕大哭，蹬得地上直冒白烟。

魏海娘正要上前去哄，忽然有人喊了声："总管老爷来了。"人群中一阵骚动，闪出条道来，一个五十岁左右的半大老头气急败坏地赶来。他嘴里不干不净地骂着难听话，抱起地上的孩子，正要发作，却没发作。

原来，他那一双贼眼珠落在了魏海娘的脸蛋上，像定住了似的，一动也不动，心里就打起了鬼算盘。

魏海娘忙把事情的原委说了一遍，那总管不阴不阳地训斥道："你们汉人流放到此地，本该留在府中做奴仆，让你们自由安居却不安分守己，还编筐卖篓的招惹是非。这不，我家少爷的羊痫风又犯了。今儿个，你不把少爷哄好，我就把你们都发配当奴仆。"

魏海娘一听这话，吓得直掉眼泪，她也知道流人原本是分到官府上当奴仆的，只因萨布素可怜他们死了亲人，向总管老爷求了情才免了那苦差事。如今却要收回去，怎能不害怕呢。

总管老爷见她只是掉泪，奸笑了一声，说："我府中备有现成的柳条，你若再编一个鱼篓，哄得少爷开心，好了病，此事便罢，不然，也别怪我不客气。"

魏海娘只得跟着总管老爷去了。临走，她让人捎个信，告诉魏海别惦记。

魏海进山砍柳条回来，日头都卡山了，还不见娘回来，很着急。这时辰，李大伯和李昆也收船回来了，魏海就和李昆一块找他娘去了。

魏海、李昆来到总管家，把门的说没来过什么卖鱼篓的女人，不让他俩进院，魏海一听，心里更急了。趁天黑，他踩着李昆的肩膀头，翻墙跳进院子，乘人不备，又悄悄地溜进一座正房。

这门半掩着，魏海走进去，突然听里间传出一阵奸笑和训斥声："哼，你这个不识抬举的东西，依了我，保证吃香喝辣享清福。不从，你胳膊能拧过大腿吗？我叫你到府上当奴仆，你能逃出我的手心？哈哈哈！"

魏海忙伸出舌头舔破了窗户纸，只见娘双手被绑，头发凌乱，脸上青一块儿紫一块儿的。

魏海心头一颤，一股热血涌上头顶，他推开了窗户，跳进去，直奔那总管老爷，挥舞双拳，一顿乱打，打得总管老爷鼻孔出血，昏倒在地，这才奔过去给娘解绳子。

魏海领着娘刚要走，不料地上的总管挣扎着爬起来，一声口哨，竟不知从何处蹿来一只大黄狗，那狗张牙舞爪地扑向魏海娘儿俩。

眼看那狗就要伤人，魏海一个飞脚，正踢在它的心窝上，黄狗立刻向后倒去，蹬了两下腿，死了。

这工夫，有几个家人和清兵跑过来，总管老爷一见来了人，就号叫起来：

"这小流人反了，打了我，还打死大黄狗，快给我绑起来，我要用他的头祭大黄狗。"

几个人上来抓魏海，他使出浑身解数，使来人不得靠前，但却因为要保护娘，怎么也冲不出去。

"海儿，不要管娘，快逃吧！"

魏海娘见儿子就要被捉住，就一头撞在墙上，以断了他的念想儿。

魏海大叫一声，只得跳出人群，翻墙与李昆逃出城去。

（三）

听了魏海的哭诉，萨布素心中很是愤恨。他知道总管老爷是个色鬼，老章京在世时没少训他，只因他打着一手好算盘，又能说会道，才没辞了他。这几年他把巴海侍候得心满意足，有了依靠，竟越发胆大起来，不但在粮饷上克扣，还干出这样可恶的勾当。

按理，真该杀他的头。不过，萨布素明白眼下是动他不得，再说若要治他，岂不不打自招，露出魏海的下落？

萨布素又叹了一口气，他也心痛那只狗，埋怨魏海不该下死脚。可是，毕竟不能拿人头去祭狗头啊，就是阿布卡恩都力也会原谅魏海的过失的。

萨布素与苏木夫人合计了一会儿，然后领魏海、李昆到西炕上给祖宗灵牌磕头、起誓，保证今后效忠大清朝，祈祷阿布卡恩都力饶恕这一罪过。

然后，又拿出许多散碎银两，包了一些干粮，交给魏海、李昆，让他俩暂且逃命去，等日后事情平息下去再回来。

魏海、李昆谢过萨布素，都不肯离去，萨布素明白了他们的心思，忙说："你俩放心去吧，魏海娘的后事我来料理，李昆爹爹的生活，我来接济他，不必牵挂。只是，你俩到了外面，定要发愤图强，日后也好报效国家。"

魏海、李昆这才站起身，齐声答道："我们汉人有句古话，说'知恩不报非君子'，我们兄弟俩就走了，以后有用得着我们的时候，定两肋插刀、赴汤蹈火也在所不辞！"

第十五章　血染五童岭

（一）

罗刹侵占了我边城赫拉苏密，萨布素奉命出征。他率领五百名清军骑兵，沿着蜿蜒的山路，踏着没膝的积雪，日夜兼程，来到距赫拉苏密城不太远的一个小屯子，扎下营寨，商讨攻城良策。

据这小屯子里的达斡尔兄弟讲，罗刹把城里人都抓起来了，男子被迫去加固城墙，妇女和儿童被关着，说要送到北边的修道院去。罗刹在城上架着火炮和火枪，城门关得紧紧的，连进城赶集换东西的人也不放过，不是抢东西就是抓人。

萨布素又打听了一些情况，当他得知屯里达斡尔兄弟已没了盐巴，就命瓦礼祜把清军带来的盐分给他们一些，又顺便从他们手里换回一些兽皮、鱼干之类的，说有用场。

瓦礼祜一乐，说了句："要是进城去侦察，可别忘带上我呀！"

萨布素悄声附在他耳边说了几句，就各自歇息去了。

（二）

在赫拉苏密城外的北山谷里，二十多个荷枪实弹的罗刹正在东张西望地寻找着切尔金上尉，他昨天傍晚吃了油炸童心后，突然失踪了，守城的总管派他们去查找，听说切尔金是因为一个童心没吃足，又去抓别的孩子去了。

走在队伍最后的一个老罗刹，不停地在胸前画十字，嘴里祈祷着上帝"饶恕""罪过"，是为自己，也是为切尔金祈祷，因为他也吃过中国的孩子，不过那是死孩子，而且是他们在黑龙江流域被饿得整整吃了一冬天的树皮和草根之后，他们在雪地里扒草根，发现了一具死孩子，别人都抢着吃，他自己是闭着眼睛吃了一只脚。从那以后，晚上一合眼，他就觉得有一只小脚丫在眼前晃动，几乎是夜夜睡不安稳。

"罪过呀！罪过！"这个老罗刹还没说完这句话，肚子上就被狠狠地踹了一脚。

"你他妈的还在这嘟囔什么！快走，前面有情况！"

老罗刹被上司这一脚踹了个大墩，他爬起来，赶紧跟了上去。

原来，在小山坡上发现了一溜小孩子的脚印，看样子不是一个小孩，而且，在这些小脚印之上还有一个大大的脚印，熟悉切尔金的一个罗刹说："没错，这正是切尔金的脚印，你别看他个子不大，蹄子长得可不小。"

于是，这伙罗刹就顺着这溜脚印，往山上奔去了。

雪地上的脚印东转西拐，通向一座高高的山岭。这些罗刹爬上了山岭，被眼前的一幅景象吓呆了。

原来，切尔金被捆着手脚，倒吊在一棵歪脖子树上，旁边五个男孩，一样的红衣红裤，头戴红帽，活像是五个神童。他们五个合力拉着绳索的这一头，正一上一下地吊着切尔金。他们一拉，切尔金就悬到半空中，他们一松，切尔金就狗头撞地。

更可怕的是，这棵歪脖子树左面竟是一个悬崖，下面少说也有几十米深，若从悬崖摔下去，不死也得扒层皮。

所以，这几个罗刹虽然手里有火枪，却不敢乱放，一个个叽里呱啦地直跺脚，慢慢地朝前围拢。

切尔金虽然撞得头昏眼花，可他还是瞅见了自己的同伙们来了，不过在他眼里，同伙们怎么是脑袋在底下，脚在上头啊？他忘了自己是被倒吊着了。

他一高兴，竟哇啦哇啦地喊了起来，大概是想吓唬这五个小孩快把他放下来。

五个小红孩早就发现了围上来的罗刹兵。可他们毫无畏惧之色，更没有要逃走的意思，只是每个人把劲儿使得更大了。

"一——二！"

一声口令，切尔金又被吊到了半空中。

这时，一个稍大一点的小红孩，看样子能有十多岁，对着慢慢上前挪动脚步的罗刹说："听着，再朝前走一步，我们就把他甩到沟底下！"

罗刹们立刻停下来。

他又对那四个小红孩说："你们赶快从这石砬子旁边下去，底下有一个山洞通着老村子，我一个人吊死切尔金。"

那四个小红孩，个个拉紧了绳索，一起回答道：

"不，我们要亲手吊死切尔金，为那些被他吃掉的小兄弟报仇。"

说着，大家把绳索又往上拉了一段。这下，切尔金就被拉到了歪脖子树的顶上了，可惜，他被捆着手脚，动弹不得。就是能动手脚，他也无法解开这套野兽的连环套，那麻绳子早已勒进皮肉里了。

切尔金像野猪一样，他边号叫，边骂那几个罗刹混蛋，骂他们连五个小孩也打不过，说回去要剥他几个的皮，扣他们的饷。

一听说要扣军饷，有人急了，就朝前开了枪。

"啪！"一个小红孩"啊"的一声倒下了。另一个胖乎乎的小红孩连忙蹲下来抱他。

去掉两个小孩的拉力，三个小孩就有点拉不住了，切尔金慢慢地往下坠落。

"快，快去拉绳子……大力士，别管我！"

那个受伤的小孩对抱着自己的小孩说。于是，这个被称为大力士的小孩又站起来拉绳子，切尔金立即又被吊了上去。在那个稍大一点的孩子指挥下，他们旁若无人似的拉着绳子，一起一落，有节奏地摔打着切尔金，非要把他一点一点地摔打死。好像只有这样，才能解了心头之恨，才能给死去的兄弟们报仇雪恨。

罗刹们这下可急了眼，个个都端着枪，叫喊着往上冲，一阵枪响，孩子们都倒在血泊之中。

然而，这五个神童般的小红孩却依然紧紧地拉着绳子，他们在血泊里挣扎着站立起来，互相搀扶着、依靠着，最后一次拉起了绳索，把切尔金吊起来。

罗刹们端着枪已冲到了他们跟前，有几个罗刹拔出腰刀，叫喊着要挖出他们的心肝。

（三）

两个达斡尔猎人装束的人，骑着骏马一前一后地走着。那高个儿的不是别人，正是奉命前来征讨罗刹的萨布素，稍矮一些的是他的"影子"瓦礼祜，二人打扮成当地人，到赫拉苏密城下转了一圈，侦探了守城的情况，现在正往回赶。

一阵乱枪声把他们引到了山岗上。萨布素手搭凉棚，向东望去，只见山岭上石崖前，五个红衣红裤的孩子挣扎着互相依扶着站在一起，他们吃力地拉着一条绳索，想把吊在另一端的罗刹拉到空中去，鲜血顺着他们的衣裤淌到了雪地上，脚下已是一片血色。

他们巍然屹立在岭上，好像一块红岩石般一动也不动。

一群张牙舞爪的罗刹正向他们扑过去。

萨布素双腿一夹，那马飞也似的冲到罗刹跟前，一把刀在罗刹眼前立刻变成了千把刀、万把刀，富察神刀在阳光下闪闪发亮。几个被捅了喉头的罗刹，号叫一声倒下了，另一些人则端起火枪想射击，终因距离太近，不得手，反倒伤了自己一伙。

趁萨布素冲杀之际，瓦礼祜早已把五个小红孩抢了过来，可孩子们早已停止了呼吸。瓦礼祜强忍悲痛，把孩子们的尸体安放在雪地上，用白雪掩埋了。

这时，只听"砰！砰！"两声枪响，他抬眼望去，一个狡猾的罗刹躲在远处放冷枪。瓦礼祜奔过去，一刀结果了他。待他转过身来，却发现萨布素中弹跌下马来，几个罗刹正要上前抓他。

"啊——哈！"

瓦礼祜大吼一声，冲上前去，他一手挥舞战刀，抵挡罗刹，另一手拉住萨布素的衣襟，一个口哨，那匹坐骑便俯下身来，二人骑马飞奔，直奔营寨。

一路上，瓦礼祜紧紧搂住萨布素，生怕他因流血太多跌下马去，萨布素昏迷着被送回帐。一清醒过来，他就问那五个孩子救下没有，瓦礼祜说那五个孩子已死。萨布素一阵揪心疼痛，又昏迷过去。

（四）

第二天晌午，萨布素伤势略好一点，他就让人抬着，带领一些清军到岭上去安葬那五个孩子。

他对大家说："那五个孩子虽然死了，可不能再让罗刹祸害了他们的身子，要好好地埋葬，他们是我大清的英灵啊！"

原来，这红衣红裤五童子的事他早就听说了，他们五个本是赫拉苏密城主的孙子，罗刹占领了此城，杀死了老城主，他们的额娘被切尔金活活逼死，阿玛被抓走了，五个孩子大的十一岁，小的才七岁，他们也被关在大房子里，眼见小伙伴们遭到切尔金的祸害，便找机会逃了出来，在城里干了不少漂亮的事，单个出城的罗刹就被他们兄弟活活掐死了好几个，昨天他们还在罗刹营房里放了一把火。

城里罗刹都传说有五个红衣童子，神出鬼没地专门掐吃过中国人的罗刹的脖子，吓得这伙强盗半夜不敢到外头撒尿。

五兄弟为给额娘报仇，在切尔金的住处隐藏了多日，终于报仇雪恨。

大家来到岭上，罗刹们也许是没胆量来糟蹋这五个孩子，也许是惧怕清军的到来，五个孩子的尸体依然掩埋在白雪中，个个怒目圆睁，双手紧握绳索。

萨布素命人就在他们生前战斗的阵地上——那块高耸的石崖旁刨了一个大坑，把五位童子英雄合葬在一起。

为了永远记住这五位小英雄，萨布素给这座山岭起名叫五童岭。

后来，据说五位童子化为五座小山峰，守卫在岭上，直到今天，人们在五童岭上还能看到耸立着五块人形的石崖，那就是五童子的化身呢。

第十六章　巧破赫拉苏密城

（一）

萨布素伤口日益恶化，昏迷不醒，军中一切只好由英图和瓦礼祜主持。

瓦礼祜本是个急性子，主张硬攻死拼，英图又是头一次领兵打仗，也是立功心切。特别是临行前，兵部大人特意从盛京给他送来了戎装胄甲，那是阿玛的一片心啊，不拿下城堡，有何颜见他老人家？

一连五日，英图和瓦礼祜轮番攻城。他二人挥刀使箭，一马当先，万马紧跟，好似天兵天将直奔城堡。可罗刹死守城门，无论他们怎样叫阵，也不肯出城应战。只是躲在城堡上放冷枪，使清兵不能靠近城墙。

第六日，英图亲自带人搭云梯爬城堡，瓦礼祜带人放箭掩护他们，战斗异常激烈。清兵虽然人多，个个赛似猛虎下山，可罗刹居高临下，又仗着火枪威力，一时间城下就牺牲了不少清兵，两架云梯上去了，有的一上城头就被推下去了，有的竟被罗刹用刺刀挑了，还有几个拼命冲上去的，也被罗刹捉了去。

英图一见清兵损伤惨重，便急令撤兵回营，与瓦礼祜另商对策。

却不料罗刹把捉住的清兵和城堡里的百姓都押上城头，摆好几口铡刀，对着清军营地叫喊，让清兵后撤三十里，否则就铡死这些人质。

英图连忙召集大伙商议，大家说眼下局势于我不利，清兵死伤不少，也急需休整和补充，为保人质，不妨后撤一些，再图良策破城。

于是，双方争执了一番，清军便后撤二十余里，罗刹则打开城门，放回了十名清军俘虏。

（二）

梅赫勒大萨满从宁古塔火速而来，她直奔萨布素帐中，立刻升起香火，祈祷神灵，求阿布卡恩都力保佑萨布素早日痊愈。

在香烟缭绕之中，梅赫勒大萨满命人打来一盆温开水，又从自己携带的鹿皮口袋里掏出一包药面子和用兽骨制成的小器具，先把那温开水里撒上了药面儿，就开始给萨布素洗伤口。

萨布素的伤口红肿着，早已化了脓。他面色蜡黄，神情恍惚，嘴说梦话，谁也听不懂。

梅赫勒大萨满用水洗净了伤口，便用一个带钩的小家什去掏伤口里的火枪弹药。掏了一个时辰，掏出了小半盅沙粒样的东西，然后又往黑乎乎的伤口里塞满了一些药面儿。不一会儿，那伤口便往外淌黑水，淌了一碗之后，方见血色。

由于剧烈疼痛，萨布素几次苏醒又昏死过去。

梅赫勒大萨满最后又从贴身口袋中取出一丸药，说是"起死回生"的灵丹，喝上不出三个时辰，定能下地走动。

经梅赫勒大萨满的治疗，第二日一早，萨布素果然清醒过来，饭量一大，又喝了许多野鸡汤，身子骨硬实多了。

他见英图、瓦礼祜脸上阴云密布，眉头紧锁，便急忙问了近日战情，听后忍不住从床上挣扎着站起来，要到外面看看。

正在这时，听见帐外一阵骚动，好像是有什么人要见他，被清兵拦住不放。

"我是赫伦多，有要紧的事告诉萨大人！"一位达斡尔头人在帐外大声喊。

一听这名字，萨布素就赶紧摆摆手，说："快，放他进帐见我！"

赫伦多一进帐，就跪地磕头，然后才上前问安。他见萨布素伤势果然不轻，就从怀里掏出一个小包。

"这是鹿胎、熊胆，还有虎骨，我听说大人受了伤，从林中猎户手里筹集来的，盼大人早日痊愈，领兵打罗刹，帮我们收复家园。"

"多谢头人，自上次尚坚乌黑城下分手后，你那里可曾太平？"

"罗刹虽不敢再来我城堡抢劫，却经常窜来窜去，碰见猎人就杀，遇见女人就抢，大家还是不得安生。眼下，我们听说大人来攻打赫拉苏密，五十个神枪手跟着我来了，非要杀几个罗刹，解解气不可。"

说完这些，他又故作生气的样子，"就是你这些兄弟不认得我了，说啥也不让我们进营地，我告诉你，我还给你带来了两个罗刹俘虏呢。他们要杀，我说留着有用处。"

"嗯，他们在哪？快都带进帐来。"

萨布素一听有罗刹俘虏，更急不可耐了。

五十名神枪手编入各牛录，以补充战斗减员。

那两个俘虏一老一小被带入帐中，一审问，原来是赫拉苏密城派他们去尼布楚请功的，身上还带着一封信，信上报告尼布楚总督，说如何击败清军多次进攻，并请求发放军饷衣什。

送信的罗刹本有五名，没到尼布楚城，在半道上就遇上了赫伦多他们一伙，要不是赫伦多拼力劝解和保护，这两个也早就命归西天了。

他们俩一直跪在地上，头不敢抬，嘴里不断地请求饶命。

萨布素通过翻译官，问了一下城里情况，又问了他俩原来是干什么的，愿不愿意为清军干事。

原来，这一老一小还是同一个地方的人，那一年家乡闹饥荒，家里人都饿死了，正碰上切尔金去招兵买马，说到西伯利亚开金矿去，却不承想把他们带到这异国他乡，还逼着他们吃人肉。说完这些话，他们俩竟哭泣起来。

萨布素又让他俩抬起头来，仔细地端详了一会儿，他看到既恐惧、绝望，又充满乞求的眼神。那老哥萨克满脸刀刻的皱纹，小哥萨克幼稚未脱的模样，都增加了他的信心。

萨布素本是很相信相命术的，他心中已想好了一个破城的妙法。

（三）

这天晚上，一辆四轮大马车来到赫拉苏密城门前，赶车的是个达斡尔老头，前车帮子还坐着一个小哥萨克兵，车上堆着麻袋，桦皮筐里装着各种珍贵兽皮，还有几坛子酒，看商标倒像是地道的俄罗斯货色。车后坐着一个老哥萨克，横挎着一支大火枪。

这马车一到城下，那个小哥萨克就站起来朝上喊："快开门吧，我们回来了，好东西人人有份啊，快开门吧。"

城上守兵顿时就乱了套，一个个连蹦带跳地抢着推城门，差点没把那木制大门给挤坏了。

突然，一个严厉的声音从城头上响起：

"都给我站住，谁敢乱动，我就送他见上帝！"

原来是守城队长来了。

他慢慢下来，仔细观察了一下，又问道："你们怎么回来得这么快？嗯，他是干什么的？是不是清军的探子？"

赶车老头跳下车，一个劲地朝队长鞠躬，说道："我家离这么老远，是你的部下非要我给赶这个车，因为除了我，别人赶不动的。我，我这就回家去。"

这老头说着就要走，他趁别人没注意，用马靴子一捅驾辕马的后腚，那马立时就尥个蹶子，差点没把车上那个老哥萨克给甩下来。

"队，队长大人，他说的完全是实话，要不是抓住了他，这车货怕还得在半道上转磨磨圈呢。不信，队长大人你往山道上瞧一瞧，他们三人赶的那辆车都陷到雪窝子里了，车上装的全是人参貂皮鹿茸角哇。"

老哥萨克这么一说，那队长也不由得跳上城头，往远处的山路上望去。果然，在很远很远的山坡上，有一堆黑乎乎的东西，还有人在晃动，好像又传来了马挨鞭打的嘶叫声。

于是，他命人大开城门，把这辆马车赶了进去。又禀告了上司，自告奋勇地带了一队罗刹去接应后面的那辆马车了。

（四）

瓦礼祜率领五十名清兵埋伏在山路两侧。他们个个反穿大褂，白花花的羊毛与雪地融为一色，加上夜色已黑，那伙罗刹发财心切，根本没有注意到路上的变化。

他们来到一辆陷在雪地上的马车前，正奇怪车上怎么没人。突然，从路两侧跳起一群白衣清军，他们来不及使唤手中的火枪，就乖乖地当了俘虏，也有几个企图反抗的，立即就被清军砍了头颅。

瓦礼祜命人把这二十多罗刹押回营地，又挑出二十个清兵换上罗刹的衣服，自己把一个土炸雷绑到了那个队长的后腰上，一条引线带在自己手中。对他说："你按我的指挥行动，不然，我一拉线，你就没命了！"

"是是是，长官大人，我一定照办！"

就这样，瓦礼祜和那队长坐在马车前，二十个换了服装的清兵坐在车上，这辆马车就顺顺当当地开进了城里。

城里的罗刹因头一车货分得不均，正在争争吵吵，突然又赶来一辆马车，就忽地都挤上来抢东西，被瓦礼祜和车上的人一阵打，吓得连连后退。

一个罗刹还结结巴巴地说："队长，不分就不分嘛，怎么能开枪打人，这不是要命吗？"

"老子就是要你的命来了！"

那队长趁瓦礼祜说话的空儿，要从腰上解那个炸雷，被一个清兵打死了，其实那东西根本不能炸。

瓦礼祜和这二十名清兵用刀枪砍杀了不少罗刹，冲上城堡，占领最高点，又朝空中放了三枪。

这时，早就等候在密林中的英图率领马队一跃而出，直奔城堡。城门早被清兵打开，战马嘶鸣着，清兵马队鱼贯而入，城里罗刹虽有火枪，但终于寡不敌众，纷纷逃窜。

战斗中，英图挥舞大刀，他耍起从萨布素那学会的富察神刀术，得心应手，没有一个罗刹能靠近他。守城的罗刹总头目想夺马逃命，被他一刀削下了脑袋。

赫拉苏密城收复了，城中百姓得救了。

萨布素的伤势大有好转，他安抚了失去亲人的边民，并把这一带边民编成一个牛录，发给武器。训练数日，令他们自己守卫城堡，有事及时禀告到宁古塔衙门。

半月后，休整一新的清军胜利班师回宁古塔。

第十七章　智破恶俗

（一）

早先，宁古塔有一种坏风俗，哪家的男人生老病死，临终前要是有舍不得的女人，只要说一句"让她跟我去"，或是"我离不开她"，那么，等这个男人一咽气，这个女人就得做殉葬品。

家人先是把这个女人装扮得漂漂亮亮的，就跟新娘似的。然后让她坐在西炕上，给她摆上供品，全家人都得给她行大礼，三拜九叩。最后就传一个箭法高超的小阿哥，朝她脑袋、胸前，"嗖嗖嗖"连射三箭，活活把人射死，再把她和自己的男人埋在一起。

这个坏风俗不知延续了多少年，很多年轻力壮的女人被害死，扔下一窝孩子无人照料，人们心底对这种习惯是又怕又怨，可却无人敢说半个"不"字。

萨布素自小就看过活活射死女人的场面，他早就发过狠，心想：要是我有能力，非破除这个恶俗不可！

（二）

这一年的春节，宁古塔过得特别热闹，因为有两件大喜事。头一件是：夏天，萨布素带领宁古塔八旗兵，在赫拉苏密打了一个大胜仗，消灭了一百多个罗刹，把城收回来了；第二件是：秋天，宁古塔的老百姓高高兴兴地搬进了新城，巴海继承父位，提升为昂邦章京，乐得合不上嘴，他还把萨布素的功劳上报到朝廷，为他请功。

过了年，到了正月二十那一天，萨布素一大早就来到衙门，正和巴海议事，就见正白旗一个佐领的儿子推开门进屋就给他们打千施礼，萨

布素忙问:

"你有什么事吗?"

"我阿玛夜里故去了,向各位大人报丧。"那个小阿哥哭丧着脸回答。

死去的佐领是依尔根觉罗氏,虽说官不大,但过去立了不少战功,所以功名很大,是二品加三级,赐戴双眼花翎。萨布素和巴海一听,赶忙招呼人,一会儿就来了一帮子。于是大伙赶紧向依尔根佐领家走去。

一进佐领家的门,看老佐领已经停在屋地当中了,家里人正围着哭。巴海等人上前赶快跪下磕头,磕完了头,大家站起来,这时才看到,在西炕上坐着一个年轻女人,浑身上下穿着新鲜鲜的,就像新媳妇一样,端端正正地坐着,前面摆着给她上的供。她是这个死去的老佐领的小女人,虽然眼泪长淌,但还不敢哭出声来。萨布素一看,心里就明白了,这是给老佐领陪葬的。

萨布素早就想破这个恶习,可是一直没找到机会。现在,萨布素看着这个泪流满面的女人,心里寻思:这一次,我非要破了它,把这个女人救出来。他心里琢磨一阵,就把巴海章京悄悄拉出门外。

两个人到了僻静处,萨布素对巴海说:"大人!我心里正在琢磨一件事,和大人商量商量,这个陪葬的事,坑人也太邪乎了,我想把它破除掉。"

巴海点点头说:"陪葬的风俗,真不是一个好事,为啥把一个挺年轻的女人,活撕拉地给射死呢? 不过,这是过去传下来的老规矩,咱们不让他们干,能听吗?"

萨布素说:"我有招。"就在巴海耳根旁小声地说了一遍。巴海笑着点点头说:"那好! 你就去办吧!"萨布素一溜风走了。

(三)

萨布素从老佐领家出来,就去找专管射箭的射手。正好,那小伙子刚换好衣服,准备去佐领家,一看萨布素大人来了,赶紧打千问安。萨布素知道这小伙儿箭法好,平时谁家媳妇陪葬都请他射箭,又挺聪明。萨布素把他搀起来说:"今天我有事要你办。"

小伙儿说:"大人尽管吩咐。"

萨布素说:"你不是到老佐领家给小女人送行吗? 你不要往她身上射,往棚顶上射。"

小伙儿说："那不行啊，我已经挣了人家五两银子。"

萨布素说："那不要紧，五两银子你先收下，你照我的话办完后，我再给你五两银子。"

小伙儿又说："大人，这也不行啊。我朝棚顶射三箭，送不走小女人，他们家的人一定不让我走的，会叫我再射三箭的。"

萨布素说："我和巴海大人合计好，你往棚顶射完后赶紧往家里跑，一边跑一边大声嚷嚷，愿意嚷什么就嚷什么。跑到家里你蒙上被就睡觉，在一个时辰内，谁召唤你，你都不吱声，我自有安排。"

"好。既然两位大人吩咐了，我就照办。"萨布素又和小伙儿嘀咕了一阵，小伙儿笑着点点头，走了。

（四）

老佐领家里来的人很多。一到时辰，本穆昆达的人，都跪下给这小女人磕头。磕完头，穆昆达给她道喜说："这是你的大喜，和老爷一起走了，到阴曹地府过团圆日子。"

大老婆也说："你等着我，我把家安排好也跟你去，你到了老爷那里好好侍候他，让他注意身体。"

这个小女人还不到三十岁，还有一个儿子，才七八岁，儿子知道她妈要死，紧紧地依偎着额娘大哭，这一来这小女人哭得更厉害了。她娘家来给她送行的人，也都直掉眼泪，但谁也不敢说什么，萨布素一看太揪心了。

穆昆达带着大家跪下祷告之后，就打起鼓来了。鼓一响，司仪人喊一声"送行了！"话声刚落，那小伙儿就"嗖嗖嗖"一连三箭。三支箭都从小女人头上飞过，射到棚顶了。三支箭挨得很近，溜直一排，真是好箭法。可是为啥这么大的一个人连边也不沾呢？大伙儿冷丁都愣住了。谁也没听到过，离这么近还射不死一个人。大家懵了，小伙儿却叫嚷着跑出去了。

过了一阵，老穆昆达寻思过来了，说："快把他撵回来，再射三箭，否则对不起老佐领。"大伙儿一听这话，才出门去追。只见那小伙儿跑得很远了，一边跑一边嚷，声音挺大，可就是听不出到底嚷什么。他一跑到家就蒙头睡觉，几个跑在前头的小阿哥推开他的门，进去一看，他倒在炕上，怎么拨拉他也不吱声。有人想拽他起来，他干脆翻起白眼，把大伙儿吓了一大跳，这可怎么办？小女人没送走，这小伙儿倒像是疯了。

萨布素赶到这里，把那几个小阿哥拉开，自己上前招呼这小伙儿的名字，连喊了几声，只见他嗓子咕噜一下，还是讲不出话，那白眼翻得更厉害了。萨布素凑到小伙儿脑袋旁，听了一阵，对大伙儿说："不好了，他一定是中邪了，变成哑巴了，再也别拽他，否则要坏事了，咱们先回去吧。"大伙儿没招，只得跟着萨布素回来了。

到了老佐领家，萨布素对他家里人说："你们先把供撤了，让她到下面歇会儿去，我们再合计怎么办。"那小女人本来耷拉着脑袋，眼泪也哭干了，一听这话就抬起头来，起身想下炕。这时老穆昆达和老萨满挤到跟前，打了个千说："萨布素大人！这女人可不能让她走，老佐领死前有话，让她一起升天，这可是我们祖宗留下来的老规矩，让我们再去找一个人把她送走吧。否则，老佐领会责怪我们的。"依尔根佐领家的人一听这话，都围上来了。那小女人又呆住了，吓得脸色煞白。

萨布素不慌不忙地说："我知道老佐领生前有话，让这小女人一同去，这也是祖宗留下的老规矩，但是谁听说过射两次的规矩呀？"

老穆昆达说："是没听说过射两次的规矩，但是现在时辰快过了，我们快请另一个人，让这小女人和老佐领一起走吧。"

萨布素说："这小伙儿箭法很好，今天这三箭射得多齐刷，可是这么大的人连边也不沾，而且射完了箭就乱跑乱嚷，到这会儿连话也不会说了。我看一定是老佛爷对他发怒了。咱们还是问问老佛爷，看看他老人家是个什么意思吧！"

（五）

萨布素恭恭敬敬地在老佛爷神牌前点上三炷鞑子香，然后说："快把这女人送到下房里，我们可以请求老佛爷的旨意。"一个嘎什哈把她带下去，那小女人也没琢磨过来是怎么回事，就呆呆地跟着下去了。萨布素等她一出屋就跪下磕头，大伙儿也跟着跪下了。老萨满一看，也只得跟着大伙儿跪下。

萨布素跪在地上，心里暗暗祷告："阿布卡恩都力，我想把这个坏风俗破除了，求您老人家保佑我，让大伙儿听我的话，从此废了这旧规矩，这样一定符合您老人家的心愿，也符合人情大道理。这样一个年轻女人，为了一个死人，被活活射死也太惨了。求您老人家保我成功。"他心里是这么想，可嘴里没说出声。祷告完了，他拿出一张毛头纸，写了几个字，点火烧着了，然后又趴在地上不吱声，大伙儿也不敢吱声。过了一会儿，只听萨布素说："唔，啊，是，遵命！"一会儿又问："你在那里挺好？"就像两个人对话似的。大伙儿挺奇怪，都不敢出气了。

萨布素哼哈半天，起来说："老佛爷告诉我了，老佐领说他有病糊涂了，才说让他小女人一起去，现在要让她把儿子抚养好，谁要是再拿箭来射她，不是一个时辰不会说话，而是让他一辈子不会说话。"说到这里，萨布素看了一眼老穆昆达和老萨满。这两个人脑门上的汗都淌下来了。再一看，射箭的那小伙儿已经站在门口，偷偷地憋不住乐呢。萨布素又说："老佐领说，他在那里挺好，谁也不用去，全家好好过日子。"萨布素是打罗刹的巴图鲁，平素对老百姓又好，这一说大伙儿都信了，又看到射箭的小伙子已经好了，就都跪下给老佛爷磕头，又给老佐领烧纸。那个小女人也把吉服换成孝服。她一见萨布素，赶忙拉着儿子，给萨布素跪下磕头，母子俩都哭了。

萨布素忙说："快起来，不要谢我，谢谢阿布卡恩都力吧。"

送葬回来，萨布素把这件事跟巴海一说，巴海一听也挺乐，说："好啊，从今后就废除这种恶习。"说完就召集了所有的旗人说："陪葬是我们宁古塔的旧风俗，从现在起，谁家也不许这么干！谁要是不听，老佛爷要发怒的。"这位章京大人性格火暴得很，谁把他惹急了，他真能那么干。打这以后，宁古塔旗人再也没有这么干的了，这种旧恶习从此就被废除了。

第十八章　东海解纷争

（一）

萨布素凯旋，巴海将收复赫拉苏密城的战绩都一一呈报给盛京兵部。盛京很快派人送来文书，说五月初一，皇上下圣旨，嘉奖宁古塔征剿罗刹的有功将士，命他们做好接圣旨的准备。

大家立刻忙活起来。所有的城门都用松树扎起了牌楼，大大小小的街道一律铺上了黄沙土，衙门府上重新装饰一新，各旗官员都预备了新衣服。

萨布素还把流人里的戏子张坦公召来，命他组织赶排剧目。正巧，这时朝鲜使者又来酬谢去年借粮之恩，带来许多高丽细布和牛。

宁古塔就像过年一样，热闹极了。

五月初一这天早晨，巴海率领各旗的协领、佐领、防御、骁骑校、领催，到城外恭候京城来的官人，各旗披甲兵也都列队站在大路两侧，大家神色肃穆，注视着南边。

一会儿，只见大路上滚起一阵烟尘，一队武士挎刀而来，后面一辆旌旗伞盖的大马车上坐着一位亮红顶子的大官人，紧跟着又是四辆大马车。

马队渐近，巴海一声令下，宁古塔大小官员及所有列队甲兵"刷"地跪地，山呼"万岁"，喊声直冲云天。

把京城官人迎到衙门府，巴海又率领众将士三拜九叩，茶水侍候完毕，那大官人就当堂宣读了皇上的圣旨。

皇上念宁古塔八旗兵征剿罗刹战绩辉煌，特任昂邦章京巴海为宁古塔将军；萨布素晋升为宁古塔协领；瓦礼祜和英图给防御衔，在协领上行走。每人都赏给黄袍马褂外加一眼毛翎。另赏宁古塔八旗兵每人白银二两，披甲一套。

巴海、萨布素、瓦礼祜、英图口呼"皇上万岁！万万岁！"跪地接旨，拜谢不已。

接着，又宣读了第二道圣旨，是命宁古塔衙门去东海窝集①部送皇犒，安抚那里的百姓。

巴海等又跪地谢恩，接了这道圣旨。

（二）

萨布素带着刘黑塔等人，赶着一车皇犒，翻山越岭，走了七八天，方才来到东海窝集部地。

萨布素他们先到恩克图阿的山寨，寨子里空空如也，不见一个人影。他们只好又往前走，来到阿克敦的山寨。

找了半天，才在一个小茅草棚里找到一个老太太。

萨布素上前问她：

"老额娘，寨子里的人都哪去了？"

"上大王山接神火去了，又要为火拼啦。"

萨布素知道这一带部落开化得晚，经常为争围场、争耕地打仗，可火拼的事却头一次听说。

"老额娘，怎么个火拼法呀？"

"唉唉唉，就是在对手寨子边上点着一堆柴火，接来大王山的香火插在上面，这火若往寨子里烧，这寨主就输了，就得接受对方的条件。若不往寨子里烧，对方就得扑灭火堆，向人家认输认罪。"

萨布素一听，心想，这深山密林里，枯藤落叶遍野，若是烧起来还救得了吗？他不由得焦虑起来，忙又问道："不知今年两部为啥要火拼？"

老太太叹了一口气，说："还不是为了争地嘛，在我们部落和恩克图阿部落领地中间，有一块儿很大很大的平地，那土可肥啦，真是攥一把都淌油哇。为了这块宝地，两个寨子都成了仇人了。早先，大家都抢这块儿地，后来好歹商定，两部落寨主各射一箭为界，界内为自己部落耕地，界外双方都不准占用。话虽这么说，可那恩克图阿仗着他部落人多势大，年年往这边挤，今年就把荞麦种到了我们的地头上了，我们部落

---

① 窝集：满语，森林。

的人再也忍不了了，就准备和他们火拼了。"

萨布素忙把一车皇犒赶到了僻静之处，命刘黑塔带人看守，自己骑马直奔大王山去了。

（三）

恩克图阿的山寨门口，一堆干柴已堆成人字形，顶上放着乌拉草扎成的香案，阿克敦双手捧三炷香火，正向天地叩拜。

"万能的阿布卡恩都力在上，请替我阿克敦部人做主，用火来惩罚那些企图霸占别人领土的坏人。"

阿克敦叩拜完毕，便把三炷香火递向站在旁边的恩克图阿头人。

恩克图阿头人朝着守候在寨子旁的族人望去，只见全寨男女老少都眼巴巴地瞅着他，个个目光里闪着泪花，他心情虽说沉重，可也觉得问心无愧。

本来，播种荞麦的时候，他是亲自到地头上察看过的，明明没过界的，不知为啥现在那荞麦竟长到了人家的土豆地里。

他这么寻思着，不料阿克敦头人竟冷笑了两声说："怎么，我的恩克图阿兄弟，不敢接这神火啦？现在认输还来得及。"

"不！万能的阿布卡恩都力是明察秋毫的，这神圣的香火是上苍的眼睛。瞅着吧，它会证明我恩克图阿族人清白。"

说着，他就毅然把香火插到了香案上。

"刷"的一声，恩克图阿男女老少都跪在地上，不住地朝那香火磕头。

这天是晴空万里，没有一丝风，就连那树叶也一动不动。阿克敦部族人也齐刷刷地跪在地上，嘴里也不停地祷告。

香案上的三炷香在慢慢燃烧，一缕缕青烟袅袅升腾，好像要把这人间的悲喜禀告给阿布卡恩都力似的。

一会儿，突然刮来一个旋风。那青烟忽南忽北、忽东忽西地飘荡不定。随着那青烟的飘向，双方的人都发出一阵阵"嘘嘘"的声音。

香火燃到尽头，一阵噼噼啪啪的响动，那乌拉草扎成的香案子便放出了红色的火焰。

那火焰不偏不倚，直冲云天。

恩克图阿头人大喜过望，禁不住在心里对上天许了大愿。

阿克敦头人则惊奇不已，他正要按规矩掐灭火焰，低头向恩克图阿部族认输，突听到恩克图阿头人朝他喝道："听着，阿克敦，我要把你的女儿送到大王山上，祭祀上天，以此来答谢阿布卡恩都力的恩典。不然的话，就麻烦你把这圣火请到你的寨子里，让它去烧那些妄图中伤别人的恶人吧！"

阿克敦脑门上青筋突起，他怎能咽下这口冤气？

"阿——哈！我阿克敦部族人一向种植土豆，从没尝过荞麦是什么味道，现在，那大片的土豆地上开的是荞麦花，这难道是我们自己去干的吗？"

"说得对！阿克敦部族人虽少，可个个都是会使刀枪的手，跟他们干吧！"

"这口气不能忍了！"

这边人摩拳擦掌，那边人也蠢蠢欲动。眼看一场争斗就要开始。

突然大家都惊叫了一声，原来那柴火堆上的一团火花腾空飞起，不偏不歪，正好落到了不远处的一条小溪水里，熄灭了。

紧接着，一匹白马飞过来，马上跳下一个人来。

恩克图阿和阿克敦头人都去过宁古塔，二人一见是萨布素，立即上前请安行礼，然后又虎视眈眈地对视起来。

萨布素早已胸有成竹，他简单地询问了一下情况，便对围上前来的两部族人解释说："刚才我到那块儿地去了，看得十分仔细，阿克敦部的土豆地虽说也长了荞麦，但这荞麦的根生得浅，且稀稀薄薄的，不会是恩克图阿部播种的。"

萨布素这么一说，阿克敦就来了气，马上把头扭向一边。

萨布素又接着说："自然，这荞麦更不是阿克敦部种的。天下哪会有这般傻子呀！啊？不过，阿克敦你可留意过去年秋收时节，土豆地里有没有飞过麻雀？"

"有哇！有哇！那麻雀一群一群的，在土豆地里飞来飞去的，我还以为它们要偷吃土豆哪！"

阿克敦说完，萨布素一乐说："正是这群偷嘴的麻雀，把荞麦叼落在土豆地里，今年才生长出这许多的荞麦来。"

两部落人顿时恍然大悟，且又窃窃私语，都佩服萨布素的话有见识，有道理。

两部落头人也互相瞟了一眼，低头不语了。

萨布素见时机到了，便郑重地告诫双方："今后再有什么事端，定要调查清楚，切不可鲁莽行事，更不要再行这残酷的火拼举动。那一炷香火本是随风飘动的，而那风，不同的季节有不同的方向，怎能以此来定是非曲直，赏罚惩处，岂不冤哉？"

一席话说得众人心服口服，使得结了多年冤家的两部落族人重归于好了。

（四）

萨布素和刘黑塔把一车皇犒分成若干份，按东海窝集的大小部落人数不同而定，有铁锅、布匹、食盐、盔甲兵器等，十多个部落人人有份，大家一再拜谢萨布素，叨念着"皇恩浩荡"，都满载而归了。

萨布素为使这里不再发生争地事件，还到各部落去量地划界，教他们确立木牌当界牌，把亩垧数量写在木牌上，钉于地上，使各部落都分界清楚，家家户户也心中有数。

临走时，又从各部落选了一些聪明伶俐的小阿哥，带他们到宁古塔学习书礼事宜，这些人后来回到东海窝集各部都起到了开化教诲的作用。

第十九章　招抚木伦河

（一）

木伦河畔世世代代居住着赫哲人，这些部落的人们，家家户户养狗、爱狗、驯狗，无论是进山狩猎、下河打鱼，还是秋收采集，都依靠狗。狗成了他们生活中不可缺少的帮手。因此，外族人称他们为使犬部。

自从罗刹窜到了木伦河流域，使犬部宁静自由的生活就结束了。他们恨透了那些蓝眼睛黄头发的俄国人，更惧怕他们手中那火枪洋炮。大清皇上派人降旨给宁古塔衙门，巴海派人到这里传了信，命各部抓紧准备，过几天宁古塔来兵接应，要帮助使犬部迁到宁古塔去。

使犬部的头人德尔泊浑早先去过宁古塔，那时候老章京沙尔虎达还亲自宴请过他。说心里话，他自幼生长在木伦河边，他觉得使犬部的日子就不错了。可自从去过宁古塔后，方知山外有山、天外有天哪，使犬部没法跟人家宁古塔相比。

不过，人真是个怪东西，现在就要迁到宁古塔去，他心里倒有些舍不得走了。老德尔泊浑竟一连几夜没合眼，虽说这里的生活比不得宁古塔，罗刹又常来骚扰抢劫，可这里毕竟是他祖居之地，山山水水都对他有情有义，就连那木伦河的流水声，也好像比过去更好听了。

又是一夜没睡好，早晨老德尔泊浑刚想眯瞪一觉，突听木栅栏被拍得直晃荡，两只守门的狗跳着高地叫，好像没撕咬住那人的衣襟。他急忙下炕开了门。

一个青年慌慌张张地闯进来，他进院又往四下瞧了瞧，才给德尔泊浑行礼问安。

德尔泊浑揉了揉眼睛，仔细地打量了一会儿，才认出这是他远房侄儿德利尔。就问他："你不是在宁古塔披甲当兵吗，怎么跑回来了？日子过得好哇?"

"叔父,这里不是说话的地方,进屋我有重要的事告诉你。"

进了屋,德利尔就脱下了身上的袍子,露出满背的鞭伤,哭着对德尔泊浑说:"我自打在宁古塔披甲当兵,事事干在前面,不久就提升为防御,还与满族女子结了婚。可不久前那总管府里发生了一桩盗窃案,正巧那天我去办事,就沾上包怎么也说不清,甩不掉了。那总管把我打成这样,还说要杀头,我就跑回来了,我看他们是信不过咱们外族人。听说宁古塔要来招抚咱木伦河使犬部,叔父你可答应了?"

德尔泊浑半天才答道:"这些年罗刹老是来烧杀抢夺的,族人不得安生,大家合计着去宁古塔也行。不过,看你这情况,还是不去为好。"

德利尔又担心地说:"叔父既已答应,现又反悔,那宁古塔清兵岂能饶过咱们?"

"哼,等他们来了,我跟他们说好了。如果他们不讲道理,就叫他们尝尝咱使犬部的厉害。"

(二)

萨布素率领部分清兵沿乌苏里江而上,船行至木伦河口,他对瓦礼祜说:"木伦河使犬部头人已同意率族人去宁古塔,你领人前去接应一下,我继续往上游去招抚其他各部。遇事要小心谨慎,不能轻易动武弄兵。"

萨布素再三叮咛了一番,才开船离去。

瓦礼祜领人往德尔泊浑寨子走去。

刚拐过一个山头,前面是一个小山口,隐约可见山口那站着人。

瓦礼祜知道这就是德尔泊浑的寨子了,便大声吆喝起来:"劳驾去禀报寨主一下,就说我们来了!"

"嗖"的一声,瓦礼祜冷不防备,他头上的帽子被掀掉了,接着他看见山口上露出一个脑袋,只听他叫道:"听着,我们寨主吩咐过了,命你们马上回转,不得踏入我们的山寨,不然的话,可别怪我们不客气。"瓦礼祜一听这声音,熟得很,他定睛一看,原来是逃犯德利尔,心想自己正寻找他不得呢,却跑到这里坏我的大事,不由得火冒三丈。

"我先饶过你,赶快放我们进寨去。"

瓦礼祜边说,边率领众清兵往前去。

一支冷箭又放了出来,瓦礼祜身子一摇晃,便栽倒在地上了。众清兵一见瓦礼祜受伤，便立即拉弓射箭，一排排箭直冲山口处，守路口的人顿时倒下好几个。这时，两个清兵搀扶起瓦礼祜，见他伤势不轻，急需到寨里调治。还没等他们走动几步，忽听一声哨音，前面山口处传来一阵阵狗叫声，几百条狗张牙舞爪地往前扑着，清兵个个不知如何是好。

"听着，我德尔泊浑宁愿在木伦河吃草，也不想去宁古塔为奴。从今后与你大清没有来往，现在，我叫你们马上离开我的领地。否则，我一个哨令，这几百条狗可饶不了你们。"

众清兵只好抬着瓦礼祜往回走，约莫走出了德尔泊浑领地时，他们才安营歇息，就地采了些草药，给瓦礼祜治了伤，他才慢慢苏醒过来。一听说又有几个兄弟被射死，并且那德尔泊浑还要放狗来咬他们，瓦礼祜立即派人给萨布素送信去，请他火速回师木伦河，共同剿杀这不守信用的使犬部。

（三）

萨布素来到瓦礼祜营地，听他把情况一说，便觉得这一定是那个德利尔坏了事。要想解除德尔泊浑的误会，非得先稳住德利尔。本来，萨布素就对总管府一案挺怀疑，他知道德利尔老实，不大可能干那样的事。多亏他早已暗中调查了此案，已拿到总管本人徇私舞弊的证据，已呈报衙门。德利尔还蒙着冤屈，怎么能进得寨子呢？

萨布素想来想去，感到最好是自己一个人去。大家都不放心，要跟着去，说那个老糊涂若再不开窍，就抓了他。

"不行，我只带两人，你们都留在这里，不管寨子里发生什么事情，切不可动武，我自有办法对付他们。"

萨布素与两个机灵的清兵，徒手空拳来到山口，一个清兵对那守路的喊道："请禀告寨主，宁古塔萨布素协领要见他。"

正巧德尔泊浑来察看情势，他一见萨布素徒手空拳只带两个清兵，急忙吩咐下人不要阻拦他们，便应声答道："德尔泊浑我在这等着你呢，你有什么事就说吧！"

萨布素忙上前给老寨主行了大礼，这才说："老寨主你说话一向说到做到，办事更是光明磊落，为何已答应的事情又要反悔？我们兄弟千里迢迢前来接应，不但没进家门喝上一口茶水，反倒被射死了七八人，射伤了瓦礼祜。究竟因为什么？"

"这……你说来招抚我们去享福，怕是去为奴吧。"

"你这是从何说起？"

德尔泊浑没吱声。正巧德利尔走过来，他一见萨布素，以为是来捉他，转身就要跑，被萨布素叫住："德利尔，别走。我知道你冤枉，我已把案子查明了，你不能丢下妻小不管，他们不知你下落，都急病了。"

德利尔听完这话，仍是不信，他气呼呼地说："别拿这话骗我，你们就是信不过我们。"

萨布素忙把情况告诉了老寨主。

"你说的这些，就算是……实情吧，可我德尔泊浑也有重新选择自己部落生活的自由。使犬部自古就是喝木伦河水的，我们不去宁古塔了。"

"这不是心里话，你是不相信我的话呀！老寨主，我劝你派人到宁古塔走一趟，看看被招抚去的族人生活得怎样，顺便给他媳妇捎个信，让她放心。"

萨布素见德尔泊浑有点动心，就进一步开导他。

"老寨主，你若还不放心，我甘愿留在你这里当人质，等你派的人从宁古塔回来，我如有半点假话，听凭你怎样处置都行。"

"这……"

"就这样定下来吧，现在我就跟您到寨子里去。"

萨布素见德尔泊浑还有些犹豫不决，便哈哈笑道："难道老寨主还怕我三人到寨中行凶不成？"

德尔泊浑只得答应萨布素了。不过，他还是不大放心，就婉言说道："只因昨日有几个弟兄受了点伤，大家都正在火头上，就请你三人先到我家中待着，以防他们再动干戈。"

"老寨主随意安排都行，只是若派人到宁古塔去，得有我的路条才行，否则，途中怕有麻烦。"

萨布素三人被领到德尔泊浑的耳房里，虽说三顿饭菜也侍候得不错，可门口都派了岗，不准他们随便走动。

德尔泊浑派了自己的大儿子英哥，又领了几个心腹之人，骑马到宁古塔打探消息去了。

（四）

德尔泊浑的长子英哥本是个很有心计的人，他领一行人到了宁古塔，并没有公开露面，而是微服私访。

他们先打扮成串门的客人，找到几家头几年迁移的使犬部人家，先看了他们的住房摆设，闲聊中又得知了农作渔猎方面的收入，特别是人家招待他们的丰盛酒席，真叫他们开了眼界，饱了口福。

接着，英哥又亲自到了德利尔的家，见了他媳妇和孩子都挺好的。她一听说德利尔回到使犬部不想回来，急得直哭，非要跟英哥去找他不可。原来巴海根据萨布素的调查，知道是总管老爷自己捣鬼，就把他狠狠揍了一顿，不了了之。对德利尔也恢复原职，并派人到处找寻。

（五）

德尔泊浑听了儿子英哥的述说，激动得老泪直淌，他立即来到耳房，手捧短剑，跪地请罪："萨布素协领大人，我德尔泊浑是老糊涂了，辜负了朝廷的恩德，干出这等伤天害理之事。今天，我要用自己的鲜血来祭奠死去的八旗兄弟。请你成全我的意愿吧！"

说着，德尔泊浑竟要自刎，萨布素赶紧夺下短剑，他说："满腔热血要洒在疆场上，与罗刹拼高低。老寨主快快起来，你我共商迁移之事。"

三天后，英哥和德利尔带着一大批族人内迁了。老寨主德尔泊浑与一批青年猎手编为一牛录，守卫在木伦河，他是想立功赎罪。

萨布素这才继续北上，直奔乌苏里城，去解救那里遭罗刹蹂躏的那库里部族。

第二十章　平定乌苏里

（一）

恶魔扑向了乌苏里城堡。

年轻的城主那库里吻别了美丽的妻子阿尔丹和刚满周岁的儿子，就带领城内青壮年男人上了城堡。

他们用弓箭、用石块，打退了罗刹一次又一次的进攻，死守城堡，毫无畏惧。

三天三夜过去了，那库里的部下们都壮烈牺牲，他自己也浑身是伤，血流满面，奄奄一息地倚靠在城堡的木楼下，望着身后那冒着烟火的乌苏里城，心头一阵悲愤，两颗泪珠滚落下来。

他痛恨自己无力保护城堡的人民，他悲叹阿尔丹和儿子将遭到恶魔的蹂躏。

罗刹的头目米杰斯克以为城上的人都死光了，就跳出掩体，攀着那残破的城墙爬上城楼。他站住脚转过身来，对着跟在身后的一群罗刹说道："勇士们，快来呀，乌苏里城堡归我所有啦，城里的小娘儿们我要赏给你们……"

米杰斯克这句话还没吐完，突然"啊——"地怪叫了一声，脖颈上被砍了一刀，只是刀下来的力量不够，才没把他脑袋砍掉。他撕下衣襟扎住伤口，定睛搜索了一番。只见一个血肉模糊的人倚在木楼上，手里提着一把卷了刃的短刀，正在大口大口地喘着气，嘴角不住抽动，低声地说："恶魔，别高兴得太早了，清兵会来收拾你们的。我，那库里城主，死了也要化为幽灵来找你算账。"

米杰斯克断定面前这人就是那个不要黄金，不要官爵，不肯归顺沙皇的那库里城主，他"嘿嘿"冷笑了两声，说："啊，我亲爱的英雄，你先别死，坐在这木楼上观观风景。待会儿，我要当着你的面，吻吻你那漂亮迷人的妻子，再尝尝你那宝贝儿子的心肝……"

那库里拼尽最后一口气，猛地扑向米杰斯克，紧紧地抱住他，就势一滚，俩人一同从墙上摔下去了。

由于掉在死尸身上，米杰斯克竟没伤着筋骨，只是腰腿上疼痛难忍，他坐起身来一看，原来那库里的一只手狠狠地掐在他肉里了，五个指头都在冒血水。

米杰斯克倒抽了一口冷气，拔出皮靴里的短刀，狠狠地朝那库里扎去。那库里早已咽了气，可手指已僵住，米杰斯克嗷嗷叫着，来了两个罗刹，好容易才给他包扎了伤口。

他在别人的搀扶下，来到城堡，就住进了那库里的大院套里。这院落虽然已被战火破坏得七零八落，但在那库里夫妇那间卧室里，他竟寻到一件那库里夫人阿尔丹的画像，爱不释手地瞅了半宿，才昏昏沉沉地坠入梦乡。

（二）

城堡陷落那天，阿尔丹抱着孩子离开了那库里后，就和城堡的老弱妇幼一起，从后城门逃出去。这一群人由于老的老、小的小，不少妇女还夹着包袱，一路上磕磕碰碰、哭哭叫叫的，因此，没逃多远，就被罗刹发现了。

米杰斯克派出一个百人长，领着一伙罗刹跟踪追击，不到天亮就把他们拦截回城，统统关到一个大仓库里，外面加了岗哨看守。

现在，米杰斯克恢复了精力，虽然脖子和腰上的伤口还有点疼，但他急着要见阿尔丹，怕她跑了，或死了。

米杰斯克领着百人长等大小头目，坐在仓库的门口、仓库的院子里，罗刹们抱来了柴火，架好了绳索，一切准备停当，就往外赶人了。最先走出门的是两个老人，那老头扶着老太太，刚迈出门，就被百人长踢了一脚，骂道："老家伙，快滚！"

老人跌倒在地，没等爬起，就被旁边的罗刹连拉带扯地推到那柴火堆旁了。

第二个走出门的是一位中年妇女，那百人长掀起她的下巴，看了看，骂了句："丑东西，快走开！"那妇人就快步跑过去，刚想和两位老人站在一起，突然被旁边一个大胡子罗刹扯住，大胡子说："娘的，我不嫌丑。"

说着就上前动手，被那妇人狠狠地扇了个大耳光。

大胡子叫唤起来，却被一个十人长踢了一脚，小声说了句："别急，好的在后面哪！"

这时，走出一个年轻女子，米杰斯克急忙立起身，上前抓住她的肩膀，仔细端详了一会儿，嘴里嘟囔着："不错，不错，可比不上那一个。"就松开了手。

百人长立刻笑嘻嘻地央求起来："把她赏给我吧，啊？"

米杰斯克不太情愿地哼一声："就满足一下你的愿望吧。"

百人长立刻过来搂住姑娘，把嘴巴凑了上去，刚要吻她，却冷不防被姑娘咬了一口，他那长鼻子顿时少了一截，脸也成了血葫芦。

发了狂的百人长立刻朝姑娘开枪，可怜的姑娘倒地死了。

仓库里一下子涌出一群人，大家吼叫着："开枪吧，落到魔鬼手中，不如死了痛快，开枪吧！"

一群罗刹急忙端枪围住人们，米杰斯克在人群中扫了几眼，见没有阿尔丹，就朝端枪的罗刹一摆手："快把他们拉到那边去，待会儿我再收拾他们。开枪？不能便宜了你们！"

这些人立刻被推过去，谁也没注意到，在这些老弱病残中，还夹着一个外来人。尽管他穿得破旧，故意弯着腰，拉低了帽檐儿，可稍加注意，就能看出这是个不同寻常的年轻人。

仓库里的人们宁死不动了，里面黑咕隆咚的，孩子们哭闹着。几个罗刹进去，用枪托乱打一气，人们别无他路，只好向门外走来。

又有几个年轻女人被几个罗刹拉走了。女人们哭叫着，罗刹们狞笑着。

这时，门口出现了一个年轻的妇人，她怀里抱着孩子。尽管她衣衫破烂，头发凌乱，脸上乌黑，可那一双黑葡萄似的大眼睛和雪白的牙齿，以及脸上那一对深深的酒窝，都显示了她那难以掩饰的美貌。

米杰斯克就像猫儿见了小鱼一般，立刻凑上前去，拦住她，皮笑肉不笑地说："啊，我的美人，我找你多时了，来来来，快让我吻吻你。"

阿尔丹"呸"了一口，唾了他一脸唾沫，抱紧孩子，把脸扭向一边。米杰斯克一把拽过那孩子，高高地举起来，要往地上摔。孩子哇哇叫着，阿尔丹像疯了一般扑向米杰斯克，双手去抢孩子，被米杰斯克踢了一脚，她倒在地上就势抓住米杰斯克的腿肚子，上去就是一口，疼得米杰斯克杀猪般的号叫起来。

米杰斯克把孩子猛摔在地上，可怜的孩子顿时就口吐白沫，蹬了蹬腿，再也不动了。

阿尔丹大叫一声："我的孩子！"就昏了过去。

（三）

阿尔丹被一桶凉水浇醒了。她慢慢地睁开眼睛，朝前望去，只见那些老人、妇女和孩子都被反绑着手，紧紧地靠在一起。突然，她发现了人群中的萨布素，心中一阵颤抖，天啊，他怎么会在这里，莫非有什么使命？他们周围堆满了柴火，几个罗刹举着火把，正要点燃柴火堆。

米杰斯克见阿尔丹醒来，就说："我的美人，你看着，这些人的性命全都捏在你的手里，只要你好好侍候我，我就放了他们，不然的话，统统烧死他们。"

阿尔丹痛苦地闭上了双眼，城堡陷落，家破人亡，她自己真想一头撞死，跟着孩子去找自己的丈夫那库里。但那些乡亲们，还有他——萨布素，就要被烧死。这血海深仇谁来报？这可爱的家园谁来建？

她慢慢睁开了眼睛，目光缓缓地从乡亲们的身上扫过，最后在萨布素的脸上扫了扫，只有那么不被任何人察觉的一瞬间的对视，他们就好像交流了思想，说明了一切。

阿尔丹咬咬牙，突然大声说："给我把人都放开！"

米杰斯克也是个聪明人，他一听这话，差点没乐掉了魂。忙命令手下人给乡亲们松了绑。他又赶紧对阿尔丹说："人也放了，这回你可得听我的了。今天晚上，咱们就……"

阿尔丹说："我既答应了你，你着什么急？现在城堡一团糟，我们到哪去举行婚礼？我要你好好收拾收拾，三天后再办也不迟。"

"好好好，三天就三天。到时你不能改变主意！"

被释放的乡亲们听了阿尔丹的话，都朝她投来鄙视的目光，有的还小声说："真想不到，丈夫的尸骨未寒，她倒答应和仇人结婚。"

"可怜的那库里，九泉之下也不会饶恕她的。"

（四）

三天过去了。

米杰斯克修缮了新房，置办了酒席，准备他这第五次结婚。

依着阿尔丹的意思，他让城里的罗刹们都来喝喜酒，只派百人长带一小队人守卫城门和火药库。

当弯弯的月亮升到中天的时候，喝得烂醉的米杰斯克晃晃悠悠地推开了新房的大门，他点明了蜡烛，东找西摸了半天，却不见阿尔丹的人影。

突然，窗外一声巨响，火药库爆炸了，冲天的火光映红了乌苏里城，萨布素带着乡亲们冲上城头，打开城门，门外的清军如潮水般的涌进来，杀向罗刹的兵营。

米杰斯克被那巨大的响声惊醒，他出了一身冷汗之后，完全明白自己上了阿尔丹的当了。可是一切都晚了，无论他怎样叫喊，喝得烂醉的罗刹们就像死人一样不听他的调遣。他只好孤身一人逃出来，朝城外跑去。

阿尔丹不知从哪里钻了出来，她拉弓瞄准了这颗罪恶的脑袋，高叫着："还我的亲人！"终于亲自为丈夫和孩子报了血海深仇。

战斗胜利结束了。在打扫战场时，萨布素找到了奄奄一息的阿尔丹，他见阿尔丹身心交瘁，便把她带回宁古塔家中，交给苏木夫人调养。

很快，阿尔丹就恢复了健康，苏木夫人为让阿尔丹心情好转，就把自己的儿子常顺送给她做了义子。

第二十一章　独闯王钦部

（一）

王钦部头领波尔昆带着一些家人正在密林中追赶一只麋鹿，他想收割些鹿茸角到宁古塔换些财物，准备好好庆贺一下自己的五十大寿。

突然，林中飞来一匹白色骏马，马上坐着李信部的头人恩古拉。转眼间，那马已停在跟前。

只见恩古拉翻身下马，"扑通"一声双膝一屈跪在波尔昆头前，高声说道："仁慈的波尔昆头领，能允许我在你的寨中歇息一下吗？我已经三天没吃东西了。"

波尔昆一看恩古拉衣服破碎，面色焦黄，不禁大吃一惊。他急忙下马扶起恩古拉，不解地问道："我听说你带着不少人到宁古塔享福去了，这……这究竟出了什么事啊？"

"一言难尽呀。"恩古拉上了马，跟随波尔昆进了山寨，波尔昆连忙吩咐下人，摆了一桌饭菜，等那恩古拉酒足饭饱，才把实情告诉了波尔昆。

恩古拉说："宁古塔来人招抚我们，说那边给每户盖了住房，分了土地牛羊，让大家过去享享太平福。可我们去了以后，青壮年都编进了各牛录当兵，剩下的又分到各大户人家当奴仆，我一看不好，就拉起二百人想反悔，被他们发现，砍了十多人，我是躲到狗窝里才逃过了这一关哪。我听说，他们就要来征剿王钦部了。有个叫萨布素的协领，能说会道，一副忠厚的模样，怕你上当，特意赶来告诉你底细的。"

波尔昆心里很担忧，他又问："我如果硬是不答应他，就说王钦部愿意在乌苏里江边喝西北风，不想去享那什么福，他能咋地我？"

"能咋地？那就捆了你去！"

"敢！王钦部二百多名神箭手可不是好惹的！"

"二百人算个啥！人家萨布素一出征，至少也得两千人马，不把你的山寨踏平才怪呢！"恩古拉一边吓唬波尔昆，一边察言观色想着鬼点子。他见波尔昆果然被吓住了，就说："为救你和你的山寨，我倒有个主意，只是不知你愿意不愿意？"

波尔昆忙说："快快说出来，什么好主意？"

恩古拉慢吞吞地说道："你听说过根特木尔这个人没有？他现在在北边称汗了，势力可大了，都是洋枪洋炮，如果他肯帮助，别说两千人马，就是两万人马，也不能咋的了你。"

"我和他素不相识，他怎能帮助我呢？"波尔昆很着急，又无办法。

恩古拉忙说："我倒是能说上话，不过，他这个人……得……"

"怎么样？请你直说，只要他肯出兵，我什么都答应。"波尔昆急了。

"是这样，你想，他总得有个理由出兵啊；你先表示归附于他，他也才好向上边——就是俄罗斯帝国的沙皇陛下请求，这样，才能来帮助你们。"

"行！你就去替我说一下，不过，赶走了清兵，我还是哪里也不去的。"

"行行行，先对付清兵要紧。以后的事情，以后再说也不迟。"

（二）

恩古拉去了一趟北边，驮回了十多支火枪，给波尔昆带了一箱子生日礼物，都是一些洋玩意儿，波尔昆活了大半辈子，头一次开了眼界，他喜得捋着胡子直乐，当即就封恩古拉为王钦部的防守队大队长。

恩古拉察看了山寨的形势，只见整个山寨三百多户人家全都坐落在一片峡谷之中，那峡谷就像一道屏障，把山寨与外面隔开，在峡谷的边缘，有一条弯弯曲曲的小路通向密林，真是一块易防不易攻的宝地。

恩古拉决心在这里打个漂亮仗，提着萨布素的脑袋去见根特木尔，到那里，他就可以得到沙皇陛下的嘉奖，说不定，还能赏他个金发碧眼的俄罗斯女人玩玩。

恩古拉正在这想着心事，猛然听到长空一阵雁叫，抬头远望，一匹枣红马伫立林间，马上一位十七八岁的女子正弯弓搭箭，只听"嗖嗖嗖"三箭放去，"啪啪啪"三只大雁就从空中摔落到脚下。

恩古拉被那女子纯熟的箭法惊呆了，更使他心惊的是那女子的面容，娇嫩得就像山坡上刚要开放的芍药花。只见她轻轻一跳，飞下马来，朝恩古拉施了一礼，便拾起地上的猎物，正待转身回走，却被叫住。

"格格，慢走，我有事相求。"恩古拉急忙叫住了那女子。

那女子转过身来，上下打量了一下恩古拉，思忖一下，才轻声答道："有事请讲。"

"你……你……"恩古拉一下子不知说啥好。那女子见他一脸邪气，便一跃上马，双腿一夹，那马飞也似的跑了。

恩古拉大叫："快，给我抓住她。"几个随从立即上马追去，不多时，就把那女子连人带马一同抓进山寨里。

波尔昆正在寨子里操练兵器，见恩古拉抓来一个女子，他急忙过来。一看，被抓的女子是依克唐阿的侄女奥兰特。这时，恩古拉走到他身边，小声乞求他，说："请寨主施恩把这女子许配给我当压寨夫人。"

"我听说她早与别人定了亲，这格格脾气挺倔，怕不配当吧。"

"你是一寨之主，她哪能不听你的话？退一步讲，就是她不听你的话，我也要慢慢制服她，就请你高抬贵手，给个方便吧。"

"这……让我先试试吧，最好能说服她。"波尔昆就去找奥兰特了。

奥兰特一见寨主，气得哭起来，边哭边说："我正在林中打猎，哪里窜来这个贼人，说有事求我，却又说不出何事。我走了，他却领人把我抓回来了。请寨主按我们的山规惩治这个无赖。"

"唉，你误会啦。他是帮咱们山寨办了一件大事的大恩人呢，叫恩古拉。"

"山寨出了啥大事，我咋不知道？"

"宁古塔萨布素要来剿杀咱们啦，恩古拉给弄来了火枪，帮咱们抗清兵。你说这事还小吗？"

"抗清兵？为啥要打人家？你忘了三年前山寨遇饥荒，是清兵给咱送来了一大车粮食。咱可不能恩将仇报哇。"

波尔昆说："我不和你说这些，现在这个恩古拉要娶你当压寨夫人！"

"什么？他敢娶我？我非拿砍柴刀砍了他的狗头不可。"

"你若不依，我担心他不肯帮山寨抗清兵，我求求你奥兰特，就应了他吧。"

"寨主你好糊涂哇，怎能轻信他胡言乱语？再说，他投靠根特木尔，就是投降罗刹呀！你这样做就是背叛朝廷，到那时我看清兵要发兵来讨伐你的。"

"大胆奥兰特，你敢教训我寨主？快给我押到后院去。"

奥兰特被带走了，波尔昆坐在板凳上愣了半天神。这时，一个人匆匆忙忙跑来报告说："不好了，宁古塔萨布素来到寨外，带领好几百清兵，正往寨子里攻呢！"

（三）

波尔昆和恩古拉来到山寨口，往山下望去，只见宁古塔防御大人萨布素身着黄袍马褂，头戴羽翎花顶官帽，腰挂长刀，威风凛凛地站在前面，后边黑压压一排兵马，模模糊糊不计其数。

波尔昆吓得两腿直哆嗦，恩古拉就俯在他耳边嘱咐了一番。他这才壮了胆，大声问道："萨布素大人，你重兵压寨，不知有何要事？"

"波尔昆头领，我奉大清皇上之命，此行是想招抚你们去宁古塔，那里已为你们准备了住房、耕地，请你们随我前去。"

恩古拉小声对波尔昆说："怎么样，我没撒谎吧？他当初也是这么跟我说的。"

波尔昆说："既是这样，请把队伍后退十里下营，你只带少许官兵进寨来共同商量迁移之事，如何？""也好。"

听他这样一说，站在萨布素旁边的瓦礼祜急忙说："不行，这波尔昆言语诡秘，山寨地势险要，你不能冒这个风险。"

萨布素劝说道："波尔昆对咱们不了解，若要领兵进寨，他必起疑虑。我先带几人进寨看看，你就领着队伍到山下安营扎帐，埋锅做饭。"

萨布素就带了十个清兵进寨，瓦礼祜对波尔昆喊道："寨主你听好，君子一言，驷马难追。你若要什么花招，我就领兵杀进寨去。"

波尔昆把萨布素一行请到家中，屋内已摆好了酒席，萨布素被请到西屋，十个清兵安排在东屋。

萨布素本是海量，可他一向谨慎，不肯多喝，怕误了大事。但没料到酒中下有蒙汗药，只觉三杯下肚，便有些头重脚轻。猛然间又窜出四个膀大腰圆的壮汉子，把他给绑了。

东屋的十个清兵也给捆住手脚，一同扔到土牢里。

那土牢本是个大菜窖，夏天闲着没用就当了临时牢房。窖里用木栏分成许多格，窖顶上还有两个通气孔。窖底有半人来深的水，萨布素在凉水里一泡，就精神起来。

他暗自叫苦，后悔没听瓦礼祜的话。不过他心中也很是纳闷，不明白波尔昆这老家伙怎么一下子改变了主意，把他扣起来，想干啥呢？

到了半夜，月光从通气孔中钻进了一线光亮，萨布素正打量着这通气孔的大小，猛然看两只脚从通气孔中下来，接着一个苗条细小的身影一闪，就跳进了土牢，摔到水中。

萨布素和十个清兵赶紧围上来，原来是一个少女。只见她气呼呼地说："波尔昆投靠根特木尔了，他过半夜就要杀你们。我从我叔叔依克唐阿那里偷来了钥匙，快打开门走吧。"接着她又把恩古拉来招降的事一一说了。

萨布素盯着这少女的脸瞅了半天，他觉得好面熟，又想不起来是谁。

这少女见大家不动，以为信不过她，就说："我叫奥兰特，我阿玛本是穆昆达，三年前被罗刹杀了。"

萨布素忙说："好格格，我们要想个好办法，抓住那个恩古拉，说服波尔昆，不能让他带着王钦部投靠罗刹呀。实在不行，就杀了他们。"

奥兰特把萨布素和十个清兵救出土牢，大家悄悄摸到恩古拉的屋外，隐藏起来。奥兰特一个人轻轻走近窗户，敲了两下。屋里一阵响动，恩古拉问道："什么人？"

奥兰特说："是我，找你有事。"

恩古拉一乐，忙对护卫说："别乱动，我出去看看。"

等恩古拉乐呵呵地走进关押奥兰特的那间耳房，几个清兵立即把他捆绑起来，还从他身上搜出根特木尔委任他当王钦部头领的委任书。

恩古拉一见萨布素，自知死罪难逃，脑袋立刻耷拉下来。

萨布素厉声说："恩古拉，现在给你赎罪的机会，你要当着波尔昆的面，把阴谋讲清楚，再命人把寨上的十支火枪撤回来。否则，我饶不了你的狗命。"

恩古拉见大事已败，为了活命，他就一一按着萨布素的吩咐办了。那波尔昆听罢此言，又亲眼见了那篡他权位的委任书，气得双眼冒火，拔刀就要砍恩古拉，吓得恩古拉直给萨布素磕头。

萨布素拦住波尔昆，温和地告诫他说："谎言是别人嘴里吐出来的，耳朵可都是长在自己的脑袋上呀。往后，可再不能听风就是雨啦！"

几句话羞得波尔昆无地自容，他狠狠地打了自己两个耳光，扑通跪倒在萨布素脚下，说："我人老昏花，引狼入室，请萨布素大人严惩，王钦部的事就听萨布素大人的吩咐了。"

第二十二章　秉公分田地

（一）

康熙十五年春，朝廷下来圣旨，命宁古塔巴海将军率八旗兵迁居吉林乌拉，修建新城和船厂，并命萨布素镇守宁古塔，掌管宁古塔一切事务。

巴海接旨后心中有些不乐意，他想自己年过半百，操劳大半生，心血都扑腾在宁古塔了，如今新城落成，百业兴旺，族人安乐，自己也舍不得这里的山山水水，想在宁古塔老守田园。

若去吉林乌拉，又得操持几年，这身子骨也一年不如一年了……可皇上旨意怎敢怠慢，他便闷闷不乐地主持迁居事宜。

这些，萨布素看在眼里，想在心上。说老实话，他也不愿让巴海走。虽说老章京生前让他和巴海兄弟相称，可萨布素实际上是把巴海当父辈的人相待的。他感谢老章京父一辈子一辈对自己的恩德，使自己这个出身微贱的人能有今天，他更敬佩他们为国为民所立下的功绩，愿意在他们手下好好地干。

巴海若一走，萨布素自己掌管宁古塔，他心中真有点担忧呢。

但是，萨布素知道吉林乌拉地处松花江畔，那里可以直接从松花江上北上征剿罗刹，宁古塔的河水都得先入牡丹江才入松花江，牡丹江大船不宜走，且江中多险滩，于战事不利。皇上此举是从战略上考虑，也是对巴海、对自己的器重啊！

萨布素事事替巴海着想，兵员、武器、财物凡是有用的东西，他都让巴海带上。还特意动员了自己当年从盛京招徕的五大能人，让他们到吉林乌拉去。巴海心中也很感动，不忍多拿多带，怕日后萨布素困难。

到了六月十五日，迁移之事已准备就绪，巴海率领两千名八旗兵，各种车马拉着帐篷、粮草、兵器，长长的队伍排出十几里。各旗的家眷、家丁、仆人，随去的流人、工匠，都恋恋不舍地与亲人告别，一时间竟哭声四起，难解难分。

萨布素率留守宁古塔的一千名八旗兵列队护送出城，他和巴海并驾齐驱，二人互相嘱咐着，叮咛着，走了一程又一程，不肯分手。

巴海终于停下马，说："请回吧，日后有啥难处，就给我捎个信来。"

萨布素在马上向他深深鞠一躬，哽咽着说："大哥，多保重！"

就猛一转身，飞马回城去了。

巴海扬鞭催行，浩浩荡荡的人马向吉林乌拉方向前进。

（二）

宁古塔迁走了两千名八旗兵，原来的耕地就闲出了大半。

萨布素镇守宁古塔，他知道这可是个顶重要的大事。过去，各地方闹纠纷没有不是为土地的。他决心重新测量耕地，好坏搭配分给各旗及新招抚来的人。

根据衙门上掌握的数字，萨布素又亲自带领几个笔帖式，骑马察看了各处的耕地面积。

从牡丹江上游到牛场、东京城，一直到大小牡丹、兰岗、依兰岗，往下到黄花甸子、天岭河、凌口，萨布素都过了目。

这一看可把他气坏了。

原来，有不少人已暗中占了好地，插了界牌，还有的扩大了原有的耕地。

萨布素命笔帖式按照他的几条规定，也就是根据官职的高低、披甲的年限、家族的大小、原有土地的贫沃来划分土地。

几个笔帖式挑灯夜干，一连画了三天，才把土地分配方案画出来。

这一天，萨布素召集宁古塔各族大小官员来衙门议事。

萨布素先宣读了朝廷过去颁发的有关土地法的圣旨，又介绍了宁古塔现有耕地及人口的状况，紧接着他就把自己想重新划分土地的想法、标准都说了，问问大家这样分行不行，有什么意见。

大家一听萨布素说的是上有根据，下在实际，头头是道，条条在理，都很赞成。有几个老协领，原先对萨布素的能力还不大放心，这一席话，驱散了他们心中的疑虑，高兴地竖起了大拇指。

只是乌拉太和牛牯禄这两个佐领，心中像揣个小兔子似的，怦怦乱跳，心神不安，低头不语。

萨布素瞄了他俩一眼，继续说道："既是大家都赞成，我就把分配的结果当众公布一下，各旗就按着新规定，重新分地。"

萨布素念完了，呷了口茶，等着大家的反应。

大部分人挺满意，乐呵呵地求笔帖式给写一下。

有几个人不太高兴，可又说不出什么道理。有位老协领开了腔："俗话说：十个指头伸出来还不一般齐呢，更何况这土地好坏、离家远近，情况复杂多了，我看我的这一份比萨大人的好多了。"

他这一带头，不太满意的人就更不好开口了。

确实，萨布素给自己分的土地太苛刻了，和他一比，大家也就无话可说了。

"好，就这样，各旗按这个新法，三天之内划完土地，钉上界牌，抓紧耕种，不得有误。"

萨布素说完，大家就各回各旗去了。

（三）

这天晌午，萨布素正在家中吃午饭，就有两个人来告乌拉太的状，说他占了他们的好地，都钉上界牌了。还威胁说，如果告状，以后有他们好瞧的。

萨布素一听，气得饭没吃完就想走，被苏木夫人拉住，劝说他："正在火头上，说不好反而坏了事。消消气，吃完饭，下晌我陪你一块儿去一趟。"

原来，这乌拉太本是萨布素的亲叔伯舅舅。早年，萨布素家境贫困时，他没少接济他们。萨布素一向挺孝顺、也挺敬重他的。因为乌拉太年轻时跟随沙尔虎达征剿罗刹立过功，至今腿肚子里还有火枪弹片呢。他官职虽是佐领，可在佐领之中，大家都让他三分。

萨布素在丈量土地时，就知道他和牛牯禄想私占好地，昨天议事后，牛牯禄就悄悄地把界牌撤了，没想到乌拉太还不改正错误。

按说分给乌拉太的地比较好，但是，如果允许他私占好地，那就有好几位佐领不服，他们也要重分。这样一来，全盘就打乱了。

"一定不能让他这样干！"萨布素心里下了决心，要尽力说服他，实在不听，只好秉公办事了。

乌拉太一见萨布素和苏木夫人来了，心中就知道坏了事。可这倔强老头脾气一上来，谁也不怕。

只见他坐在板凳上，连屁股也没抬，自己掏出烟袋，装上黄烟，狠狠地抽了一口，这才说："到衙门府，你为大，到我家里你可是个小辈。随便坐下吧，这有烟，那有茶，自己动手。"

萨布素就坐在他旁边，拉过烟盒子抽烟。

苏木夫人赶忙倒了碗茶，端到乌拉太面前，笑呵呵地施一礼，说："舅父哪来这么大的火气啊？"

萨布素也忙说："舅父，你看巴海这一走，我一个人料理这么大的摊子，有什么不周，你指点指点。"

乌拉太白了他俩一眼，把烟袋锅往鞋底敲打了几下，直腾腾地说："不用跟我兜圈子，白磨牙，河西那块儿地，我是要定了，谁来说也不行。"

萨布素苦笑了一下，说："舅舅，已经划给人家啦，当众公布过了，怎好私占？"

"谁私占了？我是拿依兰岗上的地跟他换的。"

"人家不乐意。"

"不乐意？在我面前咋就乐意呢？"

"人家找我来告你的状。"

乌拉太一听，花白胡子气得直抖动。

"告，告，告，你不就是宁古塔最大的官么？告到你那，替我压下不就得了，何必这么求根求底的？"

萨布素见他这样说，心里很生气，他站起来在屋里走了几步，低声说："舅舅这样想可不妥，朝廷命我镇守宁古塔，事事都应秉公处理，才对得起皇上的浩荡恩德呀。"

乌拉太把脸扭向一边，不吱声。

萨布素又说："舅舅你看我家凌口那块儿地怎么样？要不就把这块儿换给你？"

乌拉太还是一声不吱。

过了一会儿，萨布素和苏木夫人就回家了。

（四）

衙门府贴出一张告示，说明天召开重要会议，命各旗大小官员及披甲兵明天一早就到府前集合。

第二天，天刚亮，宁古塔各旗就列队来到衙门府前的操练场上。协领、佐领、领催、骁骑校等部都身着官服，精神抖擞地站在最前头，按先后顺序向萨布素回禀履历。

萨布素身穿盔甲，腰挎战刀，威风凛凛。

当他听到有人禀告乌拉太佐领没有到时，立刻抽出一支令箭，递给传令兵，说："拿我的令箭，把乌拉太佐领给我请来！他若有病，就给我抬来！"

大家平日对乌拉太倚老卖老的事很看不上，不知今日萨大人要怎么处置他的舅父。

乌拉太跟在传令兵身后，哼哼呀呀地来了。他一见衙门府前这个阵势，又见萨布素满脸怒色，杀气腾腾，急忙上前单腿跪地说："给大人请安。乌拉太因病来迟，望……"

没等他说完，萨布素大吼一声："来人，把乌拉太佐领的顶子给我摘下来。"

摘顶子就是免官，乌拉太扑通一声就跪在地上了，边哭边说："乌拉太知罪，请大人饶我一次。"

萨布素一挥手，两个甲兵把乌拉太拉到一边站着去了。这时萨布素就对大家讲了乌拉太怎样私占别人良田，又威胁人家不准上告，后来竟把人家毒打了一顿的事。

最后，萨布素说："乌拉太不听劝告，无视法规，本应严加惩处。念他过去有功，年事已高，又是初犯，就饶他一死，免去官职，罚到官庄，充当普通庄丁。"

乌拉太忙跪地磕头，认罪，领罪，谢恩。

萨布素秉公分土地，这一着就收住了大家的心。打那以后，宁古塔再没出现私争土地的事。

第二十三章　严惩恶庄头

（一）

萨布素独镇宁古塔，做的第二件大事就是视察各官庄，严惩恶庄头。

当时，宁古塔衙门掌管着附近的五个官庄，在官庄里干活的大部分是流人和朝廷开禁后从关内逃荒来的汉人，也有从北边跑来的各部落族人。

朝廷每年向各官庄发放衣物，给一定数量的银饷，秋后各官庄要上交粮食，以供军需。

庄员的生活虽说比不上八旗人，但也大都不愁温饱。因此，每年都有大批人从关内跑来，官庄一年年扩大了，庄上的事就复杂了，各种争执纠纷不时发生，衙门府上常为此伤神。

过去，萨布素跟巴海视察过官庄，都是走马观花，饱食一顿，满载而归，难得实情。现在，萨布素决心要治理一下官庄上的事情，就得摸到实情。

萨布素想起古代不少清官微服私访的故事，他就叫来一个贴身的笔帖式，二人乔装一番，就朝东京城那个官庄出发了。

（二）

东京城官庄是个三五十户人家的小屯子，大部分都是从山东德州府来的人，说话都是一个腔调。

这天晌午，家家户户正吃午饭，屯子里就来了两个要饭的人。

这两个一老一少，老头儿个儿挺高，白头发白胡子，挂个拐杖；那小的个儿不高，挎个篮子。

他们来到一户人家，只见一家七口老小围坐在炕桌旁，一人一只木碗，里面盛着绿乎乎的菜粥，四个孩子狼吞虎咽地吃着，一会儿就扒拉光了，只有那老爷子在细嚼慢咽。

两个大一些的孩子，捧着空碗不吱声，眼睛却在直勾勾地盯着泥盆里的粥底子。

两个小的不懂事，伸出小手，拿着空碗，直叫娘说："娘，给我盛点。"

"娘，我没吃饱。"

坐在炕沿边上的妇女，连忙端起泥盆，三下两下就把那点剩粥划拉到老头碗里，说了声："爹，您倒是快点吃呀。"

两个小孩见娘把粥都盛给了爷爷，便"哇"的一声大哭起来。

那老头就站起身，把碗里的粥给两个小孙子一人分了一半，孩子这才破涕为笑，又大吃起来。

那妇女见爹碗里就剩了点汤，又把自己的碗扣到爹的碗里。

老头不吃，还劝说道："孩他娘，我啥也不干，吃多了不消化。你就喝了吧，啊？"

那妇女说："我早就吃饱了，你就快喝了吧，爹。"

说着这妇女就收拾起碗筷，送到外屋。

她这才发现门口站着两个讨饭的，忙说："哪里来的客呀，还不快到屋里坐吧。"

"俺们是山东德州府上武镇人，因家中大旱，颗粒无收，听人说关东日子好过，就流落此地。刚才见你一家也挺紧巴，实在是打搅了。"

"俺们也是德州府人士，乡亲呢。不瞒你二位，这里的日子是越来越不好过了。"

这一家人把这化了装的萨布素和笔帖式让到炕里，拿出黄烟让抽，又给倒了开水。那老头还小声吩咐儿媳妇说：

"把给孩子爹吃的苞米面窝窝头给热一热，再炒点干蕨菜，好好伺候一下这两位乡亲。"

萨布素边抽着黄烟，边打听："听说朝廷每年都给庄员发放衣物，人人有份，不分老少。能在官庄上出勤的，每月还有一些银饷，有这么回事吗？"

"唉，说来话长啊！头些年是这样，我们刚来那咱，冬发棉，夏发单，我和儿子到庄上干活，每月还挣一些银两，日子过得不错。可好景不长啊，以后这衣物就是好几年见一回了，月饷也变成季饷了。到了这两年，庄头说因庄户越来越多，朝廷供不起了，就啥也见不着了。光靠我儿一个干活，我也帮不上手，这日子真是没法过了。"

萨布素又问了这官头姓啥名甚，住在哪里，老头都一一细说了。

过了一会儿，萨布素见端上饭菜，忙起身告辞。

"老哥，俺爷儿俩头晌在别处吃得挺多，现在不饿，就不吃啦。这窝窝头就给孩子们吃了吧。正是长身子骨的时候，不能亏了他们哪！"

老头拉扯了半天，萨布素他俩还是走了。

（三）

在官庄的最东边，坐北朝南一溜三间大草房，门外用柞树条夹着障子，大院里两堆劈得精细的柈子，堆得高出房檐。

这就是庄头刘秃儿的家宅。刘秃儿本名刘汉，只因他小时得了秃疮，满头一毛不剩，便得了这个诨名。

刘秃儿老家河北乐亭，早些年在老家贩大烟被捉，流放到宁古塔。刑期满了就留在官庄做活，因他能说会道，又多少识几个大字，慢慢地竟熬上庄头这个美差了。

他今年五十开外，生着两只三角眼，蒜头鼻子，一口黄牙齿，张嘴说话直喷唾沫星子。

老婆去年死了，最近又从河北老家领回一个。萨布素和笔帖式来访时，正碰上刘秃儿办喜事。

东西两屋里已摆满了酒席，刘秃儿身穿青色长袍，腰扎红带，胸戴红花，满面红光，站在门口，向来上礼的人躬手作揖。旁边两个家人一个负责收礼品，一个负责记账单。根据礼品的多少，刘秃儿分别把客人让到东屋或西屋。

萨布素和笔帖式在附近察看了一会儿，数了数上礼的人数，足有一百多人，还有别的庄上的庄头也来了几位。

这时，萨布素就带笔帖式走进大门，拱手递上一个小红纸包。

刘秃儿见来客衣着不整，就把他二位让进西屋。

西屋里坐的大都是庄里的穷人，他们虽是前来贺喜的，可个个脸上都充满愁云，见萨布素他们进来，就让出个座位，有个人问：

"兄弟，看你好面生，是哪个庄上的？"

萨布素说："依兰岗的。"

一听说是依兰岗的，就有几个人气愤地说："这刘秃儿，还把手伸那么远去。"

过了一会儿，家人端上了几道素菜、一些水酒，刘秃儿也过来客套了几句：

"诸位官员、乡亲，感谢大家前来助兴，刘某招待不周，请多多见谅。"

等他一走，就有人抱怨说："逼着咱每人上一升米的礼，却拿这等酒菜糊弄咱，真是黑了心肝。"

又有的说："秋后能收多少粮，再让他扣去一升米的数，来年春上又揭不开锅了。"

萨布素一听，才明白，这刘秃儿办喜事，逼着庄员上礼，可家家户户拿不出像样的东西，他就让每人写个字据画了押，秋后扣人家的粮食。

真是狡猾刁狠。

又过了一会儿，那刘秃儿又拉着新娘子一块儿过来，让新娘子给大家敬酒。新娘子一来，萨布素可吃了一惊。

原来，这新娘子看上去只有十五六岁，生得十分俊气，两只大眼睛水汪汪的，像是要流泪。她十分不情愿地端着酒杯，看着刘秃儿的眼色行事。

萨布素一看便觉其中有诈，就起身接过酒杯，说道："新娘子如此漂亮，是哪方人士？娘家客人来了几位？"

那新娘眼泪吧嗒吧嗒往下落，不敢出声。

刘秃儿马上嘻嘻笑着说："是我老家乐亭人，初来乍到，还老想家呢。"

等刘秃儿他们一走，大家七嘴八舌地议论了半天，说不知是哪家女儿被他骗来，都可怜这姑娘，又无能为力。

这顿酒席中，萨布素从众庄户的口里得知了许多情况。他心中很是愤恨，想不到小小庄头竟如此贪赃枉法，私吞朝廷供给，盘剥百姓，害得官庄里民不聊生，怨声载道，如不严加惩治，今后还如何得了？

（四）

日头偏西，酒席散去。

刘秃儿满心欢喜，他脱去长袍马褂，洗面净口，正想入洞房去找那一朵花似的新娘子。

忽见家丁慌慌张张地跑来报告："老爷，大事不妙，宁古塔萨布素大人来到官庄，传大人去查看账目。"

"什么？什么？萨布素到了官庄？要查账目？"

刘秃儿立时脑门上冒出了汗珠子。他猛然想起头晌来上礼的两个陌生人来，那个高个子虽说衣着不整，却眉宇不凡，莫不是萨布素微服私访？

刘秃儿一路上胆战心惊，磕磕碰碰地来到官庄的账房，一进门，他就"哎哟，我的妈呀！"叫了一声，差点没吓昏过去。

萨布素和笔帖式端坐在桌前，正在仔细地查看一本本的账目，边查边记着各种不符的数字。

萨布素见刘秃儿那副模样，便命人将他押起来，听候发落。

第二天，萨布素在官庄召开了大会，所有庄官和家眷都来到账房院内，男女老少三四百口子人不知发生了什么大事，不安地议论着什么。

过了一会儿，只见五花大绑的庄头刘秃儿被带上来，他身后紧跟着一排清兵，个个手持大刀，杀气腾腾。

萨布素当众宣布了刘秃儿自打当庄头以来侵吞朝廷供给和私扣庄员银饷的数字，合起来，这些财物足够东京城官庄三百口人生活十年有余。

庄员们一听这个，气得个个咬牙，有的恨不得上前打他几拳，还有的妇女哭起来，人群里一阵骚动。

萨布素叫大家安静下，他接着说："根据我大清的刑律，刘秃儿已犯死罪，今天我们就地处决，以平民愤。"

庄员们都齐声欢呼起来。

刘秃儿被带到野地里砍了头，他从河北骗来的姑娘又被送回老家，与爹娘团聚了。

刘秃儿那三间大草房归了公，被当作官庄的办事算账的公所。

萨布素仔细查访了一些庄员，知道庄里有个姓黄的小伙子人挺好，过去在山东念过私塾，还会打算盘。

于是萨布素就委派他当了东京城官庄的庄头。

姓黄的小伙子不负厚望，他兢兢业业管理庄里的事务，各种账目有条不紊，很受庄员们的信赖。

从此，官庄百姓的日子就一天好过一天，人也越来越多了。

第二十四章　萨公教顽子

（一）

　　萨布素的长子常德小时聪颖过人，肯动脑筋，苏木夫人又时常教他习文练武，四五岁上就能在院中射中公鸡冠子。

　　这一年，小常德已长到了十三岁，在衙门府举办的龙成书院念书。由于他各门功课成绩甚佳，又有一手好功夫，再加上他是副都统的儿子，小伙伴们事事都推崇他，他自己也翘着小尾巴，不把别人放在眼里。

　　有一天，吴先生授完了汉文课，十几个孩子就在书院的后院子中戏耍。常德突然发现从墙边的松树上溜下来一只小松鼠，满身的花杠杠，一条毛茸茸的大尾巴，正在啃着落在地上的松树塔，好看极了。

　　他一声长嘘，伙伴们顿时停止了嬉闹，个个屏住气，蹑手蹑脚地跟着他朝那小松鼠围抄过去。

　　眼瞅着就要捉住了，突然，一个叫石头的小家伙"扑通"一声，被树杈子绊个大前趴子，小松鼠便"刺喽"一下，丢下松塔就上了大树。等常德翻过院墙，爬上那棵大树，小松鼠早就没了踪影。

　　常德气得火冒三丈，他奔回来，不管三七二十一朝那石头屁股上就踢了一脚，小石头朝前一倒，造了个嘴啃地，鼻子立时就淌血了。

　　这时，早有快腿的孩子飞报了吴先生，他赶紧来到后院，给小石头擦干净了鼻血，打扫了身上的泥土，又训斥了常德几句。

　　常德不服，嘟嘟囔囔地说："真不抗踢，还叫石头呢，干脆就叫土坷垃得了。"

　　吴先生一听便来了气，他厉声说道："小石头好心帮你捉松鼠，跌倒了，你本应扶起他，现在你踢伤了他，又说他不抗踢，岂不蛮横？难道你使的那腿脚功夫，就是来对付小兄弟们的吗？看你半日里踌躇满志的样子，却原来这般无理!"

吴先生的一番话，噎得常德半天没反过劲儿来，待先生转身走远了，他才想出几句反击的话扔过去："耍什么威风，该死的罪犯，不是我阿玛大人怜惜你，哪有你今日？却不承想你竟是个忘恩负义的家伙!"

这几句虽说是一个孩子的赌气之词，可还是深深刺痛了吴先生内心的伤疤。

原来这吴先生正是文士吴汉槎[①]，他本生于吴江一个仕宦之家，自幼勤学，少年时就负有盛名，与华亭彭师度、宜兴陈维崧被誉为"江左三凤凰"。顺治十四年，吴汉槎参加江南乡试中举。可是这年十一月，给事中阴应节参奏主考官方猷、钱开宗等人作弊，引起顺治帝的震怒，处死了考官，又令吴汉槎和其他试者一起被押往京城复试。在复试中，他交了白卷，以示轻蔑，因而得罪，被流放到宁古塔。

吴汉槎抱着九死一生的心情来此地，可没想到宁古塔对待流人的态度同别地不一样。本来，凡流犯，即限定成所，强制服役，禁止返还。但由于巴海、萨布素等官员的宽大、安抚政策，使流放此地的人身心少受摧残，行动有一定的自由，耕农自给，行商买卖，谋生的手段也较多，因此生活有了一定的保证。

特别是像吴汉槎这样的文士，萨布素等官员更是多方予以照顾，甚至礼遇有加。萨布素还时常到家中探望，"以米相饷"，又将吴汉槎等人聘为"龙成书院"先生。

吴先生回想起这一切，竟忧郁成疾，一卧三天不起，龙成书院只好请杨先生代劳了。

（二）

萨布素得知了这事，他亲自上门安抚了吴汉槎后，就召集富察哈拉家族集中到穆昆达家，准备按族规教训教训常德。

按满族自古以来的规矩，富察哈拉家族各户一百多口人都来到了穆昆达家的大院子中，院中摆上祖宗案板，摆上供品，点燃了香火，旁边放了一把折来的柳枝，常德跪在地上，准备挨柳条鞭打。

穆昆达先朝祖宗案板拜了三拜，又念念有词地祈祷了一番，那意思

---

① 吴汉槎：清初著名流人诗人吴兆骞，字汉槎。

是因管教不严，后生不孝，今日用柳枝鞭打，请祖上饶恕。

然后，穆昆达就操起柳枝，正要开打，萨布素在一边突然说道："先把衣服脱下来，一定要柳枝见红方可停止。"

常德颤抖着把袍子脱下来，露出脊背，吓得浑身发抖。

穆昆达心中很犯难，往常，这种柳枝鞭打的事，虽然也是全族出动，很是威严，但不过是借此来吓唬吓唬犯族规的人，真的打起来，并不下死手，顶多不过是打起几条檩子罢了。今日萨布素却要柳枝见红，这可苦了常德这孩子了。

穆昆达不紧不慢、不轻不重地挥舞着柳枝，常德咬紧牙关，一声不吭地挺着。全族男女老少见打了一阵，就都跪地向萨布素求情，恳求饶了孩子这一回。

萨布素铁青着脸，他郑重地对族人说："常德踢伤小石头，又辱骂先生，使先生因此染上重疾，实该重打。穆昆达阿玛不肯重打，就让我来教训这个不肖子孙吧！"

说着，萨布素就从穆昆达手中拿过柳枝，朝常德的光背上狠狠打了下去。

"嗖嗖嗖"，一阵鞭打，常德后背上就鼓起了几道血红的檩子，疼得他扭动着身子，趴在地上。这个倔小子竟还是不求饶，不叫喊，急得众人干瞪眼，没办法。

萨布素越打越来气，他见常德这么执拗，便非要治治他这个倔劲儿，竟脱下袍子，卷起袖子，越发下狠手地打起来。

眼见常德脊梁上已流下了血水，众人一齐跪倒在地，苦苦劝解，萨布素发疯似的全然不顾，自管一个劲儿地打。

这个关头，突然有一个人分开众人，挤到前面，上去扑在常德的身上，用自己的身体挡住了常德。

萨布素这才停下手来，他上前去刚要拉那人，来人竟"扑通"一下跪在他的面前，哽咽着说："大人，要打，你就打我吧。我本是教他的先生，论罪，也是我平日里对他太迁就所致。"

萨布素见是吴汉槎赶来求情，这才停下手来，忙询问先生这两日可曾痊愈。趁他们谈话之时，早有人把遍体鳞伤的常德送回家中。

吴汉槎叹着气说："我来边塞多年，惦记江南家人，最近又闻老母重病，心中甚悲，故而郁积成病，并非因常德冲撞所致。大人怎能对孩子下此狠手，若要落下残疾，岂不终生后悔莫及？"

萨布素说："这孩子甚是倔强，不重重打他，他不肯认错。今日不管，只怕来日更加难以教诲了。请先生不要见怪，以柳枝鞭笞是满族的习惯。"

萨布素又仔细询问了吴汉槎家中老母的病情，说有何困难，只管说出，他一定尽力帮助解决。吴汉槎感激不已，二人又叙说了一些书院中的事情，方才分手。

（三）

常德自从挨打后，一直躺在后院小房里休养，不敢到前屋见萨布素。

苏木夫人虽说是个通情达理的女人，但眼见儿子被打得遍体鳞伤，血肉模糊，心疼得一个劲儿掉眼泪，便一天三顿饭换着样给做，恨不能把自己的皮肉贴到儿子的身上。在她的精心伺候下，常德的伤慢慢好起来，脸上也有了笑模样。

萨布素虽说是个男子汉大丈夫，但气头一过，见孩子竟被自己打成这样，心中又十分后悔。又听苏木夫人说，常德想去吴先生和小石头家，向他们当面赔罪，便更觉自己不该打得这么狠，孩子有错本该经常教诲，可自己平日里忙于公事，不问孩子们的情况，管起来又如此严厉，这哪里是个好阿玛应做的？他越想心里越不安，便从街上买了些水果，让苏木夫人送了过去。

这天晚上，萨布素吃完饭，就让苏木把常德叫来。他一进门赶紧给萨布素请安，完了就赶紧凑到苏木夫人身边，生怕再挨打。

萨布素招招手，把常德拉到腿旁边，又把二小子拉到跟前，笑呵呵地对他哥儿俩说："今个阿玛多喝了两碗酒，挺高兴，给你们讲个故事听听。"

二小子一听讲故事，乐得直蹦高高，连声说："讲故事喽！讲故事喽！"常德一见阿玛并不是训斥他，也乐了，忙问：

"阿玛，你要给我们讲啥故事？"

"这个故事就叫'希尹造字'。"

苏木夫人递上一碗茶，萨布素呷了一口，就慢慢讲起来：

"咱们满族早些年是没有文字的，记事就用绳子打疙瘩，很不方便。金太祖完颜阿骨打南征北战，统一女真各部建立金朝后，太祖就命完颜希尹创制女真文字。

"完颜希尹年轻时就跟随太祖打天下，立下了显赫的功绩。希尹很倾慕汉族文化，当金兵攻占北宋的都城汴梁后，许多人只顾搜罗财物，可希尹就偷偷带走了宋室的书籍图画、典章文物等。以后自己经常翻阅学习，学会了汉字。

"有一年，南宋使臣洪皓被金朝扣留，发往边陲牧马，受了许多苦。希尹知道后，就亲自到那个地方去照顾他，尽量保护洪皓的安全，并向洪皓学习汉语。

"洪皓是个很有学问的人，他并不知道眼前这个处处帮助他照顾他的人就是赫赫有名的完颜希尹，为感激他的一片诚心，便每天教他学习汉文，还讲授许多经典文章，使希尹受益匪浅。

"后来，希尹还命自己的儿子拜洪皓为师，跟他学习汉文化。

"正因为希尹年轻时就有了一定的汉文基础，所以，当太祖命他造字时，他才能依仿汉人楷字，创制女真字，促进了我们祖先的文化发展。"

讲到此，萨布素停住话头，瞅着两个儿子，只见常德紧绷着脸，严肃地说：

"阿玛是在教诲孩儿呢，从今往后，孩儿一定虚心向吴先生学习汉文化。"

"不光是吴先生，还有张坦公、杨越、陈敬尹[①]等一些汉人，都是很有学问的，不能因他们是流人就不尊敬他们，要把他们的知识学来，才能有出息，长大了更好地报效朝廷的恩德。"

（四）

常德自从挨柳枝鞭笞后，就好像一下子长了许多心眼，再也不像小孩子那样调皮捣蛋了。不但自己对先生敬若父母，用功学习，还经常给龙成书院的小伙伴讲"希尹造字"的故事，教育大家用心学习汉文化。

后来，常德长大了，跟随萨布素征讨罗刹，立下不少战功，被朝廷任命为吉林将军。

---

① 当时流放宁古塔的汉族文人。

第二十五章　智破无头案

（一）

这年五月节，宁古塔衙门又照例放了假，让大家去踏青，好好热闹热闹。

清早起来，萨布素身穿便服，苏木夫人挎着柳条筐，领着两个儿子，一家四口出了门。

街上人来人往，有到西山踏青的，有到西阁烧香许愿的，还有去拜观音菩萨的。

萨布素他们随着人们来到大石桥旁，他看见桥边上搭了个小凉棚，里面坐着六七个流人，他们正在击鼓传花行酒令呢。

那有趣的酒令很吸引人，萨布素停下脚步，听了一会儿。

这时，小凉棚里的一个流人发现了站在桥上的萨布素，凉棚里的流人们立刻都出来给他施礼请安，原工部侍郎张坦公和文士吴汉槎、杨越连连鞠躬作揖，邀请萨布素下来喝酒。

萨布素平素和这些流人关系极好，经大家这一请，他的酒兴也上来了。于是，他让夫人苏木领儿子去踏青，自己就下桥来到小凉棚，和他们一块击鼓传花，游戏嬉闹起来。

鼓又击起来，花在大家手中传来传去，张坦公刚要扔给旁边的人，鼓声停止，大家欢呼起来，非让他唱个旦角戏。

张坦公便起身，清了清嗓子，唱了一段"诸宫调"，大家都听得入迷，一连唱了三段，才算罢休。

花又落到吴汉槎手里，他站起来说："我可不会唱戏，去年随同萨大人行猎，曾作一首小诗，今日就献丑了。"

山晚初回猎，江寒早渡冰；

风旗收万马，雪帐散千灯。

拂剑君何壮，鸣弦我未能；

莫言狐兔尽，侧目有饥鹰。

　　萨布素待他吟完，便起身敬他一杯酒。为了答谢汉槎的赞誉，萨布素自告奋勇，要给大家舞剑助兴。

　　于是，大家都走出凉棚，席地而坐，观看萨布素的剑舞。

　　萨布素精神抖擞地先跳跃了几下，活动活动关节，便拔剑起舞。正在这时，突然有人飞马而来，向萨布素报告，说海浪屯里出了凶杀案，一个姓黄的女人来报案，说她丈夫半夜被人砍了头。

　　萨布素便辞别诸位，急速赶回衙门，带人直奔海浪屯，实地探察、审理此案。

（二）

　　姓黄的女人家里一片哭声，她公婆二老哭得死去活来，三岁的小儿子也一个劲儿地要爹爹。

　　萨布素察看了杀人现场，见那死者的脖颈，料定是用斧头凿的，看来杀人者是个很有气力的人。

　　他把那女人叫到一边，问她当时的情形。那女人哭哭啼啼地说："昨天下晚，我男人干活睡得晚，我搂孩子在东屋睡的，二更天时，猛听见他一声惨叫，我奔过去一看，一个挺高大个子的人，上身穿白不呲咧的衣服，下身穿青布裤子，从窗户跳出去跑了。我一翻箱子，发现箱子里的一吊钱不见了。"

　　再问她什么，她就一个劲儿地哭。萨布素又找了几个邻居问了一些情况，知道这姓黄的女人过去对男人不错，可这半年来不知咋整的，两口子总打架。

　　从海浪屯回来，萨布素就派了几个探子四处寻访，因宁古塔过去从没出过这么吓人的事，所以家家户户一时议论纷纷，不到天黑就都关窗关门的，一天归来，也没探到啥可疑的线索。

　　第二天，又有人来报告，说在大石桥上有个人自杀了。

　　萨布素马上来到现场，见死者上穿白衣，可那前胸的扣却扣错了位。

下穿青裤，挺长的身子，横卧在地，满脸鲜血，手握腰刀。

萨布素拿起腰刀看了看，见刀很钝，又用力掀了掀头上的伤口，见伤口又深又锐。身子底下还压着一吊钱，正和姓黄的女人说的一模一样。他这一翻动，竟从死者半张的嘴里掉出一个红乎乎的东西。萨布素拿在手掌中仔细一看，原来是一截被咬下的大拇指。这下子，他完全明白了，不过他立即就把这半截大拇指收起来，对谁也没说。

下晌了，从依兰岗来了个三十多岁的女人，她一见那尸体，就扑上去抱着脑袋大哭起来，边哭边揪自己的头发，说："都怪我呀！都怪我呀！"

萨布素待这女人哭够了，才问她缘由。

她说："我男人姓杨，爱耍钱，前些天他输了钱，把我的金镏子偷去顶了账，我和他打了三天三夜，说不把金镏子给我赢回来就不算人。他一气之下就出了门，七八天没回家，哪承想他就这么小心眼，……哎哟我的天哪，扔下我和一帮孩子可怎么过呀。呜——"

萨布素对她说："你男人抢了海浪屯一家人的钱，又把人杀了。他就是活着，也得偿命。"

一听这话，那女人扑棱坐起来，连连说道："不，不，大人，他在家里连个鸡鸭都不敢宰，他绝不能干那图财害命的事。我跟他过了这么多年，我能担保。平日里他输钱老是偷着拿家里的东西，可从不欠外人的账，更不能偷别人的了。不信，大人你问问他那群朋友，大伙儿都叫他'义士'，他不能杀人。"

"他的那些朋友都叫啥名？家住哪里？"

"住哪我可不知道，因为他怕我上门去找他吵闹，怕在朋友家丢了面子。就是叫啥名他也不告诉我，只是听他叨咕什么二毛子、磕巴嘴、罗锅腰的，真名叫啥就不知道了。"

萨布素当下命人收拾了尸体，让那女人发送出去，自己又悄悄嘱咐了好一些话，送了银两做费用，她才哭着走了。

（三）

二毛子本姓张，因排行老二，又长了一头卷毛，大伙儿就给他起了这个外号。他四十五六岁，女人是个瘫子，有七八个孩子。

磕巴嘴本姓王，今年刚十八，人长得标杆儿溜直，浓眉俊眼，简直是个美男子，只可惜是个磕巴。去年有人给他说了一个如花似玉的姑娘，相亲那天，他只是朝姑娘一个劲儿点头笑，硬是没开口。结果姑娘入了洞房，才知道他是个磕巴。

无奈生米煮成熟饭，姑娘一肚子怨气，就一整天不给他好气。他在家中不得好脸，就长在了罗锅腰的家里。

罗锅腰三十唧当岁，是个跑腿子。头几年曾从关里领来个寡妇，没过一年，人家嫌他佝偻巴相的，跟别人跑了。剩他一个空守两间草屋，就招徕这帮闲汉在家耍钱。

这几个人的家都住在牡丹屯，萨布素亲自到牡丹屯查访了一天，他又把这几个叫来唠了半天，他们都说出事的那天晚上，姓杨的和他们在罗锅腰家一直玩到天亮，鸡都叫三遍了他才走。还说姓杨的胆小怕事，不可能杀人。

萨布素又在屯子里查访了一阵子，证实了他们几个说的话不假，这才回衙门府。

第二天，衙门就贴出了告示，说是衙门府经查证，姓杨的因耍钱输了钱，去海浪屯老黄家偷钱，被主人发现，遂生杀人灭口之心。砍死姓黄的以后，他又恐衙门追查，自知难逃法网，便自杀身亡。

根据大清法令，杀人者现已身亡，即不再追究责任。

同时，对那些聚众赌博耍钱者，今后更要严加惩处。

告文一贴出，姓杨的妇人倒没来哭闹，只是二毛子、磕巴嘴和罗锅腰心中为朋友叫屈，但因自己身上也不利索，怎敢出面为别人申诉？不过是私下里发发牢骚罢了。

过了一段日子，这两起案子就渐渐被人们忘记了。

（四）

萨布素家的大耳房坏了，他派人请来个走街串巷的木匠。

木匠姓李名占山，二十七八岁，长得膀大腰圆，一手好活计，人又聪明，又会说话，挺能联络人的。找他做活的人也多，没几天就挣了不少钱。

修好了耳房，萨布素又让他给打几样家具，这样，李木匠就得住在萨布素家里了，苏木夫人每天侍候饭菜。

听说李木匠现在还没成家，热心的苏木夫人就张罗给他介绍女人，一连介绍了三个女子，都是殷实厚道的良家姑娘，生得也不丑，有一个还挺俊俏的。

可这李木匠见了，却一个也看不中，问他原因，他脸一红，一副抹不开的样子，说自己手有残疾，怕对方嫌弃。苏木夫人看了看他的手说："少了半截大拇指，又不耽误干活，怕什么？"但他还是不应许。

这天下晚，萨布素吃完了饭，和苏木夫人一块儿到耳房里看家具，李木匠忙放下手中的刨子，给萨布素和夫人请安，然后又接着做起活来。

萨布素边看家具，边和苏木夫人闲唠叨，他说："海浪屯的老佐领给后街的光棍阿图里做了桩媒。"

苏木夫人问："说的是哪家女子？"

"就是海浪屯里那个姓黄的寡妇。"

"那女人挺精细，不过男人死了还不到百天，怎能戴孝出门？"

"嗯，听说开头她也不愿意，可老佐领给她做了主，她也不好推托了。"

又待了一会儿，萨布素和苏木夫人就回屋去了。

李木匠一直干到半夜，才熄灯休息。

（五）

月亮钻进了云彩里，早春的小风冷飕飕的，吹得萨布素浑身发冷，他藏在柴火棚子里，目不转睛地瞅着前面的小道。

约莫有三更时辰，一个人影从小道而来，直奔老黄家门口，左右看看没人，就"嘭嘭嘭"敲了三下。

一会儿，窗户就开个缝，露出一个女人的脸，问："谁呀？"

"是我，快让我进去。"

这个人从窗户钻了进去，萨布素就从柴火堆后爬出来，悄悄来到窗户底下，听他两人的说话。

那女的说："这半夜三更的你来做啥？"

来人说："听说老佐领给你保了媒，你答应了？"

"那哪能呢？今生今世除了你，我谁也不嫁了。可咱俩啥时能到一起过呀？孩子也让公婆领走了，就我一个人，真难熬。"

"眼下还不是时候，露了馅儿可了不得，那叫两条人命啊。我那把斧头呢！"

"让我藏到菜窖里了，没人知道。"

"那就好，来吧，我的心肝，让我好好亲亲你。"

萨布素听到这里，向房后面一摆手，立即过来四个听差，他们围住房门，萨布素一脚踹开窗子，命令听差的上前把这对狗男女扣了起来。

那男的还想争辩，可他抬头一看萨布素，便吓得软了骨头。

萨布素厉声喝问："李占山，你连害两条性命，黄秀花，你勾引奸夫谋害亲夫，你们二人还不如实招供！"

这两人见事已败露，只得从实招认。

原来那黄秀花家传李木匠打家具，两人一来二去就勾搭成奸，黄秀花要与李木匠做长久夫妻，便和李木匠合谋杀了黄家男人。

李木匠得知姓杨的小子输了钱，夜不归宿，就跟踪他。在大石桥上先用木棒子把他打昏，然后又给他套了一件白不呲咧的上衣，姓杨的被他一折腾就醒过来，咬下他的半截大拇指头，李木匠痛得把纽扣扣错了。

真相大白，萨布素为姓杨的申了冤平了反，当众宣布了李占山、黄秀花的罪行，并处决了这对奸夫淫妇。

第二十六章　初探长白山

（一）

长白山是满洲的龙兴之地，满语称它为"果勒敏珊延阿林"。

满洲的祖先布库里雍顺就诞生在长白山上。

据老辈子人讲，在巍峨的长白山上，有个深潭，深潭的东边有座山叫布库里山，山下有个水池，叫布尔湖里。

有一天，天女恩古伦、正古伦和佛库伦姊妹三人来到湖中洗澡，有一只神鹊衔着一个朱果飞过来，把朱果放在三妹佛库伦的衣服上了。姊妹三人洗完澡，上岸穿衣服时，佛库伦看见了衣服上的朱果，她捡起来一闻，只觉香味异常，她舍不得扔了，就放到嘴里含着。却不想那朱果竟然被咽下肚，她就怀孕了。当她的两个姐姐穿好衣服，冉冉升起时，她却难以飞上天了。

佛库伦望着两个姐姐，焦急地说："我感到肚子沉重，不能同你们一起飞走了。怎么办？"

两个姐姐安慰她说："我们是吃过灵丹妙药的，相信不会有危险，你这是天授妊娠啊！等你生产以后，身子轻了再飞回来也不晚。"说罢，恩古伦和正古伦飘然而去。

不久，佛库伦生下一个男孩。这孩子一出世就能言事，很快就长大成人，体貌非凡。佛库伦对儿子说："上天让你下凡，就是命令你去平定乱国，你到那个地方去吧。"接着，她又把儿子出生的缘由一一告诉他，并给了儿子一只桦皮威呼[①]，让他顺流而下。然后佛库伦凌空而去，不见了踪影。

---

① 威呼：小船。

佛库伦去后，其子乘着桦皮威呼，顺流来到了长白山东南鄂漠辉地方，他就舍舟登岸，折柳为椅，端端正正地坐在上面。

当时，鄂多理城里住着三个异姓部落，他们之间终日战杀。这一天，有个人到河边取水回来对大家说："水边有位奇人，相貌奇异，举止非凡，大家何不去看一看呢？"三姓的人听说后，立刻停止争斗，都去看这个人。

一看，果然是个非凡的人，问他的来历，他说："我是天女佛库伦所生，姓爱新觉罗(爱新：汉语金的意思，觉罗：姓的意思)，名叫布库里雍顺，上天让我下来平定你们的大乱。"

大家一听，都很惊异，就以手交叉做成轿形，把他抬回去，共同推举布库里雍顺为首领，还给他娶了百里挑一的女子为妻。这个国家称号满洲，布库里雍顺就成为它的始祖。

（二）

康熙十六年春，也就是巴海将军移治吉林乌拉后不久，朝廷派内大臣觉罗武默讷、侍卫费耀色等人前往祭奠长白圣山。

武默讷一行人于五月二十三日抵吉林乌拉，向巴海将军宣读了皇上的圣谕，寻找去过长白山的人。

巴海将军一面将朝廷来人安顿周全，一面派人火速去宁古塔，召萨布素前来议事。

萨布素来到吉林乌拉，亲自带人四处寻访，他们访遍了方圆百十里的村庄，可没有一人去过长白山。只听说有一个叫戴穆布鲁的老猎人，早年在离长白山不远的地方居住过。

萨布素决定去找这个老猎人。他命手下的人先回将军府，把情况向巴海一一禀告，自己就单人匹马向二百多里外的围场奔去。

天色将黑，萨布素来到围场，向人打听戴穆布鲁老猎人的住处，有人说："山上那座最破的窝棚，就是老猎手的家。"

来到山上，在一处耸立的石砬旁边，果然有一个用柞木杆搭的小窝棚，顶上盖着桦树皮，门上挂着一个用柳条串的帘子。

萨布素掀帘进去，一不小心，脑门磕在了棚顶上，"哗啦"一声，几块儿腐朽的树皮和尘土掉下来，弄得他满头满脸都是灰土。他低头划拉了一会儿，眼睛这才看清了棚里的光景：地炕上铺着狍皮褥子、木头枕头，还有一床破烂被子。灶坑上坐着一个黑锅，地上有个桦皮桶，里面有半下苞米面，旁边还放着一只木盆，里面还剩下点糊糊粥。

萨布素见老人生活这般清苦，心中很不安，他想一定是年老多病，又没有人照顾吧。于是他抓起一个扫帚头，把窝棚里扫了一遍，又脱下自己的袍子，叠好放在破被子上。然后，他操起一把砍刀，出门剥下一堆桦树皮，把窝棚顶重新苫好。

干完活，萨布素觉得肚子空，出门看看，日头已经卡山了。他怕巴海惦记，就下山回将军府了。

第二天，萨布素起了个大早，赶到山下天才蒙蒙亮。可他刚爬到半山腰，就看到有个老太太坐在石头上哭。他急忙上前问道："老额娘，你为啥哭啊？"

那老太太抬头打量了他一下，说："我想下山去办点货，不小心崴了脚脖，走不了道了。"

萨布素说："您老都想办啥货，告诉我，等我办完事一定给您送上山去。"

"不中，这货必须我亲自去办，小阿哥你若真心帮我，就把我背下山去吧。"

萨布素一听，犯了难。他怕去晚了又找不到戴穆布鲁老人。

老太太一看他犹豫不决，就拄起棍子，一歪一扭地走了。可是刚走几步，就一个跟头跌在地上，疼得"哎哟哎哟"的叫唤起来。

萨布素怕老太太一人下山再出个三长两短的，心想只要自己快点走，兴许误不了事。

于是，萨布素就背起老太太朝山下走去。一路上，他累得汗流满面，嗓子冒烟，可一次也没敢歇息，直到把老太太送到山下的小集上，他又转身朝山上奔去。

来到戴穆布鲁老人的小窝棚前，天已大亮，萨布素轻轻地呼唤了几声，没人答应。他掀起门帘一看，棚内无人。他叹了口气，坐在一棵风倒木上喘了会儿气。

这时，他看见有一个背着桦皮篓的人影，在林中一闪，他急忙追过去，原来是位采蘑菇的老人。

"老阿玛，您可见到戴穆布鲁老人吗？"

"他呀，天不亮就出门啦，你这个时候才来，太晚啦。"

"我本想早点到这，只因半道上碰到一个老额娘崴了脚……"

那老人一听，忙直起腰来，打量了一下，又问他："找那老头子干啥！"

萨布素就把皇上下旨要祭奠祖宗发祥地的事说了一遍。

"这可是个大事呀，不过，他也没去过长白山，只是小时候听他阿玛说过……让我再好好寻思寻思，是怎么说的来着。"

萨布素忙跪地行礼，说："您就是戴穆布鲁老阿玛，此行全靠您老引路啦！"

"唉，我家原在额赫讷阴地方居住，听我阿玛讲，有一次打猎，在长白山下猎到一只鹿，阿玛扛着鹿，途中三天，第四天才回到家中。"

"这么说，从额赫讷阴地方到长白山下，也就是三四天的路程，那么您老曾攀登过圣山吗？"

"那是我满洲龙兴之地，怎敢随便攀登？"

"去额赫讷阴的路，您老可还熟悉？"

"多年没走啦。不过，我还能记得。"

（三）

巴海命萨布素率二百兵，带三月粮，护送武默讷等人去长白山。六月初二，在戴穆布鲁老人带领下，武默讷、萨布素一行人，还有十七只运来的小船，从吉林乌拉出发，陆行经过温德亨河、库埒讷岭、奇尔萨河、布尔地堪河、纳丹弗埒城、辉发江、法河、卓隆昌河等地，抵达讷阴江岸。

在讷阴江岸稍事休息，萨布素就带领官兵、马匹由瓦努河逆流而上，再由佛多和河顺流而下。十日，萨布素一行抵达额赫讷阴。次日，武默讷等人方至。

这里已是原始森林，古木参天，无路可寻。萨布素安排武默讷等在这里停歇等候消息，他自己率领官兵先行开路，寻找可行之路，再回来迎接武默讷攀登圣山。

萨布素亲操砍刀，伐木探路，十二日后响，他登上一个山头，向东望去，只见长白圣山巍峨挺拔，耸立在前方，估计那距离，也不过一百七八十里地。他一阵兴奋，一鼓作气，又登上一个山头，长白圣山银光闪闪，历历在目。他立即派人回到额赫讷阴去接武默讷、费耀色等人。

十四日清晨，武默讷、费耀色与萨布素在林中相会，萨布素便带领他们向山上攀登。行不到两日，突然冷风骤起，云雾迷漫，不见山影，他们便迷失了方向。

萨布素只好命官兵在林中埋锅做饭，武默讷、费耀色等停下休息，他领几人继续探路，按照前几日观察的圣山的方位，他登上一个石砬子，只见这里树木渐渐稀少，都生得弯弯曲曲的。再往上去，遍地都是绿色草被，开着五颜六色的鲜花。那气流却越来越大，吹得人透心的凉。

在一片耸立的石崖旁，萨布素发现了一只跳跃的梅花鹿，他就尾随在后，跟着梅花鹿在陡峭的石崖中穿行。萨布素心中一阵高兴，他想这鹿一定是到天池吸水去的。约莫有一袋烟的工夫，那梅花鹿突然惊叫一声，掉头跑回来。

萨布素定睛向前一瞧，只见一只熊瞎子躲在崖石旁边，他立即拉弓搭箭，"嗖"的一声，一箭正中熊瞎子的喉头，它怪叫一声，就地滚动了几下就死了。

萨布素射死了熊瞎子，忙打了几声鹿哨。过了一会儿，那只梅花鹿又蹦蹦跳跳地跑过来，像要感谢萨布素的救命之恩似的，它竟把头拱到萨布素的腿上，亲昵了一会儿，就又朝前跑去。

萨布素知道这是天神阿布卡恩都力派来的引路神，忙朝那鹿背影磕了三个头，这才继续前进。

跟着梅花鹿，萨布素来到一片香木丛生的草地，抬头一看，云雾顿开，峰峦明晰，登陟有路，长白圣山就在眼前，那潺潺的流水就在脚下。

萨布素先朝圣山拜了又拜，然后掉头回返，去接武默讷等人前来祭奠。

（四）

十七日中午，萨布素引武默讷、费耀色登上长白圣山。这里周围层峦叠嶂，奇峰对峙，云雾缭绕，天池碧水晶莹透亮，岸边奇木灵药丛生，红艳艳的朱果香气袭人，果然是仙人居住的圣地。

突然，萨布素用手轻轻一拉武默讷，武默讷朝他手指的方向望去，只见那碧波闪烁的池水中，腾起两条巨浪，紧接着，两条白龙状的水兽飞出池面，在半空中争斗戏耍了一阵，又跃进池水。

武默讷急命众人跪诵敕旨，又在岸边焚香设供，三叩九拜，方才休息。

奉命丈量天池与池岸的距离，量得峰顶至潭二百五十丈。

七月初一，萨布素护送武默讷、费耀色等由原路返回，平安到达吉林乌拉。

萨布素完成任务本想立即赶回宁古塔，可巴海对他谈起这两年移治乌拉后，自己体力不支，又没有个得心的帮手，下面总是出事。

萨布素想起老章京对自己的恩德，想起过去和巴海的情分，实在不忍离去，他说愿多住些日子，帮巴海料理一下。

巴海很高兴，当即给他一面令旗，命他到各旗、各田庄视察，有权处理任何争执。

萨布素虽拿了令旗，但他还是乔装打扮，悄悄地到各地转悠了三五天，把各旗、各庄的事都了解个一清二楚，这才回府向巴海禀告。

巴海听了萨布素的禀告，一时气得火冒三丈，又想杀一儆百。萨布素根据自己治理宁古塔的经验，向巴海献了几项计策，这就是：清地亩，立界牌；立律条，明赏罚；宽流人，任其长。

听了萨布素的主意，巴海不住地点头。

萨布素又亲自领人到各旗各庄清地，立界牌，还制定了不少律条和赏罚的办法。

经过这一整治，吉林乌拉比过去平安多了。

第二十七章　遇劫招英雄

（一）

　　萨布素、瓦礼祜和一个护兵到了老爷岭，真是山连山，山套山，古树参天，鸟儿齐鸣，雄伟神奇。萨布素说："过去这地方，在老汗王来之前是很危险的，那时的人你打我，我打你，甚至爷俩为了争地盘也打，没有老汗王，连咱们也在内，得不到教化，也没有今天。"

　　瓦礼祜说："是这样，我们还得加小心。这里的山势很险峻，怕有事。"

　　萨布素说："不能吧，现在没有人当胡子。"

　　瓦礼祜说："我在宁古塔听说，有胡子在这里活动。"

　　萨布素还没答话，只听"扑通"一声，瓦礼祜掉下去了，萨布素赶紧往旁边一闪，可是三个人还是"扑通扑通"都掉进去了。

　　瓦礼祜说："我们中计了。"萨布素一看这坑挖得很陡，怎么也爬不上来。

　　不到一袋烟的工夫，只听上面有人说："落井了。"

　　他们把萨布素等人拉上来就捆上了，把马也拉上来了，让他们在头前走着，他们三个一直没吱声，走过山头有四五里地，到了一个山窝，一个小头目出来了，一看萨布素、瓦礼祜穿着不一般，问："从什么地方来的？"

　　萨布素说："你们是干什么的？"

　　那人说："我们是山大王。"

　　萨布素说："现在有许多地方可以谋生，种地、经商，都比这个强。你们都不小了，就不想想你们的长远吗？"

　　那人说："我们是过一天当两晌，高兴了就高兴高兴，明天削脑袋就是碗大的疤癞。"

萨布素苦口婆心地想要劝说这些山贼投降，可是他们摆头不听，把萨布素等人绑到外面桩上了。

（二）

快到太阳下山的时候，外面一阵马蹄嗒嗒声，有两人骑着马回来了，一个长得挺白净，穿一身短衣，腰里挎刀，兜子里有一个刺绣的囊。另一个黑黑的，挎着一个浑铁大棍。俩人一下马，小喽啰道："报告大王，抓住三个人、三匹马。"

那俩人说："带上来。"

大头目一看，这些人是谁呢，怎么有点儿面熟？又上下打量了一下萨布素，问："你们从哪里来？"

萨布素说："从吉林来的。"

"噢，你们是从吉林接皇犒去了，东西呢？"

"噢，你们想劫皇犒？"

大头目说："是，我们要马，要银子，不要你们的命，把东西交出来，就放人。"

萨布素说："皇上赐的银子、马匹，你们也要抢，这是死罪呀！"

大头目叹了一声答："我们也是逼上梁山呀！"又问，"你是宁古塔还是吉林的。"

萨布素说："我是宁古塔的。"

"巴海是不是还在那里呢？"

萨布素寻思他们还知道巴海，说："巴海已到吉林去了。"

"可惜啊，我们没有抓住巴海，如果抓住他的话，我们挖他的心，活吃他的肉。"

萨布素说道："胡说，巴海是立下汗马功劳的宁古塔将军。"

大头目又说："宁古塔有一个萨布素，你知道吗？"萨布素想骂完巴海就该骂我了，就摇摇头。

大头目又细细地瞅瞅萨布素，说："把手伸出来。"大头目到他身后，拿起萨布素左手的二拇指看，因为萨布素这个手指上有一个挺大挺大的黑痣，有豌豆粒这么大。大头目一看有黑痣，赶紧到前面，亲手给萨布素松绑，扑通跪倒在地说："恩公啊，我们好多年没见到你啦！"二头目愣了。

大头目说："你赶快过来磕头。他就是当年搭救咱们性命的萨布素。"这二头目也"扑通"一下跪下了。萨布素也愣了："你们是谁啊?"

"你忘了吗? 前十几年,你搭救了两个孩子,给了些银子。"

萨布素想起来了："你是不是李昆啊?"

"正是小人。"

"你是不是魏海?"

"正是小人。"

(三)

当年,萨布素救了他俩,他俩回到了关里的家乡,可是一到家乡,没有房子了,就住在村外一个小庙里。

这一天,要了一天饭,还没吃饱。在庙里刚要躺下,门"吱嘎"一下被推开,进来一个老人,有七十多岁,白胡子,两个眼睛非常有神,后面还跟着两个家丁。老人是来看庙的,准备修庙。他们看到两个男孩,问:"你们怎么跑这里来睡了呢? 没有家吗?"

"没有家。"

"你们哪里的人?"

"我们就是这个庄的。"

"你爹叫什么名?"

李昆说："我爹叫李海林。"

"喔,是老武举啊。"这老人认识他,"他不是惹祸发配到关外,你怎么跑回来了?"李昆就把他父亲怎么死的,他俩又怎么惹祸跑回来的经过讲了一遍。

老头说："你父亲和我最好,到我家去吧。"就把李昆和魏海领到家里,换了衣服。

老人姓王,是有钱人家。李昆说："王老爹,您收留我俩,我们会干活。"

"干活不在乎两个人,你们和我小儿子一起,练武习文,念念书,将来好有个奔头。"李昆和魏海就住下了。

他俩很勤劳,每天很早起来扫院子,可是老人起来更早,天还黑咕隆咚的,就在后院练武。一天,李昆和魏海见了王大爷就跪下来了,想拜他为师学武艺。大爷收他俩为徒，与他的小儿子一起习武。李昆学刀，魏海学棍，又一起学射箭。学了两三年，他们的武艺一提起来，屯里的人都竖大拇指。

不料，赶上他们屯一连三年大旱，人们四处逃荒，他俩回到关外。

（四）

他俩来到了宁古塔跟前，俩人说："咱们没有钱，见恩公拿什么礼物呢？"他俩就到老爷岭一带挖棒槌①去了。

无巧不成书。他们碰到一伙人，背着小米口袋，拿着拨弄棍，他一看就知道是放山②的。俩人抱拳见礼，为首的老头问："你们从什么地方来？"

俩人一听他也是关里口音，就说："山东。"

"你们怎么过来的？"

"别提了，我们从山东是偷着过来的，每年来一趟，挖了山参赶紧回关里。我们家里闹灾，实在没法生活，你们能收留我们吗？"

老头说："那我们就结伙，要严守山规。"

李昆说："我俩是练武的，什么也不怕，我们可以多背东西。"这样，他们就一起上山了。

头一年一般，大伙分到的够工钱了，没剩多少。第二年剩了几个钱。李昆很聪明，很快他就会看山脉。

一连采了几年，手里也积攒几个银子了，他们就合计，上宁古塔找萨布素去。大家听说黑龙江北部貂皮挺好，到了江北去了一两年，看到江北的老百姓遭的难太大了，罗刹到处杀人，把人推到大江，甚至吃人。他们零星杀了几个罗刹也不解决问题，于是起程返回宁古塔。

（五）

他俩到了宁古塔北面的二道河子，一拨山贼把他俩劫住了，四个人扑上来，可哪是李昆和魏海的对手，三下五除二打死了两个，其他人马

---

① 棒槌：东北方言，人参。
② 放山：东北方言，上山挖人参。

上跪倒求饶。李昆对魏海说："咱们就势把这帮人拢住，一起打罗刹。"就问他们："你们愿意跟我们一起打罗刹吗？"

那二十多人说："只要不饿死，我们干什么都可以。"这样，李昆和魏海当了山大王。

李昆外号叫"滚地雷"，魏海外号叫"黑铁牛"。滚地雷和黑铁牛的队伍起来了，他们不绑票[①]，劫住富人，留下一半，碰到穷人，还要给点衣物，这样干了一年多。

后来听说吉林来了皇辎，想劫点皇辎，拿这个钱招兵买马打罗刹。他们设下了埋伏，想不到一下抓住了萨布素他们三人。

李昆和魏海把详细情况一说，李昆问："可我们是汉人，能不能入伍打罗刹？"

萨布素说："咳！打罗刹不是满族一族的事，是全国各族的事。不久京城、福建要来人，你们来了，我奏明圣上，加入汉军旗里。"李昆、魏海一听大喜，与萨布素畅饮一番，喝完酒，烧了窝棚，带上人马，随萨布素向宁古塔走去。

萨布素一伙到了松雨沟南面五十多里地，听见前面马直叫唤，树也直响，萨布素把马勒住了，说："停步！前面有敌人。"大伙儿就两边散开埋伏上了。

不一会儿，一群马从北边瞪着眼睛就往南跑，大马有七八十匹，小马也有二三十匹。马过之后，后面一只白额大老虎在后面撵。萨布素明白了，这些马被老虎惊了，立即放一箭，正好射到虎的前颊，老虎看有箭，就往旁边看，发现有人，然后猛地向人群扑来。

魏海拿着铁棍就上去了。老虎也扑上来了，魏海一阵乱棍把老虎砸得不是个儿了，大家一看，老虎死了。

马还在跑，看后面没有老虎追了，就慢慢停下来吃草了。李昆、魏海跑到跟前，想捉住一匹，那头马把鬃毛一竖，又跑起来了。李昆、魏海就在后面追，萨布素说："别追，别追，你们追到什么时候也赶不上它。"

李昆、魏海就停下了问："怎么办？"

"我们慢慢跟着它，先稳住。我看了，前面那马是马头，把它抓住就好办了。"萨布素让其他人在这里等着，和瓦礼祜、李昆、魏海踩着草棵

---

① 绑票：东北方言，绑架人质。

子①悄悄跟着它。

走了四五里地，马一看后面没人了，又停下吃草。萨布素问："你们谁跑得快？"

魏海说："我跑得快。"

萨布素说："那匹白色的大马是头马，你把它抓住，那匹红色的大马是二马。"

"你怎么知道？"

"我从小就放牛放马，哪个马是打头的，我一看就知道。"

魏海奔头马去了，那马刚一回头，魏海一跳就上去了。这马撒开腿飞跑，魏海紧紧抓住马鬃不放，跑了一阵子，马累得浑身冒汗，魏海下马，轻轻捋毛，这马就老实了。

后面的马一看头马已经驯服了，呼呼也跟上来，约莫有七八十匹。萨布素很高兴，"这是谁家的马惊了呢？我们去找主人吧。"萨布素率领人马往回走。

（六）

到了松雨沟，那里有四五十户人家，是一个卡伦②，那些旗兵一看这些人赶这么一大帮马，都眉开眼笑。一位长者说："顺治年间，从高山跑来一群野马，谁也撵不上，想不到被你们驯服了。"瓦礼祜就把事说了。大伙儿听了，直竖大拇指。萨布素带着这群野马浩浩荡荡地回宁古塔了。

---

① 草棵子：东北方言，草丛。
② 卡伦：满语，哨卡。

第二十八章　三兄弟投军

（一）

萨布素他们从松雨沟起身，来到镜泊湖南面的苏运河南山。

南山有三个磕头弟兄，一个是梅赫勒氏，叫松阿里，两个是瓜尔佳氏，一个叫都龙阿，一个叫乌砮唐河，三个小伙儿形影不离。他们专门会驯鹰，他们有一帮鹰，有二三十只，有一只头鹰，叫"鹰哥"。这哥儿仨打猎打鱼都带着这帮鹰。

那一天，他们正在南山头①打猎的时候，从北边来了一个老太太，还领着一个小伙，经介绍，知道是他大娘，将他们领回家。他母亲一看老嫂子来了，又惊又喜，妯娌俩抱头而泣。那大娘泪流满面地告诉他们，除了她与孙子，家里人与乡亲们都被罗刹害死了。她俩在屋里痛哭，梅赫勒小伙子松阿里说："妈呀！我要参加八旗兵去，打罗刹报仇。"

他妈含着眼泪说："好吧！虽然我就你这么一个儿子，我一定打发你去，跟萨大人打罗刹去吧！"

他哥哥说："我也要去。"这样老姊妹俩留在家里，哥儿俩一同去找萨布素。

那两个小伙儿一听也赶紧去了，四人一同找到萨布素报名。萨布素一看这些小伙子都是为报深仇大恨来参军的，心里很感动。

他亲自到老太太家去，说："老人家，我知道他俩是独生子，我不能辜负你们。"说完之后，给她俩行了大礼，小伙子把招到一起，领到山上，一揽手说："鹰啊，你们都走吧！我要参军去了，给我大爷报仇。你们在家等我，等我回来以后，再一起行围打猎。"

---

① 南山头：地名，镜泊湖南端。

鹰好像通人意似的，围着小伙脑瓜顶上飞了三圈，头鹰鹰哥领着这帮鹰走了，小伙子看着鹰去远了，还掉了几滴眼泪，他舍不得呀！

（二）

萨布素回到衙门，把吉林皇犒与一路上的经历跟大家一说，大家听到罗刹的暴行，个个摩拳擦掌。

大家正唠着，一兵丁来报，外面有个小伙子从北方来，一定要见大人。萨布素把小伙儿请进来，小伙儿一进屋抱着萨布素就痛哭起来，半天才说出话来，说："我是达呼尔①人，叫五阿哥。我父亲是嘎珊达②。"

萨布素一听："哎呀！我上次打罗刹遇险，是不是你父亲把我藏起来的？"

五阿哥说："正是，听我父亲说过。"

萨布素一听，忙问："那你父亲呢？"

不提父亲还罢，一提父亲，五阿哥又掉泪，说："我爸爸已经死了。"

原来是这样：他父亲是那地方的嘎珊达，住在精奇里江畔③。老嘎珊达为人忠厚、仗义，远近部落都很尊敬他。一天，老嘎珊达听说罗刹要来了，就召集大伙加强防范，白天打猎，晚上不敢在屋里，彻夜巡逻。一连十几天没事，就麻痹了，都回到了屋里睡觉。偏偏在这一天后半夜罗刹来了一百多人，带刀冲进来，把房子点着了。

"大家豁出命来反抗，打到日头出来，咱们七八十户人家死了一半，敌人才死十几个，我大哥为了掩护大家，当场阵亡。突围的人到了北山，二哥为抢救老人中弹而亡。我爸爸带着我和三哥四哥逃出来了，我爸说：'赶紧到宁古塔求救兵去，不去宁古塔，这个仇是没法报的。'

我们四人就往南跑，跑出去不到十里地，后面追兵眼瞅着就要到了，他们骑着马，人哪有马跑得快呀？我爸心一横，说：'孩子们，你们赶紧往宁古塔跑，我把敌人引走。'

我们三个孩子说：'那不行，您把敌人引走，您性命难保。'

我爸说：'你们不要管我，到这个时候，顾大局要紧。'然后就把刀

---

① 达呼尔：现在的达斡尔族。
② 嘎珊达：满语，村屯长。
③ 精奇里江畔：现俄境内结雅河。

解下来交给三哥，说：‘孩子，你拿这把刀到宁古塔交给萨布素，就说我求他赶紧发兵，替我们部落报仇。’

三哥含着眼泪，跪在地下把刀接过来。老人家抽出箭，‘嗖！嗖！嗖！’三箭向敌人射去，敌人倒下两个。然后父亲就端着火枪，大声吼着、骂着向罗刹跑去。

我们一看父亲把敌人引向西南，我们就往东跑，敌人骑马撵我爸爸，我爸爸用鸟枪又打死两个人。最后，我父亲被十支枪一起打中而亡。

父亲牺牲了，可我们哥儿三个要找我父亲尸体也不敢，因为我父亲再三嘱托，无论如何要保住性命到宁古塔报信。”

萨布素一听就肃然站起来了，眼泪长淌，想不到老哥死得这么惨。

小伙儿说：“敌人一看中计了，骑着马又撵我们，我们仨怎么跑也跑不过马，三哥说：‘二位兄弟，我们是跑不出去了，如果我们仨死在一块，不值得。你们俩拿爸爸的刀到宁古塔，我去挡一阵子。’这样，我三哥为保护我们俩也死了。

我俩跑向江沿，可是离大江沿没有半里的地方，敌人撵上来了，我四哥赶紧把刀交给我，说我在这里抵挡，你赶紧到宁古塔把刀送去。我四哥就在江沿上抵挡，我潜水过了江一看，我四哥已经血肉模糊，倒在地上。”说完把血迹斑斑的那把刀，恭恭敬敬地交给了萨布素。萨布素热泪长流，面对北方说：“天哪！你如果有灵，你如果有圣，你要看一看你的子孙受到罗刹多大的苦啊！我一定要去出征。”

萨布素将此事奏明朝廷，以后康熙帝下圣旨册封老珊达为协领，让他五儿子继承协领，这是后话了。

（三）

萨布素把领催以上的官员都找到一起，让五阿哥从头到尾再给大家讲一遍。大家痛哭流涕，五阿哥说：“像我们这样的，不知有多少呢。”

大家听了，恨不得一时就替北边人民报仇。这时，外面有个老太太和把门的直争论，老太太非要进来，门兵不让进来，萨布素把老太太请进来，这样就引出了一段梅赫勒老太太送子参军的故事。当时，宁古塔出现了许许多多送子参军、送夫参军、哥儿俩争着参军的故事。

第二十九章　儿女竞报效

（一）

上回说老太太与门军争论，门军不让人进，萨布素说："谁啊？赶紧让他进来。"

门军进来说："禀大人，从镜泊湖赶来的梅赫勒老寡妇来了，她非要送她儿子出征，我们知道老寡妇就一个儿子，就不让她进来，她非要进来不可。"

萨布素一听梅赫勒老太太来了，论起来和萨布素还有亲戚，是他姑舅嫂子，萨布素出来一看正是她，站在那里说："老嫂子，你有什么事情来了？"

老寡妇一见萨布素说："他叔叔，没别的，我来送你的侄儿来参军。"

萨布素说："哎呀！老嫂子，你找我什么事情都可以，唯独这件事我不能同意。"

怎么回事呢？提起这个老寡妇，她的男人曾和萨布素一同跟沙尔虎达出征过。当时她十九岁，正准备举行婚礼，她的丈夫岁数比萨布素要大一些，当时出征文书下得急，拜完天地，没等入洞房，他男人就和萨布素一起走了。萨布素是个领催，他是个甲兵，二人又是亲戚，亲如手足。一次在战场上，萨布素往上冲，他也跟着往上冲，敌人放枪，"砰！"的一枪，萨布素没注意，他的兄弟扑到他身上，被打死了，把萨布素救下来了。

老寡妇是姑娘，把丈夫骨灰接过来，装在棺材里头，放在西窗底下。从十九岁起就擦这口棺材，一直擦了二三十年，把棺材擦得溜光锃亮。后来，氏族将一个没爹没娘的小侄子过继给她当儿子，两个苦命人相依为命。老寡妇对他视如掌上明珠。萨布素怎能忍心要她的儿子参军呢？

老嫂子说："不行，你要不领去，我也不能活了。我之所以活着，就是为了把孩子养大，给他父亲报仇。"

萨布素还是不答应，老寡妇说："孩子过来，认你叔叔为干爹。"这小子趴地下就磕头认萨布素为干爹，萨布素赶紧搀扶起来，说："孩子，你还是留家照顾老人吧！"

那小伙儿说："不行，我一定要参军，为我父亲报仇。"

老寡妇说："你要不留的话，我也就不活了。"看样子是真要寻死。

萨布素说："那好吧！嫂子你就放宽心，我一定收下他，我让他在我跟前当卫士，有我萨布素在，有他在。我一定让他立功，平平安安地回来见你。"

老寡妇说："那你给立上档子吧，我就放心了。"萨布素告诉笔帖式赶紧把他入到旗的档子中去，就给他办了个本旗正式披甲，老寡妇才安心地走了。

萨布素走出来一看，外面报名参军的人已经挤不开了。满族人有这样的习俗：一家有事，大家相帮，要听说外屯有困难，这个屯不管怎么地都去支援，何况北边民族受这么大的苦。那时候，满族人打仗不在乎，说走就走。就这样，有的是爹送儿子，有的是老婆送丈夫，送参军的一直不断，不好安排。

萨布素把各佐领找来，说："这么办吧，凡是够年龄的，家里有两个儿子的，可以参军一个，独生子绝对不许参军，哥儿三个愿意去两个可以。"命令一下，佐领们领命而去。

（二）

这时，外面又有人吵，说不接见不行。说话的是西门外的杨铁匠。萨布素一听是他就请进来了。老铁匠深深请个安，萨布素扶起来说："坐下吧！老大哥，你来有事吗？"

"有事。"萨布素一看后面还站着一个小伙子，是他大孙子。

杨铁匠说："我是个汉人，编不进去八旗。我听说大人就要出征了，我把这孩子交给你，跟你打铁去，他的技术不次于我。"

萨布素高兴地说："那太好了，正好军里没有铁匠。"然后，老铁匠恭恭敬敬从腰里解下一个小包，左一层右一层地打开，是一个小卷，把小卷打开在桌上一磕，明晃晃一把刀，说："大人，这是我祖祖辈辈传下来的，传到我这里有十几辈了，是一把斩钢折铁的宝刀，卷起来是一个卷，打开就是一把刀。你救了我们全家，我们无以为报，你要走了，我把刀交给你，把孙子也交给你，我的孙子就是你的孙子。"

萨布素一看很高兴，就把老铁匠的孙子和宝刀都收下了，嘱托老铁匠，说："咱们就要出兵，您要督促徒弟们，多打刀，我们可以出比平常高一点的价格。"

杨铁匠说："这你说的哪里的话，我最近这三个月的工钱都不要，我的大儿子的工钱也不要，奉献给大人，表表心意。"萨布素深为感动。

（三）

这一天，萨布素一上衙门，就听外面二人连吵带喊地请萨大人评理。萨布素把他们召进来，原来是亲哥儿俩争着参军的事。那二人是赫哲里氏的哥儿俩，一听说要打罗刹，二人都想去。大哥说："兄弟，我跟萨大人打罗刹去，你在家好好侍候父亲母亲。"

弟弟一瞪眼说："你是长子，长子顶门，你在家吧，我去。"二人相持不让，争执不休，找了父亲，射箭比高低，打个平手。于是就来找萨大人决断。

萨布素一听，心里暗暗赞叹，宁古塔人真是英勇，一说打罗刹就劲头这么足。说："这样吧！家有长子，国有大臣，按规定，大儿子在家，让你兄弟①去吧。"

他哥哥说啥也不干，说："我兄弟十八岁，我二十一岁，他懂的事没有我多。"

弟弟说："哥哥，你说这话我就不信，前年二大爷和三大爷争地，二大爷说这垄地是他的，三大爷又说是他的，你怎么说的？"

萨布素问："那怎么回事？"

他大哥就低着头不吱声。弟弟说："是这么回事，我俩大爷争地，谁也断不了，把我大哥找去，大哥给这个说情，又给那个说情，但谁也不干。完了我就去了，我问三大爷，你家去年种的是什么？说种的是谷子，我又问二大爷种的是什么，说种的是苞米。好了，我就让他们躲开，我扒拉一下茬子，分出是谷子茬子还是苞米茬子，就把地垄分开了。"

---

① 兄弟．东北方言中，兄弟有时是对弟弟的称呼。

萨布素说："有这事吗？"

大哥说："有这事。"

他兄弟说："有志不在年高，我十八岁不比你弱。"

萨布素心里有底，不能让老大去，说："这么办吧！你们二人抽签吧。"

兄弟俩说："行，这可得靠老佛爷赏赐了。"

萨布素洗洗手，漱漱口，给老佛爷磕了个头，写了两个签扔下了，说："拿签吧，先让大哥抽。"

老大拿起一个，老二也要拿，萨布素说："你先别拿，看你大哥拿的是什么。"

老大拿了，一看写的两个字："不去"，老大不吱声了。萨布素说老二你就不用抓了，肯定就你去了。他们到底是小孩，萨布素把他们逗了。其实两个签都写的"不去"。就这样把大哥留下来了，老二参了军。

（四）

萨布素有个习惯，每天凌晨天还黑咕隆咚的就骑马往依兰岗练刀。这一天他骑着马，将到依兰岗，一拐山弯，看见一老头银发飘须，领着一帮小伙练箭。萨布素上前一看，是瓜尔佳氏，赶紧下马。老人与那些年轻人忙上前请安，萨布素说："老哥哥，你真是老当益壮。"

老头儿一乐，笑声像洪钟似的，说："我心宽体胖，儿孙满堂。这五个是我的亲孙子，那三个是我的叔伯孙子，我每天早晨教他们武功。今日我一寻思，在江岸不如在山上练，打仗的时候，山上比较多，我从今天起就在山上练。"

萨布素问弓法练得怎么样了。

老人说："孩子们！站好，给大人练练箭。"大家一听，拉弓搭箭射靶。萨布素看到一种活动靶，用木头做一个人脑袋，上面拉一长线，底下有一人拽，人脑袋就来回乱晃，就专门打这晃脑袋。

萨布素一看，这可是新发现，高兴地说："给我弓箭。"搭上弓，"嗖！"一箭没有射中，后又射第二箭，才中靶。

老头伸伸大拇指说："你是第一次射这样的靶吧，真不赖。"

萨布素说："可不怎么的。"

萨布素回去就寻思：老人练箭真有独到之处，要推广开去。萨布素又到山上找到老人，行了大礼，说："老人家，我打算成立一个教习营，专门跟您学活动靶。"

老人说："行！那太好了。"

萨布素说："我派车把您接到我的衙门里面住，我挑一百多小伙子跟你学箭。"

老头说："这么办吧，我到衙门里教十天，山里练十天。要练三四个月才能练成。"

萨布素说："行！那太好了，我出兵要到过年，今年大练兵。"

老人说："好！一言为定。"就这样，老人家带领一百人练箭，以后发展到二百人。

从那开始，萨布素把宁古塔五六百人重新组织起来，把各佐领中使火枪的集中到了一块儿，专门练打靶。李昆带人练刀，魏海带人练火炮，宁古塔红红火火地练起兵来。

（五）

一天晚上，萨布素在府上喝茶，听人来报，外面有两个流人要参见，萨布素问是谁，一个是吴汉槎，一个是四武举。四武举是新近从关里流放过来的，这个人不下六十岁，是明末的一个武举，很有谋略，在明朝军队里很有名，排行老四，就叫四武举，也不知姓名。萨布素把二人请进屋，家人送上茶，萨布素说："天已黑了，二位来到我这里，有什么事情吗？"

吴汉槎和四武举站起来说："大人要出兵，我们对出兵打仗有一些看法，想跟大人说一说。"

萨布素肃然起敬说："好，请坐下说。"

坐下后，萨布素先把最近的诗文给吴汉槎看，吴汉槎一看诗有长进，但对仗不工整，一一指出后，说诗意境大有进步。

萨布素说："哪里，哪里。"萨布素又打听一下吴汉槎最近的生活情况，又安慰安慰四武举，因为他去年才来，告诉他有什么困难可以来找衙门，好好服罪，争取早日归家还乡。他俩很受感动。

吴汉槎说："我们听说大人要到江北去围剿罗刹，我们特此来送行，也想听一听这次圣上东巡的盛况。"

萨布素把康熙帝东巡的情况概括地说了一下，还把自己和康熙帝如何下棋、如何发现小铁匠这些事和他们一说，吴汉槎频频点头，不住地赞叹，说："哎呀！不愧为当今圣主，有这样一个知世的明君，真是万民安乐，万民都沾了皇恩。"

萨布素说："我们这次到江北征剿罗刹，可不比往常，现在江北的敌人不像二十年以前了，那时仅仅是一股两股流窜，互不通气，你抢我的，我抢你的，虽然很残暴，但也很散，便于我们击溃，我们一出兵，他们就跑了。这一回可不一样了，他们是有计划要占领我们江北，他们的沙皇是在步步为营，到一个地方就想巩固一个地方。现在他们的兵力、人力、武器都非常充实，打这一仗是不容易啊！"

吴汉槎说："大人，我看大人的准备工作比较细，能够选用人才是令人高兴的。我年龄大了，但也想报效军营，如果能用到我的话一定在所不辞。"

四武举也站起来了，抱拳作揖，说："我来到宁古塔快两年了，承蒙大人关怀，我在生活上还是很好的，听说这次北边敌人比较凶，我也愿在营前报效。"虽然他已六十多岁了，但还很有英雄气概。

萨布素说："好，我正是求之不得，你们可做我的左右参谋，以便及时把罗刹击溃。"二人听了很高兴，然后就谈起用兵，怎样行军打仗，谈得很投机，越谈越高兴。

四武举说："这次作战，从季节上说，北边是寒大于温，地势是多种多样，我们争取在春秋二季打仗比较有利，当然外围的一些小仗，量地量时而异。根据大人说的情况，罗刹这批顽敌不能等闲视之，应该先除外围，然后集中兵力攻克雅克萨城。"

萨布素听了这个点点头说："对！"

吴汉槎说："这次出兵，上合天意，下顺民心啊，一定能得到边疆各民族的支持，希望将军不要忘了这方面的力量，虽然他们没有好的武器，但他们万众一心保大清，把这支力量用起来，其力无穷啊！希望大人善导群民，合力作战，善服群民，万众一心，善教群民，各摧敌坚。据小人看来，尤其是善服群民，才能万众一心，应各安其所，把他们的生活安排好，宽敛省刑，要引导军民和清军共同作战，他们消灭小股敌人，我们可集中兵力打主要的敌军。"

萨布素一听这三点，非常高兴。吴汉槎满文也学得不错，萨布素说："烦劳老先生，你给我起一个奏章，请求皇上对北方边民的税收要减轻一些。"

吴汉槎说："我回去一定写好这个奏章。"

他说完了，四武举又站起来说："我感到兵不在多，而在精。我听说大人在训练兵呢，这个好，应当兵以精为先，兵精十可挡百，兵精百可破万。要兵精，一定要首先解决将才，没有将才，是不会有精兵的。将是军中之胆，兵中之首，训练指挥人员才是上策，指挥人员应该学兵法，应该明地势，应该爱士兵，应该懂战略。作为一个将才如果不懂兵法，怎能随机应变，战胜敌人呢？将领应该熟悉地理，到哪个地方，首先要知道山有多高，水有多深，道有多远；作为军中之将，还要察天时，知气候，辨风雨，这些事都是作为一个将才所要知道的。"

萨布素很感兴趣，四武举接着说："第三点应该是爱士兵，士兵是作战的主力，如果士兵和将领能互相爱护的话，在战斗中就能一个心思，过去多少将才的成功失败都在这一点上。"

萨布素点点头，四武举继续说道："将领还要懂战略战术，要克敌制胜，应当知彼知己，百战不殆。在懂战术这方面，听说大人很好，总结了很多攻城之术，这点卑职非常敬佩。今后把炮兵、火枪兵、弓箭兵配合起来，如果配合得当仗就容易打胜。最后要让将领各得其所，谁有什么专长就用什么专长。大人如果不嫌弃的话，我可以协助大人练兵。"

萨布素很高兴，说："那好！明天你给大家讲讲兵法。"三个人一直谈到半夜，还是恋恋不舍。

第二天，萨布素集合了佐领以上的官员，告诉他们要半日学兵书战策，半日分工练武，三日一操，九日一演习，不能稍有松懈。让两个老英雄来训练士卒，一个是瓜佳老人来训练射箭，一个是汉流人四武举讲兵法。宁古塔的兵在技术上、兵法上各方面一天比一天精，一天比一天好。

（六）

在练兵的时候，刘黑塔和黑铁牛他俩，自从到一块儿，各不相让，都说自己的力气大，比得脸红脖子粗的。这天两个人说说又比起来，举石头、比箭，俩人对打不分上下，差点翻脸。

萨布素把他俩叫到跟前，说："听说最近你们俩互相不服气，有这个事情吗？"

刘黑塔说："不！我愿意和黑铁牛比一下，看谁的能力高。"

黑铁牛说："刘大号，你也不用干什么，谁高谁低慢慢就能看出来。"

他俩因为谁也不服气谁，背后是没少练功夫，功夫一天比一天高，他俩对对方的成见也一天比一天深。

萨布素说："你们两人对国家来说都是有用的人才，你们这么一争怎么到前方去打仗。我给你们讲个故事：传说有一家有哥儿五个，他往东扭，他往西扭，他往北扭，他往南扭，怎么说也说不好。这时他大爷来了，让他们每人拿一支箭，说：'大侄，你能不能把箭折断？'大侄说：'这我还折不断吗？''嘎巴'一下就折断了。又告诉老二拿一捆箭，又告诉大侄，你把这捆箭给我折断它，老大想，大爷跟我开玩笑，一支箭能折断，一捆箭怎么能折断呢？大爷说：'这箭一根你能折断，把箭捆在一起你就折不断了，你们哥儿五个不也是这样吗？如果你们哥儿五个三心二意，很容易被外人欺侮。你们哥五个团结起来，就成了一捆箭，谁也折不断。'五兄弟听大爷一说，马上就和好了。"

然后萨布素又给他们讲了廉颇和蔺相如的故事。讲完了，两个人是面红耳赤，当着萨布素的面，自己说自己的不对，这个叫哥哥，那个叫弟弟，当场就结拜为兄弟，从此他俩形影不离。

（七）

萨布素每天查营。一天，他看到四武举对大炮、火枪很有研究，他装的火枪比别人射得准，也比别人装得快，别人能够装一枪，他就能够装三枪，他装的药剂子不用称，闭着眼睛就能把药装得准准的，黑天也能装。萨布素就让四武举专门训练火枪营、火炮队。四武举虽然到年岁了，但精神非常够用，早起晚睡，给将领讲兵书、讲战策。这样，佐领以上的将领兵法都有所进步。

在练武的过程中，魏海、李昆、刘黑塔都升为汉军旗的领催，鹰哥岭三兄弟也升为八旗的领催，军队的训练进行得很顺利。

最近几天，吴兆骞来报告说别的旗都训练得很好，唯独正蓝旗有一个佐领练兵不用心，明显落后了。原来这个佐领和萨布素一小的时候就在一起，两个人还沾点儿亲戚。他寻思论亲戚我是萨布素的长辈，论交情我俩小时候还一起玩过。就这么，他经常来晚，对旗中的兵也不认真地训练。他自己好喝酒，捏起酒盅就不放，有时喝得醉醺醺地上校场去。

萨布素把他找来，脸一沉说："从明天起，你再也不要迟到，要亲自练兵，不然的话，你可不要说我翻脸不认人哪！那是军法。"可是，这个佐领还是不在乎。

那一天，又是八旗兵到演习的时候，一点卯没到，第二次点卯又没到，第三次点卯还没到。萨布素很生气，派甲兵去抓他。到那里一看，他正在喝酒，把他押送到萨大人那里。萨布素说："你干什么去了，怎么来晚了呢？"

他说："家来客了，我陪着喝了两盅，就来晚了。"

"怎么，喝两盅，这是什么时候？军队演习如行军，你竟敢屡次迟到，来人，把他的顶戴给我拿下。"兵丁就把顶戴摘去。

"给我重打二十，革去他佐领之职，营前伺候。"

这样就把他当场撸了，这一撸，大家感到真了不起，老佐领是萨布素的亲戚，而且是资格最老的佐领，犯了罪该办的一样办。以后军纪大振，训练一天比一天进步。

第三十章　乔装探虎穴

（一）

过了八月节，秋天到了，天气很凉了，萨布素领着八旗兵到东山岗进行一次大的秋围演习，把军队分成二股，一股当敌人，一股当清兵，双方作了大规模的实战演习，经过三四天，打了不少猎物，士气更高了。

一天，萨布素让瓦礼祜练兵，自己挑选了五十个精明强干的八旗兵，换上打猎的衣服，朝三姓①出发。

临走时，萨布素告诉大家，无论遇到什么情况，一定要说我们是来打鹿的，即使遇到敌人也不能交手打仗，尽量避开敌人，这次是侦察敌情。

（二）

到了三姓，三姓副都统把萨布素接到衙门。过了两三天，彭春②和郎坦③就从京里赶到了，萨布素等出外迎接。彭春看到萨布素，上下打量一下，说："好哇！你不愧是猎人出身，真是个猎人啦。"二人都乐了一阵。

依兰副都统摆上酒席款待了一阵子，几位将领商议怎么奔雅克萨④，郎坦想要走水路，萨布素说："不行啊！咱们不能走水路，一旦被敌人发现，敌人就会寻思这些猎人怎么会坐船呢！我们吃点辛苦也从陆地上走，过了江先到瑷珲，再走几天就能到雅克萨。"

---

① 三姓：现黑龙江省依兰县。
② 彭春：舜位公，名彭春，抗俄名将。
③ 郎坦：时任副都统，抗俄名将。
④ 雅克萨：黑龙江畔的城寨，当时被俄军占据。

然后又商议了到雅克萨后如何打猎如何侦察。议定后，彭春、郎坦也打扮成打猎的，与萨布素一起从依兰岗出发了。

（三）

晓行夜宿，过了黑龙江口，到了瑷珲城。一看敌人已经占据了瑷珲城，瑷珲的老百姓逃得四处都有。一看到瑷珲城，萨布素心里非常难受，就对彭春说："你看看，想当年我和沙尔虎达老将军在瑷珲打了几仗，这个城反复打了三四次，结果还是落到了敌人手里。光是集中兵力，速战速决能解决这个问题吗？"

郎坦看了瑷珲城这样，也有所启示，因为他原来是主张速战速决的。郎坦点点头说："是啊！我到了实地一看，才知道必须做长期准备，要彻底地消灭罗刹，才能解决根本问题。要不然的话，无止无休。"

彭春说："老弟啊！这回你明白了吧？"

他们带着五十人到森林里住下了，一看城里人出来的是破衣罗梭的，两个人一拨，并腿绑着脚镣子，想要跑也跑不了。两个人三条腿这么走，给他们挖工事、修城墙、割地^①。东面过来一拨罗刹兵，带着两个人，一男一女，两个人破口大骂："我们就是死也不给你们拿一张貂皮、一粒粮食。"

萨布素一看就知道这是抓来的人质，想去救，可自己的任务是侦察，不能露出马脚，但还是不甘心，就说："咱们不露马脚，把人质夺回来。抓住一个罗刹，可以知道瑷珲城情况。"

彭春说："可别露马脚啊！"

萨布素一伙人，一边射箭一边装着找鹿到了跟前。四个罗刹一看来了十几人，就问："你们哪来的？"

那些人说："我们是从依兰那里过来打猎的。"那四个敌兵一听说是打围^②的，就把两个人质绑在树上围上来了，问他们打着什么了，有没有貂皮？萨布素事先已准备好三四张貂皮，便说："打了几个貂，这不是已经扒下皮来了。"

四个罗刹兵哈哈乐了，拿着貂皮就掖到自己的腰包里。萨布素也

---

① 割地：东北方言，收割庄稼。

② 打围：东北方言，打猎。

懂得一些俄国话，连比画带说，意思呢，就是林子那里有貂可打，都是黑貂，很值钱的。我们还下了十八个套子，你们可以一起去看一看下的套子。

这四个罗刹兵一听，觉得还有油水可捞，其中一个就说："这样吧，留下两个看人质，我们二人去。"萨布素很高兴，领着这两个小子就到山里，把这两个罗刹缴械了。

萨布素领人又回到绑人质那里，那两个留守的罗刹正等着，萨布素上前比画着，说那里打了一头大鹿，还有四只黑貂，让他们快去取貂皮。这两个人挺高兴，说："我俩去。多长时间能回来？"

萨布素说："也就半个时辰①吧！"他俩就跟着萨布素走了。萨布素暗暗对来人说，赶快把树上的人质解开，问问他们城内情况，就放走他们。萨布素带了两个罗刹到了山上树林里。

到了林中军营里，这罗刹一看吓得筛糠了。俘虏了四个罗刹，一追问，比谁的胆子都小，彭春说："这样吧，你跟我们去吧。现在你们投降我们不下一百来人，都在京城呢，还编成一个俄罗斯牛录呢。"那些人一听，不投降也不行了，勉强跟着走了。

在走的一路上，彭春从京城带来的俄语翻译，问他们这个问他们那个，他们交代了：在瑷珲住着一个四品武官，他来了以后，修了两层城墙，另外还有地道，粮食准备了不少，有几门炮等都说得清清楚楚的，萨布素都记在心里。

第二天，彭春等人走到一个大山里，早晨，万籁无声，就光听见风吹树梢"哗哗哗"响，再往前走，就听到"叮！叮！"打铁的声音，是从沟里挺远的地方传来的。萨布素说："唔！怎么有打铁的声音呢？不好，停止前进！"大伙儿就停止前进了。

萨布素打发三个人先去探一探，把大家安排去一个隐蔽的地方。人们都在那里等着，三个人拿着三支火枪就往里去。

到四更时分，三个人还是没回来，萨布素放心不下，正寻思的时候，大道上来了不少人，不下四五十人，这些人拿着棍棒铁叉、弓箭，萨布素一看不是罗刹兵，是达呼尔族和鄂伦春族人，边走边四下张望。萨布素一看打头的，越看越面熟，他穿着一个鹿皮的裰子，穿着犴达罕②皮做

---

① 一天十二个时辰，一个时辰为两个小时。
② 犴达罕：鄂伦春语：学名犴。

的靴子，他裤子也是鹿皮做的，还带着有两个狍子耳朵的小毡帽，那人红膛的脸，虽然有些花白胡子，但走起路来还和年轻人一样。

萨布素认出来了，这是上一次打上坚乌黑认识的达呼尔头人朱克里。于是他快步上前，对来人说："不认识我了吗？我是宁古塔萨布素。"

那人一听，马上深深地请了一个安，说："我听说你在宁古塔当大人了！怎么出来打猎了呢？"

萨布素没吱声，朱克里说："你要不当官，我们可高兴了，来！加入我们的队伍，共同打罗刹。"

萨布素明白了，他也是要打罗刹。就跟他说："我是从宁古塔来侦探地形，然后宁古塔大军就要到了。"

朱克里一听乐得不得了。萨布素向他介绍："这是京里来的彭春大人，这是郎坦大人。"一一见了面，朱克里把大伙儿领到沟里，一看同来的还有罗刹兵，端起枪就要打，萨布素说："别，别，他们已经投降了我们，给我们带路。"朱克里瞅着罗刹兵就气呼呼的，可因为萨布素说了，不能打就不打。

朱克里领人进沟不到二里，萨布素他们就迷糊了，这七沟八梁都一样，就像到迷魂阵似的。这时朱克里把他们领到自己的住处了，萨布素一看，哎呀！都在山根底下，挖的地窖子，地窖子有二十来个，到了当中最大的一个地窖子，朱克里把萨布素、彭春、郎坦让进去了，其余人在别的地窖子休息。

到了里面，一看，虽然是地窖子，但摆设得很别致，用木头墩子当凳子，屋中间的火盆子里生着火，上面吊着钩子，钩子是烤肉吃的，朱克里赶忙安排晚餐。

大家吃完晚饭，朱克里就开始讲他们是怎么来到这个地方。原来，这些人有在瑷珲城里住的，有在瑷珲附近屯子里住的，他们世世代代住在这个地方，开荒、种地，甚至还从宁古塔引进了一些白菜、大豆等，日子过得很安乐。但是罗刹兵来了，这些达呼尔、鄂伦春人几次被撵得无处可逃。

那一年沙尔虎达领着萨布素等人把罗刹赶出去了，但是不几年他们又回来了，把瑷珲人民赶得无路可走。本来，瑷珲是挺大一个城市，有近千人，五六百户人家，结果被弄得家破人亡，有的当了奴隶，整天像牛马那样干活，把女的送到修道院洗衣服，有的就分给罗刹兵了，看一些老人不能干活，塞咕塞咕就塞到大江的冰眼里去了。朱克里带着老百姓逃了出来，到处躲，因为没有火枪，罗刹不是马队就是火枪。朱克里将难民分成几个小队，打罗刹。罗刹出来，从树上给你几支暗箭，然后就藏到那个沟里头。这样，他们也打死了不少罗刹。

有一次比较惊险，朱克里想救瑷珲城里的人质。朱克里寻思："这里都是无辜的孩子和老人，我怎么也要想办法把他们救出来。"就派出两个精明强干的族人，混进城去。

他们俩背着皮张，大步流星地到了瑷珲城西门。罗刹兵把他俩逮住了，问："干什么的？"

他们说："我们是进贡的。"

罗刹兵一看他们的口袋里都是皮张，就说："好！"把他俩眼睛蒙上了，送到了城里一个屋子里。把蒙的眼睛打开之后，罗刹百人长就问，"哎！你们俩是干啥的？"

"我俩是来进贡的。"

"是进贡的为什么不早来？"

"早先，我们害怕你们，说你们挺厉害的，好杀人的，我俩就在山里躲着打猎。后来听说你们挺好，我们就来了。"

百人长一听就冷笑道："来人，把他俩给我绑上。"就把他们绑在柱子上，百人长"啪"一下把刀抽出来了，说："快说实话吧，我知道你们是被人派来的奸细，想探听军情，你说吧，不说，我就开膛扒心活吃。"

说完了，拿着刀就比画着。这两小伙儿一点儿也没有惊慌，冷笑几声就骂上了："妈的，怨不得人家骂你们是吃人的罗刹。我俩千险百难来投奔你们……你们却要杀我们，以后我们变成鬼也来吃你们。"

百人长一看这样，反而把刀拿回去了，又端详端详说："看样子，你俩是真心的！"二人也不吱声，问了半天，也不吱声，再问半天，俩人说："你杀就得了，我们是奸细。"

百人长一听他们俩说得挺冲，就乐了，说："你们真想投我们，我们是非常高兴的，上帝会保佑你们的，我们是非常仁慈的。"就把他俩安排在东屋了。

百人长找到一个人说："你假装奸细，我们打你一顿，把你送到那个东屋里去，你看看他们怎么说的。瑷珲跑了一个朱克里，带了不少人，你就说是朱克里派过来的。"那人说："行！"就被揍了一顿，也塞到东屋里去了。

推到东屋，那两个小伙儿一看又来了一个挨揍的，其中一个年轻一些的，挺同情他，就给他包扎，问他疼不疼啊，从哪里来啊，那小子就不吱声，半天才问："你们俩是干啥的？"

那年轻的说："你是干啥的？"

那人说："我是达呼尔人，我说什么也不能投降罗刹，我想往宁古塔跑找救兵，让他们抓住了，抓住了我也不服。"说完了就破口大骂。

年轻的信以为真，刚想去安慰，年长的就过来了，说："你过来。"

他瞅瞅那个挨打的人，瞅了半天，说："你是哪个地方的人？"

"我是海兰泡①的。"

"噢！你是海兰泡的人，海兰泡的人我都认识，一共有十八家，你是哪家的？"那小子说是谁家谁家的。

又问："你是达呼尔人吗？""我是达呼尔人。"

年长的乐了说："你不是达呼尔人。"

"你怎么知道我不是达呼尔人？"

"从说话口音上，你像达呼尔人，但达呼尔人的二拇指头和你不一样，你是打鱼的，达呼尔人是打猎的。猎人的二拇指和大拇指都有茧子，你瞅瞅你，你手里一个茧子都没有，你不是打猎的。"

那人一看看破了，就说："这位大哥还是说对了，我得说我是达呼尔人，我不说达呼尔人罗刹更得揍我，实不相瞒，我是索伦②人。"这样蒙了一阵，说："好吧，睡觉吧！"三个人就睡觉了。

睡觉时，岁数大一些的捅了一下年轻的说："我认得他。""谁？""他，我一进城时看到他正在给人质上刑罚，准是他。"

"他既然是罗刹那边的，那罗刹怎么还揍他呢？"

"这是假装的，想试探试探咱俩。"

年轻的一听："好小子，想试探咱俩，我好好治治他。"

"我们将计就计吧！"

说着这两个人就起来使劲揍他，揍得他鬼哭狼嚎的，说："杂种的，你不好好地投降罗刹想往宁古塔跑，我们恨宁古塔兵还恨不过来！？"这就打得他半死不拉活的。从外面跑进来罗刹兵问："怎么回事？"

"他要往宁古塔跑，他是奸细。"两个小伙儿说。

罗刹兵一看挺乐，说："都是自己人，都是自己人，过来吧！"就把那

---

① 海兰泡：黑龙江畔的城寨。
② 索伦：黑龙江上游的部族。

人找去了。

这样，百人长信任他们了，摆开酒了，说："外面还有多少人呢？你能把他们招抚过来，就可以当大大的嘎珊达。"

"有哇！有好几十人都不敢回来，都是不知道你们是怎么回事。"

"没关系，只要过来归顺沙皇，上帝就保佑能过上幸福生活。"

"好啊！后天下晚黑我就可以让他们来。"

"那你明天就把他们招来吧。"

"不，我先在这里干两天活，否则，你们不知道我们是真干活的还是假干活的。"

就这么的，这两人下晚黑就东走走，西看看，把地形都掌握好了。西北犄角的工事修得不太结实，那底下有一个小河沟，垫得不太牢实，这地方用不了一个时辰就可以掏出一个洞来，人质在什么地方都看得清清楚楚的了。

第三天，百人长说："你出去找你们的人来投降吧。"

"好吧！"这两个人就出来了。

回到队伍里，跟朱克里一说瑷珲城内情，朱克里大喜，又派了四人与他俩同去。他们六人拿貂皮回到瑷珲城。罗刹一看又招回来四个人，挺高兴，赏给他们一人一瓶酒，把那四个人编到劳工队里，让他们干活。又催他俩找人去，找人越多越给你们赏钱。他俩答应了。这样，里面就有六个人了，他们约定第三个下晚黑动手。

第二天，他们都老老实实干活，罗刹一看都挺老实，就觉得没事了。

到第三天下晚黑，罗刹看他们六个人都没事，就喝得醉醺醺的。城西北角、西南角都有哨兵。哨兵一看当官的喝酒，直淌哈喇子①。这两小伙儿就对哨兵说："哨鞑子②，你们喝酒不？"

"哪来的酒？"

"我给你们偷去，我知道酒在什么地方。"

俄国人就是爱喝酒，一听说偷酒就说："那好，能偷来就好了。"

他就到屋里偷了两瓶酒出来，给他们说："你们快喝吧，我替你们打更，把枪给我。"俄国人就把枪给他们，他俩就背着枪来回走着打更，那俩罗刹兵两瓶酒都喝了，趴在那里睡着了。

---

① 哈喇子：东北方言，唾液。
② 哨鞑子：东北方言，哨兵。

到了半夜，听西北角那里有声，不到一个时辰，挖出一个洞，进来十几个人，就悄悄地把他们领到人质那里去了。到那里一看，有两个罗刹在那里把着门呢，不容迟疑，几个箭步上去就把那俩小子的嘴捂住了，从腿上掏出腿叉子①，一人一叉子，把他们交待了。

他们把门偷偷打开，一招手就把老人、小孩都背出来，从地道里出去了。他们出去前，在粮草堆上放了一把火。瑷珲城就起火了，罗刹忙呼救火，人质都跑了出来，这样，他们救出一拨人质。

从此，朱克里的人就多起来，不算老人小孩，光精明强干的青壮年人就有一百来人。萨布素一听这个很高兴，说："你们可以在这里等着，大兵就要到了，到时候来找我们！"

朱克里说："你们到了瑷珲，我们马上帮助你们打仗。"就这么的，萨布素他们走了，因为他们还要继续侦察。

（四）

萨布素等人又走了几天，遇到一条河，水很急，过不去。沿河走到老林子里去了，看见一条船，船上有五十多人。正好，从林中窜出几只鹿，有人开枪射鹿。不料船上的那些人破口就骂："你们瞅瞅，罗刹把我们害得多苦，你们还有心打鹿，你们有这些子弹打罗刹多好。"

萨布素想要打听路，他们不告诉。又往山里走，遇到另一拨也是这样，没有人告诉他们，都是瞪着眼睛跟他们干，说他们游手好闲，连问了三四次，都是这样。也没办法，也画不了图，也问不着路，萨布素心里很着急。郎坦说："咱们回去找找朱克里吧，让他来领咱们走。"

他们就又去找朱克里。朱克里一听就乐了，这些人是我的队伍，朱克里就带着大伙儿走了。

走了一段，又遇到骂他们的人，朱克里说："他们都是自己人，到这里来有公务，将来各路大军都要围剿罗刹。"这些人一听，非常高兴，把萨布素一伙儿引到大森林里去，这个拿酒，那个拿肉，招待他们。有的痛哭流涕地说："我们就盼着你们来，你们一来，我们马上和你们兵合一处，将打一家，共同消灭罗刹。"

---

① 腿叉子：东北方言，匕首。

正在高兴的时候，那里的神鼓①敲响了，有唱歌的、跳舞的，萨布素一看，那里在进行神树祭呢，知道这是九月祭神树的日子。他领着大伙儿到神树底下磕了头，与大家一起围着神树又唱歌、又跳舞。萨布素跟大伙一直跳到深夜。

月上中天，萨布素一进屋刚坐下，就看到走进一个六十多岁的老人，到屋里就给萨布素跪下，萨布素赶忙扶起来说："老玛发，有什么事情请起来说。"

老人说："我叫玛加，我让罗刹闹得家破人亡，三年没有向大清国交税了，我还攒了六张貂皮，我愿把六张貂皮交上去，这是我三年的税钱，没有大清的兵，我们没法活。"

萨布素说："你们遭的罪朝廷都知道了，你们可以免税。"

玛加说："不行，我已经许下这个愿了，我一定要向朝廷交税。"

这样强说歹说，萨布素收了一张貂皮，玛加也作罢说："好吧，我太高兴了，我应该交六张貂皮，现在皇上给我免了五张，就交了一张，真太感激了。"他抹着眼泪走了。

达呼尔人有个习惯，在祭神树完了的第二个时辰对天发誓，他们围着神树发誓：我们宁可死，也要征剿罗刹。萨布素看着达呼尔人一个一个冲着神树虔诚地磕头，当间儿生了一堆火，把胳膊撸出来了，有用嘴咬的，有用刀割的滴着血，然后喝血，边说："我对上天发誓，我一定要把罗刹消灭干净。罗刹就是把我杀了，我也要和他拼到底。"

发了这个誓，萨布素真是从内心受到感动。觉得这些人对大清国是无限的忠诚，对罗刹是无比的痛恨，心想，我有这些人做后盾，征剿罗刹怎能胜不了呢？

（五）

萨布素带着五六十人沿江而行，边走边打个鹿或野牲口②什么的。说话已经快到十月中旬了，天气挺冷了。他们到了雅克萨城附近，往雅克萨看：雅克萨的城墙瞅上去挺坚固，外面挖着护城河，把水引到四外去了，四周都是庄稼，虽然地割完了，但是仍能看出来。四个城角还有

---

① 神鼓：萨满的抓鼓。
② 野牲口：东北方言，野兽。

大炮，防备得挺严。城墙里还高出一个房子，是瞭望哨。萨布素纳闷，里面的兵到底有多少呢，装备到底有多少？这样他们天天在雅克萨周围捕鹿侦察。

一天，萨布素对彭春、郎坦说："我们要知道城里的情况，一定要抓住一个罗刹兵不可。"

第二天，萨布素他们抓了一个罗刹兵，问："城里的军队是谁管辖的？"

罗刹俘虏说："最近这里新设了总督，这总督归尼布楚管，有一千来人。"

萨布素问："一千来人，怎么不见人出来呢？"

"许多人到尼布楚搞演习，还没有回来"。

又过了三四天，就看见罗刹兵从西边呼啦啦地回来了。萨布素一看，有马队，有步兵，有拖着大炮的，有扛着火枪的，心里感到是个事儿，人家已经使火炮，咱们还是使弓箭，武器是落后的。他数着，大概有六七百人，是长期驻防呢，还是临时来的？萨布素心里在琢磨。

又待了几天，郎坦带了四五人打围去了，看到南门一开，出来一个罗刹兵，径直往这边来了，背着一个挎包。郎坦一看心想："好小子！就等着你来呢。"一猫就猫到草棵子里，这罗刹兵不知道有敌人，就往前走。走到跟前了，郎坦冷不丁一下窜出来，就把他拽出去了，这小子刚要嚎，来不及了，嘴给堵上了，眼睛被蒙上了，拽到了宿营地。

到了宿营地，把他的蒙眼打开，他一看傻了，问："你们不是捕鹿的吗？把我抓来干什么？我是沙皇陛下的十人长。"

郎坦一听，十人长也好，百人长也好，正好要你呢。郎坦说："我是大清国的副都统，是从宁古塔来的。"就把他们来是干什么的和他说了，这小子一听害怕了，吓得哆哆嗦嗦的筛糠了。

那个俄国兵做翻译：我们的大军在后头呢，多少兵，多少只战舰，多少大炮，我们特意来看一看，没别的，你是要活要死？那十人长马上说："我投降，我投降。"

罗刹兵是这样，他一见到硬就投降，你要是软他就比你厉害，就是这么一个玩意儿。他说："我一定投降。"

"好，你要投降好，那我问你，你干什么去？"

"我到前面的小城堡去，那里离这里有半天的路程，我给送文书去。"

"文书上写的是什么？"他忙把文书拿出来，郎坦接过文书，打开一看，那上面写的是：最近清兵在宁古塔，准备往北来，希望你们加强防范。我们的城堡原来有六百多人，最近都回来了。尼布楚将要派新招的一千二百人，加上你们二百多人，一共有两千兵。如果听说清兵到，就集中到雅克萨，坚决保住雅克萨。平时加紧练兵，听到我的命令就往回撤。郎坦看罢文件，心里高兴，对他说："你先在这里吧，等我们要走时放你回去，你回去就如实说，我们的大军过几天就到了。"

"我不敢说。"

"你就照实说。"说完就把这个人软禁起来。

把罗刹兵软禁起来以后，郎坦说："敌人的兵力咱们已经知道了，城墙怎么修的咱们也知道了，咱们赶紧回朝。"

萨布素一摇脑袋说："不行啊！你想他是敌人，还是一个小头目，说话能信吗？兵力多少文书上说了，但城里情况你能相信吗？他说这个城墙有三道围墙，护城河水深是三丈多，里面的炮是一门挨着一门，你能相信吗？到底是多少，他说里面的粮草够吃三年。这些事都不可信。依着我说，我们应到里面去看看，探一探底细。"郎坦听他这一说就打怵了，心想，到里边去可怎么进去？萨布素一宿没睡觉，就琢磨怎么才能进去。

到第二天早上吃饭的时候，一见萨布素还没有起来，怎么招呼也不起来。郎坦到了跟前一扒拉，他醒了，但已经不会说话了，就用手比画着。郎坦和彭春可着急坏了，你说这是怎么回事？怎么睡一宿就说不出话来了？怎么招呼他也没反应。

萨布素也着急，说话也听不着了，这可怎么办呢？萨布素给他俩比画，他俩给萨布素比画，但都不明白，萨布素也听不见他们说的话了，怎么的也是没办法，就拽萨布素到外面给老天爷磕头、上香。萨布素也点点头，给老天爷磕头烧香。

郎坦祈祷着："我们哪里得罪了老天爷，请老天爷原谅，我们是打猎的，这方面可能不周，到这里我们没有上香，我们来的时候也没带香蜡纸马。"叽咕叽咕还是不起作用，萨布素还是听不见，哎呀！这是怎么回事呢？先吃饭吧，吃饭倒很好，萨布素和平时一样。

吃完饭，萨布素还是这样。郎坦对彭春说，咱们还是再祷告上天吧，没有香就把明子①准备好了。用它来代替香，准备让五十多人都来祷告，祷告的时候萨布素哈哈乐了，说不要祷告了，我会说话。

---

① 明子：东北方言，松树油。

这二位大人给弄糊涂了，说："你到底是怎么回事？"

萨布素说："昨天下晚黑我在想怎么进城，我一寻思咱们三个一个也不行，我寻思我进去，可是我一进去不能说话，因为我说的是宁古塔的满族话，可是这里都是达呼尔人，你说，我怎么进去？"

郎坦也乐了说："那你是怎么一个意思呢？彭春说的是京城满族话，和宁古塔的差不多，唯独这北边的达呼尔话他也不懂，能说几句，口音也大不相同。"

萨布素说："找两个上次进过城的达呼尔头目，把他们俩打发进去，我是跟着的伙计，装成哑巴，我背着皮张，他们进去卖皮张去。卖完皮张我们再回来，就能看到里面的军务怎么样。"

彭春一听很高兴说："这个办法是好。"

萨布素就问："我装得像不像？"

"像，太像了，可把我们急坏了，我们寻思这是怎么回事呢？跟你怎么说你也听不着了，你是跟谁学的？比画得跟真哑巴一样！"二人问萨布素。

萨布素乐了，说："我一小的时候，街里有一个小孩是哑巴，我经常跟他连唠带比画，所以我就想起了这个办法。"

大伙儿都说这个办法好。事不宜迟，他就穿上了达呼尔人的衣着，大家一看没什么破绽了，让四五十人都来看，是不是达呼尔人，大家一看没什么破绽，说："行！"这两个达呼尔人就领着他，装上一背"果姆"[①]。

萨布素说："我虽是副都统，但现在起我就是你们俩的伙计，你俩得支使我。而且我是很受气的伙计，你们什么都不拿，都让我一个人背着，必要的时候可以踢我两脚。意思是装得越像越好，你俩弄清了吗？"

二人说："大人，那……"

萨布素把脸一沉说："那什么，为了国家大事，我们一定要装得像，否则连性命也没有了。"

那两个头目说："好吧！我们能行！"这样装了一背筐貂皮和其他好的皮张，顺着河沟奔西去，过了河沟，到了西山儿。

三个人大步流星地奔城门来了，到了城门，要想往里进，进不来了，关着门呢。他们就在城下大声嚷嚷："噢！我们是卖皮子的！"罗刹兵到城上一看，有三个人，一个人背着背筐，破衣罗嗦的，那两个人穿着狍皮

---

① 果姆，满语，皮张。

衣服，一细看是三个达呼尔人，罗刹找了一个会达呼尔话的人来问："你们是干啥的？"

"我们二人是卖皮子的，听说你们的价格挺高，有貂皮、獐子皮、黄鼠狼皮都不少。"就指着哑巴的背筐说："你看，我们带了不少呢！"

那人说："等着吧，我去报告我们的长官去。"这两个小子就噔噔噔地到里面去了。跟他们的长官一说，长官问："什么样的人？"

"达呼尔人。"

"看见什么东西了吗？"

"看见了，背筐是沉甸甸的"

"那行，把他们招呼进来，后面有人吗？"

"没有。"

"让他们过了河后，赶紧把桥拉上，任何人不准再进来，让他们仁人进来，我看看皮张怎么样。"

怎么回事呢？他练兵结束的时候，尼布楚的督军就告诉他，你最近给我准备一百张貂皮，莫斯科很快就要来一员大臣来阅兵，准备一百张貂皮可以送他，他手里有五六十张，还缺三四十张，也就急于买貂皮。

他们仁人进来后，他就问："你们三个是从哪里来的？"他俩说，我们是从西边什么地方过来的，已经走了两天了，我们是西边什么什么屯的，说得挺对的。

"噢，正好，我们正想去那里收购呢！你们那里有多少人呢？"

那两人一听没去过，就更大胆了，胡诌了一阵子，"我们那里的人正等着你们去呢，我俩来一是请你们，二是有些貂皮听说你们要买。"

那罗刹头目说："那好，打开看看吧！"那二人就比画着让萨布素把筐卸下来，罗刹也说："快放下，让我看看。"

萨布素装着傻咧咧的不动。罗刹说："他怎么不说话？"

俩人说："他是哑巴，又聋又哑。"俩人到了跟前，把眼一瞪说："拿下来！"萨布素就把筐慢慢吞吞地拿下来了。拿下来还用手盖着，不让看。这两个人让萨布素打开也不打开，俩人急了，就朝萨布素的屁股踢了一脚，"混蛋！你给我打开！"

罗刹兵也问："你为啥不打开呢？"

萨布素傻咧咧的，装着不知道，瞅着那两个达呼尔头目，他俩一比画，萨布素就装作知道了，比画了一阵子。罗刹不懂，两达呼尔头目跟他们说："你不知道，上次我们碰到了四个人要打开看，他傻咧咧地说啥也不干，我们特意到这里来卖，我们曾经告诉过他，谁也不让看，他就不让打开。"

罗刹挺乐，就想和哑巴逗乐，就和萨布素乱比画，"哑巴"一会儿比画嘴。

"噢，他饿了吧？"

那俩人说："可不是。"那两个罗刹就拿了一些"列巴"，也就是面包，就给了他，萨布素装着不认识，翻过来看。罗刹乐了，"你看他傻，他还不傻，还不敢吃呢。"罗刹就掰了一块儿面包，自己先吃了，吃了还点头说："好！"萨布素也高兴了，拿过面包，狼吞虎咽就把面包吃了。

大伙挺高兴，萨布素又比画说要水，那俩罗刹就给他端了一碗水，萨布素拿着水就在墙角蹲下了。他们就开始讲价钱，讲价钱的时候，"哑巴"又站起来哇啦哇啦一阵，意思就是要上厕所，罗刹一看他傻拉巴唧的也不放在心上，就指着外面的墙根，说："你上那里去吧。"他就独自去了。

萨布素一到外面，看城墙有两门炮，一个冲西墙，一个冲北墙，里面并没有，萨布素不敢在外面久待，进了屋呼呼哧哧又蹲在墙角。

他们还在讲价钱，罗刹一个劲儿杀价，说："如果你们不给我们就没收。"

这二人并不在乎这些皮子，主要是进来保护萨布素探军情，就讲妥了价钱，罗刹头目讲："你们三个人还要纳税。"

那二人不干："我们是来卖皮子的。"

"你们纳税了吗？我们到这里已经三四年了。三四年来你们不纳税，按正理，这五十张皮子都不应给你们，你们那部落的人都没有纳税，今天我是饶了你了，你们一年一人是二张，三年三个人是十八张，四十张皮子去十八张。"

那二人气得不得了，寻思："怪不得呢，老百姓能活命吗？还没见过面呢，来卖皮子就以纳税为名被敲诈勒索。"这俩人装作舍不得，说："我们全靠这些皮子养家。"

罗刹一脚就把他踢翻了，把四十张皮子拿进去了。原来说好的价钱，去掉十八张皮子，就把钱拿出来了给他们，说："你们三个快去吧！"

"去，我们还没有吃饭呢！哪怕花点钱我们也要买点饭呢。"

"行吧！"就让一罗刹兵预备点饭，让上伙房吃。伙房在东头，他俩打着背筐，"哑巴"在后面跟着。

萨布素边走边往里头看，往四外一看，从仓库的大小(仓库挨着伙房)看出粮食也不多，三年两年的是胡扯，顶多也就是一年。武器还是不错，每人都挎着火枪。他把城内的地形一一记在心里。

萨布素跟着俩人，把内情都看明白了。刚想往回去，那两个罗刹兵跟着，走到哪里跟到哪里，过来两个兵和他们喊喊喳喳说了一阵子，说了一阵子就冷丁一下瞅了他们三个人一眼。萨布素一看就觉得是个事儿，本来是想从西门走，反过来倒跟着罗刹兵，又被他们把身子细细地搜了一遍，然后就往南门走。

萨布素他们刚要从南门走，就看那里过来一个人，这个人是达呼尔人，但穿着罗刹官的衣服，仅次于百人长，显得挺神气。罗刹兵一看见他也马上敬礼，这官会说俄国话，嘀了嘟噜一说，那两个罗刹兵往旁边一站，那个官就过来了。过来就说达呼尔话，"你们三个是干啥的？"那二人就说是干啥干啥的。又指萨布素问："他是干啥的？"

"这是跟我们来的哑巴。"

"什么'哑巴'？别装蒜，我知道他，你们寻思我不知道？"就和那两个罗刹兵嘀嘀咕咕说了一阵俄国话，那两个罗刹兵就走了。他到跟前就把筐拿下来了，扔在地上，喝道："走，跟我走，别寻思我不知道。"

萨布素心里"咯噔"一下，表面上还是那样。快到地方了，那达呼尔军官说："你是不是萨布素？"萨布素一听心里连声说："坏了。"这时到了屋里。

屋里有两个罗刹兵和一个达呼尔军官，那小子一进去对两个罗刹兵说："你们去吧，告诉百人长，人在我这里呢。我就先问问，问清楚了再说。"那两个罗刹兵就走了。

他看确实没有人了，就深深地请了个安，说："萨布素大人，你太大胆了，你怎么进到这里来了呢？"

萨布素还是不吱声，那人说："你不要不吱声，我认识你，下面有几个罗刹兵也认识你，他们已经告密了，我们正在开会议呢，他们来告诉了，说是你进来假装哑巴。"

萨布素知道坏了，但还是没吱声，那二人说："实不相瞒，我们被他们抓来，和他们混，有几年了，他们就信任我们了，可是我们还是一心向着大清，没别的，你们赶紧跟我走，我把你们送出去。"

这二人还不相信，他又说："我这里有通外面的地道，快走吧。"他们当官的家里都有通外面的地道，真把他们送到了城外。

送到城外，他们俩也背着背包，说："我们也不能回去了。"这算是脱了一险。

走了很远了，萨布素才说话："你们二位怎么认得我呢？"

他二人一看就乐了说："大人，你上回征剿罗刹的时候，就有上次逃回来的罗刹兵，他们认识你。我在部落里被俘虏了，因为我会他们的话，他们看我这个人很机灵。我想总有一天，我要里应外合。这次我不回去了，我就跟你走吧。"

正说着，敌兵就撵上来了。他说："我们去对付他一阵子。"他们就隐蔽在大树后面。

来了十来个人，他俩的枪打得很准，挺快就把罗刹打死两三个。敌人上来了，萨布素他们已经隐蔽到山沟了。他俩又打死一两个敌人，准备后撤的时候，没来得及的那一个被打倒了，他撤下去了，左转右转就找不到了。罗刹兵一上来就把那个被打倒的达呼尔人拽起来，翻他的衣兜什么也没有，就把脑袋割掉了，提着脑袋就回去报信。

这时，萨布素看到为了救他死了一个达呼尔兄弟，心里很难过。从敌营出来的达呼尔人说："咱们走吧，我现在愿意到宁古塔。"

萨布素说："那好！既然是这样，我为你请功。我们出兵正需要像你这样的人。会达呼尔话，又会俄国话，又会满洲话，你就跟我们走吧。"这几个人就撤退了。

萨布素把文书整理好就告诉彭春、郎坦，咱们再走两天就找地方好好休息两天，然后研究一下如何报告朝廷。

这么多人朝南走去。走了几天，到了一个狩猎人的屋子里住下。萨布素说："罗刹现在在雅克萨有兵力一千多人，尼布楚顶多也只能来两千人，咱们有三千人马就足以打败他们。"说完，他又把雅克萨的详细情况制成图，写上奏章，交给彭春和郎坦。

萨布素说："你俩回去吧，回去以后面奏圣上，什么时候让我出兵我就出兵。"说这话时大概已经过完年了。正月时，彭春和郎坦回到了京城，把两个罗刹也带去了。

萨布素也领兵回到宁古塔，达呼尔人也一起到了宁安。

第三十一章　姊妹智破敌城

（一）

萨布素等人回宁古塔时，路过瑷珲，绕着瑷珲走，想找朱克里了解情况，左找右找没找着，也不知道哪里去了，就从原道走，只见剩下的破木头障子，没见一个人。知道这里是很吃紧的，不敢在这里过江，就往东面绕，这一带罗刹兵看守得很严，不得不多走四五天道。

这日到了卡伦山，离瑷珲有三天的路程，到了两山夹一沟的地方，刚要观察一下这里的形势，就听山两旁有人喊："站下！站下！"

萨布素一听有人喊，就往两山上看，可看不到人，听到的像是女人的声音，萨布素忙对身边人说："先别走！别在大道上明晃晃地站着，往后撤一撤。"于是就撤到隐蔽处，这时从两边山上跑下四五十女的，有拿枪的，有拿刀的，有拿弓的。

萨布素一看，是一拨女响马①，头前有三个人领着，到了跟前，见了萨布素就请了个安，就问："你们是从什么地方来的？"

萨布素说："你们问这个干啥？"

"我们知道你们是宁古塔的兵，你们走的时候也从我们这里过去的，我们知道往那边去的。这次你们回来了，我们几个合计合计，想和你们有些事情商量商量。"

萨布素说："你们有什么事情呢？"

一个姑娘说："实不相瞒，我叫赫哲里。"她指着个子小一点的一个姑娘说："她是依尔根姑娘。""另一个是扎拉礼姑娘。"

萨布素抬头一看，这三个姑娘长得也是一表人才，赫哲里姑娘穿的是黑色的衣服，依尔根姑娘穿的是鹿皮衣服，扎拉礼姑娘穿的是米黄色

---

① 响马：东北方言，土匪。

的衣服。这三个人个头儿差不多，都背着枪，很精神。萨布素说："不错，我们就是宁古塔来的，你们有什么事情？"

一个姑娘说："你就是头目吧？我想打听一下，你是不是萨布素大人？"

萨布素点点头。那姑娘高兴道："我们就是盼你们来，我们是三个部落的，三个部落的人统统地叫罗刹害惨了。"

原来是这么回事：这三个部落是紧挨着的，相离二三十里路程，都靠山住着，除了自己种点地以外，还是靠打个围啦、打个鱼啦这样生活，日子过得很安定。可是，去年春天罗刹来了七八十骑兵，到这里就把男的抓起来修城堡。从那时起，就经常抓人、杀人。老年人都不要，认为他们没用了。女人都圈起来，准备等他们大官来了好分配给他们当媳妇，小孩一般来说是扔掉，把三个屯子糟害得简直没法说。抓住这四十多女的后就关在监狱里，每天吃不饱，穿不暖。

一天，罗刹兵来说："你们四十多人就找一个头吧。"大伙儿觉得还是赫哲里、伊尔根、扎拉礼这三个姑娘比较能耐，就对她们三个说："他们要我们选个头，你们看怎么办呢？"

她们三个说："我们三个去，只要能保住大家，我们什么也不害怕。"然后又说："我们一定要抱成团，不抱成团的话，容易被他们欺骗。"这样就说好她们三人去了。

罗刹说："好吧！你们三个人听好，马上回去告诉那些女人，好好侍候我们，答应我们了就把你们放开，要不答应我们，你们三个人就别想好。"

三个人说："答应什么？""答应给我们当老婆，要不然的话就干苦力去。"

这三个姑娘骂："你们这些畜生，你们想一想，我们犯了什么罪了，你们把我们抓到这里来了。这块国土是我们的，我们生活得很好，每年大清皇帝还派人来给我们放银子，你们占领了我们的土地，作威作福。"三个姑娘不停地破口大骂，罗刹大怒，就揍她们三个，拿鞭子抡一阵子，哈哈乐一阵子，接着又喝酒，过一会儿又打。把三个人折腾得半死不活，就把她们扔进监狱里去了。

那些人都替这三个姑娘心疼。半天，这三个姑娘才睁开眼睛说："你们不要伤心，就是把我们打死，我们也不能向他们屈服。我们宁可这么死，也不能向他们投降。"大伙都很佩服，可是有什么招呢？没招！

从此，罗刹从这四十多女的里找谁，谁就破口大骂，没有一个给他们当老婆。有三四个姑娘被硬抢去成亲，都一头撞死了，还杀死他们两三个人。就这样，这四十多个女人真是抱成团，罗刹兵一看没招了，就说："这样吧，把她们送到修道院去，让修道院好好折腾折腾她们。"

修道院名义上是修道院，实际上是专门折腾女人的地方，用各种刑罚把你治得服服帖帖的，然后分配给罗刹当老婆。小罗刹头一听，"好吧！就把她们送修道院吧，在这里也惹不起，也太麻烦了。我们有许多事要干，收税啦、抓人啦、修工事啦。送到修道院，让修道院好好折腾折腾，弄好了以后，给我们拿回来二十个人，我们还得分配分配。"就这么的，把四十多人一个一个绑好，串成串，用四个人押送到修道院去。

修道院离那里还有好几百里路，路上也绑着。这四个押送的人，头两天看得挺严，后来寻思她们都是女的，还都绑着，就开始有些松懈。下晚黑到地方住下，把她们赶到一个大树底下，一个一个绑好了，用锁链锁好了，就到一边去喝酒。喝完了，就说："每人一班，好好看好，跑了我们可吃罪不起啊！你是第一班，你是第二班，你是第三班，我是第四班。"等到他第四班，天都快亮了，他可以安安稳稳睡一宿觉，他是个小头目。又说："听着，放哨的时候谁也不准喝酒，一个叫一个，谁也不许漏岗，谁不听，我打不死你们。"他扬一扬手里的鞭子吓唬他们，这三个小子挺生气："我们打完一宿更，白天是你的，用不着你打班。"可是又不敢说。

头一班还挺好，来回走，还说："不许跑，跑了我统统杀死你们。"第二班那个小子腰里还掖着一个酒瓶子，开始还走一走，后来看到那三个人都睡了，就喝了点酒，说："不行跑。"又喝酒，喝着喝着就睡着了，睡着了这一班就特别长。

赫哲里姑娘一看他们都睡着了，她挨着大树，就在树上使劲磨，三磨两磨就把绳磨断了。赶紧对大伙说："这是一个好机会，大家快磨断绳子。"伊尔根和扎拉礼两个姑娘也把绳磨开了，磨开了就到第四个姑娘跟前，这是一个黑大个子，很有劲儿，又把她的绳磨开了，说："赶紧到那四个小子那里去，把他们全掐死，一个掐一个，谁也别吱声。"

四个人不容分说，就跑上去了，到了跟前一人掐住一个脖子，四个人头一晃荡说："别淘气，你淘气啥？"睁开眼一看，四个女的骑在身上，掐住脖子了。想动弹不赶趟了，不一会儿就把他们掐翻眼了，呼哧呼哧就捅了几刀，把他们放倒在地上了。回过头来把四个人的枪一背，说咱们赶紧逃吧！咱们还是抱成团，到山沟里去安营扎寨，以后奔宁古塔去。

这些人跑出来以后，就找了一个僻静的小岗，修山寨，天天练枪。练来练去枪弹快没有了，有人就说："咱们占山为寇，专门抢罗刹去。"

有些女的都没出过门，说："那怎么行呢？咱们能抢罗刹吗？"

"没事儿，咱们不抢大的，专抢小的，他出来一个，咱们就收拾他一个。""好吧。"当时还有点枪药没使完。

这天，她们就趴在道旁上去等着。从远处过来五个人，扛着枪，赶着马，马上也不知道驮的什么东西。到这里来之后，已黑咕隆咚的，伏击在这里的二十来人都拿着木棒子，跑得也快，这五个罗刹兵也不知道是怎么回事，一看来几个姑娘，一愣，一愣不要紧，一阵乱棍，就把五个人给打死了，又得了四条枪、两匹马，一匹驮的是粮食，一匹驮的是枪药等物。

怎么回事呢？这五个人是到城堡去领粮和弹药的，结果让姑娘们收拾了。姑娘们乐的，又有吃的和弹药了，挺高兴。从那天起，她们天天练枪、练箭，还有七八把刀，这些人武装得不得了。以后就经常这么干，敌人出来一两个人就给劫过来了。

罗刹兵不知怎么回事，有人就到营里去报："可了不得了，清兵把我们四外都给包围住了，咱们出去一两个人都给弄死了！"

还有人这么说：达呼尔人来了七八百人，有多少火枪，还有萨满，萨满可以呼风唤雨。

还有说：不是，都是些女兵，满山遍野都是，你走到哪里也走不出去，准让人给抓住。把罗刹兵整得疑神疑鬼。

这些人越整越熟，穿山越岭，今天在这道沟，明天又到那道沟，挺轻装的，一人背一个干粮口袋，到处都走。以后她们到了离敌城堡不远的地方。

（二）

有一次，她们看到一拨鄂伦春人让罗刹赶进城堡去了，有小孩，也有老人。这些姑娘们合计："老是这样被赶，也不像话啊，咱们得想办法把这些人给救出来。"三个姑娘说："让我们想想。"就想如何救人的招。

一个寻思说："有办法了，咱们不是有老太太吗，四十多岁的人，胆量比较人，你们进门就哭，罗刹问你们为什么哭，你们就说：'我的儿子被一群女胡子抢走了，女胡子都穿着黄衣服、黄盔黄甲的，还把我的十二张貂皮抢去了。我没有办法，只能来找你们，你们能不能去打去？'他要问女胡子怎么样，你就这么说。"

"好吧!"这两个四十多岁的女人，穿得破衣罗嗦，踉踉跄跄地到敌人的城堡去了。

到了城堡前，罗刹兵出来问："干什么的？"两个女人就是一个劲儿地哭，罗刹兵把她俩捆起来就带到城堡。到了城堡里，罗刹的头目问："干什么来了？"

她俩比画着说也不懂，就找了一个会她们话的人，一问，老太太就哭了，说："我有一个儿子一个姑娘，都被女胡子绑去了。"

"什么是女胡子？"罗刹头目问。

"你还不知道吗？可了不得了，现在东山西山都是女胡子，黄盔黄甲，都骑着大马、拿着枪，可厉害了，把我的儿子姑娘都劫去了，没招了，我来求你们，能不能打一打？"那老太太说。

"什么？你胡扯的，哪有那么多人，没有那么些人，我看了统统不过三十多人。"罗刹头目试探地说。"那怎么她们说穿黄盔黄甲南山北山都是？"那老太太还是这么说。"她们尽胡扯，是吓唬你老太太。"罗刹虽然心里怀疑，一寻思，也许那个老太太说得准，因此接着又问："到底有多少人？"

"也就是三四十人，还有不少粮食貂皮。"老太太答。

罗刹问："在什么地方？"老太太说是在什么地方。还特别强调："不信的话，你们可以到那里去看一看。"

"好吧，你们不用着急，我们给你们报仇去。"说着就把她俩放开了，让她们到另一屋休息。

罗刹头目对两个十人长说："按这个女人说的地方，你们带人看一看去。"这两个人就领着十几个罗刹兵，拿着枪出来了。到西面一看，有砌的做饭灶，也就是三四十人。再往西走，看到扔下的破衣裳，人数并不多，就回来了，向头目报告："我们看做饭的灶子，人是不多，也就是三四十人。"头目说："好，咱们出兵。"

他们统统百十号人，出去有七八十人，就往西边去了，越撵看到扔的东西越多，知道前面的队伍是不远了，就使劲撵。哪承想这是我们的人头一天故意砌的灶和扔的东西，实际早就转移到东面去了。

再说罗刹兵出发后，混进城的这两个人就偷偷地把人质的屋看好了，她们找了些梯子，准备过墙。那时候俄罗斯人的墙还是不太高的。

天黑了，罗刹大队人马还没有回来。这三四十个女的就从东墙跳进来了，里面的罗刹也就剩十几个人，冷不防，连放火带开枪，就把这十几个人消灭得差不多了，把关人质的房子打开，就把人质救了出来，救出来后就往外跑。

剩下三四个罗刹一看人质跑了，就吹起了号，想出来撵还不敢，干咋呼，三说两说人家就没影了。大队罗刹回来了，白去了一天，也没找到女胡子，正窝火呢。回来一看，城堡正失火呢，知道是上当了，再进屋一看，人都死了，剩两三个人，把他们气得鼓鼓的，干气也没招。人质也放跑了，只能干生气。就这样，仁姊妹的队伍一直活动在这一带。

萨布素一听很高兴，对她们说："你们愿意回宁古塔就跟我回去，不愿去就留在这里，我一定派人送粮食来，用不多久我们的八旗军就要到这里来，这时你们就可以加入八旗兵。"

仁姊妹说："这样吧，我问问大伙儿。"跟大伙儿一说，有的愿意到宁古塔去。年龄大的、体质不好的也都带走了，就剩十四五个人说不走了，就在这里对付敌人，等大军来了一起打罗刹。

萨布素寻思："作战没有女兵，现在出来一拨女甲兵。也好嘛!"这样，萨布素原来的人，加上这些人，一共一百来人，往宁古塔走去。

（三）

萨布素率领人马走着走着快到江沿了，过河吧，敌人老在江那边走，不好过。就又往前走，走到一个山沟，前不着村后不着店。萨布素说："我们就在这里过河。"

正要过去，飞跑过来五匹马。喊道："不要走，不要走，我有要紧的事，要见萨布素大人。"

萨布素回头一看是来了五匹马，上面坐着五个赫哲小伙子，穿的都是旧狍皮衣服，背着火枪，很精神。来到跟前，翻身下马说："哪位是萨布素大人？"

萨布素说："我就是。"

五个人赶紧请安，说："我们是从北边过来的，我们早就听说你到雅克萨去了，我们一直在这里等着，我们经常派人来看。"他们看到带的人质就说："前几天，我们也想法救人质。后来听说让一拨女兵救出来了。

我们是赫哲人，想打罗刹，可是我们人不多，只有三四十人。"

　　萨布素问："你们人在哪里？"

　　五兄弟说："离这里不远。萨大人是不是到我们那里去看一看？"

　　萨布素心里画魂了，不知道这五个人到底是干什么的，是敌人派来的奸细，还是自己人？正在犹豫的时候，罗刹那里过来一哨人马，有十来个人，萨布素看人太多，目标大，就赶紧说："后退，隐藏起来。"

　　五兄弟说："没事，这十几人我们包下了。"说完骑上马明晃晃地过去了。

　　那边一看来了五匹马，两下就开火了。这五个兄弟下马之后，倚在一棵树上了："砰！"一枪一个。"砰！"一枪一个。那边怎么招呼也不吱声，稳稳当当地，没有一袋烟的工夫，把十来人全报销了。

　　萨布素一看，这枪法是好，从来没看见过，专门打脑袋壳，一打一个准。怎么拨弄脑袋都不行，都能打中。萨布素可高兴了，这确实是自己人。

　　那些人说："天黑了，大江也不好过，先到我们那里去吧。"就把萨布素他们领到往北大约两个时辰路途的那个地方，是一条沟，很隐蔽。

　　到沟里一看，是新修的一排地窖子，屋里很暖和，进屋给烧的水，做的饭。大家都围上来了，这个给大人请安，那个给大人问好，都打听宁古塔兵什么时候来。萨布素就把宁古塔如何练兵、朝廷如何准备的事说了一遍。大家听了摩拳擦掌，说："你们再来，我们就投奔你们去。"这哥儿五个就给大家摆上饭了，大家就吃饭。

　　原来这三四十个人是不久前才迁到这里居住的。他们原住在黑龙江下游的西北部，大家管那个地方叫使犬部，用狗拉爬犁，用狗打围，后来设立狗站[1]就在那个地方。那些人在那地方本来过得挺好，后来罗刹去了，说什么察看银矿，说那里出银子。罗刹来了，那些人就拿渔叉与他们打了几个回合，互有伤亡。后来罗刹要找银矿，过来二百多人的马队，就把这几十户人家冲散了。

　　冲散之后，他们没有地方可去，其中有亲哥弟五个对大伙儿说："咱们这样吧，把人员拉出去，不能在这里受罗刹的气。"出来往哪里去呢？又没有粮食。这五个小伙儿是挺能干的，又有十来支火枪，还有弓箭什么的；而且拉出来的二三十人都是血气方刚的年轻小伙子，不管那个，

---

　　① 狗站：使用狗的驿站。

乘黑夜出发，跃过罗刹用木块围的大栏子，冲进去了。那里有几个人质，有十几个罗刹，那几个罗刹不够他们收拾，三下五除二把他们全收拾了。收拾完了一看，有二三十匹马，有一些粮食。就赶着马，大家带着粮食跑了，跑到深山里去了。

那二百多罗刹在那里察看了有四五天时间，也没察出什么子午卯酉，就说："咱们回去吧。"

刚要回去，那里来人说："可了不得了，咱们家的后路叫人家抄了。"罗刹兵也顾不得了，说赶紧回去，往回走一看，再找也找不着了。哪有？没有，干脆就没有。

他们弟兄五人就带着这拨人在山里游动来游动去地和罗刹兵对付，罗刹兵也到处找他们，但是罗刹兵对山路不熟，人家对哪道沟、哪个川、哪条河知道得清清楚楚，他们想要找也找不着，就这样一直对付到头一两个月。

头一两个月的时候，他们就在这里扎下寨来。冬天也不好弄，原来有几个残破地窖子，人多住不下，就费挺大的劲，凿出那么一个"坨子"，把马放在此山上，把粮食装在这里头了，没事就打围。平日，四处放哨，除非不来罗刹，来了罗刹就收拾掉。这样哥儿五个原来有五六条枪，又从罗刹那里夺来一些，现在差不多每人有一支枪。萨布素听到这些情况很高兴，说："你们要保存实力，尽量不要和他们冲突。要十拿九稳可以打胜仗的话才可以打，不然的话先不要着急。我们大兵最近就要启程回来，你们勤打听点，投奔我们。"五兄弟说："好吧！"就睡了一宿觉。

第二天早晨，萨布素说："我们得过江。"五兄弟说："过江，我有一条眼皮道，你们可以从那里走，那是一个风口，风把雪沿大江刮得干干净净，看不到脚溜子，从那里走比较安全。"五兄弟领着这一百来人奔向黑龙江，过了河。

过了河，就比较安全了，萨布素领着这些人早晨起来走，晚上在那里睡。后来到依兰又休整了一阵，休息休息，把衣服换一换。

第三十二章　萨布素治军

（一）

萨布素从依兰回到宁古塔，休息了一天，大家都来问候，又问问情况，萨布素就把路上的事一铺一铺讲明白。大伙感到这次侦察得很成功，另外是北边的各族人民对罗刹非常仇恨，就等着宁古塔大兵一到，他们就立刻响应。大家都摩拳擦掌，要求尽快出征。萨布素告诉大家要等圣上的旨意，看看彭春、郎坦大人回到京城禀报圣上是什么意思，然后再说。

第二天，萨布素又检查各族练兵的情况，还比较满意。瓦礼祜在这方面还做得挺好，凡是有老年人的出兵的家，他按户问一问有什么困难没有，实在困难的，孩子可以不去。访问了几天大家都很满意，一致要求去。

一来二去又过了两三个月，到四月的时候京里来信了，一读旨意，告诉萨布素在五月末六月初出兵，同时根据彭春、郎坦的回奏，三千兵足以够用。这样的话宁古塔兵可以去一千，别处再调两千，统统归萨布素指挥。萨布素赶紧谢主隆恩，把送圣旨的人送走之后，萨布素立刻开始整顿队伍。现在看起来队伍要比到吉林以前充实多了。有鹦哥岭四兄弟、李昆、魏海、刘黑塔和四武举，还有北边过来的十个小青年，都很有能耐。这支队伍是比较可观的，大家精神百倍。

萨布素任主帅，瓦礼祜任副帅，就开始点兵、练兵。这时吉林来文书，决定六月初十到吉林会师，宁古塔可去六七百人。

来文书以后，萨布素召集八旗各队伍升了大帐，左右两翼各四旗，明盔亮甲，战马都配上新鞍子。每旗里都有几十人顶盔冠甲，挎着腰刀，威风凛凛。萨布素登了帅位，大家一站好，萨布素就说了："我们从现在起就要整队出发,第一站就是依兰。下面我要分配兵力。昆扎布听令。"

昆扎布原来是骑兵的一个佐领,骑兵的佐领比步兵的佐领要高一级,都叫他昆扎布协领,实际是佐领。

"昆扎布,你领两个佐领训练骑兵。"昆扎布抱拳领命,接过令箭。

萨布素又说:"刘黑塔,你协助昆扎布把骑兵搞好。"刘黑塔接着令了,就和昆扎布一起练马队去了。

然后又说:"各个佐领听令,每旗挑一百五十人,限明天挑好。我要专门检查这一百五十人。"又招呼:"四武举听令。"四武举赶紧上前打躬施礼。

"你专管火炮营和火枪营。"四武举挺高兴,到了火炮营。

萨布素又召:"来太(是当时一个协领)、李昆、魏海听令。"三人到了跟前,"你们三人做先锋先走,给你们一百五十人。粮草、船只统统由蒙古佐领管辖。"萨布素又令准备二十条船从水里走,船上载二百来人,还带上粮草。众将领各回各营,积极安排。

(二)

别的不说,先说四武举。四武举一来是汉族,二来又是罪犯,所以这些炮手和火枪营不太服他,心想:"你算啥?我们都是有功劳的人,你能支使了我们?"四武举的工作很艰难。

头一天,教得很不齐,正好萨布素去了,看明白了,跟大伙儿说:"这次出兵打罗刹是全国的事,皇上说了各族都要出兵,谁有什么能耐就使什么能耐。四武举人家是个武举,在用炮和火枪方面是很有能力的,大家应当听他的。"萨布素说了这些话,大伙儿只能捏着鼻子听。

离出发还有十几天的工夫,四武举一想:"这还不行,还成不了,我原来是一个罪犯,现在冷丁把我提上来管火炮火枪,相当于一个佐领的官,我得想想办法。"他命令:"炮兵集合!"

炮兵集合挺慢,四武举把眼睛一瞪说:"不行!解散!另集合!"三回还是这样。第四回一集合,看打头的不太好就责问:"你为什么不领头集合?来人,给我拉下去抽十鞭子。"立即被拉下去了,大家一看这四武举还真厉害。

人就是这么回事,你真要行使你的职权,他就不敢吱声了,这样大伙儿肃然起敬。四武举说:"今天到西山演炮去,看谁的炮瞄得准。"炮手和火枪手一听要演炮都很高兴,心想:"试试这些新铸的炮。"其他民兵一听说要演炮都到西山卖呆儿①去了。

到了西山,把二十门炮支出十门,那边就定上目标了。四武举说:"谁能打上中间的心子为上等,打到第二圈为中等,打到第三圈是三等,打到圈外是四等受罚,一个炮一个领班,打三炮。"大家就"轰!轰!"打这个炮。结果打到炮心的也就是十分之二三,还有打到环外的。

四武举把眼一瞪说:"这不行,要这么出兵打仗能行吗?"然后,他撸撸袖子自己动手,装了三炮,这炮装得快。"吭!吭!吭!"三炮都打中了红心。大伙一片欢呼:"好!"震天震地的。这时这些炮手方从心里敬佩他。自此,这些人对四武举渐渐尊敬起来了。

再说马队是昆扎布和刘黑塔统领,这两人都很粗暴,一样脾气,很合得来。他俩合计:"我们的马队怎么训练呢?"

昆扎布说:"那我们就来个'敌'我演习?"

刘黑塔说:"敌我演习也不好,不如赛马。大伙儿赛赛马,看看谁在马上的招数最高。"

昆扎布说:"不,不干。咱们干脆连走道带训练,咱们在路上走,走一段训练一段。"

刘黑塔说:"这个办法好。"就这样,他们决定连走路带练兵,也把这个打算告诉了萨布素,萨布素很高兴。

(三)

多方面都准备好,就要选择去日了。一选择选在六月初五,萨布素在六月初三这一天,回到家里跟老母亲辞别。夫人也出来了,说:"你走了之后,家里事你不用惦念,望你旗开得胜、马到成功,有什么事经常捎个信来。"

萨布素也嘱托了一些家务事。

这时把老萨满也请来了,在西炕上点上香,拜别了祖先。又到了离不远的江南的父亲坟上祭奠了一次。然后又遥祭了沙尔虎达,因为他埋葬在海滨江口了,回想这二位老人,心里怪难受的,一想我这次出兵能担任主帅是和老将军对我的培养分不开的。

---

① 卖呆儿:东北方言,看热闹。

回到家里，这就准备要去。这时兰溪沟跑来一个人，是他的亲戚，跑来就说："萨布素大人，我星夜赶来，想问你一点事。"

萨布素说："你问什么事？你说吧。"

"你们出兵是否初五那天？"

"对呀，初五那天走。"

"我总觉得我们屯里有一拨人经常从西山下来，也不知干什么的，以后就到我们屯子里来了，说等萨布素去了之后，每屯出五十人，到宁古塔后街，用扎枪、箭保卫后街。"

萨布素寻思，这是怎么回事呢？这样他就秘密地告诉大家初七再走，晚两天看看有什么动静，一个传一个，秘密地把命令传下来。

到了初五那一天，也假装上船，军队走了，也有骑马走的。一到黑天，看见南边乌黑的一片骑着马的人跑来了，将要到城里，四外兵一围把他们全围住了，抓住了三十多骑马的人，他们是东海窝集部的，在顺治的时候有十几户说什么也不投降。他们到处抢，成了一种流寇，一听说宁古塔兵要出去，很高兴，计划要攻宁古塔后街，结果被兰溪沟的人来报告，被萨布素的军队抓住了。

按正理说，这是一个小事，为什么要提呢？因为抓住的几十人中，有两个人是被迫来的，这两人走道特别快，像飞毛腿似的，这两个人就投降了。其余人被押起来，为首的被砍了，这两人把原委一说，萨布素说："可以原谅你们，可以随军报效。"以后这两个人在传递消息的时候起了很大的作用。

这样，队伍出发延迟了两天。到初七那天，沿江就热闹了，二十只大船都是新造的，每只船上都有四五杆旗。八旗将士穿着新战袍，旗明甲亮，崖上都是送行的人，崖上在欢呼，船上也在欢呼，再一看，两边的马队一字排开，大炮在船上锃明瓦亮，在雄壮的气氛中队伍正式出发！顺着大江顺水走，没有几天的工夫就到了依兰，到了依兰就安营下寨。

依兰副都统赶忙上江口来迎接，看见了萨布素和瓦礼祜，三人寒暄了一阵，就请到府上去了。命令部队不许住民房，在江边扎了帐篷。帐篷也扎得很整齐，也有在船上住的，就地埋锅做饭，不到老百姓家。

萨布素到衙门一打听，吉林兵还没有到，这就等着。到了第二天，吉林兵到了，吉林兵一共五百来人，来了一个副都统，开过来五十条大船，一共是造了一百条大船，那五十条船准备运送粮草用。

这五十条大船就直接交萨布素指挥，萨布素打发蒙古佐领——检查完了。一看这五十条大船都很好，其中还有一条帅船。这条船很大，十个人才能摇动桨，有二十人拉纤，可以容纳五十个弓箭手，前后仓各安一门大炮。当中是主帅楼子，是一个三层楼子，还有一个大旗杆，上面挂的是大蟒旗，大舱里有可以容二十人议事的议事厅。

萨布素一看挺满意。另外还有四只比较小的船保护帅船。除此以外还有运粮船、送信船、伙食船，按各旗哨各营分配好了船只，为了快赶路，决定马匹也搁船里，不走旱路了，因为到松花江下游船走得快，蒙古佐领把粮草一一安排好。

萨布素择定吉日祭天开船，命令瓦礼祜、刘黑塔、来太作为前锋，左翼是吉林协领带领，右翼是宁古塔协领带领，依兰协领带一拨人和达呼尔几十名青年断后，蒙古佐领负责运粮草。先锋营先开船先行，队伍浩浩荡荡地出发了。

（四）

吉林副都统受巴海的密令就提出来了："萨布素大人，吉林兵和宁古塔兵不太和，还是吉林兵归吉林兵编在一块儿，宁古塔兵归宁古塔兵编在一块儿。"

萨布素说："怎么的？为什么要这样编？我是主帅，统调吉林和宁古塔兵，这是圣旨上规定的，按你说的兵分二处，怎么能将打一家呢？这样不利于指挥，兵必须统一分配。"萨布素心想："吉林兵战斗力本来就比较弱，赶不上宁古塔兵，单把吉林兵编在一起，一是更造成不和，第二会削弱战斗力。"

副都统一看这招没行，就说："我应该领步兵，我愿意当前兵总管，领步兵我有多年经验。"

萨布素说："那不能啊，你得在帅船上，遇事咱们可以共同商量，你没看到吗，除了瓦礼祜副都统被派到前锋营，你和依兰副都统都应该在一起，便于共同研究。"

最后吉林副都统说："那么的吧，后勤兵吉林应多安排一些。"

萨布素明白了，你是想保存吉林实力，又一想，老是不答应也不好，就说："好吧，我尽量用吉林兵来搞后勤，就这么的。"

出发不久，吉林兵不听宁古塔官员的指挥，叫划船也不划船，叫放哨也不放哨，就是泡蘑菇，这样宁古塔佐领就告诉萨布素去了。吉林副都统不高兴了，说："这么点事情你还来告。"对萨布素说："走，咱们去看看。"到那里一看，果然吉林兵不听指挥。萨布素对那佐领说："你再跟他们说一说，让他们换班。"他一告诉，还是不换班，再告诉一遍，还是不听，一连三遍就是不听。

萨布素出来了问："谁是头？"一个人一看大人出来了，就说："我是头。"

萨布素说："拉出去！嘣！"就把头杀了。吉林副都统干瞪眼没招。吉林兵害怕了。

萨布素说："军令如山，谁再违抗军令，杀！"

吉林副都统一看，心想："好，我给你上眼药。"就偷偷告诉一拨吉林兵，说你们赶紧调转船头往吉林跑，我自有安排，可不许声张。

到半夜了，船就偷偷地往回去，佐领赶快报告萨布素说："可了不得，现在有一只船偷偷逃跑了。"

萨布素也没吱声，吉林副都统说："谁跑了？"说是吉林兵跑了。吉林副都统把脸一沉，说："你看怎么样？萨布素大人，你就不应该在白天杀人，你这样杀的话，兵心已经散了，这些人跑了，你说怎么办吧？吉林兵都说你待人太虐，宁古塔兵压制吉林兵，已经被逼逃走了。"

萨布素乐了说："他们跑不了。咱们的军队组织得非常严密，任何人跑不出去，你等着吧。"

没到一个时辰，他们被截回来，押到主帅船，萨布素问："你们干什么要跑？"

"我们受不了这个气。""你们受什么气了？"这些人呜噜呜噜也说不明白，萨布素说："你们不说把领头人找出来，给我拉出去打二十棍子。"打了二十棍子打叫唤了，说是谁是谁，告诉我们快跑，再不跑就要杀我们，我们就跑了。"谁？"就把造谣人拉出来了，问他为什么要造这个谣，他也不说。萨布素又让将他拉出去打，又拉去打了二十棍，说我说，将说到是吉林，还没说到"副都统"，就被副都统一刀砍死了。

萨布素说："你看，我还没问出个子午卯酉，你怎么把人砍死了呢？"

吉林副都统说："这人实在太可恨了，随便私逃，我气得不得了！"

萨布素说："这你就不对了，你应让他说清楚嘛！"

吉林副都统说："那我已经砍死了。"

萨布素说："行啊，今后我们共同对吉林和宁古塔兵之间的团结多注点意。"

　　宁古塔兵管伙食的人，总是先给宁古塔兵，后给吉林兵，吉林兵很有意见，两下争议，后来叫萨布素知道了，就把这领饭的宁古塔兵也打了二十棍。萨布素一看这样不行，就命令登陆休息。

　　把船一拢岸，萨布素把兵马集合好，就说："咱们这次行军不许分吉林宁古塔，按军衔服从命令，我现在公布下面几条——一是有造谣生事的斩；二是私自逃跑的斩；三是临阵脱逃的斩；四是将士之间乱打仗的罚；五是违抗军令者斩；六是私藏军火、盗窃财物的斩；七是强奸民女、抢劫百姓的斩；八是虐待士兵的罚或者革职。"当时抓了一个私自逃跑的头目，当场就砍了，这一来大家肃然起敬，军心大振，谁也不敢怎么的了，上下也就一条心了。

（五）

　　快要到瑷珲城的时候，三百赫哲兵就来报到了，萨布素一看来了，接待了赫哲兵的头领，他们赶紧上前请安说："我们来迟了。"萨布素问为什么来迟了，说是在路中遇到了小股罗刹，所以边行军边打仗，就耽搁了。

　　萨布素点一下头说："好吧，说一下打仗情况。"

　　赫哲头领就把打仗的情况说了一遍，萨布素说："根据圣上旨意，暂时把你们的兵安排在驿站里。"

　　因为那时驿站将设立。从盛京到瑷珲是一条道，从吉林到瑷珲是一条道，经过宁古塔。吉林到宁古塔是走官道，宁古塔到依兰还有道，主要是从依兰到瑷珲至黑龙江口要重新设驿站，把赫哲兵安排在这些驿站里，每站设一个驿长，领十几人，负责跑马送信。当时驿站是非常重要的，康熙帝在几千里之外指挥作战，全靠驿站传送旨意和上报奏章。

　　驿站送文书，分急件和平件。要是平件的话，这一站骑着马，背着文书可以一站撵一站向京师传，迟一天早一天都行，要遇到急件就不行了，把送急件的人用布捆得比较紧，把两脚也缠上，也就是不能随便活动，两个人抬着往马鞍上一搁，把文书背在后面，平时是一个马铃，这时就系上五个马铃，遇到岗哨，一看五个马铃就知道来急件，这边赶紧把马牵出来在大道上等着，换马不换人，绝对不许停留。有时一气儿就得跑死一匹马，一站撵一站。到了京城，把送信的人抬下来，解开上衣，拿出文书，这人起码休息三五天才能缓过劲儿来。当时驿站是很重要的，就把三百赫哲兵全安排到驿站里去了。

　　萨布素重新登船，快到黑龙江江口了，把马队也放到崖上了，两岸是三百多马队，江里是五十条大船、二十条小船，浩浩荡荡地奔向瑷珲城去。

第三十三章　俄罗斯牛录

（一）

瑷珲城住着罗刹兵，已是两起两落了，这次来的是俄国的一个大头目，比百人长还要大，叫什么名字不知道，大家给他起个外号叫"没理挤理"，就是说没有理也硬挤理。大概名和外号的音是差不多。当时当地人给人起外号一是根据他的特征，一是根据他的姓名，也有为了表彰他，也有为了贬斥他，看这样这个外号是根据他的名字来说的，这个人有这么个故事：

有一回"没理挤理"正在帐篷里坐着，一看外面有些罗刹抢了一些"犴达罕"，这是北部一些民族当牲口使的，它长得像鹿又像牛，比马跑得还快，所以有人叫它"四不像"。罗刹抢来了"犴达罕"，"没理挤理"不认得，没看到过。你没看到过问一问就行了，但他不问就说："你们牵着牛往哪里去啊？"大伙没吱声。

"你们没听到吗？我问你们牵了牛干什么去？"他硬说"犴达罕"是牛。

下面的人就乐了，说："大人，这不是牛，是'犴达罕'，中国人养的。"

"没理挤理"一听骂道："什么中国人，这里没有中国人，这里不归中国管，你们听着，谁再也不行这样说。"

这些人吓得一伸舌头说："是！这里的人是没有国的人哪。"

"什么没有国？"他也没法说了，"你们说，这是怎么回事？"

"这不是牛，'犴达罕'是这地方的人养的。"

"没理挤理"一听这个就勃然大怒："好他妈的小子，跟我犟，我说是牛就是牛！从今以后你们记着，再也不许叫这玩意儿什么罕，就叫牛，根本就是牛。"

那时他是这里的一方之主，他这么一说，谁还敢说？在他们的兵营里就把"犴达罕"叫牛，一说牵牛来就是牵"犴达罕"。这样经过一年多就成了习惯，就叫"犴达罕"为牛了。

（二）

还有一回，雅克萨的督军要阅兵来了，"没理挤理"头六七天就忙乎起来，安排房子，收拾住处，又准备吃的。头一天告诉小兵赶紧杀牛，杀一条大牛，挑肥的杀，小兵一听说杀牛，就想到是杀"犴达罕"，挑了一个大"犴达罕"。其实这"犴达罕"越大越老、越难吃，咬不动，你怎么啃也啃不动它。那兵寻思大人也怪，非要杀"犴达罕"干什么？"犴达罕"还要挑大的，越大越不好，但是当官的说了咱就照办。有人提意见说，他可能是指真牛吧？别杀"犴达罕"了。不，他说的牛就是"犴达罕"，这样，小兵就挑一头老"犴达罕"杀了。烤吧，越烤越硬。

第二天，督军来了，盛情招待，又吹小号又打鼓迎接进来。汇报了一些情况，就摆上席了，大盘的烤"犴达罕"肉就上来了，一般的牛肉一烤外焦里嫩，这可好，外焦里硬，越吃越难吃，还有一股腥味。督军不禁问道："'没理挤理'，这是什么肉啊？"

"没理挤理"拿叉子一捅，唔！这也不是牛肉啊！就召唤了："哎！过来，你们杀的是牛吗？"

"是的，是一头大牛。"

督军知道这不是牛肉，"没理挤理"也知道不是牛肉，这就急了："这是什么牛？去！把杀牲口的找来。"于是就把杀牲口的找来。

"你杀的是什么？"

"牛。"

"这也不是真牛！"

"是真牛。"

"把杀的东西拿来我看看。"下人就把"犴达罕"牵来了，督军一看这怎么是牛呢？这不是"犴达罕"吗？"没理挤理"说："混蛋！这也不是牛啊！"

下面兵说了："你不是管这个叫牛吗？那我们这一年多一直叫牛。""没理挤理"只好干吃哑巴亏了。

一次乘船出巡，"没理挤理"朝两边瞅瞅，就往两边打炮，有时还放几火枪。那时的枪不像现在的枪，那时是装火药和铁沙子，轰一下几十步，最远的二百步也到头了，就是打到对岸也毫无目标。所以两边的清兵埋伏丝毫没动，都定下暗号了，知道这是敌人打的炮，没有动弹。

罗刹兵走着走着，看见大船迎面驶来了，这是萨布素的船队过来了，真是旗幡招展。罗刹兵害怕了，告诉"没理挤理"说："可了不得了，清兵上来了，船多得都看不出个数来了。"

"没理挤理"问："有多少船？"

"把江面都盖满了。"

"没理挤理"上前一看，可不是，这船真是铺天盖地过来了，很多大旗迎风招展。"没理挤理"说："赶快退，往后退。"领人往后退。

清兵的二十条船过来了，两岸的马队也上来了，四下包围。这一仗打得太漂亮了，跑了的也就有七八个人，俘虏了三十多人，剩下的人不是死在河里就是死在岸上，缴获了不少火枪船只，跑的人从山上跑了，也没有去追。

这是第一仗，打完了大家很高兴。都说罗刹厉害，什么也不是，一仗就把他打败了。萨布素一听这个，就把领催以上官员集中在一块，告诉大伙："不要小看他们，他们仅是一股小匪，真正的军队还在后面，就这么一股小匪也都使火枪，比真正的军队还要厉害，大家应该提高警惕，不能有任何麻痹。"

打完仗，把俘虏押上来，这三十多俘虏都绑着，一个个垂头丧气，他们的军服军衔很清楚，就把小头目拢在一起，把兵拢在一起，问他们想怎么样。说了三条道，一是投降，就送到京师去；二是等圣旨，圣旨怎么说就怎么办；三是把你们放开，可有一样，得把真情实话告诉我们，可以回家，我们不拦。再到东面来为非作歹，我们在你们身上烙上印，再抓住就要砍死。这么一说，虽然有十几人愿意回家，一寻思烙上印回去，再被抓住就没有活命了，就说，我们也不走了。

萨布素说："你们应该不走，京师已有你们三四十人在那里安家落户了，编到我们旗里头，还有当了官的呢。"

那些当官的忙拨愣脑袋，于是就把他们装上木笼囚车，押送到京师。让这二十多投降的人押送这五六个不愿投降的，那些人说："行！我们能够押送他们，我们也报了仇，平素间这些人对我们可厉害了，非打即骂，他们吃白面包，我们吃黑面包，而且连黑面包也捞不到整块的。"越寻思越来气："他们克扣我们军饷，我们一定好好看着他们，他们跑不了。"他们看的比咱们的人都严。萨布素又打发几个自己人，和他们一起押送京师。

　　走到盛京时，京里来圣旨，这批人中间留下五六个人在当地当向导，后来又挑了五六个会达呼尔话的回来。剩下的送到京师，以后又成立了俄罗斯牛录。

第三十四章　除奸戏俄军

（一）

在北部，除了罗刹直接扰害边民之外，这里还有暗中起破坏作用的投靠敌人的叛徒。他们的活动有时比罗刹还要厉害，因为在外表上他是本族人，实际上给敌人效劳，像根特木尔就封了大官，最后到老的时候都封到王爷一级，因为他们能起罗刹所起不到的作用。

一次，宁古塔兵在奔瑷珲途中遇到一件事情。在瑷珲城东有一个敌人的据点，有一个屯子，能跑的民户都跑了，跑不了的被他们强迫拉去干活。离这个屯子有三四天路程，在东北角上有几十户人家，以打猎为生，也种点地。

这天，大家正在干活呢，有一嘎珊达，很有威望，管多个户族。忽然有人来报，说外面有你的两个朋友要来见你，嘎珊达赶紧出去迎接，一看，真认识，是二十多年没见的老朋友了，也挺近便，就进屋了。

进屋倒了奶茶，两个人一进来就问长问短，嘎珊达问他们二十年来干什么来着。那两个人说，我这二十多年发财啦，说完就从兜里掏出十来两银子，说："我也没买什么东西，这银子你留着零花。"北边民族和满族当时有这样的风俗：你无缘无故进礼，他不要。

嘎珊达说："我不知道你什么意思，这样的礼嘎珊达不要。"

"咱们这么多年不见，给你送点礼还不行吗？这是我们二人的兄弟意思。"

嘎珊达说："请收起来，既然你们来看我，就应该我来招待你们，不应该给我送东西。"

两人说："实不相瞒，我做买卖，从咱们这地方往莫斯科做买卖。"

嘎珊达问："什么？莫斯科？是不是罗刹国家？"

"对，是往那里去，你们一般说俄国兵就是罗刹。罗刹这名字多难听，罗刹就是魔鬼的意思，人家不是魔鬼。人家兵强马壮，比咱们的大清国强得多，人家穿的什么，吃的什么!"这两人就把"俄国"怎么好吹了一通。又说："我这次来一方面是弄点东西；另外，沙皇封了我，我已经当官了。"

嘎珊达一听，脸立刻就变色了，但一想二十年没见了，也没吱声，这俩家伙一看嘎珊达没吱声，想一定是有点意思呗，就告诉他："你如果也投靠沙皇，对你可大有好处，在这里你也不过是一个嘎珊达，也不挣钱，没什么地位。如果你带这一百多户去投靠沙皇，起码给你一个五品官。这叫五品官哪，五品官可了不得，你这房算得了什么，还能给你一个好房子，给你高头大马。没别的，你要真愿意去的话，我包了，这一百多户人家编成队伍，咱们还要扩大地盘。人家俄国说了，谁占地盘就归谁管，将来咱们把瑷珲占了，你只要投降了沙皇，就可以派人给你送东西，你要什么给你什么，要枪给你枪，要钱给你钱。"

嘎珊达听到这里，"啪"一下把桌一拍说："咱俩是一个民族，我抹不开今天杀你，不管怎么的，我们是大清的臣民，我们这块土地是大清的国土，你们这些无耻的叛徒出卖了自己的国土，真是恬不知耻，你还想来说降我，我们是老交情，我给你们一个面子，请出去，再不许你登我门。"

这俩人一听这话就冷笑："哈哈，好一个嘎珊达，恭敬你你不干，非得来硬的。不吃软吃硬的，那好吧，你能照这样，我再规劝你一下，今天是到时候了。你降就降，不降就把你抓去，到那时候，不要说当官，就是当老百姓你也当不了了，就得让你当奴隶。"

嘎珊达气得脸更红了，拍着桌子说："你给我出去，我不能再留你。"

那小子说："我走可以，但你要三思。"说完把十两银子"啪"一下扔在桌子上，说："你好好考虑考虑，这仅仅是小意思，只要你投降，是几百两银子，官上加官，你不听的话，我们四处的兵都围上了，你考虑考虑你的后事吧。"把嘎珊达气得脸红脖子粗，只是说："你赶快给我滚!再不走我就要杀你们。"这两个家伙也就灰溜溜地跑了。

嘎珊达一看他俩走了，就赶紧召集几个小头目说："刚才叛徒来了，我已经把他们撵跑了。"这些小头目就回去告诉大伙。

原来这叛徒是哪里来的呢？就是从这个罗刹的据点出来的。他们对罗刹头目说："我们可以到外面说降去，我能把这一带三十来个屯子都收服过来。"

罗刹头目说:"好啊!只要你能收服过来,我就奏请沙皇,封你为江东副总督。"

这小子就更高兴了。又说:"我保证不出三天交给你们五十名女的,五十名男的,交给你们使用。"

罗刹头目说:"好,找那漂亮的姑娘,多找几个。"

"那好吧!"这小子就想到这一带骗人抓人。

这次他们找嘎珊达,碰了钉子,他们就到别的户去,说:"如果你们到沙俄那里去,一天能挣很多钱。"但是,嘎珊达的话传下来了,大伙儿知道他们是叛徒,有心把他们抓住,还怕罗刹兵就离这里不远。他们到哪里哪里人就撵他们,他们一看不行,好,就来第二招。

他们将手下三四十人集合在一起就抓人抢人。他们抢了一个姑娘叫"牛姑格格",是嘎珊达的老姑娘,长得很好看,而且很聪明。嘎珊达从小很喜爱她,今年十六七岁了,许配给当地的一个叫巴尔虎善的小伙儿。他人才出众,武艺也非常高,打猎、射箭、火枪都行。两个人也挺高兴,虽然没结婚,但互相知道,准备再待几个月就结婚。结果被叛徒看中这个姑娘,下晚黑,派十几个人把姑娘抓去了。

嘎珊达当时不在家,母亲一看姑娘被抓,就破马张飞地跟去了,这样,娘儿俩都被罗刹抓去了。

到了罗刹那里,罗刹一看这姑娘长得好,硬想要把她母亲和姑娘分开,但她们俩就是瞪着眼睛死也不撒手,你就是使多少力量,甚至就是绑,她们也是往一块儿凑,再逼得紧,姑娘就要寻死。但终究架不住人多,硬给分开了。分在两个屋,母亲被抓去干些苦活,姑娘就是准备一死,没有别的想法,罗刹一逼,她就要撞死。姑娘长得挺好看,敌人还舍不得让她死,就把她圈起来,不缺她吃的。以为只要圈着她,慢慢她就会服从。

(二)

老嘎珊达一看姑娘、老伴儿被抓走了,就豁出老命上敌人据点去,到底到岁数了,一下子气蒙了,本来应该往西走,结果就往东南走,跑着跑着就到咱们的先锋营了。

先锋营哨兵问:"老玛发,你到哪里去啊?"

嘎珊达一看是自己的军队，眼泪刷一下掉下来了，跪下来说："可了不得了，你们赶紧去救救我们吧！"哨兵马上就把他送到营帐去，瓦礼祜就问："你什么事情这么难受？"嘎珊达就把两个叛徒怎么抓人的经过讲了。

瓦礼祜问："你怎么跑出来了呢？"

"我没别的，要和他拼命去了，一下走错道了。"

瓦礼祜说："好吧，你知道这条道吗？"

"自己家的道，知道。"

"我们派一百人跟你去，到送人的半路上你告诉我们，我们就可以埋伏起来，埋伏起来你就不用管了。"

"好吧！"嘎珊达就领着一百清兵，在往敌人据点的半道上埋伏起来了。

走到那里快晌午了，埋伏好了，就听北边连嚷带骂的被绑的十几个妇女过来了，到了跟前，瓦礼祜问："干啥的？"

送的人傻了，知道是碰到清兵了。"我们是什么……"干说什么也什么不出来了。

"我知道，你们是不是往罗刹那里送的，你们这帮狼心狗肺的叛徒，是中国人却为外国人卖命，矸碜不矸碜？"

这么一说，这押送的两三个人也觉得不光彩，跪下来了，说："大人，饶命吧，我们知道错了。"

去的领催说："你爹在哪里住，你妈在哪里住？"

"离这里不远。"

"你们祖祖辈辈在这里住，你们给外国人办事，还这么年轻。矸碜不矸碜？"一顿话说得他们痛哭流涕。

"我们现在就投降，我们一定跟你们走。"

"你们真要投降，就把这十几人留下。"

"那当然是。"赶紧上前把这十几个人解开，回到领班的队伍中去了。

"你们还回去，回到你们的头子那里去，就说人如数送到，你就这么说。"于是这三个人就回去了。

回到那里，就对两个头领说，我们已经送到了，他们挺高兴，收下这十几个人，以后他们还继续抓，又送第二批，还让他们三个人送，他们三个人知道地方了，又把抓来的人交到咱们的军队里头。他们又回去了，这样连送了三回，都是这二个人直接给送来了。等到后来，这三个人不敢回去了，不能再回去了。清兵说："那好吧，你们也不用回去了，也差不多了。"

再说瑷珲的罗刹头目左等右等也没有送人来，急得哇啦哇啦直叫，这小子尽撒谎，送来一个老太太、一个姑娘就完了，就说："赶紧把两个头目找来。"

这两个坏蛋一听说找他俩挺高兴，心想已经送了三批人，最低限度能官升二级，乐呵呵去了。到屋里一看，罗刹兵脸色不是脸色，他们想："我们给你送来三十多人，怎么还不乐意呢？"于是就说："大人，我们来了。"意思是说，是不是要赏我们东西啊？

罗刹头"啪"一下把刀抽出往桌上一拍，骂道："你们这些混蛋玩意，谁说送三十、五十人来，送来了吗？"

"哎哟！这两天我们给你送来三批了。"

"你们尽撒谎，什么三批人，我一个也没看着。"

"确实是送来了。"

"在哪里呢？"

"他们回去说你收下了。"

"我收下了？我给你开了字条没有？"这时，他俩才想起，可不是吗，没开字条，有口也难申诉了。

"我也不知道怎么回事，他们最后一次说在你这里住下，等我来。"罗刹一听挺来气，就把他俩圈起来了。

罗刹头子非常生气，准备包围这些屯子，见一个杀一个。罗刹兵让那两个叛徒领路，往屯子里跑，埋伏在半道上的清兵看见了，赶紧报告大部队。这时大部队也不远了，也就是半天多路。大部队知道了，就直接奔屯子里去了。

罗刹和叛徒到了屯子烧了一阵子，见人就杀。老百姓躲在一个沟膛子里趴下来，罗刹就扔土手雷，又有冲上来的，被老百姓用鱼叉戳死几个，他们就退回去了。这样连连上来几次，咱们的人也死不少。

正在这时，清兵到了，里外夹攻一阵子，把这些人打得落花流水，这是第二仗。

清兵乘胜就把敌据点攻破了，把姑娘和她母亲都解救出来，还有其他一些人质都放开了，抓住了那两个叛徒，当场砍头。因为康熙帝给萨布素一把尚方宝剑，可以杀那些应该杀的人。大家鼓掌称快，老嘎珊达带着家人和屯民给大人叩头、感谢，四外的百姓也陆续回来了，咱们的军队也进了屯，四面山上搁上岗哨，准备进攻瑷珲城了。

这时，瓦礼祜问老嘎珊达："听说你的姑娘和巴尔虎善准备要结婚，是不是有这么回事？"

"确实有这么回事。"

"那就不要拖日子了。"

巴尔虎善听了很高兴，老嘎珊达说："今天真是大喜日子，敌人据点被攻下来了，村民们也回家了，让这两个孩子今天就结婚吧。"这样就结婚了，结完婚给大人叩头，然后巴尔虎善说："你们到瑷珲城后，我一定去投军，一同打雅克萨。"

这是前锋营在途中打的两个小仗，都获得了全胜。

第三十五章 兵犬与神鹿

（一）

萨布素的船队到了松花江口，前锋营还没有回来报信，不知前面情况，就命令大军停止前进，打发人到前锋营问情况。前锋营回话说瑷珲的情况还不知道，请主力部队暂不要前进，萨布素就把队伍屯在这里，四下扎下营了。

休息了两天，萨布素想到四外看一看去，骑着马，带着两个嘎什哈一直沿江走，然后在西南方向一拐到山里去了。

到了山里，走到一个小窝棚，这窝棚真是与众不同，前面有一条小河，河边栽着一排树，小河的水清清凉凉的，有沙滩，过了河滩有木样子夹的障子，整整齐齐的，障子外面还栽了两棵柳树，障子两边都种上花，这样种花那时在北边还是太少见了。院里有几块儿大青石头，磨得溜明锃亮。

萨布素挺好奇，就下了马，把马拴在树上了，往里走。一看小院不大，但挺干净利索，就进屋了，进屋一看，屋里坐着一个看上去近百岁的老头，头发皆白，两个眼睛很有神，红扑扑的脸膛。这老头一看进来人就站起来了。因为带去的人是当地的向导，这俩人一看，马上给老人深深请了个安，说："巴尔玛发，你好啊！"

老头说："你们两个小后生来了，快坐下。"就到外面青石上坐下来了，萨布素这时也五十多岁了，但一看这老人比他大多了，很恭敬地问了一个好，老人一看是个大人，就请了安，萨布素也还了礼，俩人就坐下了。这两个嘎什哈就介绍了："启禀大人，这位老人家叫巴尔玛发。"

萨布素问："您老人家高寿？"

"我还小呢，九十多岁。"两个向导悄悄告诉萨布素说："头二十年他

215

就称九十多岁，现在还是说九十多岁。"

萨布素一听感到非常奇怪，谁也不知道他究竟多大年龄。巴尔玛发看到萨布素一表人才很敬佩，问："您是不是随军过来的？"

萨布素点点头说："是随军过来的。"

老人家说："我看你仪表非凡，不是一个将才就是一个帅才。"

萨布素说："哪里哪里，我在营中担任一个小头目。"

老人说："不能吧。"萨布素再三这样说，萨布素想跟他聊聊天，怕说出官职后引起他拘束，就坐下了。

老人进屋去取来一只古色古香的南泥小壶，拿出四个小瓷杯，说："山里没有茶叶，都是我自己炮制的，不太好喝，不成敬意。"说完就煮上茶了。

萨布素戎马生活几十年了，像这样清淡的生活，太难得了。心想，好啊，这才是安乐的生活呢。可我什么时候能过上和老人家一样的生活呢？心里非常羡慕，这就肃然起来一种洗心涤虑的心情。

四外天气很晴朗，风和日丽；屋里小院又收拾得这么干净，屋里窗明几净，万籁无声。老人家白发苍苍，面部又是那么红润，非常乐观，心里很赞赏，连连点头。

老人家说："我已是老朽之年，只有退避山下，我有你这样岁数也一定去参军作战，可惜我这么大的岁数了，不得走了，就指望你们青年一代杀敌立功，保家报国。"

萨布素一听这一番言语，觉得这老人不是一般的人，就谈论起事情。老人说："我在年轻的时候——呀！不是了，在你这样大岁数的时候，我跟着老汗王①，还是比较能征善战的，那时，我这一带都走遍了。"就讲起老汗王怎么领兵的事。

萨布素一听，哎哟！老汗王时他就五十多岁了，这岁数不知有多大了。他正在惊异，巴尔玛发没看到他表情，又接着说："以后我就爱上这个地方，我是这个地方的人，我就在这里安顿下来了。我很少和外界人联系，也不知道多少年了，反正树叶黄了我就记一年——请喝茶。"

萨布素一喝，不禁连连叫好："这茶这么清香，您老这个茶是怎么做的？"

"这茶都是当地出的，不太好喝。"老人说。萨布素越喝越爱喝。

---

① 老汗王：指清太祖努尔哈赤。

老人说："这个茶也好制，把春天刚冒芽的玫瑰叶摘下来，然后把开的玫瑰花瓣合在一起，又加上当地产的人参籽和蜂蜜蒸、煮。"萨布素一一记在心里，这真是好茶。

老人进了屋，拿出一大包，说："不成敬意，这茶你留着行军喝。"萨布素很感激地收下了。

巴尔玛发说："不知这次行军准备走哪条路？"

萨布素说："我们准备去瑷珲。"然后将走什么路到什么地方说了一遍。巴尔玛发说："这么说，这位将军不是一天半天来的。"萨布素感到走嘴了，就说："跟沙尔虎达老章京来过。"

老头说："我打听一个人你知道吗？"

"您打听谁啊？"

"宁古塔副都统萨布素。"

"您老为什么要打听他呢？"

"这个人在北边没有不知道的。一提萨布素，都知道他是征伐罗刹的巴图鲁，虽然他不是主要的将领，但大家很赞佩他。这个人忠厚老实又勇敢有智谋，尤其是打赫拉苏密①那一仗，他一个人领兵，真是年轻有为。"

萨布素说："哪里哪里，也不过是一般的吧。"

老人一听他为萨布素谦让，就知道不是一般人，就问："请问将军尊姓大名？"两个嘎什哈一看不说不行了，就对老人说："巴尔玛发，他就是萨布素大人。"

巴尔玛发一听赶快站起来说："失敬！失敬！不知主帅来到这里。"

萨布素赶紧站起来扶住老人说："您老请坐，咱们不论这个，我是闲着走一走。"

两人越唠越近边。老人讲起了行军的道理，萨布素很受教益。两个嘎什哈说："启禀大人，这位老人是神箭手啊！此部没有人不知道他的箭法高超。"

萨布素好学，对老人说："我听说您老的箭法很高，能不能让我饱饱眼福，我来学习学习。"

巴尔玛发说："哪里哪里，我的箭法已经多年不用了，射得不好，和主帅比差得远。"

---

① 地名。

"不，您老要是愿意的话，我愿学习学习。"

巴尔玛发想了半天，说："好吧，我在主帅面前献献丑，卖卖老吧。"说完就进屋了，不一会儿拿出一张弓，一看这弓，起码有一百八十石到二百石，是上等硬弓，心里肃然起敬。这位不知年龄的老人，还使这样的硬弓，这硬弓一般的小伙子也拉不开。老人出来紧紧身上，紧好了，走了几趟拳，没有靶，老人就说："射射柳枝吧。"

萨布素说："好弓！"老人把弓交给萨布素，意思让萨布素先射。萨布素再三谦让，老人执意不干，说："您是主帅，一定请您先射。"恭敬不如从命，萨布素就把弓拿过来了，一拉还觉得称手，不过稍微觉得硬一点。嘎！拉了弓，弓开满月，把架子一支，巴尔玛发老人暗暗赞叹："好！看这拉弓的架势，根底比较深厚。"萨布素接过三支箭，"嗖！嗖！嗖！"射掉三枝柳树枝，然后用筷子拴一根红疙瘩，一箭，叭地射下来，连射掉三个。

巴尔玛发老人非常高兴，说："真是大将军，八面威风，你这次出兵一定能旗开得胜，马到成功。"

萨布素说："请您老人家也射射箭吧！"老人拿过弓，没费事就开满了弓，把架子一比量，萨布素一看这可了不得，从架势和拉弓的速度来看，知道这老人比自己强。萨布素规规矩矩看老人射箭。"叭！叭！叭！"三箭也射掉三根柳枝，然后射三根红疙瘩，"叭、叭、叭"三箭，射掉两个红疙瘩，第三箭挨着筷子过去了，没射中。老人说："唉，到底是到岁数了，看这样是赶不上主帅啊。"

萨布素心里说：哎呀！到底是到岁数了，按正理说，从他的姿势来看，满可以射上，因稍微犹豫了一下子，箭头偏了一点没射中。萨布素很高兴，心想，北方第一神箭手，我居然能胜他。

实际是巴尔玛发老人留了一手，等以后萨布素再回来专程访问老人的时候，巴尔玛法才把全部本领施展出来。

原来老人想到他是一位主帅，为了鼓励萨布素杀敌的信心，故意让他一招，等到萨布素回来的时候，老头就不让了。以后萨布素和他比箭，一看自己和他差远去了，就问他："老人家，在我出兵的时候，您的箭法怎么不如现在这么好呢？"老人就乐了："小伙子，那时候我如果赢你，怕影响你的情绪。这回我要告诉你，人外有人，天外有天，让你不要骄傲。"萨布素跪下恭恭敬敬给老人磕了三个头。这都是后话。

萨布素当将军之后也经常访问老人，萨布素三次来接老人，三次都不走，以后硬想把他接到城里去，老人走了，不知到哪里去了。萨布素在临危的时候还念叨这位老人，感到这老人对他的鼓励实在是太大了。

老人第二个爱好是喜爱养狗，他的狗什么样的都有。老人不是在外面搭一个狗窝，而是在他房后盖一个小屋，挺干净，也盘了炕。狗没事就往炕上一躺，有事再出来。你如果到他家去，先夸"哎呀！这狗可真好啊！"老人就乐了。

老人能支使这狗去干活，各有分工，有专抓狍子的，专抓鹿的，专门劫黑瞎子①的，还有专门劫老虎的、打野鸡的，这些属于猎犬。还有一部分是兵犬，专门是护家护院的，要是来个生人，没有老主人引进来，是没个进来。再不然让老主人领着你，把狗叫到跟前闻一闻你，让打头的狗闻，这样你再来多少趟也不会咬你。还有两个小巴儿狗，是专门留客的。

据说，到黑天的时候，小狗往那里一蹲，有人要往山里走，它就死活拽你，不让你走，害怕你出危险。他这帮狗各有专职，一个个非常听话。

据说，有一天，一个人留宿了，也叫小狗给留下来了。睡了一宿觉，第二天早上看见狗是真稀罕②，从心里往外佩服这些狗。老头乐了说："去吧，送送客人去，路上不要出危险。"

这小狗就跟着找宿的人走了。走着走着走到山里去了，一下子碰到一个大黑瞎子，一下子把他抓到了。狗就围着咬，这老黑瞎子将下口，被狗在嘴巴上咬了一下，黑瞎子咬不着，气得嗷嗷的直叫唤。最后狗就咬到黑瞎子睾丸上了，黑瞎子急了，怎么抢打也不放，就硬把黑瞎子给抢打死了，把人给救下来了。他这些狗都是通人气的。

萨布素打过猎、放过马，明白狗哪样的好，哪样的不好，对狗是非常喜爱。老头把他领到后面去了，他一看，这狗真是不一般，一个比一个好。高头大耳朵的猎犬，两个小耳朵的兵犬，小巴儿狗个儿小跑得快。萨布素赞不绝口。老人乐了，对头狗说："今天来客人了，出来抓几个狍子去。"大狗一听跑到炕上，一个一个咬，咬起四条狗，专门抓狍子的。

不到一会儿，四条狗就咬回了好大一个狍子，到门口一口把狍子咬死了，瞅着主人，把狍子拽进院，又回到炕上趴着去了。老人又把狗的好处跟大伙介绍。

---

① 黑瞎子：东北方言，熊。

② 稀罕：东北方言，喜爱。

来的两个嘎什哈对萨布素说:"你要几个兵犬吧,跟你到营上打更放哨,谁也不敢来偷营。"

萨布素抹不开,说:"那能吗?这是老人心爱的狗。"他们这么一唠,老人看出来了,又唠起别的。萨布素给老人家请个安,说:"我要走了,等我打胜仗回来,我来看望您老。"

老头说:"好,我祝你凯旋,我在这里一定能等着你。你来不能白来,我这么大岁数不能参军了,没别的,让我的狗随你去四条五条的吧。"说完,就招呼了四条兵犬,说:"你们跟这位将军出兵打仗去,到那里好好侍候将军,看守营盘,谁不是将军领进来的,一定不让他进来。"

这狗真像懂人情似的,老人一说,就服服帖帖地在萨布素跟前趴着,萨布素一个一个"摩挲摩挲"脑袋说:"老人家,我不能要,这是你的心爱之物。"

老人说:"哎!我给你你就得要。咱们满族不是有这么个习惯吗?要给你的东西就得要,要不然也不能给你。"

萨布素心里非常感激,有心给他几十两银子,觉得没法拿这个钱,最后说:"好吧,我们一定不辜负您老人家的盛意,到前线把罗刹消灭干净。"

老人说:"这是大家的希望了。"这样,萨布素拜辞了巴尔玛发,回到营去。

(二)

萨布素一伙路上走了有两个时辰,就听到前面有"呜嗷呜嗷"的声音,萨布素一看是自己的军队在打围,就告诉怎么打围,也跟他们一块儿打围。

打围打到太阳偏西时分,别人都收围了,萨布素作为主帅检查围场,看一看有没有落下的人,被野牲口祸害的人,走了有十几里路的时候,就听围场时有鹿在"嗷嗷"叫唤。萨布素就到跟前了,一看是一个老鹿领着三个小鹿崽,一个大个儿的小鹿崽在叫唤,老鹿躺在地上,腿上直淌血。鹿一见萨布素也不走,萨布素想继续走,大个儿的小鹿崽就拦着不让走,萨布素连绕了几个圈,总是不让走,再仔细一瞅,发现这个鹿像掉眼泪似的,他一看大鹿的腿受伤了,就问:"你是不是要我给这只鹿治治腿呀?"鹿就点一下脑袋。

萨布素说:"它是你额娘吧?"小鹿就点点头,大鹿在那里也直点头。

萨布素说:"好吧,我给你们治。"问两个嘎什哈离营地还有多少路,俩人答还有一袋烟的路程。

萨布素说:"你们赶紧回去,把两个大夫找来。"两个嘎什哈说:"将军真是什么事都管,鹿你就一箭射死,把它拿回去吧。"

萨布素说:"不,动物也能比人,你看这小鹿多有孝心,为了它的老额娘连人也不害怕了。找我们来救,咱们对这样有孝心的鹿怎能忍心杀害它呢?你们赶快回去。"

二人赶紧回去,把大夫找来了,大夫一看,鹿一点也不跑,萨布素说:"你把鹿腿给治好,每天来换药、上药。"大夫看看这鹿没怎么样,骨头也没有断,就是肉打烂了一大块儿。于是用刀把腐肉割去,上点儿药,包一包,大家弄点儿草,把鹿抬到草上,回去了。

萨布素还是惦念这个鹿,第三天,萨布素一看,这鹿站起来,好了。鹿一看他挺老远就跑过来了,看见他又回过头去,到一个树坑地上,叼来一块儿银牌子,上面写着:长白山之鹿。萨布素明白了,这是长白山围场里皇帝单养的鹿。

那时候,皇上在长白山养的鹿,长的好的就挂一个银牌子,谁看是银牌子,就不准打鹿了,这些鹿都能活很长时间,它对银牌子是非常爱的,绳断了,它也叼着银牌子到处走。喝水时把银牌搁一边,喝完水再叼着走。因为它知道这银牌子能保住它的命,就形成这么一个习惯。

萨布素想:"你是长白山的鹿,怎么跑到这里来了呢?"鹿想让他看银牌子,就往他手里放,萨布素就把银牌子拿起来了,一看有一个眼,老鹿左右晃脖子,萨布素说:"噢,你是不是要我给你戴上啊?"老鹿点点头,萨布素就把腰里的皮绳取下来,穿到银牌子的眼里,套在老鹿脖子上,说:"你领你孩子走吧,再走就没有危险了,银牌子挂在这里,很远就能看见,谁也不能打你的儿子,谁也不能打你的姑娘,你好好到山里走吧。"老鹿点点头,就走了。

萨布素回到营中,就传谕大家:凡是看到银牌子的鹿一律不准打,这是长白山来的鹿,受过皇封。谁也不准乱打,大家记住了。这只鹿就能领着它的孩子,平安地到处游荡、吃草,它已经是免除了死刑。

（三）

　　这么一连住了几天，前锋营过来信了，把瑷珲城的大概情况跟大家说了。这一天，吃完早饭的时候，传令兵来说："启禀大人，外面有一彪人马，大约七八十号人，要见大人。他们还问大人的名字，我们告诉了，他们更急于要见。"

　　萨布素说："好吧，赶快请进来。"知道这是北边的少数民族，请进来，一看是认识的，赶紧下了座位，两个人相抱着掉泪了，谁呢？是雅克萨城的老嘎珊达，叫贝勒尔。他们祖祖辈辈镇守雅克萨这一带，在这一带，贝勒尔是当地的一个贝子①，官位也是不小。萨布素说："唉！我在去年到过雅克萨城，我看到城的时候就想到你了，不知你到什么地方去了，不承想，你就来了呢。"

　　贝勒尔讲："这话确实一言难尽。"怎么回事呢？两人怎么认识的呢？原来萨布素跟着沙尔虎达几次征伐罗刹的时候，几次把罗刹赶出雅克萨以北，甚至过了尼布楚还有七八天的路程，给贝勒尔很深的印象。这个人岁数也不小了，也有五十来岁了，可是个儿不高，两个眼睛非常有神，很精灵很能干，说话诙谐。大家一看就知道是一个挺机智、勇敢的人，好说乐话，谁一见他就一见如故。在萨布素侦察雅克萨城的时候，曾多次想到贝勒尔，不知他到哪里去了，很怀念。这次冷丁看到了真有说不出的高兴，就问："这十几年你到了什么地方了。"

　　贝勒尔说："一言难尽，我这十几年工夫尽打游击了，没有皇上封，我就成了这一带的巴图鲁了。敌人不知道我叫什么名，就叫我巴图鲁，叫我贝勒尔的人很少，叫我巴图鲁，就没有人不知道的。因为我个子小，连蹿带蹦的，谁也挡不住我，我哪里都敢去打这些狗崽子。"他不叫他们罗刹，总叫他们是狗崽子。

　　"这帮狗崽子你别怕它，你怕它，它就欺侮你，你真要硬对硬，他也就软了。"他这一说，大伙儿挺乐，他也高兴地说："没事的时候我给你们唠唠这些乐事。"他就唠开了。

　　当罗刹占领雅克萨时，他带着十五六个人跑出来了。跑出来之后，别人都心惊胆战的，他却挺高兴，说："没事，别看咱们现在只有十几个

————————

① 清朝的　种爵位。

人，慢慢地，跑的人都会回来，都会来找我。"

"别扯了，现在人死的死，逃的逃，还能回来吗？"有的人说。

"你放心吧，准能回。"大伙儿也不信。

"唉！信不信跟我走吧，咱们现在开始，成立一个协领。"

"别扯了，咱们连个牛录也不够呢？"

"咱们就叫协领，你们就叫我协领。"

大伙儿说："行！"以后他就叫贝勒尔协领。

贝勒尔协领带人走到万垄沟这地方，那里有一个小堡垒，人数不多，但都是马队，都是哥萨克，是杀到哪都不怕的亡命之徒。大家说："咱们绕着这垄沟走吧，让他们发现了我们也够受的。"

贝勒尔说："什么？绕他们走？咱们干什么来了？咱们就是冲着他来的。"

"你能顶住他们吗？"

"咱们现在多少人？"

"十五人。"

"不对，再查查！"

"还是十五人。"

"不对！笨蛋！咱们哪里是十五人，我来查。"他把一个人当成一百人查，说："一百、二百……一千五。咱们现在是一千五百人。"

"别扯了！"

"真的，咱们一个人就能当一百人使唤。我有招。你们会放山吗？会下套子吗？"

"会。"

"你们套过什么？"

"套过狍子、鹿。"

"咱们这回套马。你们会下地箭不？"他明明知道还问。

"那你还不知道吗？我们是下地箭的能手。"

贝勒尔说："咱们有这两手，就能把这十匹马套来，你们一人一匹，枪也夺过来，一人一支。"这样他就忙乎起来了。沿着道都下上暗套子，隔不远就下了地箭。地箭下好了，你一下踩上，嘣的一下射腿；还有地夹子，专门夹马腿，一夹把你骨头夹断；地套套住马腿，你越跑越紧，最后把你绊倒。

贝勒尔他们手里还有五六支枪，把地箭、夹套都上好。贝勒尔说：

"你们都记住地方，还得有一个能领道儿的。"

"我能领道儿，咱们蹚不上，叫敌人蹚上，怪不得一人顶一百人，这套子套上它，还能有治啊？"

贝勒尔说："咱们到敌人的堡垒去放几枪，把敌人引出来，他们不出来，咱们再放，一直到把他们引出来为止。"

贝勒尔领着这十五人走了。贝勒尔说："我们有五支枪，不要一齐放，一枪一枪放，一枪一枪接上，把敌人引出来我们撒腿就跑，到山顶上咱们就卖呆儿，就瞅热闹。"到了敌人据点外面，嗷嗷吵吵，"叭！叭！叭！"放起枪来，敌人一听枪响，马上报告头目："可了不得了，来攻城了。"

"多少人？"

"不知道，两边都是人了，枪是一枪接着一枪。"

敌头目一听，真的还在打枪，外面黑，看不清人。敌人留下十来人守城，开了西门就出来了，一共出来五十多匹马。贝勒尔他们连走带放枪，把他们引到埋伏圈了，他们就跑到山头看热闹了。一碰到地箭，嘣！那个马倒了，那个碰到套子套上了，干挣也挣不掉，被夹子夹住的马直叫唤。罗刹也叽里咕噜的，天也黑了，他们在山上一放枪，罗刹也不知是哪里放的枪，就互相打起来了，打得一溜八开，人也没剩几个，都跑回据点去了，扔下不少马和火枪，也说不上是怎么回事。

在山顶上观敌略阵的那五个人，见罗刹兵被缠住，急忙跑到城跟前说："开开门，我们是当地人，你们的军队被包围了，可了不得了，我是来给你们送信的。"

"你们是什么人？"

"我们是达呼尔人，我们是来给你们送贡品的，路上我们听到那里都已经开上火了，清兵把他们围上了，快去救他们吧！"

"好吧。"罗刹开了城门，就往外跑。就这工夫，这五个人就到门口了，让过去有五六匹马，剩下的就开始动手了。一顿刀砍，就把这五六人脑袋割掉了，等那些人发现回城，已经把城门关上了，进不了了。

这五人一进城，就把四十多人质的绳子解开，救出来了，一起从东面绕着又回战场上去了。敌人人仰马翻，又瘸又拐地逃向另一个城堡去了。

贝勒尔一伙儿进了城，把粮食和衣服等东西用马驮上，然后，一把火把城烧了，就往山里走了，这是第一件事。

（四）

第二件事是这么回事，有一次，他们走着走着，贝勒尔越走越憋心，心想："他妈的，咱们的地方让他们占去了，咱们在山里住犯不上，还得想法调理他们。"

大伙儿问："你有招吗？"

"有招，明天你们把我绑着送到罗刹的堡垒里去。"

"那哪能行呢？"

"有招，你们把我送进去，就说你们想投降，我们没有什么能耐，他是我们大哥，他专门会打貂皮，貂皮打得最多。我们把他绑来了，他就没招，就得投降。我们把他当个见面礼，你们可以让他打貂，不信的话，你们可以让人跟着他走。看着他，他专门会捕貂。"

这话是真的，贝勒尔专门会捕貂，他到草棵子一看貂溜子就知道这貂是什么时候走的，什么时候能回来，哪里下套子，别人捕不着的他保管能遇着。进了草棵子一闻，就能知道是公貂还是母貂，他的技术真是高！

"那好吧！"他说："你们在这个地方挖几个坑，上面盖几个枝子，让它一点不许露，让罗刹掉下去不能爬出来这么深，限你们三天就得给我挖成，你们三天挖不成，我就没命了！"

"那行，我们能挖成。"

贝勒尔说："你们给我标上记号，否则我掉下去怎么办？记着什么草，就能躲。"他们明白了。

第二天，两个小子把他绑了送到罗刹那里去了。他是个小个儿，连走带生气，那二人连走带吆喝："你放着好道不走，我们让你投降俄罗斯兵你不干，到那里你就知道了，那里可以享福。"连呵喝着就到敌人门口了。

敌人一看他们几个人厮厮闹闹的，说："你们是干什么的？"

那俩小子也会点俄国话，就笨笨咔咔地说："我们是来投降的，我们受够气了，愿意投降你们俄罗斯。"

"你们怎么还拽一个人？"

"我们在外面没法说，快开城门，让我们进去说。"

"后面有人没有？"

"没有人，就我们三个人。"他们一看后面没有人，就下去把门打开了说："来吧，别厮闹了。"

贝勒尔正往外挣扎，他二人说："别挣，你到跟前就知道了。"就把他领到城里去了。

敌人一个头目问："怎么回事？"

这二人说："我们是打貂的，他是貂把头，专门打貂的把头，我们挺遭罪的，我们打的貂，都让满族官收去了，把我们气坏了，我们听说你们要的貂皮不多，我们就来投降了。他不干，说啥也不来，没办法，我们在他睡觉的时候绑来了，把他绑来一起投降。这个人真是打貂的能手。"

那头目一看，说："快解开，快解开。"

把贝勒尔一解开，贝勒尔就说："我不干，我自己自由自在的，谁也不随。我不随大清也不随俄国人，我自己单干。"

俄头目说："你这就不对了，你不投大清，你单干，大清兵来了怎么办呢？你在我们这里吧，给我们打貂，打两个貂也分你一半，好不好？"

贝勒尔说："能那样吗？我能分一半吗？"

"能！"

"那真不错，我往年一年能打一二百只貂，可是清兵就给我留二三只，我能分一半，就能认真地给你们打貂。"

"那好吧，你们休息吧。"就让他们休息去了。

休息了一宿，第二天，贝勒尔说，"我给你们打貂去。"

"带多少人去？"

"不用多，人一多，貂更精了，不爱来，两三个人就够了。"他告诉那两个兄弟让他们到西边溜一趟子，我领他们去。我知道几个熟趟，那俩人走了。他带着几个罗刹，那几个罗刹想："你没拿枪我们拿枪，你跑不了。"

头一天真不错，捕到两三只貂。罗刹兵可高兴了，拎着貂回来说："这个人可真太好了，真是捕貂能手，我们不知道貂在哪里，他就像自个养的那样，到那里就抓住了一个。太阳还没偏西，我们就抓住三只。"敌人头目挺高兴，满招待。

第二天，又出去打貂，还是那样，又抓住两三只貂，敌人更高兴了，又是给酒，又是给肉，那俩人也回来了，故意什么也没打着。到了第三天，贝勒尔看时机到了，对罗刹说："今天我们别光捕貂，我今天领你们到一个地方专门打鹿，还能打虎，如果我们能打到一只白虎，你们想想，不比貂强多了吗？"

"对呀！去几个人？"

"你们去十来个人，骑着马去。"

"行，给你们也预备马。"他们一人也骑一匹马，十来个罗刹也都骑着马，贝勒尔瞅瞅，心想，这十几匹马我也够用了，说："好吧！就跟我走吧！"就都跟他走了。

走着走着，贝勒尔一看离陷坑不远了，就说："你们在这里等着，我到前面去，听我的哨子。"

那个时候满族人打猎是用桦皮做的哨子，能够学鹿那样"嗷、嗷、嗷"叫唤，还能学狍子叫唤，还能传得挺远，凡是打猎的人都有桦皮哨子。他说："你们在这里等着，听到我吹哨赶紧往前来。"

"你可别跑了。"

"那哪能跑了呢，要不然的话，你们跟我去一个人。"

"不用，我们信着你了。"三个人就噌噌噌往西跑了将近一里地，跑过了套子和陷坑，就吹起哨子，那些罗刹一听到哨声就想：准是看到什么野牲口了，不顾一切地撒开马往那里跑，这一跑不要紧，这些罗刹兵一个也没剩，整个连人带马掉到陷坑里去了。

贝勒尔他们几个回来了，说："你们看到老虎没有？"

那些人说："饶了我们吧，把我们放出去吧！"

"别放了，你们就是大老虎，就是要抓你们，来人！"呼啦一下子上来了人，"把他们钩上来。"钩上一个绑上一个，贝勒尔一寻思，杀他们吧，觉得有点儿那个，不杀还不行，怎么办呢？哎！有办法了，把他们的衣服都脱下来，扒得光巴赤溜的，一个个都给绑到树上了。

绑完了，把马牵着，把枪拿着说："你们休息吧，愿意休息到什么时候，就休息到什么时候，我本来想对你们一刀一个，但我看你们都是兵，饶了你们。如果来人救你们的时候，你们就回家，再也不许来杀我们，再来侵犯我们，被我们抓住，就让你们够受。"

有人说："你知道他们以后还当兵不当兵，给他们留个记号。"

"好吧！"有厉害的人上去就把十个罗刹一个人割去一只耳朵，把十只耳朵往地下一扔说："不是我们太残暴，是你们对我们太狠了，你知道你们杀了我们多少人？今天我们留你们一条命，可是你们一冬天就吃了我们五十个人，有没有这件事？"

那些罗刹点头说:"有这样的事。"

贝勒尔说:"今天我们饶了你们,这是夏天,冻不死你们。"说完就走了。

敌人城堡出来人一看,他们都远走高飞了,只有十个罗刹兵都掉了耳朵,把他们领回去了。这十人回去再也不干了,因为没有一个耳朵,再抓住就没有命。以后他们又找了几匹马偷偷就跑了,跑到他们自己的国界里当胡子去了。这我就不提了,这是第二件事。

(五)

第三件事更乐,叫贝勒尔送叛徒。怎么回事呢?他这事到处都知道了,罗刹想抓他,还抓不着他。知道贝勒尔就是巴图鲁,知道了也抓不着他。罗刹也会想招,就招呼几个达呼尔人说你们装成失散的人,到处找他们,你们这么一找准能找到他们,还能说实话,要不然的话,我们这么大张旗鼓地找没个找,人家山道熟,我们也不熟。你们去找。

这样,就有四个人到处找贝勒尔,找了几天,有些老乡,真以为他们是从那里逃出来的,就告诉他们实情,那四个人说:"我们叫罗刹折腾苦了,你看我们身上都是伤,我们跑出来了,就是想找贝勒尔,想投他去。他要能收我们,就可以替我们报仇。"讲得活灵活现,直掉眼泪,有些人就相信了,就告诉他们要找贝勒尔往那趟城走。你说什么样的信号,一说这样的信号就有人来接。这四个叛徒挺高兴,就走了。

找来找去,真找到了,一对信号,还真对上了。贝勒尔瞅了半天,瞅瞅这个又瞅瞅那个,说:"你们认得我不?"

那人说:"我们不认识,你是否就是贝勒尔?"

贝勒尔说:"你不认识我,我可认得你,你忘了,在西面那个屯子里,你一连气抓了十三个人,带到罗刹那里去了。你知道不知道下晚黑一拨人脑瓜儿上都蒙着,你们逃走六个人,打死你们三个,剩下三个,其中有你一个。有没有?"

那小子一听心想坏了,还硬说:"不是,我是来投降你的。"

贝勒尔说:"好,你来投降的,我就不问了,你是否真投降?"

"你可能看差了,我那时是让他们当人质抓进去了。"

"你既然是人质,我欢迎你。唉!你还寻思我真的要反叛罗刹啊?你是胡扯,你不是来投降我的吗?我可能认错人了,以为你已经投降罗刹了，你确实是个人质，我今天想起来了。正好！我想投降罗刹还没有主呢，把你们送回去，来人，把他们绑上。"说完下面人就把这四个人绑上了。

贝勒尔寻思，往哪里送？送原来的地方？那里的罗刹认识他们。唉！拉他们走，就走了十几道沟，到了恒滚河下游这一带，到那里又碰到罗刹的一个城堡。妥了，贝勒尔会满族话、达呼尔话，经常和汉族打交道，他还会汉族话，他带着那四个人进城去了。

一进门，他什么话也不说，专门说汉话，那四个人感到奇怪，你贝勒尔不是会说达呼尔话吗？贝勒尔说："混蛋，你们真寻思我是贝勒尔吗？实不相瞒，我是汉族，我姓诸，在满族人那里当奴隶了。这回我逃出来了，要投奔罗刹，你寻思我是贝勒尔呢，这回要你们的命。"说完了就找罗刹，罗刹一看贝勒尔还带两个弟兄，一进去贝勒尔就行了汉族礼，作个揖，罗刹就问了，"你是哪族人？"

"我是汉族。"罗刹听不懂汉族话，瞅瞅那两个人，那两个人说："我们会说达呼尔话，能听汉族话，但不能说。"

"好吧，就把他的汉话翻成达呼尔话。"贝勒尔就说了："我在路上碰到这四个人是准备投靠贝勒尔的，让我抓住了，我没有别的晋见礼，我拿他们几个人来证明，我来投降是真心的。"

这一拨罗刹也不认识这四个叛徒，一拍桌子说："好！你想找贝勒尔巴图鲁去，你纯粹是坏蛋。"

这四个人连忙磕头说："不是不是，我们不是找贝勒尔的。"

贝勒尔说："嗨！你们怎么不是要找贝勒尔的，你们不是把我当作贝勒尔吗？我就装着是贝勒尔，你们不说是当了人质，偷偷地跑出来的吗？"

"那我是撒谎，我是……"

他将要说下去，那罗刹一听是撒谎，就来火了，乒乓揍了一顿。

那人说："别揍别揍，我是叛徒，我是叛徒。"他的意思是背叛了清朝，投降了罗刹。可是罗刹听了，心想，我正要杀你这个叛徒呢，他以为是叛变了他们，实际上说的是叛变了大清。他紧说是叛徒，那一边罗刹把刀拿出来，一个一个都砍了。

贝勒尔说："好，你们砍得好！"贝勒尔瞅瞅，想你们都不会汉话，好，我就逗逗你们。

罗刹问："你姓什么？"

"我姓祝。"

"叫什么名字?"

"我叫太爷。"

"你是祝太爷。"

"对,我是祝太爷。"

"祝太爷,你挺好,给我们抓了叛徒。祝太爷,你会什么?"

"我会唱歌,我还会跳舞。"其实他是真的会跳舞、唱歌。

"你给我们唱个歌好不好?"

"好,我给你们唱,我这歌叫作'狼是人,人是狼。'"

罗刹说:"好,我们也跟你学。"

贝勒尔开始唱:"我是一只狼。"罗刹也跟着学:"我是一只狼。"

"专门吃好人。"罗刹也跟着唱:"专门吃好人。"

往下是"当着人面我装人,背着人面我吃人,人人恨我,我要吃尽人,猎人一来吓破胆,一枪打中命归阴,再也不吃人,再也不吃人。"他说的是汉话,虽然歌编得不怎么好,但他这么一唱,罗刹也跟着他唱,有的还说:"祝太爷,我不会了,你再教教我吧。"他就从头又开始教,一首歌教了一两天。

罗刹还挺乐,我们还学会一个汉族歌呢,"我是人我是狼的"。全营都跟着唱,觉得新鲜:"我是狼,专门吃好人,当着人面我装人,背着人面我吃人……"越唱贝勒尔越高兴,心里越乐,完了就喝酒了。

一喝酒了,贝勒尔说:"咱们这么喝酒不热闹,我们汉族喝酒有一种行酒令。"说完给大伙儿比量,连俄国话带汉话,说:"这是击鼓传花,边鼓一停,这花到谁手里,如果不喝酒,就要遭大罪,上帝就会惩罚他。"

大家寻思这怎么弄,贝勒尔说:"我擂鼓。"擂了一阵鼓,到了第一个人手中,说:"你得喝一大碗。喝少了不行啊,你就要受灾。"他就咕咚咕咚喝一大碗,喝了一阵,这十几个人都醉了。

第二天,罗刹兵说:"明天我们打围去,你和我们一起去,还能教我们那个歌。"

贝勒尔说:"行!我跟着教你们歌去。"第二天,他就乐呵呵地骑着马,跟那十几个罗刹去了。到了地方,打了一阵子围,贝勒尔说:"我们还喝酒行酒令吧。"罗刹昨天玩得挺高兴,又带着酒,一听这话又围在一起击鼓行酒令。

贝勒尔 看是时候了,打着鼓使他们都喝得挺醉了。 ·喝就 ·大碗,他们也会打鼓，喝得醉醺醺的，天头还热，就脱了衣服，噼里啪啦下河洗澡去了。贝勒尔一看他们下河洗澡去了，好啊！就把马连在一块儿，把刀、枪都捆在马上，骑上头马就往西跑起来了。

罗刹们都喊起来说："祝太爷，祝太爷，你别跑，我们都在这里呢。"

贝勒尔说："谁是你们祝太爷，滚你的犊子吧！"打着马就跑了，这十几人光着腚也没法撵，瞪着眼睛就让他一个人夺去十几匹马。就这样，贝勒尔没少调理罗刹。

（六）

萨布素听他一讲，佩服得直竖大拇指，在敌人面前还能这样要弄，真是了不起的人！由十五个人发展到七八十人，还有三四十条鸟枪，每人基本上一匹马。觉得这个人不一般，就问："你从瑷珲来，到瑷珲城没有？"

他说："我去过几次，瑷珲城的情况我知道。"

"那你给我讲讲瑷珲城的情况吧，咱们夺这瑷珲城去。"

贝勒尔叹了一口气，这一回可不那么诙谐了："哎呀！你不提瑷珲还罢了，一提到瑷珲，我想起了一件大事。"

"什么事？"

"你知道原来镇守瑷珲城有一个老额附和一个多伦禅老首领吗？"

"知道啊，皇帝都知道，自杀一个，被杀死一个。"

"你知道是怎么自杀的吗？"

"这个我不太知道。"

"瑷珲失守了两三次。敌人第一次来的时候，人很多、马也多、粮食也多，我们的老首领多伦禅和老额附领着大人、小孩一起自卫，我们用的是弓箭、刀，只有几支枪，血战了一天，是敌人死一半，我们死一半；但是敌人来的越来越多。我们只好退到第二个屯子，到第二个屯子的时候，敌人死的少了，我们死的多了，因为我们剩的多是老人和妇女、小孩。"

贝勒尔讲到多伦禅领着人和罗刹殊死作战，到第二天已经死伤一半了，剩下的是老人、妇女、儿童，年轻人很少了。又和敌人对峙了一天，只剩老人了。多伦禅没办法，只能退到第三个屯子，和敌人干，又坚持了多半天。一看不行了，告诉两个年轻人，说："我是不行了，你俩赶紧突围走，你们记着，这几年我们没有给朝廷上贡。贡品我收齐了，放在东山脚下的一个木桶里，你们一定要交给清兵；另外，大清对我的恩情太大了，朝廷给我的册封和圣旨都压在庙后头，你千万告诉八旗兵，罗刹这次杀死我们二百多人，一定要报这个仇！"说完了从怀里掏出一颗瑷珲的金印，恭恭敬敬地交给这两个小伙儿，说："你们把这个和圣旨交给清兵，然后转交给皇上。说我多伦禅没有很好地报效，很对不起皇上！"说完多伦禅望了望京城望了望大地，望望死去的乡亲，拿刀自刎了。

说到这里，贝勒尔眼泪扑簌簌地掉下来了。说："这两个小伙子以后投到我这里来了。"就把这两个小伙子找来了，两个人一看到萨布素，就跪倒在地，把多伦禅怎么牺牲的说了一遍。

萨布素一听心如刀割，说："好吧，你们起来，我们共同为多伦禅老首领报仇，为各民族兄弟报仇，为保卫我们大清国的江山，一定把罗刹撵出去。"这样，贝勒尔就到了萨布素的营下，以后他也立了不少的功劳。

第三十六章　真假巴苏

（一）

　　贝勒尔回到军中，萨布素又详细地问了瑷珲城的情况，有多少兵、多少人质，他都一一做了介绍。萨布素很高兴，通知前锋营，在原地等着，大军就要进攻。

　　这一说要进军，众官兵都是摩拳擦掌，觉得这下可能打一个大仗了，可以多消灭一些罗刹。大家都挺高兴，积极准备，等着主帅一声令下，就进攻瑷珲。这时离瑷珲城也就是两三天的路程。

　　瑷珲城里住的是一个相当于副都统官位的罗刹，带了三百多人，已经盘踞了三四年，工事修筑得很坚固，听说清兵要来了，也是吓得惊慌失措。一方面加紧修工事；一方面向雅克萨求救，让他们派兵，说外围已经被清兵消灭。清兵已经包围了瑷珲，如果不快派援兵，我们的命都保不了。来人的话千万不要来少，来个一千两千的。那时哪有这么多人，在雅克萨城也就是住的一千来人。雅克萨来文书，说你给我顶着，随后援兵就到。能够坚持三四天就行，可他们哪里想到，文书一到，咱们的兵就到了。四面包围，不让他们出来。

　　这四面一包围上，他再想送信就送不出来了。萨布素去看地形，瑷珲城就在黑龙江畔。萨布素寻思："敌人的援兵主力一定是从大江走，因为大江走快。"于是，就用五十条大船把江横上，搁上几门大炮，敌人想要进来是不行了，围得水泄不通，要道口也都安上兵马，两边安上大炮。两个道口上安了四尊炮，砍了些大木头搁在路上，他想过也过不来。也将用一些古代的战术，像滚木礌石也准备一些。萨布素解决了后顾之忧，就一心想要围城了。

　　晚上开了会，合计究竟怎么攻城。有人提出来："包围敌三面，让他出来，在外面把他消灭了。"

贝勒尔说："不行，这些罗刹都是马队，一出来你就拦不住，我的意见是包围，不能让他们出来，应该在城内打。"

"怎么在城内打呢？"

"有办法，我们可以试一试，将来打雅克萨也可以用这个办法。咱们三面包围，一面重点出击。这三面就朝里面射火箭，在箭头上醮上松香和磷磺，点着了往里射。射人是射不着，射粮食、草垛，一起火敌人就慌了。我们把炮集中在一面，东西墙比较薄，专打东面。然后我们用梯子、爬绳，带点手雷(那时有一些从罗刹那里得来的手雷)，大伙儿数一、二、三，一扔就是一排，这样能把城墙打开。我们把住一个门，就可以从这个门进，其他三个门都封上。"大家都说好，就采取这个办法。

这时，城墙上系下一个人，黑天了，是一个筐子里放下来的。一下来就直接奔中军的大帐去了，当时就被清兵抓住了。他也不跑，也不惊慌。带到中军帐，这时半夜了。

萨布素问："你叫什么？"

"我姓周。"

"你干什么来了？"

"我奉我们少主的命令到这里来的。"

"你们的少主是谁？"

"是小巴苏。"

"唔？"萨布素一想，"巴苏他认识，多伦禅死之后就是巴苏，怎么叫小巴苏呢？"

来的人说："老巴苏已经死了，我们少主小巴苏让我告诉你，我们愿意里应外合，只要你们说了攻城的时间地点，我们一定准时响应。"

"你们里面有兵吗？"

"没有兵，但小巴苏很勇敢，准备事先把人质放开，攻他的火药库，把人质都武装起来。但一定要和你们联系好，把时间说准。"

萨布素一听这个，心里就在嘀咕，我也没有什么根据，能相信他吗？真要是来套我攻城的日期怎么办呢？萨布素就问他了："你打算怎么回去呢？"

"我能回去，我们规定了在什么时间，还是在那个地方，系下了筐，我就可以回去。"

萨布素说："那也好，你也累了，在我这里休息休息，我可以打发另外一个人去联系。"

来的人一听就明白了，说："好，我也愿意在这里，我知道这里哪个壕沟深哪个浅，可以告诉你们。"

萨布素挺高兴，就按规定时间，找了一个挺勇敢的佐领进去。佐领说："我可以进去试一试。"

贝勒尔说："不行，谁也不能进去，如果进去之后中了圈套，不是白送人吗？"

萨布素一寻思，可也对，但怎么办呢？贝勒尔说："可以这么办，在筐里搁一封信，信里告诉他听到外面三声大炮就动手。"

萨布素一听，这办法很稳妥，就是敌人来探听消息的也不怕，因为我开炮的时候，已经攻城了。里面有人接应就可以更快地把城解决了。就对佐领说："你回去吧。"又对来的人说："我们已经告诉城里人我们攻城的时间了。"萨布素说完了，那人说："好，我就希望这样。"萨布素就简单地写了几个字，告诉以炮响为号。信送进去了。

外边一切都准备好了，南面、西面一边设一百多人，专门射火箭，也搁上三门炮。过一会儿"咣"打一炮，火枪也跟着响，这边主要是用火箭虚张声势。在东门集中了十几尊炮，集中在两个缺口上，不打他城门了，打城门没用。然后就预备了五六个梯子。一开始，"咚！咚！咚！"三声炮响，攻城开始了，十门大炮就集中轰两个缺口，打得尘土飞扬。这五门炮是换着打，那几个方向围城的人一听炮响，火箭就射起来了。城外是人喊马叫，炮火连天。

城内一听，可了不得了。四面围住了，逃不出来了，就死守，也往外打炮，就对打起来。萨布素给小巴苏的信说哪两炮最响，我们就攻哪面。这时就看房子起火了，接着枪也响了。

萨布素很高兴，小巴苏派来人的话是真的。敌人不知道我们主攻东面，他们把兵力分散在四面，平均分配。东面眼看要打开了，李昆带着二十个小伙子冲上去了。以后这二十人都封为巴图鲁了。

李昆把刀一挥说："跟我登城！"就冲上去。但谁也没有李昆厉害，他的外号是"滚地雷"，在地下能滚着进去；到城上，把身子一趴就可以滚到城下去，这样目标也小。李昆带二十人朝城墙爬，这二十人都是事先挑出来的，上墙都比较麻溜，而且眼疾手快。

李昆第一个登上城墙，罗刹的火枪就不好使了，二十人上去了，很快把十几个罗刹结了，又冲进城去和罗刹拼杀。后面又上来一些人。

再往前走，就看见迎面来了三四十人，也拿着枪，有一个人就说："我们和你们是一头的。"李昆也知道，就一起奔东门去了，可是到东门进不去了，那里守得比较紧，城里一个领头的小伙子说："不要害怕，我里头有人。"小巴苏对着东门上方打了一火枪，这火枪一打直开花。打完火枪，东门里面就乱了，有两个罗刹一顿乱枪把其他罗刹打死不少。这时城墙击破了，人们像潮水一样涌进来。这两个罗刹把东门打开了，打开城门人们都进来了，其他罗刹想跑跑不了。这样瑷珲这一仗打得很漂亮，俘虏了二三十个，歼灭了敌人一百多。

这一仗打完之后，贝勒尔一点尸首，怎么不够呢？怎么少一百多呢？说："咱们搜一搜。"结果在东北面和西南面墙脚下有两个大洞，直通城外，有些敌人可能从那里逃跑了。本来寻思都能歼灭，现在看，敌人死了只有百十人。

（二）

进城之后，城内的小伙子就找萨布素。萨布素把城里安顿好了，外面的人也都进城了，就升帐了。四五十人质都来见萨布素，"多亏这个小阿哥，把我们救出来了。"有的人质说。萨布素一看，这小伙子黑乎乎的脸膛，胳膊一伸像棒子似的，挺有劲儿，就问："你叫什么名？"

"我叫巴苏。"

"你怎么到这里来了呢，你是不是人质呢？"

巴苏一听这个，眼泪就扑簌簌地掉下来了，给萨布素跪下来了，说："我是我母亲带进来的，我的事情在前天的时候，我母亲才告诉我。"就把他母亲告诉他的事情一五一十地告诉了萨布素。

原来是这么回事，小巴苏的父亲老巴苏本来不在瑷珲城里住，离瑷珲城有二十天路程。在西北角上有一支达呼尔游民，老巴苏是那里的嘎珊达，为人忠厚、老实，是一个好猎手，领着达呼尔人在北部地区游牧、打猎，很有威望。提起老巴苏，没有人不尊重他的。他也处处为部落里的人着想，从来也不虐待其他猎人。他有一个好朋友叫爱库拉，要说爱库拉也是那一带著名的猎手。他俩最好，没事的时候常在一起扯一扯，有时就一起去打猎。后来，爱库拉带着貂皮到外面去卖了。一出去就是两三年才回来。回来一看，爱库拉和走的时候不一样了，穿衣打扮都变成另外一个人了——抽马哈勒烟①，说话洋里洋气的。老巴苏说："哎！你出去几年没信了，怎么变成这样了呢？"

爱库拉说："哎，你不知道，我阔了。"

"你怎么阔了呢？"

"你记得吧，我走的时候才带了十来张貂皮，我碰到俄国人了，我跟俄国人去了。他们一听说是达呼尔人，对我可尊敬了，我还在那里结婚了呢！我说了一个俄国娘儿们！"

老巴苏一听把脸一沉："这你就不对了，兄弟，你怎么跑那里去了呢？你是大清国的人。"

"唉！什么大清国的，我们都是四十多岁的人，还不闯荡闯荡，老是在这一个地方，有啥出息，一天天打猎，这回我可开了眼界。"又说他到什么什么地方去了。接着说："人家那地方的楼都是带尖的，你都没有见到。人家的兵吃的是面包，他们叫列巴。穿得可好了，我到那里挺受招待。告诉我回来找几个知心的人，一同去享福去，你看怎么样，能不能一起去？"

嘎珊达一看，他是叛国了，一甩袖子就要走，"我跟你没话说，看在过去我们是兄弟，我也不杀你。你要走就远走高飞，不要回到我们这里来，咱们不需要你。"爱库拉灰溜溜地走了。

这小子一看头一回没说好，过两天又去了。一到屋里，就从兜里掏出一块儿金砖，搁桌子上，"没别的，兄弟我发财了，我也不会当官，我就会倒腾买卖，我把这块儿金砖给你。"爱库拉道。

"你忘了我们达呼尔的一句老话吗？一个人到你家来送重金，一定是有不可告人的事情。你给我这么些钱，凭什么给我这些钱呢？我不要你的钱，你赶紧回去，以后再来我就要不客气了，我就要你的命！"

爱库拉说："大哥，你这个人是敬酒不吃吃罚酒，我告诉你，我不是一个人来的，我是带兵来的，这四外已经被俄国人围上了，而且俄国人发了一万大军去进攻京师了，要夺康熙的江山。你要是识时务的话，赶紧跟我走。我考虑我们是多年的兄弟，我们把这里的地盘通通交给俄国人，咱俩就可以发大财、升大官，你何必遭这个罪呢？我们真要是把队伍组织好，就可以把这一带以至瑷珲和雅克萨以东都收进来，那你我就可以当总督、当王爷了。这么多好处，你还不想一想？这还不说，四外俄国兵都围上了，你想要跑也跑不了。"

老巴苏气得二话没说，拿起刀就要杀他，"我与你势不两立，你是叛徒，是达呼尔人中的败类！"拿着刀奔向他。爱库拉一躲就躲过去了，两个人交手了。交手的时候，爱库拉说："来人！"外面一下子就进来四个罗刹兵，原来他第二次来的时候带着四五十个罗刹兵。老嘎珊达老实，没有防这一点，这样巴苏被抓到罗刹的兵营中。

开始罗刹给他拿面包、烤肉，又拿酒，嘎珊达纹丝不动。也不吃你的，也不喝你的，一问连声也不吱，再问就是破口大骂。罗刹兵也火了，就是一顿毒打。罗刹知道他在这一带威望很高，说什么大家听什么，比他们直接攻进去要强得多。所以想尽办法让他投降，可是怎么用鞭子抽还是一声不吱，是一条硬汉子。罗刹一看打也不行，就把他圈在一个空屋子里。

到了下晚黑，爱库拉带着两个人，又拿着酒和肉到他那里去了，他被打得起不来炕。到那里爱库拉就跪下了，说："老哥哥啊，我真是对不起你，我不在这里，哪承想他们下这样的毒手了，这也是没办法。他们也是好心哪，要求你投降，你说说一个人怎么也是活一辈子，为什么不痛痛快快地活呢，你挨的揍有多屈啊？"

嘎珊达理也不理他。爱库拉又说："喝点酒吧，暖暖身子。"

嘎珊达把手一推，把酒碗打翻了，说："从今我不吃你们的酒、你们的肉，我要活活饿死。"爱库拉冷笑一声，想自己饿死，没那么容易。

第二天，他真的不吃东西了，爱库拉就把他绑起来，让人硬灌牛奶。老巴苏这样折腾了六七天，想死也死不了，就是让他投降。他后来一寻思，我这么死不合算，我假装要投降，得手的话，我杀死他们二人，然后再死。就对爱库拉说："我这个罪也遭不起，我投降。但是现在我一天半天的不能去说降，以后再想法子。我一个人降，背叛了祖宗，是因为我遭不起这份罪。"

爱库拉说："那好，只要你投降了，咱们可以慢慢商量，好办。"就把他解开了，挺高兴，就让他养养伤。

过几天复原了，到外面走走，也感到有劲儿了。罗刹说："挺好，你投降了，我们要摆宴席欢迎你。"就开始大摆宴席，不少人都参加了。大伙儿有跳舞的、唱歌的。闹哄一阵，巴苏说："我也会，我会耍刀。"

罗刹喝得醉醺醺的，说："好吧，你耍刀给我们看一看。"巴苏就拿过来刀耍起来了。

这刀耍得好，大伙都看傻了，这时刀就"嗖嗖"上去了，上去就真砍起人来了，一顿刀，大家没提防，一下子砍死四五个人，这时罗刹和爱库拉才明白是怎么回事，一下子围上去，把他杀死了，老英雄就这样殉国了。

爱库拉就带着罗刹兵到牧场去了，见了人就烧杀一阵，一直打到嘎珊达巴苏的家，打算把他家里人也杀死，可是老巴苏的妻子长得非常漂亮，爱库拉就看中了，把她抢来了，软硬兼施硬要成亲。巴苏的老婆几次想要死，但一看怀里抱着小孩，寻思："巴苏就这么一个后代，我现在死，这孩子也得死，巴苏就没有后代了，没有人为他报仇了。我为了照顾这个孩子，我先答应他，等他长大了，我再告诉他这个仇，让他报仇。"想到这里她就说："那好吧，我答应了。"就这样，他俩就成亲了。

成亲以后，爱库拉就不叫爱库拉了，就叫巴苏了，用老巴苏的名到处招摇撞骗。后来他的官越升越大，跟着罗刹进了瑷珲，一下子过了二十来年。爱库拉已经是六十多岁的人，小巴苏的母亲也是五十来岁的人了。

这一天，听说清兵要来，这时小巴苏认为爱库拉真是他的爸爸，爱库拉也真照顾他，教给他武艺，两个人感情很好。这天，爱库拉回来之后闷闷不乐地喝酒，老太太就问："今天你为什么闷闷不乐呢？"

爱库拉说："唉！清兵来了一两千人，很快就要攻瑷珲城。我看我们还是快跑吧，咱要是不跑，可能命也保不住。我都准备好了，准备一辆车，把金银财宝值钱的东西带走。咱们不能和罗刹一起死，咱们得跑到一个安静的地方，安安稳稳过日子。我攒的钱不少，也够花了。"

老太太一听，"啊！清兵来了？"

"可不，来了。"

"那好吧，就照你的安排去吧，我们也准备准备。"小巴苏要跟着他这个爸爸走，老太太说："你先别走，帮我收拾收拾东西。"小巴苏就留下了，老太太一看爱库拉走了，就说："小巴苏，你过来，你知道你爸爸是谁？"

小巴苏说："那不是我的爸爸吗？"

老太太掉泪了，"孩子，你跪下，我给你说说你的身世。"

小巴苏就跪下了，老太太从箱子里拿出来一把刀，说："这才是你亲生父亲的刀，现在这个爸爸不是你真正的爸爸，是你的仇人，他叫爱库拉。"

小巴苏跪在那里愣住了，"怎么回事？"老太太就告诉了他爱库拉怎么杀害了他爸爸，又怎么样霸占了自己，为了把你抚养大，才忍气吞声地和他过了二十多年。你也不小了，你替你爸爸报仇的日子到了。

小巴苏一听这话，恨得趴在他母亲身上痛哭，说："妈啊，我怎么认贼作父，你老怎么不早告诉我？"

老太太说："我不能早告诉你，你是一个火星乱冒的小伙子，你要是早知道了，不但报不了仇，而且性命难保。现在清兵来了，这是我们最大的靠山，你要赶紧和清兵联系上，投靠清兵。"

小巴苏说："好吧，我一定要报我爸爸的仇。"

他母亲说："你怎么报仇呢？"

小巴苏说："我有办法，我想法把城内的人质放开。然后我发给他们枪，我再打发人到清营去。"

"你找谁去？"

"我有一个最近的朋友，我让他送信去，我自己组织人质，得到消息了，我这边就可以准备。"说完了就打发人出去了，送信的过程前面说了。

外面三声炮响，爱库拉没寻思这么快，进屋就喊："小巴苏，赶快跟我从地道走，这里有地道。"

小巴苏一看，仇人相见，分外眼红，小巴苏怒喝道："谁是巴苏？今天我要报仇雪恨。"爱库拉没提防，小巴苏手起刀落，把爱库拉脑袋削下来了。然后找他妈，说："妈，你赶快跟我走。"

老太太说："我不忙，你快看看，人质怎么样！"小巴苏出去了，把人质放开了。回头再来找他妈，老太太已经上房檐自尽了。小巴苏抱着他妈痛哭了一场，知道他妈在和仇人生活二十多年之后，是不愿意再活下去，把孩子抚养大了，也报了仇了，老太太就这样殉国了。

第三十七章　朱波尔巧诈罗刹

（一）

朱克里自从和萨布素分手以后，来投的人越来越多了。朱克里带着这帮人，到处游荡，得了机会才和罗刹打仗，尽量保存自己的人。他的队伍里男女老少都有，很困难。他听说清兵来了，琢磨一定是来攻瑷珲，他就带着这帮人朝瑷珲走，这时已是七八月，秋天来了。

一天，天麻麻亮的时候，这一伙达呼尔人从西北往瑷珲走。朱克里骑一匹蒙古快马在前面开路，因为他们长期和敌人作战，已经是风尘仆仆的，衣服也很破烂。跟着朱克里的是一个小伙子。小伙子叫朱波尔，两个人在头前走。马还拉着一些蒙古大车，孩子们在大车上，大车咕咚咕咚地朝前走。

朱波尔二十多岁，两眼放光，骑一匹挺高大的青马，在马身上挂着一张大弓。虽然说是长途行军，可是这个小伙儿的衣服仍然整齐：一顶卷曲毡帽，上面还镶一块儿亮晶晶的翠牌子；穿一件破的窝龙袍，两只眼紧看着前方。

在大队正往前走的时候，就听后面一阵急促的马蹄声，是一个年轻的姑娘和一个五十多岁的老太太过来了，到了朱克里跟前就下马了。朱克里说："你们干什么来了？有事吗？"

老太太说："可了不得了，后面有一个女的要生小孩。"

朱克里一听，脑袋嗡的一下子，在这个地方生小孩怎么办呢？还没有住的地方呢，粮食也就是吃个一天半天的，再下去就得吃野菜了。

正说的时候，又过来两个老太太，说："可了不得了，后面有三四个老头、老太太病得不行了，这队伍不能再前进了，走了一天一宿了，再也走不动了。"

朱克里一想就说："队伍停下。"又问老太太："什么时候能生那个小孩？"

"眼瞅着就要生了。"

朱克里稍微寻思一下，说："大家再辛苦一下，走到山根下我们再宿营。"又对朱波尔说："你快到后面去告诉你大婶，把我口袋里的干粮送到产妇那里去，给她烧点热水。"朱波尔"嗻"了一声，将要走，朱克里又叫回来，"你跟大家讲，让大家再咬咬牙，再过三四天，我们就可以到瑷珲了。到了瑷珲就好了，那里有大清的军队，有吃的、有住的。不要性急，再遭几天罪，我们就要胜利了。"

又对老太太说："大婶也快到产妇那里去，好好护理护理，尽量保存住大人和小孩。"老太太、姑娘和朱波尔就骑马到后面去了，这一群人还是缓缓地朝山根移动。

这支队伍在和萨布素分手后几个月里就扩大了这么多了，这些人都是从罗刹那里虎口逃生的，对沙俄残杀人民的暴行知道得一清二楚。

他们走了几个月，离开了祖祖辈辈住的家乡。每个人都有深仇大恨，可恶的罗刹杀死了他们多少骨肉，夜间宿营地里一片哀泣的哭声：这个在祈祷她死去的男人上天去吧，那个在想她的孩子哭闹，老太太哭老头。

朱克里带这帮队伍确实难，边走还得劝着。虽然大家悲愤，心里却只有一个念头，找清兵去，只有找到清兵，才能报这个深仇大恨。

大家在山根下默默休息的时候，小孩哭声传来了。朱克里到那里一看，小孩降生了。很好，就把自己仅有的一件皮上衣轻轻地脱下来，盖在孩子身上，产妇感动得流下了眼泪。朱克里说："不要哭，我们眼瞅着就要到瑷珲了，瑷珲马上要被清军收复了。"其实这是他寻思，他用这话来安慰大伙儿。

这时正来一个报马，说："告诉大家一个好消息，清兵已经奔瑷珲去了。"大家一听说，晚上都不睡觉了，起来了，互相告诉，也不知道累了，也不知道饿了。

朱克里想："明天的粮食就没有了。没有粮食是件大事，到瑷珲还有五天道，这五天没有粮吃，说不上得饿死多少人。"朱克里比大家更焦急。这时派出去侦察情况的回来了一个，说："有四五个罗刹，带着五六十人质过来了，从大道上来了，再过半个时辰就要到了，千万注意。"

朱克里一听，说："人家注意，都准备准备，往里面走一走，现在罗刹正从这道上来。"

大伙儿将要动弹，朱波尔说："大哥，先不要走，我有点事问问，这回可好，我们要有粮食吃了，他们一来我们就有粮食吃，他们不来，我还想不出怎么弄粮食。他们是从哪里来的？"

探子说："看样子是从布尔达村来的。"

"那好，我们就从他们那里夺粮食吃。"他转过身来对朱克里说："大叔，这回粮食你可不用犯愁了。"

朱克里说："人家都说你是小军师，你有什么好的计策跟大伙儿说说。"

"我趁着罗刹抓人质回城堡的机会，混到人质队伍里去，我想在敌人的肚子里打主意。这回弄好了，可以把人质救出来一些，把里面的粮食弄出一些来。这不是一举两得吗？"

朱克里知道朱波尔专能打敌人内部的算盘。几出几进，救出了很多人质。但是这次却不容易，就说："朱波尔，你有点过于胆大包天。"大家也低下脑袋。

朱波尔很诚恳地大声说："我一定能解决这个问题，达呼尔人像苍鹰一样勇敢，几只小兔子怎能逃过苍鹰的利爪！"

朱克里又瞅瞅他说："孩子，这可不像过去，三出三进敌营，救出我们许多人。这次救出人质，还需要弄粮，现在我们离雅克萨两千来里了，一天一宿没有东西吃，这五十人质还不知道是什么族的，出了事可怎么办呢？"

朱波尔看看大家，说："大叔，你放心，我只要说就有办法。"

有年龄比他大的人说："兄弟，我可不是扫你的兴，你这次可不能去，这伙罗刹是老狼柯皮达夫带领的。你要是斗不过他，可不能白白送了性命。"

朱波尔说："大哥，你放心吧。这是二百多人的性命啊，把粮食弄出来了，这二百多人的性命就有保障了。不成功就在我一个人，也不要紧。"

朱克里一听这话，心里很难受，说："不要说这话。"但始终不答应。

这时朱波尔说："大叔，你让我去吧，明天晚上你让年轻小伙子拿了武器，在那西门外有一条小河，小河边有一片柳树林子，在那里埋伏着。等我升起火堆，就把马系在西边树上，就可能得到粮食。到明天半夜我还不回来，就可能出事了。你们赶紧沿着山口往东走，不要等我，不要管我，也不要救我，你们救不了我。"

这时山前非常静，夜幕笼罩着这批挨饿的人群，树叶沙沙直响。朱波尔听到人们的叹息声。孩子的哭声，这些人哪能让他们随便的饿死呢？朱克里想了又想："为了这二百多人，我就让朱波尔去吧，他既然说了，就有办法。"就说："你去吧，可要千万千万小心啊，见机行事啊。"

朱波尔很高兴，说："你放心吧，我不会随便栽在他们手里的。"朱波尔告辞了大家，就向东面的道上走去，消失在茫茫的夜色中。

（二）

朱克里打发了朱波尔走以后，就领着队伍到山沟里躲避。再说朱波尔，藏在道旁。不一会儿，有四个罗刹兵扬了儿怔地押着二三十个人质。没有探子说的那么多，因为探子离得远，又是黑天看不清。这二十多人胳膊被绑着，三四个一串，这些人都低着头在走。朱波尔就在后面跟着，他在夜间走路的时候，可以鸦雀无声，让你听不出来。冷不防，他一下子就钻到人群中去了。

"唔？怎么进来一个人？"有人问，朱波尔小声说："别吱声，我是来救你们的。你们听我的，我能把你们救出去。"

"你是从哪里来的？"

"不要问，把绳头递给我，把我也绑上。"

罗刹兵说："你们说什么？不许说话！"他们就把朱波尔拴起来。

到了城堡，已经是半夜时分了。罗刹二话不说，就把朱波尔等二十多人塞到监牢里，睡觉去了。

朱波尔一进去，就问："你们是哪来的？"

"我们是奎达尔村的。"

"怎么让他们抓住的？"

"别提了，罗刹冷丁去了五六十马队，我们也没有准备，就被抓来了。那些罗刹又上别处去了，打发这几个罗刹把我们送来了。"

"你们别着急，我会想办法，把你们救出去。""那敢情好了，能把我们救出去可太好了。"

"我让你们干啥就干啥，现在咱们睡觉吧。"大伙儿也不知道这个人怎么回事，就睡觉了。

第二天早晨，罗刹就把这二十多人赶到一个大房了。罗刹头目一个个审问拷打。还没问到朱波尔的时候，朱波尔就在胸前紧着画十字，嘴里也不知叨咕什么。罗刹头一看，觉得奇怪，就问他："你叫什么名字？"

"我叫朱波尔。"

"你是教徒吗？"

"我是。"

"你是达呼尔人，怎么成为教徒了呢？"

"我是雅克萨城外的一个小城堡的，我是管粮食的一个总管。"

他说的还真不假。原来，在雅克萨东面有一个小城堡，离雅克萨也就是半天多路，这小城堡里的罗刹抓去了十几个达呼尔人，他就想办法进去把这些人质解救出来。他拿了几张貂皮假装给敌人交税。他能说会道，还挺会办事，敌人和他熟了，就说："你帮我们管管粮食。"他就真当了一个粮食总管。他琢磨怎么把这十几个人质救出去。罗刹看他挺老实，也很放心，就说："你加入我们东正教吧，加入了就完全是我们的人了，不然的话我们是不相信的。"

"那可是好，我能加入你们的教，可是不错！"这样他就入了东正教了。给他做法礼的教长是一个主教的大徒弟，叫赫拉索夫，给他做了洗礼，他就真的加入了教。以后被当地居民把这个小城堡攻下来了。敌人跑得四零八落，朱波尔还没来得及救人质，人质就跑了。所以问他洗礼的过程，他是对答如流。

"是谁给你做的洗礼？"

"是赫拉索夫教长。"正好赫拉索夫在这里，罗刹头说："把赫拉索夫给我找来。"一找来，赫拉索夫还挺高兴，问："那城堡被达呼尔人打进来了，你跑到哪里去了？"

朱波尔说："别提了，我到奎达尔村去，想宣传我们东正教的教义，还只宣传了十来家，就被他们抓来了，我怎么说他们也不信。"

赫拉索夫说："是，是我亲手给他做的洗礼。"

这一来，罗刹头说："那好吧，都是咱们自己的人啦。"就把他放了。

朱波尔对赫拉索夫说："这二十多人中有四五个人是信东正教的，他们说要加入东正教。"

"都是谁啊？"

"我认识，我可以把他们找出来。"

"好，你把他们找来，我看一看。"朱波尔就去了。

朱波尔去了，找了四五个年轻力壮地说："你们听我的，就说认识我，我叫朱波尔。你们听我的话，也要加入东正教，投奔罗刹。噢！不要叫罗刹，叫俄国，记住，别害怕。他们问东正教好不好，你们就说好，有上帝保佑，别的就说不懂。"这五个人半信半疑地跟他走了。

到了敌人那里，罗刹头目就问："你们是不是要信奉东正教？"

他们也在胸前画了十字，说："我们想要加入东正教。"

"你们为什么要加入呢？"

"因为东正教有上帝，能保佑我们。"

罗刹头哈哈大笑："好！你们五个人和朱波尔可以到外面活动活动。"让他们跟朱波尔看仓库。

罗刹头又说："过几天，让赫拉索夫教长给你们做洗礼，这样你们就也是东正教徒了。"

这一说，这五个人挺高兴，就跟朱波尔出来了。朱波尔说："今天晚上我想把这些人都带出去，咱们一起跑。"

"好吧。"

到晌午饭的时候，朱波尔对罗刹头说："我有一件事情要对你们说。"

"什么事情？"

"奎达尔村南面不远的地方，离这儿有半天路程吧，我从雅克萨跑出来曾到那里去过，那地方有个小村庄，也就是十来户，光貂皮就有一百来张，他们就是想用貂皮换粮食。他们没有吃的，但是，他们又四外不敢走，现在他们都吃树皮。如果我们用粮食去换，是很便宜的。"

"到底有多少张貂皮？"

"具体的我不知道，起码有一百张。"

罗刹一听貂皮就红眼了，"那咱们能不能换来呢？"

"不用钱，只要拿点粮食他们就换。"

"那好，得多少粮食？"

"我看有十个马驮子的粮就够用。"罗刹寻思十匹马是驮不了多少粮食，平时连十张貂皮也换不回来，现在能换一百张，那还不高兴啊，就问："你怎么知道的呢？"

"我路过的时候，他们看我穿咱们的衣裳，他们问我，我就吹起来了。我说你们别看我是达呼尔人，我还是俄罗斯大官呢。他们更信了，托我找个地方换貂皮，用粮食换。"

罗刹头听了很高兴，说："你将来真能当大官！来人吧，把粮食多装点，装上十驮子粮食。"

朱波尔说："让那五个人一起赶马。我看这么的，我们再带点衣裳去，你看行不行？"

"行！"

朱波尔又说："剩下的十来个人，昨天晚上我跟他们讲了半宿，他们有点回心转意了，大人你可以问问去。"事先朱波尔都跟他们说好了假装要投降。

朱波尔说："我看让几个兵看着，让他们到西门外的河旁的柳树趟子里砍点柳条子，这粮食驮子不行了，回来可以把粮食好好收拾收拾，也省得他们待着吃闲饭。用四五人押着他们。"

"好吧。"就把这十几个人放出来，用四个罗刹兵看着他们，赶着十个驮子，领着这十几个人质。那五个人赶着马，朱波尔一看："站下！站下！"他又找那个罗刹头子，"你怎么只派四个人，不行啊，四个人看十五个人，如果跑了你能抓住吗？"

"那就派十个人吧。"这样去了十个罗刹，那十几个达呼尔人拿了刀、斧子去砍柳条子，他们一起走了。

到了柳条趟子了，朱波尔就说在这里砍吧。他支使这十个罗刹，这十个罗刹傻拉巴唧的，你要在这里砍就在这里砍。朱波尔说："好了，休息一会儿，吃点干粮。"他们就吃点干粮。朱波尔又对罗刹说："前面这个沟子是很危险的，你们送我们过去，送过这条沟，你们就回家。"

"那好吧，我们把你们送过这条沟，再回家。"就往西走了，天也渐渐地黑了。

埋伏的人看到他们来了，有二十多人，其中有十个扛枪的罗刹。还有十匹马驮着粮食，埋伏的人高兴了。到了沟口，朱波尔说："你们先停在这里，我到前面看看怎么样，是不是有人，是否安全。你们看我生起一堆火了，你们赶紧向前面去，别忘了。"

"好吧。"他就到前面去了。

埋伏兵看得很清楚，他一走就把绊马索安上了，离地有一尺多高，是鹿筋做的。马一到跟前，一下子就绊倒了，你还没缓过气来，就可以活捉你。埋伏兵看得清清楚楚，哪个人是罗刹兵，哪个人是达呼尔人。

朱波尔把火堆点着，罗刹就说："好了！那边挂上火了，咱们走啊。"就赶着牲口，越走越快，走着走着就到了绊马索了。十驮马也翻了，人也跌跟头。这工夫，这五十个埋伏的兵呼啦一下子就出来了，把所有的罗刹活活捉住了，还得了十驮子粮食。这样赶着十驮子粮食，押着这十个罗刹兵，高高兴兴地回到朱克里的队伍中。解决了粮食问题，进了瑷珲城，见到了萨布素。

萨布素一听，也很高兴，说："好啊，你们确实是机智勇敢啊！我一定要为朱波尔上奏皇上，给他请功。"

第三十八章　瑷珲大练兵

（一）

萨布素率军齐集瑷珲之后，四路兵马一来，就开展大练兵的运动。把朱克里的队伍安置之后，第二天，外面有人报："启禀大人，盛京五百人奉旨来到。他们是专门修城，准备把瑷珲城好好修一修。另外，打算在瑷珲和雅克萨之间修两个小城，准备中间作一个接应，是一个副都统带来的。"

萨布素亲自迎出去了，两个人都认识。两个人拉着手进屋了，嘎什哈倒了茶。萨布素问了一下盛京的情况，又打听下盛京将军好不好。寒暄了一番，盛京副都统又问："吉林副都统来了没有？"来人又把吉林副都统请来，上前互相问好。

盛京副都统说："我家将军要问一下，吉林的粮食是不是送来了？"

萨布素说："吉林将军送的粮食到现在还没有来。"

"应该来了呀，不是给他留了五十条船吗？咱们现在军队的粮食到底都怎么样呢？"萨布素半天没有吱声，"咱们的粮食不多了，到这里来的军民一天比一天多，咱们的粮暂时还能维持，但很快就要不够了，你们赶紧去文书催粮食。"

萨布素说："我已打发人到船厂去催粮食了。"

"粮草是很要紧的。"唠了一会儿就休息了。

又过了两天，又来报："京师兵也到了。"萨布素又出去迎接，一看也是五百人左右，也由一个副统领带着。到屋里之后，把他们安置好了。萨布素问京师副都统，"皇上准备还让关里哪些兵来？"

那人说："皇上准备再派福建兵来，福建兵是藤牌兵，从福建已经出发了。"

萨布素一听藤牌兵要来很高兴。藤牌兵穿的盔甲不是铁的，是用藤子做的，一层藤子蘸一层桐油，这样的盔甲轻巧，刀还砍不进去，就怕火。另外戴着挺大的帽子，帽子也是藤子做的，每个人还拿一个大藤牌，也是用藤子做的，在南方是两层藤子蘸的桐油。

京师副都统说："皇上又给他们新做的藤牌、藤帽和藤甲，都是搁三层到四层，能抗住罗刹的火炮。这藤牌兵不怕水，在水里还能浮，水战是最合适不过的。"

萨布素听了非常高兴，说："快杀猪宰羊，大摆宴席。"

正在喝酒，传令兵来报："外面有五十来名女的来了。"萨布素一听知道了，这一定是赫哲里三姊妹领一些人来了。派人去接，赫哲里三姊妹把其他人安排在外面，她们就进来了。

萨布素一看都是男装打扮：穿的鹿皮衣裳，鹿皮靴子，把头发也扎起来，挺精神。萨布素挺高兴，说："快坐下，坐下！你们是怎么坚持到现在的呢？"

三姊妹说："我们到处走，能打我们就打，不能打我们就躲。"

"你们吃什么呢？"赫哲里脸一红，没吱声。

"说吧，哪怕啥呢？"

那二人说："我们偷吃……偷东西吃。"

萨布素一听替她们可怜："那你们偷谁的东西吃？"

"我们偷罗刹的，我们到罗刹的地里偷割庄稼，逮着苞米了，就对付着吃。我们也打点猎。被罗刹抓去的我们族里的人，知道我们是一伙女兵，也不说，在拉地的时候特意给我们留点粮食，我们就这样对付过来了。"

萨布素想，有这些人做我的后盾，我这个仗一定能胜，她们吃那么大苦，遭那么多罪，一心一意保大清，是多么可贵。萨布素把她们安排在西北角的一个房子里，四外也有院墙，派兵把守，并且命令任何人不得随便入内。她们就在这里住下了。

又过几天，上次提到的五兄弟也领着人来投了。这样，萨布素就带领着有两千一百来人。但是吃粮是越来越紧张。萨布素让笔帖式写公文，到吉林催粮。

（二）

人都到齐了，萨布素就举行了一次大祭，把瑷珲到雅克萨这一带在战斗中阵亡的人都写上牌子，朝南摆好了。多伦禅的牌写得大一些，把他转交的金印和其他遗物都摆到案子上。升上香，萨布素率领众将士三拜九叩，掉下了眼泪。亲自主悼：安息吧，我们一定要为你们报仇！你们的功劳一定要上报皇上，知道名的都写上名字，不知道名的写上数。比如哪个屯，被罗刹打死多少，让罗刹吃了多少。这样一件一件都写了奏章，向朝廷详细汇报。

事情安排好了，萨布素就召集盛京、京师、三姓、宁古塔、吉林各地副都统，萨布素说："下一步我们粮食不够，不能前进了，就在这里练兵。这里我们不像过去打秋围的办法，这样影响比较大。咱们可以分段练兵，第一阶段是比比武，看看谁的武艺高强。"

大家齐说："好啊！听说汉族有比武打擂的，我们是不是这个意思？"

"对了，就是要打擂。"

"比什么项目呢？"大家研究一下，决定第一比射箭；第二比火枪；第三是看谁搬梯登城最快；第四是举重，看谁的力量最大；第五是挖沟，看谁挖得快；第六是赛马；第七是比刀，要看马上刀的功夫和徒步的刀的功夫；第八是扎枪。最好要摔跤，要看看在交手的时候怎么样。大家一听，挺新鲜，都说好。

萨布素说："第二阶段是真打，有一拨人当敌人，一拨人当我们的兵，看谁能打胜。第三阶段是攻城，一拨人在城内，一拨人在城外，看谁能守住城，谁能攻开城。第四阶段练整个部队的集合、隐蔽这一集体项目。"大伙儿说好！

萨布素接着说："过去我们射箭是一个人射的，这次我们让三个人一拨，往一个靶子上射。三箭同时放，都中一个靶心是头名，要是二箭中了算是二名，都给赏，中靶了不中靶心不赏，三名以外的要申斥，以后要加强练箭。火枪也是三人一拨。登城是，一声口哨，一拨人扛着梯子上去。城上还有人猫着，看谁能先上。挖壕是一拨人在一个时辰内看谁挖得快。"大伙一听，说这样练兵对我们作战很有利。说完了召集佐领，把比武的要求和大家一讲，大家很高兴，个个摩拳擦掌。

萨布素命令开始第一阶段比武，比武分九个教场，这九个地方让大家随便报。一个人最多能报四项。然后决定各项目的主考官，射箭和火枪是瓦礼祐和四武举；登城和赛马是李昆和魏海；挖壕是黑铁牛和一个协领；刀法是宁古塔的一个协领；其他的也派副都统和协领来监场。剩下的副都统都是主考官，在中间搭的大台上，大家都回去积极准备。

这一天，又杀猪宰羊，全军喜气洋洋的，然后萨布素与盛京和京师的副都统商量:"你们的人马不能参加比赛,因为我们要防备罗刹来袭击。你们帮我看住外围,我们就可以练兵。"

盛京和京师的副都统挺高兴地说:"好!这样的话,我们一定好好看住外围。"

萨布素说:"你们除了防外,还有一项任务。"萨布素虽然是个副都统,但和其他副都统不一样,他是主帅,行使将军的职权。萨布素说:"当练兵到第二阶段进行敌我演习的时候,你们当一当敌人,每一段城墙你们占领着,我们去进攻。"

盛京副都统也乐了,"好啊,我还没有参加过这样的练兵呢。"

萨布素又说:"你得想法不让我们摸进去。"

盛京副都统说:"你放心吧,我们一定尽量想法不让你们摸进去,你可得加小心啊。"这样说说笑笑地把各个事都安排好了。

第二天休息了一天,贴出了告示,告诉校场在什么地方,向谁报名,大伙纷纷报名了。

到第三天,各个校场收拾得非常整齐:该立靶的立靶;石头刀架都准备好了;还牵了二三十匹好马;还有一个小校场准备摔跤,九个校场都准备得很齐。各校场的监考到主帅那里一一报到,并报告各项目的报名人数和各校场的准备情况。各校场旗帜招展,鼓和号角也不断地响,很热闹,大伙都跃跃欲试。这时萨布素发布命令:"现在开始进行比赛。"这一说,各场的监考官就已经到齐了。

先说射箭和火枪的校场,四武举向瓦礼祜请示:"大人,我就专门负责火枪,你负责射箭。"

瓦礼祜说:"好!"射箭就开始了。一百步以外立上靶了,靶心是圆圈,一共三圈。如果三个人九支箭都中在靶心上就是第一。第一组是宁古塔镶黄旗的,有领催,有甲兵,"嗖!嗖!"九支箭齐中靶心,战鼓齐擂,大伙一个劲儿地叫好。吉林兵也挽上袖子上来了,也是九支箭齐中靶心。结果宁古塔和吉林兵各得一个第一。

下面人一看真是射得不错,这六个射的人也暗自高兴,认为没有能超过他们的。

这时人群中闪出三个人,说:"你们不要骄傲,你们能把九支箭射到靶心的圆上,我们能把九支箭射到一个点上。"瓦礼祜一看,不是别人,正是北边来的五兄弟中的三个。

瓦礼祜一看很高兴:"好,你们射吧。"这三个人射得快,像流星一样,箭头对箭尾，九支箭从一个洞出去了。"哎哟！"有的人惊得舌头伸出来，半天也没缩回去。

瓦礼祜赶紧派人去请示萨布素，现在有比规定还好的人。萨布素听了特别高兴，"像这样的给记特等功，别人给一套衣服，他们再多给一双靴子。"这事一下传开了，都说："可了不得了，北边鄂伦春的箭真是神了！"射箭一直比到天黑。

再说火枪，四武举也是让他们三个射一个活动靶，说："这回要求要高，我们把一个木头疙瘩做人脑袋，拴两根线，来回直晃，看谁三个人都能中。"这是比较难的，因为来回动是不规则的，一起射中很难。要比赛的火枪手有二百多，不少人拿着鸟枪掂量掂量不敢射。

这时人群中闪出三个人，说："我们射。"一看是鹰哥岭三兄弟。这三人一起端起枪，三枪齐中，把木头疙瘩打下去一半。人们齐声喝彩，四武举赏他们一等，别人不能射得这样了。

别的地方，像赛马、举重、挖壕都很热闹。说一下摔跤，到摔跤场一看，一个个都是又粗又大，凡是参加举重的都参加摔跤去了。刘黑塔站在那里，说："谁敢和我摔？"一个愣小子上去就扳住刘黑塔的肩，刘黑塔双手一提，就把这愣小子提得双脚离地，然后，一眨眼工夫就把他摔在地下了。一连摔了十个，刘黑塔也有些累了。监考官说："刘黑塔到旁边休息，还有谁敢来叫号？"

刘黑塔就在旁边休息了。这时黑铁牛上来了，说："我愿和大家摔摔。"一连气也是摔倒好几个愣小子，谁也摔不过他，别人也不敢上了，额黑铁牛也到一旁休息去了。下面又有五六个小伙儿上了，就轮番着上，这个胜了又被另一个战胜了，互有输赢。

最后，刘黑塔和黑铁牛再次上场，他俩摔跤，一上校场两人互相抱一拳，平素间俩人互相不服气，这次就试一试吧。摔了有一个时辰不分上下，有时黑铁牛把刘黑塔按倒了。但是一眨眼，刘黑塔又反过来把黑铁牛按倒了，别的校场也传开了，可了不得了，刘黑塔和黑铁牛在表演呢，没见到这样摔跤的。这一番话把别的校场弄得冷冷清清。摔跤场上里三层、外三层，围得水泄不通，都来看刘黑塔和黑铁牛摔跤。

这两人足足摔到未时还不分上下。到了戌时了，还是没分出胜负。两个人都累得浑身是汗，但还不罢休。这一摔跤，两个人就出来一些隔膜了。这时监考官就回禀萨布素去了。萨布素一听，马上让他俩停。这时两个人也累得呼呼直喘气，谁也摔不过谁，就回营了。

结果宣布刘黑塔和黑铁牛两个一等，射箭北方三兄弟是特等，吉林、宁古塔是一等，火枪是鹰哥岭三弟兄一等。其他也有一等二等的。比赛完了，是酉时初了，掌上灯，点上火把，开了一次盛大的宴会。一直跳舞，京兵还带了八角鼓舞[①]，大家没看到过，这就一个劲儿地要学八角鼓舞。这些人也忘了一天的累了，就演起了八角鼓舞，东北兵一看京兵五人一拨，弹起琵琶、三弦。还打杂板，就是两块儿板，满族人叫"恰拉气"，很有节奏。唱着很好听的歌曲，大家听一遍也不过瘾，再听一遍也不过瘾，大伙轮番唱。第一天就这样结束了。

以后，宁古塔、吉林、盛京中也有人学这个八角鼓舞，在八旗兵中也流行过一段时间。后来在宁古塔就不是太多了，八角鼓舞学得好的数吉林兵，他们继承得也多，所以在扶余这一带到现在还留下八角鼓舞的一些曲牌子。

第二天，开始"敌我"双方演习，由盛京兵五百人当"敌人"，他们占据了一个山头。这边用四面包围、堵住形式进攻。对此，盛京副都统告诉大家："不管谁上山来，咱们坚决把山势看好了，东、西、北看住，南面比较陡，可以少搁人。"

宁古塔将军以下的兵，由瓦礼祜领着进攻。瓦礼祜一琢磨，肯定盛京兵四面把住，怎么能突击上去？这时他想出来办法了，给他一个虚张声势往上攻，攻不上去就下来，再攻，几次以后他们认为我们没有力量了，趁傍晚收兵的时候，我冷不防地攻他的要害，一下子攻进去，这样的话，能够取胜。要不然的话攻不进去，这样齐下虎龙关攻进去。

大伙儿说："好吧。"把兵分好了，这就开始往上攻。人家那边堵住了，防备得很严。这边就不攻了，看见人就回去了，这样拉锯了一天。到最后，瓦礼祜说："我现在开始吹集合号，就是赶紧进攻，要是打鼓，你们就往后退。"这样就一个一个传开了。

盛京兵还是沉着应付，看他怎么样。进攻一方一打鼓，盛京兵又说来了，又来冲锋了，四外就围上了。可围上一看没有动静，过一会儿，一看走了半截，就以为他们攻不进去了，再也不敢来了。以后听见瓦礼祜他们吹海螺了，说黑天了，他们认输了，咱们也回去吧。

这时，那边海螺一个劲儿地吹，只见他们的兵集合到一块儿了，哪承想在他们没有警惕的时候，人家一拥而上，结果把他们包围了，占了

[①] 八角鼓舞：满族的一种传统舞蹈。

这个山头了。这样，瓦礼祜就全胜回来了。

回来之后，瓦礼祜到萨布素那里去了。盛京副都统还不干，说我不服气，他们违反了军法，把退兵吹成进兵了，把进兵吹成退兵。这样，我们当然是上他的当了。

萨布素说："敌我两方打仗，应该是虚中有实，实中有虚，那你还不知道吗？人愿意怎样变化就怎样变化。他的敌人，他还哪能管他们呢！"

盛京副都统一听也乐了，说："对啊！看起来，我的作战经验还是很少啊。"

从这以后，他们对瓦礼祜副都统很佩服。最后是特技表演，专门演三节鞭、七节棍，很热闹。

第三十九章　群鹿救官兵

（一）

练兵完了，时间到了晚秋的时候。北方比南方要冷，现在是红叶满山的时候。这时北风不断地吹来，这些兵是各处来的，有很多水土不服。这样，全军得了病，得的是瘟病。得上病就四肢无力，浑身散，又吐，也吃不下饭了。一个传十个，十个传百个，这样几天就传染开了。

这样一来，萨布素感到着急，另外，萨布素也浑身难受。这样他还主持军务，一会儿这个旗来报告，我们那里又有几个人倒炕上了，不能起床了。一会儿那个旗来报，我们这两天又有几个人倒下了。这样过了五六天，差不多有一半人轻重不一地得了瘟病，一个军营有一半得病，确实是个大事。

药一天比一天少，这怎么办呢？中医带几个强壮的人到山上去采药，可是到秋天也没地方采去，也无济于事。把凡是得病的都搁在一起，但还是不行。军队里就感到萧条了，这时大家都没主意了。

这时中军来报："外面有五个骑马的来了，有三个是达呼尔人，还有两个是蒙古人，说一定要见大人。"

萨布素想，这时怎么还有要见我的人？就说："赶紧请进来吧。"

这五个人见到萨布素就跪下叩头，萨布素让他们起来，一看有两个是蒙古人。蒙古人多是红黑的脸膛，肌肉也比较多。可是这两个脸有些白。那三个是达呼尔人，达呼尔人应该是高个儿，长挂脸，可是这三个人个儿倒是挺高的，两个瘦骨伶仃的，一个是挺胖的。萨布素问："你们几个人是从哪里来的啊？"

"我们是从西边过来的，打算往宁古塔那边走一走，行行医，治治病。我们到瑷珲一看，知道这里染了瘟疫，心里过意不去。这样吧，我们愿意为大家治病，我们能治这种瘟病，可以说是药到病除。可是治病不能治命，真要是太厉害了，我们也没有办法。"

萨布素当时也想了一想，这些人怎么突然就来了呢？又一想，也未免太多心了，就说："好吧，就劳烦你们给治一治病吧。"

他们骑着马，带着一些药，就和军营中的中医商量配方，萨布素暗中告诉军营中的这两个人说："你们看看他开的是什么药。"这两个中医医道也是比较高的，一看他们用的药也是很正确的，也没什么怀疑，萨布素就比较放心了。

说也奇怪，人家开的药，一样用两服，一喝都好了。而且这新配的药要比原来配的药少一多半，熬出一锅药能治好几十人。吃完这两服药都好起来了，也能吃饭了，也能溜达了。这可高兴了，都来找他们治病。可是好的人过个三天两天的，冷丁一下子就死了，根本没法抢救。

一连死了二三十个，萨布素一看不好，说停，就停药了。把这五个人找来了，说："你们的药是怎么回事？"

这五个人也吓得汗流浃背，说："大人，如果你不信，我们吃一吃。"

萨布素说："那好吧，你吃一吃吧。"

这五人就熬了药，把药喝下去了。喝了以后，三四天，人家没怎么着，萨布素很奇怪，已经死了二十多人，又死了十几个人，凡是喝这个药的，都是先好，过几天就死了，就问军中那两个中医，从抓药一直到给药，是不是一直看着他了。中医说他们抓药的时候我们都看了，是治瘟病的药。但在煎药的时候，他们不许生人进屋，人家说这药怕生人。如果生人进来，药就不好使了。他们在里头说是还要祷告神灵，一方面是药的力量，一方面是神的力量。

萨布素把脸沉下来了，说："你俩这就不对了，应该把他们制药的过程整个告诉我，你们怎么这时候才说！"

两个中医也没吱声，寻思这也真是，应该事先告诉大人。萨布素在心里琢磨，就问："他们在哪个屋熬药？"说是东下屋一个小院里，每到熬药时都把门一插，他们就开始熬药。

这天开始熬药了，萨布素就告诉两个中医，说："把门打开！"把门打开了，把那五人请去招待了。进屋一看，细一检查，什么也没有，就是有一个熬药的灶和锅。搁几个人检查，丝毫没有破绽。又看看柜，又看看箱子，都没什么。萨布素说："来人，把这个大箱子钻几个眼。"这个大箱子很大，一个人可以躺下，"今天下晚黑我在这里住，箱子照原样锁上，在箱子后面钻几个眼也看不着。你们任何人都不许说，就说我有病在床起不来。"

"好吧。"就找个人偷偷钻几个眼，萨布素就进去了，边进边说："锁上，明天他们出去之后，再给我开箱子。告诉那三个人，说给我煎药。"

那两个中医也不知是怎么回事，不服从，可人家是指挥官，只能听，但是不放心，"大人，你这样是否有危险？"

"没危险，照我说的办！"说完了，由两个中医把他锁到箱子里去了。

（二）

这两个中医就到那五个人那去了，说："有些误会，我们不得不加小心。这正像你们说的，治病治不了命。我们萨布素大人也病了，你说一军之长，如果病倒了可怎么办？"

这五个人一听，说："我们一定给好好治，保管明天白天喝了，晚上就好，后天指挥战斗，你们放心吧。"

两个中医就帮助他们抓药，他们说："我们还得到那屋煎药去。"就进了那房了，把门一锁，他们不知道萨布素在箱子里，心里是暗暗地高兴。胖子跟他们说："明天我们要给萨布素治病，可得要加小心，我们要稳当一些，不要露出马脚。萨布素可不是一般人，有点什么事，能看出来。看我的眼色行事，把我们下的毒药下得稳一点，让他闻不出来。现在咱们赶紧动手熬药吧。"

他们开始支上锅熬药。那蒙古人说："咱们明天给萨布素看病，看他是真有病，还是假有病。"

"对呀，要是他糊弄咱们，那就坏了。"

"那有办法，明天我先给他切切脉，看看他是真有病还是假有病。"

"那我们几个人还不大会看脉啊！"

"那没关系，咱们看他精神怎么样，如果是装的总能看出来。另外，再看他身上热不热，如果身上热，脸上发黄，他肯定有病，要像好人一样，可千万别给他下药啊，要下了药，他说不喝，你可怎么着？"他们这么合计着，也把药熬好了。

第二天早晨，这五个人送药去了，说："听说萨布素大人病了，我们五个人花很大力量把药熬好，其实我们也没大睡觉，专门熬这剂药，现在是熬好了，可以给大人送去吧？"

两个中医说："你们先吃饭吧，吃完我们一起给大人送去，看一看大人的病怎么样了，是不是能好。"这两个中医这样是为了缓兵，可以让萨布素出去。

一个中医陪着他们，另一个中医就把锁头暗暗给打开了。打开以后，萨布素就出来了，"昨天下晚黑一宿，他们的底细我知道了，今天他们给我看病，告诉他们四分时候去，不要早去。"他交代完就走了。

萨布素回去后就跟下面人说："明天有人要来给我看病，我在床上躺着，你们就说大人的病见不得风，一见风就不行了，让他们在外面看病，我把手伸出来让他们切脉，你们就说他们医术挺高，是神医，就这么说。"

两个中医陪着他们五个人，吃完饭了，说："大人告诉让你们四分时去。"这时萨布素那里都准备好了。两个中医领着这五个人就到屋了，到屋一看，屋里确实是很静。几个侍候的人都是垂头丧气的，心里很不高兴。一看这五个人来了，赶紧请安，说："你们真是救命的恩人啊，要不是你们来，我们大人的病好不了，我们大人这两天的病很重的。"

"唔？大人得了什么病了？"

"从打昨天开始就不能出屋，一见到一点儿亮光、一见到一点儿风就不知道怎么好了。吃饭也难受，所以现在躺着是挡得严严实实，请你们千万注意。看脉的时候不要让他见光，一见光他五天也过不来。"

那个蒙古人说："那也成，我们在外面切切脉也一样。"

他们到屋了，茶也献上了，胖子说："请大人安，我给大人看病来了，请大人把手伸出来。"

下面的人捂巴着就把萨布素的手拿出来了。胖子就用手摸脉，摸了半天，点点脑袋，又用那个手摸脉，点点脑袋，说："大人，这个病可真不轻啊，一是中了瘟疫；更重要的是得罪了当地的神。神见怪了，就给他这个病。大概你们来到这里之后，山神、河神没有祭奠。"反正他说什么，侍候人就答应什么。

"对啊，真是那么回事。我们来了之后，忙忙乎乎的，没有祭山神，也没有祭河神。你看看，这是山神见怪了，河神也见怪了。"

"所以他见到风直打哆嗦，见亮光也不行，这是河神给你们的眼罩戴。好吧，把我的药吃上，喝完药，我给他叨咕叨咕，送一送，就好了。"说着把药拿过来，说："请大人用药。"

侍候人就说："大人，你用药不用药？"

萨布素说:"我现在不能动弹,暂时不能喝,先把药放在外面,替我谢谢这五位大人。"

这五人一听很高兴,说:"这样吧,我们轮流侍候大人喝药。"

萨布素说:"你这个药能治什么病呢?"

胖子说:"我的药能治百病,什么病都能治。"

"那没有病的人能不能吃?"

这五个人就打了一个顿儿,胖子说:"没病的人喝这个药,更能延年益寿,心宽体胖,还能精神百倍。"

萨布素一听,说:"这真是灵丹妙药!我头一回听到这么灵的药,这样的药我自己喝,是忍心不得的。你们都辛苦了,我宁可晚一天好,也要报答你们的恩情,你们先把这药喝了吧。你们可以延年益寿,专门留在我这里治病吧,以后我奏明皇上给你们立功、升官,没别的,你们先喝药吧。"

这五个人一听傻了。这话都说出来了,没病也可以延年益寿,这可怎么办呢? 不喝人家大人吩咐下来了,喝吧,头两天挺好,过两天准死,都吓得跪下了,说:"大人,我们哪能喝呢,我们一宿没睡觉给大人熬出这碗药,应该让大人喝。"

萨布素说,"我这个人就是这样的脾气,越好的药我越舍不得先喝。你们无论如何要先喝,喝了吧!如果不够五个喝,你们先一个人喝了它。"

这怎么办呢,这五个人说啥也不喝,萨布素说:"喝吧!"

"我们不能喝!"

"为啥不能喝?"萨布素扑腾一下就从床上起来了,说:"来人!把药给他灌下去。"萨布素早在门外安排好几个有劲儿的人,拽住胖子就要把药给灌下去。胖子到这时候一看实在没法了,就颤抖着说:"不用,不用,我自个儿喝它!"他就咕咚咕咚把药喝进去了。

另四个人都傻了,知道是完了,但还得装出来没事的样子,说:"我们给大人做的药,我们怎么能先喝了呢?"

萨布素说:"没事,我的病是些小病,我是特意试你们的心,看你们是否诚心给我治病。我一看你们真是诚心诚意地给我吃药,你们的诚心我是知道了。"

那五个人听了心里扑通扑通的。萨布素说:"来人吧,把他们请到东下屋。让他们好好休息,好好捂上被褥,准备明天送他们启程。"

这五个人垂头丧气地到了东下屋,一看四外没人了,四个人抱着胖子就哭了，连哭带骂，"你啊，真是名利熏心，你想把萨布素害死，在沙皇那里可以当个一官半职的，没承想，你自己把自己的命害了吧！"

老胖子一听也直掉泪，"我也是没办法，不用提了，我是要完了，你们能跑就快跑。"

这事怎么让萨布素知道了？这四个人纳闷："他是怎么知道的呢？真是怪事！我们在熬药之前房前房后都检查了，怎么就让他知道了呢？"

胖子说："唉！你们可不知道，人家萨布素是天上星星下凡，是黑虎星下凡，可是我没算着这一着，人家是有众神保佑的。人家在帐篷里待着就能知道咱们搞的什么鬼。"

这四人一听也耷拉脑袋了，"怎么能跑出去呢？""有办法，我们看那边窗户开着，咱们就豁出命来，留下就得死，跑，备不住还能落个活命。"他们说的是东下屋，看看两窗扇扣着，推一下东窗户，东窗户就开了，说这回好了，能跑出去了。把东窗户打开了，胖子说："你们走吧，我是不行了。"

"你不行了也不能在这里死啊，这就露马脚了，一起跟我们跑出去，我们到外面送你回天。"

这几个人像鬼似的溜溜想从东窗户出去。胖子说："你们一个一个出去，不要让人发现。"好吧，第一个就出去了，只听扑通一声，知道是跳下去了，再一听一点动静也没有，这人出去了，第二个扑通又出去了，一齐出来五个人，外边是出来一个抓住一个，都五花大绑地把他们绑上了。

（三）

第二天，萨布素升帐了："你们这些诡计怎么想的？你们如实说吧，到底是从什么地方来的，干什么来的？"这五个人说了实话。

原来这五个人是雅克萨城里过来的，来之前沙俄督军说，"你们想尽一切办法把萨布素的军队搞垮，搞得不和也行，搞死几个也行。尤其是萨布素，能把他治死，我到沙皇那里奏一本，可以当王爷。没别的，来人，这里有一百两黄金，一人二十两。二十两黄金相当于银子两千两。这给你们预备着，啥时完成任务，就给你们。如果死了俩人，那四十两也给你们，作为他子女的赡养费。"这五个人听了，馋得哈喇子都出来了，这就不顾命地出来了。

出来之后，听说清兵在瑷珲，到瑷珲四处打听，看了头天的演习，没敢进来。过几天，听说清兵不少有病了，闹瘟疫了。他们一听很高兴，他们里头有两个会中医，有一种药叫"隔日迷"，就是隔一天才死。

这五个人原来是北部草地上的江洋大盗，专用这个来害死人，好抢劫财物，始终这五个人是不干好事的。他们一寻思，好了，有招了，一看这"隔日迷"还有不少，他们还有一种药，什么病吃了这种药都能精神起来，这玩意儿据说是从外国传来的，味挺苦的，但抽起来挺香的，也许就是大烟这一类药。病人吃一点确实能精神一阵子，这"隔日迷"一发作就死了。如果搁一点，两三天才死。这样他们就混到营盘里来了。

一五一十地招出来后，萨布素说："看看，我们应该特别注意，越离敌人近，这些奸细就越多，他们会使各种招来破坏我们的军队。来人！把这五人都绑出去，砍了！"当众把这五人砍了。

把这五个人砍了，可是瘟疫病仍然没好。萨布素心里着急，怎么办呢？就在这个时候，就听西山的柴草响得了不得，噼里啪啦就像有许多马跑过来了。萨布素想，这可坏了，一定是敌人上来了。这可怎么办呢？军队一半有病，怎么来抵抗？立刻下紧急命令，赶紧准备。

再一看，不是马，是一帮鹿。鹿越来越多，一个鹿叼一缕草，头前的鹿戴着银牌子。怎么鹿也跑来了呢？这些鹿什么也不怕了，直接往中军帐走，奔营盘来了。传令兵赶紧禀报主帅，萨布素一看是一群鹿，头前的鹿戴着银牌子，萨布素认得："这不是我们给治好伤的鹿吗，它怎么来了呢？"

这鹿一看到萨布素，就一下子跑到萨布素跟前了。一看那个北面有锅，就把草放在锅里。别的鹿也是一样，往锅里放草。锅装满了，一缕一缕摆好了。然后这只戴银牌的母鹿瞅瞅萨布素，又瞅瞅锅。萨布素不太明白。

"你们是不是饿了？"鹿也没吱声。

"是不是渴了要喝水？"鹿也没动弹。然后这鹿一看旁边有病人，就叼了草往病人嘴里塞，病人稀里糊涂的，把草三嚼两嚼地咽了下去。过一会儿，睁开眼睛了，又待一会儿，好了。萨布素才知道这帮鹿是给他送药来了，说："来人，赶紧把这个草收起来，然后给大伙熬水喝，看一看都怎么样。"

这鹿一看明白了，就一个一个又回山了。萨布素眼瞅着这鹿走了，心想："这是天神对大清的保佑啊，要不怎么能感动一千头鹿来给我送草呢!"

这样熬上草水，没有三天，整个兵营的病都好了，还比过去更精神了。萨布素说："把剩下的草都晒干，留着以后用。"从这以后，就不闹瘟疫了。攻打雅克萨的时候，罗刹闹瘟疫，我们的中医用此草也给罗刹治过病，可惜这种草也没留下来，也不知什么原因。

第四十章　萨公愁粮草

（一）

巴海将军到老的时候总是有点嫉贤，总是怕别人夺他的功劳。从萨布素出兵以后，他的心里总是矛盾，七上八下的。心想："萨布素啊萨布素，你不应夺我的功，如果咱们一起去打仗，你的功也不能小啊。"巴海想得比较窄。

萨布素没想这个，想的是如何保卫大清的边疆，消灭罗刹。他对巴老将军从内心还是很尊敬的，但是巴海却对他有很大的误解。这样就引出了许多问题，再加上他认为康熙帝看不起他这个老臣，总觉得康熙帝年轻，处事冒失。没让我这个几辈老臣去，却让萨布素去，好吧，我们就骑着毛驴看唱本，走着瞧吧，我看看萨布素有多大能耐。因此他这一阵子心里很烦闷。

他身边有一个老管家，比较奸诈。转眼一个道儿，一转眼八个心眼儿，专门出坏道，另外，还专会看老将军的颜色行事。老将军烦什么，他多咱也不提；老将军有什么愁事，他总能想法解决；老将军心里想谁，他把谁捧上天；要是老将军恨谁吧，他就把这个人踩到地下。正因为他是这样一个人，反而得到巴海的信任，心想他真能知道人的心情，什么事和他商量就好办了。

这天，这个老管家看出来巴海从打萨布素出征之后就不高兴，知道巴海的心情。这天，他对巴海说："老将军，我怎么看这些天你有点闷闷不乐，是否身体有些不适？如果是身体不舒服，你老说话，我好给你找大夫看一看。"老将军晃晃头。

老管家说："是不是家里有些为难招灾的事？你也跟我说说。"

巴海说："你不要猜得太远了，不是那些事。"

老管家说："我知道了，老将军是忧国忧民，担心北边的仗打不好吧？"

巴海说："多少有一点儿，但不完全是这样。"

老管家说："我看萨布素现在是翅膀硬了，有点不认人了——像老虎跟猫学武艺，学好了武艺，忘了猫。这个萨布素啊！人家是大人，不该我说，可我觉得他对不起老沙尔虎达，对不起将军你啊！"

巴海半天没吱声。"唉！你这是哪里话，后起来的人是要比我这样的强啊！他有军事才能，所以圣上才派他去，在这方面就不要多说了。"

"不是我想多说，我说也应该考虑你老的以后啊。"

"唔？我以后怎么的？我是几代的功臣，我父亲是阿里阿达番，我也是阿里阿达番，我有什么后顾之忧呢？"

老管家乐了，说："老将军，你只知其一，不知其二。"

巴海说："你有什么，你就说吧。"

"你想一想，萨布素受到皇上的宠爱，这次出兵肯定是得胜还朝。他现在是副都统，回来肯定可以升将军，那你的位子怎么办呢？一个地方也不能出两个将军啊？这是一；二是记着没记着，当圣上接见你老的时候，萨布素在场不在场？"

"没有啊！"

"这不就得了，正因为萨布素不在场，他在皇上面前不知说了你多少坏话，不然的话，以前决定你去，为何后来找他去了呢？这就是说当今皇上信着萨布素了，这事你不能不考虑啊！"

本来巴海就有点心疑，这一说，就更铁心了："唉！没办法，我家父一辈子都对他这样，没想到他这样忘恩负义啊！"

老管家这才知道他的心里话，说："信着奴才，我有几句话要说。"

"你说吧。"

"唉，老将军不能不留后事，首先把吉林兵的兵力准备好。"

"为何要准备兵力？"

一是萨布素打了败仗，你立即出兵，以迅雷不及掩耳的工夫就把罗刹一举消灭。这样萨布素灰溜溜的，就没法见皇上去；第二，要是萨布素万一真打胜了，他想要回宁古塔，皇上要升他当将军的时候，你把兵力掌握足。他想要动弹你将军这个职位，皇上也得想一想，因为你有实力，你有兵权，真要是有那么一天，你就威胁威胁他，咱们把兵拉出去。"

"这不能，不能，这样不是叛逆了吗？"

"唉！咱们不是叛逆，只是吓唬吓唬他。"巴海点点头，没吱声。

总管还说："不是要派人到北边开荒、耕田、种地吗？让去五百户，就这个机会可以去。"

巴海说："我都安排好了。"

"你的安排不行，依我的意思去老牛，一走掉三块。另外去些老弱残兵，不能劳动的，派这些人去。"

巴海说："派这些人去干啥？"

管家说："这样就给萨布素增加一些负担，你说是他照顾这些人好，还是打仗好？不顾这些人吧，眼瞅着要死；照顾他们吧，还不能干活，牵扯他的后备力量。"巴海点点头。

总管又说："你过去十天八天给他运两三船粮食，往后给他打住，别给他送。然后向皇上报告，说咱们这地方歉收了。这样他一半会儿解决不了。这样不用长，断他半月粮，军心就散了，你不用等圣旨就出兵，一出兵就把罗刹撵跑。这样打了胜仗，皇上还能不高兴吗？"

"唔！我寻思这样真是不错。那就这么办吧，不是我对不起萨布素，是萨布素对不起我。"

管家说："那可不，兴他不仁，还不兴咱不义啊？"

"咱们兵不够怎么办呢？"

"这好办，把赫楚兵调到吉林来，到吉林来做后备力量。那地方也能来一千人，加上我们现有的一千兵就差不多，咱们就有实力对待萨布素的兵。"

"好吧。"

这样，巴海就听信了管家的话，结果就挑那些老弱残的兵，哼哼呀呀的兵，老的更老，小的更小，统共找了五百户两千来人。

要说一个年轻人没有也是胡扯，十个人里能有一个年轻人。完了之后，挑了五百头老掉牙的牛用船往那里运。本来粮就不足，草也不足，这些人和牲口往北走，路上四个就死一个。

到了瑷珲了，萨布素一看这样，心里说："将军哪将军，你这不是给我上眼药吗！现在正是我急于用人的时候，急于出兵的时候，你怎么给我这样的老弱残兵？在船上死了这些，下船还得死，这是一；第二，我现在没有粮食；第三，秋收完了，他们到这里来，没有房子，没有粮食，没有衣裳，不是把这些人活活冻死吗？"一想这些，心里是非常难受。眼瞅着吉林的方向，心里说："老将军，我不知你是什么意思，你这是支援我呢，还是破坏我呢？不错，在皇上面前我提出了不同意见，我这是为了大清国呀！如果按老将军的主张，恐怕是来多少，报销多少。"这是萨布素在心里暗想，没有说出话来，急得快掉泪了。

一个打仗的英雄，要掉泪是不容易的事情，眼瞅着两千来人没吃的，确实是个大问题。"暂时留下吧。"就留下了这五百户。

以后，今天死两人，明天死三人，后天牛又死两头，不到半个月，人死了有一半。萨布素急了，说："我也不等圣旨了，赶紧地，把这些人送回去，如果吉林不要，送到宁古塔我们养护着。"本来粮食就不多了，就又给他们预备一些，派五十人，坐船送他们回去。这时已经快要到河汊了，赶紧坐船走，把这些人打发回去了。

（二）

大家都知道主帅为粮食的事犯愁，都有些议论，"巴海将军也太不像话了，现在是隔个十天八天的才送一船粮食，什么也不能当，连熬粥都不够喝，这怎么能打仗呢！"也有人说："咱们不要乱说吧，上面会有一定的安排的。"这样众说纷纭，士气也不太高了。

有的年轻士兵非常着急，就主动找他们的头儿："你们可以和主帅研究研究，咱们从现在起就可以把粮食节省一些，不要随便吃。另外，可以组织打猎队，到山里打点牲口，也好嘛。"

这样，下级一些军官就把意思送到萨布素那里去了。萨布素一听很受感动，这些士兵能为国家着想，在困难的时候想办法。那好吧，既然这样的话我要做决定："从现在起，粮食要节省，两天的粮食匀成三天吃，不足的地方可以打猎。"这样，各旗组织了不少打猎队。萨布素说："打猎是打猎，可是见到了鹿可不能打。"

大家说："这我们知道了，我们见到了鹿绝不会打，没鹿我们也活得了。"

这时，一个传令兵骑马飞快地跑过来了，说有京城带来的圣旨。萨布素赶紧带了骁骑校以上的官员出去迎接，接出去有十里地。把圣旨接到主帐里，摆上香案，点上香，对圣旨三拜九叩，大致意思是命令各旗整顿兵马，攻打雅克萨。

萨布素听清指示以后，心里琢磨："圣旨是说得对，可是我没粮食，怎么去进攻呢？"有心跟来官说，把这个情况告诉圣上，可是一想不能，我不能这样做。想到老沙尔虎达和巴海将军，他把话又咽回去了。也有人想说，萨布素递了一个眼色，不让说。

送圣旨的京官问了一下有什么困难没有，萨布素什么也没说，只说了一条，"听说福建兵要来了，什么时候能到？"京官说："快到了，现在已经到京城了，在换重型的藤牌，因为从南方过来，到北方去，需要换衣服，这里什么时间去文书，什么时间就到北边来。"萨布素说知道了，京官就走了。

这样，除了缺粮之外，圣旨又催他出兵，萨布素心里是更焦急了，要按旨出兵，没有粮食，不出兵那就是违旨，作为一个主帅，违旨可不得了。圣旨让你什么时间出兵就什么时间出兵，这样，萨布素就赶紧派两个人到吉林去催粮。

（三）

没有几天，又来了一船粮，而且带了两封信，说今年吉林粮食歉收，你应耐心等候，希望你们节省一点，我正奏明皇上，等候圣裁。这一说，粮食是没多大指望了。

萨布素想巴海这里肯定有缘故，知道今年的粮食不是太缺的，怎么就来不了呢？这样军心有些动摇，尤其是吉林兵更是了不得。这不，吉林副都统来了，气势汹汹地进来了。往那里一坐，萨布素纳闷："你有什么事情要商量吗？"

吉林副都统看了看萨布素，很着急的样子说："当前来看，粮食这么紧张，咱们怎么出兵打仗？现在吉林兵军心不稳，不愿在这里挨饿，想回吉林去，你说怎么办？圣上的旨意让我们赶紧出兵。我们如果不出兵，那就是抗旨啊！"

这些话像三支利箭一样射向萨布素心里。这时吉林兵到门外来了，说："我们现在饿了，要粮食，要没有粮食，我们就要回去了。我们死也不能死在外面，死也要死在家乡。"

萨布素问副都统："这些人怎么来的，怎么和你一起来的？"

吉林副都统说："那我不知道，我来和你说是为了你主帅的安全。"

外面的吉林兵闹得更厉害了，北边的五兄弟、鹰哥岭三兄弟和李昆、魏海一看太不像样子了，在帐外喝住他们："你们赶紧给我回去，有什么事由主帅裁决，你们这样可不行。再这么闹，别说我们不客气！"

吉林兵有的往后退，有的什么也不怕，还径直往上上。那五兄弟急眼了，就大步向前一伸手抓着了两三个，带到他们的帐篷里了。这事萨布素还不知道。

五兄弟问："你们说吧，是谁让你们来闹事的？你们闹什么事，粮食用你们管？！你们干什么来了？"这些人开始不说，可是那五兄弟不管那一套，就噼里啪啦揍起来了。这些人实在是受罪不了了，就实说了："昨天，我们副都统找我们几个人，让我们今天和他一起来，来闹主帅。说一闹可以让我们回去，本来我们就不愿意在这里。我们要是闹好了，还一人十两银子。"

"好！原来是这回事。"领着这些人到主帐去了。

到主帐一看，吉林副都统还在扎脖扬手地说这三条："军心不稳，你有什么高招？粮食不足，你怎么出兵？圣上的旨意，你怎么对待？你回答我这三条吧！"五弟兄一听，就把抓的人推进去了："启禀主帅，吉林兵闹事，你问这三个人就行。"

萨布素说："你们说说为什么闹事？"那几个人看吉林副都统在，不敢吱声。萨布素一看明白了，"你们尽管说，哪怕是我的错，也可以说，我不责怪你们。"那些人才胆胆突突地说了。

吉林副都统这一下吓得脸煞白，那小头目说到将一半，吉林副都统一刀杀了他。萨布素说："干什么？你怎么随便杀人呢？"那两人哆哆嗦嗦地往后退。

萨布素说："你们说，我给你们做主。"那二人听说有主帅做主，就把事情从头到尾说了。说完了，萨布素告诉梅特勒那小伙子，说："把他俩带下去好好安抚安抚，让他们别害怕。把他们从他们营盘调到我的营盘来，免得他们遇到一点儿危险。"

把这两人安排好了，萨布素这时真来气了，指着吉林副都统说："你好好想一想，你作为一个指挥的将领就应该为我分忧，为我们全军分忧，你不以国事为重，反而挑拨离间，兴风作浪，制造是非，你这样做对国家有什么好处！对今天我们这里的军队有什么好处！对我们征剿罗刹又有什么好处！你想没想？是的，我们军队目前是有些困难，你作为一个指挥人员，应该带头一起来说服大家。你看到没有，有许多士兵主动到这里来要求节省粮食，可是你却让你的部下闹事。我们应该同甘共苦，可是你偏偏找这个机会惹是生非，你要是这样下去会有什么结果？你也许是冲着我来的，但是我萨某的个人成败是很小的事情，我萨某满打掉头，这没多大关系。你有没有想到大清的江山，想没想到江北的居民正在遭受涂炭！"

萨布素越说越来气。"你啊，这样会产生一些严重的危害，你应该好好寻思寻思！"别的副都统来了，也都气得不得了，都说他这样太不对了。

"你究竟是什么意思？把兵挑动起来，难道你想造反？"有人这么说。

"我们应该共同分担国难，但你却火上浇油。"

吉林副都统看大家都说他，真相也明白了，说："唉！我也是着急啊，也是为了出兵啊，为了主帅啊，我寻思我一个人说了不好使，把兵带来了大家说。"

萨布素说："你急？急什么？你急的是国家征剿罗刹的大事，急的是江北居民的苦难呢，还是急的是受什么人重托，没有实现呢？你好好想一想吧！"

吉林副都统说："不管怎么说，那我提的三件事是不是真的，要是真的，你就应好好想一想！"

萨布素说："你说现在军心不稳，是真正不稳吗？要不是你从中挑拨，能够不稳吗？咱们有多少兵是不稳的，你说一说？"

吉林副都统不吱声了，萨布素说："要说粮食不足，即使吉林粮食不到，我们也可以想办法借粮食，我们向当地各族百姓说明我们的真情，让他们支持我们。另外，我们三军士兵再次组织打猎队来弥补粮食的不足，我们有什么大不了的困难？至于圣旨的问题你不用担心，我如何遵旨，还是抗旨，由我负责，这牵连不到你身上去。我想当今皇上是英明圣主，如果我细心地禀奏的话，圣上能同意我延期攻城。可是我想再等一段时间，我已派人到巴海将军那里借粮去了，如果老将军把粮食给我送来，我们什么事也没有了。如果再不送来，我只好如实陈奏。你的所谓三件大事：一你不在主帅帐中一起研究，共同商量；二你没有向我直接禀报；三你不能因势利导，不能说服士兵。你不是纯属混乱军心，挑拨离间吗？"

他这一说，把吉林副都统说得脸煞白。萨布素说："今天我作为主帅，担负着保卫国家的责任，我身负皇上的重托，我能容忍你这样的行为吗？"这一说，吉林副都统吓得汗流浃背了。接着，萨布素威风凛凛地说："来人！"

"嘛！"

"请尚方宝剑！"

这一下吉林副都统傻了，他忘了萨布素有一口尚方宝剑，是皇上赐给他的，可以先斩后奏，谁都可以斩。萨布素从出发到现在，从没有拿出过尚方宝剑，吉林副都统赶紧跪下了。

"来人，把顶戴给我摘下来。"把他的顶戴摘下来了。这时萨布素对尚方宝剑进行三拜九叩，抽出剑，将要往下交，回头一想，不能，他是巴海深信的人，他是应该杀，我也能杀，可是我看在老将军面上，不能杀。想到这，把剑叭一下插回去，说："我本应今天把你斩首示众，但我考虑你是巴海将军麾下的一位老人，我看在巴海老将军的面上，留你一条命，削去你的一切官职，到营前报效，所有吉林兵的事情由吉林来的左翼协领代办。"说完了让笔帖式具文呈禀，上奏朝廷。笔帖式当时就往吉林、往圣上做了汇报，这样军心就比较稳定了。

第四十一章　萨公祭天

（一）

　　萨布素处理了吉林副都统之后，回到帐篷，到了深夜还睡不着，心里琢磨，这次缺粮，肯定是巴海将军跟我过不去，让三军跟我遭这个罪。越想越觉得对不起三军将士，但怎么琢磨也没有一个好道道。有心上报圣听，又害怕皇上对巴海将军有什么责怪，对不起老一辈少一辈将军。这一点上，萨布素确实有点儿软弱，不能直陈。萨布素忘了应以国家为重，他把私人关系放在国家关系之上，结果造成了挺大的危害。萨布素越想越感到进退两难，焦急万分，想这事怨我，我大概得罪了上天。

　　第二天，他把佐领以上的官员召集到一起，有点自责地说："我萨布素没有福，我也没有领兵的更大的能力，使全体将士受罪。我想阿布凯恩都力对我有责怪，一定是我的祖先神对我不满，我一定有什么不对的地方，我一定要祭天祷告。"就这样摆上香案了，大小官员一听要祭天，赶忙回去穿上朝服，大家也感到是要请求阿布卡恩都力的保佑，对奥古妈妈武备神进行大祭。

　　这样祭了两三天，萨布素跟大伙儿说："要进一步节约粮食，咱们得节衣缩食，不然的话，没法说服大家。"

　　大家说："好吧。"

　　从那之后，萨布素过去一天吃三顿，现在只吃两顿，那一顿用别的东西来代替。这样一传十，十传百，连主帅都这样省粮了，自己更应该注意。实际来说，在萨布素节食以前，各兵员也是你出点粮食，我出点干粮，弄得粮食更紧张了。有时因为分粮不均匀，各旗相互争夺。自从萨布素带头节粮之后，主帅的这种行动感动了大家，大伙儿说："连主帅都这样少吃一顿饭，我们还要乱争乱抢的！"这样，以后打饭也好，分粮食也好，比过去好说多了。当然问题并没有解决。

（二）

鹰哥岭三兄弟，加上北边过来的一个，一共是四个人。哥儿四个一合计，咱们从鹰哥岭率军报效，参加了甲兵，萨布素大人对咱们天高地厚，今天有这样大的困难——全军没有粮食，吉林巴海将军又不及时送，咱们哥儿四个怎么办啊？多少减轻一点大人的忧愁呢！瓜尔佳那两个小伙儿说："我这两天也寻思这件事，我们这么办好不？"

梅赫勒小伙儿说："你有什么办法，你说吧！"

"咱们出去打猎去。"

"我们不是天天出去打猎吗？这一两千人，都出去打猎去，有多少野牲口啊？就是有牲口也吓跑了，你没看到吗，现在连只兔子也打不到了……"

"不，我的意思是不单去打猎，附近五六十里的地方有罗刹的住房，咱们是不是再找几个人，到罗刹的城堡里去抢点粮食来？把他们杀了，粮食抢来，不就能解决几天吗？"

梅赫勒小伙儿一听："这也是一个招，不过咱们四个人也不行啊。"

"不要紧，我有几个要好的，我去找他们去。"这么一找就有十个人了，都对军队没粮食犯愁。这些人一合计："咱们攻堡垒恐怕不行，咱们劫粮食。"

"怎么劫呢？"

"罗刹那边肯定还要运粮，我们就劫他一窝，劫到了粮食该多好啊！"

梅赫勒兄弟说："这样太危险了，没跟大人说啊。"

"别说了，一说大人一定不让我们去。拿点绳子，带着绊马索，带几支鸟枪。咱们这回如果碰上了他们，前面搁一个人逗他，后面六个人就把他们卡住。他们人多咱们就不动，人少的时候咱们就动手，行不行？"

这七个人就冒冒失失地去了。第一天没怎么的。第二天看到来了四五十个人赶着大车拉着粮食，没敢动手。第三天，看他们往城外运粮，拉了七八车粮食，哪一车都有两千斤以上。轱辘车咕隆咕隆响，有十几人押着，赶车的都是鄂伦春人。这可好了，他们就往前溜，在前面放了七八个绊马索。赶车的还傻咧咧咕隆咕隆地朝前走，罗刹兵在后面跟着。到了跟前，头一车就被绊倒了，还是下坡，他的车一倒，其他车就堆住

第四十一章　萨公祭天

273

了。这个坡挺陡，车就擩上擩下，他们就开枪了，打死五六个罗刹，其余的扭头就跑。

那些赶车的鄂伦春人一看是大清兵，又惊又喜，把十车粮赶到清军营盘里。

萨布素一看又高兴，又觉得心疼，又来气：高兴的是这十一个人就解决了一两天的粮食；心疼的是觉得这些人确实跟我是一心一意的，为了解我的难，竟不顾自己冒这么大的危险；生气的是没有军队的命令，就擅自行动。萨布素把他们申斥一顿，说："本来要给你们记两个功，可是你们没有命令，就私自出去，这样给你们减去一个。"

这些人心想，你就是不给我们论功我们也乐意，我们只要能为主帅解决一些问题就行。萨布素说："下不为例，以后再也不要出去了。"

几个人一合计，咱们不为功，就是为粮食，只要弄到粮食，自己受惩罚也甘愿。于是他们又偷着出去了。

这次出去，是傍晚上出去的。不到半夜，就看见又来十来个车，都装着箱子，就跟着三四个兵。这下可好了，这回车比上回多，我们就干吧，他们只有三四个人，不用绊马索，就开枪了。一开枪，这箱子就打开了，里面都是兵，这一下四面围上了，这七八人一看，知道是上当了。

梅赫勒兄弟说："你们赶紧撤，我在后面阻击敌人。"瓜尔佳两兄弟说啥也不干，说你们的枪法没有我们的准，瓜尔佳兄弟中那个岁数比较大的，已经当了领催了，他们几个还有官职，瓜尔佳兄弟说："我是官，你们听我的命令，都往后撤吧！"

瓜尔佳兄弟两人就埋伏在后面堵住，四外的人越来越近，他们边打枪边退。将撤出包围圈，一看瓜尔佳两兄弟已经都被打死了，再一撤出，又有两三个被打死了，这伙人就跑出三个人。正在危急的时候，援兵上来了，有射箭的、使刀的，这才算解了围，把这三个人救出来了。

人是救出来了，把萨布素气的，有心要斩他们吧，但他们是为了解决军营的困难；有心不斩吧，他们太违反军纪了，告诉他们别出去，还是不听。这三个人也没招了，不吱声。大家也都替他们着急，埋怨他们："你们怎么干这样的事，大人不让你们去，为什么偏要去呢？这可怎么办呢？"

几个人互相绑上了，见到萨布素就跪下了，萨布素一看，三个人丢盔卸甲的很狼狈，又一寻思，他们这样是为了粮食，这个事怎么办呢？把惊堂木　拍，"来人，把二人推出去给我斩了！"

各八旗佐领都跪下了，说："大人，按正理，这三人都该杀，但应该念他们上次得了十车粮，而且这次也是为了军队的粮食，请大人饶了这回吧？"

萨布素也等着大伙求情，他担心宽恕他们怕众人不服，这样大家一保，他就借这个台阶下来了："既然大伙儿为你们求情，你们三个人起来，给大家磕头。"

这三个人连忙给大伙儿磕头，萨布素说："你们三个人死罪免了，活罪不能免，各抽二十条子，放回军营，戴罪立功。"三个人挨了几条子，打得也不太重。但总是挨了几条子，那不是柳条子，是柞木条子，虽然打得不重，但也是皮开肉绽。

三个人回去了，躺在炕上，又觉得难受，又觉得高兴：高兴的是弄回来十车粮食，难受的是对不起萨布素，也对不起死去的那几个兄弟。三个人身上还疼。这时外面有一个人打着灯笼进来了，一看是萨布素来了，有心要起来吧，还疼得起不来。萨布素挨个拍吧拍吧，坐在床头上，摸摸这个，摸摸那个，说："你们的好心我知道，可是你们违反军纪了，我打了你们就像打在自己身上一样难受。可是有军纪啊，你们好好养伤吧！"就告诉下边人，好好给他们做点好吃的。这仨人感动得痛哭流涕。

（三）

再说刘黑塔和黑铁牛、魏海想，他们七个人去劫了十车粮，我们这回也出去。就偷偷地会了几个人，也出去了。他们的大哥李昆就问："你们要到哪里去？"

"你不用问我，我们立功去，我们一定要立功。"

"你们去立什么功？"

"我们取粮食去。"

"你们上哪里去取？"

"不用打听我们，管保天天送粮。"

李昆拦也拦不住，说："你们要是再这样，我就要告诉大人去了。"

"唉，大哥，你就原谅原谅我，千万别告诉大人。你一告诉大人，大人一定不让我们去。你看看三军没有粮吃，我们能瞅着大家挨饿吗？我们也出去搞点粮食，你也和我们一起去吧！"

李昆说啥也没去，就拦着他们，看着他们。魏海一看李昆看着他们，就装着睡觉，李昆看一会儿也睡着了，魏海就捅咕了几个人出去了。

他们一出去，不管谁的粮车都劫，老百姓的粮都抢，不管多少都抢，成了胡子抢粮了。这一弄倒是天天有粮往军营里送，今天送两车，明天送三车，这些个人也送了不少粮，一共收了有一万来斤粮食。心想，这下可好了，高高兴兴地回到营盘里。

到中军帐一看，哎哟！中军帐外面的人挤满了，都是些老百姓。再一看，可把他们吓坏了，都是被他们抢粮的那些人来告状了，说："你们这里有一个穿官兵衣裳的黑大个儿抢我们东西和粮食。"那个也说抢了多少粮食，"你们简直不是兵，成了红胡子了！"

这个乱子可真不小，萨布素一听就气坏了，这准是魏海他们干的。就一个一个安慰，让笔帖式记下来抢了他们每个人多少粮食，咱们如数奉还，一斤粮食该多少钱，还给多少钱，另外把粮食还给他们。萨布素安慰他们："这是我们军纪不严，我确实不知道这个事情，这样吧，你们自报，你们说多少粮我们就还多少粮，另外我们还要按粮价给你们钱。车坏了，我们给你们修；牲口死了，我们赔牲口。"

那老百姓能信吗？欠粮还给我们，还额外给粮钱，车坏了修车，马死了赔马，不信！就说："我们就是要粮食，把粮食还给我们就行。"

萨布素说："来人，凡是这几天来的粮食统统给我拉出来！"大家往出拉粮都赶上要命一样难受。萨布素坚决地说："必须把粮食给我拉出来！"

这样粮食一车一车摆在院子里了，萨布素对他们说："把你们自己的粮食拉回去。另外，再过过斗，把粮的钱如数地给你们，车坏了一定给修。"

这一下木匠铁匠都来了，那边把马也牵过来了，看哪匹马不好了，就换一匹好马。这一弄把老百姓感动得都跪下了，说："我们感谢大人的恩典，我们不知道你们的军纪这么严明！"

萨布素说："不，我们的军纪很不严明，我们得罪了你们大家，我们是为了打罗刹来的，得罪了大家，非常对不起，你们把粮食拿回去吧。"

这些人一听这话，摆头不要粮食了，"如果给我们粮钱，我们可以要，我们知道军队缺粮食。"萨布素执意不要，可是这些老百姓说："你不要我们就在这里跪着不走了，粮钱给我们可以收，牲口我们可以牵回去，我们不要双份的。我们还能占军队的便宜吗？军队正在困难的时候，我们说给是无法给了，那我们收粮钱吧。"

足足跪了一个时辰，萨布素这才打了一个唉声，说："我们收下这粮食，感谢大家对我们的支持。"就这样，老百姓回去了。

一回去就一传十、十传百，把大清兵如何守纪律的情况给传开了，大伙儿都纷纷地来送粮食。就这样，又维持了足足半拉月的光景。但是终究这粮食是不够吃，还是产生粮荒。

管粮的官来找萨布素："大人，我们的粮最多也就是维持六七天了，再多就不行了。"萨布素看看南面，天天派人到松花江口去接运粮船，天天没有，吉林这半拉月是忘了运粮了。来了一个船大伙儿挺高兴，到跟前一看不是，这样盼啊盼，到底没有把粮盼来。怎么办呢？正在这时候，出现了一个更大的问题。

第四十一章·萨公祭天

第四十二章　清兵受困乌扎拉

（一）

当萨布素知道粮仅能维持六七天的时候，心里十分焦急。这时冷丁传下来圣旨，萨布素挺纳闷，这时候怎么来圣旨了呢？赶紧列队迎接圣旨，摆上香案。

这次是打发大太监过来宣读的，圣旨大致意思是这样：萨布素领兵把瑷珲城重新收回来了，这是一个很大的功劳，加二级，赏萨布素本人白银五百两；奖励瓦礼祜加一级，赏白银二百两。这时两人都谢主隆恩；李昆、魏海、刘黑塔因作战有功，免去过去的流放罪，可以加入汉军旗酌情录用，就可以该怎么任用就怎么录用。李昆、魏海、刘黑塔三人是非常高兴，当时就跪下谢恩。再就是嘉奖四武举，训练的火枪队和大炮营有功，可以在副都统衙门里行走，也把他流放的罪免去。虽然没有封官，但可以参与副都统级别的军政大事。四武举没承想，能得到这么一个特赦，跪下来感动得痛哭流涕。最后是其他人都按功行赏，完了是催促萨布素急速出征。

康熙帝不知道吉林会闹这么一个大乱子，以为是萨布素不愿出征，所以康熙帝再下一道圣旨，催促萨布素快出兵。萨布素接过圣旨，招待了太监，太监第二天打马回京。

萨布素又召集佐领以上的官员把圣旨对每一个人的功劳赏赐都宣读了，大家都很高兴。然后萨布素招呼催粮官，催粮官过来请安说："侍候大人。"

萨布素说："皇上赏给我五百两银子，我如数交给你，你全部买粮食。"

大家不干，"这是赏赐给你的。"萨布素说："拿去吧，我也不缺钱花，这是圣上的恩赐，是大家的功劳，才把瑷珲城拿下来，我一定要把这个银子拿去买粮。"萨布素很严肃，说："这是军令。"催粮官感动得不知道怎么地，双手接过银子。

　　他拿过银子，没有到仓库去，而是捧着银子到处走，边走边说："这是皇上赏给萨布素大人的五百两银子，大人一文没要，完全给大家购买粮食了。"全军听了非常感动。

　　虽说拿五百两银子买粮，可是没有一个卖的，前几天每天还有来送粮食的，唯独这几天没有一个来送粮食，而且马吃的草也没有了。这可怎么办呢？

　　这时，江里上来了许多大马哈鱼，这也怪，每年大马哈鱼只到乌苏里江，今年怎么顶水到黑龙江来了呢？大伙就操起网捕起鱼来了，这鱼捕老了。这也晒鱼干，那也晒鱼干，因为有吃的，大家特别高兴。马饿的也够受，没有草，就用大马哈鱼的鱼干喂马，马也是饿急了，也吃鱼干。马什么鱼也不吃，就专吃大马哈鱼干。以后北方就这么流传：马吃大马哈鱼胚子是受皇封的，因为那是皇上出兵，没有草，皇上说没草吃鱼，这马就吃上大马哈鱼了。

　　人太多，光吃鱼还是不行，所以也就解决几天的吃的。大家都爱马，骑兵宁可自己不吃也得让马吃饱。要出兵打仗，离不开马，马要垮了，那还了得？人要是三顿两顿不吃不要紧，马三顿不吃就不行了，所以有不少人把大马哈鱼胚子留给他的马了，这样马就能将够活。

　　大家拿着银子，派出了第一哨的人买粮去。闹哄了一天，回来了说："回禀大人，我们走了两三个村子，到处找粮食，没找到一个人。村子里的人都走光了，我们不敢进屋，我们也不敢翻。"

　　"唔？"萨布素也纳闷："怎么没有人呢？""一个也没看到。""东西呢？""外面没有东西！里面我们没有看。"

　　第二天，又派出去一帮人，走到半夜里才回来。回来之后，说："启禀大人，也不知道什么原因，他们见到我们就走，你抓住他也不吱声。瞪着眼也不吱声，我们也不能打，就放了，放开扭头就跑。"萨布素又感到纳闷。

　　第三天，萨布素又派出第三拨人，回来说，这个村子是有人，四外都修上沟了，都跟人看着。你过去了就射箭，再不然的话就拿着刀，瞪着眼和你干。我们也不能动手，就往后退，这就回来报告萨布素，萨布素说："明天派出去三哨人马，离这里远一点，往东北方向二三十里地外的地方去，那里我们还没去过，可以出高价买。"

（二）

第二天，这三拨人就走了，一去三天，没音信。萨布素挺着急，说："赶紧准备骑兵二百人出发去找。"将要出发的时候，飞跑过来两个人，丢盔弃甲的，萨布素一看，正是派出去的三哨人中的两个人，见到萨布素就跪下了，号啕大哭，萨布素说："先别哭，把情况说一说。"这两个人就从头到尾把事情说了一遍。

原来是这样，这三哨人马，一哨奔靠山屯，另两哨奔北边挨着河沿的两个屯子，这些屯子都比较富裕，确实是有粮食。再说到了靠山屯的那一拨，那个屯子大，像是那两个屯的头屯似的。头屯里有嘎珊达在那里住着，那两个屯都服从头屯。清兵去了，人家说进来吧，他们就进去了，一进去屯子两边的人就出来了，不由分说把清兵的人全绑上了。那二哨人马也是那样，都被绑起来了。靠山屯那哨人被绑起来后带到一个大屋子，清兵去了二三十人。进屋以后，出来一个年轻人，长得很英俊，说话很爽朗。见到这些人怒目而视，说："好啊，你们这一帮吃人饭、不办人事的人，今天都到我手了，你们是要死要活吧？"

这一哨人由领催带着，这领催上前一步说："不知道这位阿哥因为什么把我们绑上？"

"因为什么，你们自己还不知道吗？别明知故问，来人，给我都押到后房去，一个抽他十鞭子，完了再说。"

这小伙挺暴，一人被抽了十鞭子，又说："你们快说吧，到这里干啥来了？"

"我们奉大人之命，到这里买粮来了，我们的军粮暂时不够，吉林运不上来，我们买也行，借也行。如果是借的话我们可以多还；买呢，我们可以高价买。"

"你别逗我了，你们想踏平我们村庄，你说吧，你们上次是怎么来的？"

"我们上次？我们从来还没到这个地方来过。"

"从来没来过？头三天，你们来了多少人？你们怎么说的？"

这些人给问糊涂了。这年轻小伙子看问不出什么来，就说："都关到后屋去，明天一个个勒死他们。"

大伙儿一看这样，说："你勒死我们也好，究竟为了什么？"

"为了什么？你们自己知道，把他们带下去！"就带下去了，这三哨人差一点遭到杀害，这样就引出一个萨布素独胆闯山屯父子相会的故事。

第四十三章 乌扎拉村父子相会

（一）

接着上回说，这个小伙子不问青红皂白就把这些人推进去了，这些人一合计就说："不行啊！咱们不是干等受死吗？"

领催说："他说半夜来杀咱们，如果真是半夜来杀咱们，咱们就是命该如此了。死就死吧，可惜的是粮食没有买到，大人还不知道我们到了这个地步。"

大家也奇怪，为什么无缘无故把我们抓起来了呢？而且还说咱们知道，咱们犯了什么罪呢？到半夜也没有动静，也没有人来杀，大概有什么原因。

第二天，还是没杀。到了下晚黑，那小伙子把大家找出来说："你们说说吧，说明白是怎么回事，否则就杀掉你们。"

领催心里来得快，就说："我们是第一次出来，你让我们死，我们也要死个明白，我们为什么要死？"

那小伙儿说："我看你们的样子是头一回来的，不是前一回来的，前天你们出来一拨兵来到这里，你们是怎么说的？"

领催说："那我怎么知道？"

那小伙儿说："那我告诉你吧，你们的兵都是抢粮的兵，而且七天之内整队兵都要上我们这里来。来这里想把我们三个屯都端了，然后把粮食抢去，把我们的女的都拉去，是不是这么回事？"

领催一看说："前天来的什么样的兵？你说一说吧。"

"什么样的兵？穿着你们清军的号坎，甲兵的号坎。"

"有多少人？"

"四五十人，把我们的牛抢去，粮食也抢去不少。临走时还说，你们加小心，我们后天就来下你们的屯子，后天不来，五天之内我们一定来平你的村子，没承想不到五天你们就来了。"

领催就纳闷："前天根本没有人来啊，即使有魏海劫粮，他们一伙只有四五个人，怎么是四五十人？"领催说："将军，我再问你，这四五十人都是什么样的人呢？"

"什么样人？什么样人都有，有满族人，有达呼尔人，还有鄂伦春人。"

"有满族人，那满族人有多少呢？"

"那我不知道，反正他们说是满族人。"

"他们说的话你听明白了吗？"

"我都听明白了。"

"你懂得满族语吗？"

"我不懂满语。"

"你不懂满语怎么能听懂呢？"

"可也是啊。"这下子把他问住了，他说是满族人，我怎么就相信了呢？"不管什么人，反正都是你们清兵出来抢的！"

领催说："这样吧，你要不相信就放回去两个人，我们把这个情况和主帅说一说，让主帅查一查。你放心，要是真来五十个人，不要说是五十个人，我们军队的纪律是很严的，五个人也能查出来。你相信的话，让我回去。我们还有十七八人可以给你当人质，我保证三天之内回来。另外我还可以保证我们的军队绝对不会来，这你放心。"话说得挺硬。

那小伙儿说："那好，我相信你，我也不怕你们来人，你们来人了我先把这些人统统杀死。你们的兵一过来，我就在这里先杀人。"

"那好吧，你看我们兵过来一个你就杀一个。"

那年轻小伙儿一寻思就说："那你去吧。"他俩就这么回来了。

回来了一说，萨布素一听就心里纳闷，这里头一定有坏人在里面挑唆，要没有坏人挑唆绝对不能这样。

扔下这个不说，再说那年轻小伙子，把那二人放走之后，又进来两个人，那里是属于赫哲族的地方，进来的人也是赫哲族人。说："我们要见见年轻的嘎珊达。"

年轻的嘎珊达说："请进吧，你们二位是从哪里来的？"

那两人说："实不相瞒，我们是从雅克萨来的。""唔！你们从雅克萨来，雅克萨是不是罗刹占领的地方？"

"是的，不错，我们就是奉俄国人之命来的。你看到了吧，现在他们四处抢粮，而且前天来了清兵，你要相信我们的话，我们可以派兵来保护你们，省得叫清兵把你们消灭了。"

年轻小伙儿一听这，把眼睛一瞪说："你说什么？"

"我说派俄国兵来保护你们。"

"你混蛋！你纯粹是吃里爬外，你是一个叛徒。"一刀一个把俩人都杀了。然后对大伙儿说："我们反对大清兵，也反对罗刹兵，谁来也不行，咱们自己保护自己。尤其是罗刹兵，是我们世仇，他们杀了我们多少人！"大伙儿说："对！"就四下传命，就这么杀了两个叛徒。

这事在这两个人回来之前，萨布素就听说了。萨布素就分析了，这个人如果是罗刹这一头的话，他怎么能杀罗刹派来的人呢？跟咱们一头的，怎么还要反对咱们大清呢？到底是什么问题呢？非常的解释不清。

就在这个时候，盛京送来文书，文书的意思是这样的：最近接到皇上的圣旨，有这么几方面意见，我这个也可以代表圣旨，圣旨的意思一是遭罗刹侵扰的各族一律免税，过去每个男子每年要给国家交一张貂皮还有其他东西，因为考虑他们受罗刹苦了，康熙皇帝特意下恩诏免税，什么时候边民生活好了再收税，没好就永远不要税。第二，从盛京拨来五百套过冬的衣服，凡是没有衣服的发一套棉衣，省得被冻死。三是实在困难的，可以到江南墨尔根一带落户，也就是现在的嫩江。每户给一头牛，给盖新房，如果不愿去的，愿在当地的也帮助安家。缺牛的给牛，没有房子的给银子，暂时可以押一个房子住。另外还发给他们五百张弓箭、五百把刀、五十支火枪，让他们自己武装起来打罗刹。

萨布素处理完公事，继续考虑、思谋乌扎拉村的事。经过仔细的思考，分析出来这伙人一定不是和罗刹一伙的，肯定是哪些问题没有弄清楚。但大伙儿很生气，说这三个屯子太不像话，咱们出兵把那里一切都夷平它，三个屯子算什么？萨布素说："不行，那不能，如果要把三个屯子夷平，一定会亲者痛、仇者快。你知道三个屯子为什么反对我们吗？"

"不知道。"

"但咱们知道他们是反对罗刹的，去两个叛徒都给杀了，能出兵吗？"

大伙儿说："不出兵怎么办呢？那六十人出不来。"

有人说："这么办吧，咱们去一百马队，到那里和他们讲道理去。"

萨布素又说："一百马队也不行，也用不着一百马队。"萨布素说："你们回去吧，明天咱们再商议。"

下晚黑，萨布素回到自己的帐篷反复地想，这些人对大清兵一定有哪些误会，对大清兵有些反感，如果我能把误会消除了，就能把问题解决了。这样的话派别人去可能是说服不了，我自己去。

（二）

第二天，没等召集，各佐领都来了，大家都感到是个事儿。萨布素在说："我昨晚想了一宿，我想是这样，我们出兵去不对，因为他们不是敌人，你怎么能出兵呢？我带四个随从，我自己去，我到底要见这个年轻人，因为什么我要跟他讲一讲。"

大家哪能干呢！瓦礼祜说："你怎么还是这样呢？你忘了上次收王欣部，险些出事。"

萨布素说："不！这一次不像上一次。这一次我能说服他的。"萨布素在这一点上很有信心。但也有点蛮干，也有闯运的坏毛病。他就有这么一个习惯，一遇到紧张的事，自己就先出去了，大家很担心。瓦礼祜怎么拦也拦不住，萨布素非得自个儿去不可，"我到底要看看这年轻人，我觉得这年轻人有可取的地方，我要是见到他了，能说服他。另外，我把文书也带着，把五百套棉衣也带着二百套，留下三百套，枪支武器我也拉着，你们四个人就是赶车的。我一人去。"瓦礼祜一看是拦不住了，再不拦阻。

萨布素说："我把军队大权完全交给你。"就把尚方宝剑暂时交给瓦礼祜。

瓦礼祜一看他决意要去，就说："那好吧，你要去的话，我在这里把军队调齐，如果你三天回不来，我这里就要发兵了。"

萨布素说："三天我回不来，你打听打听原因，再发兵。"瓦礼祜也没听那个，萨布素拉着粮食武器就自个儿走了。

他们直接就奔靠山屯。到了那里，村里人一看来了一个骑马的将官，还拉了四车东西，就赶紧报告年轻的嘎珊达。嘎珊达一听，说："怎么，就来一个人吗？"年轻人出去一看，是一个五十来岁老头，长得又威武，又善良，瞅着这老头总觉得面恍的。瞅了半天，把眼一瞪说："你是干什么的？"

萨布素说："我是宁古塔打发来的。"

"谁打发你来的？"

"我们主帅打发我来的。"

"你到这里来干什么？"

"我来和你谈判，到底是因为什么把我们的兵扣住？"

"好吧，你要敢的话跟我进去。"

萨布素微微一笑说："小伙子，别说你这样一个村子，我经过多少次战斗，我是不害怕的，我要怕就不来了。你放心吧！"说完乐呵呵的。

小伙儿看这个老人挺沉着，说："那好吧，你先在这里等着，别进去。"萨布素就在外面等着。

年轻人一进屋，就让人拿着弓箭、刀枪在两旁站着。他说："我要看看这老头到底怎么样，请进吧！"

萨布素一看两边都拿着弓箭刀枪，是气不长出，面不改色，一步一步很稳重地走到正面大厅。这小伙儿想，这老者的胆子可真不小啊！到屋了，萨布素连客气也没有客气，随手就坐到座上了，年轻人一看，我没让坐，你就坐下了？

萨布素说："小伙子，你叫什么名字？"

小伙儿说："你不用问我叫什么名字，你就说说干什么来的。"

萨布素说："干什么来了？就是来问你为什么把我的人扣下。"

"为什么你还不知道吗？前天你们来了五六十人把我们的粮也抢了，牛也抢了。再待几天，就派大兵把我们的三个屯子踏平！"

萨布素就愣了一下子，"你真的相信是宁古塔兵吗？"

年轻小伙儿说："他们说的就是宁古塔兵。"

"噢！他们自己说的。如果有一伙人到我们宁古塔来抢粮，说是你们乌扎拉的，你能相信吗？那我是不是应该好好打听打听，真是你们乌扎拉抢的粮，还是有人冒名顶替抢的粮？"

小伙儿寻思了半天，把眼睛一愣说："反正就是你们抢的粮。"

"就是我们抢的粮，你有什么证据？"

"你们报的就是宁古塔的兵。"

"我再问你，宁古塔的兵都是什么兵？"

"我不知道。"

"你不知道我告诉你，宁古塔的兵都是满族八旗兵，他们说的都是满族话，就像我现在说的话，不过我现在用你们赫哲人的话说。我们满族人的话你能听懂吗？"

"我……"小伙儿我不出来了，"那他们说的话你懂的？"

"不懂的你看像什么人呢?"

"我看像西部的达呼尔人。"

"那么我再问问你,穿的什么衣服呢?"

"穿你们清军的号坎。"

"骑的什么马呢?"

"骑的大高马。"

"有我这个马高吗?"

"比你的马高。"

"这就得了。"萨布素这时明白了,"你看一看,我告诉你,我是军队里的副都统,我骑的马是军队里最好的马了,但你看看能赶上他们不?"

"不能。"

"如果不像他们的马高,那么他们的马就不是我们军队里的马,那一定是别人的马,这里头就有问题。"

小伙子说:"你不用跟我讲,你还有什么争论头没有?"

萨布素瞅了瞅,对年轻人说:"我不知你为了什么这样和清兵作对,今天我来,不仅仅要为了见见你,而且要传达圣上的旨意。"

小伙子一听说要传达圣上的旨意,就更来火了:"你是拿皇上来吓我,我不管什么旨意,今天我就是非得和你作对不可!我宁死也不接待你们宁古塔的兵了。"年轻的嘎珊达把桌子一拍说:"来人!"进来几个人,"把他给我绑上!"

这人将一上手,萨布素把眼一竖,说:"不要动手!"这一句说了不要紧,这几个人都不敢动手了。

"你们简直是无法无天了,你们知道吗,我是清朝的命官,你们谁敢动手!"

大家一听是朝廷的大官,谁也不敢动手了。小伙子说:"怎么不动手呢?给我绑!"说着把衣服一挎,上去就要抓萨布素。

萨布素别看老,还是人老英雄在,伸手一翻腕子就打起来,小伙儿想伸手抓,可是抓不住萨布素,萨布素几个翻身就把小伙子手腕卡住了。小伙子也挺能耐,翻过来一提手,就把手腕子闪开了。唔!萨布素想,这小伙子还真有一把力气,这人还真是一个人物!不知为什么反对我呢?小伙儿也暗暗敬佩这老人,"这老头不光是当官,还真有点能耐。"

俩人正在动手,听见后面有人喊:"小昌顺,你快给我住手!"小伙儿就住手了,"唔!昌顺?"萨布素知道他的孩子给人的时候就起名昌顺。

一个老太太从后屋出来了，萨布素不看还不要紧，一看是他的老嫂子，萨布素赶紧上前深深地请了个安："老嫂子，多少年了！二十多年没见到你了，你好吗？"

老嫂子也掉泪了，指着小伙儿骂："你这混蛋！这两天我也不知道你干了些什么，你瞅瞅，这是谁？"

昌顺说："我不知道。"

"这就是你的亲生父亲，还不快认！"

昌顺瞅瞅萨布素，萨布素瞅瞅昌顺。他妈说了："孩子啊，这就是宁古塔萨布素老大人，你的亲生父亲！"

昌顺不听罢了，一听眼泪唰一下淌下来了，到跟前，双膝跪倒说："爸爸，我真对不起您，我不知道您老来了。我真知道您老来了，我早就看您去了。"说完抱着他父亲大哭。

萨布素也掉泪了，说："唉！我真没承想，能在这里遇到你们，嫂子，你不是在……"将要说在什么地方，老嫂子说："别提了，一言难尽啊！"赶紧把她儿子搀扶起来，说："赶紧到后屋吧。"

老人到了后屋，老嫂子说："昌顺啊，平素间我不是和你说过，宁古塔的萨布素是你的父亲。因为你的哥哥和养父都被罗刹害死了，我到宁古塔去搬兵去了。因为你的养父和生父是八拜之交，所以你父亲把你交给我，让我来抚养你。这件事我没有告诉你，今天老天爷保佑，使我们又团圆了。"

昌顺二番跪倒说："爸爸，我很想您，我本想到宁古塔去看您，但我妈这么大年岁了，我舍不得离开她，我一天也舍不得离开她。所以我一直没得工夫看望您老和我的生身母亲！"

萨布素说："孩子，你起来吧！"又问了问怎么到的这里。昌顺向屋外说："快到那两个屯子去传达，把宁古塔的清兵放出来，请到这个屯子里来。"这时下面的人把这里二十多人放出来，也把那两个屯子的人都放出来，放出来了先不说。

（三）

屋里就剩这爷儿俩，老太太说："真是一言难尽啊！我自从宁古塔回来之后，没有地方待，抱着孩子，拿着你给我的银子，在江南岸找个地方盖个房子。那里的满官，还给我们牛，还年年帮我种地。这孩子到七八岁时，街里头有一个过去在依兰哈拉当过笔帖式的人，还教过他几天字，念了几天书。他一天比一天大了，将来我怎么安排他呢？我经常想，以后这孩子长到十来岁的时候，就和当地的人一起练箭、骑马，看起来这孩子也比较聪明。后来，我就告诉他我家受了罗刹怎么样的苦，你的父亲是怎么被罗刹害死的。"老太太清了清嗓子，接着说："这小伙子听了这话，二话没说，自己就跑到江北去了。跑到瑷珲就找多伦禅，非要给他爹报仇不可。多伦禅很喜欢他，就把我们母子俩接到瑷珲去了。多伦禅是个武艺高强的人，亲自教给他武艺。这样，我们在瑷珲住了几年。过几年，罗刹兵又来了。罗刹兵一占瑷珲，多伦禅老大人死了，我们往哪里去呢？心里很难受，只跑出几个人，多亏这小子武艺还行，我受伤了，他把我背出来了。"

老太太打了一个咳声："他把我背出以后，往哪里走呢？我们就到处流浪，以后我们娘儿俩就要饭了。没有地方住，没有地方吃，在这危难时候，想起乌扎拉村有一个老嘎珊达，为人忠厚，他有一个姑娘，还有一个儿子。我们在山沟里的时候，就想奔乌扎拉村。可就在我们投奔的路上，看到一拨罗刹兵，有三四个人，绑着这老嘎珊达和他的儿子、姑娘，连走带揍，往这边来。走到森林里头，几棒子就把老嘎珊达打死了。再要举起棒子的时候，这孩子就急眼了，蹿上去了。这孩子年轻，又会武艺，多伦禅教他武艺又比较好，几个箭步上去，就把这几个罗刹打死了。把嘎珊达的儿子、姑娘救出来了。他儿子在一屯，把我们请到他们家，说什么也不让走。就让昌顺当了嘎珊达，这三个屯都愿意他当，就一直到现在。这还不说，他还教老嘎珊达的儿子、姑娘学武艺。他们三个亲如手足，亲如兄弟一样。"

萨布素听了心里暗暗点头："好孩子，真不愧是富察哈拉的后代，真是勇敢还孝心。"萨布素点点头说："老嫂子，这孩子给您添了不少麻烦。"

老太太一听，说："这你说到哪里去了，没有这个孩子，我说不定死了几回了呢！他对我实在是太孝心了，时刻不离开我。"

萨布素说："要是这样的话，我就放心了。"对小伙子说："昌顺，我问你，因为什么你对宁古塔兵仇恨这么大呢？"

昌顺说："爸呀！您老是我的老人，我必须尊重您，但对清兵我还是势不两立。我家也不投到清兵那里去，您老愿意杀我，我愿意在您老面前死，我说啥也不投降清兵。"

老嫂子说："扯淡！你怎么对清兵这么大仇恨呢？"

昌顺说："妈妈，你也不知道，爸爸，我看在您老的面上请您把这六十兵带回去，带回去以后，我们永远井水不犯河水，河水不犯井水。一我不帮助罗刹，我见到罗刹一定打，但我希望清兵也不要到我们这里来。"

萨布素说："不！昌顺，你一定要把事情跟我说清楚，我要听一听。"

昌顺说："前天，你们清兵来了五十多人，我们排队迎接，接进来了，我们杀猪招待你们，但你们清兵作威作福，到处乱抓人乱打人，乱抢！抢去了多少牛和粮食！这还不说，还抢去我们三四个女人，一直到现在还没信，本来我们是抱着满腔热血来的，结果是这样。然后，你们又打发三拨人，先来软招，说是借粮，我知道最后还是抢粮。"说到这，小伙子乐了说："爸爸，您怎么带这样的兵？"

萨布素不听还行，一听气得双眼冒金花，说："孩子，你上当了！这样吧，我先回营，你在这里，我一定把这五十多人抓来，抓来的话当时你就能知道了。"

昌顺说："这到底是怎么回事？"

萨布素说："我告诉你，那不是咱们的兵，一定是有一拨人投降了罗刹，你知道不？"

昌顺说："我听说了。"

萨布素说："他们是假装的，我一定把这五十多人抓住，你就知道了。"

昌顺一听："哎呀！原来是这么回事，爸爸你不用说了，是我上当了！过去，我总以为是宁古塔兵呢，哪承想是叛徒假装的，经过您老这么一说，我才信了。"

萨布素说："有一次我们有一个鲁莽军官带着一群人抢粮，有人来告，我们不但把粮如数偿还，而且还按斤给了粮钱。"

昌顺说："我不知道。"

萨布素把这个事情详细说了一遍。又说："这些兵肯定不是宁古塔兵，咱们宁古塔的兵是秋毫无犯。现在咱们是缺粮，我们一是公买公卖，二是借点粮食，我们如数偿还。"

小昌顺一听这个就更觉得难受，觉得对不起父亲，就说："爸爸，我错了！"

萨布素说："我不怪你，你这样做，反而还是做对了，事情赶的，应该是这样。我还要传达盛京来的圣上的旨意，昌顺，跪下。"

昌顺跪下来了，萨布素说："圣上有旨，凡是受罗刹苦的江北各户，不管陈欠多少一律免税。今年已经交的，也一律退回去。"

这三个屯哪年都要交税。小伙儿一听，"这可是真好！"

"第二，我拿来二百套过冬的衣服，凡是没有衣服的，每人一套。"

昌顺听了非常高兴。

"第三，有不愿在这里住的，可以到江南墨尔根那地方安家立业。每户给牛，有病的治病，没房子的盖房子。如果愿意在这里的，我们也帮助在当地安家，也发安家的银子。另外，为了保护你们的屯子，圣上还发了一些武器，这些东西我都带来了。"

昌顺一听，更觉得于心有愧，"我怎么这么傻呢？上这么一个当呢？"

萨布素说完这些话说："来人哪，把东西打开。"打开车一看，有衣服，去有银子，还有一些武器。昌顺把全屯的人都找来，把事情的始末以及萨布素是他父亲的事从头到尾讲了一遍，大伙儿一听，高兴得不得了。

这时二屯三屯的人也来了，老嘎珊达的儿子姑娘也来见萨布素大人。萨布素一看，嘎珊达的儿子也长得很好，问："这位小阿哥，你叫什么名字？"

嘎珊达的儿子知道这是昌顺的亲生父亲，赶忙上前，要行大礼，萨布素把他扶起来。"启禀大人，我叫乌扎拉。"这时候他的妹妹也来了，萨布素一看这姑娘长得很好，论岁数来看比昌顺小一两岁，两个水灵灵的大眼睛，乌黑的头发，走道很敏捷，知道也会点武艺。就问乌扎拉："这是你妹妹吧？"

"是的，叫乌库兰。"

乌库兰过来给大人施个礼。萨布素就坐下了，说："你们是亲身受过罗刹苦的人，你们三个要和和气气地多练武。"

昌顺说："爸爸，我要随军去，我想把这里的事情交给乌扎拉。"

萨布素说："不行，你有你老母亲。"

老太太说："这样吧，他叔叔，昌顺你带去，带去让他见见世面，出息出息，我没事。"

乌扎拉说："大人您放心吧，让哥哥去的话，我一定把老人家当自己的母亲一样来奉养。"

萨布素说："既然是这样，我把这孩子带去，让他在军队里锻炼锻炼，我们那地方有能力的人比较多。"这时乌库兰说："启禀大人，我也去。"

萨布素一寻思，说："你是一个女孩子家，怎么能去呢？"

乌库兰说："我听说大人营里还有四五十女兵呢，我一定要去参加，向她们学习学习。"

乌扎拉看妹妹想去心切，就说："求大人让她也去吧！乌库兰会射箭，会使刀。"

萨布素说："姑娘你愿去也好，我们那里有个叫奥兰特的，这个人已经二十四五了，是女队里的骁骑校。咱们八旗兵本来没有女的，在我的营里，因为三姊妹带人来投奔，组成四五十人的女兵，别看她们是女兵，在沙场上可是很勇敢的！"

乌库兰就更高兴了，"那我一定到营里去。"接着对乌扎拉说："哥哥，我们俩要准备准备到军营里去。"说完就收拾东西去了。

（四）

昌顺正陪着他父亲唠嗑的时候，听人来报："可了不得了，清兵打发人来围这个屯子了。"萨布素知道这是瓦礼祜不放心，说："这是你瓦礼祜叔叔不放心，一定是他来了。"这时萨布素就赶紧出去了。

瓦礼祜一看，这小伙儿在后面跟着，萨布素在前面走着，心里就纳闷儿。到了跟前，萨布素说："孩子，快上前见见，这是你瓦礼祜叔叔。"

小昌顺上前深深请个安说："叔叔好！我是昌顺。"

他一说昌顺，瓦礼祜就知道了，说："哎呀！孩子呀！你怎么到这里来了呢？"

萨布素说："咱们把军队安排好，到屋里谈吧！"

把军队安排好，到屋了，昌顺又重新见礼。昌顺的母亲出来一看是瓦礼祜，都认识，真是悲喜交加。昌顺说："赶紧预备饭吧。"

萨布素说："不用，先不要吃饭，我先问问你，这五十多马队是从什么地方来的，往哪地方去了？"

昌顺说："从西北来，过河来的。"

萨布素说："咱们一定要把这个问题弄清楚，一是能消灭他们；二能使全屯百姓看明白，咱们到底是怎么回事，这些兵到底是干什么的。"

瓦礼祜说："好吧，就这样。"

萨布素说："咱们这回这么办，咱们出一百骑兵，顺着山势找。我估计这帮人肯定离这里不远。"瓦礼祜带来的有一百来人，这地方有六十，一共一百六十多人，兵力足够。

乌扎拉说："咱们有粮食，我告诉你吧，我们的粮食都藏到山里去了，先别忙，都先吃顿饭。"

这三个屯子都比较充裕些，杀了些猪，赶紧做饭。按户分开了，这家十个，那家八个，都准备了饭。吃完饭了，瓦礼祜带着一百多人就朝西北方向走了。

萨布素也要回营，他说："军中不可一日无主，我得赶紧回营。"这时小昌顺和乌库兰也收拾好了，辞别了老太太。萨布素说："我过两三天就派人来接您老，送您到宁古塔，咱们都到一块儿。"

老太太挺高兴，说："那也好吧，我把这孩子交给你，我的仇就能报了，只要能报仇，我哪里都能住，我的心也安顿了。"

萨布素领着昌顺和乌库兰骑着三匹马，领着剩余的人马回军营了。到了军营，赶紧派人到这里取了一部分粮食。

再说瓦礼祜，他带着这些骑兵走了一天还没有看到人，这人上哪里去了呢？他哪知道，你走在明路上，他们在暗中，他们躲着走，你看不着。

这天瓦礼祜冷丁想起来了："这不行啊，咱们这么走，到什么时候也见不到他们，他们会躲起来。咱们装着往回撤，撤到一个僻静的地方，咱们就躲起来，这样才能找到他们。""好吧！"大伙赞同，这样白天就呼呼往回走，到晚上又从另外的山沟往上摸，又对付一天多。

这一天，天黑了，看见从西山上下来四十多人，都骑着马。他们在头前走，瓦礼祜他们在后面跟着，就听着嚓嚓地走了一阵子，往西北山沟甩进去了。他们就跟着，到西北山沟一拐弯，有一个山帘，四外都是一样的沟，你到那个地方就摸不着路。这时他们到了这个地方一看，有些"抢子"，他们就进了这些"抢子"了。噢！他们的老窝在这个地方！好吧，说话时去的人也就是十几个人，他们马上到北营去报告，瓦礼祜说："行！连夜我们去袭击。"

刚到后半夜，也就是丑时吧，到了那个地方，不容分说，这一百人马就杀上去了。这些人没有防备，想要反手上马，上不了马了，马早就给夺去了。这些人就像没头苍蝇似的，往东扑一阵不行，往西扑一阵也不行，杀死有二三十个，剩下二三十人被绑上了，俘虏了。

这时天已大亮了，一百来人就进屋了，进屋一看还煮着狍子肉、鹿肉，那边还捞的小米子饭，正好没吃饭呢，就吃上了。吃完饭就带着这二十多人，让五十多匹马驮着所有的粮食、衣服、弹药，驮得满满的，直接奔瑷珲去了。

走了两天多路，到了瑷珲，萨布素一看可高兴了，说："把俘虏的人给我带上来!"这二十多人带上来后就跪下了，萨布素说："你们说说吧，到底是怎么回事？"

大家支吾着不敢说，有人说："我们这里有官。"

"谁是？"说话人一指那个挺大个子的人。再说那个人的两个眼睛，你说三角眼睛不是三角眼睛，四楞子不是四楞子，反正是挺大的两个眼睛，挺大的个子，耳朵小，那耳朵要说耗子耳朵有些夸大，反正是不太大，一中溜的耳朵，一脸胡子拉撒的。鼻子看上去，说没有还有那么一点儿作鼻子，鼻子也塌进去了，长得四不像。

萨布素问："你叫什么名字？"干哼哧了半天也没哼哧出来。

"你叫什么？叫什么说一下？你说吧，你从什么地方来的，从实说，要不从实说，我立刻斩你。从实说，我还可以饶你一命。"

那小子说："我们是根特木尔打发来的，到这三个屯子来有两个任务，一是看看你们军队的驻扎情况；另外听说这三个屯子挺富裕，想让他们投降。可是我们知道他们对罗刹不怎么好，我们就装成清兵。来了，就让你们抓住了。"

萨布素说："你还有什么要说的吗？"

"我们希望大人饶命!"

小昌顺在旁听了，气得抽出刀来说："爸爸，这个人不能留着他，他破坏了清兵的名誉!我带着他到三个屯子去，让他当众讲明白，然后我们再杀他。"

萨布素说："好吧，这个人我交给你，这样的人我们不要他，剩下的人不要动了，愿意投降的可以在军队里干个杂活。"

这二十多人一听就趴下磕头说："我们愿意回到大清国来，我们那时候也是迫不得已，我们的罪也是遭够了，得来东西、抢来东西都是他们的，我们干去死的角，一天还受他们的气!"

萨布素说："只要你们是诚心地回到咱们的队伍里来，咱们是欢迎的。"然后就把这二十多人放了，这二十多人千恩万谢。

再说小昌顺带着那个小头目到处讲去，把老百姓气的，恨不得这人要撕他一块儿肉，那人也要撕他一块儿肉。最后找了一个大场子，当众就一刀两断了。

第四十四章　云遮黑虎星

（一）

巴海将军派了五百人，这五百人又回来了，而且粮食没运，耽误了军期。巴海想这回我倒是不能把他致死，我得让他知道我巴海的厉害，就告诉笔帖式赶紧写奏章。笔帖式问写什么，说，奏萨布素大逆不道，笔帖式拿起笔写着。巴海说写这么几条：一是我们今年粮食歉收，没能够送去足够粮食，我们认罪。粮食没有供应好，但是供应得也不错，将打将吧。希望朝廷直接拨粮，我们这边是不能给拨了；第二，写萨布素抗旨的第一个罪状，圣上旨意让宁古塔、吉林去五百户到江北去安家立户，到瑷珲开荒种地，可是萨布素不但不能遵守，把这五百户好好地安排，而且还虐待这五百户，非打即骂，结果这五百户人让他折腾死了一半。牛也没让好好养护，杀了吃的吃，死的死，只剩一半了。剩下的人四处逃散了，不敢再在那里待了。这样的官员要他何用？

笔帖式把笔一停，"大人！不是这么回事吧。"

"我让你怎么写，你就怎么写，你不要随便动口！"笔帖式只能照办。"三，你写萨布素，本来是圣上旨意今年冬上去攻取雅克萨，可是他至今按兵不动，这也是抗旨。你再写他重用罪人，用流人做他的参谋，好比说四武举、李昆、魏海等。他为他们妄报军功，实际这些人在营中为非作歹。另外他在军队里吃喝玩乐，不务正业。他召集了四五十个姑娘来陪着他，组织一个什么女兵营，八旗里从来没有女兵，这些都给我如实写上。"

笔帖式有心不写吧也不行。写完了，巴海说："明天我就要进京送本去。"笔帖式也知道写的不太符合实际，但也没办法。

第二天，巴海收拾收拾，带了人马，随他进京师去了。巴海到了京城，安下了住处。

过一天早朝时，巴海上朝了，康熙帝一看是巴海将军来了，说："老爱卿远道风尘从吉林来到这里，不知有什么事要奏？"

巴海跪起半步说："主子，臣有要事奏上。"

"你说吧。"

巴海说："萨布素自从领兵之后，违抗圣旨，按兵不动。"

康熙帝最近也有所想法："这萨布素怎么就是不出兵呢？"康熙帝说："老将军，既是这样，你就如实奏来吧。"

巴海就把本往上一陈，当众一说。康熙帝当时把脸一沉，说好啊，萨布素我重用你，给你加官加职，而且最近我还想任命你为将军，你怎么办出这样的事情呢？着实可恼！

彭春和郎坦出现了，说："启禀我主，这件事我们去侦察一下。"

巴海说："不用，我带的奏章都是如实的，不用说别的，你们知道不知道他没有出兵？"

康熙帝说："对啊，巴海说这一条他就是违抗圣旨了。另外，这五百户没种地，又回来了，这个你们也知道吧？"

"这个也知道。"

"这两条就够严重的了，至于女兵什么的你们到了那里就知道了。"

康熙帝一寻思就说："来人，拟旨，照折萨布素，让他把这几条给我一一陈述明白。另外，彭春、郎坦带圣旨到营中去读，免去他的主帅职务。至于他如何安排，你们俩到那里可以自由安排，让他回宁古塔也行，或者是留在军营中也行。"

皇上说了没人敢违抗，巴海一听也想这下可赢了，可得打发我去了。哪承想康熙帝说："彭春和郎坦你俩可以在那里主持军务，继续努力整顿兵马，尽快地收取雅克萨城。"彭春、郎坦领旨。巴海一看没有自己的事了，也是灰溜溜的。

康熙帝又问："老将军，粮食是怎么回事？"

巴海说："我们今年歉收。"

康熙帝说："那好，赶紧从京城运粮，运它两年足够吃的粮食，要解决军粮，我不知道军队没有粮食。"这样他对萨布素更有想法，没有粮食，怎么不告诉我呢？赶紧派大船运粮，人停船不停，马上往瑷珲送粮。这样盛京就派了一百多条大船送粮，把瑷珲的粮食解决了。

巴海回吉林，心想管他怎么样，我都出了一口气，让他知道我的厉害。

（二）

再说彭春和郎坦，星夜赶到瑷珲。到了瑷珲，萨布素赶紧摆香案迎接圣旨。圣旨一宣读，意思是：萨布素辜负了朕对你的信任，一、他按兵不动，不能及时进攻雅克萨城；二、他虐待吉林来屯田的甲兵，害死人有一半多，杀死耕牛也有一半；三、他在军队中随便养护女兵，任他作乐；四、不能如实陈奏缺粮。据这几条免去他主帅的职务，让他服罪，并奏明白，到底是怎么回事。

宣读完圣旨了，萨布素的脑袋立刻嗡的一下，心想老将军，你这个事情未免做得太过分了吧！你不知道我的粮食是什么情况？这时萨布素把顶帽摘下来了，恭恭敬敬地交给彭春，彭春双手接过来之后，把萨布素扶起来了："大人哪，先不要过于着急，有事慢慢谈。"

萨布素坐下了半天，说："罪臣有几句话要说。"

彭春说："唉！在圣旨前我们当然不能抗旨了，可是事隔几千里，京城和这里到底是不一样，我们两个也愿意来，来的意思也是想把事情弄清楚。"

萨布素看了看彭春打了咳声："这个事说怨我也是怨我，怨我软弱无能。我前后都不能走，往前走走不了，往后退也觉得不对。我想奏本也觉不对，不奏本也觉不对。"

彭春说："你这是什么意思？"

萨布素说："事情是这样，从打我到了瑷珲城之后，我们的粮食就不多了，我心里有底，以为吉林一定会源源不断地给我运粮来。哪承想开始的时候是十天八天来一船，没等这船来，那船已经吃完了，将打将吃，以后这一船也不给我们了。"就把这缺粮的事从头到尾都跟彭春、郎坦说了。

"这是一。二是耕牛和屯田的事，我不说，可以让瓦礼祜说一说。"

瓦礼祜生气地说："可惜是老将军英明一世，糊涂一时，他怎么能办出这样糊涂的事情呢？我也不说了，你们以后慢慢就会知道。这五百户人是什么样的人，都是老弱病残，牛也是老牛，在路上就死了挺多。到这里以后，萨布素一看不行，才打发到宁古塔去了，人家说啥也不回吉林，如果宁古塔不安排，这些人都得死。女兵，你们到女兵营看一看，她们是怎么来的，人家是一个什么样的心情！"

几个人一直唠到深夜，萨布素心里很难受，怎么办呢？我服罪，这个罪状怎么写，我到底写什么？我要写自己的罪呢，还是写巴海的罪呢？心里琢磨不定。

这时全军知道了，一个传十个，十个传百个，到半夜没有一个睡觉的，都在三三两两地议论，尤其是宁古塔的老协领、佐领，更是气得摩拳擦掌的，像李昆、魏海简直想拿刀子杀人，我们干脆反了得了，到了这份儿上！

再说侍候萨布素的有一位老人，那是跟萨布素从小在一起的人，也气得不能睡觉，大伙儿都围着他，他叫赫舍里。他说："咱们的将军不是凡人，那真是天上黑虎星下凡哪！"

大伙儿说："怎么知道的？"

"哎呀！我们一小的时候就在一个屯。有那么一回事，将军在七八岁的时候，正年前，赶他回京到宁古塔江南舒平去。那时，他们从马场往江南去，走在半道上看见两个带亮眼睛的大猫。这猫可大了，这猫把嘴巴搭到爬犁后面去了，这时候拉爬犁的两匹马就毛了。赶爬犁的老板拽着这两匹马也傻了。他母亲也在爬犁上，不知怎么的好了，一气儿就跑到他江南姥姥家。

到了他姥姥家，大家也不会说话了，她妈也吓得说不出话。姥姥家的人赶紧把她扶进屋里去了，费了很大劲儿，才把马缰绳拽弄好。把火把抬到屋里去了，可是一看这小孩，怎么着不怎么着，进屋也挺高兴。可是一看到他妈这样才哭了，他妈好不容易才醒过来的，可心里还哆哆嗦嗦的。大家就问这孩子，到底遇到了什么事？小孩说：'没有啊，啥事也没有啊。''你看到什么了呢？''我就看到挺大的一只大猫，大猫把嘴搭在爬犁上，我还摩挲摩挲这猫的毛，一直跟我们快到屯里的时候。'这时，大家才知道是碰到虎了。"

"你瞅瞅！"这老伙计说，"咱们将军一小的时候就是黑虎星，让巴海将军害到这程度。但不要紧，咱们的将军福星高照，还能官复原职。"

这一拨人这么唠着，外面的人也在唠，没有萨布素，哪能有今天的宁古塔？大家都在唠萨布素的功劳，这样就引起全军的骚乱，以及以后萨布素又如何说服他们的故事。

第四十五章　遭诬遇点拨

（一）

　　宁古塔来的将士在回忆将军的成长过程，他对大清的忠诚，对士兵的爱护，在征剿罗刹中立的功劳和筹建宁古塔的功劳，不明白为什么好人要受到谪贬，而坏人反而过舒服日子。

　　萨布素也没有睡着，我应该怎样对待这件事呢？我是把真实情况奏明皇上呢，还是认罪呢？如果按皇上的旨意认罪，感到自己太屈；如果如实上奏，巴海老将军是吃不了的。心里总是翻过来、折过去想这个问题。最后还是想，我本来是放牛的孩子，我今天能到这步，是和沙尔虎达老将军分不开的。又想到放牛的时候沙尔虎达对他的培养，对他说："这个小伙子，有发展，好好干，为大清国多效点力！"这话总是响在萨布素的耳旁。又一想，皇上对自己的信任还是很大的。每次上奏本的时候，给每个人请功劳，总是如实准奏。想到这些心里揪得厉害。在屋里坐不住了，就背着手到外面走一走。

　　这时已经是半夜了。一看外面的士兵都没有睡，都是三个一串、五个一伙地在议论，这个说简直是太让人过不去了，那个说这简直是黑白颠倒，我们主帅领着大家这样艰苦奋斗，南征北战立下这么些功劳，现在正领着我们克服没有粮食的困难，反倒让人咬了一口。有人说：干脆，明天咱们回去吧，收拾收拾走吧，这有啥意思？当官的也遭诬陷，当兵更没好处了。也有说萨布素不领我们，这仗就不打了。

　　萨布素一听，连叫不好，为我一个人，搞得军心不稳。看看许多帐篷的灯还点着，都在议论纷纷。他走到瓦礼祜的帐篷里，瓦礼祜一个人闷闷不乐，一看萨布素进来了，忙迎上去说："大哥，还没睡觉？"萨布素点点头，瓦礼祜知道萨布素的心情。萨布素又瞅瞅他，微微笑一笑，说：

"你也没睡啊！"

瓦礼祐叹了一口气说："这怎么叫人睡得着觉呢？坐下吧。"

坐下之后相互瞅瞅半天，终于是萨布素开口了："兄弟，我打算明天让笔帖式给我修书，我要认罪、服罪。我有几样事情要说一说。"

瓦礼祐说："有几件事你要奏明圣上，我想这回是能弄清楚的。你应以军务为重，宁古塔、吉林、盛京、京师这两千多兵都看着你的眼睛。如果你真的认罪，宁古塔的士兵什么心情！"

萨布素说："我何尝不想这些问题。可是你也想想，我身受沙尔虎达对我的培养，他是我的恩师。另外，巴海将军也是多年跟我在一起，我怎么能把巴海的事情一一上奏给皇上呢？如果我真的都奏上去了，我以后在九泉之下怎么见恩人沙尔虎达？"

瓦礼祐说："我看你不要被这些事情蒙住了眼睛，你还是应以国事为重。巴海也好，沙尔虎达也好，这是对你个人的恩情，应该要报，你应该记住，但这次事情关系到雅克萨战争。"

萨布素说："我何尝没想到，我也想到，但我想到没有我萨布素，仗一样打。京里又派来了彭春、郎坦，再加上你，我看指挥这次战斗也行了吧。我自己就隐退，我回到宁古塔也好，到哪里去也行，我希望你要坚持不懈。我们是从小在一起的娃娃，在一块儿放牛，在一起练武，在一块儿出兵……"

这时候萨布素已经是五十多岁的人了，鬓发有些苍白了。想到萨布素在这几十年里，为了大清国的江山，为了宁古塔的建设付出了多少的心血，为什么巴海将军对这样一个忠厚朴实而且勇敢、机智，对人又善良的人要这样？瓦礼祐越想越不通，说："大哥，你如果信任我的话就如实禀奏，你要是非要自己认罪，我是没意见的。这样你不能以国事为重，是为了你的私人感情，你想一想吧。"

这么说着说着，彭春、郎坦来了，一个是皇上的钦差，一个是接受了元帅印。萨布素忙站了起来，彭春按着萨布素的肩膀说："坐下，坐下，坐下来。"彭春说："萨布素大人，我们自从到营里来以后，我们更知道你是含冤的。可是皇上的圣旨已经下来了，免去你的主帅职。这样我打算再待一个时期，好好把情况掌握得清清楚楚的，我一定要奏本。我要把真相上奏，谁是谁非说清楚。"

萨布素听了这话，赶忙站起来，那时候皇上加罪于谁，在没有澄清之前，就得以罪人来对待。萨布素说："彭春大人，皇上已经下旨了，我应该认罪，虽然说里头有些冤屈的地方，但我也不便多说了。我准备明天把认罪书向皇上奏请，现在军队的士气还是非常高涨的，我有几个打仗非常勇敢的战将。"

他一一做了介绍。又说："得赶紧把粮食解决，不解决粮食问题，军心是稳不住的，这是第一点。不管说我是重用流人也好，重用罪人也好，他们中有的人确实是作战英勇，性情耿直，对大清是很忠心的。这样的人还要重用他，这些人在我们营中起了很大作用。这是我说的第二点。第三，在粮食解决以前，福建兵到之前，我们不能轻易出兵。不能把罗刹等闲视之，他们在雅克萨增了兵，火枪又多，炮也好，是有力量的。如果轻视他们就有打败仗的危险。至于我，我自己倒无所谓。我明天认完罪后，就回宁古塔等圣上的旨意，能够做点什么就做点什么吧。"

虽然他是这么说，可是心里还是很难受的，彭春还不知详情，也没法办。就说："萨布素大人，我看这样，你还是留在军营中，我们共同商议作战方略。"

萨布素说："如果认罪了，作为一个罪臣是不宜在军营中的。"

彭春说："以后再说吧。"

萨布素一看都已经是后半夜了，就辞退了。回到本帐，一寻思，我就是把巴海的情况说明白了，可是皇上的圣旨已经下来了，不能改圣旨。又一寻思，自己事情的真与假，被人诬陷也好，都是小事，回去吧。想到回去，就把家里的事也勾起来了。寻思一是小昌顺已经回到军营来了，怎么安置？家里还有大儿子、二儿子，想到自己的老伴儿和八十多岁的母亲，回去吧，回去种点地，以度晚年，又想到看风水的老先生不知现在身体怎么样。想到这些，一宿没睡。

（二）

第二天，萨布素找来两个笔帖式，写认罪的奏折，把问题一一揽过来。笔帖式说你这样写是太违心了，你这说的不是真情实话。萨布素说："不，不，你就照我说的写吧，我怎么说你就怎么写，不要有半点差错。"

笔帖式就按萨布素的话写了奏折，大意是："诚惶诚恐，我愿意在皇上面前认罪，请求皇上给我处分。一、我没有如期进剿雅克萨；二、来的五百户人，我没有很好地安置下去，不能保证他们的身家性命，让他们往返徒劳。另外有几样事要附带说一说，关于军队的女兵问题，确实是些难民，但都决心精忠报国，这是我要说明的。另外，这些在营中的流人起了很大的作用，立了很大的功劳，希望皇上圣裁。"笔帖式连揪心带掉泪，写完了军队就都传开了。

写完了要往上送，每回送公文让谁送就谁送，可是这一回就派不出去。宁死他们也不送这样的公文。萨布素说："不行，必须得给我送。"最后以军令让几个人送出去。

那送公文的人一步一步走着，心里很难受。全营笼罩着悲愁、愤怒、不满。宁古塔连佐领这样的官都说，我们不能打这个窝囊仗，我们回宁古塔吧。然后各旗的兵都集中在中军帐，到了中军帐都跪下，请求让萨布素继续当他们的统帅，不然的话，他们宁可杀头，也要回宁古塔。

萨布素看这么多士兵在中军帐前跪着请命，他走出来，眼睛一扫，大家一看是萨布素出来了，顿时都痛哭流涕。萨布素说："各位父老乡亲，我们这次作战，上从天意，下顺民心，不是我一个人能起多大作用。我们能打胜仗到今天，是我们当今皇上精明强干，能够在京城运筹帷幄，这是我们主要的力量。虽然我萨布素领着大家打了几次胜仗，但还是靠大伙儿。现在我们将帅之间有些意见，只不过是个人之间的事，对整个战争起不了很大的作用。你们应该看到北边我们的兄弟骨肉遭受罗刹的苦，不应以个人义气为重，把这个事情掩盖过去，今天我们有彭春、郎坦来领着我们，我非常放心，以后军中大事，你们要听彭春、郎坦的指挥。我还是这样，我宁可肝脑涂地，还是要尽我的臣子之心。我不能辜负老将军的培养，希望大家都快回去吧。"可是大家还是不回去，说什么也不回去。

这一下萨布素急了，"好吧，如果你们不回去的话，我只有一死以谢大家！"说完"叭！"一下把腰上佩刀抽出来，这时有人赶紧上去把刀拿下了。

萨布素说："你们好好想一想吧。"说完长叹一口气就进屋了，这时瓦礼祐对大家说："你们真爱护萨布素大人的话，就好好杀敌立功，大家回去，我们一定想办法给萨布素大人辩诬申冤，请大家安心回去吧。"

大家一看是怎么也留不住了，彭春出来，心里也非常难受：这确实是个事儿，萨布素确实是含冤受屈，他要是真的离开了军队，可能军心要拢不住，我这个仗也不好打。心里琢磨着，完了对大家说："各位将士，我的心情和你们一样，我因为是奉圣上旨意新来的，我一定要把这个事情弄清楚，请大家放心。我宁可自己的官不做，也要奏明圣上，要把问题弄清楚，弄清楚前我不出兵。"

大家一开始认为彭春到这里来是为了当官，现在彭春这么说，大家都觉得舒了一口气。"这样的话我们就听着好信吧。"大家就懒洋洋地回去了，这时才把公文送上去了。

这几天，萨布素挺忙，军队里的一切都需交代清楚，接待的人也是连续不断。三姊妹、奥兰特、乌扎拉来的姑娘，三三两两都来看望萨布素。奥兰特心里很难过，就去找小昌顺。乌库兰、李昆、魏海、刘黑塔、鹰哥岭的三兄弟，北边的五兄弟、四武举，以至各协领、佐领，都来看望萨布素。萨布素一看这样也不行啊，不但起不了好作用，而且扰乱军心。都往这里集中，彭春作为新主帅可怎么整？他就把公文快速交代完了。

第二天早上，他把昌顺找来，说："你虽是我的亲生子，但是抚养你长大的是达呼尔人，是你的母亲。你要继续在军队里，为你的养父报仇，为达呼尔人报仇，要为大清国多效力啊！我回宁古塔去，把你母亲也带去。将来打完仗后，你也回宁古塔去，我们在宁古塔再见吧。至于别人我就不见了，不告诉了。"萨布素带着两个心腹家人，天还黑咕隆咚的时候就走了。大家还都在睡觉，他们留下一封信，偷偷地骑了三匹马就走了，回宁古塔了。

（三）

大家都不知道，第二天还去看。一看萨布素不在了，只留下一封信，彭春、郎坦不说，士兵们都乱了，有人甚至骑着马就撵去了，这军队也没法待了。

萨布素走着，心里也挺难受的，来的时候是那样，走的时候却是这样。大家追了一阵子，萨布素的马快，没追上，萨布素已经过河了，再撵也撵不上了，就回来了。

萨布素带着两个人，打马急匆匆地走着，看后面没有人追了，走来走去就走到和老人比箭的地方——给他兵犬的那个老人的地方。萨布素想，正好我来看看这位老人，将要进去就看到那个小狗了。小狗还认得他，就截住了马不让走，非让进屋不可。萨布素挺高兴，"好！你领着我吧。"小狗拽着衣服把他领进院子里了。萨布素拴上马，老人出屋了，还是那样精神，看见萨布素就乐了，说我知道你还得回来嘛。我虽然不出山谷之中，但我能知道外面的风情，请进吧，有话慢慢说吧。

萨布素进屋了。一进屋，老人就乐了，"你不用说，我知道是怎么回事，你是不是要回宁古塔啊？"

萨布素说："是啊。"

老头说："你回宁古塔能安心吗？"

萨布素没吱声，老人又说："宁古塔的两千士兵和北边老百姓给你的任务你完成了没有？"

萨布素说："老人家，我有这个心，可现在是心有余而力不足啊，我现在没有职务了。"

老人说："唉！乌云挡住太阳只能是一时的，天永远是阴天吗？不会再晴天了吗？反过来说，天头永远是晴天吗？它不是晴天的时候，这样的事情你就经受不住了，你就回来了。你想一想，你到宁古塔，那里的人问你了，你的仗打得怎么样了？你怎样回答呀？"萨布素心里哆嗦一下，感到这老头说话很有分量。"另外，你这么一回来谁乐了呢？不是那些出坏的人，想让你回家的人高兴吗？高兴的有两种人，一种是罗刹高兴；另一种就是给你出坏的人高兴。你想一想，谁愁了，谁不高兴呢？"

萨布素肃然起敬，跪下来就给老头磕个头说："我明白了，我一定回到军营去，哪怕是在营中当一个小卒呢，我也尽到我的一份报效之心，也不辜负宁古塔乡亲们对我的一片信任。我回去当一个马前卒，奋勇杀敌吧。"

老头点一下头，说："好！你能这样想很好。实际上你这次回来感到灰心丧气，感到脸面上过不去。你过去是个主帅，这次受到诏责了，免去你的主帅了，你感到抹不开，没有颜面在营中待着了，你是不是有这样的想法呢？"这一说，萨布素想：我不正有这种想法吗，我这也不是真正忠心了！萨布素当时汗就下来了。

老人说："来，来，咱俩再射上几箭。"这时老人才把绝招使出来了，看这箭可了不得，箭箭都有很深的功夫，萨布素一看傻眼了。说："老人家，我上次来，你怎么没把绝招使出来呢？"

老人乐了，"你想想，你当时是一军的主帅，如果你的情绪低的话，对整个战争是不利的。我为了鼓励你的情绪，我故意让你三招。这样，一是我表示对你的敬意，二是鼓励你的情绪。这一回是真的，这回我要把绝招使出来，告诉你，事情都是一看就看到底了？那回来了，你以为把我看到底了？事情也是这样，会有暂时的云遮日，但总有晴天的时候，你信我老头的话，你就回军营去，好好地和大家共同作战。"

　　老人这一点拨、教诲，萨布素顿开茅塞，"好，我回去，我回去当好一个小卒。"这样二马蹬踏，萨布素他们往回走了，老人送得很远很远。最后老人说："一个人活在世上，要像山鹰一样高飞。你要记住满族人有一句俗话：牛犄角多大也是一块儿骨头，鹿犄角多小都是宝。"萨布素心想："老人家的高见真是高！"这样就回到了黑龙江，重返军营，要尽忠报国，杀敌立功。

第四十六章　首夺西林城

（一）

萨布素得到老人的一番点拨、教诲，心里敞亮了，感到自己的想法中有些个不对的地方。萨布素这个能使后代人记住他的，就是他有了错，能自己责备自己。前人说得对，他能很快明白，很快接受，立刻改正过来；前人对他不满了，他首先能够责己，严以律己，宽以待人，萨布素一生都是这样。萨布素回到军营时，军营中也正好要派人去找他，传令兵报彭春："萨布素回来了。"彭春赶紧去接，下马之后，赶紧牵着手进来。萨布素说："罪臣不应私自就走了，不过我是一时想不开，我感到我在军队中待着没有什么好作用。"

彭春说："这是哪里话，主将在用兵的时候，真是用兵如神，而且深得民心，深得军心，你怎么能走呢？"

"那是我一时想不开，我愿意继续留在军营中，在营前报效。"

彭春和郎坦很高兴，说："我们不能违抗圣旨，我们暂时代你主持军务，遇事请你还要多给我们出谋划策。"

萨布素说："好吧。"

将要吃饭的时候，传令兵来报："启禀大人，现在有五十多条船从盛京运粮来了。"大家一看粮食来了，真是群情振奋，不约而同地来到中军帐前，要求去接运粮船。这时彭春那边安排了人去接粮，这边就杀猪，预备酒。

押运粮食的是由一个副都统带领的，拜见了彭春，又拜见了萨布素。副都统也知道萨布素免官这件事情，也知道萨布素是遭诬含冤的，就紧紧握着萨布素的手，说："老主帅，受委屈了！"

萨布素说："哪里，这是皇上的圣裁，我应该接受，我自己也确实作战不利，指挥不灵，应该受责备。"

盛京副都统说："皇上已经下圣旨，要在内蒙和盛京囤积两年的粮食，足以够用。"这样就处理了一些善后工作，把借的粮食都还了。粮食问题解决了，大家很高兴，准备出征。

彭春和郎坦准备调集兵马出征，萨布素求见说："两位大人，我有些想法想说一说。"

彭春说："说吧。"

萨布素说："现在我看还不能急于进攻雅克萨，因为雅克萨的外围还有二十多个据点。我们只收复了十来个据点，如果外围不清扫掉，雅克萨城是得不到手的。况且，听说尼布楚还不断往雅克萨运兵。依我的意见，先派一两支精干的游击部队，把外围先扫灭掉。然后，我们从蒙古内地绕到黑龙江上游，把那段大江在一定时间掐住，不许他们水中运兵；如果他走山路，我们可在西部地区截击，这样把援兵截住了，就剩雅克萨一千多罗刹兵，就好对付了。"

彭春一听这话感到对，说："好吧，先派两支游击兵去扫清外围。"又问萨布素："你看让谁去呢？"

萨布素说："我愿意去，给我一百人左右，就可以了，可以每天扫掉附近一些城堡。另外可让夸兰大率一百人出击。至于往黑龙江派什么船和兵由大人定夺，陆地上掐死雅克萨的援兵一事，我可以担当一部分。"

彭春说："好吧，我安排人掐住黑龙江上游的口子，你就多辛苦一些吧。另外，你放心，我最近就要奏本，要把原委情况奏明圣上。"

萨布素说："好吧"，就准备挑选二百人。

（二）

大家一听说萨布素要带人去扫外围，这个也要参加，那个也要参加，萨布素自己没做决定，让彭春和郎坦裁决。彭春和郎坦认为这一百人要深入到敌人那里去，是很不容易的，就挑些精干的，把李昆、魏海、刘黑塔、北边五兄弟、十个小青年、鹰哥岭梅赫勒小阿哥都挑进去。

这时女兵营来人说："启禀彭春大人。"她们一共进来五个人，一个是瓜尔佳三姊妹，另外是乌库兰，再一个是奥兰特，她们一定要和萨布素一起去扫除外围。

彭春没敢答应，问萨布素，萨布素说："大人如果同意的话，我叫以带她们去一些。"这样就挑了十几名女兵随同出击。

瓦礼祜有心想去，也不能提，因为他是副统帅，要跟他去就不合适了。再三嘱托萨布素要多加小心，不要过于性急，要量力行动，"你啊，有一个最大的毛病，好孤军作战，一定要引以为戒！"

萨布素点头，说："好吧。"这样，萨布素整顿了一百五十多人，一百五十多坐骑，带着粮，兴致勃勃地走了。临走时萨布素告诉彭春，要抓紧时间练兵，剩下的兵马就在瑷珲练兵。

瑷珲西边有一个地方叫西林子，是罗刹一个据点。驻扎雅克萨一支比较精锐的部队，有一百多骑兵，一律火枪，武力很强。萨布素首先选择攻这个点，说我们要打就打一个硬仗，把西林子拿下来，拿不下的话，别处就不好解决。怎么拿呢？大家心里没底，萨布素说："能行，这次打西林子，我有办法，咱们启程吧。"

从西林子到瑷珲有两天的路程，这样萨布素部队就去了。到了离西林子半天路程的地方，萨布素说："不要往前走了，越近对咱们作战越不利，我们在这里隐蔽起来。"这样就在林子和山沟里把兵都藏起来，在这里扎下营了。

萨布素把刘黑塔和魏海找来说："你俩是汉人，你俩假装是贩卖皮张的老客，拿些貂皮到里头去看一看，碰到敌人的时候躲一躲，实在躲不开，你俩就见机行事。主要是探听西林子内部情况，然后赶紧回来再作研究。"

"好吧。"刘黑塔和魏海就走了。

魏海平时很莽撞，三句话不对路就要动手，刘黑塔说："你这次出去要见我的眼色行事。"

魏海说："好吧。"就捋着大胡子，完全是汉族打扮，背一个背包，里头装些貂皮，装一些散碎银子，出发了。

到地方后，看到两个罗刹兵出来了，东张西望的，他们俩一看就往道旁一闪，低着头。罗刹兵一看，啊？来两个人，就下马把枪支上了。魏海装着挺害怕的，赶紧上前施礼作揖，施的是汉礼，两个罗刹一看不是本地人，他们还不会汉话，就比量："你们干什么来了？"魏海把貂皮拿出来，挺好的几张貂皮，比量一番，又拿银子出来比量一下。罗刹兵明白了，这是买卖貂皮的，挺高兴，就把兜子翻了一下，翻出十几张貂皮。

正说着、翻着，来了一个达呼尔人，这达呼尔人会说罗刹的话，见到了这两个兵，其实这是两个小头目，上前施礼，说了一阵子，回头一看是两个汉人，问："你们会达呼尔话吗？"

刘黑塔懂，就用达呼尔话说。那达呼尔人问："你俩是干啥的？"

刘黑塔说："我俩是从盛京来的，我们是关里的人，想买点皮张，回到京里卖。到这里有些兵荒马乱，不知往哪里走了，打算回去吧，还没有路费了。我们寻思你们这里收皮张，我们也不敢上清兵那里去，因为我们是私自倒腾，清兵抓住我们，不得狠劲儿揍我啊。我想到你们这里，卖些皮张得点钱，赶紧回去。"

达呼尔人一听这么便宜卖，若把他引进我们那官场里多好啊，就说："你们俩站下！"就把他俩从头到尾翻一遍，一看也没有破绽。寻思把他们两个人领进去也不能咋的，说："跟我上城里去吧。"就叽里咕噜和两个罗刹兵一说，两个罗刹兵一看也挺高兴，一人拿了一张貂皮。

刘黑塔就说："好好，就送给你们吧，一人一张。"

这两个罗刹听说一人送一张更高兴了，直伸大拇指头说："跟我们进城吧。"他们就跟着走了。

那罗刹兵说："这样进城不行，得把他俩眼睛蒙上。"就把俩人的眼睛蒙上了，带进了城。刘黑塔寻思，你现在蒙上我的眼睛，到里面还得给我打开。我在外面还不愿看，我专门要看看你里头。

到了城里，进了屋，把蒙眼睛的布打开了。罗刹的头目问："你俩是干啥的？"他们又把话从头说了一遍，罗刹头从头到下看了一下，说："你们是汉族，不是本地人，你们是哪个地方的？"

"我们是山东人。"又问是什么时候过来的，反正问了一个底朝天。又翻了一下，问："你们准备怎么的？"

"我们准备把皮张处理得了，我们没有路费了。在这里，不是这里打仗就是那里打仗，我们怪不安全的。"

罗刹头说："那你们在我们这里得了，你给我们打皮子。"

他俩就乐了，说："我俩不会打皮子，我们就会做买卖，只会倒腾皮子。"

"那行啊，你们的皮子多少钱一张啊？"

刘黑塔说："过去是四两银子一张，现在三两一张就行了。"

罗刹头目看来看去说："给你们二两银子吧！"罗刹买东西好讲价钱。他们也不管那个，主要任务是侦察，说："那不行，你们就成全成全我们吧，我们也挺困难的。"

"给你们二两银了，要不然的话我们就没收了。"

"二两就二两吧。"

"你们一人还得交一张税。"这样就剩十六张给了三十二两银子。

刘黑塔说:"给我们吃点饭吧,哪怕我们花点钱。"罗刹兵挺高兴。"不用花钱,你们就吃点饭吧。"刘黑塔、魏海还拿了两瓶酒,把领他们进来的两个罗刹兵请到一起,"咱们喝点酒吧!"就把酒拿出来。是装在貂皮的篓子里的,一篓能装一斤多。那时这里刚有烧酒,罗刹还没有烧酒,一看可高兴了。喝着酒,刘黑塔就说:"这个城可真好啊,我还没见过城有修得这么好的!"

达呼尔人就给翻译说:"你们的城修得挺好。"罗刹兵就哈呼起来了。(下面为省事,就不说谁翻译了)

魏海说:"你们的城这么热闹啊?"

罗刹兵说:"可是,我们东边到西边是半里地,有三趟街,三趟街后面没什么意思,都是仓库、弹药库。前面两趟街可热闹了,那里有我们抓的达呼尔女人和我们带的女人,我们行酒作乐就把她们找来。"

"那你们兵都住哪里呢?"

"我们的兵就和这些女的一块儿住。"

"这么厚的墙是攻不破啊? 敌人来了怎么打也打不进来。"

俩罗刹中的一个说:"想要打它是打不进来的。"那个说:"你别吹了,咱们这玩意儿,外面是土,里面是木头的。人家表面一看挺厚,其实都是假的。"

那小子缠他,"你说些什么玩意儿!"他们俩装着没听着似的,和达呼尔人唠嗑。反正也听明白了,是木头墙,外面捣的土。

两人又说:"我们听说清兵都有大炮,都会登城,你们没有大炮可够呛,他们会武术,几步就蹿上去了。"

罗刹兵说:"哎!怕啥,我们一个城门留有两门大炮。另外,我们都有火枪,他只要上来,我们就可以打他。"说完了天也黑了,刘黑塔说:"我们就在这里住下吧,明天早上再走。"

罗刹兵一看这两个人也挺老实,黑大粗的,就说:"好吧,在这里住可不兴扒街走,扒街走碰到我们的岗哨把你们打死我们可不管哪。"

"那哪能呢,我们就是睡一觉得了。"找一个地方他俩就睡觉了。

睡到半夜的时候,刘黑塔捅了一下魏海,说:"起来!"

魏海说:"你干啥?"

"我们装撒尿,看一看弹药库在哪里。咱们知道地方了,大炮就专往弹药库里打,这样他们就没招了。"

"好吧。"他们正好住在北边的那趟大屋子,就装着东找厕所西找厕所。一下子让站岗的发现了,"你们干啥呢?"

"哎哟!我们找厕所。"

"你们找厕所往这里找干啥,这是弹药库,往这里跑不行,往南面去吧。"好,这样他们自己告诉了,这是弹药库,就回到屋了。这样,城里的情况基本清楚了。

第二天,吃完早饭,就找那两个罗刹兵去了,说:"我们要回去了,谢谢你们吧。"就回去了。

(三)

一出城门,他俩挺高兴,走到一个林子里,碰到两个达呼尔人,是赶着牲口给罗刹上税去了。魏海一看可急眼了,"好你个杂种!你给罗刹上税去,大清兵离这里不远了,不送大清兵送罗刹。"魏海把他们逮住了,就问:"你们干什么去?"

"我们给罗刹兵上税去。"

"混蛋!你为什么给他们上税?去,到我们那里去。"

"不行啊,我们家里人还被罗刹押着呢,要不给他们送去,就要杀我们家里人。"

"谁管杀不杀的,你去不去吧?"

"不去!"魏海来急劲了,拿出刀来一刀一个把这两个都杀了。这一杀刘黑塔不高兴了,说:"魏兄弟,你这样可就不对了,咱们主要是对付罗刹,他们俩无缘无故地被你杀了!"

"什么无缘无故,他们随便给罗刹送税去,我就杀他们呗。"

"你不想一想,他们为什么要给罗刹送税,还不是因为家里人在那里当人质吗?你不是杀了好人了吗?你回去之后,非得受埋怨不可!"

魏海说:"我受什么埋怨,我杀的这两个人都是叛徒!"三说两说俩人就急了,刘黑塔脾气也挺暴:"你简直是目无王法,上回你见了粮就抢,没杀你就不错了,这回你又乱杀两个人,我回去非告诉大人不可,你这样的人就得狠狠罚你!"

魏海寻思你也不用和我斗,上次摔跤你瞪着眼睛看我不顺眼。这样两个人就翻起小肠来了。魏海说:"我不受你的窝囊气,我离开你,我走!”甩袖就走了。回头说：“你等着，我非要做出一点大事才回来见你，来报答萨布素大人的恩情。”说完就跑了。

刘黑塔在后面召唤：“魏海，你回来。”干招呼也不回来，刘黑塔想他把人也杀了，自己也跑了，我回去怎么交这个差呢？一寻思不回去也不行啊，就回去了。

回去后，先把西林城堡的情况跟萨布素一说，萨布素说：“魏海呢？”刘黑塔就把魏海在林子里杀两个人的事一说。

李昆一听来气了，问刘黑塔：“他跑哪里去了？”

“他说非要干一番大事，不干大事，他就不回来，不见大人。”

李昆说：“这就坏了，他非得去当山大王不可，他是当惯了。”

李昆对萨布素说：“我想去找一找他。”

萨布素说：“你不用去找，他会回来的。”

把李昆气得够呛，“除非我看不到他，看到他我非杀他不可，他简直不是我的磕头兄弟！”

萨布素寻思了半天，说：“你俩不用着急，也不用担心，别看魏海以前当过山大王，他绝对不会忘掉我们兵营，他能够回来的。”

李昆说：“不能了，他不会回来了。”

萨布素说：“不，他准能回来。”

萨布素见李昆不吱声了，便说：“现在我们已经知道情况了，赶紧研究研究怎么进攻西林子吧。”

当时是冬天，北边冷得更早。萨布素说：“咱们这回来点新的，他们城堡外不是有一圈树吗？正好，我们明天攻城的时候射火箭，守城门的不知怎么回事，趁他们忙乱的时候，我们用小炮把城墙轰开，外面不就是一层土吗？然后用火箭把里面一层木头烧着它，这样我们就可以进攻。”大家伙说好啊，就准备火箭，连夜准备起来了。

第二天，天一放亮，这一边就擂起鼓来。这边一进攻，那罗刹就毛鸭子了，就往城外打炮。这边也打炮，不大一会儿，把树都打着了，罗刹就乱了，“可不得了了，着火了！”外面又打枪，又放火箭。造了一阵，这城墙就塌了，人就涌进去了。

罗刹一看不好，就撒丫子跑了，城里到处是火，活捉了二十来个人。清兵把粮食柴草、缴获的东西装上车，连战俘一起送到彭春那里去，西林子第一个战役就这样得胜了。

第四十七章　法古拉村共谋大计

（一）

　　萨布素率部解决了西林子以后，在那里休息了三天。那天正在休息的时候，就看从西边来了一群难民，都往西林子来。一看大约有四十来人，再一看这些人可不一般：有的人被搀扶着；有的人是摸索着往前走，用棍支着走；有十来个人的眼睛是瞎的；还有十来个人不是断腿就是缺胳膊，穿着破衣罗梭。他们离城不远了，还不敢往里进。有人说："进吧。"那站岗的都是大清兵。这群人走到跟前了就问："你们是不是宁古塔的兵？"

　　"是啊，你们是哪里来的？"

　　"我们是鄂伦春的，我们被一帮罗刹兵抓去了，他们害怕我们跑，把我们的眼睛捅瞎了。不让我们生活、反抗。有的人腿都被砸碎了，腿砸碎了还让我们干活，我们是足足干了六个月的活。以后他们看我们没用了，想把我们推到大江里去，走到半道上，碰到游击队了，多亏他们搭救。那些人还说清兵在瑷珲，我们就奔瑷珲来了，这样就碰到你们了。听说你们打了几天仗，我们在山沟里趴着，这回你们打了胜仗，我们才敢出来。"

　　萨布素一看这惨状，真是看不下去，都是大清的臣民，他们却遭这么大的罪。萨布素怒火中烧，为给群众报仇，立即下令，说："集合！向恒滚河方向挺进。"

　　恒滚河那里有一个卡伦山，罗刹在那里修了一个堡垒。这个城堡是个中型的，是两道土城墙，土城墙修了有一丈多高，有五六尺厚，一般炮打不进去。那里除了一百名罗刹兵以外，还有庄园主，在那里开的地，有商人，有住户。商人尖，听说清兵要来，都跑了，别人还在那里住着。

除了卡伦城堡以外，外面还有两个小城堡，住着二三十女兵，离卡伦城有半天路程。

萨布素带着这一百多人沿着恒滚河右岸往上走，快到卡伦山的时候，山势就更窄了，流水淌得更急了，两边是陡峭的高山，真是一个非常险要的地势。

这一带萨布素记得，因为他父亲在老的时候，常说这个地方，叫豹子川，说豹子能从这河中跳过去。在皇太极天命年间，追拿捕逃，曾兴兵到过这个地方，当地一些鄂温克兄弟帮了很大的忙，抓住了捕逃，他们捕的一些匪帮都是鄂温克人帮助抓住的。

在鄂温克人里，有一个叫巴扎山的老大爷，由于捉拿逃犯，在豹子川这个地方牺牲了，萨布素连走带讲这个故事。

走着走着，到天偏西的时候了，他们到了一个村庄，叫法古拉村。法古拉村原来挺大，有七八十户人家。过去萨布素跟沙尔虎达来过这里，这里住着鄂温克人，还有一些满族官员，还有菜地，是比较兴旺的，房子也是按江南的式样盖的，很整齐，人们生活很安定。今天进村一看，房子完全烧光了，满村到处是尸体狼藉。有的孩子还叼着妈妈的奶头，有的和敌人搏斗，两个指头插进了敌人的眼睛，一起死去了。面对满地的尸体，萨布素低下了头。看到一对老人的尸体，萨布素走到跟前，看着这个满身是刀伤的老人的尸体，长吐一口气。又看一看远方，几只乌鸦在哇哇地叫着，西风吹得很猛，增加了悲愤、凄凉的气氛。

萨布素环顾一下周围的将士，默默地说："兄弟们，你们看看，吃人的罗刹，把我们和平的村庄，老实巴交的村民，我们的骨肉同胞，糟蹋成什么样子了！皇上派我们来就是来解救他们，可是有些人没有见到过这样的惨状，却偏偏一再攻击我这方面，做些文章。我一定要尽忠尽力，击溃罗刹，这样才能上满天心，下顺民愿。"全体官兵都感动得低下头掉泪。

谁能不为这样的惨景义愤填膺呢，个个都摩拳擦掌，说："大人，我们一定要为他们报仇！"

萨布素挥了挥手，说："你们的心情我知道，罗刹不驱除，我们这一带老百姓没法生活下去，咱们现在把别的事撂一撂，先把尸体都埋葬起来。"说完，萨布素扛起铁锹向西山根走去。大家抬着一具具尸体，迈着沉重的步子，跟着萨布素走。

埋葬完了，萨布素命令宰了一头羊，祭奠这些无辜被杀的鄂温克人。

面对这些不知名的骨肉般的父老兄弟，萨布素开始简单的拜祭。萨布素跪在坟头前，读了临时拟的祭文："安息吧，我们的父老兄弟、姊妹们，你们在天上看着我们是如何替你们报仇的。"祭完以后回到村子里。

（二）

夜深了，士兵们在残垣断壁里休息。萨布素睡也睡不着，看着天空，天空暗蓝暗蓝的，几点残星，一轮残月，不时被乌云遮住了。又看远处，黑森森的深山，传来了呜呜响的松涛声、田野里的狼嚎声。

他想到目前皇上听了一些谗言，免去他的主帅职，内心很难接受；但又一想，当今皇上是顺从躬行的帝王，虽然是一时不知事情真相，但我想总有一天会拨云见天日。好在打罗刹皇上有一定的指挥能力，下面还有这些尽忠报国的士兵，各族人民抗击罗刹的热情，他一定能把罗刹赶出去。心里又一想，如果现在将帅合心，共谋大计，罗刹很快可以打败。边疆就安定了。又想到吉林那五百户到宁古塔不知怎么样了，是不是安上家了。又一想这五百多户到这里来给战争带来多大的不利，一寻思，这些事彭春是会奏明圣上的。又想今年冬天是不能打雅克萨，必须来年春天再出征，我一定率这支小队尽快地扫除罗刹的外围，打开一个新的局面，为攻取雅克萨创造条件。

萨布素这时真是思绪万千，他索性站起来，往夸兰大屋子去了，想找几个人合计合计，如何攻取卡伦城。可是到那一看，这些头目和士兵正坐着，没有睡觉，都用草棍在比画着什么。萨布素走到跟前，大伙赶紧站起来说："大人，你还没有……"

萨布素笑了笑说："你们不也是一样吗？"大伙也笑了一笑。没等萨布素坐下，镶黄旗有一个领催，叫吴登珂，笑了笑说："启禀大人，标下有一言相告，不知是否应该说？"

在清代，一个下级军官向上级请令，先得报履历然后再讲。萨布素也笑一笑说："你随便讲吧。"

吴登珂说："我觉得这城市罗刹可不像从前那样了，从前咱们来他跑，咱们走他来。可是现在他们到哪里哪里修城堡，就安下他们的兵，我们打这里，他们在那里修起来了。这样没完没了，依我看哪，"他看了看萨布素，萨布素点点头："你说吧。"

"打雁先打头，打狼先打腿。罗刹有几个大城堡是专门供给物质的，咱们来了就给他一个声东击西、指南打北的办法，拿他几个大个的，这样小的也就吃惊了。你看看怎么样？"

萨布素惊讶地看看这个人：这个人有二十几岁，红扑扑的脸膛，大嘴巴，两个眼睛长得很机灵。他想，士兵里面有这样精明强干的人！就问他："你姓什么啊？你是哪个哈拉的？"在满族习惯中，一般的是不许问姓，尤其对老年人。人熟了，或者是上级对下级，可以问。

吴登珂说："我是扎拉里哈拉。"

"噢！你是扎拉里氏，是江南的扎拉里氏吗？"

"是，在江南。"

"想当年有一个带兵的老协领叫木库登阿，是你家的什么人？"

"那是我的父亲。"

"噢！"木库登阿曾随着沙尔虎达围剿过罗刹，而且曾是萨布素的上级。

萨布素点点头说："好吧，以后有什么事来找我，咱们可以随便谈，你父亲曾是我在的那个牛录的佐领。"吴登珂知道萨布素和他父亲一起共过事，因为觉得萨布素现在是个官，就没提这件事。

天亮了，萨布素命令埋锅做饭，整装待发！

第四十八章 三打鄂尔图

（一）

罗刹兵洗劫了法拉古村之后，带了十几个人质，往鄂尔图城集结。这时瑷珲已经派出四五股人马扫除外围散住的罗刹兵。这样外围的敌人小股的不太多了，剩下的都是一些典型的据点，都防备得比较严。

鄂尔图城是由罗刹相当于一个副都统的官带着的，四周过来的人、庄园主、来不及撤走的大商人，都集中到这里。这个城是比较大的，甚至有做买卖的地方，被罗刹占据的时间也比较长，是雅克萨城外的主要据点。往正南和雅克萨是正遥遥相对，到雅克萨能走七八天的路程。自从清兵屡屡打胜仗以后，鄂尔图城向雅克萨屡报文书，让他们来增兵。雅克萨是泥菩萨过河，自身难保，所以不愿往这里派兵。自己也像惊弓之鸟，今天呼啦啦吓跑了，猫起来了。说是清兵来了，结果哪是清兵来了，风吹树叶他们也害怕了。

这时候有人来告诉雅克萨，说清兵来的是铺天盖地的，有一两万人，都是高头大马，光蹿房越脊的人不下五千。还有说清兵带了一些法师、萨满，能够撒豆成兵，说得神乎其神了。还有说清兵能从江里走，这样雅克萨的罗刹就在江里放些铁蒺藜，害怕清兵从江里来；又听说清兵能在一百米以外就飞起来，他们就把城墙加高了，还在上面打上障子。总之，采取各种办法来防清兵，不肯向鄂尔图派援兵。

萨布素率领人马行军，有人寻思，我们不是要攻卡伦城吗，怎么到鄂尔图城去？萨布素听见了，说："停止前进，军队的事不许你们乱说，我说哪里去，你们就往哪里去，我说取哪个城就取哪个城。"又对李昆和刘黑塔说："你们带一百人，这么这么办。"他们领着人就走了。

萨布素即刻带五十人奔鄂尔图城，离城不远的地方，就埋伏下来了。

这天太阳偏西了，萨布素让他们做饭，吃完饭萨布素让他们好好睡觉。到了黑天了，萨布素说："咱们这五十人分成十拨，一拨五个人。一拨分两支马枪，围住这城，把火拢着。城门枪响再往城里射箭，都在一个坑埋伏好，别让里面的枪搭着边。你们也不许往前走，打到敌人来了，包围咱们的时候"，萨布素指指南面山口，"咱们经过这个山口退，那个山口有四道沟，咱们可以奔那道沟，那里有密林，他想找也找不到我们。"

"好吧！"大家就准备着。

到了大黑天了，这些人就把火点着了，这里就放起枪、射起箭来，里面不知外面有多少人马，就慌里慌张地报告："十路兵一起向我们进攻呢！"虽然城墙坚固，但鄂尔图城的百人长也害怕，说："赶快到卡伦山求救去，让他们快来人！"

卡伦山到这里也就是两个时辰跑到了。卡伦山的罗刹一听告急情况，说："好，我们出兵。"卡伦山一共有七八十个兵，一堆就出来六十来个，出来就往南面跑了。底下那一百个清兵，李昆和刘黑塔带着就上去了，把整个城围上了，不容分说，三七二十一把这城攻破了。

出来的六十名罗刹，还没有到鄂尔图城，就在外面横冲直撞寻找清兵。萨布素说："退！"就领兵往南沟里退，一直退到原来指定的地方。

到那里一看，真是森林密布，走十步八步就看不到人，萨布素人到了那里就猫起来了。卡伦山的罗刹追到这里一看，怎么一个人影也没有呢？到鄂尔图城里就问那个副都统："那些清兵呢？"

"唔，刚才还十拨兵来打我们，怎么冷丁就没有了呢？"有人就说了："我说清朝的兵是神兵，说来就来，说走就走，都能腾云驾雾，你们不信吧？昨天是来了十路兵马，人走了。简直是把山沟都装满了，可是今天早上没有了，到处找也找不到了。"

这时又有卡伦山的罗刹兵来了，说："大人，可不好了，咱们的城让人占了！"

说完又要往回跑，这时清军已经把城占了。他们走到豹子川被清军又伏击一阵子，他们不敢再到卡伦城，就到鄂尔图城。鄂尔图城这下可慌了，白天下晚黑都派人巡逻。

用声东击西的办法，打完了卡伦山，萨布素把兵集中在卡伦山。鄂尔图第二次向雅克萨告急，说："清兵太神妙了，昨天下晚黑十路兵马来攻我城，我们英勇抗敌，杀死很多清兵。我们获胜了，城保住了。这些清兵来的时候也不知从哪里来的，走也不知怎么走的，这清兵是太厉害了。"雅克萨罗刹一听更害怕了，我的兵再也不能给了，我给了，如果清兵一下子从空中飞来，我们可怎么办呢，也不敢打。

（二）

　　萨布素想下一步如何拿下鄂尔图城，琢磨着，攻打鄂尔图城可没有卡伦城那么容易，必须得集中火力突击一面。又一寻思，不行，光我这支一百五十人的军队是拿不下这个城的。即使我拿下来，我也守不住。萨布素就给瑷珲彭春大人去信，把豹子川的战斗和鄂尔图的情况说了，让彭春再派二百兵来。打发人到瑷珲去了。

　　彭春接到信后知道了萨布素的情况，瓦礼祜说："我愿意去。"彭春同意了，瓦礼祜就领着二百兵去了。萨布素信中还告诉尽量多带一些火炮配合攻城，瓦礼祜带了这些兵和几门火炮星夜赶到萨布素那里。

　　到了卡伦城，老哥儿两个见面了，很高兴。很长时间没到一块了，谈了一阵子，瓦礼祜说："现在彭春和郎坦大人对你的情况已经完全知道了，已经奏明皇上，必要的时候彭春准备让郎坦回京一趟详细面奏圣上，你就放心吧。"

　　萨布素说："先不说这个，先商议打仗要紧的事啊。"萨布素就把鄂尔图敌我情况说了一遍。

　　瓦礼祜说："依着大哥你的意思怎么样？"

　　"我想打这个敌人比较大的城堡，是攻雅克萨城的演习。这个城要拿下来，雅克萨就好打了。"

　　瓦礼祜抬抬脑袋说："我看行，我路过这个城的时候看了，这个城也就是雅克萨的四分之一。虽然说有两道城墙，也不难攻破，你看怎么样？"

　　"我看比雅克萨城差多了。雅克萨城我进去一回，有点铜墙铁壁。"

　　瓦礼祜说："我们攻攻看看吧。我们集中火力，猛攻一面，看看怎么样？"萨布素赞同。

　　过了河，开始攻城。城里的火力非常猛，这一仗足足打了两天两夜，不分胜负。敌我都有伤亡，都不太大。萨布素命令停止进攻，把李昆、刘黑塔、鹰哥岭的梅赫勒找到一起合计，大家都提出集中突破一面。

　　第二天，把兵力集中在北面，所有的炮也调北面去了，其他三面搁几个人虚张声势。安排好了，十几门炮一起开火，不到半个时辰，北面城墙打了一个缺口，李昆嗷的一声带着十几个人攻进去了。后面的人也像潮水般的涌进去了，陆续攻进去了五六十人，城墙里还有一些暗壕，敌人在暗壕里开枪，我们攻不进去了。敌人从三面包围过来了，这五十多人出不来，进不去。萨布素可急了。李昆说："你们快杀出一条血路，把刀拿出来，你们在头前，我在后面断后。"

枪已经不能使了，打起交手仗了。五十人对付这一百多罗刹，就像入无人之境似的，杀起来了。李昆在后面护着，等这些人杀到城墙头，快到城墙的豁口的时候，已经快死二十多人了。李昆左肩受了伤，右手拿着刀还是一个劲儿地抵挡。大家一看李昆受伤了，要过来抢救，李昆说："不要救我，赶紧往前跑！"说着敌人已经上来了，李昆站在豁口上，大喊一声："你们谁敢上来？！"

他这一喊，罗刹兵一慌，往后退了几步，别的人就势撤出去了。李昆刚要迈步撤，敌人缓过劲儿了，一起举起枪来开火。这样，李昆一头栽到城墙外，牺牲了。所以说，攻打罗刹不只是一个民族的力量，许多民族都出了力，都做出了牺牲。我们这位汉族英雄就是为了掩护满族兄弟壮烈牺牲了。现在江北还流传着李昆大战鄂尔图的传说。

回来之后，萨布素心情非常沉重，李昆死了，心里太悲痛了，可是城池还没拿下来。正在这一筹莫展的时候，传令兵来报："启禀大人，我们的游动小队抓住一拨人，有四个罗刹兵，带了十几个人质，被我们抓住。"

萨布素说："赶紧把他们带进来。"带进来后，一搜身，搜出一卷文书。文书的意思是让各城堡的头目知悉，赶紧把各城堡的人质押送到雅克萨，一定要坚守城堡，不许让清兵再占去。萨布素说把人质放开，把这几个罗刹押起来。

萨布素把文书看了又看，说："好！这回有办法了！"

瓦礼祜说："什么办法？"

萨布素说："我们假扮送文书的人，带六十人或者更多一些人质到里面去，来一个里应外合。攻城时，先攻北面，这六十多人连放火带砍杀，一半人攻北城，一半攻南城。看里面起火就动手，主力从南面走，这回我们来一个明攻北门，暗攻南门。"

瓦礼祜说："谁去呢？"

"咱们这里有俄国兵，让他们假扮。"

"可是他们刚抓来，也不行啊！"

"赶紧到瑷珲，把已经编入咱们军队里的俄国兵请来三个，他们是和我们一条心的，让他们假扮送公文的人。"就打发人去了瑷珲。

不几天，编入我们军队的俄国兵就来了，那时敌我双方在鄂尔图对峙。我们不攻城，罗刹也不出来打。过两三天，瑷珲的人到了，萨布素出去和他们握握手。俄国兵也会请安了，也会说几句满族话。萨布素把他们请进来，吃了饭，萨布素把整个想法告诉他们了。这三个人说："好哇！这办法好，我们能办妥。"把那几个罗刹兵的衣服扒下，这几个人穿上。这几个人一看这文书是真的，连夜都准备好了，挑选精明强干的小伙子化装成人质。

萨布素对三个俄国兵说："这些人装成人质，什么武器也没有。你们进去后，看看那里的人质有多少，他们一定把这些人质搁一块儿。看一看他们的火药库在哪里，到时候把人质放开。然后把火药库打开，大家就有了火枪，最后就到处放火。"

三个俄国兵说："你们放心吧，我们一定能这样办。"他们也准备了一宿。萨布素检查了，看这六十来个人一个个像不像人质，都穿得破衣罗梭。到了下晚黑，这三个俄国兵领着这些伪装的人质从西北又绕到正西，离城也就是一个时辰的路了，就在那里潜伏起来了。一直潜伏到后半夜，因为他们要算一下时间，不让城里人怀疑，想得很周密。

到了后半夜，把这些清兵都绑着，这样就到西城叫门。守城的罗刹一看，来了这么多人，还都绑着，寻思听说有命令要把人质集中在雅克萨，就放进来了。

罗刹的副都统一看真是自己的兵押着，就迎出来了问："你们是从哪里来的？"

"我们是从那个城来的，我们一共走了三个城了，收了六十多人质。"

"先把这些人质给我圈起来。"就把这些人一下推到房里头了，原来押着二十多个，一共就有八十来个人了。罗刹就喝酒、唱歌、跳舞。三个俄国兵和他们一起玩，然后说："我们想问一问你们有多少人质？"回答有多少多少人。

"把名单拿出来吧。"把名单拿出来了，上面有什么什么族的人，要多少张貂皮才放他，这二十多人都有名单。让他们给我看看，一看这二十人也都是些年轻人，他们现在不招老弱病残，抓年轻的可以干活。

这三个人装成真是那么回事的样子问："你们的防御怎样？我听说

清兵到北面来了，和你们打了一仗，你们打得很好嘛！我回去报告总督大人。"

这些罗刹都挺高兴。又接着说："你们修得还不错，我从西城进来，看西城薄一点，你们要集中力量把西边修好。你们想，他们上一次攻北城，下次就不一定攻北城，他们一定是看哪个城内墙薄，就向哪个方向攻。我看西城太薄，集中力量都修西城。"副总督寻思对啊！再打他们不能再从北门，就想修修西城。

"带我们去看看火药库。"

"好，快领去看看火药库。"到那里一看，火药库离人质那屋也就是一百来步。"你们几个人看着？"

"四个人看着。"

"四人看着也行，是轮班，一班四个吗？"

"是一班四个。"

"好啊！"说这话已经黑天了，这三个俄国兵拿着酒又到副都统那里去了，说："你们责任重大，都很辛苦，来吧，喝两杯吧。"就把酒瓶掏出来了，这四个人就喝起来了。喝着喝着，一个罗刹说："不喝了，不然看不住了。"

"不要紧，我们也可以帮你看呢。"

"你们帮我看，那好啊。"就大喝一通，喝完酒要到一边睡觉去。

"把钥匙拿出来吧。"

"这就是这里的钥匙。你可别跟大人说，我们喝多了，休息一会儿。我们天天下晚黑打更，那几天，清兵来了，可把我们吓坏了，想要跑也不敢跑。"

他们三个人说："好，你就走吧，我们还要在这里多喝一会儿。"

就在这时，已是掌灯以后，清兵分成两股，东西一人不搁，北边搁五六门炮，南边也五六门炮，又从北面打起来了。这一打，罗刹兵说："可了不得，又从北边进来了！"罗刹就把兵力集中到北面去了。

清军派来的这三个罗刹到了人质那里，几下就把门砸开了。放开了这八十多人质，很快又打开火药库，到地方每人拿支枪，背起一些子弹就跑出来了。一跑出来就放起火来，这一放火，罗刹更慌了，"可不得了，城里失火了！"这又赶紧回来一些人救火。

这时南面的火炮又响了，响得更厉害，都是大炮，就把南门城墙轰塌了。这八十多人质在里面横冲直撞，罗刹顾北门顾不了南门，当中又有人打。没多久，里应外合，把这城占领了。

鄂尔图的敌人死伤有一半，剩下的人哭咧咧地开了西门就跑了。萨布素派人又追杀了一阵子。就这样占领鄂尔图了。

这一仗我们死有二三十人，李昆也牺牲了。这个大城堡拿下之后给雅克萨的震动很大。剩下的残兵败将都跑到雅克萨去了。

（三）

解决鄂尔图战斗之后，休整了一下，瓦礼祜又补充了一些兵力。萨布素回头想一想这个战争，觉得很不得力，原因是单纯猛攻的办法不太解决问题。如何采取新的战术，觉得是个重大问题。另外也考虑到利用敌人的力量，利用投诚过来的罗刹消灭罗刹的用处是很大的。也想到下层的军官想的问题并不比上层军官差，有的事大伙儿合计合计比不合计强，人多出韩信嘛。最后想到李昆，他真是一员虎将，就这样牺牲了！又想到魏海，到什么地方去了呢？他知道不知道他的哥哥已经死了？当他知道他哥哥死了，他的心情该怎样沉重呢！

休息了两三天，又整顿了一下。救出的二十多人质也加入队伍里来了，这样就有二百多人了，马上商议下一步打哪儿。最后决定打离这里四五十里远的五龙山，那里有罗刹的据点。

为什么叫五龙山？那里有五个山头。在五龙山设有一个城堡，你攻不下来，想拿雅克萨是不太容易的。另外，五龙山的石头和别的山的石头不一样，很怪，一放就碎，一点就着。传说以前这里本来是好石头，以后来了一拨耶鲁里，就是魔鬼，到这里把这里的大人、小孩都吃了。剩不多少了。大伙儿很愁，问老年人，老年人说离这里很远的地方有一座仙山，那仙山上有一个圣母，得找圣母才行。

谁能去呢？一个小伙儿自告奋勇，万水千山费了很多的周折，到了那座仙山，拜见了圣母，圣母教给了他一些法术。回来以后就和恶魔打起来了。恶魔以为还像以往一样没有能耐，就吐毒气。毒气越来越大，奔村庄的老百姓扑来了。这时，这个小伙儿用嘴一吹，吹了三口气，把毒气吹回去了。这帮恶魔就往山上跑，小伙儿追上去把他们杀死。他们就变成了雾气，笼罩在这山上的石头上，以后这石头也变成有毒的东西，连鸟也不敢往石头上落，因此五龙山还叫五毒山。这是神话传说，但五龙山山头上的石头确实有毒。

萨布素的军队在离五龙山不远的地方扎下营，找一个草地睡觉。一睡觉感到浑身难受。第二天，凡是在草地上睡觉的人身体都已溃烂，萨布素一看不好，命令赶忙挪营，挪到河地上就没有再溃烂的了。

萨布素赶紧告诉马也不要吃这个草，就到处找别的草地，找几个地方都是这样。走出去有一袋烟的工夫，找到好草地了。可是来往不方便，最后实在没法，只能挪营，因为马吃草也要紧啊。

第二天，萨布素去看那城堡，并不大，好像人家并不防备。没有炮，也看不见火枪，都在里面逍遥自在的。在四个墙犄角放着四个大桶，不像炮，挺粗挺粗的伸出挺长。萨布素以为不难拿下，就命令开始攻城，将一攻城，就看这四个大桶呼呼地直冒烟，没有一顿饭的工夫就变成一场大雾，这种雾又酸又腥，大家赶紧往后退，可是身上都有溃烂。这怎么回事呢？退回来吧。

退回之后，赶紧把鹿送来的草熬成水，大家洗一洗，可是这种草只能治内部病，治不了外部病。吃了鹿草也还是不顶用，烂得很厉害。再去攻去，可是几次都失败了。

一场雾就使军中溃烂一批人，再也不敢接近。罗刹在城上哈哈大笑，连喝带唱，指手画脚，说："你们不怕死就再来吧！"清兵气得干瞪眼，打枪还打不上。近了人家就放雾，沾上这雾就烂。

萨布素想，不要说攻雅克萨，就连这样的城也这样费事。怎么办呢？心里很烦闷，有心进城去探探，但是老是这样探也是不行。

这天，他就带几个人围城看一看，到底是怎么回事。看到跑出来两个兵到后山去，肩上挑着桶，后来，又出来十几个人，也都挑着一副挑子，不一会儿看他们挑了许多水回来。萨布素琢磨，是城里没有水？心里很纳闷。

第二天，萨布素又去看看，又是这样。一连看了三天，都是这样。萨布素决定抓他几个，就带几个人埋伏在挑水道的两旁。这些罗刹又来挑水，到了跟前，一阵枪，打死几个，抓住两个俘虏回来。他们挑着水，萨布素也不知道这水是干啥用的，叫他们挑着，这两个罗刹兵就挑着水跟萨布素到了军营。

到了军营，这两个俘虏的罗刹兵乘人没注意就把这两桶水倒了。萨布素感到奇怪，这水没让倒怎么就倒了，这是什么意思呢？就叫一个翻译来审问。审问也不说，萨布素就急眼了，揍得鬼哭狼嚎的。最后罗刹兵说："你们想攻我们的城堡是攻不了的，我们有毒气，一放毒气，你们就得全身溃烂。"

"那你们怎么不烂呢？"

"我们有仙泉水，我挑的水就是仙泉水，一洗就不怕毒气了。我都告诉你了，你也不能把我们怎么的！我也不指望活了。"这两个小子挺顽固。

萨布素说："你们活不活我不管，先把你们押起来吧。"萨布素想套出他们，就说："你们的仙泉水没有我们的鹿草灵。"就把鹿草怎么怎么的一说。

罗刹兵乐了，说："你们既然灵，为什么没治好啊？我看你们受伤的人还是不少。"套了半天，这两个人还是不说。

萨布素说："这样，我们踩着他们走的道找一找，看一看这水在什么地方，如果有，我们想法夺过这个地方。"

<h2 style="text-align:center">（四）</h2>

到了半夜，他们就踩着这挑水的道往北走，走到五龙山第三个山头。到了山顶一看，没有泉水，但听到半山腰上有罗刹说话："清兵有多少人来也没关系，咱们可以放毒气，我们在上面，他们在下面，有多少人也攻不下来。"

"那他们从上面来怎么办？"

"我们在山顶上也能放毒气，四外有四个桶子放毒气，谁也上不来。"清兵把这些话都听了，回来跟萨布素一说，萨布素听了，就想取这仙泉水，却不知道怎么取，不取仙泉水，城又攻不进去。萨布素说："我们试一试去攻那山头，把泉水的妙用探出来了，就有办法破城了。"有人说："他们说的是真话假话还不知道呢，是得再去探一探。"

这样，第一次派人从那山根儿往上爬，往上打枪。上面说："好啊，放毒气！"那边毒气放了，清军就往后退，也留下几个人猫在草棵儿里看着。忽然听一个罗刹在叫："哎哟，我也烂了！"

"你这混蛋注意一点，让你事先用仙泉水你不听，活该！"

这罗刹就哀求："快给我洗一洗吧，快动弹不了了！"那些罗刹围着乐，就拿水给他一洗，就好了。探子一看是这么回事，就回去跟萨布素说："这水确实好使。"就把这些情况一一说了。

萨布素听后，对攻下城堡心里就有了底，他想出了这样的计策：运去四五门大炮，到那里专打四个大桶，把四个大桶打坏了，放不了毒气了，再往上攻。后面拿着挑子，挑回十担二十担水。就这么办！

第二天，就把大炮偷偷运走了，瞄准了那四个大桶。一说开火，这炮手是比较准的，几炮就把毒气桶轰坏了，人就上去了。上面的人并不多，才十几个人，就把他们消灭了。按部署，挑着水就下来了，大家挺高兴。

城里罗刹一听北山炮响，就来人了，两下就打上交手仗了，结果这水没得着，都让人抢回去了。

第二次把整个山围住了，上面的罗刹发狠了，说："你们来吧，我们把仙泉堵死。我们城里贮备了足够用三个月的，你们还是没有水，还是攻不了我们的城！"

萨布素想怎么办呢？有心攻吧，把仙泉堵死，就更攻不上城了，就这样围着？上面也不动弹，你围着行，他们也有粮吃。还要防备城里罗刹出来接应。

过了三天，再一看上面的罗刹偷偷地走了，上面一个兵也没有了。大伙儿高兴了，好了！他们跑了。就拿着桶上山取水去，想这次我们把泉占住，就可以攻城，咱们就不怕毒气了。敌人全仗这个泉水和毒气。于是就攻上去了，一上去傻眼了，一点儿泉水也没有了。也不是堵住了，泉窝还有，就是没有水，一点水也没有。怎么泉水冷不丁就干了呢？萨布素也不知什么原因，只能回去。

往回走，到离大营三四箭地的地方，就看过来二三十个山东大汉，一个人挑一副大水桶，萨布素到跟前一看，是魏海。魏海一看是萨布素，立即双膝跪倒，说："大人，我对不起你，我私自逃跑了。跑以后，我没干别的，我收了不少人。"

萨布素说："起来、起来，我知道你的心情，你到屋吧。"就到屋了。

魏海说："赶紧把这水分到各营，洗了就能好。"

萨布素说："怎么的，这就是仙泉水？那是怎么回事？"

"我慢慢儿跟你细谈吧，先把水分下去吧。"把水就分下去了，就洗起来了。

萨布素扶着魏海就坐下了，魏海说："我哥哥呢？"萨布素长叹一声，就把李昆怎么牺牲的一说，魏海一听哭得泣不成声。大家都来劝说："你不要过于悲伤。"刘黑塔也过来了，抱着魏海，直掉眼泪，说："兄弟，我真对不起你，我冷语伤人，我把你气走了，我给你赔不是。"说完刘黑塔就跪倒给魏海磕头，魏海也连忙磕头，两人对面磕头。

　　萨布素一看这两个黑大汉，这么讲义气，心里是暗暗高兴。把俩人都扶起来，两人都在说自己的不是，也忘了萨布素在跟前了。后来一看萨布素在看着他俩，魏海不好意思了，"我也没有向你说说我的经过。"

　　萨布素说："不忙，你们兄弟先唠吧，你们唠得越多，我心里越高兴。"这俩人也乐了，知道萨布素的心情，就坐下了。

　　萨布素说："宰羊!"这时没有猪，就宰几头羊接待这些山东大汉，给他们置办酒席，换了衣裳，魏海把他走了以后的事一桩一桩地告诉萨布素。

第四十九章　结拜兄弟

（一）

原来魏海被刘黑塔说了，一气之下走了，也觉得有些后悔。一寻思我的脾气也太不像话了，人家说了我几句，我就跑了。可他是一个不会转弯的人，我既然说了，就非得立大功不可，不立大功，我不能回营，立了大功，我再去找萨布素。他一听说呼玛那地方开了金矿，从关里来了一些人，到那里去吧，就过河到了呼玛。

到了呼玛，找到老乡，老乡就劝他："你在这里开金矿吧，这地方可以发财啊！"

"我不干，我是来打罗刹的。"

"那你到这里来干啥？"

他也抹不开说我是偷跑出来的，就说："我到这里来招兵买马的，愿意跟我去的，可以跟我去见萨布素大人。"

大家一听是打罗刹的，都围上来问，魏海就把打罗刹的事跟大家一唠，这样越唠越近。过两天，魏海一看这些人不愿当兵，就不愿在这里待了，还得走。别人问他，他说："我没有路费。"这些老乡就给了他一些金子作为路费，他就走了。

魏海背着一个钱褡子，背着一二百两银子，呼呼地走，没有目的。他听说呼玛沟里有一些闲散人，就到那里去看看，能不能招兵买马，他是一心想招些人马组成队伍，然后打回去。再抓住几个罗刹，立个大功，然后去见萨布素。哪里有闲散杂人，他就到哪里去，胡子也好，也不怕，一个人到哪里都行。魏海一路走一路寻思：不干出点大事，这样就回去，我也没脸回营了，我活着也没啥劲儿。

天黑了，走到一个山沟口，路旁有一个小屋，就进屋了，一看有两个人，也是汉人。就说汉话："老乡，没别的，晚了，就找个宿吧，明天该给你多少钱我就给你多少钱。"

这俩人打量他一下，见他背一个沉甸甸的大钱褡子，说："好吧，谁出外头，也没有背房子地的，到屋里歇着吧。"山里人有这个规矩，到山吃山，到河吃河。

魏海一听，说："好吧！"

屋里煮的狍子肉，焖一些小米饭，还有不少酒，魏海能喝，见到酒就想喝，端起酒碗就喝了。

这两个人就问："你是从哪里来啊？"

魏海就把经过一说，就是没说从兵营跑出来，说："我奉大人的命令，看有没有愿意参军打罗刹的人，让我来招集。"这俩人又问一阵打罗刹的情况，魏海就讲了一阵清兵如何厉害，打仗怎么勇敢，夺下了多少城堡，还说真打好了仗，皇上会加功受赏。

又问："你俩是干啥的？"

"我们在这里打个围，套个牲口。"

"你们山东人，怎么到这么远的地方来套牲口？"

"别提了，家里闹灾荒，没法维持，想打点儿皮子，卖点儿山牲口，挣两个钱再回家。"

"噢，你们俩参加我们队伍怎么样？"

"不行，我们现在还不能去，家里有老有小的，能去吗？"

"好吧。"就准备睡觉。

这俩人说："你先睡吧，我们还有点事出去一次，再去溜溜套子。"

魏海想怎么这时候溜套子，就没睡觉，等着。过一会儿这两人回来了，说："你还没睡？"

"没睡。"

"你休息吧。"魏海更警惕了，一是他当过山贼，二是他跟军队这么长时间，不轻易睡觉。这一宿没睡觉。

第二天一早，起来了，那两个小子说："你跟我们一起去溜溜套子好吗？"

"行啊。"这俩人就带着魏海到山里去了。头晌，套住一个狍子，挺高兴。下晌，这俩人说："我们再往西走一走。"往西一走又逮住一只鹿，回来就剥皮。

到晚上了，对魏海说："我们再往西北沟去，那里我有几个大套子，说不准可以套到大牲口。"在山里虎得叫大牲口。"那里大牲口的爪子印我们都找着了。"

"那好，咱们去。"魏海也跟着去了，三拐两拐俩人就不见了。魏海就招呼，也不见人。三摸二摸，扑通一下子掉到一个陷坑里去了，一看上面出来十几个人，用钩子把魏海就钩上来了，没容分说，四马攒蹄就把魏海绑上了，把钱褡子扛去了。

魏海说："唉！你们闹了半天是想套我呀，你们要有能耐把我撒开，别看你们十几个人，有多少人我也不怕。咱们明对明地干，你们是好种的话，有小子骨头，把我放开，我们打一打。把我当场杀死我也不埋怨，你们这样我也不服！"这些人也不吱声，就把他眼睛给蒙上了。

到了一个地窖子，打开一看，一共有三十来个人，个个都是彪形大汉。屋子里生着火堆，烧得热乎乎的，炕上摆着肉和酒，他们正在那里啃呢。过来一个头目，上下打量一下魏海，说："哎哟，我看你还像一个叫花子呢，你从哪里过来的？"

魏海说："你不用问我，问我这个有啥用，你们究竟把我抓来干什么？"

"干什么？就是看一看你钱褡子里的东西。"

"噢！就是为了钱啊，你说话啊，没关系，给你们吧。别说这么些，你跟我说明白了，要多少，只要你哥们儿想用的话，我可以给你，何必这样呢？"

魏海说话是不饶人，那头目一听，看样子不像是一般人，是个走江湖的。就问："你以前是不是走过江湖啊？"

魏海一听就说："那没啥，我也是挑过旗、占过山的。你们这一个行当，我也不知干过几年了。想当年我在鹰哥岭、松西沟这一带，你打听打听李昆和魏海，没有不知道的。我们在镜泊湖一带，谁不知道滚地雷李昆，谁不知道黑铁牛魏海！"

大伙儿一听肃然起敬，"知道知道，您就是……"

"我就是黑铁牛魏海！"

"赶紧松绑！"把绳子松开，说："我们真是不知道，要知道的话我们哪能这么样呢？我们要把你请到山上来。我听说你参加八旗兵了，你怎么到这里来了呢？"

魏海想我不能说实话，"嗨！我参加清兵是不错，我这回出来是有使命的。大人让我招兵买马，积草屯粮专打罗刹，咱们打到他莫斯科去。

回来之后，皇上有赏啊。我是奉命出来的，我已经招了不少人了，都在金矿等着我呢。我听说这里有一拨人，我就特意来了。"

"好，这样好。"一叙谈，魏海岁数比他们大，大伙儿都叫他魏大哥。

头目说："魏大哥，你就在这里入伙吧，你要是不嫌弃的话，我们愿意伺候你，听你的吩咐。"

魏海说："真的吗？"

"真的!"

"听我的吩咐，那好，我们现在就立山头。"

"行!"大伙儿挺高兴。

（二）

第二天，这一帮人就弄了点牲口，摆上供了。对天盟誓，结拜成弟兄，这三十多人都成了磕头弟兄。有福同享，有罪同遭，不能同日生，但愿同日死。这些人讲义气，头目说："大哥，你说吧，我们应该怎么办吧？"

魏海说："你们立过山头没有？"

"没有。"

"你们还不懂立山头的规矩。咱们要立上山头，树上旗号，就叫黑铁牛队吧。"

"好，就叫黑铁牛队。"

魏海指着原来的两个头目说："你管作战，你管粮草。好，咱们照官兵那么编，编成一个牛录。"

"什么叫牛录？"

"唉!牛录就是官，就是章京。我也说不好牛录是什么，咱们就叫黑铁牛牛录。有几条规矩，一是不打扰老百姓。咱们不抢老百姓的东西，这样太不讲义气了。中国人抢中国人，都是撇家舍业地挣点金子银子，叫你们一抢，孩子老婆还能过吗？你们为什么出来了，不也是为穷困所迫吗，家里闹灾荒，家里老婆孩子等着花钱。"

大伙儿说："是那么回事。"

"你们应该将人心比自心嘛，你们抢了，人家的老婆孩子要寻死上吊，你们缺多少德!"魏海连说带骂。

大伙儿说："对啊，咱们家也有老小，我们为什么要抢人家的呢？"那个也痛哭流涕，说："咱们不能抢了，那咱们怎么办呢？"

魏海说："咱们也抢，抢罗刹兵，打罗刹去，他们的东西都是抢我们的，我们去夺回来。我们的规矩第二条就是抢罗刹的东西。第三条，我们积草屯粮，招兵买马，人越多越好。"

这样就把大旗树开了。以后到各个金矿去说了，我们不抢你们，我们保护你们。对那些抢东西的零星散匪我们也杀，你们快采些金子，可以早点回关里养家，大伙儿很高兴。

这三十几个人就保护起金矿。这些老乡挣点钱就给他们送来一点，这样钱更不少，大伙儿挺高兴。魏海说："咱们这还不行，还得打罗刹。"在黑龙江沿岸，有些罗刹的小屯子，开始他们不敢攻大屯子。到下晚黑，船过去了，他们进去了，就烧一阵子，抢一些衣服等东西。挺高兴，然后坐船回来了。

抢来的衣服和布匹挺多，金矿的老乡正缺衣服和布匹，这样就把衣服、布卖给他们，又得些银子。这样他们继续往下搞，黑铁牛牛录的名声一天一天传开了。不但在整个金矿，就是江北的一些村屯也都知道，管他们叫"仁义兵"，也不叫黑铁牛队。这仁义兵搞了很长时间，江北那里来了罗刹，有人就偷着来告诉他们，他们就去打。这样他们今日杀他三个，明天敲打两个，也打死不少罗刹兵。

（三）

一天，又来报告，说雅克萨来一拨罗刹，驮着马驮子，都是些粮银，是给他们开工资的，还带些武器弹药。说是有十几个人。魏海一听很高兴，说："来五十也不怕，因为这一帮山东大汉都是会舞把操的，都会些武艺。三节鞭，七节棍，爬个城，跳个房都比较能耐。而且力气大，每人都有一招，又是胆大，天不怕地不怕。"魏海在军队训练了几年，也有点见识了，这样就决定去劫犒银去，就过了河了，埋伏在道旁。可是左等赶驮子的也不来，右等也不来。是不是老百姓报差了，怎么没来呢？就到密林子里研究，魏海说："咱们搁两个人出去探一探。"就派两个人假装打猎的，看一看犒银到底是怎么回事。

这俩人就走到往黑龙江淌的小河子，走到那里就听到啷啷铜铃响，一看是二十来匹马在那里放牲口，有十来个罗刹兵在那里，驮子堆在一旁，就是不过河。怎么回事？这俩人心里就纳闷，就装着打猎的。到了跟前，过来一个达呼尔人，问："你们俩是干啥的？"

"我们是打猎的。"

"你俩说话怎么这么硬，不像达呼尔人？"

"实不相瞒，我们真不是达呼尔人，我们是汉人，从关里到江北来淘金子、银子的，你看我们兜里还有金子、银子呢！"

达呼尔人一看红眼了，说："哎，那你们怎么到这里来了？"

"现在我们没什么活，想打几只狍子，江南的牲口少，我们就到江北来了。"

"你们是干啥的？"

"我们干啥的，你不用管。"

"我问你们，是江南过来一支仁义兵吗？有五六百人？"

这两个人乐了，"我们怎么没看到仁义兵狗义兵的，我们没有看到仁义兵是怎么样的。"他俩装着不懂。

"你们不知道，仁义兵都会蹿房越脊。"

"噢！"他们知道了这些罗刹不敢过河是怕碰到仁义兵，回去一告诉魏海，"好，那我们就过去。"

过去了二十多人，一顿刀砍，没等还手，就把这十来个罗刹兵削了，把二十多个驮子整个赶到江南去了。

魏海的人也越来越多，有些人看他们尽劫罗刹，发财了，就来投奔。二十多个人就发展到四十多人，魏海一看人多了，就想攻打一个小城堡。一探听，挨着江边有一个罗刹的修道院，那里有不少人质给他们干活，把修道院打开之后，能救出多少人来啊。这四十来人，留下五六人看家，一堆就出去三十多人。

修道院是重兵把守的地方，一般是不大敢碰它。修道院这地方名字挺好听，实际上是把各族的妇女抓到这里，老的让她们干活，洗衣服、种菜；年轻的就给罗刹他们当老婆。谁有功就到这里领一个媳妇。这里有一百多步兵，还有一百多骑兵，每个城犄角八门炮，城墙比较高，城基都是石头的。结果魏海攻了两回，死了有七八个人，没攻下来，后面来的人寻思我们已经死了好些个人，不上算，就又跑了。

只剩了二十多人，魏海想，这样不是公理，我还得回军队去。就对大伙儿说："这次我们打了败仗，还死了人，我们要打胜仗还得回到宁古塔八旗兵萨布素那里。人家那里，兵多将广，咱们到那里去吧。谁愿走就走，有拉家带口的想回家的我也不强求。"这一弄，有十来个人不想去，给他们多分些银子回关里去了，其他的人都跟魏海走了。

走到五龙山那里，魏海一看地势险要，自己的人又少，就告诉他们从后山走。绕到后山听到水响也渴了，找水喝，哎哟！怎么光听水响，没有水呢？就找，山上翻，山下翻。找到一个山洞，钻进去了，就召唤起来，哎！这水在洞子里呢。这水真怪，从这一洞淌到那一个洞，虽然水不多，但总流不断。这些人都钻到洞里喝这个水，天也黑了，就在这里住下了。看到萨布素他们攻城，他们也想攻西北沟。罗刹一看西北角有二十多人攻上来了，就放起毒气。他们也染上病了，一看，可了不得了，咱们身上怎么坏了呢？赶紧到山洞里去，就一步一步地爬到山洞里，身上又痒又烂，有的人随便用水一洗，嗨！洗好了。这样大伙都洗起来，噢，这泉水这么好啊！

第二天又出来了，听到南山坡炮响，他们到山顶上一看，是夺这个泉子，也看到罗刹兵挑这个泉水，这样他们知道这泉水是从后山淌过来的。好，把这后山的水堵住，就把水堵上了，这泉就没有水了。

下山了一告诉萨布素，萨布素也高兴了。得了这个山头，有了泉水，消灭城里的罗刹就容易了，三下五除二就把城攻下来了。打开城后，一看城里还有水，大家又洗了一遍。

魏海立了功，争回面子，挺高兴。萨布素点点头说："以后再也别干鲁莽的事了，有什么事可以说，虽然你这次立了很大的功，但是你是违反军纪了。"

魏海说："我知道。"还告诉萨布素在那里还埋着金子、武器。萨布素派人去取回来。

魏海虽然是偷着走的，但还是立了一功。萨布素给魏海一个月假，让他到瑷珲去，说李昆的灵柩已经运到那里，你去祭奠祭奠吧。魏海流着眼泪，辞别了萨布素，只带一个人奔瑷珲去了。

第五十章　夺城堡擒敌首

（一）

魏海招来的二十几个英雄，阵亡了六七人，随魏海到瑗珲去了一名，剩下十八个，个个都精明强干，在一起合计：我们头一次到这个地方，咱们应该立一个功。不立功让人家看不起，好像咱们没能耐似的。这里有个二头目，姓金，外号叫金二愣，挺愣，说："那好办，咱们谁也不用，就咱们这些哥们儿，去夺一个城，回来之后就可以报功。"

"那怎么弄呢？"

"咱们先向萨布素大人报告，就说离这里一个多时辰的地方有一个小城，小城虽然修得挺结实，但人数不多。据探子侦察回来说，这个小城堡人不多，咱们哥儿十八个就可以攻下来。来回两个时辰够了，打两个时辰也够了。"

金二愣说："好，我去。"就去找萨布素，说："大人，我们到这里来没立什么功劳，离这里不远有一个小城堡，一个时辰就能够了，我们想去打这个小城堡去。"

萨布素说："你们想要带多少人呢？"

"我们十八个人就够了。"

萨布素说："可有一样啊，你们得多加小心。"

"你放心吧，我们保证四个时辰就拿下这个城堡。"

"能拿下来吗？"

"能，管保四个时辰。"

这十八人骑着十八匹马就走了。

到了城堡前了，他们也不会攻城，放枪想往里闯，这时也黑天了，结果没闯进去。别看叫金二愣，他想的道道还挺多："哎！别忙，看看他们有没有到外面干活的，我们随着他们跟进去。"十七个人都说行。

不大一会儿，过来两个罗刹兵，押着四车柴火，四个人质赶着车。金二愣说："来人，来人，这就妥了，咱们把这两个罗刹按住。"这十八人抓两个罗刹还不容易，就像提喽小鸡一样提喽起来。这两个罗刹吓得浑身哆嗦，说："饶命，饶命，我投降，投降。"

这十八人说："你们出来干什么？"

"我们来拉柴火，城里缺柴火。我们出来拉也没有多少，到黑天了才划拉四车。"

"这好办，你是要死还是要活？"

"我们当然是要活了，求你们饶命吧！"

"你想活命，就把我们带进去。"

"那我们可不敢，你们这么多人，我们怎么带？"

"有办法。"就跟四个人质说："你们是被抓来的吧？"

"是的，我们都是被抓来的。"

"那你们就回去吧，没你们的事。"这四个人一听放他们回去，乐得直蹦高，扭头就跑。

这两个罗刹一看，说："大王，这样我们回去怎么交代？"

"没问题，我们搁个人给你赶车，其余人都猫在车里头，柴火盖严实，我们跟着去。"

那两个罗刹捏着鼻子说："好吧。"

金二愣拿出腿叉子，你到时候一叫，我就捅死你，如果把我们送进去，我们把他们杀了，留你们俩……"

"那行！"罗刹那熊玩意儿，有的是抓来的，有的是地痞流氓。只要保住命，不管那个，只要饶命，干什么都行。

人在车里伪装好了，就往城里走。黑天也看不着，用一个绳子拽着罗刹兵，用腿叉子逼着他，他们也不敢动弹，哆哆嗦嗦的。到了城门口，金二愣低声说："问你就好好答，不兴说漏兜，说漏兜了我就捅死你。"

"行。"

这城里问："谁？"

"我。"

"干什么的？"

"我们是打柴火的。"

"他妈的，怎么这么晚才回来，打了几车？"

"打了四车。"咣！一下子把门打开了，这两个罗刹也不吱声，就把十八个人都带进城了。

一进城里，得，这十八人就跑出来了，生把这两个罗刹按倒了，塞上嘴，你俩先在这里待着，等会儿放你们，别害怕。那俩人哭丧着脸，点点头。

到城里，这十八条大汉就蹿房越脊，大杀一阵，把罗刹杀得屁滚尿流，就扔下地盘跑了。这些好汉就到了罗刹营房，放一把火烧起来了。这十八人挺高兴，带了两个俘虏，酉初去的，亥时初就得胜回来了。

这在兵营成了佳话：十八勇士，三个时辰拿下了一个城堡，而且还带回两个俘虏。萨布素也很佩服他们，他们这么一带头，别人也跃跃欲试。

（二）

第二天，女营的奥兰特带着女兵回瑷珲。萨布素让她们去领衣服，她们七八个人，赶着十来匹马。在半路上，天黑了找个地方想住下。前不着村，后不着店，哎呀！怎么办呢？天又这么冷，上哪里住呢？再往前走一走吧，就往前去了。看有一个地窖子，地窖子里热乎乎的，没有人。到底是女的，出门没有经验，如果有经验的话，不至于这样。

她们一看这屋没人，还挺热乎，先在这里住下吧，冰天雪地上哪里去找地方？就住下了。奥兰特说咱们轮流睡觉，把马放得远一些，万一有坏人，得不着马，咱们可以跑。不然的话，他们看着挺大一群马，起歹意就不好办了。就把马放得远一些，两个人看着马，轮流烤火睡觉。

正赶上奥兰特和另一个女的睡觉，外面突然又是马叫又是人喊，一群罗刹兵围上来了。奥兰特一看，罗刹兵围上来了，虽然放枪了，打倒几个，但不当事。上来七八十个，三下五除二就把她们抓住了。外面三个一看不好，骑着马就跑了，知道也救不了了。

罗刹带着奥兰特和另一个女的回到他们的营里去了，罗刹营里明灯蜡烛的正在喝酒，一看抓来两个姑娘，才十八九岁，长得也挺好，咧着嘴直乐，紧说好，把她们带上来。

奥兰特恨得咬牙切齿。罗刹头目嬉皮笑脸地说："姑娘你是什么族啊？"

奥兰特不吱声，她被绑着，没法动手。罗刹头目越说越往前凑，奥兰特抬腿就是一脚，把这小子摔一个大仰八叉。

这时副头目急眼了，将要拿枪射杀，正头目说："别、别，这么漂亮的姑娘你毙了，不是白瞎了吗？你也不会来事，看我的！"又过来说："姑娘到我们这里不要着急，我是大官，你要是嫁给我，之后吃香的喝辣的。莫斯科可好看了，可以跳舞。"

这么说奥兰特还是不吱声，那头目也急了："要是你不答应我，我就毙了你！"

奥兰特破口大骂。这头目怕奥兰特再踢，就从侧面过去出贱，姑娘一看他出贱，干瞪眼没招。

"你答应我吧，我可以给你换衣服。"完了就拿出衣服，"这衣服好吗？这是我们俄罗斯的。"

奥兰特说："什么俄罗斯？都是抢我们的。你们霸占我们的地方，为非作歹，你们还懂不懂得一点人性！"痛骂了一阵。

罗刹头目一看不行，副头目就说："干脆，你把她毙了。"

奥兰特现在是一心想死，别的没招，不能受他们的污辱，"你们有胆量就把我杀了，我不会眨巴一下眼睛！"

正头目讲："不、不能杀，把她送进屋去，不要绑紧了，肉皮子勒坏了，那不行，将来还要做我的夫人。"下面的兵一看官这样，就松了巴叽地把她绑上，推到一个屋子里去。

奥兰特进屋一看，没地方跑，窗户挺高，墙也厚。虽然这样，奥兰特还不死心，把她绑在柱子上，下面有一个凳子，可以坐。奥兰特看绑得不太紧，就在柱子上磨。磨开了，把那个姑娘的手也解开了，"咱俩想法往外跑。"

"窗户这么高，外面又有人。"

"不要紧，你爬窗户上去看看外面的动静。"爬上去一看，放哨的罗刹正在打盹儿呢。

"咱俩挖墙没有玩意儿抠。"

一寻思，就拣了一块儿木头慢慢抠，抠出一个钉子，就用钉子挖，一挖真是高兴，闹了半天是板夹泥的，看上去挺厚，一个多时辰就挖出一个大洞。两个人就钻出去了，那姑娘说："咱们赶快跑！"

奥兰特说："咱们这么跑不行，咱俩给他们放把火。在西南角放火，然后咱俩往西北角跑，罗刹非救火去不可。"

奥兰特带着火石，边走说："可有一样，咱们不能马上让它着，你把棉袄棉花整下来一点，把火点着，放在乱草堆里，咱们到西北角去等着。那边火一着咱俩就跑。"

"那好吧。"她们就跑到草垛跟前，把火镰打着了，火绒也点着了，然后她俩就溜到西北墙角了。

没有一袋烟的工夫，西南墙角的火就起来了。罗刹兵顾不得眼前的人，屋里就关着俩姑娘，根本没寻思她们能跑，都去救火去了。她俩就从西北角跑出来了，跑出来也不知东南西北，跑着跑着就迷路了，不知往哪里去了。

（三）

再说那些骑着马跑出来的女兵，一看奥兰特被人家掳去了，心里害怕，就往回跑。跑到萨布素那里，萨布素一听，那还不着急啊，出去一天多了。

说到这里应补叙一下，奥兰特从打小昌顺来了之后，对小昌顺就有点心事，都十八九了，小昌顺对奥兰特也有点心事。但都没说出来，因为在军队里没法谈这个事。小昌顺一听奥兰特被罗刹抓去，当然着急，马上进帐："启禀元帅，我去救她，我去破这个城去，只要你给我三四个人，后面再有些援兵来接应，就可以破这个城。"

萨布素说："这么办，我给你五十个人，你赶紧把人救出来，至于城，夺不夺不要紧。"小昌顺带着人去了。

他骑的马是有名的宝马，是萨布素给他的，虽然说不能日行千里，但比一般马快了四倍。这马长得好看，浑身是枣红的，四个白蹄，很精神。小昌顺他们马不停蹄就往那里跑了。一寻思，这么不行，怎么能救出人来？哎！有办法了，真是有其父必有其子。小昌顺对大家说："你们大家都在这里，我带两个人牵些马，我用一般的马就行，把这好马放在这里头。"于是就带三个人往前走。

离城不远了，敌方打发人在探看，一看来了三个人、十几匹马，就说："站住！"就在城前站住了。

"你们是干什么的？"

昌顺说："我们是马贩子，卖马的。"

"你们是卖马的？到底是什么人？"

"我们是达呼尔人。"因为昌顺是在达呼尔人中长大的，一点儿看不出来，"我们听说你们用马，我想来卖马。你们是不是要？我的马可便宜啊，这里还有一匹宝马。"

哨兵一看，后边也没有队伍，就这么三个人十来匹马，就说："等着吧。"就进去了，跟罗刹百人长一说："达呼尔人来卖马了，问咱们要不要，他们的马里头有一匹宝马。"

百人长一听有一匹宝马，就说："我看看去。"就出来了，站在城头一看，这小子可认识马，一看这匹枣红马就红眼了，这真是一匹好马！我还没见过这样的好马，就问："你们是干啥的？"

小昌顺说："我们是卖马的。"又把刚才说的话重复一遍。

"好吧，多少钱一匹？"

小昌顺说："不管多少钱一匹，你得出来看看，才能讲价钱。或者我们进去。"罗刹兵也尖，过去常吃亏，这回不让进去了。

"别进来，我们到外面去。"就领着十来个人出来了，心想，你三个人，我们十来个人，怎么地也对付你了。出来了，这罗刹头目就奔枣红马去了。越看越喜爱，问："这匹马多少钱啊？"

"这匹马应该值六百两银子，你如果要就少算你一百两银子，可得一下子结清。"

"你的马不值五百两银子，一般的马才五六两银子，你要五百两？"

昌顺说："你可以不要嘛，我这匹马是宝马，一般的好马也撵不上它！"

"撵不上你的马？咱俩比比！"

"行。"百人长对一个罗刹兵说："去，把我的马牵来。"他的马也是挺好的一匹大马，是一匹战马，能跑，四条腿一撒开像旋风一样。

"咱俩就往山上跑一跑。"

"行。"

昌顺就上马了，这马四蹄一蹬开，把百人长落很大一段，这马跑十里，罗刹的那匹快马只能跑四五里地。这马像风一样快，又像船一样稳。这马如果是它的主人骑，怎么样都行，别人骑不是蹬就是踹。另外，它还认识家，不是熟人骑，它就往家里跑，昌顺知道它这个特点。

罗刹百人长说："哎呀！你这匹马真好，你能不能让我骑骑试试，骑好的话我给你五百两。"

昌顺说："你骑不了，这马可厉害。"

那头目正跟昌顺讲话的时候，就看那里跑过来两个骑马的罗刹兵，头目就问："怎么样，抓住没有？"

这两个兵下马了说："这两个姑娘跑出来就没影了，我们还没抓住！"

昌顺一听是两个姑娘，心里一愣，昌顺问："怎么回事？"

百人长说："我抓住两个姑娘，跑了，没影了，我打发人没有抓住。"

昌顺说："哎呀！你要是把我这匹宝马买去，你试试，她们跑三天三宿也一样抓住。"这样小昌顺知道奥兰特和那姑娘跑了。便说："我骑行，你可骑不了，你得留它三天五天的才能骑，你现在可不能骑。"

百人长一听急了："在我们俄罗斯，我是有名的骑手，你怎么说我不行呢，我偏要试试！"

昌顺说："那你就试试吧。"这百人长一迈腿儿就上去了，这马就竖起桩子来了，前蹬后踹，一下子把他摔下来，摔得鼻青脸肿的。他还是不死心，"怎么想法让我骑一骑呢？"

昌顺说："要骑也行，这马如果你骑上个一里二里的，它不摔你就不怕了，就能顺顺利利跑一阵子，这时就像坐摇篮一样稳。"

"那好，我再上去。"就对兵说："来，把我的腿绑结实。"罗刹兵就把他的腿绑结实了。

"不行，把我的身子也绑在鞍子上。"罗刹兵又绑身上，这下绑结实了。昌顺抽它两鞭子，这马就撒开腿跑了，带着这百人长，直接奔萨布素营里去了。

这马想，好小子，你想骑我，我让你回家去吧，我让你见见我们家大人去，这马就撒开蹄子往回跑。罗刹兵一看，这越跑离城池越远了，就喊起来了："喔！快回来！快回来！"这百人长也急了，越挣扎越勒脚，越勒脚这马就越撒开腿跑，这样百人长也没有骑马样了，"唧当"下来了，仗着拽住这个马，否则脑袋早就没了，这样就活捉了一个百人长。

小昌顺心里有底，一定是把他送到我们营里去了，嘴里说："哎呀！他到哪里去了？是不是把我这宝马拐走了？"

"不能。"那些罗刹兵说。

昌顺说："不行，我得看看去。"就拽着这些马在头前跑起来了，边跑边说："我们得撵他去。"

罗刹在后面招呼："你们不能跑！"

"我们还不撵？他把我们宝马都拐走了。"

那些罗刹心想，你们跑就跑吧，我们大人得到一匹好马，也不去追了。出去有一箭地多远，他们回头"嗖嗖"两箭，射倒两个罗刹兵，说：

"我们就是大清兵，特意来抓贼首。"

昌顺边跑边喊："我是清兵，我叫昌顺。"报了字号就往树林里跑，那里五十来人在接他们，他们眼看这罗刹百人长被马带到营里去了，就往回去。

昌顺说："我们出来是找奥兰特，还没找到，那怎么交差啊？！"

"那我们继续找吧。"

"听罗刹说，这两个人从西北面跑了，咱们分三拨，一拨是顺着大道往营里去，一拨往北边去，我带一拨抄西北沟岔去找。"

昌顺对奥兰特早有爱慕之心，但在营中规定男女营不准乱窜。萨布素对子女要求很严，昌顺除了练兵打仗之外，晚上萨布素还要教他习文、兵书。没有时间更多地和奥兰特表心意，现在昌顺没找到她很着急。

（四）

再说奥兰特迷了路，很着急。就两个人，深更半夜地在这里打小宿，冻也把人冻死了。衣服穿得也不多，回营也不知道道，就说："咱俩再往前去一段看一看，再找不到道儿就打火堆，在这里待一宿，明天早上再往营盘去。"

"咱们打火堆要找一个僻静的地方，不要让敌人看到。"这样她俩择了一个小道儿往西北沟岔去，走了一段路，赶到里头就拢火了。火拢着了，她们乐了，"前面不是还有一间小房吗？咱俩到那里去吧。"往前走就到了那个小屋，到屋前一看已经关上门了，就轻轻敲了敲门，里面就说话了："谁呀？"

奥兰特一听是个老太太，便说："我们是迷路的，我们想借宿一宿，明天早上我们就赶路。"

老太太一听赶紧披起衣服："你们是从哪里来的？怎么迷路了？"老太太一听是两个姑娘声，赶忙把门开开了。让到屋里，把明子灯点上，一看这两个姑娘穿的是一套八旗兵的衣服，"哎哟！你们是什么地方的？"这样，奥兰特把里里外外事情一说，这才明白了，"啊！原来是这样。你们居然是宁古塔兵，那太好了，我也听说宁古塔兵要来了，我每天都站在门口，看什么时候宁古塔兵能来就好了。"

老太太给她俩弄点水，洗一洗，又给她俩熬了一点粥，还有些狍子干，她俩就吃了一些。奥兰特说："老妈妈，就您老一个人吗？没有儿子吗？"

老太太一提这个就打唉声，"姑娘，你不知道，我们一家原来挺好，我原来也有一个姑娘，也像你这么大了，还有一个儿子，一个老头"，她指着前面一个小村说："我们原来就在那里住，可是罗刹一来，砸的砸、抢的抢；老头子是一个打猎的人，挺倔的，就和他们拼了，被罗刹活活用刀砍死。没办法，我跟一些难民跑出来了。第二次罗刹又来了，见我姑娘长得挺好，就把她抢去了，我姑娘百般不答应，把我姑娘折磨死了。我儿子一看来气了，跟我说：'我在家也没好，您老在家，我一定找些人一起打罗刹。'说完就走了。

头两三个月就没信儿了，就剩我这孤老婆子。左右一些打猎的，还不错，知道我的遭遇，打到牲口总是给我送来，有时还给我送点粮食。我就等着盼着，等我的儿子回来；盼着咱们宁古塔兵来，可是我的儿子现在还没有信儿。唉！睡觉吧。"

奥兰特翻来覆去睡不着，寻思什么时候能把罗刹打出去呢？我赶紧回营，可以把城堡的情况跟萨布素大人说一说，让他赶紧来打这个城堡。

第二天早上才看出道来，两个人拜别了老太太，奥兰特手里还有一些散碎的银子，就给了老太太。两个人不敢走大道，就拣小道儿走。走着走着，看到前面来了四五个人，骑着马，就猫到草棵子里。等他们走到跟前的时候一看，是昌顺，奥兰特就高兴了，赶忙出来。昌顺一看是奥兰特和那个姑娘，这七八个人都挺高兴。

往回去的路上，昌顺问奥兰特怎么来这儿的，奥兰特就把怎么逃跑，后来怎么迷路的经过一说。将要到营盘，奥兰特拿出她妈给她的小玉制佛，他们那里叫石头妈妈，是玉石刻的。当地人传说石头妈妈是专门给人做好事的，如果谁求子求婚、求福都拜石头妈妈。男的出门带石头公公；女的就带石头妈妈，这样能保平安。另外，她还像汉族的月下老似的，能够托人说媒、成亲，那时人认为两个人能结合在一块是石头妈妈的功劳。奥兰特把石头妈妈交给昌顺，骑着马就朝前跑。

昌顺接过石头妈妈，知道奥兰特的心情，就赶快撵上去，把别人落在后面了。昌顺一摸腰里有一个拉弓射箭用的玉石板子，就交给了奥兰特了，奥兰特和昌顺默默地把这件事定下来了，俩人的爱就更进一步了。

这七八个人回到营盘。萨布素看到奥兰特她们回来了，说："这事也怨我！我布置得比较仓促，没想到她们这几个人没经验。她们还不错，很机智勇敢，能从敌人那里跑出来。"心想以后不能让女营单独行动，命令男营明天准备拿下那个城堡。

这时萨布素的二百来人从敌人那里缴获了一些武器，差不多都有枪了，左挎弓，右挎枪，腰都带着腰刀，这些人生死不怕，打仗一个顶一个。

第二天，带了几门大炮，来到了城堡前，没多久，就把城门打开了，罗刹是望风而逃，这城很快被清军收复了。

第五十一章 女英雄奥兰特

（一）

一个又一个战争胜利的消息传到女兵营里，女兵们一个个急得像热锅上的蚂蚁似的，不知怎么的好了。因为这些人到了军队之后，萨布素考虑这些人都是女孩子，虽然有几个年岁大一些的，但毕竟是女的，打仗尽量不找她们。把她们安排到后勤，缝补缝补衣裳啦，洗洗衣服、做做饭、弄些柴火。奥兰特回来之后，大伙说："看看这些男的，左一仗右一仗打得多漂亮，咱们干什么来的！""待着，咱们找找大人去。"

奥兰特说："找大人也不行，他说啥也不会让我们出去。我有提议，咱们打听打听消息，看一看哪里有零星的罗刹兵，咱们也出去抓他们几个，交给大人，大人一看咱们有这个能耐，慢慢就分配咱们任务了。"

瓜尔佳姊妹就乐了，"哎呀，你这是异想天开！"

"那怎么的？"

"那不是违反军令吗？"

"可不是，没有军令出去可要受罚啊！"

瓜尔佳姑娘说："我可有一个办法，咱不是认得那个当探子的老人吗？他是宁古塔宁古家的，他们以地写姓，是宁古塔哈拉。我们找他去，他是有名的探子。他当了一辈子探子，今年四十多岁。如何侦察敌情，他是很有能耐的，在探子中相当个领催。咱们想法把他拉拢过来，让他给咱们送送信，咱们知道之后，不等男兵们出去，咱们就把伏击打完了，那多好。"

"怎么能把他拉拢过来呢？"

"有办法，男人好喝酒，咱们把他请来，让他喝盅酒。我们说想听听外面罗刹的情况，听听热闹，他无意中就告诉咱们了，完了我们就出去打起来看。"

"能行吗？"

"行。"就决定这么办了。

这天，奥兰特一看到宁古家的探子，就招呼："大叔，你回来啦，辛苦了！"

"不辛苦。"

"又探到什么消息了吗？"

"探到了，我跟大人说了。"

"干什么去？"

"没事了，我到营里休息一会儿。"

"大叔，到我们那里喝点酒吧。"

老头一听有酒就迈不动步，就有这么一点毛病，"那哪能呢？打扰你们。"

"没事，你别在营里吃了，就到伙房去吃吧，我们预备点酒，还有一点好狍子肉，我们焖得可烂糊了。"老头一寻思挺好，跟着姑娘到了伙房，姑娘给他端了一大盘子肉，烫了一壶酒，老头美滋滋地喝起来了。

姑娘就问他："大叔，能不能把外面罗刹的情况告诉我们，我们听听。"

"嗨！那不行，我探来的情况是跟大人说的，不能随便乱说。"

姑娘说："那怕啥，都是军队的人，我们听听热闹，我们整天在这里闷死了，也打不着仗。"

老头说："你们是女流之辈，还打什么仗？"

奥兰特说："女流之辈，不妨咱俩试试！"

老头惊了说："你跟我讨厌啊？我知道你是挺有能耐的。"

奥兰特说："那行，大叔，你有什么好消息告诉咱们，我们听听热闹。"

老头说："可有一样，我告诉你们，你们可不兴乱说。"这样，老头打探一回来，奥兰特就找他去喝酒，老头也和她们熟了。

（二）

一天，老头慌慌张张回来了，奥兰特没等他报告就把他招呼住了："大叔，你站下！"

"不行，我现在有事。"

"站下，站下，你又得到什么消息了？"

"我得了一个消息，从南往北去，离咱们这里有一袋烟的工夫，敌人有一个据点。有四个罗刹兵领着十几个人质过来了，我想赶紧报告大人。把这四个罗刹兵解决，把抓的人质救过来。"

姑娘说："你别去告诉，我跟你说个事行不行，你先别去；我们出去把这四个罗刹抓住，回来你再说。"

"那不行啊！"

"我有招。你赶紧到我们房里头猫着，等我解决了，我们一块儿去见大人。你就说我们打柴火，碰到罗刹兵了，也碰到你了，是我们共同把罗刹兵抓来了，你说这样好不好？"

老头说："这个办法挺好，我依着你们。不过你们可得加小心啊，不能让罗刹把你们打坏了！"就把老头弄到屋里去猫起来了，给他两壶酒一盘肉，说："你在这里慢慢喝。"把门反扣上了。

这些姑娘收拾得利利索索的，就拿了枪，拿着弓箭，按老头说的道儿，往西走一袋烟工夫，真有由南往西的一条道儿。说着话也黑天了，就猫在一个地方。不大一会儿，真看到了四个罗刹押着十来个人质往前走，这十来个人有男的有女，还有老人。这些姑娘一看就红眼了，还没到跟前就一阵箭，四个罗刹兵也没准备，到跟前这箭比枪还好使，这四个罗刹都被射死了，都被射得像刺猬似的。

把人质都解开了，姑娘们说："我们都是宁古塔的兵。"这些人一看都是女的，都感激得下跪磕头。

奥兰特说："别磕头，快走吧！"把四个罗刹兵身上的箭都拔下来了，带着四支枪，十几个人质，回营盘来了。

回来把那老探子放开了。老头一看，"你们真能耐！"挺高兴，把编好的瞎话一说。萨布素瞅了半天，眼睛一瞪说："你们撒谎！"

姑娘们说："不，我们没撒谎！"

"你说你们去打柴火，那柴火怎么没背回来呢？在什么地方呢？"她们也忘了背点柴火。

萨布素说："怎么回事？你们跟我如实说！"

实在没办法了，老头就跪下了，把实话一说："姑娘们想打罗刹，怕你知道不让，不让我说。"

奥兰特也说："大人，我们寻思用不着派很多兵，我们就可以收拾他们。我们到营后一仗没打，一个功也没立，我们想杀敌立功。"

萨布素寻思寻思也乐了，说："你们啊，我不让你们打仗，后勤的事也是不少，你们也很辛苦了；你们既然是愿意打仗，有的是仗要打，别这么着急的。第一这样违反军令，第二这样乱打也容易吃亏。你们愿意打仗好，听令吧，明天给你们安排战斗。你们也应该试一试、锻炼锻炼。你们好好准备准备，明天出发。"

奥兰特伸伸舌头，回到女兵营，女兵们一听都乐了，"你还能瞒过萨布素大人？他一看就知道假的。"

第二回奥兰特又去找探子，想逗逗这老头。那老头说："这回我说啥也不干了。"奥兰特知道是不行了，别人去站班，她也天天去站班。

萨布素一看她来站班，知道是来要任务。萨布素说："我们休息一下就出发！附近还有些小股罗刹，在大部队走以前要扫除它。"

这些敌人原来都是这个城的，打散以后东一伙、西一伙，为非作歹。萨布素这几天就琢磨，大家都想出去打敌人，有的擅自行动，在调动军队的时候就有一些影响；又想到这些人奋勇当先，精神是很可嘉的。他就召集全体将士，重新申明军纪：第一，今后任何人不准私自出去打仗去，就是打胜仗了回来一样受罚；第二，把人分成三拨。一个是奥兰特领着女兵五十多人，一个是昌顺领五十多个人，再一拨是魏海领十八条山东大汉，再带一些人，也是五十多人。三拨人单独作战，要把近一百里地的散居罗刹都消灭干净。不这么的，大部队受这些零散敌人骚扰，行动慢。所以萨布素琢磨把这方圆一百里的敌人清扫干净。这一带就有一个安定的局面，能够集中力量攻打雅克萨。以后他给瑷珲彭春大人去信，把零星散匪扫除干净后，就集中力量攻修道院，把修道院攻下来，雅克萨的外围战就结束了，就是这时定下的战略决策。

萨布素命令这三拨人扫除零星散匪，这三拨人就去准备了。

先说奥兰特她们，这些女兵非常高兴，这回终于可以打仗了。这时奥兰特已经提长了，奥兰特说："这回别乱搞了，有军令了，要服从命令。"

第二天萨布素升帐，大小官员都去听令。萨布素说："最后我们这几仗打得很漂亮，我们要解决方圆一百里之内的罗刹散匪。要赶紧解决，让老百姓能够安居。我们就可以引兵前进，和其他军队会师。"完了抽出一支令箭，说："奥兰特！"

奥兰特赶紧上前说："嘛！末将在。"

萨布素说："命你从西北方面去攻打,南北是一百里、东西是五十里的罗刹。"

"嗻!"奥兰特接过令箭,领着五十多女兵,骑着马,拿了二十多支鸟枪,剩下的拿弓箭和腰刀,就出发了。

萨布素又说："昌顺听令!"昌顺也上前听令,萨布素说："你到西南方面。你们两拨人更要很好配合,你也是长一百里、宽五十里的地方。"昌顺领了令箭。

萨布素又说："魏海!"魏海也上前接受命令,大家奉命都领兵走了。萨布素还是惦念这帮女兵,害怕作战不利。

(三)

单说奥兰特这支军队,她们中间有一个黑姑娘,人长得黑,个挺大,人家都叫她假小子。奥兰特说："你带两个兵先侦察去。"她也学会萨布素的用兵方法了,"我们把营扎在西北山口二十里的地方,你们看哪里有罗刹,我们就去解决。"

这三个人就打探去了。奥兰特率领大伙到了宿营地,也埋锅做饭。女兵们一寻思,我们也独立作战了,特别兴奋。奥兰特又派人站岗放哨,安排得挺好。

不大一会儿,黑姑娘几个来报,在不远的地方,有一伙罗刹,打上土围子了,里面也临时盖了些房子。她们只探了这个土围子,周围的情况没看,她们是头一次侦察。

奥兰特说："好!咱们就突击!"这样五十多人就去了。

一到那里一看,这土围子并不怎么高,头一次作战,心想:三下五除二就把城攻下来了!她们就攻上去了,可是,绕来绕去,人家对山路比较熟悉,奥兰特对山路不太熟悉,这三十多人半天没找到敌人,就赶紧回营了。

第二天又拔营,在原来敌人的地方扎营,继续往西搜索,心想这还不快啊,几天就可以把敌人扫平。安下营,置上岗。

不料到了半夜,敌人把营地团团围住了,一百多哥萨克骑兵就杀进来了。奥兰特一看不好,领着兵就往东南突围,这期间被打死三个人。

奥兰特只带十来个人冲出来,有四十来个被罗刹抓走了。

奥兰特寻思头一仗就打败了,心里挺难受,这几个人都垂头丧气的,回营吧！这么多人被抓走了；不回营吧，这剩下的人力量太单薄了。下晚里，睡不着觉，瓜尔佳三姊妹就说："咱们现在剩十来个人，怎么想法把这四十来人救出来？"

奥兰特说："有什么办法？要不咱们先打听打听消息，再想办法？"大家一夜没睡好。

第二天，牵着马，马也受伤了，十几人步行往西走。顺着脚印子走，走了半天，看到一个城堡。这城堡过去并不怎么大，可是这些逃散的罗刹逃来逃去逃到这里成了一个大据点，有一百多罗刹兵。奥兰特她们去的时候，罗刹正在修壕呢，忙乎的挺厉害。

奥兰特说："咱们乘他们挖壕的时候跑进去，和里面四十多姊妹串通好。看看还有没有别的人质，一起串通了，从里面打出去。"

"好！这办法好！"她们看罗刹正在修工事，特意把头发弄乱了，把枪支弓箭放在一个地方，什么也不拿，拼了命地往跟前跑。罗刹一看是帮姑娘，抓住就问："干什么的？"

姑娘们说："可了不得了，我们是从俄国兵那里跑出来的，你们是什么军队？"

"我们就是俄国军队，你们是跑出来的人质？我们正好缺人干活，带进去。"就送到那屋里去了。

原来被抓的人一愣，她们怎么也被抓起来了呢？就问："你们怎么也被抓进来了呢？"

奥兰特说："不是，我们是特意跑进来，我们不是天天给他们干活吗？在干活的时候给他们一个突然袭击，我装着有病，在后面把火药库给它点着。罗刹一看要来救火，你们趁这个机会赶紧动手。没有武器不要紧，我先点东库。我看了，东库都是些火药，西库有一半是火药，一半是枪，有百十支鸟枪。"

"那你一点炸药就没有枪使，点正房子吧。点房子的工夫，罗刹来救火，我们就上西屋抢鸟枪和火药，就可以和罗刹干。"

"好吧！"就一个传一个，把暗号都传到位了，三天之后开始行动。另外，他们抓的其他人质还有二十多个。罗刹也就是七十来人。

那一天到了，奥兰特和瓜尔佳那姑娘就装着有病了，也不吃饭，直吐，这好办，把手往嘴里一探就吐了。罗刹信以为真，说："别让她们去修城，让她们在城里干零活，把院子好好地扫一扫，今天下晚里把你们送到修道院去。"

罗刹兵为了拉拢当地居民，也下了命令，不许随便糟蹋女人，凡是抓到女的，都送修道院统一分配，采取这么一招。

奥兰特和瓜尔佳两个就扫院子。头半天把各处都看明白了：伙房在什么地方，枪支弹药在什么地方，有病的人质在厨房做饭。

此外，伙夫也准备了明子，动手的时候伙夫说："你先放火烧当间一间房，那里放的是棉花之类容易着火的东西。"奥兰特点点头，几步和瓜尔佳姑娘窜到中间那间，放起火来。这些房子都是用木头、柴草盖的，一下子就着起火来。

火一起来，外面干活的人质知道这是信号，就装着救火往回跑，罗刹也往回跑来救火。到了跟前，女兵们就奔仓库，一人就拿支枪，背起了子弹袋，还有弓箭，就跑到另一间房，在火堆旁边和罗刹打起来了，罗刹没提防，也没多带弹药，打了几枪，火药就没有了，女兵们开枪的开枪，射箭的射箭，扔土手雷的扔土手雷，把罗刹炸得够呛，打死了二十来个人，其余跑了。

这回她们可高兴了，这是转败为胜。把人质也救出来了，年轻的参加了队伍，年老的回家去，她们也死伤三四个人，但人质一补充，就有六十多人了，奥兰特挺高兴。把队伍休整了一下，把罗刹留下的东西吃了一顿，奥兰特说："咱们休息休息，然后再往前走，继续打罗刹。"这回她们就精了，真是"吃一堑，长一智"，胆子也比较大了。

六十多罗刹还剩四十多人，往西跑到离恒滚河不远的乌雷哈的地方。南面又有一伙罗刹，是被昌顺打散的，也跑到这里来了，一看是兵合一处，将打一家吧。一合计，这里清兵已经四面围上来了，我们到雅克萨找总督大人去。这样找总督大人咱也没有功啊！正在合计的时候，奥兰特的五六十个兵马就来了，这四十多罗刹一看女兵就害怕，就往西跑，奥兰特她们又撵了一阵子，撵得不亦乐乎，都四散了。女兵是越来越有劲儿，就这么，奥兰特一连打了十几天，哪一个仗都不错。

罗刹那里就传开了，这些女兵真厉害，多深多宽的壕沟都能跳过去，手一指能把人指死，尤其是那个头子奥兰特更厉害！这样，奥兰特的名在罗刹中传开了。他们想把她抓住。打散的罗刹又慢慢集中起来，有一拨集中了四五十人，一心想抓住奥兰特。

（四）

奥兰特带着五六十人到处追罗刹，罗刹望影四逃。这一天，追到一个小城堡，扎下营，打发十几人去打探。到晚上，将一熄灯，放哨的人来报："可了不得了，罗刹兵已经从四面围上来了。"

奥兰特一看守不住，说："我们先撤，然后想办法对付他们，你们先走，我在后面掩护你们。"奥兰特胆大，就留下一个女兵专门给她装枪。四五支枪，一支打完了马上换另一支。这样，罗刹一时也上不来。上来一个打下去一个，罗刹也不知多少人，被奥兰特拦住了。

最后，奥兰特一看队伍撤走了，就说："咱俩走吧！"将一走，叭！一声枪响，奥兰特腿上受伤了，她命令那姑娘："你快退吧，我不行了。"

那姑娘那时哪能一个人撤呢？奥兰特急了说："不行，你赶紧走！"

那姑娘说："我背你一起走。"背着奥兰特走，后面的敌人越来越多。

奥兰特说："不行，你快把我撂下，这样背的话，咱俩都得送命，你快回去送信去吧！"

说完之后，把玉石坠子掏出来，"你见到昌顺就把这个玉石坠子交给他，他一看就明白了，我可能是活不了了，让他勇敢作战，替我报仇！"奥兰特也掉了几滴眼泪。

姑娘含着眼泪说："我把你藏在一个地方。"就把她藏在一个很隐蔽的地方，把枪和干粮都留下了，奥兰特就催着让姑娘走，姑娘含着泪走了。

罗刹一看女兵都撤了，就说："搜山吧！"搜来搜去就把奥兰特搜出来了。她带着伤隐蔽在一个小仓子里，开枪打死两三个罗刹，最后，敌人上来了，把奥兰特抓住了。

敌人一看把奥兰特抓住，特别高兴，有的说："马上把她杀了！"有人说："不行，长官有命令，必须马上把她押送往雅克萨去，交给长官处理。""好吧！"奥兰特浑身是伤，不能动弹，因为雅克萨有令，要她活着，所以罗刹兵给她包扎包扎，就整了一个木笼囚车，拉着她，六七十个罗刹骑兵围着她，第二天就赶紧送往雅克萨。

这里到雅克萨也得六七天路程，雅克萨在这西南，奥兰特倒在囚车里，心里挺难受，一是没有打好这一仗，反而受伤被罗刹抓去了；又惦记这些姊妹，她们都撤到什么地方去了呢？我到雅克萨，管保是活不了；

又想起小昌顺，心里就像翻了江一样，也不知疼了，也想不出道了，干脆把眼睛一闭等死了。

闭眼就觉得身上冷了，又起来了，睁眼一看，正是小昌顺来了。她上去就哭了。小昌顺说："你不要哭，我能搭救你。"完了就出来一只老虎，把他们冲散了。冷丁一下醒了，原来是个梦，这样就更想小昌顺了。

说着话，天头黑了，到一个小林子里，那里有一个小城堡。这样的小城堡有十几个，罗刹在这里安上兵了。没到半夜，就看四外清兵围上来了，罗刹一看就打起来了。打了有半个时辰，就有一彪人马，直接奔来了，到了车跟前，三下五除二，把押送的人杀了。就觉得有人抱起奥兰特，奥兰特问："谁？"也没吱声，一直跑到树林底下，罗刹打不过就跑了。这时清兵也集合了，奥兰特抬头一看，正是小昌顺。

奥兰特又是高兴又难过：高兴的是她绝路逢生，昌顺把她救出来了；难过的是自己打了败仗，还要别人来救。奥兰特这个人刚强。昌顺低下头轻轻问她："伤势怎么样？"

奥兰特晃晃脑袋，说："不要紧，感谢小昌顺救了我！"昌顺又把玉石坠子拿出来，亲手套在奥兰特的大拇指上。奥兰特把玉石坠子拿下来，紧紧地揣在怀里。两个人你看看我，我看看你，士兵们也看出来了，就躲开了。

奥兰特掉了几滴眼泪，昌顺说："我把你送回去，你好好养伤。"

奥兰特说："你作战可得小心哪！"完了问："我的兵在哪里呢？"

"这不是吗？都在后面跟着呢！"

这些女兵突围后就跑到昌顺的队伍里，两边兵合一处，在原地驻扎休息。昌顺打发两个人把奥兰特送回萨布素营中，萨布素派了两个中医给她治疗。

小昌顺领着兵往前追剿罗刹，又过了三五天，战斗眼看要结束了，黑铁牛领着队伍打得更猛，他们像打围似的，和昌顺的地方很近了，眼瞅着要合围了，这时那边突然过来罗刹一百多骑兵，往这边跑。魏海一看，心说好，再打一仗吧。就打得难解难分，魏海也是马队，这十八个山东大汉打急眼了，也不骑马了，就地十八滚，枪也打不到他们。他们滚到马肚子底下，专门削马腿，这一削马腿不要紧，把罗刹兵都削下来了。这样，下削马腿，上砍人头，十八条大汉像百人一样。

魏海这一拨人猛杀一阵，这一百多罗刹被杀死不少，剩下的落荒而逃。这十八山东大汉和昌顺的人碰到一起了。昌顺一看这十八人像神兵一样，赶紧让他们上营里洗一洗。昌顺和魏海合计：一定要给这十八勇士请功，以后到瑷珲，这十八人被封为十八个巴图鲁，回履历时都要说。

　　休息了几天，三拨人马就整队将要往回走，文书到了，让他们就地不动，暂时在这里修一个围子，萨布素要到这里来集中。这时他们有一百五十多人，萨布素领的人并不多。他们赶紧起灶子、修仓子，等着。

　　萨布素到了，一看奥兰特也恢复得不错了，和昌顺一见面挺高兴，但当着大家的面也不能说什么，萨布素把魏海、昌顺、奥兰特叫到跟前夸奖了一番，尤其是奥兰特这么勇敢、机智，说一定要为她请功。第二是把十八勇士召集来，萨布素特意安排一席酒菜，亲自和他们一起喝酒，这些人感激得不得了。

　　萨布素又问他们每个人家的情况，这十八人都是跑腿子，都是二十来岁，血气方刚的。萨布素给大家批了假，为什么呢？这些年轻小伙子和姑娘们也应该解决解决亲事的问题了。光是打仗，也没条件解决这些事，可是这些人都老大不小了。

　　昌顺瞅着奥兰特，感到格外近边，两人也是心里暗暗同意，可是没说出来。休息了一阵子，萨布素说："这里都已经解决了，下一步集中力量打修道院，把修道院打下来，打雅克萨的条件就成熟了。"

第五十二章　难民心向宁古塔

（一）

　　恒滚河一带住的是费雅喀人，他们不种地，以打个猎、打个鱼、放个牧来维持生活。那地方有一个头目人，叫台吉，牛昆台吉。被老汗王招抚之后，挺本分的，每年到时候千里迢迢地到盛京、宁古塔进贡去。清朝对他挺恩惠，每次他去进贡都给不少铁器、布匹、弓箭、银子，还给他一个四品的印，相当于总管、副都统那样的官。在捉拿捕逃的时候也立过很大功劳，几百里的地方，提起牛昆台吉，没有不竖大拇指的。

　　台吉有点武艺，可是年龄高了，有七八十岁了，打不动猎了。他有两个儿子，大儿子叫精奇里，二儿子叫达呼里。大儿子非常忠厚，老实，吃苦耐劳，对待老人也很有孝心，为人很和气。谁家为难遭灾的，这老大总想办法去帮助，大家都认为他和他爹一模一样。老二也有些能耐，就是有些耳根软，关于他的笑话就多了。说有一回他听了一个故事，说有一个老猎人受伤了，眼瞅着不行了，往家走也走不到了，这猎人平素间热爱鹿，就出来一头母鹿，嘴里叼着草，就给这猎人吃了，这猎人马上就好了。

　　这母鹿叼的是还阳草，吃了能长生不老。达呼里听了这话，信以为真，就天天到森林里去等鹿，寻思那猎人身上有伤，他就自己把手和脚都弄出血来，坐在树下哎哟哎哟直叫唤，鹿倒是碰到几回，可是一见他就跑。

　　他一连坐了一个多月，差一点迷路饿死。以后他又听说，要寻还阳草，就要披上鹿皮装鹿叫，结果鹿来了，看见他撒腿就跑；又弄了一个多月，大家都笑话他。

　　还有一回，他听说东山有一个洞，洞里有神仙能制药，什么病一治就可以好。他又信以为真，带着一帮人天天跪在那里讨药，结果什么也没讨着，还耽误了猎期。别人打了不少牲口，他什么也没打着。老人因为这个挺来气，经常告诉他你有什么事多问一下大哥，不要人家说什么，你就信什么，闹出这些笑话。可是老二把这些话当耳旁风，认为还是自己不诚心，再诚心一些就会有神仙降福给他，还是想找还阳草、讨药这些事，正事被耽误不少。

一天，老头从外面回来，身体不大舒服，睡了一宿，不行了，腰腿不能动了，半身不遂了。老人知道是坏了，把两个儿子叫到跟前说："我八十多岁了，不行了，咱们费雅喀人不要忘记老汗王的恩情。从打被招抚以后，咱们这里应有尽有，咱们还穿上了宫缎的衣服，有了铁器，我们就是没有东西进贡，只要我们缺的，也可以到盛京、宁古塔去取。我受了皇封，当了台吉，每年还给俸银。"

大儿子说："老人家，你放心吧！我一定听你的话，好好管理这个地方。"

老人又说："对了，老二要好好听大哥的话，我死后把这个印给你大哥，让他当台吉，你好好辅助他。"说完老人就死了。两个儿子痛哭流涕，操办后事。

（二）

这天，刚要送殡的时候，看来了一拨骑着马的达呼尔人。头前是一个老头，这老头穿得还挺阔：绣龙的黑马褂，下面是传龙的分叉，穿了一双缎靴。骑一匹大马，那鞍就值百十两银子，后面跟着一些人，到这里就下马。

兄弟俩一看这穿着不像一般人，像个王爷，赶忙上前叩头。这老头把兄弟俩扶起来，打了唉声，说："我不知道你父亲死了，我应该早点来看，我们两人是八拜之交，是最亲密的弟兄。"

精奇里就问："我不知道您老人家是谁？"

"你不认识我？"

"不认识。"

"我叫根特木尔，我们两个人可不是一般的关系。"

精奇里一听也愣了一下：根特木尔这个名字挺熟，父亲在世时常常叨念这个名字，以后忽然又不叨咕他了。后来精奇里也问："父亲，你怎么不去看看他？"老牛昆台吉就瞪他一眼，"提他干啥？"也没说什么。

兄弟俩一听是他，就以晚辈身份接待老根特木尔。根特木尔拿出二十两银子说："你爸活着的时候，我太忙，没赶上来，这二十两银子就给你爸上上坟吧。"

精奇里想不收吧，人家是老一辈人的交情；有心收吧，又不知道这人的来历。二儿子不假思索地就把银子收下了，赶紧准备酒饭。准备好了，精奇里就说："老人家，您是从什么地方来的？"

根特木尔说："提起这个话就长了，你爸活着的时候，我给他捎了两封信，让他到我那里去。实不相瞒，我现在是王爷！"兄弟俩一听是王爷，又站起来，重新见的礼。

根特木尔说："我当王爷了，你们的地方你们还得管着，你不仅可以当台吉，而且我还能封你当将军。"

精奇里也不小了，懂得这个官不是随便封的，就说："您的好意我很感谢，但我不能离开这块地方，我们的族人不愿我走。"

"哎！没关系，我看你俩比我手下的人都强。我封你们当将军，把你们的人都归到我这里来。"

精奇里就纳闷，他是什么王爷呢？不好意思直接问，就说："老人家，我也知道当将军很好，可是这要皇上封才行，而且我这颗印还没交出去。"

老根特木尔就乐了："哎！侄子，你怎么这么傻，我在清朝的话能当王爷吗？还不是像你爸一样当个兵去。我呢是抱着一片真心，把江山的一片都统一。咱们自己建立一个汗，那我就不是王爷，就是汗了。"

精奇里说："什么，咱们自己建立汗国？"

"是啊，咱们江北各族自己建立一个汗国多好啊！咱们招兵买马，也可以过江嘛。几年就把江南也打下来。清朝是不行了，打三藩人消耗老了，没有力量管咱们。宁古塔兵也没有多少了。"

精奇里说："老人家，您这就不对了，咱们深受大清国恩，我们是大清国的臣民，怎么能随便背叛清朝，自己独立呢？这样的话我们怎么能对得起我们的先人？即使你有这个心，恐怕各族人民也是不会答应的！"

根特木尔说："嗨！没事，如果不服从，我们就以武力解决。"

精奇里笑了，"你有很大武力，可你和大清对抗，能行吗？"

"哎！不光是我的力量，我和俄国沙皇的关系很好。他答应我在这里建立·个汗国，只要每年给油水多，他就能保护我们。说来多少兵，就来多少兵。"

精奇里一听这话，当时就瞪眼了，"好啊，根特木尔，我把你当作一个长辈来对待，江北的人民也把你当作一个尊敬的老人，但你是一个投靠敌人的叛徒，这太不可思议，达呼尔人没有像你这样的!"这俩人说翻了。

老二紧劝大哥，说："大哥你先别生气，听听大叔的话，看看老人家还有什么要说的。"

根特木尔一看老二好说话，就说："二侄啊，你大哥心里挺善，跟他说没用。你听你大叔的话，我不会让你们走窟窿桥。你瞧瞧你穿的衣服，来人! 拿出两套衣服来。"下人就拿了两套崭新的衣服，是缎子的。又说拿靴子帽子。又拿了靴子、新帽子，又让仆人抬了一小箱银子，说："没别的，你兄弟俩一人一百两，那二十两是为你父亲后事用的。你告诉全体人民，跟我走只能享福，不能遭罪。遭这个罪干什么? 愿意跟我去就到尼布楚去，看看那个地方!"

精奇里甩手不要他的东西，"我不要你的东西，不要你的银子。我考虑你是一个长辈，不跟你说什么，你要是再讲下去，我就不客气了!"说完甩手就走。对老二说："跟我走!"

老二看见这些衣服，这些银子，眼睛就红了，说："你别来气，咱们和叔叔合计合计，到底是怎么回事?"老二就听了根特木尔的话。

精奇里却揣了官印就到自己的领地，到了那里就召集大伙儿说："我要说一个要紧的事情，现在俄国沙皇派了一个叛徒根特木尔，可能要侵犯我们，我们要准备啊。"就把根特木尔的事跟大家一说，大家恨得咬牙切齿，就把鱼叉、弓箭、扎枪准备好，但没有鸟枪。

二儿子听了根特木尔的话信得不得了，就说："我大哥不当，我当怎么样?"

根特木尔瞅瞅他，说："行啊，你只要跟我好好干，把你大哥的地方夺过来，我就封你当将军。这两套衣服归你，这二百两银子也给你。"

老二高兴得不得了，当时就把新衣服穿上了。他底下有两个人是他的左膀右臂，有一把子力气。据说上山打虎，急眼的时候就扔下弓箭用拳头揣死虎。一般的情况说划拉老虎就划拉老虎。两个人形影不离，对老牛昆台吉很忠，对兄弟俩也很忠。他们听了这些话，感到不是滋味，就说："二阿哥，我看不行，我们不能听他的话，我们不要他到这里来，他要动手我们就和他干!"

老二一瞪眼睛，"你懂什么？放着这样的官不当你要当什么？跟着根特木尔大叔打下了江山，咱们就不仅是将军了！"

根特木尔说："不是将军，是王爷了！"

老二说："听到没有？"两个人气得不得了，再三说，老二也是摆头不干。

根特木尔一看说："这样的人还留着干什么？"老二将要揪他们，这两人拔腿就跑，到他大哥那里去了。

那俩人走了，老二对根特木尔说："大叔，你别着急，我再去劝劝我大哥。"

根特木尔说："好啊，你把你大哥说服了，你们俩都是将军。"

"好，那太好了！"他就到他大哥那里去了。他大哥正在做打仗的准备，他看见大哥就说："大哥，你怎么这么拗呢，人家千里迢迢来到这里，为咱俩好嘛。"

精奇里说："兄弟，你听我话你就在我这里。"

达呼里说："我信你的话，我就当不了官！你给我二百两银子我就听你的话！"说着说着，两人谈崩了。

老二甩袖要走，老大说："父亲他死前是怎么说的，不是把这地方托付给咱俩，让咱们在这里好好过日子。你为了当官就跟叛徒走？另外，你想我们是一辈辈受的大清的皇恩，根特木尔投的是罗刹，罗刹是外国人，能让我们当将军？他是别有企图，是想霸占我们这块地方。"

老二说："你说这些我不信，人家可是把二百两银子给我了，把两套新衣服给我了，还让我当将军。跟大清有什么意思？你干你的，我干我的！"老大一看他兄弟一时说不明白，很着急。老二带着几个人就走了。

（三）

老二回到根特木尔那里，如实把事情一说。根特木尔说："你看看，我原来要把你带走，但你哥哥这样，将来要成祸。他成了大祸，你的性命难保。你将来回到这里当将军，你哥的威信比你大，你能管得了这个地方吗？"

老二一寻思也对，"这可怎么办？"

"你赶紧出兵把他消灭！"

老二说："我哥哥……"

"什么你哥哥，你要想成大事，这也好办，你抓住你哥哥后，可以不杀他，在我们手里再说服他。"

"这也是，我先去打他，把他抓过来，再给他赔不是。"说完就带着人马，拿着根特木尔给他的三十支火枪，加上根特木尔带来的三十多人，这些人都不是简单手法，一起往他大哥那里去了。

他大哥看他弟弟带着人马来了，心里是又难受又来气：难受的是坏人把他挑拨得这样；来气的是我再三告诉他不要耳软心活。有心跟他打吧，感到自己是哥哥，这样是不合适的。父亲临死前再三嘱托要把二弟带好，我却劝不过来他。

这样，老二撵到一个地方，他大哥就躲一个地方，老二一看这样可高兴了，我大哥真是没有能耐。就说："往前追，不许伤我大哥。谁要是把我大哥杀了，我就杀谁。把他抓住。"

到一个地方，他看见大哥就跪下喊："大哥，你快过来吧，我跟叔叔说，也给你银子和衣服。"

他大哥一瞪眼睛，说："你上了当了，你如果能听信我的话，现在还来得及。你是个费雅喀人，为什么要背叛大清，你忘了父亲的话了？"

老二一听也有些心软，大哥说得也对啊。这时根特木尔派的三十多个人都不答应了："你大哥在清朝是有官职的，人家把印交给他了，可你什么也不是。你听他的话，你一辈子也当不了官，得不了钱，这台吉的印在谁那里呢？"

"在我大哥手里。"

"那就得了，没你的好处。"

这老二心又被他们说活了，说："给我追！"

他大哥说："愿意跟我的，就跟他们干一仗，不愿意跟我的，我也不强求。"

大伙儿说："你放心吧，我们愿意跟着你！"

围得像一座墙似的，老二说："开枪！"枪一响，老大这边是不行，没有火枪。弓箭没有枪打得远，就散了，躲到山沟里去了。

老二一看打了胜仗了，老大还没还手，心里很高兴。老大还不了手，就退到山沟里。这一带有二三百户都零零散散在山沟里。老二这边的人也不愿打自己人，虽然他算是赢了，但人也散了，只剩十来个人跟着他。老二一看人都走了，说："没关系，我跟我叔叔走，我跟他当官去。"一心想当官去。

回到根特木尔那里，也没有几个人了。根特木尔把脸一翻，说："你这仗是怎么打的？还想当将军呢，像你这样的人，连个头目也当不了。打了一仗，一个俘虏也没抓到，自己的人反而散了，你拿什么来孝敬沙皇呢？你不把你的百姓收服能行吗？"根特木尔越说越生气，就说："来人，把他的衣服扒下来！"就把他的衣服扒下来了。他要反抗也不行了，二百两银子也拿回去了。这时他知道是上当了。

"二侄，我告诉你，你要想当官很容易。"

"那怎么的？"

"你要答应几个条件，第一是你一个人的力量不行，我要在这里驻兵；第二是要把当地老百姓收过来。"

老二说："你要驻兵行，可是要收服他们，那可能不行。"

"你可以收服多少是多少。"

"第三，你得给我纳税，按人头每人一年四张貂皮。"

老二一听都傻了。心里想大清朝廷刚下圣旨，我们受罗刹骚扰，免去税。现在你要我们一人四张，一张也拿不出。"我按你们原来的人数收税，不在的别人代交。第四，凡是来人都抓起来当兵，当奴隶；第五，这地方归我，听我的指挥！"

老二一听知道这是坏了，上当了。有心要跑吧跑不了，但还是想招要跑。

根特木尔说："别跑了，来人，把他绑起来！"就把他绑起来塞到空房子里。这时老二哭了，心想我怎么没信大哥的话呢！如果听了他的话，我就不会这样了。现在我落到敌人手里，性命也难保了。后悔晚了，也没招了。

再说他大哥，看到人都逃散在各沟各川，急得连饭也吃不下去。就到这个沟看看，那个沟看看，安慰族人，说："你们大家放宽心，我到宁古塔去，把八旗兵请来，替你们报仇，那时就好办了。"

老大精奇里这时还不知道萨布素领兵已经到了这一带了。不一会儿，有人来报告："大阿哥，可了不得了！"就把他二兄弟怎么被捕的经过一说，根特木尔已经派来了一百多兵，正在为非作歹。

老大一听二弟被抓，心如刀割地说："我无论如何要去救他！"完了就带着两个人，就是外号叫"两只虎"的，说："今天下晚里我们劫营去，把老二救出来。"

一到下晚里，这几个人就去了。那里也没有围子，一看那里戒备森严，明子是一根接一根亮着，四周都有枪架着。尤其是根特木尔住的地方，更森严，进不去。大哥急眼了，说："就是救不出来人，我们也射箭。"射箭也射不到那里，一射箭人家马上卧倒了，这样一连三天也没有把他兄弟救出来。

根特木尔一看不好，天天有人来劫营。想抓还抓不到，就说："赶紧备车！"派二十人护送。这样就把达呼里往尼布楚送。

老大一看救也救不出，反而要送尼布楚了，心里就更难受了，觉得自己同胞手足送到尼布楚就完了。

老二被押上囚车，望着自己的属地，掉了眼泪，心里喊："大哥啊！我后悔当初不听你的话，我死也不能瞑目，你一定给我报仇啊！"这样敌人押送他到尼布楚去了。

老大寻思寻思说："这样不行，你们再往远一点，护住我们的兄弟。我带些人到宁古塔去，顶多一个月我就回来，宁古塔兵会来解救我们的。"说完就收拾收拾，拿点散碎银子，驮点干粮，就往宁古塔来了。

（四）

这天，他们又饥又渴地来到一个地方，离屯子很远，没有住处。一看前面有一个庙，把门一推，门虚掩着，就问："里头有人没有？"没有答茬儿，又一招呼，还没有人答茬儿。没顾得看大殿怎么样，就往东厢房走了。东厢房的门也开着，一闻屋里有煮狍子肉的味道，一看地下还有明子。就把明子点着了，一点着火一看，像是有人住，一锅狍子肉，还有一盆饭。走了一天，就吃点干巴干粮，一闻肉香是挺馋的。那两只虎说："我们吃点吧！"

老大说："不，我们先等着吧，看看来的人是谁。主人不在，我们吃他的东西不好。"不大一会儿，就听外面喊哧咔嚓来了几个人。

到屋了，一看有三个生人也愣了，问："你们是从哪里来的？"

老大站起来，一看是鄂温克人，虽然说鄂温克和费雅喀说两种语言，但互相还能听懂。就说我是从哪里来的，要到宁古塔去。

鄂温克人说："噢！我知道了，你们是牛昆台吉那地方的人吧？"

这四人你瞅瞅我，我瞅瞅你。"你们是走来的还是骑马来的？"

"骑马来的。"

老大问："你们在这里干什么的啊？"

"不用打听，我们就是强盗。"

"那是怎么回事？"

"别提了，我们被弄得家破人亡。来了一拨骑马的，不知是清兵、罗刹兵，还是什么兵，我们也分不清了，就把我们小宅给抢了。我们现在说是等着，凡是骑马的，穿得好的，我们就揍他。我们现在也不知道他们是什么人：你说是中国人吧，还口口声声说大清不好；你说是外国人吧，还说的是达呼尔话。这些家伙可坏了，到了屯子不是抢就是夺。看见女人就追，我们打不过他。就在这里，离得也不远，他们出来一个就打死他一个。"说着他朝东面一指那堆黑乎乎的东西，"你看打死的人都堆在那里，一共有十二个，有些半死不拉活的也让我们揍死了。"

老大也把自己是怎么出来的和他们一说，这些人是越唠越投缘。这几个人说："你们要是不嫌弃的话就加入我们的队伍，人多好办事。见到穿好衣服的就打，穷人不打。"

老大乐了，说："你这样分也不对啊，如果来了一些清兵，他们也穿整齐的衣服，你也打吗？"

"哪有清兵，清兵能来吗？来的那帮人都是他们一伙儿的。"

老大说："你不能这么说，这么的没头没脑，不如收拾收拾，你们和我一起去宁古塔吧。到宁古塔咱们领回清兵，连你这块儿，到我那里，把这些坏蛋都一扫光。你看怎么样？"

他们一寻思："你说的也对，咱们现在到宁古塔去，一无盘缠，二无功劳。咱们不如先在这里等着，抓住两三个罗刹或者叛徒，一同带到宁古塔去多好啊！"

"是啊，咱们在这里再待它两天。"就在那里等，那就像守株待兔似的，哪里能等着？所以就天天出去溜达，晚上就回到庙里。

那天晚上回来，没等进屋呢，就看见屋里明子灯亮着。一看有一个老头和小伙子，"嗨！来了，一定是叛徒，我们进屋。"

"别，咱们先蹲在大殿子里，看清是什么样的人，再抓。"

"那好吧。"就蹲在大殿里。这就引起老英雄巧遇众壮士，一起投萨布素营的故事。

第五十三章 伦昆妈妈

（一）

来的两个人是谁呢？也得交代交代，这两个人也是血泪斑斑中逃出来的。老人叫伦昆玛发，八十多岁，身子骨很硬，练就一身很硬的功夫，家住离雅克萨城不远的地方。老玛发在那里前后屯没有不知道的，都叫他老巴图鲁，是一个老英雄，叫来叫去伦昆这个名字反而很多人不知道，而一提老巴图鲁是人人都知道，因为罗刹占了雅克萨之后，到处烧杀抢掠。有一个小城，离他那里有一天路程，屯里人被抓去不少，抓到小城堡里去了，老巴图鲁挺生气，可是一根铁能碾成几个钉子？虽曾出生入死也救出一些人，但是敌人比较多，解救不了，心里很着急，天天发愁。

一天他跟老伴儿讲："唉！论岁数我是不小了；但是论劲头儿，一般的我还可以较量较量。没别的，今天我要独闯敌营，宁可我死，我也要把他们救出来，我不忍心屯里人在里边受苦。"

老伴儿也是一个著名的女猎手，在村里也都知道。她有一手给人扎针的绝活。谁有病，她一扎，十有八九会好，当地人有病都找她看。老妈妈也非常信神佛，自己还供一些神佛。老太太也七十多了，最近这两年身体不硬实了，走道也费劲了，比伦昆是差多了，自己也知道就是一两年的日子了。他听老头一说，琢磨了好几天。这天就说："这么办吧，我到城堡里去。我一定把屯里人救出来，我把人救出来之后你安排他们。我这几天想出一个绝好的办法，还不用打枪，就能把人质救出来。"

"哎哟！"老头也乐了，"你怎么救？"

"你不用问，我已经想好了"

"你带谁去？咱俩一起去吧！"

"不，你去还耽误事儿，就我一个人去。"

老头能放心吗？"你手脚也不灵了，这样去我是不放心的。"

"你放心吧，我有招。我这么大岁数了，就是死，只要把屯里人救出来，我也值了。你不要着急，我走之后，你好好照顾孩子，在这里待不了的话，你可以领孩子躲一躲去。你一个人能和罗刹斗得了吗？他们的人一天比一天多。"

老头一听有点永别的味道，就不让她去，老太太说："你不能为我们自个儿家的事，就拦住我，你想现在有多少人在里面遭罪啊？我能去就能把他们救出来。"老头怎么劝，老太太也不听。最后把东西收拾收拾，说："我一定要去！"

鄂伦春人就是这样，他下决心干的事情，你几头牛也拉不回来，宁可死也要把事情干完。那里的人是很诚实的，你要托他们办事，只要他一答应，就是家破人亡，他也要给你办成。老太太把东西收拾好了，直接奔敌营去了。

（二）

城堡里住了十几个罗刹，他们是专门抓人质的，抓住了就往修道院送。这天，敌人一看来了个老太太，就拦住她问："你来干什么？"

老太太说："我是独身一个人，实在没有投奔了，我想到你们这里找点活干，什么活我都行。"

罗刹打量一下老太太，又翻了翻，也没有什么。一看走道也不灵便了，就说："你还能干活吗？我看你是来混饭吃的。"

"你就赏给我一碗饭吧，我还能干。别的活不行，我还能洗洗衣服啦、做饭啦，侍候你们行吧？"

"把她留下吧，正好我们也抓不住人。干好了把她留下，干不好我们可以把她送到修道院去，不也能顶个人数吗？"罗刹是那样规定的，你抓住多少人给你多大功劳，给你多少钱，他们就指多抓人发点财。于是就让老太太洗衣裳。

这时萨布素还没有出兵，老太太边给他们洗衣服边琢磨怎么调理他们。这地方四外长蜇麻子(学名荨)，这东西长满带毒的刺，谁碰上了，蜇得你五脊六兽的，浑身起泡。洗衣服时把晒干的蜇麻子搓碎放水里，那刺就粘到衣服上了，那可就热闹了，你怎么抖搂也不下去，一宿就弄得你满身大泡。

老太太把蜇麻子弄到一起，弄成粉末，洗衣服时都搁水里，一洗晒干了还看不着，这些罗刹一看她洗得挺干净，就这也让她洗，那也让她洗。十几个人都让她洗，她弄了不少蜇麻子给他们洗。洗完了罗刹穿上了，蜇得他们满地乱滚，浑身起大泡，"哎呀！怎么浑身起大泡了呢？"

老太太一看："哎哟，你们这是受风了，是得罪鬼神了，你们快磕头吧！"

"我们信东正教，不信鬼神。"

"你们不信鬼神就得死。"

"那怎么办呢？"

"我给你们上香，你们跟着我说。"老太太点上香，在头前跪着，罗刹身上难受也跪下了。老太太说："我怎么说你们也怎么说，说我们的话，你们的话神鬼不懂。"

"好吧。"第一句说："阿布卡恩都力。"

罗刹也跟着"阿布卡恩都力"。

"我们是一帮混蛋。"

他们也说："我们是一帮混蛋。"

"我们像一帮强盗一样，到了大清国土。"罗刹一听："什么大清国土，我们不说大清。"

老太太说："不说也行，我们到这个地方，碰到一些爷爷奶奶祖宗，我们这些孙子不像样。"老太太尽教他们自己骂自己的话。罗刹跪着叽咕，感到不大对劲儿。就站起来了，说："我身上怎么还不好呢？"

"你们不好是得罪得太厉害了。不过我还有办法，我会扎针，一扎针就会好，不信你们可让一个试试。"她的手法真是高，一扎针下去就不刺挠了。

那罗刹兵一试果然很好，说："不行，我的腿还有些刺挠，还没扎够，你继续给我扎吧。"

另一罗刹兵抢着说："你先给我扎！"

"先给我扎！"这下都抢着扎针。

这老太太还会扎"迷糊针"，扎上针就迷糊。"好吧，我给你们扎，你们上炕上躺着去。"

"好。"于是这些罗刹兵都上炕躺着，只派了两个人去看守人质。

这些躺在炕上的都抢着要先扎，老太太说："你们不用着急，我都给你们扎好。"就开始一个一个扎起来了。一扎就不刺挠了，三叽咕两叽咕就迷糊过去了。又扎一个，又迷糊过去了，八个人都迷糊完，老太太就出去了，外面还有两个呢。看他俩浑身直抖，老太太说："人家扎好了，睡觉了，不管你了。"

他们进屋一看都呼呼睡觉呢，也来气了："我也不管了，你快给我扎!"一扎这两个人都迷糊了。老太太高兴地把锁打开，对人质说："你们赶紧跑，你们再待一会儿就不行了。"

这些人要跑，老太太又说："把枪拿着。"又拿了十几支枪，又让他们拿了一点儿干粮。这样过去了有一袋烟的工夫，这罗刹也就是迷糊一会儿。人质在头前跑。老太太说："你们先跑，我在后面堵着。"说着拿了支枪，她也是老猎手嘛。"我看你们跑远了再跑。"就拿着枪等着，人质都往前跑。

罗刹醒了，一看坏了，没枪了呢，到仓库里拿了新枪就撵来了。老太太在头前跑，十来个罗刹在后面追。老太太年数大了，手腿不利索了。两边都开枪了，老太太打死了罗刹两三个人。最后躲在一棵树下隐蔽着，实在躲不过了，七八条枪集中朝她放。没有一袋烟的工夫，老太太倒下了。老太太为了救人质而牺牲了。

伦昆玛发听说老太太真把人质救出来了，自己却死了，老人哭得死去活来。跑出去的人回头看看老太太，也不敢去救。到了晚上，大家偷着把老太太埋葬在一个地方。在这块土地被罗刹强占去以前，人们年年在七月十五要纪念这位老太太。这样，伦昆老玛发带着儿子准备去找萨布素，在关帝庙遇到七壮士。

伦昆老玛发带着他的儿子，这个儿子是他老年得子。老人在五十多岁的时候才得这个儿子，现在已经三十多岁了。曾经娶过一个媳妇，后来死了，也没有扔下儿女，独身一个天天跟爸爸练习武艺，练就一身好武艺。别看爷儿俩个差五十多岁，可是在走路上，在功夫上，伦昆玛发不次于他的儿子。

老人领着儿子往南走，到了天傍晚黑，碰到这个庙，就是关帝庙。天很黑了，就到庙里休息休息。赶住家是赶不上了，爷儿俩就进了庙了。一看是正殿，供的是关公，两边站着周仓、关平，他们恭恭敬敬地磕一个头，祷告："关上帝君，保佑我们平平安安地到宁古塔啊!"

两个人本来想在正殿睡觉，一看东厢房也开着门，爷儿两个也好奇，老人说："你到东厢房去看看。"儿子就去了，不大一会儿回来了说："我看东厢房有人，我看到地上有铺盖，锅里还做着饭。"唔！老玛发赶紧去看，有七个铺盖卷，再一看，墙上还挂着弓箭什么的，寻思这是打猎的，于是说："在这里吧。"

（三）

再说这七壮士，溜了一天也没溜着什么罗刹兵，没精打采地回来了。天黑了，一看屋里掌着灯，外面看屋里容易，里面看外面不容易。"咦？怎么屋里有人点灯呢？""慢，备不住是坏人，我们抓住就捆一个，再不就带到宁古塔报功去。"

这几个人往前潜行，他们趴窗户一看，是一个老头，一个年轻人。不是当地人，准是那拨坏人打发来的。屋里老头躺下，儿子躺着，这七个人一堆扑进屋去，老人一看来的不是善茬子，嗖地一下跳到南窗台去了。这时他儿子将要起来，就被这七个人绑上了。然后就要奔那老头，老头一瞪眼睛，"你们先别动手，你们是干什么的？别看你们是七个人，七个人也绑不了我！"

他这一说，七个人一看是一个白发苍苍的老头，挺精神，不大在意，说："你这么大岁数，还有什么蹦跶头；你碰到我们七个人还想跑，我们出来一个人也把你拽把死了。你要是识时务的，自己乖乖地下来。我们把你绑着送宁古塔去，到那里你就知道，你是民族的败类，你是叛徒！"

老头一听不太明白，"怎么我是民族败类，要送我去宁古塔？"这七人寻思，你要随我们上宁古塔，谁知道你是什么人！一个人就上去了，老头不费力就拨弄下来了，两个人上也不行。最后七个人一起上，打不开了。老头一下蹿到南窗户，一脚把窗踢开说："你们七个人都出来吧！"

这七个人害怕他跑，就一起出去了。七个人一出去，就和老头交起手来了，这老头就像虎落羊群一般，谁也抵挡不了，没有多大工夫，把七个人打得滚的滚，爬的爬。起来之后，这七个人不敢再上手。老头看着他们乐了，说："你们到底是干啥的？是不是强盗？"

"我们不是强盗。"这七个人就把怎么来的一说。

老人听了，"哎呀！原来是大水冲了龙王庙，自家人打自家人！"就把自己的遭遇简单地说一说，这七个人连忙给老人请安赔不是，请老人进屋。

到了屋里，把他儿子放开了。老头坐下来，打量了他们一下，说："武艺不高，你们还想到宁古塔去营中报效，你们凭什么来打罗刹呢？"

大阿哥说："我们没有多大能耐，我们想到宁古塔搬兵去。"

老头一听这个点点头："你们既然这么有诚心，你们哥儿八个给我磕头，你们做兄弟，我做师徒。"他们就撮土为炉，插草为香，就结拜了干兄弟。回头给老人家叩头，老人家挺高兴，说："这样吧，你们这样去也没有什么好处，我教给你们一些武艺，可以出阵打仗，否则是不行的。"

"好吧！"这些人更高兴了，都二番跪倒，给老师磕头。这样老人开始教他们武艺。

这些人都有些基本功，有些窍门不知道，老头把平生的绝招都教给他们。老人说："这些还不够，还应多练练枪。"他是当地的好猎手，枪法也是数一数二的。又教了一些枪法：眼睛、准星是怎么一条线。开始练固定的靶子，以后又练活动靶。几个人学得很刻苦，老人也格外尽心，恨不得把自己的绝招一下子都教给他们。

转眼到了冬初，老头觉得差不离儿了，说："你们再练一练，就可以上宁古塔去。"他们就收拾收拾屋子，打点柴火，头晌打猎，下晌练武。

（四）

一天，早上刚要出去，看见从西面过来几个人。老头一看就知道是罗刹，老人说："罗刹来了，咱们先猫起来。看他们进不进屋，进屋了咱们就搞掉他；不进屋的话，咱们就半道截住他们，把他们逮住。""好吧！"就在大神案子下面猫了四个人，在神像后面猫了五个人。

猫好了，罗刹就进庙了。一看大殿没人，东厢房的门开着，一股肉香味，就都到东厢房，拿起肉就吃起来，喝起酒。这些人里人人懂点罗刹话。只听罗刹说："哎呀！多亏我们跑得快，否则都让萨布素这个对头逮住了。"

另一个罗刹说："那全仗着我啊，我要是不告诉你们快跑，现在我们都被俘虏了。"

又一个说："唉！我们现在是难上加难，一步一个坎儿。秋天的时候，我们差一点让一个老婆子的针给扎死，结果把人质都放跑了。咱们再抓人质也抓不着了，让雅克萨总督把我们训了一顿，规定我们今冬抓到五十个人质。我们到哪里去找，没人！"

"你别着急，上帝会保佑我们的，今天我们就在这里休息休息，睡一觉。明天我们向东走，不远的地方，有一个小城堡，那小城堡虽然人不多，但防守得挺严密。我们投他们去，让他们帮我们抓人质去，反正都是归雅克萨总督管的。"

"离这里有多远？"

"也就是一天多道。"

"有多少人？"

"有一个十人长，领着二十多个兵。"

"还有什么？"

"他们还抓了不少人质。他们让当地人做的酒可好了！叫什么米酒。"

"别说这不懂的话，这叫米尔酒，比咱们做的酒强多了。"

"你还不知道，等到这些当地人祭天的时候，煮的肉五里地以外就能闻到香味。"

"那是一个好地方。"他们吃喝一阵完了。天头冷，就要烧火拢火。都是些湿木头，有一个就说："外面屋的大桌子挺干，快把它劈了，把炕烧得热热的，可以好好睡一觉。"

这一说，本来还可以多挺一会儿，老头一看有事，就捅咕捅咕那些年轻人，"赶紧上手！"这些人呼啦一下子就向东厢房里去了，把枪递进去了。这四个罗刹也特别顽固，在里面就打起来了。但是打不着我们，一阵枪和箭，罗刹被打死一个，剩下三个踢开南窗就跑。这些人就在后面撵，他们挣命地跑，后面的人也拼命去追。

撵了一阵就回到庙里，把那打死的罗刹扔了，拣了两支鸟枪。老头说："听到没有，离这里不远，还有一个小城堡，我们把这个小城堡拿下来就更好了。"

"咱们没打过城堡，怎么打？"

老头说："我也没有经验，但我可以告诉你们几招。"

"什么招？"

"刚才跑的罗刹跑不过我们，我们就跟着他们到里面去。叫门的时候，咱们蜂拥而上，他们人也不多，咱们进去就可以结束他们。"

大阿哥晃脑袋说："这个办法不行，咱们跟着他们，到了城跟前了，你也躲不住啊，你也抢不上去。他们在城里，我们在城外，也打不进去啊。"

老头一听有道理，"依着你怎么办呢？"大阿哥就这么办这么办一说。老人挺高兴，"就按你的方法去做。"这些人都准备起来。

这逃出去的三个罗刹，像丧家之狗，往东跑。跑到城堡就叫门，守城的罗刹一看是自己的兵，就开了门。这几个罗刹就对十人长说："后面清兵已经追上来了。"

"有多少人？"

"帐篷一个挨一个，可是我们不怕。杀了一阵子，被我们杀死了二十多个。因为他们人太多了，我们就跑来了，把我们累得这样。"

十人长听了又害怕又高兴：害怕的是听说萨布素带着兵来了；高兴的是多亏了这些人先来报信。十人长想，这么多的人，我这个小城堡也够呛啊。就说："你们去附近抓个俘虏，咱们再详细打听打听到底有多少人马。"

"好吧。"这些人吃点又出来了。心里琢磨哪有那么些人，也就是七八个人。这一撒谎反而要我们出来了，遇到那些人怎么办？没办法，捏着鼻子去吧。可是西北走不远就不能走了，前面的大树枝把道挡住了。"咦？来的时候没有大树枝，现在怎么有这么大树枝了呢？"正犯疑，想绕过树枝去。扑通！有人就掉下去了，其余人撒腿就跑。

那掉下去的人正是刚才从庙里逃跑的罗刹，大阿哥的办法就是先想招抓一个俘虏，知道一下城里的情况。如果人少就爬绳正面攻进去，人多就想法把敌人引出来再打。老头也同意了，才设了这么一个陷坑。

把罗刹兵抓起来之后，就带到庙里。老头坐了大堂，八个人一边四个，老头说："你还是没跑出我们手去，你是要死还是要活？"

罗刹兵连连画十字，然后比比画画地说："我要活！我要活！怎么能活啊？"

老人说："你要活也行，我把你放回去，我让一个人跟你回去，如果你按我们说的，我们打进城你可活，不然的话你们一起同归于尽。"大阿哥寻思为什么要跟进去一个人呢？罗刹兵寻思："好老头，只要你放了我，我一进去就把他弄死，再想让我们出来是万想不能。"没等老人说完就连说："行！行！行！这太行了，你放心吧，跟一个去我保证他安全，给他肉吃，给他酒喝。"

老头是试验他，看看他怎么情况，一看他这样就知道是假话。老头乐了就说："你还挺好客的呢？有那么好事，你还是歇着吧！把他弄到大殿上去，拴在天柱子上"。老头又对大伙儿说："一会儿，你们来叫门，我说怎么样了，你们说一拨二十个人都埋伏好了，埋伏在东山。再过一会儿，再来报告，就胡乱说吧，在东面埋伏二十人，在西面埋伏三十人，明天就攻城。"

"好吧!"就把大殿的窗都关上了。罗刹兵想要往外看也看不着,想动弹也动弹不了了,正琢磨想跑。不大一会儿,听到外面嘭嘭敲门声,老头问:"谁啊?""报告,我们第一哨人埋伏完了。"

"你们这一哨去了多少人?"

"我们一共是十二人,我们都埋伏好了。"

"很好,听三声炮响就攻城。"

过一会又来一个人,"报告!我们第二哨人埋伏好了,有二十三人。"

"好,以三声炮响为号攻城。"

这样一连报告了七八哨人。罗刹兵一听,他时间长了也能听懂点达呼尔话,心里琢磨,哪有这么些人呢? 这下我还说对了。一会儿,过来一个人说:"出来!"他又被带到老头那里。

老头说:"你想不想我们放你?"

"想!我愿意降。"

"你降我们也行,你回去就说我们只有五六个人,不要多说。我们在外面说话你听到没有?"

"没有听到。"

老头心想你在撒谎,就说:"你回去就劝说那城堡的头目来降我们,如果他肯降,你就把他带到这里来见我;如果不肯降,我们将来攻城的时候你在里面接应我们,怎么样啊?""行,行!"他一心想赶快回去报信。

老头说:"好,松开绑。"一开门罗刹兵就像兔子一溜似的跑了。

他一到城堡,马上报告那十人长:可了不得了,清兵在东面埋伏了多少人;在西面埋伏了多少人;在北面埋伏了多少人,准备半夜攻城。三声炮响为号,让我在里面里应外合,在城里放火。我假装投降,这样才放了回来。

罗刹小头目说:"好,你是沙皇的忠实儿子,我一定给你报功,大家赶快准备。"这城堡一共是十几个人,哪能不害怕呢,就把人分散在四面城墙上。

老头那边实际才八个人。老头说:"你们八个人朝一个方向攻,攻进去后就打开城门,我也进去,进去就杀起来看。""好吧!"这八个人就蹲在一个墙角,向城堡上"嗖!嗖!嗖"射了三箭,那里在西南墙角就搭起梯子往里攻。罗刹也打枪,但这八个人都是跳墙能手,像燕子似的,嗖地就过去了。到了城墙上,一提溜就扔下一个罗刹兵。这边也就是三四个罗刹兵，这八个壮士上去，他们也就完了。

那边几个看城墙的听到声音就问："那里是谁啊？怎么有动静呢？"招呼半天也没有回答。有一个罗刹就说了："你怎么疑神疑鬼的，他们备不住是喝了酒打架呢？"这些兵也没注意，这八个人到了跟前一顿刀又削掉几个，把罗刹解决了。

随后把老人请了过来，老头说："我知道你们很快就会攻下这个城堡，我们暂时就在这里吧！"到了城里把二十多个人质放开，把罗刹兵的尸体都埋一埋，然后把他们剩的肉吃一点。

这时天亮了，老头说："我们把东西都搬到关帝庙去，把东西都摆好，然后把城堡烧掉。要不然的话我们走以后，罗刹非得重新占据这里不可。"说完就一起把枪支、弹药、粮食等东西运到关帝庙，翻土刨坑，把拿不动的东西埋在那里，弄得好好的了，回头把罗刹的城堡烧了。

老头说："你们可以到宁古塔去了，见到萨布素大人替我问个好。"八个人一听就跪下了，"义父大人，您为什么不跟我们一起去呢？"

老人打了一个唉声，"我已经八十多岁了，哪里也不去了。我看这个关帝庙挺清静的，我就在这里吧。你们出兵路过这里来看看我就行，你们到萨布素大人那里以后要齐心合力协助他打罗刹。"这样和老人家辞别了，老人临别又说："你们有事情可以来找我想办法。"老人送了一程，回到关帝庙。

这八个壮士就奔宁古塔去了，路过瑷珲一看，唔！都是清兵的旗号。一打听是彭春、郎坦、瓦礼祜领的兵，就问："萨布素大人没来吗？"

这些兵打了一个唉声，"别提了，咱们萨布素将军被诬告了，免去了元帅职务。"

这八个人一听，急了，"把萨布素将军给免职了？他上哪里去了？回宁古塔了吗？""没有，他在什么地方的城堡中驻扎着。"这八个人没进瑷珲城，回头就往那个城堡去。

往西去，没几天的工夫，找到了萨布素军营，见到了萨布素就把他们义父的事好好说了一遍。萨布素挺高兴，就打发一些人，送了一些礼品，慰问老人家，把枪弹等东西都取回来。准备往西走的时候，出现了一个更动人的故事。

第五十四章　海东青救主

（一）

从萨布素营盘里出了不是这个要私自外出抢功，就是那个要擅自外出抢功的事情之后，萨布素感到这样下去对执行军令不利。

这时萨布素已经聚拢了五百来人了：有的是自己来投的，有的是救出来的人质。萨布素召集他们开会，告诉大伙儿："今后不管是谁，凡是没有军令的出去，不管有功没功，一律按私自逃跑惩处。砍头！"搁那儿之后，再也没有随便出去的了。萨布素把军威树立起来了。

一天，瑷珲送来一封公文，是盛京将军的文书。萨布素拆开一看挺乐，原来是鹰哥岭使鱼鹰的那个梅赫勒小伙子，因为在战斗中很英勇，萨布素把他的功劳报上去了。盛京将军批下来，晋升他为防御，仅次于佐领。

萨布素把全军将士都召集来之后，把文书念了一遍，大家都向梅赫勒祝贺。升了防御，就可以领导十来人去独立作战了。萨布素给他五六十兵说："这些兵归你管，你要加强练武，要服从军令。"

梅赫勒防御给大人请了一个安，"感谢大人对我的栽培！"心里想萨布素对我实在是太好了，我无论如何不能忘掉他的恩情。

到了第三天，萨布素告诉梅赫勒防御："你带你这一哨人马，到西面去，听探子报告，来了一拨罗刹，三四十人。但是不准确，你要多加小心，有什么事可以回来。"

"好吧。"梅赫勒选了人马将要出发，探子又来报了："上次报的不实，不是五十多兵而是一百多兵。从西边来，再有一天多就可能到这里，至于是否到这里还不一定。最好是暂时不要出兵，让我们再打探打探。"

萨布素说："好吧，你们待命吧。"梅赫勒他们都准备好了，就在那里等待命令。

这时，梅赫勒就抬头往南瞅着。瞅来瞅去，咦？南面飞来一只小鹰，越瞅越像自己的头鹰。飞到营盘上，不大有劲了；绕了三圈，一头扎到梅赫勒的怀里。梅赫勒一看，正是他在南湖头的头鹰。这多远哪，有一两千里路程，小鹰是来找他的主人的。梅赫勒抱着小鹰直掉眼泪，赶忙抱到帐篷里让它休息。第二天要出兵了，小鹰才恢复过来。从这以后，他到哪里，这小鹰就飞到哪里。

梅赫勒把敌情探清楚了：罗刹有两拨，一拨往北去的有七十多人；一拨往南去的有三十多个。萨布素对梅赫勒说："你去吧，你追南面那股。北面那股不要惊动他们，他们可能要到修道院那里去。不要上他们的当，你截不住他们。"

梅赫勒说："你放心吧。"心想三十多个敌人还不好办吗？哪承想，这次打探错了，人家是八十来人。看到探子，特意造了一个假象。知道有人来了，罗刹也很精，一看就跑了。

罗刹头目说："咱们来个疑兵计，他是来探我们的，我们将计就计，分成两股迷惑他。"结果探子就这么来报了。

梅赫勒领着兵，头上小鹰飞着，这就出发了。追这三十多人，追了两天，真追上了。这两个就接火了。一接火，那八十人整个围了上来。我们是五十人，他们是八十人，我们在一个小山包上，被他们团团围着。上也上不来，下也下不去。敌人上来被打下去，清兵也打不着敌人。梅赫勒心里很急，来追剿敌人，反而被敌人包围了。

敌人又进攻了几次，都被清兵打了下去，可是箭也快没了，弹药也差不多了。以后就不敢用了，敌人来了，就用大石头砸。粮食也带得不多，怎么往回送信呢？闯几回了闯不出去，眼瞅敌人要攻上来，粮食也要没了，这样被困在那里。

那时候信都用令箭，上面刻一个字，那边就能发救兵。梅赫勒拿着令箭来回走，像热锅上的蚂蚁似的，谁去送信呢？这时，那只鹰哥看到主人这样焦急，也好像琢磨，主人哪，我给你送信吧！冷丁"嗖！"一下飞下来，叼起令箭就飞走了——直接奔萨布素的营盘。

梅赫勒兄弟高兴得不得了，嗨，我的鹰哥啊！你不但会抓鱼，而且还能给我送信。这就救了这五十多人的命了。就一直看着小鹰哥，一直到看不见。他心有底，这鹰哥一定是往萨布素营里送信。

这样，清兵立刻提高了精神，加倍防御，准备了很多石块，用石头把他们滚下去。

罗刹兵也尖，我也不攻了，饿也把你们饿死。这么两边就僵持着。

（二）

再说那小鹰，一直飞到大营里。一落就落到萨布素的帐篷，咦？萨布素一看，认得这是梅赫勒的鹰啊，它怎么回来了呢？再一看，这鹰嘴里叼着一支令箭，上面有急字。萨布素知道坏了，是梅赫勒被围了。就赶紧调齐兵马出发，这个小鹰哥就在前面引路。飞一会儿，瞅一会儿，一直领到那被围的山跟前。

小鹰哥绕着山飞了三圈，就飞到山上去了。萨布素暗暗点头，这确实有福，不仅这梅花鹿救了我们，这次小鹰哥也来给我们解围。心里挺高兴，就让人侦察去看一看。去人一看，回来报告，他们被围在这个山上，山下有八九十罗刹包围着，萨布素带去有二百人，说："好！"这就四下都上了，罗刹光顾注意山上的人了，哪承想自己已被包围了。

萨布素带的人有一百多支枪，一齐开火。山上的梅赫勒看到小鹰哥回来了，知道是山下援兵到了，不到一个时辰就听到山下枪声大作，梅赫勒命令射箭，这一下，罗刹成了馅饼了，逃出去三四十个，其余都完了。

逃出去的罗刹闯出一个血胡同跑了，山上山下的清兵会师了。梅赫勒觉得自己没有打胜仗，就朝萨布素双膝跪倒请罪。萨布素说："这不怨你，探子探得不正确。但也不怨探子，军队都是有实有虚，咱们只去一个人去探，我也有责任，咱们这次谁也不立功，给这小鹰哥记一等功。"以后这个小鹰哥被封一个领催。

萨布素他们回来了，虽说梅赫勒一拨被围了几天，但还是把敌人打跑了，消灭了一些罗刹。萨布素说："这一百里内外的罗刹城堡都被消灭了，咱们现在就地扎营修整，等候瑷珲的指令。来指令以前，就原地不动，加强防范。"就在当地安营扎寨了，没什么事了。

再说小鹰哥，一看主人没什么事了，这天就飞了。梅赫勒一看，哎哟！这小家伙怎么就走了呢？走了有五六天吧，这小鹰哥又回来了，一看这次把它的小伙伴都领来了。有二十多只，小鹰哥是头鹰，还有一个比它次一点的鹰。这二鹰经过几年在山里锻炼也很强了。这两支鹰哥落下来，落到梅赫勒身上。梅赫勒是又高兴又担心，高兴的是又看见自己的这一群鹰，担心的是我要行军打仗，这么多鹰来干啥呢？一打仗就危险，但也没办法撵了。

军队里多年出征，生活是比较单调的，一看来这帮鹰可高兴了。一天天，鹰飞上飞下的挺乐。鹰哥回来时，有的落到这个人身上，有的落到那个人脑瓜顶上，有的落到地上。这些兵就切点肉喂它们，它们就饱餐一顿。萨布素也看见了，出来看看它们。梅赫勒对两个小鹰哥一指画，头鹰二鹰飞来，其余二十多个鹰都飞起来了，落得还挺整齐。

萨布素高兴地说："梅赫勒防御，你打仗是个英雄，训练鹰也这么好，以后谁也不兴祸害它，让它吃饱，和军队一样吃。"梅赫勒放心了，主帅看见鹰也这么高兴，就天天和鹰玩。

一天，萨布素告诉梅赫勒说："你带两个兵到南面去看看，看看西南路的兵都怎么样，能不能联系上，打听打听消息。"梅赫勒他们就走了。

梅赫勒他们走了有三天了，但还是没找到人，心里挺着急的。再往前走一看，坏了，西边来了一队骑兵，是罗刹。三个人连忙猫起来了，可是罗刹兵已经看到了，这三个人头上这拨鹰也在飞。天也黑了，这三个人踩着岔道就走了。罗刹就在后面撵，这三个人拼命跑。跑了半天，把罗刹兵甩掉了，但也迷路了。

这三个人跑得丢盔卸甲，连粮食袋也跑丢了。又饥又渴，走了一天一宿。到第二天下晚黑，实在走不动了。来到一片草地，虽然是冬天有雪，但草还是有，实在太冷了，又累又饿，就打扫打扫雪，在草地上躺下来，因为跑了一天一宿，实在太乏，躺下来就睡着了。

那时的人出门都带狍皮口袋，在雪地里睡觉往里一钻就可以，把脑袋也可以装进去。到了半夜，荒火起来了。不知是从哪里来的荒火，就朝这三个人烧来。这鹰急了，就扑打这三个人。这三个人睡在狍皮口袋里，睡得又死，外面着火一点儿也不知道。可怎么办？这些鹰就也不顾冷不冷，就往泉子里钻，就沾水把附近弄湿了，把狍皮口袋也弄湿了。一直到天亮，这三个人也醒了。一看四外都着了荒火，就是他们睡觉这一片没着，可是这帮鹰也不行了，一看就明白，是这帮鹰把他们救了。

梅赫勒一看这小鹰哥倒在他跟前，眼睛一张一闭，嘴也噗噗喘气，他一看头鹰累成这样，就紧紧把他揣到怀里。小鹰哥瞅瞅主人，眼睛闭上了——小鹰哥累死了。梅赫勒哭得不得了，就紧紧地抱着小鹰哥——这时天也亮了，二鹰在前引路，那帮鹰在后面跟着，梅赫勒他们一步一步回到萨布素的营里头。把他们的经过一说，又说我的小鹰怎么怎么为了救我们而死了。

　　萨布素看着小鹰哥的尸体，也是挺伤心的："真是一只勇敢的鹰哥，可惜累死了。封小鹰哥为领催，二鹰哥也是领催，给小鹰哥记了功、加一级。"以后梅赫勒回到瑷珲，又做了一个小匣，把小鹰哥放在里面。回宁古塔的时候，把小鹰哥带回来，埋在镜泊湖南山顶上。传说还立了个石碑，上面写"鹰哥领催加一级之墓。"是满文的，以后这个山就叫"鹰哥岭。"

第五十五章 萨夫人千里探夫

（一）

宁古塔自从萨布素领兵出征之后，家是由另一个副都统来管理的。萨布素的苏木夫人经常到衙门里去，她上面有一个老母亲，下面有两个儿子，同时还要照顾这些左邻右舍，那些家有人出兵去了，需要照顾。家里还有一个英明的老风水先生，一天总是很忙。东家有事来找，西家有事来问，老夫人总是在所不辞，都是尽心竭力地来解决。

这一天，她正在衙门里商量事情，忽然家里人来找，"可了不得，家里老太太病重，忽然得的病，让你赶紧回去。"萨布素的老母亲那时八十多岁了，平素很是健壮。

临走时，萨布素再三嘱托："老额娘，你要千万注意。饮食上要注意，冬天不要外出，夏天吃完饭也不要到阴凉地方去。"意思是怕她受风。可是老太太是一个待不住的人，整天不是干点这个，就是干点那个。从打萨布素走后，也是很惦念的，她就这么一个儿子。一入冬老太太的身体就不太好，萨夫人一直很注意她的身体，她一出门总有人陪着。

萨夫人在衙门里听到这个信儿后，就赶紧往江南家里跑。回到家一看，坏了，老太太躺在炕上起不来了，也说不出话了。赶紧请中医来看，一看是中风，这就抓药煎汤。但是到岁数了，吃个药也起不来炕了。

萨夫人也不到外面去了，就一心一意地侍候婆母。衙门也来人问是不是要给萨布素都统去个信儿，这时老母亲也清醒一些了，说不出话来，紧个摆脑袋。苏木夫人就问："是不是你不想让你儿子回来？"老太太点点头。苏木夫人也想："萨布素身负着国家的重任，不能随便回来。"只好谢绝了衙门的好意，而且再三说不要给萨布素送信。他知道了，还回不来，更着急。

这样，过了一个多月，老太太不行了。临死的时候，老太太让苏木夫人把身子翻到北面去，看着北方咽气了，享年八十一岁。衙门里赶紧张罗后事，简单地安葬起来。和萨布素父亲并了葬，埋在一个坟里头，也就是现在的将军坟那地方。苏木夫人把儿子的灵扇子挂到前堂，户下的人都过来吊孝。出殡那天，全宁古塔的人差不多都打发人去了，那是人山人海。两个孙子也不小了，在衙门里本旗当佐领，也是新近提升的，陪陵守孝。

把老太太埋葬之后，苏木夫人哪里也不去了，就在家守孝。要守孝一百天。在家教两个儿子弓刀枪之法，又督促他们学习兵书战策。苏木夫人兢兢业业，教子有方。

一天，萨夫人仍在家守孝，梅赫勒老嫂子打发人来了。萨夫人赶忙过河到了城西——现在的洪成大院。梅赫勒那时和萨布素一家就像一家人一样。老嫂子一看苏木夫人来了，说："我有点事想求求你！"

"什么事？说吧！"

"我儿子去出征后，捎来过一封信。我寻思是冬天了，给他做了一身棉衣，我想给他捎去。另外再拿些散碎银子，不知有没有方便的人捎去？我的身体也一天天不行了。"

苏木夫人说："行啊！"又看看梅赫勒老寡妇的生活也并不充裕，就把衣服拿回去了。回到家里，就打发人给她送去一些米、肉，还把自己新做的衣服送给她。告诉这两个人跟老寡妇说："有什么事就来找我。"这两个就去了。

（二）

在萨布素老母亲死了有一个来月的工夫，一天从江里上来船了。一看是一些哼哼呀呀的老人病人上岸了，还有老牛。萨夫人一问是从北边回来的，是吉林派去的五百户返回宁古塔来了。同时还见到了小昌顺的养母。这老姊妹一见面抱头大哭，多少年没见了，她就把北边她和小昌顺怎么到的乌扎拉村，萨布素怎么和昌顺相认，以至小昌顺怎么参军都和苏木夫人说了。

萨夫人很高兴。萨布素他们父子相认了，老嫂子又来了，老姊妹一起到了这里，一听说老太太已经故去了，老嫂子赶紧到坟头，祭奠一次，痛哭了一场。

回来以后，和萨夫人一起安排这剩下的几百来户的食宿问题，眼瞅入冬了，也很复杂。张罗住处、吃粮，还得准备烧柴，一直忙乎了一个多月。总算是安排好了，萨夫人想：吉林为何不把这些人接回去呢？

一天，衙门收到北边来的文书，提到萨布素降职了，在营前行走，免去主帅职。苏木夫人心里咯噔一下，不知道萨布素犯的是什么罪，圣旨到底是怎么下的，心里很不安。

这时宁古塔都传开了，说萨布素被免去主帅职任。大家愤愤不平，说："这样快回来得了！"有的人就要去，可是衙门也不知道萨布素为什么免官。宁古塔的这些人怎么也是捂不住了，这个到衙门来打听，那个到衙门来问。到底是什么事情让老将军被免职，可是衙门也说不出来，大家都挂念萨布素。以后又来信，说萨布素带二百人在打先锋，大家更觉得惦念。

留守宁古塔的副都统说，不管怎么的，我们都准备一些东西到那里去：一是探听探听大人究竟怎么回事，有啥困难没有；二是拿点东西慰问慰问宁古塔的兵。

这一说不要紧，各家各户都忙乎起来了。这个给他儿子准备衣服，那个给她丈夫拿酒、拿肉。衙门里又准备了一些东西，这样就有五六车衣服、二三百坛的酒，准备了五百担老米，不是现在吃的大米、小米，就是稷子米、散米子，宁古塔那时这是最好的粮食。还有二百多头猪，还有家乡土产，像榛子啦、木耳、蘑菇这些东西，也带不少，一弄就二三十车。

谁去送呢？大儿子还不能去，在家还要守孝。只好让苏木夫人去吧，另外还去两个协领，带些兵丁，一大队人马从宁古塔出发了。

一道上都有驿站，倒不怎么困难。只是到冬天了，愈往北去，就愈冷。苏木夫人虽然五十多岁了，但不愿坐车，还是骑马。到了瑷珲，彭春、郎坦赶紧打发人来迎接。虽然萨布素被免去主帅，但还是副都统，和他们都是一个级别，唯独彭春是个爵位，是个都统，比较大。

苏木夫人进了城后，拜见了彭春、郎坦，他们都认识，因为都到过宁古塔。彭春双手把礼单接过来，送到仓库。赶紧开了佐领以上的会，把宁古塔来慰问的事说了一遍。大家一听，大小官员、士兵都来了，帐篷里就热闹了。瑷珲的人就打听家里的事，父母亲怎么样？收成怎么样？

萨夫人一看梅赫勒寡妇的儿子没在，一些和萨布素原来比较近边的人都没在，心里就觉得是个事。彭春看出来了，说："萨布素大人在西面打仗，出去几个月了，仗打得很好，体格也挺好。我已经打发人去，请萨布素和昌顺回这里来。"

这就等着吧，把送来的东西按旗分下去了。还打发人送一些到前方，告诉这是宁古塔送来的东西，把要捎的口信也带去，说宁古塔今年年头挺好，家里也不错，希望他们安心作战。

没待几天，萨布素带着儿子回来了。一看，萨夫人穿的是素衣，萨布素马上问："老太太和梅赫勒老嫂子到底怎么样？"

夫人说："嫂子那里倒挺好。"

"老太太呢？"

萨夫人没吱声，萨布素抬头看看小昌顺，说："孩子你过来吧，这就是你的生身母亲，这孩子已经长得这么大了。"

苏木夫人二十多年没见这个小儿子，小昌顺也没见过母亲，赶忙跪下抱头痛哭，说："妈呀，我一小就离开你，不能侍候你，是很不孝啊！"

萨夫人说："孩子，你快起来，你的养母把你养大，你能很好侍候她，我就很高兴。"娘儿俩这样唠了一阵，萨布素觉得有事，又问老太太怎么样。这时，萨夫人就把老婆母如何故去的情况一说，萨布素一听，特别难受，赶忙把帽子和红铠甲脱下，面冲南跪下痛哭。

件件事情都冲在一起：想到老母亲病重自己没有侍候，没有送终守孝；想到了老母亲的一生，又想到了老父亲；想到自己现在的遭遇，又想到恩师沙尔虎达。人就是这样，遇到伤心事，许许多多的往事都会勾在一起。萨布素越想越难受，真是号啕大哭，几次都哭得昏过去。

大家一看萨布素从来没有这么哭过，跪在那里起不来了。萨夫人把孝拿出来，萨布素戴上后第二次跪倒。萨布素、昌顺都穿上孝服，望空拜祭一次。彭春说："我们举行望祭！"这样，宁古塔的将士都举行了望祭。

（三）

再说前线，萨布素走的时候就安排了宁古塔赫舍里协领代替萨布素职务。萨布素说："我们待在这里等候瑷珲来公文，没啥事了，要提高警惕。"小昌顺也走了。奥兰特就教女兵练箭练刀。奥兰特从小昌顺那里也学了一些满文，就教女兵学点字。女兵每天学文练武，也很高兴。昌顺一走，总觉得心里像是丢点儿什么似的，就给小昌顺绣个箭袋。那些姑娘一看就和她逗乐，"你绣的箭袋也不是女的用的啊，你是给谁的？"

奥兰特脸一红，知道是故意逗她，也不吱声。姑娘们说："你就说出来得了呗！"

奥兰特说："不要胡说。"

"那你绣了给谁呢？"

"不一定给谁，谁打仗有功我就给谁。"

姑娘们说："我知道是给谁的，是给昌顺的吧？"奥兰特起来就撵，她们跑不过奥兰特，被奥兰特一手抓住一个，一边捶，一边痒，这两个姑娘服了："姐，我们再也不说了！"

"死丫头，你们要再说说试试。"这一下一传十，十传百。这事传得快，有人就故意来问："你绣得怎样了？"奥兰特也不敢当人面绣了，就找没有人的地方去绣。一针一针地绣，一面想小昌顺，把玉石坠子拿出来看一看。

再说说乌库兰，自她入女营以来，从不多言多语，一心一意跟老大人练武、学兵法，各方面都有长进，很受姐妹们敬重。

一天，瓜尔佳姊妹来找乌库兰说："老大人教我们的兵法，你学得怎么样了？"

"我也学得不怎么样。"姐仨又找了奥兰特，说："我们三个想再进一步学一学兵法。"奥兰特说："我们这样学不好，我们边学边干，练练咱们女兵吧。"众姐妹都说这办法好。于是奥兰特把这打算就和赫舍里协领说了，赫舍里协领很赞成，就开始部署练兵了。他把练兵人分两拨，一拨当大清兵，一拨当罗刹兵，像萨布素练兵一样。

"谁当敌人呢？"赫舍里协领说："我给你们找一拨男兵当罗刹兵。"就找了刘黑塔、魏海、八兄弟等二三十个。对女兵说："你们能把他们打胜就不错！"

奥兰特一向看重乌库兰聪明好学，就提议让她和自己共同率众姐妹练兵。刘黑塔他们一看是这些姑娘，没把她们放在眼里，寻思对付她们还不是易如反掌，说："这样吧，我们守一个城，你们能攻下我们就认输。我们就每人给你们磕一个头。哎！用不着攻进来，就是把我们引出去，我们也认输。"

奥兰特瞅瞅他们说："真的吗？""真的！"就在城外修了一个土围子，男兵在里头，女兵在外面。可是攻一次就叫人家打下来了。女兵寻思，我们在四外拉上柴火，放火就把他们熏出来了。女兵们就嘻嘻哈哈地拉起柴火，赫舍里说："你们这算什么打仗的，净逗乐！"这女兵们一想是这么回事，就严肃起来了，在四外堆起了柴火，男兵们用扎枪挑开，火还是拢起来了。

男兵们想招灭火，还是不出来。乌库兰一寻思，就和她们几个叽叽喳喳一说，她们听了都乐，说这个办法挺好。奥兰特带了女兵到土围子跟前，说："里面的人注意，我们要攻！"

男兵们在里面笑道："来吧，你们攻不进来。"女兵装模作样地攻了，攻不进去，一连三回都攻不进去。乌库兰说："我们对换吧，我们在里面，你们也攻不进去。"这一下子男兵们呼啦一下出来了。一出来女兵们拍手直乐，"你们不是都出来了吗？"

男兵们一听才知道是上当了。魏海说："这不能算，你们把我们调理出来的。"

乌库兰说："打仗的时候，你们听敌人的话啊？敌人让你们出来就出来啊？"

魏海一听脸臊得通红，是啊，我们怎么忘了她们是敌人呢？听了她们的话了。跟赫舍里协领一说，协领也乐了，你们还斗不过这些女将！这些女兵非要男兵磕头，男的不干。魏海说："不行，我们说了，就得磕头。"就带头说："女将在上，末将有礼。"就磕了一个头，这样大家乐一阵就算结束了。

赫舍里协领说："这次演习搞得好，它告诉我们无论如何不能上敌人的当，上了当就要吃亏，对我是挺大教育。"

练完兵，奥兰特说："我带几个人去打打围，打几只狍子，我会做狍子肉锅贴。"有人问："怎么做？""把铁或者铁片烧得热热的，把狍子肉切成小薄片，蘸上咸盐面一烙，可好吃了。"大家也听说过，一听很高兴，就一起出去打了两三只狍子。想把那一拨一起演习的男兵叫来一起吃，一看肉不够，就又出去打狍子。这回打得不少，打回来七只狍子。大家一起动手，把狍子肉切得很薄很薄，用大瓦盆装好了。乌库兰去找魏海去了，说："魏海大哥，别看你们打败了，我们请你们到我们那里去开庆功宴，到我们那里吃狍子肉锅贴。"

魏海说："我没吃过狍子肉锅贴。"

"你加小心，不要撑坏了脏肚子。"

"好吧。我们可不白去，我们带点酒，一起喝点酒。"

"可不兴喝醉！"

"不能喝醉。"

"我们把年糕也带点吧。"这样带了些东西，又到营里打点饭。把赫舍里协领也请来了，两边有百十来人，锅不够，就把铁盔等凡是铁的可以烧热的东西都拿来了。开始烤肉，烧得糊巴巴的，大家都说好吃。

魏海说："我听说你们会跳舞，给我们跳个马克兴舞好不好？"大家齐叫好，"我们给你们打空齐①。"

奥兰特瞅瞅京里来的几个兵说："我们跳是跳，跳完了，请京里的人给我们打八角鼓，再给我们唱一唱。"爱唱的人架不住三让，这样连吃着，又跳起来了。男的用手打空齐，女的就翩翩起舞。

奥兰特、乌库兰、瓜尔佳几个跳得特别好，会跳九折十八式。男的也有会跳的，跳得起劲的时候，男的也下场。京里的人跳八角鼓舞，又给唱了歌，八角鼓不大，有六七寸，八角的，底下一个大穗两个小穗，挂着像大钱一样的东西，用手一拍哗啦哗啦直响。有人会配的可以配三弦、琵琶；没有配的像唱大鼓似的唱道："谁家小孩儿一条手巾拿在手中，蒙上二目装蒙，一张手满屋碰，想向东碰向西碰，碰来碰去碰得更蒙。"大家一听挺乐，就连唱带晃脑袋。大家都说再唱一个，就有唱"四大景"的，唱"倒提蓝"的，都是从京城传过来的，一直玩到深夜。

第二天，乌库兰找奥兰特说："大姐，咱能不能再去打狍子，我们吃这个肉是真好吃！"

奥兰特说："你真是个馋丫头，吃了还要吃，那好，你带几个姐妹再去打几个去。"乌库兰带几个人就去了。

这回去了，没碰到狍子，碰到一只鹿。她带着两个女兵追，鹿跑得快，她也追得急，一下子掉到深崖里去了。没到山底，她看到一棵老树，赶紧抓住。这时一看上面是立陡的石碴子，往下是黑咕隆咚的深沟。她看下面还有缓一点儿的坡，就慢慢地朝下爬，到下一看是潮乎乎的，是两崖夹一沟的地方。出又出不去，往下走还不敢走，迷路了。天黑了，她带着火石火镰拢起了火堆，待了一宿。

（四）

第二天早晨，她将要出去，就看到前面有两条大蟒，有一尺多粗，

---

① 打空齐：满语，即拍巴掌。

可把她吓坏了，大蟒吐着红芯子，径直奔她来了。她赶紧往后退，退不几步，哎呀！后面又出来一条大蟒。她仗着自己身子灵，一蹿蹿出石碴子地。这条大蟒一看，刚才的那个人怎么没有了呢？一看南面来的蟒就来气了，准是你吃了。北边的大蟒也在寻思，我刚要吃，人没有了，一定是你吃了。这两条大蟒就打。打得可真激烈，两条大蟒缠在一起，互相咬。

开始时乌库兰很害怕，这两条大蟒互相咬，血花蹦得很高。以后看看就不害怕了，就在一边看呆了。南边的蟒寻思，我非把你治死不可！我眼看要到手的东西，你给我吃了。北边的蟒也这样想，又继续打。北边的蟒比较细一点儿，打不过就跑了，南边的蟒寻思，好小子，你歇我也歇着，就一起歇着。

北边的蟒受伤了，它鼓蚯鼓蚯到了一堆草前，一舔就有精神。这时乌库兰身上也浑身是伤，滚得挺难受，又疼又饿。那两条大蟒又打起来了，结果粗蟒没打过细蟒，一下子就把粗蟒咬死了，细蟒就进洞了。

乌库兰很奇怪，我也试试。就到了草跟前，咬了一口草吃了。吃了觉得精神百倍，伤口也不疼了。再吃一点儿，身体就更好了，这真是好草！一高兴都忘了拿点这种草。吃好了，上还上不去，这可怎么办呢？往上瞅，听到有人在招呼说："我们一定要把她捞上来，就是死了也要把尸体捞上来！"

乌库兰知道是救她来了，就往上爬；爬也爬不上去，上面下也不好下。听到有一个粗声粗气的声音地说："你们真是笨，让我下去。这事我没少干，这种碴子我没少爬。把大绳子拴在我身上。"又拿了两个生铁钉说："好了，这就是我的家把式。我让你们松你们就松，我让你们紧你们就紧。绳子上有铃，铃晃了你们就停。我晃三下就往下放。"把信号定好了，就一点一点往下放。

这时那条蟒又出来了，一看自己的草让人吃了一些，就急了。一看人在那里，一拧颈就冲上来了。乌库兰没有武器就躲。正在这紧张的时候，魏海下来了。眼瞅着红芯子就要碰到乌库兰了，魏海晚来一步的话，乌库兰就动弹不了，就得被吸进嘴里。魏海一看什么也不顾了，立刻抽刀向前。这大蟒只顾前面，没有注意后面有人。只听咔嚓一下，魏海把大蟒砍成两截。大蟒回头一看，我的尾巴呢？一看已经两截了，就倒下了。

乌库兰一看是自己人来救她，一松就瘫下来了，动弹不了了。魏海瞅瞅她，怎么办呢，人家是个姑娘，自己是个小伙子。可是也没办法了，只得把大布袋带子拿下来，把她捆上了。魏海有劲儿，就一步一步把乌库兰背上来了。下面一拽，上面就把绳拉上来了。上来一看，魏海背着乌库兰，想笑吧还不敢笑，这老小子背一个大姑娘，有捂着嘴乐的。魏海也觉得不得劲儿，赶快把带子放开了，把乌库兰放下了，奥兰特和瓜尔佳姑娘赶忙上来看摔伤了没有。

这时大蟒一看草就剩下一半了，气坏了，张开嘴就把草都吃了。大伙一听说下面有大蟒，就有人下去把两条大蟒都拽上来了，把蟒皮扒下来了。会做八角鼓的可高兴了，这可以做八角鼓。撕了一大块儿，准备做刀鞘。对奥兰特说："这个给男的做刀鞘可好了。"奥兰特一听也割了一块儿，她寻思给昌顺做刀鞘。

蟒肉被大家烤吃了。忙乎了一阵，天也黑了。休息的时候，奥兰特对乌库兰说："人家魏海把你救上来了，你怎么不去答谢答谢？"

乌库兰说："我也想去答谢，可是我怎么去谢呢？"瓜尔佳姑娘接上了，"人家是救命恩人，你就要一心一意。人家魏海也长得不错嘛，又勇敢又机智。岁数比你大一点儿，我给你们说一说，搭个桥，你们是挺好的一对。你挺大一个姑娘，趴在人家背上了，不和他成，说出去有点碜哪。"大伙早就有这个想法，把乌库兰许配给魏海还挺相当。

乌库兰说："别胡扯了，人家是恩人，又大小是个头目，他能愿意要我吗？"

魏海回来以后，那些人也逗他："魏大哥，你这次可干了一件好事。"

"什么好事？"

"你救了一个人了。"

"那我也是奉命去的。"

"你背了一个大姑娘上来了。"魏海虽是个英雄，听了这话，也觉得怪不得劲的，脸红了。

有人说："这背上来，不白背，将来我们两下一说，这就妥了。"

魏海听了心里也一动。不管怎么说吧，都是二十六七的人了，过去当山大王是谈不到；在关里学武艺想不到这事；到了清兵营一心打罗刹也没想这事，况且军营里没有女兵。这次大伙儿一说，魏海下晚黑一个人也寻思："是啊，我也不小了，是应该结婚了。"又一想乌库兰长得也挺好，武艺也不错，正寻思时，在他旁边睡觉的人说："魏大哥你怎么睡不着了？是不是大伙儿说到你心里去了？你要是有心，我们明天到女营那里听听消息。”魏海是个直性人，怎么想怎么说：“唉！别胡扯了，要是人家不愿意，那多砢碜啊。”

“那有啥？一家有女百家求，不愿意就拉倒。我们跟她算算账，忘恩负义，人家为什么要救你，因为人家看中你了。”

魏海说：“别胡扯了！”他紧个说别胡扯了，可也不拦。

第二天早上，这些兵说我们请个假，到女兵营去探探消息，就出去了。打发了两个能说会道的。魏海说：“你们回来，回来！”他们回来了，“我看别去了，如果人家不同意多砢碜！”

“得了，乐不得的事，我们去办得了。”

魏海说：“那我还有些东西要捎去，行不行？”

这俩小子一听挺有意思，说：“行，你要捎什么？”

“我昨天背她，她身上掉下来一个荷包，我捡起来了，忘给她了。”就拿出这个荷包。那俩小伙儿说：“那好吧，就当送还荷包去了。”

刚一出门，就碰到乌库兰、奥兰特和瓜尔佳姑娘。正好来了就不用去了，一起进了营帐。这魏海因为心里有想法，就抹不开了，说话也结结巴巴。乌库兰因为大伙儿说了，也不像平时来那么大方，两人就不吱声了。乌库兰被瓜尔佳姑娘捅了一下，就说：“魏大哥，你不要的话送给她得了。”那意思就是如果你同意婚事就给留下，这是当时满族的习惯。瓜尔佳姑娘一看，这是一个好机会，就敲边鼓，“是啊，你就把荷包给他得了！”乌库兰就接过荷包双手捧着，说：“魏大哥，你如果不嫌弃的话，我这荷包就送给你吧！”

魏海心里嘣嘣直跳，想接又不好意思接。最后想人家有这个诚意，就接过来了。摸了一下自己身上，摸出一把牛角刀，像小腿叉子似的，刻着龙头。给乌库兰，说：“我把这个给你吧！”乌库兰很高兴地接过来了。大家一看也很高兴，这样两个人就更近边了。可是军队里不准结婚，就这样规定的。乌库兰说：“等打完仗，回宁古塔再成亲，在那里安家落户，盖几间小房。”

魏海说：“我还是当兵。”

乌库兰说：“你当兵也好，我在家干点活，没事的时候常在一起。”以后魏海真在宁古塔落户了。后来萨布素又到黑龙江，他俩就到了卜魁(现齐齐哈尔)，在萨布素衙门的汉军旗里，一直升到协领。

奥兰特一看俩人成了，挺高兴，更惦念小昌顺了。自己就抓紧时间做箭袋，又问别人蟒皮刀鞘怎么做。别人告诉她，她就做了蟒皮刀鞘，等着昌顺回来。

这时，瑷珲的军队和萨布素的远征军都比较安定。苏木夫人住了几天，就回去了。萨布素也打算回住防地去。这时，探子来报："东边来了一伙赫哲兵，把我们的粮食截去了，把我们的人抓去也不放。"

彭春纳闷，"他们是些什么人，你们没说我们是宁古塔的大清兵？"

"我们说了，我们说的是吉林兵。这探子是吉林来的。我们一说是吉林兵，就更坏了，把我们二十多人也都抓走了。"

彭春一听这下急了，说："点兵！把这帮抢军粮的人消灭它！"

萨布素也纳闷，这一百多赫哲人怎么就抢军粮呢？就问："他们穿的怎么样？"

"穿得破衣罗梭。"

"都是什么样的人？"

"一百多人里有五六十个小伙儿，拿着弓箭，都挺勇猛。"

"有火枪没有？"

"没有火枪。"

"赫哲到这里一千来里地，你们问他们是怎么来的了吗？"

"我们问了，是不是罗刹派来的？他们说：'我们也是打罗刹的，我们没吃的了，不用问，这粮食我们留下了。'"

萨布素对彭春说："不能出兵，这一出兵，可能要误会。不知这些人来路是怎么回事，要打听清楚。"

"好吧！"就派人去打听。这拨人到底是怎么回事？且听下回细细讲。

第五十六章　诚感赫哲人

（一）

这些兵确实是从赫哲那里来的。原来事情是这样的：巴海自从萨布素领了吉林和宁古塔的兵走了，听从了总管想出的几条毒计，不给粮给老弱兵，给萨布素造成很大困难，出不了兵。可是这些问题一一解决了。后来巴海上本萨布素被免官，虽然出了口气，但皇上没起用他，却让彭春、郎坦接任了，因此心里也有些后悔，老头子自己在屋里来回走，心里很烦恼：这样自己弄得一不够仁，二不够面，没达到目的。

有一天，他把总管找来，说："你看看，什么事都没妥。我也没去，我还有什么脸面见萨布素？我想把关系恢复恢复，可是没有去找。我为什么得罪萨布素，还不是为了听你的话吗？"

总管带笑不笑地说："将军，你跟我生气也没用。你要是信我的话，我再跟你说一个事；你要是不信我的话，你要大祸临门！"

巴海说："怎么回事？"

"怎么回事？明明我们是粮食丰收的，你报了一个歉收，纸还能包住火吗？这是一；二是你不给运粮；三是你送老弱兵去。将来他们回宁古塔，还不上本奏你？这叫三罪归一啊！就是有什么功，也不行了。"

巴海一听傻了，"那依着你的意见怎么整？"

"咱们现在军队不足，不如到北边去再招一两千人，有了军队，你又有世代功勋，就不怕了。你有军队，可和朝廷讨价还价，如果朝廷要责怪你的话，你有兵，可以占据这个地方，向朝廷要官。"

巴海说："这可不行！"

总管说："你要保大清，就没有出路，你要是占了吉林这个地方，就能和它对抗一下。"

巴海说："不行，我们世代受皇上的恩典；另外我是大清的官，以后你不要再说这件事，再说我就杀了你！我的事做得不对，我再想办法。"

总管一听心里害怕，以后萨布素一定要追责任，肯定要追到他这里，那不是没命啊！巴海有功，死不了，顶大是降降职。官是世祖爷封的，别人不敢动他。

总管回去后，一直琢磨这些事，哎！有了。第二天又去见巴海，巴海对他比较冷淡，总管说："将军啊，昨天我讲的确实不大对，能住这样的房子，全依仗皇上。可有一样，我告诉你呀，要想说话办事，一定要有基础。萨布素回来，你想和他言归于好，不失你的面子，你又没有兵，一旦萨布素知道真情，要造反，你用什么来对付？萨布素虽然丢了官，但仍然是有威望的人。人家要是在营盘里一说，一两千人还是听人家的。你手里连三百兵也没有，我说你应该再建一个新满洲，奏报皇上，建立新八旗。奏报皇上，又有兵了，也有功了。皇上看你又编了一个新八旗，他也有力量对付萨布素了。他萨布素如果要造反，你可以领兵打他去。"

巴海一寻思可也是，心又活了。一旦萨布素知道真情，要反了，我这三百兵好干啥？我再扩一些兵，上报朝廷，康熙帝该怎么高兴啊！就是那些事露出来了，这个事也能过得去。不过又一想，前些日子盛京来送文书，说不要强迫边远居民到宁古塔和吉林安家落户，让他们在当地安排好，这可怎么办？总管就乐了，又说："哎！依我的意见，是不能强让别人来，如果赫哲人自己愿意到吉林来，咱收不收呢？"

巴海说："那我当然得收了。"

"你收了怎么办呢？"

"我收了把他们编入八旗。"

"这不一样吗？我们就说，那边挺乱的，赫哲人不愿在那里。要到吉林来，这不就得了吗！我们这样有什么不可以的呢？"这一回总管的花言巧语把巴海说动心了。

巴海说："那我就委派你去，你带一百人去，想办法把他们收编过来，我把他们编到旗里。"

"好吧。"总管就点起一百个人，昼夜奔赫哲地方来了。

（二）

　　赫哲人在乌苏里江两岸住，是靠狩猎和打鱼为生。一般的风俗习惯和满族很接近，说话也和满族差不多。长得很剽悍、很勇敢，也很质朴。很早就归附了老汗王。随同入关后，和达呼尔人一样，是一支很勇敢的军队。直接到了云南去的，后又带来了，在平定三藩的过程中立了很大的功劳。

　　赫哲人对大清是忠心不二的，有些赫哲人到了京城都做了很大的官，有的都授到光禄大夫这样的荣誉衔，并没有想挪动挪动地方，生活得很安心。另外那个地方水草很丰盛，尤其是大马哈鱼来了，每次都吃不了。用鱼片子当食粮，用鱼皮也可以做出花纹衣服，甚至一些器皿也可以用鱼皮来做，以后人们都叫他们鱼皮鞑子。

　　巴海打发总管去，总管心里很高兴：虽然不是朝廷的钦差大臣，可也是将军打发我来的，多少可以发点财；我要是收编了一千户，那将军怎么也得放我一个协领、副都统当当。这样他挺高兴地到了那里。

　　赫哲人一听是将军打发来人了，就杀些牲口，准备些楞子米，又打些鱼，忙忙乎乎地准备。总管到了，赫哲的头目人穿上朝服去迎接他。实际上这些头目按品级比总管高，总管只是临时的一个官。但是总管傲然地坐在正座，大家一看，这人怎么这样傲然自大？赫哲人一看他穿的是四品级服装，也不高，也不让个座，单等人问安。赫哲的头目捏着鼻子给他请个安，心里很不痛快。总管寻思你们应该给我磕头，单请安是不行的，心里也不高兴。

　　总管把脸抬得高高的，拉长了声音问："你们有多少户啊？你们知道我这次来干什么吗？"

　　"不知道。"

　　"我这次来要把你们两千户统统地搬到吉林去，这地方不要了。"头目人不吱声。

　　总管看他们不高兴，把脸拉长了，"你们不是服从将军的命令吗？"

　　头目人说："启禀大人，我们不能走。现在罗刹就要夺我们的国土，我们一走，他就把大清国土夺走了，这能行吗？这国土我们是费了多大的力量才保卫住啊！人家萨布素几次到这里帮助我们安家立业，我们现在已经组织起来，准备对付罗刹。我们走了，这块土地让罗刹占了怎么办呢？我们怎么对得起当今皇上呢？"

总管立即说："这些事不用你们担心，有将军在吉林镇守，罗刹不敢来。"

赫哲头目人说："不是这样吧，现在罗刹是很猖狂的，你在吉林好几千里，在那里镇守，不清楚这里的情况。敌人怎么就不敢来了呢？希望大人三思。"

总管拍桌子骂道："你们这些混蛋！真是化外之民。我奉将军之命，就是将军！可是你们连头都不磕，成何体统！把他撵下去。我给你们三天，把两千户都召集来，否则小心你的脑袋！"这些头目不吱声就走了。

有人捅咕了总管一下："三天太短了，他们住得散，三天走不到。"

总管一听，说："你们回来，不是三天，给你们半拉月，半拉月拿不来我拿你们是问！"

这些头目人一出门就议论了："巴海将军怎么回事，又要把我们迁到吉林去编新满洲，我们不能去。"

"他在这里作威作福，也不好办哪！"

"这么办吧，让他自己去访问访问，过几天我们就说服他了，他既然知道大家不愿去，就不会再收了。"

又过了三天，这些头目人来了，对总管说："启禀大人，我们问了七八十户，都不愿走，一个是本乡本土；一个是要守住这块国土，防止罗刹兵来。请大人到下面访问访问。"

总管一听："好哇，这是你们故意来看我的能耐，哼！我不用你们，你们在这里吧！"就把这十几人软禁在那里。那些人也没办法，只能待在那里。

总管把带来的人分成五六拨，说："这回咱们自己动手，到那里我们就抓人，抓够一批往吉林送一批。"这些人挺高兴，这样抓人也能顺便抢点儿东西，总管也是这个意思，这样就下去了。

一下去啊就热闹了，人家考虑这是将军派来的，也不愿意得罪他们。大伙儿就说我们调理调理他们，就对他们说："明天我们设宴招待你们！"这些士兵一听，还是我们出兵的好，否则别人对咱们不会这么好。

第二天，第一拨十来个人就去了。那里人也把酒席准备好了，这些人见酒不要命，就喝起来了。喝到带醉不醉的时候，一个赫哲人头目就说：来人！就把这十来个人都软禁起来了。

还有一拨人想抢点东西，这些人说这好办，在屋里放上几张皮子，然后在门上放上两个木桶，搁上机关，一开门，大圆木桶就掉下来。咱也伤害不了他，抓一个就软禁一个。这样各家门上都搁上两个大木桶，这些兵一看屋里没人，正好抢东西。就推门进屋，咣当！大木桶掉下来就把人扣住了，人家就像抓小鸡似的抓了。这一家这样，那一家也这样，把十来个人都抓起来软禁了。

有二十多个人到另一个村庄抢东西。赫哲人说这些人要抢东西，我们下晚黑把衣服偷出来，现在是冬天，冻他们两宿。他们也不敢出来，咱们再帮助找，就说找不到。咱们送点柴火，把屋里烧得暖暖和和的，别把他们冻死。"好，就这样。"大伙儿就走了。

这二十多人到了屯子，也是气势汹汹的，说："你们快编户好！你们都上吉林。"

"好，我们都上吉林"。他们看这里人挺老实，又招待他们喝酒吃肉。一到晚上，把他们的衣服全偷出去了。第二天一早上，你瞅瞅我，我瞅瞅你，衣服全没了，外面还下着大雪，出不来了。一看柴火在门口堆了不少，就拢起火，喊"来人哪！来人哪！"也没有人来。

过了三四天有人来了，问怎么回事，这些兵就骂道："混蛋，衣服怎么没有了？"

"哎哟！怎么衣服让坏人偷去了？我们帮着找一找！"说是找，找啥呀，又圈起一拨人。

再说总管带出没有多少人，赫哲人说，我们得调理调理这个总管。我们把所有的粮食都偷出来，让他饿着；每天送一点儿粮食，让他们熬点粥喝，饿不死。就假装对总管说："大人，我们想通了，跟你到吉林去。我们收拾收拾，先去一批。"

总管高兴了："你们早就应该这样了！你们回来再和左邻右舍讲一讲，让他们都去。"那时他也不敢像当初的时候那样打骂了。

到了下晚黑，这些人把仓库的粮食都偷出去了。第二天，要做饭，一看没米了，报告总管，总管挺生气："怎么，我们带的粮食够吃一两个月，怎么就没有了呢？那就光焖肉吧！"一找肉也没有了，这样干瞪眼也没招。

饿了两天，赫哲人来了。总管就骂："混蛋！我们的粮食全让人偷了，是不是你们这一伙人干的？"

赫哲人说："大人，我们是愿意到吉林去的，我们怎么会偷你们的粮食呢？我们一定帮你们查一查。我们给你们送点粮食来，可是我们的粮食也不多。"就拿了一盆米，这些人只能熬一点粥，吃不饱也饿不死，这样对付了十几天。

有些赫哲年轻人急眼了，他们就要逼我们上吉林了，我们不能干。就组织一支一百多个人的队伍，咱们不去，他们一半会儿不能走；咱们朝西走，找达呼尔人去，和他们合在一起。咱们碰到罗刹打罗刹，碰到清兵打清兵。逼得咱们活不了，咱们就造反，和吉林兵对抗。这一伙人就走了。还有一些受朝廷封的人说，咱们到盛京告状去，就又走了一拨。剩下的人都跑到深山去了。

总管成了光杆司令，也饿得够呛，想抓人，一看到处没有人。到各屯一看，他的那些人被锁在屋里，有一拨还没有衣裳，气得大骂："你们这些混蛋！真没有能耐，看我的！"其实他也饿了好几天，也被调理了。没法，打扫打扫人回来，人是一个没死。赫哲人不杀他们，这样空手而回，一事无成。

（三）

回到吉林，巴海这下可害怕了，人家到吉林、盛京告状去了，寻思都是听总管的话，我才上了这个道儿。就越寻思越来气，就说给我抓总管。总管一听也挺生气，说："将军，你寻思，你已经惹下大祸了。你随便断粮，你派老弱兵，你陷害萨布素。你就是杀了我，你也完！"

巴海气得大叫："来人！给我把总管砍了！"就把总管砍了。

过后一寻思，还是不行啊，我得想法弥补，就写了一份假文书，说我们到北边去了，安抚了多少民户，立了几个嘎珊达。送去了，从那开始，巴海一直很着急。

再说那一百多个赫哲人从乌苏里江往外走，他们是想，如果遇上清兵，我们就躲着；如果清兵要抓我们，我们就和清兵干。一路上准备再扩大，一直到一千人。这样在离瑷珲不远的地方，抢了清兵的粮食。

话又说回来，依着彭春和郎坦是要发兵消灭这拨人。萨布素赶忙说不行："咱们应该到那里去打听打听，看看是怎么回事。"彭春听了也同意，派谁去呢？郎坦说："我去。"就带了十几个人去了。

郎坦到了那个地方，赫哲兵一看又遇到清兵了，就问："你们是从什么地方来的？"

郎坦说："我们是从吉林来的。"

"噢，你们也是从吉林来的！"不容分说，就把郎坦抓起来了。

郎坦说："你们是什么军队？"

"你别管我们什么军队，我们和你们势不两立！"郎坦也奇怪："我是朝廷派来的。"

"你是谁？"

"我是郎坦。"

"那好吧，我们不杀你，先把你软禁起来。我们没有粮食，你给我们送两百石粮食，我们就放了你。我们和你无冤无仇，我们要攻打吉林，我们不杀死巴海不罢休。你是朝廷来的，我们井水不犯河水！"就把他们软禁起来，又放回去几个，让他们报信送粮食。

赫哲兵把郎坦扣住了，这些兵就忙忙慌慌地跑回去了，说："可了不得了！郎坦大人被扣住了！"

彭春听了就感到纳闷：为什么他们扣住我们的人，还要粮，还要攻打吉林，这是怎么回事？彭春还是想出兵把这些人抓住问个究竟，萨布素还是不同意。

彭春说："那依着你，怎么办呢？"

萨布素说："依我，给他们送去二百石粮食，我们要到那里看看去。他们要打罗刹是我们的人；要打吉林一定是发生了什么事情，没有说通，我经过这样的事不少。"

彭春说："要这样的话可得去个要紧的人，要不我们这二百石粮食白瞎了。"

萨布素说："我去。"就带二百石粮食，领着一些人去了。

走了一个时辰，萨布素告诉他们把粮食搁在这里，自己带两个人就去了。到了赫哲人那里，赫哲人一看又来三个人，一个人是官。说："好，我们再把他圈起来，再要二百石粮食。咱们先礼后兵，先把他们放进来。"

萨布素进了屋说："你们为什么把我们朝廷命官扣住了？"

赫哲人说："我们扣住你是小事，我们没杀了你就不错了。你来了也别想走，也是二百石粮食；再来一个也是二百石。来五个才好呢！你们来兵，我们就把你们先杀了！"

萨布素说："二百石粮没什么，就是你们不抓我们的人，没有吃的了，我们也可以给你们送来。你们着什么急？"

这些人一听这人说话还挺好，说："那你们粮食送来了吗？"

"来了。不仅有粮食，我还给你们送来一些衣服。"

"在哪里？快给我们。"

"给你们可不行，你们得给我说说道理，因为什么要反对我们，你们是不是大清臣民！"

"是，我们是大清人。"

"是！为什么要反对吉林呢？"

"你要是问这个是明知故问，你们是一个鼻孔出气的，你是谁？"

"我是宁古塔副都统萨布素。"一说萨布素这些人都知道，"你是不是被贬的萨大人？"

"是，我就是。"这些人开始不吱声了。后来把怎么一回事一说。

萨布素一听，出了一身冷汗，老将军你真是老糊涂了，圣上已经有旨，不能硬赶一些边民到内地去。让他们在原地安居乐业，就地垦荒练兵，保卫国土，你怎么还想往吉林调兵呢？萨布素说："那好吧，我把二百石粮食给你们拉来。缺什么朝我们要，我劝你们不要到吉林去了。"

"那他们能听吗？我们对你尊敬，你就是不送这二百石粮，你要郎坦我们也给你。我们赫哲人知道你是一个很好的大人，但是我们也不降你们。不杀到吉林，我们死不瞑目。我们得报仇，把巴海杀死。我们不扰乱百姓，杀完巴海之后，朝廷给我们什么罪我们都领。"

萨布素一看，这坏了，不拢住不行，就说："我有事和你们商量。"

"你说吧。"

"我回去把这件事跟彭春大人说清楚，让他禀报朝廷，把这事调查清楚之后你们再报仇行不行？你们没有吃的穿的我们可以给，你们不愿去瑷珲可以在这里屯兵，我们不会来侵犯你们，凡是我们军队里有的东西我们都可以分给你们。如果我打听到巴海将军真是要把你们迁到吉林去的话，国家是有王法的。"就把圣上的圣意——让他们在原地编户的话说了。

赫哲人一听，"你这是不是缓兵之计啊？你们想围剿我们？"

"不能，如果你不相信的话，我可以跟彭春大人说，打发两个佐领来。一方面帮助你们练练兵，你们的武艺也不高啊；另一方面给你们拿点武器来，拿点大枪来，你们看这怎么样？给你们武器我们能是缓兵之计吗？你们有枪了，有粮了，你们不也更有能耐了吗？"

赫哲人一听，感到萨布素说得知情知理，说："好吧，那我们把郎坦大人放回去，你们能不能给我们一点儿武器，能不能来人，就在于你了。"说完就把郎坦请出来了。

郎坦问一问情况，说我也不怪你们，你们要像萨布素大人说的那样，安心在这里。虽说把我软禁起来，但吃的住的还是很照顾。就安慰了大伙儿一会儿，赫哲人一看这两个大人还是不错的。

萨布素把粮食送进来了，赫哲人开始不要，萨布素说："收下吧，你们快没吃的了。"这样把粮食收下了。第二天又送来一些衣服，第三天又送来一些武器，还来了两个佐领帮他们练兵，这样就把这拨人安排下来了。

彭春一寻思，这真是一个事，想到赫哲人被迫造反，过去一些事也明白了。就对萨布素说："我打算进京去，把实际情况如实面奏圣上。"萨布素心里也觉得是个事，说："既然大人要回京上奏去，我也不留，不过我希望给巴海将军留点情面。巴海将军年岁大了，可能有些糊涂，有些想不开，请在圣上面前多多保奏。"

彭春心里点头，不怪大家都拥护萨布素，这种人真少有啊！搁我我也受不了。这样害我，差一点儿没整死，结果萨布素还是宽宏大量，再三为老将军说情。巴海啊巴海，你是错翻眼皮。这么一个好人，你不把他拢住，偏偏在这个问题上想不通，你犯了多大的罪啊！我为了国家，只能秉公面奏。又一想萨布素既然有这样的话，我如实面奏完了，然后把萨布素的心情也奏明皇上。

彭春告诉郎坦，让萨布素留在瑷珲，等候圣旨，你们俩一起主持军务大事。彭春收拾收拾，第二天就起程了。

第五十七章　萨公晋将军

（一）

　　彭春把军务大事交给郎坦和萨布素，自己带了几个随从往京城去，全军将领送到很远很远的地方，才依依惜别。临走时，萨布素还再三嘱托，要给巴海留情。彭春说："放心吧，我一定要秉公处理。"彭春心里很为难：不如实奏禀吧，有点欺君；如实奏禀吧，巴海要受到惩处。心里也感到过意不去。彭春领着人晓行夜宿来到盛京，盛京将军赶忙到外面迎接。彭春休息一宿，又去见了五大臣。

　　盛京是老根据地，一样是将军，盛京是比较大的，那里是陪都，设立五大臣来管理东北地区。拜访完五大臣，盛京将军就问你，这次到京有什么事情呢？彭春就把情况一五一十说了。

　　盛京将军说："提起这个事还真是一个事，赫哲族都来告状了，我把他们安置在公馆里了，人家说什么也要到京城去。另外，圣上再三问我为什么吉林送不去粮食，我把巴海将军的文书转禀到朝廷上去了。我也打听了一下，和巴海文书上说的不一致。我到许多地方问了，今年粮食是丰收的，怎么就说是歉收呢？为什么五十条运粮船预备好了，就是送不上去呢？这是个挺大的事情。另外巴海将军是不是越老越糊涂了，怎么私自到赫哲那里去私招新满洲兵呢？"

　　彭春说："我也是为这些事情。"彭春把萨布素在战场上屡立战功、怎样博得江北各族人民爱戴的情况说了。

　　盛京将军说："这样看来巴海是别有用心！"两人谈了半天。

　　五大臣也知道这些情况，支持彭春回京面奏皇上。盛京将军把赫哲头人也叫出来，说你跟彭大人到京城吧。这个人是三品官，少数民族地区的人官品大，职务并不大，因为那里人不多，没那么大的官职。但挣的功劳不小，一到三品以上就可以面君了。他们就一起去了京城。

（二）

到了京城，彭春把赫哲的官员安置到自己家里。休息一宿，就到理藩院，那时理藩院掌管一切军政大权。彭春他们到了理藩院，把这些事情一说。理藩院的官员说："巴海来的公文不是这样啊！"说完就把巴海的奏文拿出来。彭春一看就更觉得来气了，更明白了，就说："好吧！"理藩院官员说："这个事情我可不敢做主啊，还是明天早朝的时候奏明圣上吧。"彭春说："好吧。"

第二天早朝的时候，彭春准备了一宿就上朝了。三拜九叩完了，太监说："启禀皇上，北边彭春已经回来。"

康熙帝说："宣他退朝之后到便殿见我去。"彭春领旨，下朝后吃了早饭到西便殿去了。

到养心殿，太监领着彭春进了屋。康熙帝正坐着，彭春重新朝拜，康熙帝说："来人，赐座。"就让他坐下了，康熙帝看一看彭春："远道回来了，在北边作战的情况，朕已经知道，将士们都好啊？"

彭春赶紧站起来叩头谢恩说："将士们都英勇杀敌，蒙皇上圣恩，战绩还是不错的！"康熙帝点点头。

彭春又说："臣有本奏。"就把奏本双手捧上，康熙帝说："你先说一说吧。"

彭春说："启禀皇上，自从圣旨下达之后，萨布素领罪，我代替萨布素的职务，开始作战。经过几个月时间，我充分了解了实情，如果皇上容禀的话，我可以细奏一下原因。"

康熙帝说："这么说，还有什么很大的事吗？"彭春就把巴海谎报歉收；派的五百户老弱，萨布素如何安排；巴海怎么到赫哲族那里招兵；萨布素先当前锋，身先士卒，立了很多战功；北部边民如何英勇抗敌；赫哲族一百多人想造反到吉林杀巴海，萨布素又如何安排好了，这些情况一一陈奏。还说赫哲的头目人已经到这里来了，要面君。

康熙一听，说："赶紧宣他进殿！"就把赫哲的那个官引进来了，他朝拜了皇上，就掉眼泪了说："皇上，想当年我们跟您南征北战，一直打到云南，平定了三藩。没承想巴海将军要强迫我们迁户！"把详细情况一说。

康熙一听生气了，就召理藩院的人说："把巴海的奏文都拿来我再看一看！"一看都和实际不一样，康熙帝是个很讲实际的人，虽然心里来气，但想应该把巴海宣进京里，问问底细。就发圣旨："急宣巴海进京，宣宗将军进京，让宁古塔来一人。"然后就散朝了，彭春他们就等着。

来回二十多天，这些人先后到齐了，吉林将军就像怀揣着小兔子似的，心乱了。盛京将军到了，宁古塔镇守的协领也来了，大伙儿都有心事。到了领馆，这几方面的人都见到面了，巴海就找盛京将军说："这次圣上宣我进京，不知有什么事情？"

盛京将军待了半天说："老将军，你自己的事情，大概你自己会明白吧！"

巴海硬装不懂说："我有什么事情？我镇守边疆，兢兢业业，父一辈子一辈……"又把老功劳说了一阵子。

盛京将军说："照说这些都对，但是有几个事情你想一想，到底是怎么回事？"

"啊！什么事情？"

盛京将军想说又抹不开面子，就问宁古塔的协领，从北边来的五百户情况怎么样，宁古塔协领只能说我们都安置好了。盛京将军就问巴海："这五百户到底是怎么回事？"

巴海说："这是萨布素不能收留，结果造成这样。"

盛京将军把脸一沉，说："你这就不对了，事情大家都知道了，你再这样，对你是不利啊！明天咱们要面君，我要如实陈奏。"

彭春也来了，见了盛京将军和巴海将军，就寒暄了一阵子，说："老将军，你这次来，咱们是要面君的，在圣上面前我不能撒谎，只能如实陈奏你的一些事情，希望老将军海涵。"巴海当时就低下头了，也不吱声了，知道这事坏了。

第二天散朝后，康熙帝就把巴海将军、彭春、盛京将军、宁古塔协领、赫哲族的正品官找到养心殿。康熙帝说："朕下了免去萨布素的主帅职的圣旨后，我又细致地考虑了这些问题，朕觉得于心有愧。我屡次打听北边战果，我还很满意。可是这些事情我都不知道，彭春你把你到北部去的情况如实奏来，不得隐瞒！不得扩大！"彭春就从头到尾把他所知道的事说了一遍，说得一清二楚。

巴海一听，一身冷汗。后来盛京将军又陈奏，吉林粮食并没有歉收，是丰收。康熙帝一听脸就变色了，巴海也坐不住了，赶紧跪下。康熙帝说："巴海，你身为一重臣，你家世袭有功，老王封为世袭的阿次阿番，你就应该一心治国，爱护下级，你偏偏在这里做文章，你给我如实招来！"

巴海一听就往总管身上推，说总管被我杀了。康熙帝更急了，你不经朝廷批准，就随便杀人，这是不行的！巴海只得认罪，说："臣有死罪，万望皇上念老臣年龄已高，能饶一命！"

康熙帝气得半天说不出话来。最后说："巴海，你的这些行动，差一点延误我的大事，我的战略战术都让你给耽误了，你该当何罪？"巴海汗流浃背。

"按你的罪恶，本来是应该斩首示众；考虑你和你父亲是功臣，这样吧，来人，摘去他的顶戴！"就摘走了顶戴，这样就变成一般的老百姓了。

巴海也不敢起来了，康熙帝说："把他押下去，听候处理！"就把巴海押下去了，塞到临时的看守地方去了。

康熙还是气得半天没说话，大家都不敢坐了，跪下了不敢吱声。康熙帝看看大家，说："大家请起，这件事也怨我，这件事我没有仔细考虑，朕有愧于萨布素。依大家的意见，对巴海应该怎么处理？"彭春就说了临走时萨布素再三恳求皇上，看在巴海父子的功劳，宽大处理的事。

康熙帝点点头说："行吧，免去他一切职务，永不听用，可以带原来的爵位，回到宁古塔去。"圣旨一下来，巴海赶紧回宁古塔去交接。

康熙帝又发第二道圣旨，第一任命英图为宁古塔将军，赶紧秉政；第二嘉奖萨布素忠心耿耿，作战有功，恢复他的主帅职位，而且封为黑龙江将军职。告诉理藩院，多准备一些犒赏，赐给萨布素黄马褂，这是清代最高的赏赐。并且赐双眼花翎，赏银子一千两，并封他的夫人为三品夫人，封死去的父亲为光禄大夫，可以树碑，母亲又封了官。大伙儿都替萨布素谢恩。这圣旨一下来，就打发快马到江北去送信，传达圣旨。

康熙帝把这些安排好了之后，说散朝，然后把彭春找来，"你和郎坦就不要回来，尽早地进剿罗刹，把雅克萨城收复。"问还有什么困难，彭春说福建的藤牌兵还没到，康熙帝说藤牌兵已到了京城。在江南藤牌是两层的，到北边恐怕不行，我们给他换了三层的，现在就可以起兵了。另外，可以调去十门红衣大炮。粮食需要多少，可以在锡伯储备两年的粮食，已经齐了。康熙帝把管藤牌的头领叫来了，是一个侯爵，叫林兴珠，是福建人。以后在宁古塔落户了，一直到现在在吉林还是一大户。让林兴珠带藤牌兵和彭春一起从京城出发，这样队伍浩浩荡荡地出发了。

前面是犒赏的队伍，装了很多金银绸缎、衣服布匹、武器等等；后面是五百藤牌兵，是个个英勇善战的，穿着棉盔棉甲，他们作战全靠藤牌，藤牌在车上拉着，每人一副藤牌、一副藤甲、一个大藤帽子，藤帽子直径也有二三尺长，戴上这个箭射刀砍都没事。队伍奔向黑龙江。

（三）

前面有一拨人马到了瑷珲，告诉圣旨马上到，郎坦率大小官员摆上香案，在十里开外迎接。一会儿捧圣旨的太监到了，大家就跪下迎圣旨。把圣旨请到中军帐，供在供桌上，全军都三拜九叩，太监宣读圣旨。圣旨是这么一个意思：由于巴海弄虚作假，不得民心，他虐待士兵，私扩新满洲，冒功冒领，革去他的一切职务，保留他的世职。大家一听这个，没等听第二道圣旨就欢腾雀跃。

太监又宣读第二道圣旨，萨布素屡立战功，赐给"将军第一"的称号，撤销原来的罪状，晋升为黑龙江将军。

这一说，全军战士都非常高兴，没等吩咐就鼓乐齐鸣，赶紧往各处送喜报，说萨布素升任将军了。萨布素赶紧穿上送来的将军朝服，第二番到香案前施了三拜九叩的大礼，感谢皇恩。回头起来了，给老太监深深请个安，说感谢老人家远路奔波。

老太监拉着萨布素的手说："皇上向你表示问好，向全军问好。"一看带着圣恩，全军将士又跪下山呼万岁。萨布素感动得涕泪交流，悲喜交集。悲的是过去这一段；喜的是今天重见天日。然后，太监说："彭春带着队伍就要到了。"郎坦、萨布素隆重地招待太监。

过了三四天，彭春带着大队人马来了，萨布素带着全军迎到郊外。彭春一看很快就下马了，萨布素赶紧下马，带着小跑上去迎接，抱着彭春要行抱见礼。彭春哪能干吗，说咱俩都是都统，不能行抱见礼。满族的抱见礼是恩人、长辈、多年不见的朋友见面后施的最隆重的礼节，也叫抱腰礼。是双手抱住受礼人的腰，然后单腿点地，低下头。

彭春正想制止，萨布素已经单腿点地，行了一个抱腰礼，彭春也单腿点地，用请安的姿势把他扶起来，这两个将军这样亲近，大家都感到高兴。

回到军营，彭春说："咱们休兵三天，好好庆贺庆贺！"打发人告诉那一百多赫哲人，把真情一说，说皇上已经革掉巴海的官职。赫哲人一听很高兴，马上到瑷珲去了，前方的兵也回来不少，瑷珲这时有一千多人。

彭春把林兴珠请出来，萨布素一见，真是久旱逢雨，重新见礼。林兴珠是侯爵，彼此也差不多。把边区的一些将领也召集回来了，欢聚一堂。京师副都统和盛京副都统都来了，召开了一个盛大的胜利大会，彭春、萨布素一起欢迎福建的藤牌兵。这样满汉各族都有了，还有几个投诚我们的罗刹兵也都来了。各旗先开了欢庆会，又开了大型的全军会议。最后是全军的狩猎和练兵，大家拿出皇上赐的御酒，萨布素把皇上赐给的一千两银子拿出来作为这次庆祝大会的费用，这一来上下都准备起来了。有的准备秧歌，有的准备八角鼓，准备了各种节目。换上了新衣服，挂上了新的大旗，大家都喜气洋洋，这是头天下晚黑的各种举动。

到了第三天晚上，在一个大广场，有五百多人拿着火把，在四外一圈，把当间儿的场子照得通亮，然后摆上香案，祭了北斗星。一个旗一头猪，按宁古塔的习俗是立着杀。第二天再祭天，完了就用灯祭。随军的老萨满系上腰铃，向自己的生神祝拜。火把都灭了，升上香，手鼓和腰鼓、半铃刹板都放起来了，很庄重严肃。

祭祀完了，火把又点起来了，把各旗祭星的猪马上回锅，连夜吃肉，祭星的猪不能见太阳，下晚黑必须吃。各屋把锅也支起来了，赶紧煮肉，那边把米饭捞出来了，连夜吃祭祀肉。吃完了本来应该散的，但大家还是不散，这个耍一耍，那个出一个节目，八角鼓也上来了。有人就提议，福建兵来一个，福建兵也会一些招，心里也痒了，因为自己初到这里不好露一手。这一说，让福建兵来一个引起了大家的注意，都要他们表演。福建兵里也有别的民族，有白族、壮族等。没有女的，他们就男扮女装，跳起了南方的少数民族舞，唱南方的歌，还跳台湾高山人的舞。大家没看见过，感到特别新鲜，以后就在满族中流传开了。足足玩了一宿，一直玩到天大亮了，才各回各营。

因为祭天不用再找士兵了，萨布素就带大小官员进行祭天典礼。也立上索罗杆，支上锅，把猪剥了皮，然后分成几个碗供在上头，向天祷告，还愿，也叫祭杆。完了，赫哲族人就过来了，说我们还有习惯，等到了最盛的时候我们还要再祭祀一天，萨布素说好吧。

第二天，赫哲人就在神树下，又祭祀一天。神树就是挑一棵最大的树，人们围在下面，供上羊、鱼又跳一次神，有的少数民族还跳鹿神，各族都有自己的神。

这样活动了四五天，萨布素说："现在就停止祭祀吧。"就停止了祭祀，萨布素召集全军的大会，说："我们蒙受皇恩，我们决不辜负皇上对我们的期望，我们应尽快地进兵攻取雅克萨城，在打雅克萨之前，我们首先要拿下修道院和修道院以西的十几个城堡，最后我们可以围取雅克萨城。攻修道院是一个难关，罗刹这里的人也不少，我们一定要用重兵去攻。明天开始全军演习，明天都到帐前听令。"

第二天，各旗都集聚到帐下，萨布素升帐，对彭春、郎坦、林兴珠以及各个副都统说："这是皇上的命令，我是不能不升帐，请各位大人多指教。"这些人都说："请主帅升帐。"下面就有人喊："主帅升帐!"各就各位，下面的人都站好了，萨布素拔下一支令箭，说："正红旗、正白旗、正蓝旗、正黄旗四旗听令。"四个佐领说："末将到!"

萨布素说："令你们四人在西面山上设岗哨，我再派人去夺你们阵地，你们就当敌人。"这四人领命去了，又对另外四旗说："你们带了兵丁摸上山去。"他们也领令走了。

萨布素又说："藤牌兵。"林兴珠答："末将在。"

"你带藤牌兵从北山摸上去。"

"嗻!"这样都布置了，就剩赫哲兵，没给安排。赫哲人头目就不干了，说："启禀元帅，我们为什么不参加呢?"

萨布素说："你们有一个最要紧的任务，不知你们能完成不?"

"就是上刀山我们也干!"

"听说你们最善于爬山越岭，这山北面有一个很陡的峭壁，你们挑五十人从那里爬上去。"

"坚决听命!"

萨布素布置完了，就对彭春说："咱们去看一看他们进行得怎么样。"就一起出去了。

出去一看，双方打得都很勇敢，下面的人就是攻不上去，上面防守得很严。正在这个时候，北山上来五十个人，从高陡的石碴子爬上来了，是赫哲人背着弓箭上来了。山上的人只注意前面，后面是这么陡的石碴子，寻思没有人能爬上来，就没在意。赫哲人一上来就把假敌人的阵地占领了，就鸣金收兵。

萨布素犒赏了双方参加演习的人，讲了他们的优点和缺点，赫哲兵更是赏得多，因为他们取得了决定性胜利，练兵完了，就准备过年了。

第五十八章 瓦礼祜神树下主大婚

（一）

萨布素恢复职务后，全军将士没有一个不欢腾雀跃的，说这回真是拨开云雾见青天，都觉得当今圣上是有道的明君，开了盛大的庆祝会。结束之后，瓦礼祜找萨布素说："大哥，现在你的黑都已经洗白了，军队都到齐了，粮食也足了，训练得也很得力了，我们应集中力量打修道院。把修道院打下来，其他敌人的据点就好解决了。"

萨布素说："你想的和我一样，咱们应研究怎样把修道院尽快地拿下来。"

瓦礼祜竖竖脑袋，说："咱们还有许多事没做呢！"

"什么事没做呢？"

"咱们现在军队里头有一帮女兵，四十多人，一个个都不小了。顶小的十八九岁，大的二十五六岁了。再看看军内的小伙子也不少，咱们应该看看，把男当女配的人成全成全，把这些事解决了，打仗也好打。"

萨布素寻思了半天，说："我早就想到这个事，不过在军队里怎么结婚？自古以来军队一直没有招亲的。"

瓦礼祜说："哎！咱们这么办吧，咱们耽误他三天五日的，把这些亲事定下来就结婚。结完婚把女的就留在瑷珲，将来你的将军衙门不就要设在瑷珲吗？把女兵留这里，男兵可以走。"

当时萨布素有两个打算，一个是黑龙江将军的衙门在瑷珲就得把它建起来；一个是攻打修道院。这一仗打好了，下一步就可以解决雅克萨。瓦礼祜一说又增加了一项，萨布素感到也对。这些人留在瑷珲可以保卫后方，给他们成家立业，将来作战回来可以留在这里。

萨布素问瓦礼祜："据你知道的，谁和谁行呢？咱们搭搭桥。"

瓦礼祜说:"我看关系比较密切的有魏海和乌库兰,他们俩都已表明心事。"

"你怎么知道的呢?"

"纸里包不住火,大家都在议论和撮合这个事情。另外还有一对,是你的儿子小昌顺和奥兰特,他俩可不是一天半天的了。你忘了昌顺去救奥兰特这件事情了吗? 他们都互相交换信物了。"

萨布素一听也挺高兴,因为奥兰特这女孩萨布素早就看中了,是又机智、又勇敢,虽然岁数不大,但比较成熟。

瓦礼祜说:"还有一个,刘黑塔,他到营里来一直不错,今年也二十六七了,我想给他介绍一个满族的姑娘,我看瓜尔佳姑娘也二十五六了,能不能让奥兰特给说一说?"

萨布素想,对啊,虽然这姑娘是满族姓,但是赫哲人,这点上还可以。两个人都觉得满汉不通婚应该改。

瓦礼祜说:"哎!这是清律规定的,咱也没法改,我看找瓜尔佳那姑娘是不错的。"

"那怎么让他俩产生一点儿感情? 如果硬给介绍,不合适怎么办?"

"咱们可以把这三个姑娘一块儿找来,找来之后,让奥兰特找瓜尔佳说一说,看她意思怎么样,如果同意的话,三个人就一起结婚。"萨布素同意这么办。

第二天,打发人去了,把三个姑娘找来了,把魏海调回来。刘黑塔和昌顺就在瑷珲,这些人都不知道怎么回事。刘黑塔和瓜尔佳姑娘也有了感情,就是没有挑开。奥兰特一听能回瑷珲挺高兴,想这回能看到昌顺了,我的箭袋和蟒皮刀鞘都做好了,我可以偷偷地给他,她心里挺高兴地回到瑷珲。

到了瑷珲,到了女营休息一下,吃完晚饭就唠起萨布素复职和这几天军队的演习。奥兰特年轻好胜,埋怨他们不给送信,我们没赶上这个热闹,这些姑娘就越说怎么热闹,怎么跳舞。福建兵还跳南方的民族舞,还是八角舞,说这些来馋奥兰特,这些人说到深夜才睡觉。

(二)

第二天,吃完饭没等出去报到,大帐里来令,传三位姑娘进中军帐,将军和几位副都统有要事相商,这几人赶紧收拾利索一起来到中军帐。

萨布素一看奥兰特，因为瓦礼祜已经挑开了，见了觉得有点抹不开。瓦礼祜说："赶紧坐下吧。"奥兰特和瓜尔佳比较开放一些，因为岁数大一些，站起来说："大人，找我们有事吗？"

瓦礼祜说："找你们没有别的事情，想和你们说说你们的终身大事。"

三个人一听终身大事，都把脑袋低下了说："现在正是军队打仗的时候，我们没考虑自己的事情。"

萨布素没吱声，瓦礼祜说："你们的岁数不小了，不光是你们三个人，还有四十多女兵岁数都不小了，要把这件事办一下。你们能不能自己提一提啊？"那人家姑娘能自己提吗？瓦礼祜说："这么办吧，你们一个一个到后帐去，我给你们当媒人。你们说同意就同意，不同意就找别人；你们三人的婚事解决了，下面的人都可以解决了，因为是我们给你们主婚的，下面就可以开始了。否则你们这些人不都成老姑娘了吗？"说得三个人也乐了。

瓦礼祜对萨布素说："将军大人，你看怎么样？我一个一个说。"

萨布素说："你光一方面，那一方面呢？"

"可不是!"瓦礼祜就找了一个心腹人，让他把刘黑塔、魏海、昌顺找来，到西帐等着，就说有要紧事。这人就拿着军令去了，传令兵传刘黑塔他们三个人，说："主帅有令，让你们进去。"这三人一看是军令，赶紧披甲挎刀去了，以为是要出征。

到了主营，想往中军帐走，传令兵说："别，别，不要到中军帐去，到西帐等着。"这仨人一愣，这西帐一般是休息和谈些私事的地方，奉军令而来怎么到西帐呢？只能跟到西帐。传令兵说："你们在这里，没有军令可不许走。"把军令箭在帐前一插，这三个人都傻乎乎地等着。寻思是我们犯了什么错，要审讯我们？昌顺说不能，但也说不清是怎么回事，像个傻狍子似的等着。

（三）

再说瓦礼祜，瓦礼祜首先召唤奥兰特。奥兰特心里像揣了一个小兔子："不知大人要给我提谁，我跟昌顺都互相送了东西了，要是把我许配给别人可怎么办呢，我也不好开口说我和昌顺已经订婚了。"她也不吱声。低着头坐着。

瓦礼祜说："我想给你找一个可心的男人，你愿意不愿意？"奥兰特还是不吱声。

"你不吱声是不是心里有人了?"奥兰特也没吱声。

"我给你提一个好小伙子,管保你满意!"这时奥兰特心里很矛盾,很想快些听他提的是谁,又不敢听。

瓦礼祜特意拉长了声说:"这小伙挺好啊,又聪明又勇敢,武艺还挺高的,不过他一小生在北方,对满族的风俗习惯还不太懂。"

奥兰特寻思这是谁呢? 就说:"大人,既然您费心了,您说一说吧,我也可以琢磨琢磨。"

"不是别人,就是将军的儿子昌顺。"一提到是昌顺,奥兰特扑哧一下乐了,她也憋不住了。

瓦礼祜说:"我是知道你们俩有意了,他送你一个玉石坠子是不是? 你送他一个蟒皮刀鞘。"

奥兰特说:"那就凭大人做主吧!"

瓦礼祜说:"这要你自己愿意啊,不是出兵打仗,要你上东你就上东,要你上西你就上西。"讲得奥兰特也没法说,这么大姑娘怎么好意思说愿意呢?

瓦礼祜说:"看起来你是不愿意啊? 我看这么的吧,你就回去吧,我再想想,招呼第二个。"这么一说,奥兰特反而不走。

最后瓦礼祜也乐了,"我知道你是愿意了,我再找昌顺说说,看看他怎么样。我们满族兴相看相看,你俩这么熟,也不用相看了。"

奥兰特站起来,给瓦礼祜深深地请个安,"谢谢副都统大人!"转身高兴地走了。

瓦礼祜又招呼乌库兰。乌库兰岁数比较大,说得也坦然。瓦礼祜一说,乌库兰就说:"我也不是没有考虑过婚姻问题,我今年毛岁 25 了;不过我考虑我们在行军打仗,要消灭敌人。罗刹不消灭一天,我就不结婚!"

瓦礼祜点点头说:"你的想法也对,不过你的岁数也不小了,应该把这个事办了。"

乌库兰说:"这样好了,我结婚之后,我一样在军队里。不仅是我,奥兰特、瓜尔佳姑娘都要在军队里。"

瓦礼祜说:"好吧,这个事我和将军再合计。这个事应该解决了,你们不带头解决,底下四五十人就不好解决。"

乌库兰说:"那我就依着大人的意图办吧。"

"你有没有心里想的人呢？"

乌库兰低下头，半天才说了一句话："我到营里和男的接触并不多，但有一件事我要说说。"就把魏海怎么背着她，救她出险，以后大伙儿又是怎样说的一说。以后是对他有些好的印象，他很直爽、勇敢，能够帮助别人。从打到军队后一心想着军队，在金矿得到金子如数交到营里，一点儿钱也没留，她觉得是很值得敬佩的！

瓦礼祜说："那我就给你们做个媒吧！"

乌库兰大大方方地说："那就有劳大人了，我愿意听大人吩咐！"第二个妥了。

第三个是瓜尔佳姑娘。本来她和刘黑塔不太熟悉，瓦礼祜和她一说，她在心里琢磨半天，就说："这么办吧，看看人家怎么个意思，我论武艺赶不上人家，论能力我也赶不上人家。如果人家不同意，我这么大的姑娘，还能在营里见人啊！"

瓦礼祜一寻思也对，说："我看这么办吧，我去问刘黑塔，如果他愿意，你们就定下了吧。"

瓜尔佳姑娘红着脸说："那就大人做主吧！"

"好吧！"这三个姑娘都回营去了。

瓦礼祜到西帐去了，那三个人像傻狍子似的往前瞅，令箭在那里插着呢，也不敢动。瓦礼祜一看乐了，把令箭一拔。仨人一看副都统来了，赶紧上前请安。瓦礼祜说："坐下！坐下！"这仨人一看瓦礼祜乐呵呵地进来，知道是没有什么事，就坐下了。

瓦礼祜瞅瞅三个人，问刘黑塔："你今年多大岁数啦？"

"我今年二十八了。"

又问魏海："你二十几了？"

"我二十五了。"

又问昌顺，昌顺说十九。瓦礼祜说："你们岁数都不小了，我们想让你们成家立业，你们愿意不愿意？"

昌顺说："这要和我父亲商量，如果我父亲同意，他老给我做主。"

瓦礼祜说："哎！我不跟你父亲商量，我也不能来问你啊，就看你的了。"昌顺也不吱声。

魏海说："我一小就是受苦的，我父亲是流放到宁古塔的，萨布素大人救我一命。我关里关外跑了一回，也没干正事，当了山大王，后来萨布素大人收留我，让我带兵打罗刹，总算是走了正道。我还犯些错误，我也不敢提我结婚的事情。"刘黑塔也是这个意思。

瓦礼祜说:"你们做的那些事没有你们的功劳大,你们这样也是生活困难逼的嘛。你们并不想害人,你们的事将军都知道。我们想给你们做个媒,你们同意不?"大家没吱声。

瓦礼祜就说:"昌顺,我看奥兰特不错,你的意思怎么样?"

昌顺年轻,一听提的正是他心中的人,就站起来请安说:"我愿意!"

瓦礼祜说:"我知道你愿意。"完了又问魏海,魏海心里有乌库兰,也把这段过程说了。瓦礼祜说:"姑娘那边已经同意了,就这样吧。"这才知道是先找姑娘谈了。

刘黑塔不知道是要给他提谁,正在琢磨,瓦礼祜就提了瓜尔佳姑娘。刘黑塔一寻思瓜尔佳姑娘既稳重又非常勇敢,她带众姊妹和罗刹打过不少的仗,刘黑塔对她很敬佩。所以瓦礼祜一提,刘黑塔是很高兴的。刘黑塔说:"我配不上人家,用满族话来说,她是女中的巴图鲁。"

瓦礼祜说:"这就妥了,你说你不敢高攀,姑娘也说不敢高攀你,那你们俩都愿意了。"这样把三对亲事没有半天的工夫都做成了。

瓦礼祜还说笑话:"你们这些年轻人都挺爽快。我得回去交令啊,我得向将军交令啊。"

回到营里和萨布素一件一件一说,萨布素说:"好,你做得很稳当。我们就择一个吉日子,在神树下举行婚礼!"

这事一传十、十传百,这事男营都知道:后天在神树下拜天地,有三对新人要成亲。大家都说,这是天配良缘,就赶紧准备。

在军队里准备是比较简单的,告诉伙房,准备几桌酒席。瓦礼祜说:"我是他们三个的主婚人,凡是办喜事的开销,统统算在我的名下,我们给两边都送些礼。"这一说大家都送点礼,送些东西,忙乎了两天。

女方那边就更忙了,这些姑娘听说是瓦礼祜主婚,高兴得了不得,白天下晚忙乎。这个做件衣服,那个做套绣花枕头。

准备齐了,萨布素对瓦礼祜说:"我还没有经历过军队里办喜事。"

瓦礼祜说:"这不是军队,是你的将军衙门。"一句话提醒了萨布素,是啊,就以将军衙门的名义办吧。

把刘黑塔、魏海、昌顺三个人的衣服都做好了,按品级做了顶子、袍褂、朝靴,像个文官打扮。按习惯男方应到女方家去娶,萨布素说:"虽然我们在军前,也得按规矩办。"就把镶黄旗的老萨满请来,让他操办婚礼。

在中军帐里摆了三个天地桌，天地桌上供的弓和箭。临时扎上了轿车，挑三匹大马披上红，一队马队预备了四对八角鼓，打着八角鼓唱着歌。没有老太太，就让几个姑娘来接。到时候就到了女营，进了帐篷把新娘子接出来了。

萨布素也去了，说："我到这边就是娘家'客'了，我来打发这三个姑娘上轿！"

瓦礼祜说："我也是就忙乎这一头！"把新媳妇接进轿了，放了三声炮，头前打着锣，吹着号角，打着鼓，把她们接进中军帐。

一进门就射了三支箭，新娘在轿里还抱一个铜镜，把她们搀扶到天地桌，磕了头，就分到三个帐篷里。将要往里走的时候，老萨满说："我忘了一件事，得让奥古妈妈给您念祝词。"

萨布素一想也是啊，满族里有奥古妈妈坐堂，在洞房里用满语给新婚的人念祝词。老萨满说："把他们找到一个帐篷里，我就给他们念，念完祝词再分别坐帐。"

"好吧！"就让三对新人到了中军帐。

那时就拜天地，不拜爹妈。西炕有神主，再向神主磕几个头，磕完头以后下地再拜见公婆。三对新人在中军帐一站，奥古妈妈就开始念祝词，念完祝词就到了自己的帐篷。到了一定时辰就要拜见老人，刘黑塔和魏海都没有老人，就和瓦礼祜说："我俩有点事情要说，我俩从小没有爹妈，如果萨布素大人允许的话，我们想认他为干老。"

瓦礼祜说："他的干儿子可不少了，在宁古塔就有两三个，还带了一个干儿子。不过我跟将军说一说，差不多吧。"就把这个意思和萨布素一说，萨布素说："哎！都是作战的弟兄嘛，我这样不好吧！"瓦礼祜一看他是愿意。

正说着话时，看到奥兰特和瓜尔佳姑娘也来找瓦礼祜。瓦礼祜一看就明白了，没等她们说就说："你们是不是想认萨布素大人做干老？"

这两个新娘说："是啊，你看他为我们费这么大的心，在那边算是娘家'客'送我们上轿；在这边算是家长，为我们操办亲事。他对我们的恩情太大了，我们想认他做干老。"

瓦礼祜又跟萨布素一说，萨布素一寻思说："行！她们愿意就行。既然干儿子都认了，干姑娘为什么不认？"这一下，这六人都给萨布素磕头，六个人都叫"阿玛"，萨布素挺高兴。一看没什么可给的，就说："我祝你们白头到老，为国立功！"说完他们就站起来了，然后到神树底下，大家一起跳舞。

瓦礼祜说："我们别光跳舞，我们让将军给我们讲一讲宁古塔的一些事。"满族有这个习惯，在喜庆的日子，几个人聚在一起好讲故事。

萨布素一看，鹰哥岭梅赫勒兄弟在这里，说："我不用讲，这里就有一个现成的故事，梅赫勒讲讲他太爷的故事，有一个现在还没找到，成神了！"大家一听都看着梅赫勒，他的那帮鹰在树上停着，也在看这个结婚典礼。大家七嘴八舌地说："那给我们讲一讲吧！"

梅赫勒说："那我就讲讲吧，讲我的大太爷的故事。都是这么传说，我也不知道是真的还是假的，我也没有看见。他们是哥儿两个，我大太爷就在现在宁古塔的西面大石桥那里住。那时宁古塔还是挺乱的，你争我抢。后来有一个很老实的章京，从东海部落过来的人把章京杀了，他就独霸为王。这个人可了不得，对宁古塔的人非打即骂，大家都害怕得了不得，躲起来了。他的一个儿子叫英达呼，你们知道是什么意思吧？""知道，这是狗。""是，这是他外号，也不知他原先叫什么，这小子从小就是病歪歪的，脑袋也憋憋屈屈的。但是他仗着他爹的势力，到哪里都横行霸道。我大太爷有一个妹妹，叫苏哈，长得挺好。一小的时候认识一个表哥，是瓜尔佳氏，叫班达里。兄妹俩一小的时候放个风筝、弹个琴啥的，感情挺好。两个人长大了，两家老人告诉：'你们长大了，天天在一块儿，别人说长道短的也不好。'以后就很少在一起玩了，可是心里谁也舍不得谁。班达里天天跟他父亲练武学箭。小苏哈也想念书，无奈家里很穷，还是女孩子，只能眼巴巴瞅着她表哥。"听的人问："班达里在哪里住？这表哥是怎么一个表哥？"

梅赫勒说："我也不知道，都这么传说，是我的四辈太爷。你们要听我就讲，你们老是问，把我问住了。"

"那好，你就讲吧！"

"班达里也知道这个妹妹的心思，天天早上把自己学的武艺教给小苏哈，姑娘也非常聪明，一学就会。没几年，也学了一身好武艺。这俩人的感情就一天比一天上升了。苏哈的老母亲是个寡妇，一看姑娘长大了，跟他表哥这么好，心里想这两个孩子也般配，我不如去找班达里他爸爸去商量商量，把这门亲事定下来得了，就把班达里父亲找来了。也巧，老兄妹俩想到一块儿去了，没费事就乐呵呵地把亲事定了。那时候是顺治以前的事情，究竟什么年头也不知道。也有说是老汗王以前的事情。那时候正是要抓兵，宁古塔的八旗小伙儿都挑去当西单兵了。"

听的人乐了，说："那时也没有八旗啊？"

梅赫勒说："不管怎么的，我们是这么说的，没有八旗，也挑兵了。班达里也在册难逃，就分在正蓝旗当差。苏哈姑娘一听表哥要走了，就把祖传的一个箭袋送给他了。"一个人插嘴："是不是像奥兰特那样绣个箭袋给昌顺了？"

昌顺也不吱声。大伙儿说："对！是这样的。"

"班达里也把祖传的一个玉石扳子送给苏哈了。"

大家又乐了："昌顺，你给奥兰特什么啊？"再三问，昌顺只好说："我给她一个坠子。"大家笑了，玉石扳子、玉石坠子一样。

梅赫勒继续说："这天，英达呼带着几个嘎什哈上西山打猎去。走到班达里门口，看到苏哈出来，一看这姑娘长得这么好，差点没灵魂出窍。猎也没心思打了，回到府上哭着喊着非要娶苏哈姑娘不可。这小子从此水也不喝，饭也不吃。爹妈心疼儿子，就去打听了。知道是刚结婚三天的新媳妇，丈夫去当兵了。这英达呼吵闹着要上吊，非要娶苏哈，气得章京六神无主。一想就是结了婚的也可以要来嘛，我是章京啊！

章京有一个笔帖式，叫鄂英里，长得尖嘴猴腮，一肚子坏水。他见章京发愁了，说：'我有一条妙计，管保不费吹灰之力，把姑娘弄到手！'就在章京耳边嘀咕一阵，说怎么办怎么办，章京一听可高兴了，说：'好！好！就照你这个主意办吧。'

班达里当兵走了，就剩他父亲，一个老人。"听到这里，大家都为这个老人担忧。梅赫勒说："这老人就把苏哈当作自己的女儿一样，儿媳妇也把老公公当作亲爹一样，日子过得也行。一天，来了两个当差的，把班达里老玛发带到大人府。章京嬉皮笑脸地说：'皇上有旨，让你到黑龙江跑马占荒。这是一件美差事，你安排一下家，三天后上路。'老人一听吓一跳，赶紧站起来深深请个安，'启禀老爷，我已经是六十开外的人了，儿子又出兵打仗，家里只有我和儿媳妇，请大人委派别人吧！'章京一听，勃然大怒，定了他一个违抗圣旨的死罪。下到死牢里，单等秋后开刀问斩。"说到这里，大伙儿对这个章京恨得咬牙切齿。

梅赫勒说："老人被抓到牢里，气得连饭也不吃。夜里章京的那个笔帖式到牢里，假惺惺地说：'我看你老头怪可怜的，只要你肯答应一件事情，保管你可以出去，老爷还可以给你很多银子呢？'老人问：'什么事？''把你的儿媳妇送到府上，交给我们王爷就好了。'老人一听气得浑身乱颤，抬起手铐就向笔帖式砸去，吓得他抱头逃窜。"不知谁说了一声:"这笔帖式该打!"

"再说苏哈自从老公公被带走之后回到娘家,天天哭,祷告神灵保佑。这天娘儿俩正伤心流泪,忽然听到有人喊,开门一看,闯进两个如狼似虎的差人:'请老太太进府,有要事相商。'不容分说,把老太太推上车就走了。就剩下苏哈一个人了,孤零零的,无依无靠。邻居看出来是章京存心要害这家人,可是老百姓有什么办法?就凑了几两银子,说姑娘你快逃命吧。苏哈姑娘说,我要报仇,就带了弓箭腰刀,辞别了乡亲,到西山去了。"

梅赫勒停顿一会儿,接着说:"过了一个月,西山出了两个新坟:一个是苏哈的老妈妈,一个是班达里的老阿玛。奇怪的是每到七月十五,这两个新坟都有新烧的纸灰,可就是没看见究竟是谁烧的。这凶狠的章京四处悬赏要抓苏哈,抓了一年连人影也没看到。后来砍柴的人说,看见过苏哈姑娘,在荒山里披头散发地乱跑。以后又说这姑娘得道成神了,成了镇守这西北的山神。更奇怪的是,章京的府里就闹起妖了:一到晚上就看到一道闪光过来,砖瓦石块猛劲往屋里砸,挺大的章京府闹得鸡犬不宁。没法了,请来一些萨满降妖除怪,也不行,还是这么闹。"

"再说英达呼自从见到苏哈以后,成天的无精打采。那天晚上他正躺在炕上想呢,就听门哗啦一下开了,看见一个披头散发的女人手拿一把雪亮的钢刀朝他走来,英达呼吓得屁滚尿流。那女人说:'睁开你的狗眼看看,我就是你要找的苏哈,我来了。你把我家弄得家破人亡!'说完举起刀就要砍。英达呼吓得连声讨饶,你死得屈,我一定给你上坟。话没说完,就被苏哈手起刀落,砍了!"

说到这里,大伙儿说:"砍得好!砍得好!这姑娘到底成神了没有?"

梅赫勒说:"你听着,我往下讲。第二天,章京府也混乱了,章京吓得连上厕所都要人陪着。几年以后,班达里回来了,听到了全家被害的消息,跑到老爹爹和岳母坟前哭得死去活来,哭得天昏地暗,哭得两眼流血。那血滴在泉水里,那个泉子,你们不知道。宁古塔西边有一道泉水,那泉水可好喝了,是宁古塔著名的泉水。冬天不冻,夏天很凉,你喝一口可以精神一天。"大家说:"是这么回事,大石桥底下的泉水是好喝!"

梅赫勒又说:"我再往下说。这时,正西来一阵风,来了一个女人,跑到坟头,纳头便拜。班达里一看,这人腰上有一块儿玉石牌子,那不是我苦命的苏哈姑娘吗?这人一看旁边有人,举刀就要砍,班达里连忙扬起箭袋说：'苏哈，我是你的班达里！'这女的一看箭袋，手一松，腰刀落到地上了，张开两手向班达里扑去，两人紧紧地抱在一起。"

这时全军肃然起敬，鸦雀无声。梅赫勒讲："乡亲们看到这对苦难的夫妇团聚了，非常高兴，赶紧给苏哈换衣服，夫妻俩回到原来的房子，见景生情，又痛哭一场。这天夜里，他们夫妻二人闯进章京府，杀了章京全家，一把火烧了章京府，从此以后再也看不到这对夫妻了。可是每年七月十五，那两位老人的坟头总有新烧的纸灰，这一天泉水就变成红的了。有人说这是他们俩哭出血来了，把泉水染红了。以后为了纪念他俩，就把这个泉水叫'泼血泉'，以后文人把它改为'泼雪泉'，把血字改成雪字了。"

讲到这里，大伙儿都说这个故事讲得好。萨布素说："宁古塔的故事有的是，等咱们打完仗回去让老人给我们讲一讲。"

大伙儿说："好啊！"以后在营盘里除了八角鼓以外，就讲故事，婚礼就这样结束了。

萨布素、瓦礼祜成全了这三对夫妇的美事以后，剩下的姑娘都逐步解决了婚事。

（四）

这件事办完了，萨布素就和彭春、郎坦共同商量，如何安排将军府。这两人就帮他筹划，几个佐领把这事安排好了，已是深夜了。萨布素虽是武将，在治文方面还是非常注意的，他跟彭春说："要治理地方，没有文人是不行的。战争结束之后，我一定要在黑龙江这地方办一些学府，培养一些文人。"

彭春点头说："应该这样。"

萨布素说："咱们宁古塔、吉林这个地方武将是不缺，但是文人是太少了，只有靠咱们自己设学府来培养了。"这样就把将军衙门初步办好了。然后就报盛京，再报朝廷，就等着批了。

第五十九章　李武举投军

（一）

将军衙门初步筹备完已是深夜了，管马的把在外放的马都集中在几个大马棚子里。这一带的罗刹也消灭得差不多了，就把外面零星的部队都集中到瑷珲。这时瑷珲有三千来人：这三千人中有五百人是建城的；另外五百人是守城的；剩下两千人中有四五百人是各族来投奔的。实际正式打仗的是一千五百人，宁古塔来一千，福建藤牌兵来五百，没有更多的军队。

一天，传令兵慌慌张张地跑到中军帐来了，"启禀将军大人，外面有三个人，说是从根特木尔那里跑出来的。浑身是血，跑出来想投靠咱们的军队。"萨布素说："把他招进来！"

这几个人一进来，见到萨布素就大哭一声，说："我们上当了，根特木尔把我们骗得抛家舍业的，什么也没弄着。这样我们就来投宁古塔兵，望将军收留我们，哪怕我们在营前当个小卒呢。"

萨布素瞅瞅他们问："你们是从什么地方来的？"

"我们是从修道院那里来的。"

"你们从那里过来，中间没有碰到我们的军队吗？"

"碰到了。"说完就拿出一支令箭，萨布素一看，正是自己军队的令箭，上面有可以和来人交往的信号。当时军队没有公文，一种是用木牌子，上面刻上符号，那时识字的人不多，就刻上一条大道，调兵一百，小道是十个，一个点是一个。兵是画个弓箭，马另外有符号。还有就是令箭，传急令是五道杠，将军有自己的令箭。

萨布素一看他们拿的令箭是送人的，说："好，只要你们是存心回来，我们一定会很好地安排。你们家在哪里啊？"

"没有家了!"

"那就在我这里住吧。来人!把这三人安排安排,让他们在营前报效。"

下面的人要去拽他们,他们说:"可别拽,我们都受伤了。"就到另一个帐篷给他们包扎,说:"你们回来得对!"对他们很照顾,几天以后伤就好了。他们就要求干点什么,有人就说:"你们是达呼尔人,会摆弄牲口,就帮我们看牲口吧。"

"那好,我们会看牲口。"这样他们就帮着看军马。

这几个人看得很精心,这一来二去的十来天了,大伙儿看这些人还行,就比较放心了,分给他们一个马群。虽然是冬天,他们也得把马赶到外面溜溜。一看这些人放马放得是真好,大伙暗暗伸出大拇指。

放了半个月,他们的马放得挺精神,膘比别的马群的马要好。管马的佐领很高兴,每人给他们一套新衣服,连连夸奖他们。

这天,下晚黑,大伙儿问他们,"根特木尔是怎么回事?给我们讲讲。"

这三人说:"唉,别提他了,他原来是大清朝的官,后来罗刹来了,朝廷把他安排到江南去了。官不大,就被罗刹买下了,现在他当王爷了,挺威风的。"这样唠了半天,大家恨得咬牙切齿的,他们也跟着说。

第二天又去放马,有一百多匹,每天傍晚就回来上槽了,可是那天到掌灯了也没有回来,他们到哪里去放了呢?又等了有一个时辰,这个马还没有回来,就赶紧报告萨布素。

萨布素一听,知道这事坏了,肯定是被拐跑了。一打听这些马都是好马,就四外派人去追。这到哪里去追,萨布素心里咯噔一下,我太麻痹了,太轻信人了。我看他们身上带着伤,就信以为真了,没想到他们是使苦肉计:他冷丁想到三国志里的苦肉计,我还是学得不深,我应多加注意才对。心里非常后悔,四外探听也没有消息,这样过了半个多月。

(二)

一天,传令兵来报,外面有索伦人把跑的三个人抓回来了,把所有的马匹也赶回来了。哎呀!一说这话,萨布素心里像打开一扇窗户似的亮堂。还有一个从关里来的李举人也要见大人。哟!这李举人是谁呢?萨布素说:"把索伦人好好招待招待,把那三个人押起来。我先见李举人。"

萨布素非常爱贤，听说是个举人，就赶紧亲自出了帐篷去迎接。一看走过来的一个人是文人打扮，穿着绸缎的袍子，上身是章龙的褂，头上戴着北方四个耳朵的帽子，后面跟着一辆小车，一看是举人的夫人。萨布素赶紧派人把女兵找来，几个姑娘把夫人接下车。

萨布素心里纳闷，一看这举人和自己岁数相仿，也是五十来岁。长得魁伟，留着两撇黑胡，脸也很威武，像个武官。萨布素上前，李举人抱拳打躬，"不知阁下是不是萨布素将军？"

萨布素点头说："我正是萨布素，我们不知道李举人远道而来，否则我们应该去接，请你到帐里来谈吧。"

进了帐，萨布素还是纳闷，怎么突然跑出一个李举人呢？李举人乐了，"将军，大概不认识我吧，我要是提起一个人你大概能认识。"

萨布素说："谁呢？"

"在抚顺马市上，你是不是侍候过一个老人？他姓李，就是我的家父。"

萨布素一听赶忙站起来重新见礼："那是我的恩师，他老人家现在怎么样？"

李举人半天不吱声，"他老人家在去年故去了，享年八十多岁。"

萨布素一听这个眼泪就掉下来了："唉！我忙于出兵，没有打发一个人去看一看老人家，心里觉得有愧。我本想打完仗去探望，可是见不着了！我曾托到关里的人打听，可是总没有打听到信儿。"两人又叙谈了一些李老汉的事，萨布素就问："怎么和这些索伦人一起来了呢？"

他们唠嗑儿的时候，外面就准备了酒席。李举人就讲了他的经过，原来是这么回事：李举人叫李智远。萨布素认识的李老汉不是一般的老人，他是明末的一个总兵，他在福王下称臣，被吴三桂给抓住了。李老汉在吴三桂手下报效过，可是这位老总兵总是觉得吴三桂的做法有些不正，就借故辞官了。以后到顺治进关了，他就有所感触。因为关里多少年的混战总算是平定了，老百姓比较安乐，年头也好了，也不是盗匪四起了，这样心里也挺高兴。曾经有人请他出来做官，但他自己感到岁数大了，也不愿在宦途里飘动，隐退了。家里生活比较困难，就弄点布匹到马市做点交易，来回几趟就能糊口了。虽然他没做过买卖，可是一般来说，汉人在马市做买卖是能多挣钱的，这样才在抚顺认识了萨布素。老人家一回去，就把萨布素如何在病中护理他，后来如何教他兵书战策跟家里人一说，老夫人听说挺高兴。老人说："我看这个人将来必有大用！"从此以后，老人还经常到抚顺马市来，家里生活可以维持，就一心一意教他的儿子习文练武。他一共有三个儿子，都很聪明。十几年苦练，练得一身的武艺，也能写一手好文章。老头对儿子说："孩子，你也学得差不离了，应该出去参加考试了。"清朝从康熙初年开了文武科。"我看清朝还行，是一个创业的王朝。当今皇上虽然年轻，但对待老百姓、对待贪官污吏的政策我还是亲眼看见。我感到很好，你应该效忠于新朝。"儿子听了父亲的教诲，参加了秀才考试，结果中了。第二年参加乡试，中了武举；参加文场，又中了文举。当时轰动了山东，提起了李智远，没有一个不竖起大拇指的。以后参加殿试没有录上。这就不错了，在乡间当一个武举，就可以立旗杆了。到了京城理藩院，一看这人不错，就想留到京城，李智远说："让我回去和父亲合计合计吧。"暂时就在理藩院待下了，帮助文房处理一些军务上的文书。看到北方罗刹几次侵边，心中愤愤不平，总想到北边去试一试，可是就是没有机会。以后看到文书，萨布素领兵到北方去征剿罗刹，心里一动，就向他老父亲说："您老在抚顺教的徒弟名字是不是叫萨布素？这人可真了不起，我在理藩院已经看到了，他已经率兵征剿罗刹去了。"李总兵一听，说："哎哟！我就说他不是等闲人物！"爷儿俩越唠对萨布素越有敬慕之心。

又过了些日子，老人家冷丁一下得病了，躺在炕上起不来了，说："孩子，我不行了，你给我准备后事吧。"李举人赶忙准备后事。李老人说："我死后你就找萨布素去，就说我让你去的，你也有这样的志向，到北边杀敌立功。"李举人说："我一定听您的教诲，您还是安心养病，等您老病好之后，我再走。"他爹打个唉声，"我可能没什么希望了，我也教了他一些箭法、枪法，你有功夫也可以跟他练练。还有我们李家在崇祯年间就研究一种火炮制造方法，叫子母开花炮，已经初步研究成功了。你再试一试，你按我的配方，把旧炉升起来。"说完了，老人家又待了半拉多月就死了。李智远带两个弟弟，把丧事办得很隆重，乡里的好友、同龄人都来了。把老人的丧事办完了，又守孝了四十天，李智远对两个弟弟说："我一定要遵照老人的遗嘱，到北方去，我要好好杀敌立功，你俩在家好好念书。"小哥儿俩舍不得大哥走，可是父亲有这样的遗嘱，哥哥又有这样的志向，就赶紧给哥哥打好行装。这时李智远已经把子母开花炮的配方、工序研究得妥妥当当的，心里有数了："我到那里一定设一个工厂，把子母开花炮多造点。"这样他领着他的夫人、一男一女两个孩子，就从山东济南府，晓行夜宿到了京城。

（三）

到了京城，和理藩院一说，理藩院当然是支持了。自己愿意去是太好了，一般人派去还不愿意呢，可是李智远胸怀大志，一定要到北方去。理藩院的官员说："北边可冷啊，到八月季节的时候就上冻下雪。"

李智远说："我看了一些地理志，知道这个地方是冷，但我是个举人，我应该报效国家，我愿意去。"

当时理藩院启禀了圣上，皇上听了很高兴，当时就赐了一把宝刀，给他一套铠甲和一些东西。当时就封他一个四品爵位，皇上还特别召见，勉励了他一番，这样他就带着家小赶奔江北。

路上晓行夜宿，那天到了黑龙江北岸住下了。这地方有三间房子，有十几个人，外面拴了一百多匹马，马都挺好。他心里就纳闷，这些人是干啥的呢？就进屋了，说："我们想住一宿，明天就启程。"

这些人说："行，行，看样子你是从关里来的，你是汉族吧？"

"是。"这些人找了一个会汉话的和他一说，李智远就把来的过程说了。这些人说好啊，就和他一起吃饭了。

吃饭的时候，有一个人进来，看样子像个头目，说："你们十个人走，有急事，原来三个还是留下。"

这十人走后，这人又和剩下的三个人唠了半天，李智远也没在意，可能是别人有事吧。把酒端上来了，李智远不大会喝酒，没喝。这三人说："那这么说你也是一位官人了。"

李智远说："哪里，哪里，我是到营前报效，也是尽一点儿心吧，打江北的罗刹是人人有责啊！"

这三人说："你的志向可嘉啊！不过我有几句话想跟你说，不知可以不可以？"

李智远说："可以嘛。"

"李大人你是汉人，你父亲在明代身为总兵。清朝把明朝的江山夺去了，你应该有一个爱国精神，不应投靠清朝，给他们当奴仆，你这样有辱你家门风。"

李智远很纳闷：你是一个北边的少数民族，和满族很近，怎么说出这样挑拨离间的话来呢？李智远瞅瞅他说："依阁下的意见该怎么办？"

"我倒不是挑拨谁，我看你这个人气度不凡，有治天下的大才，我才敢说这样的话。这话我也没法说，实不相瞒，我是汉人，我到这里年头比较多了。我就是想要恢复大明的江山，可是一直找不到投机的人。你要是愿意的话，咱们歃血为盟，共同起义，招兵买马，积草屯粮，打进关里，把清朝江山夺过来！"

李智远问："阁下，你是什么地方人？"

"我是安徽人，你的志向远大，我要听听你的想法。"

李智远心里有数，想套套他的话。"依着我的看法，孤掌难鸣。我父亲跟吴三桂去了，被清兵杀了。我被他们俘虏了，把我就放到盛京，我偷着跑出来了。我一无投二无奔，我遇到一个救命恩人根特木尔，他是胸有大志，答应我有朝一日，带着兵马去扫灭清朝，恢复明朝天下，关里地方他和我一人一半。"

李智远说："这么说我倒知道，根特木尔是不是投降罗刹的叛徒？"

这小子说："哎，这是清朝下的断语，咱们不能这么说。人家对咱们汉人是大力支持，说只要我们愿意，可以转奏沙皇，沙皇可以派来几万兵马，归我们调遣。可以杀向中原，夺取天下。这时沙皇才把兵抽回去，让我们治理天下。我们效忠沙皇，他可以保护咱们，你害怕什么呀？"

李智远这一听忍不住了，把桌子一拍，说："你这个民族的败类，你投靠沙俄，厚颜无耻，你倒还以耻为荣。今天，你要是再说下去，我可要不客气了。你听我的劝，就一起去投萨布素将军；你再这样说，别怨我手下无情！"

这小子说："这也晚了吧，你知道你喝的是什么啊，再过半个时辰就能把你蒙住，你就没招。"

李智远听了这话，心里咯噔一下。没有一袋烟的工夫，就倒下了。这三人上去四马攒蹄把他绑了。绑了一宿，第二天把他提了出来，中间坐着一个人，李智远虽然被绑着，但是二目圆睁，破口大骂，这人又把这套话说起来。李智远说："你们这些无耻小人，只知其一，不知其二。我是汉人，我父亲是明朝的官员。可是你们知道吗，明朝从万历以后，君暗臣贪，连年荒乱，兵事不绝，老百姓饥寒交迫，逼得盗贼四起。关里人遭了多大涂炭，十几年荒旱，有地没人种，不要说吃粮，就是榆树'钱'还得一串一串到街里买去，河里的烂草都抢不到吃。你们看到没有，虽说清朝是满族建立的，可是它也是中国的一族啊！"

那汉族人说："你忘了金朝侵占我们大半河山的罪吗？"

李智远说:"金朝是金朝,清朝是清朝,虽然满族是金朝的后续,但并不是金兀术的后代,我们汉族里头也有像你这样的败类,难道你能代表我们汉族吗?"这一番话仨人没吱声。李智远又说:"天子有德,万民安。现在平定了三藩,天下安定了,几十年的战乱才算得到安稳。你到关里去看看,到你们安徽去看看,现在老百姓的生活怎么样,难道你不替老百姓想想吗?你们去投靠沙俄,沙皇是贪得无厌的人,他派几万大军打下关里,能拱手把江山交给你?!"又说了很多。

可是这三个人已经铁了心了,"哼!你不听就把你圈起来!"

又一个说:"把他杀了吧!"

"不要杀,我能说服他。"就把李智远圈起来了。

到了下晌,只见来了一拨马队,有四十多人骑着马过来了。一看这是一群清兵的马,上面还有烙印呢,怎么到这里来了呢?大概是放到这里了吧。这些人不管三七二十一,就进屋了。这三个人一看来了这么些人,这些人是索伦人,这些索伦人就问:"你们是从什么地方来的?怎么到这里了呢?"

"我们是萨布素将军派我们看马的。"

"喔,这么说,咱们是一家人了。我们去投奔瑷珲军营,打罗刹去。你们很辛苦了,我们带了粮食,自己做点饭吃。"

"那好吧。"就做起饭来。

索伦的一个头人就出去看这些马,"哎哟!这马怎么有两三天没吃草了呢?你们怎么不喂它呢?你们不是放马的吗?为什么不放呢?圈着干什么?"这仨人就干打胡噜。

头人一看打胡噜,就觉得不对:放马要到瑷珲西部和北部,那里有一些干草,冬天哪有这么远来放马的。这三个人说:"我们是出去瞅瞅,摸摸路子。"

另一个说:"不是不是,我们是奉将军的命令把这些马赶回江南去换去,这马都不行了,换些好马回来。"

索伦人最懂马,把马嘴一掰,说:"这马怎么不行了呢?"

"这马不行了,都老掉牙了,不能骑了。"

索伦人说:"不对,这都是从我们马群中挑出来的好马。这马我认识,是我挑的,是最近挑出来的好马,你们到底是干什么的?"这仨人还是支支吾吾的。

索伦头人说:"先把他们绑上,送到瑷珲去,看看究竟是怎么回事。"

这仨人一听要绑，操起枪就要动手。那索伦人手快，没等他们动手，就把这三个人四马攒蹄绑上了。一到里屋一看，还圈着一个人，把这人放开了。

李智远一看把这仨人绑上了，也乐了，说："绑得好！"索伦人一看是个汉人，就说："怎么回事？"李智远就把事情经过一说，索伦人一听就把这三个人猛打一顿。

李智远说："别打！别打！我们把他们带到瑷珲去。"

索伦人说："好，我们也要到瑷珲去。"就带着这三个人，一同去投萨布素。

（四）

萨布素一听这话，肃然起敬，说："赶紧请索伦头目人来！"就把他请来了。萨布素挺高兴，马上安排酒席，招待这些人。

李举人说："把那三个人处理了吧，都是些败类！"萨布素命令把他们押上来。这三人一上来，萨布素一看，正是使苦肉计的那三个人。萨布素恨得咬牙切齿地说："我上了你们的当，没有这些兄弟民族，我这一百匹马就丢了，你们还得了不少情报。把这仨人拉出去游营示众，然后砍头！"就在这仨人耳朵上插上箭杆，鼻子上也插上箭杆游营。把大伙儿都恨坏了，说："零拉！"萨布素说："不！都砍头，按军法办事。"游营完了就砍了。

萨布素召集佐领以上的官员说："我在这个问题上麻痹大意，希望大家都接受这个教训，对来的陌生人多加防范。"

散会以后，萨布素把李举人请到自己的帐篷里，唠了一宿，越唠越投缘，萨布素说："将军，你就留在我的衙门办文案，现在你就在营里当一个四品协领。"

李智远就问："将军大人，我们在武器这方面怎么样？"

"咱们的武器从质量上讲还是赶不上沙俄。"

李智远说："不要紧，我家祖传有一种子母开花炮。"

说这话已经快天亮了，萨布素一听一翻身就起来了，"哎呀！什么叫子母开花炮？"

"这种炮打出去的大炮弹还能变成许多小炮，一炮顶数炮，攻城时很快。"

萨布素高兴极了，也不睡觉了，马上把这好消息告诉各副都统。大家都很乐，好，就马上研究造这种子母开花炮，让李智远负责制炮。从那以后，李智远是白天下晚地研究子母开花炮。

不到半个月，第一个炮造出来了。开始演习，全军一听说一种新炮叫子母开花炮，都来看。这天到南面校场去了，旗幡招展，把炮披上红布，扎上彩车，上上香，萨布素对大炮行了三拜九叩的大礼。军队把军旗举了三下，表示最高敬意开始升炮。请炮师，炮师也从中军帐出来，骑着高头大马，披着红，前面鸣锣开道。萨布素亲自骑马列队到操场，战鼓齐鸣。

李智远下马到了炮跟前，检查一下几个炮手，都到齐准备好了，看一下前面的靶子，就说把这个靶打落，达到要求。前面是一个用石头垒的两尺厚的墙，赶紧加厚有三四尺，也加高了。完了李智远就把炮口对准目标，装上子母弹，心也不大有底，喊一声"发炮！"只听"轰！"的一声，可是出去的炮弹一个也没开花。当时，李智远就傻了，全军也没动静。

虽然是冬天，可是李智远的汗"刷"一下下来了，失败了。萨布素赶忙到李智远眼前，说："兄弟！不要着急，失败是常有的事，回去再试验去，看看缺什么。"

彭春也过来了，说："不要紧，继续试验。"这一来把李智远感动得热泪当时就淌下来，就给将军跪下来了，说："本来在军队里失败了有杀头之罪！"

萨布素说："那不行，试验一个东西，你不能要求马上就成功，你放宽心，再试验。"

李智远回去之后几天几宿没睡觉。萨布素经常去看他，也看出些眉目，说："造这个枪药是不是关里的分量啊？"

"是啊！"

"这里是关外江北，冬天又特别冷，是不是药下得不够啊？"

李智远一听恍然大悟，说："对啊！你这一说提醒我了，我还是按关里的配方配药，这哪能行呢，关里和关外温度差多少呢？我得多加硫磺，不达到一定热度是不能爆炸的。"就按萨布素说的，又试验了十几天。

那一天，又是萨布素牵的马，那里早已准备两门炮了，这回试验李智远心里胆突突的：将军和这些副都统对我这么信任，一再失败，我就活不了了。萨布素一直鼓励他，"没关系，这次失败了，我们下次再试验。"李智远终于下令"开炮!"一个大火团呼一下到靶墙前，轰地开花了；又是一炮，这靶墙被炸得粉碎。全军战鼓雷鸣，呼声震天。谁也没见过这样的炮，萨布素给炮手深深地施了个礼。彭春、郎坦、各副都统都上前向李智远祝贺。大小官员都围上来了，围得水泄不通。萨布素说："赶紧准备庆功大会!"这就忙乎开了。

萨布素赶紧奏明圣上，皇上还给炮加了封叫"神威无敌大将军"，以后就传开了，说这个炮怎么神奇，说这个炮见了敌人自己就能发，不用人来打。说打完罗刹之后，这炮自己回山了。在乾隆和嘉庆年间，这炮又出来三次，最后一次在光绪年间，罗刹占领六十四屯的时候，把中国人糟践得太苦了，这"大将军"又出来了，一炮打死一百多罗刹，以后又回去了。

第六十章　贝勒尔巧惩作令阿

（一）

李智远的大炮造好后，全军的士气更高了。萨布素就寻思怎样尽快地攻占雅克萨，把罗刹赶过尼布楚。这天，萨布素把彭春、郎坦、瓦礼祜、林兴珠、依兰副都统、盛京副都统、京城副都统、四武举、李智远及一些协领一起请到中军帐，萨布素说："我们现在是粮草充足，兵强马壮，根据我和彭春、郎坦大人的侦察，攻占雅克萨前前后后有三千人足以够用。现在我们已经有这些人，而且可以水陆并进，尤其是李举人来了后给我们造出子母开花炮，更使我们如虎添翼。下一步我们应该派人到修道院侦察一下那里的情况，最好是抓一个罗刹兵。是头目更好，能使内部的情况都知道。"大伙儿琢磨让谁去呢，想了半天，又想到贝勒尔，他在打探上是立了一些功。这人机智、灵活，胆子又大，能随机应变，又是雅克萨当地的一个头人。萨布素就同意让贝勒尔去打探。萨布素又说："咱们的军队需重新编练一下，这样才能适应修道院以西的战争。"

大家说："请将军说说自己的想法，我们看一看怎么样。"

萨布素说："编一个一百人的炮兵牛录，设一个管带，专门管大炮。平素间就是训练炮手，尤其是要尽快学会使用子母开花炮。就由李智远担任管带。"

李智远说道："我从关里来，虽然我带来了先父所研究的子母开花炮，但恐怕很多事都不懂。我是个汉人，这里都是清兵，是不是不方便吧？"

萨布素说："我们这个军营里有一个规矩，不管是什么民族，只要他有能力，就大胆任用。说我有罪的时候这也是一条，说我乱用汉人和满人。但我认为不管是什么人，只要有一技之长，能忠君报国，都可以任用，可以按功行赏。"李智远一看也推托不出去，也就拜领了。

萨布素说："根据咱们现有的火枪，可以编一个三百人的火枪营，这个由瓦礼祜副都统担任起来吧。"

瓦礼祜说："我要和四武举一起来管。"

萨布素说："对，我也想到这个了。"就封了四武举为营官。"萨布素又说了藤甲兵的事，林兴珠的爵位很高，在打台湾的时候立了很大的功劳。

萨布素说："林大人还是带藤甲兵，藤甲兵在我们这里真可以算是刀枪不入了，希望多发挥些作用。"林兴珠连说行。然后又编了弓箭营二百人，马队四百人，由刘黑塔和梅赫勒兄弟带领。他们各自领命。最后是战船，这时有大的战船五十条，中的二十条，小的有十多条。由盛京和京城兵二百人来押运粮草，凡是夺下的城市都由京城副都统负责管理。中军帐是山东十八个勇士和关帝庙八壮士加上姊妹营，还有一些比较有武艺的人留在中军帐以防万一。合计好了，各人回营就准备起来。尤其是李智远训练炮手很有方法，自己身先士卒，自个儿管理有一套。把各种技术能教给炮手，练得熟练。火枪营专门练瞄准和装枪的速度；藤牌兵练下河；弓箭手猛练射箭。战船正在修理，押粮运草的从蒙古、盛京往这里运粮。还设了一些碾磨坊，这样大家都是齐下火龙关的，积极备战。

（二）

再说贝勒尔，接到命令后寻思，我要带人多去反而不利，敌人容易看破，我就带两个人吧，就带了两个精明强干的人走了。

贝勒尔寻思，我怎么能进修道院里面得到情况呢？哎！我找一个人吧。这人是谁呢？叫作令阿，当年和贝勒尔是很亲切的。以后作令阿投奔根特木尔了，把贝勒尔恨得不得了，找他几次都没找到。他俩分手的时候，作令阿只是贝勒尔手下的一个小头目，他投根特木尔以后，根特木尔封他一个佐领，和贝勒尔一样。贝勒尔想我只有通过他探得敌情，因为作令阿很受罗刹的赏识，他抓了不少达呼尔人，出了不少坏道道。达呼尔人一提作令阿恨得咬牙切齿，甚至比恨罗刹还要恨。有些事罗刹办不到他能办到，他可以混到达呼尔人中间来，然后抓走几个人质，还抓了不少女人送到修道院。

修道院本是一些姑娘不愿结婚加入东正教的，到那里当修女，就像中国的尼姑庵似的。可是这个修道院是罗刹把抓来的中国妇女，强迫加入东正教，然后分给他们有功的罗刹兵。修道院分中城、东城、西城共三个城，作令阿住在东城。那里除了罗刹头以外，就是他当头。为了方便他在城外住，贝勒尔他们走到离东城不远的地方，贝勒尔说："你俩别进去，我一个人进去。"

这二人说："那不行啊，你一个人进去多大的危险啊！"

贝勒尔说："你们只知其一，不知其二。如果有危险，别说咱们三个人进去，就是三十人进去又有什么用呢？人家有一二百人，我一个人去有活的余地。你俩在这里等我，如果我四天回不来的话，你俩赶紧回营里去报告将军，让他另派人来侦察。这四天里你们不要离开，也绝对不要让敌人看到。"那两人说好。

贝勒尔本来就穿着达呼尔人的衣服，径直就奔作令阿屋里去了。作令阿的房子盖得很阔，洋不洋、中不中的，盖了三间正房、三间门房。三间门房有大旋门，是沙俄的那种样子，虽说是草房，但盖得很阔气。门房还有传令兵，贝勒尔到了跟前不容分说就朝里闯，传令兵说："你是干啥的？你找谁？"

"我找作令阿，你就说是一个老朋友来看他，让他接见我！"传令兵一看这人挎着刀，来势挺凶，就赶紧进去报告作令阿，"大人，外面有你的一个老朋友来看你。""嗯？谁呢？"传令兵没关门，贝勒尔随着就进来了。

一掀门帘，作令阿一看是贝勒尔，脸当时刷一下子就吓白了。要想动手，贝勒尔手里拿着腰别子，就是像洋炮似的一个短枪，一尺来长，能打十来步远，是从罗刹那里得来的。贝勒尔想这只能打一枪，再有事就不赶趟了，就让铁匠照样再做一个。没事的时候，他就两只手都练，结果两只手都能打。

作令阿一看他进屋，刚想喊来人，贝勒尔说："你不要动弹，今天我来是找你的。你要是个达呼尔人，就听我的话；你要去告诉罗刹，也行，你也没有命。我是来者不善，善者不来，你老老实实听我讲几句话。"

作令阿一看自己是赤手空拳，虽说他是给罗刹做工的人，但罗刹一般是不给发枪。贝勒尔的枪口正对着他，作令阿的脸也吓黄了，眼睛也长长了，说："你有什么事情可以吩咐。我原来是你的部下，我到这里也是没有办法；我出于无奈，才跟了根特木尔。"

贝勒尔说："你先别说这些没用的，我问你要活要死？"

作令阿说："要活怎么的？"

"要活就得听我的，我怎么说你怎么办。咱俩都是达呼尔人，我不杀害你，你退回到咱们大清国来。如果你嚷一声，你马上就没命了！"

作令阿胆子比耗子都小，他寻思我哪能随便死呢，我先把你稳住，然后找机会抓你。作令阿说："你是我的大人，你就吩咐吧，我一定照你的话去办！"

两人正说着，传令兵来报："城内有一个罗刹十人长来见你，可不可以让他进来？"因为这兵也知道是来了一个大清的官。作令阿寻思这下可好，就对贝勒尔说："你看来了罗刹头目了，你是不是躲一躲？等他走了以后咱俩再商量。"

贝勒尔说："什么！让我躲一躲？我不躲！让他进来，我告诉他我是大清的兵，是你把我找来的。如果把我抓去了，你也好不了！"

作令阿没想到这一招，说："这哪能呢，你还是躲一躲吧！"

贝勒尔说："不行！你快让他进来，我在你的后面，装你的仆人。我带着腿叉子，如果你一讲错话，我就白刀子进去红刀子出来。"说完就把明晃晃一把腿叉子拔出来："我在后面保护你，他问你什么你就答什么，但是绝对不许说出我的名字来！"

作令阿说："行！行！"

贝勒尔说："快让那罗刹头进来！"作令阿捏着鼻子对传令兵说："快把十人长请进来。"

贝勒尔说："你迎到门口。"作令阿只好站起来去迎，贝勒尔在后面跟着，紧用腿叉子碰他，作令阿到门口说："哎呀！十人长来了，快请进，请进！"一让让到西屋，两人坐下。

十人长用眼睛一撒目，屋里也没有谁，就是后面站着一个人，就问："你后面站的是谁？"

"是侍候我的。来人上茶。"上了茶，十人长就说了："最近清兵的萨布素带着兵马就要来了，你可要提高警惕，他惯于派人混进我们内部侦察。你这里没有闲散杂人吗？"

作令阿稍微打个盹，贝勒尔就拿腿叉子在后面捅一捅。他冷丁一哆嗦，说："没有，我四外都搜查了。请你回去向大人禀报，说我一定看住东西的大门。"这两人唠了一阵子。十人长说："大人要你在外面加强防范，对形迹可疑的人马上抓起来，不管是真是假一律送城里。"这时这罗刹头端详端详贝勒尔说："这人我上次来怎么没看到过？他怎么不说话？"

作令阿说："大人你不知道，他是我从下面调上来的，昨天才来，你不认识他。"

"好，我看你这个人挺英勇，好好侍候大人，将来有你的好处。"

贝勒尔说："谢谢了!"说完了，罗刹扬长而去。

他一走，作令阿心里有点底了，对贝勒尔说："我说是不能害你嘛!"

贝勒尔说："先不要谈这个，下面咱们研究第二步，明天你把我领进城里。"

作令阿说："那我可不敢领，一旦被人发现那可怎么办?"

贝勒尔说："你不要解释了，明天你领我进城!"接着就告诉他怎么领进城。作令阿想：我进了城再找机会抓你。

贝勒尔说："睡觉!"就在炕上睡。作令阿一看被缠住了，没招了，睡觉了。贝勒尔不敢睡，作令阿一动弹，贝勒尔就用刀逼他，"干什么?"

"我上外面小便去。"

"在屋里撒。"这样把作令阿看得死死的，想要逃脱是万想不能。只要你眼珠转一转，贝勒尔就知道你想干什么。

（三）

第二天，吃完早饭，贝勒尔还是装作仆人去了。作令阿怀着鬼胎，一是害怕，怕贝勒尔到里面惹事，另外也是在琢磨如何进去收拾贝勒尔。作令阿边走边叨咕："大人，你到里面千万别惹事啊。你要是一惹事，我出来不出来不要紧，主要还是你。"

贝勒尔说："我明白，不要你多嘴，只要你按我的话去做，我就留下你这条命。你的命在我的手里头，我来了就不怕死。"

二人到了城门，罗刹一看是作令阿，说："你干什么来了?"

"我来找百人长商量一些事。"

"好吧。"就开了城门。

又问："这人是谁。"

"我的跟差。"就把他们放进来了。

一进城，贝勒尔的眼睛就不够使了，左看一看，右看一看。看城墙的厚度，兵营在什么地方，哪里是当官住的，哪里是火药库，哪里堆的柴草，都看得挺清楚。作令阿到了罗刹百人长那里，说："明天是我的生日，我们有个习惯，在生日那天要请请人。我想请你去。"

"噢！我们俄国人也办生日，你们是怎么办的？"

"大家到一块儿喝酒，找知近的人在一起。"实际上那时满族和北边各族对生日不大办。就是六十岁要好好操办操办，平素间生日就是家里人办，没有请客的，所以没说出怎么办。

罗刹百人长说："明天，我去不了；我要到中心城去开会，我打发别人去，祝贺祝贺你。"

作令阿说："你去不了，我就打发人送点礼物来。"

罗刹头听了很高兴。作令阿说："萨布素的军队眼看就要到了，我们这边准备得怎么样啊？"

百人长说："没事，咱们都已经准备好了。有大炮、粮草，我们守一个月半个月没问题。"

作令阿说："这我就放心了。听说萨布素的军队挺厉害，我怕咱们的粮不足，兵丁不足。"

百人长说："你可以到城里看一看。"作令阿寻思：你不是光让我看，我后面还跟着一个来侦察情况的。就跟着百人长到城里城外看。

百人长说："看见没有，每一个墙角有四门大炮。"贝勒尔一看就明白了，四门炮有两门是假的，冷丁一看看不出来。一看城墙里也就是一百多人。靠西面是骑兵，东边是步兵，北边是粮草，靠南面是百人长等一些当官的住着。看完了，他们辞别罗刹百人长回来了。

到了半道上，贝勒尔说："怎么样，没事吧？"作令阿寻思："哎！他把情况得到了，我干吃哑巴亏。"

到了作令阿的家，吃完晌午饭，贝勒尔对作令阿说："走，再到山上看看。"

这一说作令阿就害怕了，说："大人，你让我办的事我都照办了，你还让我上山干啥？"

"走吧，我说不杀你就不杀你。"作令阿没办法，后面的刀总逼着，两个人就走了。

作令阿的仆人感到奇怪，今天大人总是和他一起走，也不带一个人，看来这俩人是太密切了。走道的时候手拉手，紧贴着。那人说："人家是老朋友，好容易见面了，再不……"又有人说："我看不大像，我总瞅咱们大人有些害怕呢。"可也不敢怎么的，贝勒尔顶着作令阿上山了。

到了那里，找到了在那里等着两个人。贝勒尔说："看到没有，我还带了两个人，还有部队在山里埋伏着。就看你们怎么样，明天我们三个人一起赴宴，侍候你们，你还是听我的。"作令阿只得答应，四个人一起下了山。

到了作令阿家里，贝勒尔让作令阿安排酒席饭菜。这一吩咐，下面赶紧准备。作令阿说明天是我的生日，仆人们想这生日不是过了吗？怎么又办生日了呢？作令阿道："你们别问，明天你们都说是我的生日，我是以生日为名请客。"好吧，仆人们就忙乎起来了，又宰羊又备酒。到了下晚黑，贝勒尔他们三个人都和他一起睡，轮流看着他，作令阿走一步就跟一步。

第二天，到四更时，上来两个小头目，还拿了些礼物，说："百人长到中城去了，让我俩来代替他。"

作令阿说："那好，那好。"心里想，你们俩来做替死鬼，还不知贝勒尔要什么。

贝勒尔说："我要把这两个人带走，如果你去报告，我把这两个人收拾了；如果你不报告，我还把他们放回来。你照量办吧。"

作令阿想我是不能说，不要说抓不住你们，就是抓住了我也完。说："大人，我一定不说。"这时酒席摆好了，贝勒尔也不吃，他和那两个人约好，只要他一摸刀把就动手。酒喝得差不多了，贝勒尔一摸刀把，这两个人动作飞快，不容分说把两个罗刹头目捂住了。贝勒尔用刀逼着作令阿说："走，把我们送出去。"

作令阿这下害怕了：在我这个地方出了事，可怎么办呢？没等他琢磨好，贝勒尔说："你要是害怕就跟我们走，如果不害怕就在这儿。"作令阿捏着鼻子把他们送到山里。

贝勒尔说："我也不让你为难。"拿起了绳子就把他绑在大树上了，把嘴塞上，贝勒尔他们带着两个俘虏高高兴兴地回萨布素的军营里去了。

作令阿被绑着，干瞪眼没招。过了一个多时辰，家里人来找了，一看见主人被绑在树上，赶紧解开绳子。手脚也不得劲了，搀扶着回来了。

回到家，作令阿来神了，大骂仆人："混蛋！你们怎么也不来帮我抓他。"

"他不是你的朋友吗？"

"什么朋友？"往下他不好说了，打了几个唉声："唉！你们见到主人遇到这么大的难事也不来救。"

"我们知道是大清兵，他就跑不掉了。"作令阿只能生闷气。

（四）

贝勒尔回到营里，萨布素特别高兴。这两个罗刹俘虏吓得筛糠了，看到清兵营旌旗招展的，很害怕。萨布素说："先不用审讯他们，让他们看看各路兵马。"下面的人就领着他们到处看。看到藤牌兵，戴着这么大的帽子，吓得不得了。看完了，萨布素说："看好了吧，你们城里是怎么样的？"罗刹兵就把他们的情况一说。

萨布素问贝勒尔，他们说的对不对。

贝勒尔说："基本属实，就是没有说火药库在西北犄角。"

萨布素把桌一拍说："火药库在什么地方？"

罗刹俘虏战战兢兢地说了。贝勒尔冷丁想起来，我没有看到圈人质的地方，就问："人质圈在什么地方？"

"我们这城没有圈人质的地方，都在中城里。"萨布素又问修道院的情况，罗刹又说了修道院里的情况。萨布素根据他俩说的画出了三个城里的情况，画完了给两个罗刹俘虏看："是不是这样啊？"

"是这样。"

"我也不难为你俩，把你们放回去。带着我的一封信，劝你们的头目或者撤兵，回到你们自己的国土上去，或者是投降我们。只要你们走，我们不追不打。不然的话，我们就要攻城了。"

"是！是！"这俩小子就回去了。

回到城里，就跟百人长说了，作令阿怎么带着贝勒尔把他俩抓了。百人长一听气得两眼冒烟，赶紧把作令阿找来，作令阿没法说清，就被罗刹砍了头。

这两个罗刹兵说："大清兵可了不得了，咱们可打不过人家。人家有一种大帽子兵，用刀也砍不透；人家的挡箭牌又大又轻，什么样的箭、枪都打不透。"这一说罗刹都很害怕，一传十，十传百，越说越神了。说能飞檐走壁的，说得大家人心惶惶。从那开始，谁也不敢到城外，城内也加强了防范。

萨布素自从把这两个罗刹俘虏放回去以后，就加紧准备攻城。一天，传令兵来报，宁古塔五百个新迁户到了，一些官员的家属也到了。萨布素赶紧安置他们，住房、吃粮、柴草、牲畜都早准备好了。都住在江南江北一带，分建了二十四个山屯。这里光萨布素的家族就来了五六十人。

这样黑龙江的农业又进了一步。过去是乱刨乱种，现在宁古塔来的人种地有了经验，也会种菜，这样黑龙江有了新的发展。这样安排了七八天，萨布素就准备攻打修道院。

第六十一章　奥兰特血祭瑷珲

（一）

要打修道院，萨布素考虑一下先攻左城，不用带很多人去。就和彭春商量，彭春也有他的想法：我到这里来了，应该立个功，我来拿这个城吧。这样我回去奏本，皇上对我一定能奖赏。也有点小心思。萨布素有些大意，认为拿下这小城问题不大。想让敌人知道，我们的大军没到，用我们的先锋就可以拿下来，给敌人一个下马威。这样两个将领都缺乏慎重考虑，以后就出了一些问题。

萨布素对昌顺说："你跟彭春大人先拿下这个城堡。"

昌顺挺高兴说："得令！"

昌顺回到家里跟奥兰特一说，奥兰特说："你出去，一定要多加小心。"

昌顺说："没事，你放心吧，拿下这个小城堡我想还是可以吧。"两个人结婚之后感情特别好，对待老人也是很孝顺，对生身母和养母都很好。奥兰特没爹没妈了，她们也把她当自己的姑娘一样看待。奥兰特赶紧给昌顺收拾东西。

第二天，开始行军，萨布素告诉彭春："你们几个可要注意，一定要等到我们的藤牌兵上去把江堵住，截住它的援兵，你们才动手。到那里能打开城就打，打不开就别打。尽量不要冒险前进，也不要守城。如果敌人很强，你们可以退到山里，不要硬拼。"说完了，彭春和昌顺带着一百多人就走了。

到了那里一看，这城墙修得很讲究、很整齐，外面也没有桩子、鹿角，只有一道城壕。究竟怎样攻取呢？昌顺因为彭春是都统，要听他的。彭春没看得起敌人，就派人去看看藤牌兵是否到上游了。一听说已经开到上游了，彭春就告诉昌顺，"南面不围，离江只有半里来地。你领人去攻打北面，我攻打东面。西面他们跑不出去，藤牌兵有三百多人，可以截住他们。"这样彭春领一百多人，昌顺领五六十人开始攻城。

这城不好攻，刚刚攻了一个时辰，就觉得里面的枪炮声稀稀拉拉的，里面的人似乎少了些。昌顺在北面攻来攻去，就好像里面根本没人似的，东面还有些人，也是零零星星地一会儿打一枪，一会儿放一炮。以后全城都寂寞，一点儿声音也没有了。

彭春觉得纳闷，里面的人都打死了？也不能啊，彭春下命令："往里攻！"这时集中几炮，就把门打开了，一打开门，清兵像潮水般涌进去。一看是个空城，罗刹全退出去了。

彭春一看可高兴了，这些敌人真不抗打，没打怎么的，就跑了，罗刹是害怕咱们。昌顺也进去了，一看这样，觉得不太对劲儿，就跟彭春说："大人，我们得赶快往外退，不退的话我们恐怕要中罗刹的计。"

彭春说："什么计？"

昌顺说："我们并没有消灭他们多少人，我们占了城，他们有可能包围我们。"

彭春说："哎，这太过虑了。不会这样，占城！"这下就占了城，城不大，但有十字街、炮楼子。清兵一看库房是空的。

昌顺又说："大人，我看得赶快退，我父亲也说了到城里不要久占。"彭春将信不信，将要命令往后退的时候，就听四处的枪响了。西墙底下修了一个地洞，地洞修得挺大，墙外可以进来。清兵没有发现这个地洞。罗刹兵一百多人围在城外，里边也钻进来五十多人，拿着刀、短枪。彭春他们一不小心，结果是吃了很大的亏。这时彭春连说："赶紧往外退！"可是已经晚了，四面的门被罗刹把着，从城门出不去。一下子我们死了十几个人，其余人出不去了。

昌顺说："彭春大人，我们赶紧豁出命来抢东门，东门还是好抢的，能跑出去多少是多少，跑出去后赶紧给我们主营报信来救。"彭春下令抢东门，总算是把东门抢到了。

人们一出去，罗刹就从四面围上来，清军退出去有半里多地，又死了八九人，还是退不出去。昌顺最后咬牙说："大人，你带着人先走，我断后，我可以带人抵挡他们一阵子。"

这时有一个宁古塔的扎拉礼哈拉说："我也和昌顺在一起断后。"

彭春说："这样你们的危险太大，我们还是一起往外撤吧！"

"不行了，这样我们全军都要保不住。我俩挡住道口，谁往前来我们就打谁，这样可能突围出去。"

彭春觉得难过，对不起昌顺，那时听昌顺的话尽早地退出去，还不至于这样。他也在后面跟着，边打边退。这时罗刹有二十多骑兵上来了，昌顺气得红眼了，抢起大刀就砍马腿，一连砍了十几个。彭春受伤了，昌顺什么也不顾了，蹿到他跟前说："大人，你不要管我，我能顶住，你赶快退出去，告诉我父亲赶紧来援兵。"彭春掉着眼泪往外撤。

（二）

再说昌顺和扎拉礼，两人退往道南两棵大树后，这样有七八十号人也上不来。彭春给他们留了四五支鸟枪，扎拉礼就帮着装枪，昌顺放枪放得很准，敌人一时上不来。昌顺估计咱们的人退得差不多了，就对扎拉礼说："咱们也往后退。"就在这时候，罗刹把大炮调来了，一炮就把昌顺的左腿打折了，但跑不了。扎拉礼一看要给昌顺包扎，昌顺说："你赶紧走，我们的队伍还不远，我还顶得住。"

昌顺虽然腿折了，但咬紧牙关，靠在树上，对付敌人。在他跟前又撂倒七八个敌人，敌人又放炮，这一炮把昌顺的左手打掉了。昌顺眼睛都红了，右手拿着刀准备和敌人拼，敌人不敢上。昌顺对扎拉礼说："你赶紧走，现在我一人挡着能行了。"扎拉礼能干吗，一定要一起走。昌顺说："我走不了，你在这里就是被打死也没有用了，你赶紧走，到营里去。"

正当昌顺拼命挡住敌人的时候，鼓春的前哨兵到了营里，报告了萨布素。萨布素一听知道是坏了，立即集合了一百多人出发。尤其是奥兰特，一听昌顺在后面截住敌人就急眼了，骑着马就往前冲。昌顺还咬紧牙关对付着。敌人一看清兵的援兵到了，就往后退，清兵一鼓作气就攻到城里。

奥兰特到树底下一看，昌顺的腿折了，只有一丝的呼吸，赶紧把昌顺抱到怀里，放声大哭。紧个招呼："小将军啊，你看看我！"昌顺半天才睁开眼睛，看了看奥兰特，又垂下头去。这时萨布素也赶到了，赶紧摸着昌顺的脑袋，说："昌顺啊，你快睁开眼睛吧！"

昌顺听到他爸爸的声音，又睁开眼睛，微微地点点头，往西边指了一指，这时已经说不出话来了。这时魏海等众人到了，大家都掉泪了。赶紧往回抬，可惜一抬上车昌顺就咽气了。奥兰特说："你们把昌顺拉回去，我一定抓住杀昌顺的罗刹头目，不抓住他，我誓不罢休!"说完骑着马就往前撵，萨布素赶紧打发人在后面跟着。

敌人在退，清军的马队在追。可是谁也跑不过奥兰特，奥兰特两眼都红了。正赶上藤牌兵也夹道攻起来了，把一百多罗刹消灭了一大半。奥兰特往前一看，有两个罗刹在跑，看样子像当官的，立即往前撵。

罗刹看到有人追，马上开枪，奥兰特来个镫里藏身，一直追到跟前，奥兰特猛一翻身，手起刀落，把罗刹头目脑袋削下来了。拎着脑袋就回来了，撵上昌顺的灵车，趴在后面，一直不吱声。

到了营里，祭奠昌顺，引出来奥兰特勇踏敌营的壮烈场面。

昌顺的两个母亲也知道了，想要出来。萨布素告诉士兵不要让她们出来，等把昌顺收殓完了，再让她们出来，让她俩明天早上再看看昌顺的遗容。她俩不知道昌顺已经死了，总觉得发生了什么大事似的，坐卧不安。等到掌灯以后，将军才回到自己的帐篷。两个人过来了，老嫂子说："叔叔，这个仗打得怎么样？ 昌顺领兵回来了没有？"

萨布素没有吱声，最后打个咳声："昌顺立了大功了。"

"他立了什么功？"

"任何人都立不了的功。"这时下面人把饭端来了，萨布素说："我到军营里还没有喝过酒，给我两杯酒。"大家很纳闷，看将军的神色不对。酒端上来，萨布素恭恭敬敬地把酒杯举过头，两个人惊讶了，这怎么了？

萨布素说："这是给咱们的孩子昌顺喝的，咱们的孩子没白养他，值得我们纪念他。"然后把酒倒在地下，眼泪唰地掉下来了。这两个妇人一看明白了，昌顺是死了，两个人抱头痛哭。

萨布素半天没吱声，最后打一个唉声："嫂子，你不要哭了；夫人，也不要哭了。人死了，哭也救不活，咱们的孩子还是死得值得吧!"就把昌顺怎样阻击敌人，救出全军的事说了。

这两个人正在哭的时候，奥兰特也进来了，就给两位老人跪下了。奥兰特已经换上孝服，达呼尔人用白布上肩，用白布包脑袋。俩人抱着奥兰特又哭了一阵子。

这时瓦礼祜来了，劝了一会儿。萨布素看了看大家，说："升帐，今天下晚黑要连夜议军事。"吹了紧急号角，大家都来了。萨布素没等说话，眼泪就掉下来了。彭春觉得很过意不去，对不起萨布素，也掉了泪了，深深地给萨布素请了一个安。萨布素赶快把彭春扶起来，"大人请起。"

彭春说："我对不起你啊！我也对不起昌顺，他真是满族的一个巴图鲁!"萨布素眼泪簌簌掉下。大家劝他:"孩子死了不能复生。"

萨布素说:"不!我不单是哭昌顺,我恨我自己。我不够一个将军,我对敌人太麻痹了,才有今天。我也哭这二三十宁古塔的兵。我打仗还没有这么大的伤亡,都怨我指挥失误,我哭的是这个。"大家又劝了一阵,这时四武举、吴汉槎、伦昆老人都来劝解。

萨布素说:"今晚我们就商议如何控制全军的情绪。现在军里的气氛很悲痛,咱们怎么提高士气?昌顺明天一午更就安葬了吧,然后集中力量攻打修道院去。"大家一起研究了半宿。

(三)

第二天,有人来报,奥兰特没了。一会儿又来报,二十个勇士也走了。又来报魏海也领几个人走了,找也找不到,撵也撵不上,他们半夜就走了。

先说奥兰特,奥兰特回到自己的房里就想起和昌顺的恩爱,想想自己活着还有什么意思,不如拿一根绳子吊死得了。哭到半夜,把绳子挂上去了。可是哭了半天,人一站起来就眼前一黑倒在地上了。一看门开了,昌顺进来了,浑身都是血,把奥兰特扶起来,说:"奥兰特啊奥兰特,你太没有志气了,你为什么要这么死呢?前面有的是敌人,你应该杀敌立功,为我报仇!"奥兰特刚想说话,醒了,原来是一个梦。又迷糊过去了,连连做了三个梦都是这样。一寻思这是昌顺让我替他报仇。她就到昌顺的灵跟前,痛哭一阵,说:"小将军,你等着我,我一定替你报仇!报了仇以后,我再和你一起走。"

奥兰特擦了眼泪,拿起刀,骑上马就出去了。敌人这时不在城里,咱们也没有进城,都在城外驻扎。奥兰特到城里转了几圈,也没看到敌人。又往西走,就碰到敌人的第一道卡子,可是一个人急眼了,十个人也挡不住。奥兰特这时根本不管你放枪不放枪,冲上去就削。一连削了三道卡子,六个罗刹。那时她也不使枪了,就用刀砍,奥兰特的马上功夫一般的男人也赶不上。现在她的马和人都分不开了,她的马就冲进敌营去了。后面杀声震天,一看是魏海也带着刀杀进来了,两下在一起杀了一阵子,魏海告诉这些兄弟圈住奥兰特,不然的话她一个人继续闯进去就危险了。这样奥兰特就被圈回去了。

这时萨布素派来的人跟上来了,把他们接回去。萨布素亲自出来迎接，对奥兰特说："这都是当爸爸的对不起你，是我指挥的不好，给你造成痛苦，我一定把你当作自己的亲生女儿！"

奥兰特跪倒在地上，哭着说："我知道老人家对我的厚意，您对我的恩情真是天高地厚。我和昌顺的……不过，您老可以放心，我一定要找到罗刹带兵的头，我要杀他，为昌顺报仇。如果您老不答应的话，我只好自尽了。"

萨布素说："孩子，你一个人出去有多大的力量？"北边的少数民族人有一个特点，当他下了一个决心时，任何人都说服不了。萨布素知道这个特点，怎么劝也劝不好，就派人守着她。

奥兰特是什么也不顾了，就在大伙儿看着她的时候，她又跑出去了。别人也拦不住，后面的人跟着，可是她的马跑得很快，又杀到敌营里去了。杀来杀去，天黑了，再一找，奥兰特没了。萨布素急得像热锅上的蚂蚁，两位妈妈也顾不得昌顺了，就为这媳妇担忧。一直到天亮，奥兰特还是没回来。萨布素派人去打探，去找。

营里准备为昌顺送葬，萨布素一再告诉不要过分悲伤，可是他那牛录，那时他已经是佐领了，都戴上孝，他的朋友都戴上孝。在祭奠昌顺的时候，只见西面有一个人飞马而来，拎着一个人头，浑身是血。到灵前跪下来了，正是奥兰特，胳膊没了一只。她到灵前扑倒在地，哭也哭不出来了。大家刚要搀扶她，她突然爬起来，把那个人脑袋放在祭桌上，那人头正是罗刹百人长的脑袋。

怎么回事？说来也是该着，奥兰特闯出去就是一心想抓罗刹这个头，偏赶上这罗刹也心血来潮了，说："你们先走，我在后面兜着。"兜来兜去过道了，正是冤家路窄，在树林子和奥兰特碰上了。别的罗刹也上来了，好虎架不住一群狼，这样奥兰特整得浑身是伤，最后左手也被削掉了。她杀死罗刹百人长后用右手拎着人头就跑回来了，她一心要用这个脑袋来祭灵。

在灵前把人头放上祭桌后，奥兰特又昏过去了。萨布素赶紧到了跟前，不断地呼喊她。她慢慢地睁开眼睛，两位母亲也出来了扶着她。奥兰特望着两位母亲，又瞅瞅昌顺的灵牌微微一笑，大家知道这是奥兰特为昌顺报仇了。

萨布素说："孩子，你已经为昌顺报仇了，你好好休息吧。"这一说奥兰特掉了几滴眼泪，长叹了几口气，两个眼睛慢慢地闭上了，奥兰特为了给昌顺报仇，也牺牲了。

第六十二章　智捣魔窟

（一）

奥兰特死了，全军也举哀同悼。大家都说："老天爷，你太没长眼睛了，这么好的两个人，为什么让他们年纪轻轻就死了呢？"萨布素也像木雕泥塑一样。在军队里，比较简单地举行了两个人的祭奠仪式，然后安葬在一起。

部队休息了一天，萨布素翻来覆去在想：我不能为自己的孩子过于伤感，在战争中，有多少人就这样死了呢？皇上给我的重任是要肃清整个罗刹，让我尽快地拿下雅克萨城，我要不辜负圣上的恩诏，先把修道院拿下来。就回到自己的公馆，看看自己的老嫂子和夫人，两个人都哭得像泪人一样，萨布素再三劝说。

这时已将近半夜了，萨布素看她俩不哭了，就信步走到院子里去。一看月亮出来挺高的了，有时又让云彩遮住了，萨布素来回地走。想到昌顺三岁就交给老嫂子，到十八岁我才看到他，跟着我也就是两三年，这两三年的工夫他立了很大的功劳，可是怎么死得这么快呢？唉，别想了，我还是集中精力打罗刹，这样我报了国仇，也报了家仇。

这时他发现还有一个人来回走，正是他的大儿子常德，就说："你还没有休息？"

"是，爸爸，你不要过于悲伤。我兄弟死得值得，我也应该这样。"爷儿俩互相劝勉一番，这时东方已经发亮了，他们才回去。

第二天，吃完早饭，萨布素召集大家，专门研究如何攻打修道院。现在拿下一个城，还有两个城，这两个城防备得更坚固一些，修了挺多的塔，塔上有瞭望哨，能看得很远。上面还有四种颜色的旗子，上面一摆旗，下面就知道情况。另外四角的炮也很硬，他们仿造中国的古城墙，把四个城墙角都突出，四个角的炮能相互照顾到。墙头上的罗刹兵未设巡哨，两个城有三四百人，中间有哨所，修得很坚固，也是用旗语传递消息。这些事贝勒尔已经侦探得比较清楚了，大家纷纷出主意如何攻城。最后李智远说："我有些想法，要说一说。根据我看，敌人有几个难攻的地方，是一个是前后的联系非常周密。第一城出事了，第二城马上能知道，这就是头尾相顾啊。"大家一听是这么回事。"第二个难攻的地方，是他们的武器比较精良，炮掩盖得挺严。但是敌人也有弱点。"

大家问："弱点是什么呢？"

李智远说："根据贝勒尔打探的情况看，罗刹把所有的兵力都集中在城里头了，这样我们就能瓮中捉鳖。"

大伙说："可是城墙不好攻啊。"

李智远说："这好办，我们先把当间的哨所拿下来，让它首尾不能相接。我们再兵分二支，两个城一起攻打。咱们攻下中间的哨所，可以把这个作为咱们指挥的地方。攻城的攻两面，咱也利用旗语，东面和北面攻的时候，南面西面不要攻。敌人一定上东面和北面，我们的旗语一换，又攻它的南面和西面，敌人不知我们要攻哪里，就像热锅上的蚂蚁似的。攻一阵子，敌人也弄糊涂了，我们就在敌人最弱的北面搭上云梯攻进去。我们要集中火力，保护登云梯的人，这样就可以攻进城去。"

萨布素听了说好，大家也频频点头，心里暗暗称赞，真是一个文武双全的举人！最后萨布素发令：把大炮调到挨着城的两个山头上去，看到红旗一举就开炮。用火枪队把两个城的东和西面围住；南面离大江不远，由藤牌兵围住；西面准备云梯。把魏海、刘黑塔、四武举等一一分配好。安排好了，准备行动，看犬的老人说："我有一些事情，我看这样的攻法很好。我建议由藤牌兵登城，或者让登城的人穿上藤牌兵的盔甲，这样的伤亡小。"

萨布素说："对呀，我们训练了一百个专门登城的人，可以让藤牌兵借一百套盔甲给他们。"因为这藤甲轻，往上好爬，藤帽很大，不怕刀枪，这样登城的队伍也武装好了。

（二）

第二天早晨，战鼓就擂起来了，号角也吹起来了，实际主力部队还没有动，因为要等那二十条大汉专门拿下哨所后再行动。这二十条大汉还带些刀从树林里直接插向哨所，哨所正在给两个城里打旗语，告诉清兵还没有来。这二十多个人以迅雷不及掩耳的速度突然冲上去了，一上来就把哨所拿下来了。哨所里也就是十几个罗刹，整个被这些大汉按在地上，把他们的衣服扒下来穿上了。

原来两个红旗一摆，说明敌人是从主城攻进来了；两个白旗一摆，说明是攻西城；一个白一个红旗就表示是两个城一起被攻了；晃蓝旗是说敌兵没有过来，这个信号我们都掌握得很准。我们的人掌握了哨所后，萨布素来到这里，哨所成了清兵的指挥所。

罗刹还不知道这情况，清军刚出来的时候是鼓角齐鸣，现在是偃旗息鼓。罗刹一看哨所晃的是蓝旗，噢！是清兵没来，罗刹就放松了。可是清兵一看晃蓝旗，就朝西城开炮，这样叮咣就攻起城来了。主城的罗刹一看，摆蓝旗怎么打上炮了呢？净扯淡！敌人没来就害怕了，乱放炮，忘了这个旗语了，也没有出去接应去。罗刹如果去接应，清军部队就很危险。

两城的罗刹恼火了，敌人已经攻上来了，中城的人怎么不出来接应呢？一看还晃蓝旗呢，直骂敌人上来怎么还晃蓝旗呢，还寻思是他们自己的人在晃旗。清兵攻了一阵子，就把东城攻了一个大豁子，穿着藤甲的登城兵就登上去了，两城被冲开了。

东城的罗刹觉得不对劲，哨所还在晃蓝旗呢，最后改了，改成红旗了。红旗一晃，清军就是万炮齐鸣了，这就开始攻东城了。东城的敌人一看红旗才想到清兵来攻城了，想出击不赶趟了。萨布素的一千来人把东城团团围住，两城的敌人跑了一半多，可东城的敌人一百多人大部分被包馅儿了。投降了二十多个，逃跑了十几个，其余都被消灭了。这样把盘踞在我国国土上多年的一个魔窟给彻底消灭了。

战斗结束之后，把整个兵力都进驻修道院。这样，从瑷珲自西七百里地方的罗刹整个被肃清了，大片的国土收复了，各族人民到处传喜讯。

第六十三章　将计就计

（一）

当地各族人民听说修道院这个大魔窟解决了，奔走相告，一些躲在深山老林的难民都出来投萨布素的大营。

修道院西面靠近雅克萨的地方有一条河，叫齐勒儿河。附近住的都是鄂温克的人，上下有四五个部落，零零散散地住了有二百多户人家，专门靠打猎为生，弓马娴熟。夏天打个狍子、鹿的；冬天打各种皮张；春天打茸角，生活过得很安稳。拿着皮张可以到宁古塔、盛京换各种东西。这里有一个头目人——嘎珊达，他们还没有编入到八旗里，清初的时候没有编入八旗的也在每乡设了头目，乡的头目叫嘎珊达。

嘎珊达名字叫齐勒尔，没受过皇封，每隔几年就大家推选一次，大家推选谁谁就是头目人，也归瑷珲管辖。齐勒尔有四十多岁，为人挺精明，对老百姓没有什么官架子，有事也是大家商量，这二百来户人家过得倒是挺和气。在头几个月来了一百多罗刹兵，还有五六十根特木尔的兵，到了这里又是抢东西抢人，又要抓人给他们干活、修城堡、拉车。女的就更不用说了，长得比较好的抓去就糟蹋，日子没法过了。

一天，齐勒尔跟大伙儿说："咱们这样下去不行，根特木尔的兵比罗刹兵还厉害，他们懂得这地方的风土人情，咱们斗不过他们。再这样下去的话，我们这二百多户人家都得死。"大家面面相觑，不知怎么办好。

齐勒尔说："听说萨布素巴图鲁领着兵把修道院也拿过来了，咱们的人有五十多在罗刹的城堡里干活，咱们是不是投奔萨布素去？如果愿意去就跟我走，只要我在，我一定把你们送到萨布素的大营里。要是不愿意的话，我也不强制，愿意留这里也行，投别的亲友处也行。"

这些乡民一寻思也是，再这么下去都得死。合计下来，咱们就连夜走吧。"那人质怎么办？"有人问。

齐勒尔说："那我们也没办法了。我们也没有能力来解救，咱们只能尽快找到萨布素，把情况向他回禀一下。让他赶快发兵，把那两个城打下来，把人质救出来。"

"好吧！"乡亲们连夜收拾东西，拿了些主要的东西，绕着山撤出去了。走了有一百二十多户，有四百多人。齐勒尔说："咱们这么多人走是不行的，咱们分成几拨：一拨从南山往东绕，我们从北山往东绕；你们这一拨从沟里绕。带些精明强干的人，一些老弱的人交给我，我走的道安全些，你们的道危险些，可要多加小心啊！"然后分成两拨就走了。

（二）

先说齐勒尔这一拨，他们在大道上走。道东有一个城堡，道西也有一个城堡，住的都是罗刹兵和根特木尔的兵。一个城都有五六十人，由一个百人长领着，虽是这样，但两个城堡的敌人互相不服气，不太来往。为了争东西、抢人质，两个经常闹口角，以至打架。齐勒尔这拨到这里的时候已经是黑天了，走着走着就听到后面人喊马叫地来了，齐勒尔一看，不好，让乡民们赶紧躲到草棵子里去。肯定是罗刹来了，打着灯笼火把地上来了，他们撤到道旁，连动也不敢动。

这些人也没往两边瞅，直接奔东城去了。到了城门喊了一阵子，城门开了，一开门出来人，两下就打起来了。打得不可开交，你撕我耳朵，我拽你鼻子，连打带骂的。

齐勒尔很奇怪，你说他们不是一伙儿的吧，他们都是罗刹兵；你说是一伙儿的吧，打得这么狠。齐勒尔经常出外，对罗刹的话多少也懂一点。听他们在说："你们把我们的姑娘抢来了，今天你们不把她们还给我们，你们就别想活。"那一边人说："啊！这姑娘不是你们的，是我们从莫斯科那边要过来的，是侍候我们的。"两下是为了争这几个姑娘打起来的。

这时从东门出来三匹马，前两匹马还挑着两个灯笼，一看是个大官，来到跟前说："你们打为了什么？"一个罗刹说："我们从莫斯科弄来几个姑娘，他们硬说是他们的。"又有一个罗刹说："启禀大人，这两个姑娘是我们从莫斯科找来的，应该给我们。"

那当官的说："你们俩是为了姑娘这么打，还有完没完？把那两个姑娘找出来让我看看,我怎么不知道呢?"

这一说就去找姑娘。大官说:"找出来问问她们愿意到哪个城就到哪个城,有什么可争的?"一个罗刹十人长指着鼻子把这两位姑娘找出来了。齐勒尔在草棵子里一看,这两个姑娘是长得挺好看的。这两个姑娘到了跟前,大官说:"你们说吧,是投奔谁来的?"

这两个姑娘瞅了一眼说:"我们谁也不投奔,我们是被抢来的,也知道是被谁抢来的。"这一说两边罗刹又打起来了。

齐勒尔一看这好啊,我可以利用这个机会。就和几个人合计:"你们敢干吗?我们乘他们打架的机会到城里去给他们放一把火,他们更急了,就会互相打死几个。"

"好啊!"挑了几个精明的人,带了引火器材,溜进了城。

罗刹光顾打架了,也没注意。他们溜进去以后,到了柴草堆就放起火了。没有一袋烟的工夫,东城就着起火了。东城的罗刹就急眼了,"好哇!你们不仅抢我们的姑娘,还放火烧我们,我们和你们拼了!"这下就把西城打死一两个人。罗刹兵最野,自己人打架也往死了干。西城的罗刹也急眼了,打得难分难解。

齐勒尔一看可乐了,好哇!我们把西城也点着它,这样把西城也点着了。西城罗刹一看自己的城着了,好哇!你们点了自己的城整我们,现在把我们的城也点着了,这样两城的兵都打起来了,可热闹了。当官的说话也不好使了,打得天翻地覆。当官的没办法,拽着两个姑娘到一旁去了,紧着招呼也不好使。

齐勒尔说:"好,咱们赶紧进城,把剩下的罗刹杀死,把人质救出来。"这些人就一哄而上,进了城把剩下的几个罗刹都杀了,把二十多个人质都救了,一起跑出去了。

这西城的罗刹打了一宿,也没人救火。到第二天早上,东城的罗刹说:"你们为什么放火?要人就得了呗。"

西城的罗刹说:"那你们为什么放火?"一问才知道谁也没有放火,上了当了。当官地骂道:"你们这两帮混蛋,中了敌人的奸计了。看看粮草也烧没了,你们还要什么姑娘,这姑娘通通归我。"百人长把姑娘领去了。他们对打一回仗,死了四五个人,灰溜溜地回去了,一看人质也没有了,城里留守都被杀了,这一下更气得说不出话来。

（三）

　　齐勒尔救出了人质一齐奔向萨布素。走到半道儿，碰到两个达呼尔人，一个是高个儿，一个矮个儿。高个儿戴一顶土黄色的毡帽，达呼尔人不管是冬天夏天都戴这种毡帽。穿着虎皮衣服到膝盖，穿鹿皮靴子，靴子到冬天就絮点乌拉草，夏天就光板。那东西穿了走道轻快，走道没声。矮个儿是瘦条子脸，两撇小八字胡，眼睛溜溜地乱转。两人到了齐勒尔跟前，深深请个安，说："不知这位大人是从哪里来的？"

　　齐勒尔瞅瞅他们说："你们是从哪里来的？"

　　"噢！别提了，我们是从精奇里江过来的，可是罗刹弄得我们家破人亡，没地方待，没地方跑。有心回家，家里让罗刹烧光了。我们想找一个大屯子投靠，这样我们就碰上你们了。还不错，我们都是江北的人，大清的人。你们上哪里去啊？"

　　齐勒尔说："你们不用打听了，你们也不用跟我们走，你们各找门路吧！"可是这俩人死活不走，然后就跪下来苦苦哀求，"我们走投无路，连屯子也没有了，你们忍心了，我们就死在你们面前；你们要是不忍心呢，你们上哪里我们就上哪里。哪怕我们给你们牵马呢，只要你们给我们一碗饭吃，我们就心满意足了。"

　　齐勒尔心挺软，这一说，一寻思可也是，齐勒尔说："那好吧，你们跟我们一起去吧。我们是投萨布素将军去的，你们愿意跟我们去，我们就一起走；不愿意去我们可以给你们一些干粮。"

　　这两人听了又二番跪倒，"哎呀！大人无论如何带我们去吧，我们只有跟你们去，到萨布素营里，我们才有出路；不然的话我们得活活饿死。你们给我们吃的，我们饿不死了，可是我们手无寸铁，还不得让狼掏了！"

　　齐勒尔说："好吧！那就一起去吧。可有一样，我们是去投军营，到那里人家要我们怎么的我们就怎么的，可不能胡乱跑。"

　　"你放心吧，只要我们有碗饭吃，我们就高兴。"

　　"好吧，走吧！"这就呼呼啦啦地到萨布素营里去。

　　这两个人挺老实，你看他这个勤快劲吧，打个草、牵个马、做饭都抢着干。齐勒尔一看这两人也不错，就一直带到萨布素营里。到了以后，传令兵一回禀萨布素，萨布素就让他们进来。这一百五十多人在外面站好了，齐勒尔就进来了，给萨布素请个安，就把经过一说。萨布素说："你们既然来投我们了，我们一定安置，暂时就在营盘里吧，帮着干点零活，将来就把你们安置在墨尔根那里，水草非常丰茂，愿意放牧、打猎都可以。也可以种地，我们给粮种、牲口，你们可以在那里安家落户。"

"好吧！"这样就在营里住下了。

住下以后，鄂温克人挺老实，安分守己的，让干点什么活就干点什么活。可是这两个达呼尔人到处看，齐勒尔说："你俩也太那个了，来之前你们怎么说的？怎么到处乱窜？这是兵营，你们怎么不老实呢？"

这俩人说："哎，你不知道，我们冷丁来到兵营里处处觉得很新鲜，我们还没看到这么些兵，怎么发展这么些兵呢？"

齐勒尔觉得纳闷说："你们不要乱跑了。""是，是。"可是以后还是乱跑，齐勒尔就挺注意。他们到哪里，齐勒尔都跟着，发现他们还总是朝军火库这些要害部门跑。见到兵营就进，一进去就自来熟，又是唠这又是唠那。就偷偷告诉传令兵说："这俩人到了营以后胡乱跑，不是问这就是问那。"传令兵转告了萨布素，萨布素说："他们问什么了？"

"他们问这穿红衣服是干什么的？我说是正红旗佐领带的兵。又问：'一个旗有多少兵呢？'我说多少多少人，以后他们再问，我就感到不大对头，没有细说。"

萨布素一听心里就明白了，说："赶紧把瓦礼祜大人请来。"瓦礼祜一来萨布素就说："我们营里来了两个奸细。"

"怎么知道是奸细呢？"

"齐勒尔领着鄂温克人投奔大营的半路上遇到这两个人。"然后把到之后怎么一回事一说。

瓦礼祜说："那好吧，抓起来杀了得了。"萨布素说："不能杀，我们全仗这两个人，前面这两个城才能破。没他们两人，还破不了呢？"

"那怎么意思？"萨布素在瓦礼祜耳边一说，瓦礼祜一听挺高兴，说："好，我们可以试试。"瓦礼祜就出去了。

到了酉时，日头还挺高的，瓦礼祜告诉吹号的兵吹布拉，赶紧集合各个协领。各旗协领顶盔披甲骑着马来了，因为这是紧急信号。到了中军帐，参见了大人后，萨布素升帐说："今晚各旗一律撤出，准备搜山，没有命令的话，不能进营。听到鼓声就搜山，听到锣声就回营。"因那时经常操练，有时半夜也吹布拉，各协领佐领带着队伍往那里撤，说回来呼啦一下又回来。这样的操练是经常事，各协领听完萨布素的命令后领自己的兵马就撤出去了，营盘就空了。

鄂温克的人挺老实，在自己的帐篷里一待。达呼尔这两个人就如入无人之地一样，到处乱窜。正在东张西望乱瞅呢，冷丁从旁边出来两个兵，到那里就把他们抓住了，"你们到处乱窜，一定不是好人。"

这俩人赶紧请安，说："大人，我们不知道，就是看看新鲜。"

老兵说："你们已经违反军规了，把你们押起来。"不容分说把两人押在一个空房。两个人傻眼了，你瞅瞅我，我瞅瞅你，没吱声。没过一个时辰，又塞进来两个人，一看是穿着蓝衣服的，知道是镶蓝旗的。这俩人到屋后是长叹一口气，也不吱声。待了半天，这大个儿达呼尔人就过来了，说："兄弟，你是犯了什么罪了，咋把你抓到这里来了呢？"

这俩兵瞅瞅他没吱声。这大个儿又问："为什么把你们关到这里来呢？"

一个兵打个唉声说："你不用问，问了你也救不了我们。"

"唉！你别这么说，人不可貌相，海水不可斗量，我们都是患难兄弟，有什么不可以商量？"

"唉，别提了，昨晚上各旗兵往外撤时，我俩挺不舒服的，就猫起来，想等他们回来再混进去。哪承想搜得紧，把我们搜出来塞到这里来了。明天一升帐，萨布素将军比谁都厉害，还不知怎样处罚我们呢。轻了得挨四十大板，重了还不杀我们的头？我们远道来到这里，还有什么意思。我跟你们说了，你们有什么招，你们也一样够呛。"

小个儿达呼尔人出来说："别着急，我们一起想办法，你们俩是不是想出去？"

"谁不想出去，可是想出去也没招。"

大个儿说："就看你的心活不活，你心眼儿活就有招。"

"别扯了，你也让人看着，哪能那么容易。"

"你要是起誓，我就教你出去的办法。"

"哎！你自己都没法出去，还让我出去，你在这里做梦了吧？"

"不，只要你起誓就行。"这两人就起誓，跪在地上说了一通。

那两个人说："好，起来吧。实话相告，我俩不是逃难的，我们奉王爷之命来看一看这里究竟怎么样。"

这两个兵一听，赶紧上前把他的嘴捂住了，"哎！你别这么说，外面有人；你这话让我们俩听说了没啥，让外人听到了，你还有没有脑袋？"

"我们真是一见如故，你们遭的这个罪我感到挺过意不去，所以我们把实情告诉你，你要是跟我们到了那里，保你们吃香的喝辣的。要官得做，骏马得骑，这不比在这里当兵强多了，在这里尽受气。"这两人说："起来，起来，你们要去的话是不是把军队情况讲一讲，到那里我说是你们说的，你们就立功。"

"那行，这我们可以给你详细说。"

"好，你可以给我们讲一下，然后我们一块儿跑。你们知道哪里可以跑？"

这两个兵寻思一下，"这可不好跑啊，四外卡子很多。这么办吧，我们看一看外面打更的人是谁，是不是我们熟悉的人。我们求他给弄点水喝，赶他弄水的机会，我们把北窗户撬开，从这里跑出去。现在大兵没回来，我们或许能跑出去。这些兵都退出去了，北面没有兵。"

这一说那两个人说："好吧，你就给我们讲一讲营盘里的事吧！"

这两个兵说："他们说有一千多人，实际这是逗你们，实际是五千多人。"

这俩小子心里咯噔一下，"我怎么看只有一千多人呢？光关里来的大炮也有二百多门。"

"哎哟！我们从尼布楚到雅克萨总共也只有四十多门大炮。"

"这还不算，还有五十门神炮，是过山也能打，这炮弹是自己找地方。"

"有这样的炮吗？"

"有，我们萨满教的老萨满的法术可了不得。老萨满带着小萨满可厉害啦，他那个托利，可以飞一二里地，削你们脑袋还不容易？老萨满一急眼把托利祭起来没治啊！"

"托利什么样的？"

"是圆圆的一面铜镜子，打到谁身上就得吐血而亡。"

"这还不说，你们往前看。"这俩小子一看，外面一个红灯。举红灯的人，从这个帐篷跑出去，从那个帐篷跑出来。

"这是我们的飞兵，是从南方过来的，身子像猴那么轻，能穿屋越脊，城墙是挡不住的。"

这俩小子听了心里暗暗高兴，多亏我们探得这些情况，否则中了计跑还跑不了呢！就说："咱们跑吧！"到外一看，外面两个老兵，直打哈欠。就说："哎哟！这不是依罗杭大哥吗？我们这位想喝水，求求你给我们弄两口水喝；下晚里我俩也没吃饭，给我们弄点饭吃。"

"行，可别跑，老老实实待着。你犯罪了，跑了，我们可吃罪不起啊。"

"不能，我们不跑。"

这两个老兵出去了。他们捅咕一下达呼尔人说："赶紧跑吧。"撬开北窗就往北山跑。跑到北山上，这两人对这两个兵说："先别跑，你们俩说的都是真话吗？"

"那你看看。我们要投靠你们还能说假话吗？"

"不管是真是假，你俩我们不能带走，我不知你是真是假，到了咱们的军营你把实情探回来对我们不利，你们自己走吧。"

"你们也太不讲义气了，你说的什么？"

"我们跟你们有什么真心？大清兵是我们的死对头。"这两个兵说："你是调理我们，我们帮你们跑出来，就蹬了我们。"没等话说完，这俩达呼尔人上来就是几杵子，把两个兵推倒了，这俩兵就跑回清营。

实际这是萨布素和瓦礼祜设下的圈套，瓦礼祜见两人回来了，说："套出来没有。"

"套出来了，他们是根特木尔那里派来的奸细。"

"人呢？"

"跑了。"

"哎哟！怎么让他们跑了呢？"

"这是萨布素大人让放跑的。"

瓦礼祜急了："他们都知道我们营中情况了，怎么让他跑了呢？"就带着这两个兵到萨布素营里去了。萨布素一看他俩回来了，挺高兴地问："怎么样？"这俩兵就把情况一说，萨布素说："好，我给你们记功。"

瓦礼祜在一旁呆住了，萨布素对他说："我故意让他俩对奸细说假情况。"瓦礼祜明白过来也高兴了。

萨布素说："这回妥了，我们可以不费吹灰之力把这两个城收回。"

（四）

再说那两个奸细，他们撒开腿往回跑，如获至宝。这次我们可得到准确消息了，跑到了齐勒尔路过的那两个东城西城，把探到的情况跟百人长一说。百人长挺高兴，说好。这两人就把两个清兵讲的情况一五一十说了，说得更花花。说："大人！我们刚去的时候以为他们只有一千来人，我想我们有二百多人，把城墙一加固没事；可是他们让我们到北山送饭去，北山上的人真是无边无岸，怎么也不下七八千人。另外我走到一个庙堂，一些老萨满正领着一伙儿小萨满在练托利，这托利能自己飞起来削人的脑袋。我们一害怕，被老萨满发现了，抓住了我们就塞到监狱里去了。黑天了，他们还练兵。兵都到外面去了，有两个小子偷懒也被塞进牢里。我们看到一串一串红灯会飞，就问这是什么，他们告诉我们是飞兵，能从这房蹿到那房。光红衣大炮就二百来门，在大山里头都排成队。"

"你看到了吗？"

"都是我们亲眼见的。"

"咱们还能挡住？连雅克萨城也挡不住。"这百人长急了，说："赶紧写信要求雅克萨救援。"

一个十人长说了："雅克萨也只有五百多兵，听说想来一千兵，还没来，他们能来人吗？"百人长命令一个骑兵连夜到雅克萨求救。

这里到雅克萨也就是三百多里地吧，来回得四天，就出发去求救兵了。这里又抓了一些达呼尔人来修城墙。等了三四天，清兵没有动静。罗刹一天比一天害怕，这时，那去求援的骑兵转回雅克萨城罗刹头的话说：让我们死守，雅克萨城最主要，兵一分散就不好办了，宁古塔兵来围攻的话，你们坚守三天，我们的援兵就到了。

百人长一听就生气了，"扯淡，让我守三天，我一天也守不住啊。"他们都是乌合之众，一听这个都炸了："去他妈的，咱们不能送命。"

这些人有利可图就不要命，碰到硬的也像兔子似的，撒腿就跑，他们是俄国的盲流，是总督花钱雇来的，抢劫比谁都厉害，打仗就熊了。就说："我们回国干老本行去吧！"那些根特木尔的兵说："你们走了，我们怎么办？"

"怎么办？谁管你们，你们找根特木尔去吧。"这一说人心就散了。大家都忙着抢东西，乱了营了，四处逃散了。

萨布素不费吹灰之力占领了这两个城堡。瓦礼祜说："是不是设的埋伏？"萨布素说："不会，这是两个空城。"就把两个城占了。

占了城以后，附近的难民和原来是根特木尔的一些兵也来投萨布素。其中有一个达呼尔的头人叫何尔图的，带着一百多户来了。都使犴达罕，当地老百姓都叫"四不像"，有劲儿，比马跑得快；一样上山，犴达罕能上去，马上不去；老实，驮东西，拉爬犁都行；它的皮子也很好，抗磨又软和。他们带了一百多狆达罕来投靠萨布素，走到半路上，罗刹兵知道了，后面就追上来了，这些人没什么武器，眼看就要被包围了，心里很害怕，何尔图说："我们得豁出十几只狆达罕，否则我们就够呛。接着告诉别人把十八个狆达罕捆上草，越多越好，点着火后就让它们在前面冲锋，然后我们就在后面跑出去。"

大家都说好。就把狆达罕点上火，狆达罕也急眼了，猛劲儿朝前冲，像十八个大火团似的朝罗刹奔去，罗刹吓得抱头鼠窜。

这一百多人就跑出来了，他们来到黑龙江边的一个部落，都是鄂温克人，有一百多户。罗刹几次进攻他们都没进来，因为他们有一种新式的弓箭，是两个轱辘的连珠弓；这弓很大，要五个人才能拉开，一堆就能射五支箭，射程比鸟枪还远；这箭都涂上了毒药，一见血就没命了。从罗刹来后他们几次把罗刹打出去，一有空就抓紧时间造连珠弓，准备给萨布素将军送去，已经造了有一百来架了。

达呼尔人到这里休息了一阵，吃完饭了，就问："罗刹兵常在这一带骚扰，你们怎么不跑呢？你们怎么对付罗刹的呢？"

当地的嘎珊达说："我们是不害怕罗刹，我们有这个武器。"就把这连珠弓拿出来给他们看，达呼尔人说："我们有这个就好了，也可以和罗刹兵干。"

鄂温克人说："我们准备派些人把这连珠弓给萨布素的大营送去。我们还可以去几个工匠，帮助将军造连珠弓。"

第二天，当地的嘎珊达就带些精明强干的人用狆达罕拉着连珠弓和达呼尔人一起到萨布素营里去了。

到了军营，萨布素和瓦礼祜一听说有难民来了，就马上安排地方，一看鄂温克人还拉来了连珠弓，非常高兴。以后又造了五十架连珠弓，以后在打雅克萨的时候起了很大的作用。这样的难民一共收留了五百多户，到了春天就安排到江南墨尔根去了。萨布素是按康熙帝的圣旨办的，对愿意来的难民要给房子、土地、牲口，三年不上税，让他们安居乐业。

第六十四章　镇叛除邪

（一）

　　萨布素安排这五百多户，因为有些衣物没有准备齐全，萨布素说："这样吧，把他们先安排到离这里四五十里的呼玛尔。这里离军营太近，训练部队不太方便。先到呼玛尔，以后等墨尔根安排好了，再迁到墨尔根去。"于是五六百户人家就到呼玛尔，那里有临时的帐篷和地窖子，军营里送去了粮食，也给他们一些枪和箭，让他们打些围。从锡伯、蒙古调些牲口、粮食到墨尔根，积极准备安排难民。萨布素的军队也在整休，等待圣旨进攻雅克萨。

　　难民到了呼玛尔倒是挺高兴，什么事都抢着干。可是以后不知怎么的了，也不去打猎了，唉声叹气的，有人是全家都逃了；给衣服也不要；小孩看见清兵直躲；有的女孩也都藏起来了，人一天比一天少。一问大伙还不吱声，怎么问也不吱声，也不接近宁古塔的兵了。这样跑了已经有四五十户了，尤其是有妇女小孩的跑的更多。有个佐领就说我们去问问他们，到底是怎么回事，到谁家谁也不吱声，一个劲儿地祷告，家家如此。心里觉得是个事儿，就报告大人，告诉了几个副都统，瓦礼祜告诉了萨布素。萨布素也觉得奇怪，就让瓦礼祜去看一看，安抚一下，瓦礼祜骑了马就去了。

　　到了呼玛尔，瓦礼祜说："你们这两天也不爱打围去了，见到大清兵就闹，是怎么回事？"可是这些人还是不吱声，瓦礼祜就讲了以后到墨尔根去，那里什么都很方便。这时出来两位老人，说："大人，我们有点想法求求你！"

　　"你说吧！"

　　"我们不打算去了，能不能放开我们，让我们自找方便吧；我们感谢大人的恩典，大人对我们的关心我们领情了。但我们不能上江南去，如果要上江南，我们只能投江一死。如果允许我们，我们明天就走。"瓦礼祜正在纳闷，又过来五六十人都是求大人开恩，让他们走，呼啦一下子全跑来了，都要求走，"给我们的东西也不要了。我们也不去投罗刹，我们自己找地方去吧。"

瓦礼祜急眼了，"你们想干什么？你们想逃跑，跑一个也不行！放着好道不走，要跑。来人，把衣服发下去。"可是一发衣服，可热闹了，这些人到处跑，就是死活不接衣服。瓦礼祜想学萨布素，要想知道实情就得问问小孩。就挨家挨户问小孩，也打发人去问小孩。可是一到一家，不让小孩出来，见到清兵就让小孩躲起来，瓦礼祜就更火了，我们一片好心，怎么他们就不懂事呢？心里很急。

这时三个清兵领着二十多个达呼尔人往这里来，瓦礼祜想："唉！怎么还往这里送呢？这些人都净是事，不跟咱们一条心了，可是将军安排了没招，只能安排。"这些后来的人领了衣服找个地窖子一待。不大一会儿，来了一帮先来的难民，后来的人问："你们什么时候来的？我们想和你们一起去江南。"

"哎！那可去不得啊！"

"怎么的？"

"清兵没安好心，头三天，有三个神显圣了！"

"怎么显圣了？"

"从树上跑下来三个神仙，两个眼睛放金光，两个手拿着托利，都是白胡子老人。来了以后说：'孩子们，你们是我的后代子孙，我不甘心让你们受苦受难，你们千万不要到清兵那里去啊！清兵将来攻雅克萨城的时候，要把你们的女的脱得赤条精光，换上他们的衣裳，一穿上他们的衣裳就迷糊了，然后拿着堵炮眼去。一开炮，把女的打出去，敌人的那个炮就不响了。又要挖小孩的眼睛，炼七七四十九天，能把敌人盯死。你们再在这里，七天之内就要遭殃，你们快逃跑吧。'这是神仙对我们说的，我们大家都听见了。"

"那神仙从哪里来的呢？"

"那不是有一棵大树吗？就是神仙降临的地方。"

新来的达呼尔人点了点头，说："这是真的吗？"

"真的，每天下晚黑，这三位神仙都降临，告诉我们一些事情，今晚你们也去听听。"

"那好吧!"

(二)

吃完晚饭,那些人毕恭毕敬地往大神树下走去了,走到那里都跪下了。这棵大树是浓枝密叶的,不一会儿真的从上面飘飘然下来三个老人,鬓发皆白,两个眼睛确实发光,说:"你们是挺虔诚的,你们在明天、后天逃跑。否则清兵就要挖小孩的眼睛,要扒女人的衣服去堵炮眼。你们起黑跑,否则我没法保佑你们了。"说完这些话,这三个人就不见了,这些难民一个劲儿地磕头,然后往回走,说:"快逃吧,晚了就不能活命了!"

实际这十几个新来的达呼尔难民是萨布素派来的,特意来探情况的。萨布素知道北边的人更信神,虽然萨布素对自己的先祖神是很恭敬的,但对这些邪门歪道是不轻信的。他听到瓦礼祜送来的情况后,就琢磨这里可能有坏人捣鬼,这样明面上去打听谁也不讲,所以他把留在营里的难民们找来,告诉他们装成难民去探明实情,然后向瓦礼祜回禀。如果有奸细装神弄鬼,把他抓到这里来。这些人跪倒在大树下看到这三个人下来说了些什么以后,就回到瓦礼祜那里把实情告诉了。瓦礼祜有点心急,要到大树下围他们去,这些达呼尔人说:"不行,你不知道我们民族的性格,你们这样去破了,明明是假的,他们也恨你们,认为是你们把神赶跑了。我看他们只有三个人,我们有十几个人,我们就可以抓来。抓来以后送到你这里,就可以把事情弄清楚。"

到了晚上,大家又都跪倒在那棵神树下,嘴里祷告:"我们明天一定都跑,求神爷保佑我们,让我们到一个好的地方去,我们会祭奠你们的。"这么说着说着,嗵!又从神树上下来三个老人,说:"你们跑就往西跑,见到城就跑进去,那里自然有神来接你们,你们就可以享福了。你们正面跑也行,朝西南跑也行,千万别向东跑,往南往北也不行。"说完就要往树上跳,这时这十几个达呼尔人一下子就蹿上去,拽住了他们。他们被拽住了,就哎呀一声,一件东西掉下来了,原来这三个戴了三个假脸,脸上涂了白灰,装了白发白须。下面跪着的人还不知道说:"你们怎么惊动神了呢?"

"你们看看,这是神吗?"

把火把一点着一看,哪是神,是三个人装的。问他们是怎么回事,这三个人也不吱声。这十几个达呼尔人说:"各位乡亲,不要着急,我们昨天来一看就知道不是什么神，是坏人装的来唬我们，我们把他们送到大人那里去，让大人问问究竟是怎么回事。"

瓦礼祜一看抓住了，心里挺高兴，给这十几个人记上功。瓦礼祜把这三个人押来审讯，这三人不敢不招。原来是那两个城的罗刹自己逃跑了，根特木尔的兵也待不下去了，但心里不服。听说萨布素收下很多边民，要安排在江南，这样对自己不利，想我们的王爷没有老百姓当个什么王爷呢？这样就派了三个有武功的人装成神，想要涣散萨布素的民心。他这一招差点得逞。

第二天早上，把他们三个绑到三个柱子上，就把边民都召集来，瓦礼祜说："各位乡亲都看一看这是谁，让他们说一说。"他们只能当众又招供一遍，把大伙儿气得没法说了。这时都跪下了，说："大人我们上了敌人的当了，我们把他们的鬼话信以为真了。"

瓦礼祜说："你们要相信我们将军的话，我们将军是奉圣旨来的，当今皇上最挂念你们，给你们安排了房子、牛、衣服、粮食、地，这能假吗？明天你们把衣服穿上，我打发兵直接把你们送江南去，这好不好？"

当时这些人都掉了泪，感恩不尽。瓦礼祜让他们换了衣服，派了几条大船，把这五百户送到了墨尔根，瓦礼祜也回营了。

回营之后，萨布素对他说："出兵的圣旨还没到，除了练兵之外，有一件事我想和你说说。"

"你说吧！"

"咱们的将军衙门设在江北岸不太好。"

"你看好什么地方了呢？"

"我看瑷珲对岸的地方比较平坦，这地方和京城联系也比较方便，和吉林、盛京联系都方便。一旦战争起来了，用兵用将隔这条大江都不方便。"

瓦礼祜说："我们把彭春、朗坦、各位副都统都请来一起合计这个事情。"就把这些人请来了，萨布素一说，大家也很赞成，要尽快动工把瑷珲城修好，就可以在那里建将军衙门。就驰报朝廷，让皇上审批这件事，以后康熙帝亲自批准，在江南建了新的瑷珲城，旧的瑷珲城废除了，光留下一个佐领。新瑷珲城是盛京兵建设起来的，半年就草创起来，之后不断加固。以后将军府迁到卜魁，这是后话。

第六十五章　先礼后兵

（一）

　　萨布素把建城的计划完全交给了盛京副都统之后，没几天，皇上的圣旨就下来了，意思是让他们急速进攻雅克萨。而且再三嘱托，为了两国的和平，应该先礼后兵，先和他们谈判。如谈判不成，再用武力把盘踞在雅克萨的罗刹驱逐出去，不然的话，危害不浅。萨布素接了圣旨以后，马上传谕各旗，个个摩拳擦掌，要进攻雅克萨。

　　萨布素寻思，我们打仗要知己知彼，要探听现在雅克萨的情况，让谁去呢？大家还是推举雅克萨原来的头人贝勒尔，就把贝勒尔找来了。贝勒尔说：“好吧，原来的城是我们建的，我知道，这新的城就不知道了。”

　　萨布素说：“这就得有劳你了，要多加注意，那里是什么情况，探详细些好。”

　　贝勒尔说：“最好抓几个罗刹兵来。”

　　“那更好！”贝勒尔就要走，萨布素问：“你带多少人？”

　　“我就带十几个人，我们还是装打鹿的，人多了敌人会注意。”

　　“好吧。”这十几个人就穿着猎人的衣服，拿着弓箭和扎枪，走到离雅克萨城不远的地方。在高山上往雅克萨城一看，这雅克萨城可不像过去了：有里有外，外城和内城有五六里远。外城一共有八个小土城，八个小土城和内城都有联系，贝勒尔领着人继续找猎物。

　　雅克萨的人也经常打猎，贝勒尔看到过来十几个罗刹，一看到贝勒尔他们就喊：“站住，你们谁是头目人？到前面来，其余人站好。”

　　贝勒尔不慌不忙地走过来说：“我就是头人，你们有什么事？”

　　“你们是从哪里来的？”

"我们是从精奇里江下游来的，那里打围也不多了，我们是专打皮张的。"

"你们打了多少了？"

"没有多少，我们刚到这里。"

罗刹说："你们不要在这里了，这里很快就要打仗了。你们不走我就不客气了，我就把你们带进城里见总督去，那时你们要走也走不了了。"

贝勒尔说："你看我们老远来的，不等你们打仗我们就走。听说这地方貂挺多的。"

"这时候正是貂脱毛的时候，也不是打貂的时候啊。"说这话的时候也就是三四月的时候。

贝勒尔说："大人，你就不知道了，这时候可以抓一种彩色的貂，就是在这脱毛的时候打的貂，要做成什么色就是什么色，这种色还不褪。"

这话是真的。贝勒尔在制貂皮这方面真是拿手，真能做出各种各样的貂皮。罗刹兵一听挺新奇，说那你们做出来我看一看。贝勒尔拿出几张彩色的貂皮，确实好看，比原来的貂皮更值钱，这个罗刹小头目爱不释手。

贝勒尔说："大人，你要是喜欢，我就把这张貂皮送给你吧。"

"好吧，这样你们可以在这里待个三天四天的。"说着把贝勒尔的两张貂皮都放到兜里，回到营里去了。一传十，十传百，都知道外面打貂的人会做彩色的貂皮。总督也知道了，把那两张貂皮拿过来看，"哎哟！这么好看的貂皮还真没有看到过。明天你们把这些人找来，我那还有三四十张貂皮，让他们都给做一做。"

"那行。"

第二天，这几名罗刹在山上找，又找到贝勒尔了，说："这回你们可抖起来了，我们总督请你去给我们做彩色貂皮去，染好了可以得到好处。"

贝勒尔说："行，我们进去四五个人就行了，其余的人继续在这里打围，我也是两三天就回来。"别人心里像揣着一只兔子，也不敢说什么，就说："好吧，我们在外面继续打围，你就去吧。"

这里插一句，贝勒尔胆大心细，当机立断。以后贝勒尔一直封到副都统，善始善终，一直活到八十多岁。

他们跟着罗刹去了。到了城门被搜了一搜，除了弓箭，啥也不带，就放进去了。领到总督衙门，贝勒尔一看，这衙门修得还不错，都是石头修的房子，摆设也比较讲究。进去以后贝勒尔也给请个安。总督也知道达呼尔人的礼节，说："我听说你会染皮子，你会不会染黄鼠狼的皮子呢？"

"我们什么皮子都会染，管保还不掉色。"

"我有些貂皮、狐狸皮、黄鼠狼皮，你都给染一染。"就带下去了，把各种皮子给送去了，把贝勒尔要的东西都准备好了，就开始染皮子了。

贝勒尔一边染一边寻思，我光染皮子也不行啊，我是来探消息的。旁边有罗刹兵看着他，贝勒尔就故意拿出一张紫花的貂皮，这貂皮是最名贵的，也染得好看。他跟看着的小头目说："咱俩认识一回，我给你一张皮子吧，留作纪念。"这小子是见财眼开，手伸得老长，嘴里却在推。

贝勒尔说："拿去吧，我就是做这种皮子的，没关系，留作纪念吧。"这小子就揣起来了，笑嘻嘻地看着他们了。

贝勒尔说："我们在这里不大敢待。"

"为什么呢？"

"听说清兵要来围攻你们，这样你们能挡得住吗？"

这罗刹小头目就说了："唉！别提了，头两天，听几个城的人回来一说，我们是挡不住清兵啊，人家有上万人，我们没招，就得硬挺。"

贝勒尔说："那我们今天下晚就跑。"

"你们别跑啊，你们一跑，我就交不了差了。"

"那我们不跑，今晚如果清兵来围城了可怎么办呢？人家既然有飞兵，一下子飞来了可怎么办呢？我们给你们皮子，我们的命也难保，到时候我们还是走吧。"

"你们快熟皮子，熟完了我再跟你们说，放你们去。"这样两个人越唠越近了，贝勒尔说："我已经打了一辈子围了，今年我也四十多岁了，行军布阵的事我也懂一些。二十年前我领兵打过仗，要防御得好，城墙需特别加固，兵马要安排得适当。你们安排得怎样？"

"我们安排得还不错。"就把城里的情况跟贝勒尔说了。

贝勒尔说："我有一个绝招。"

"什么绝招？"

"我有一个绝招，但你别说，如果说出来你们总督不信就不好办了。你给我整点磷黄，我把用磷黄画的符贴在门上，敌人一来，这磷黄的符就能挡得住千军万马。"

"真的吗？"

"真的!"贝勒尔就催他拿磷黄，拿了后，就用手指沾磷黄画符。实际上磷黄干了以后，在晚上闪亮，贝勒尔就用这个做记号。哪个地方最薄就贴在哪里，晚上攻城就方便。贝勒尔说："这事你可不能跟别人说，说了不好办。你领我去，凡是城墙薄的地方我都贴上一张，敌人就不敢来了。"

这罗刹也信以为真，就拿了这二十多张用磷黄画的符，绕着城墙走了一圈，在城墙薄的地方都贴好了。贝勒尔就把城内的情况看得清清楚楚。到了东门，贝勒尔说："这道门是最要紧的地方，咱们把它贴到城门外面。"就让哨兵打开城门，守城门的哨兵说："没有总督命令不敢打啊!"

"打吧!"这罗刹大小是个官。把门打开，到了城外，贝勒尔说："把城门关上，我得量一量，才能贴到地方。"这两个罗刹也不知是怎么回事，就让哨兵把门关上。

贝勒尔瞅了半天，哎哟一声说："可了不得了，多亏我来了，否则就坏了。"

罗刹问："那怎么回事呢？"

"这城门往南一百步有一块石头，这石头和这门相克，有这块石头我的符就没有用了。"

这罗刹说："那就搬掉吧。"就一起往南走了一百多步，果然有一块石头，其实石头哪里都有。

贝勒尔说："看，就是这块石头，搬吧。"在这两个罗刹搬石头的工夫，贝勒尔就使了一个眼色，这五个人明白了。当这两个罗刹刚弯下腰，就被这五个人扑住了，嘴给堵上了，叫唤也叫唤不出。这样贝勒尔把消息探来了，还抓了两个罗刹俘虏，连夜回到萨布素营去了。

(二)

第二天，天傍亮，贝勒尔他们到了营盘。萨布素很高兴，把几个人安排好了。把两个罗刹俘虏解开了，给了饭菜，告诉他们不要害怕，只要帮助我们一起收回雅克萨城，会有你们的好处的。举了许多例子，现在京城里有你们的好几十人了，给了房子，有的成了家，有的还做了官。这两个罗刹本来也不太愿意在那里，跑腿子一个，什么也没捞着。现在一听这样，可也行，就安心留在清营里了。

贝勒尔把雅克萨城的情况详细跟萨布素说了，那里有内城和外城，有三十多门大炮。城中间有很高的瞭望所，能看得很远，城外光桩子就有三排。小壕一道八百多兵，听说从尼布楚还要来六百人，再过半拉月到一个月就能到了。另外罗刹的老百姓也有二百来人，还有根特木尔的一百五十多人。最重要的是有一种毒气牛，毒气牛是用木头刻的牛，嘴带哨的，肚子上有一个开关，一拧开关，就从嘴里喷毒气，能把人熏倒。萨布素一听这个真是事儿，然后就让贝勒尔去休息了。

萨布素一宿没睡好觉，一直在琢磨怎么办，到了酉时也没睡觉。这时就听传令兵进来说："瓦礼祜求见。"

萨布素挺高兴，就说："请进吧！"瓦礼祜知道萨布素在考虑这些了，两人坐下了，瓦礼祜说："雅克萨这个城确实难攻，有什么办法呢？"

萨布素说："现在有两个事必须解决，一个是不能让敌人的援兵到，他们一定是沿黑龙江上来的，咱们可以安排藤牌兵去阻击；城外的鹿角也好办，咱们有削刀手，晚上就可以削住它。唯独毒气牛怎么解决呢？"

瓦礼祜也说："毒气牛进不了跟前也抢不过来。"两个人一筹莫展，就说明天和彭春、郎坦一起合计合计，两个人一直唠到后半夜。天蒙蒙亮了，才把这进攻路线大致确定：先把外围截住，用一半藤牌兵。让战舰阻击后援兵，剩下的人准备攻城。让二十勇士领着马队，打开缺口，就冲进去。让女甲兵去攻裁缝所，把女人质救出来。把重炮运到北面，南面搁小炮，实际是猛攻一面。

天亮了，萨布素和瓦礼祜一起到了彭春、郎坦的帐篷里，把自己的想法一说，他俩对南面佯攻很赞成。北面地势高，居高临下，往城里打炮容易，这样可以攻进去。让女兵抢裁缝所比较危险，可以让骑兵保护女兵。把一百多架连珠弓放在东面，西面可以用鸟枪封住，东面他不太敢出来。毒气牛咱们能抢就抢，不能抢就躲着它，在远处可以用大炮打，打中了我们就势而上。

萨布素说："别的都好办，唯独这毒气牛，咱们没见着。"

贝勒尔说："这毒气牛是放在地窖子里，是谁也不许看，只有几个当官的才知道这二十多条毒气牛怎么放。"

安排好了，就要行军了，开始召集各旗大小官员到大帐，那时不像古时候是元帅一个人发令，是大家坐下来一起合计。萨布素都安排妥当了才散了。因此，各副都统都留下了。彭春先说："今天萨布素将军布置的战策是我们一起合计的。我再重申一下康熙帝的旨意，他一再告诉我们兵非善事，先礼后兵。如能和平解决雅克萨城是上策，应该劝他们回去，回到他们的本土。各按职守，和平交易。如果他们听的话，可以让他们把所有东西带回去，咱们可以让出道来让他们走；如果他们不听，我们就按将军部署的去打他们。"大家一听也对，怎么去送信呢？怎么让他们出来和我们谈判呢？我们不是抓了两个罗刹的俘虏吗？明天让他们带了皇上的圣谕去，再带咱们的一封信，告诉他们来谈判。如果听的话，我们就谈判，如果不听就不客气。

大家都说好。又合计了一下谈判地点，就在离这里十五里、离雅克萨十五里中间，搭一个帐篷，一边各派一百个卫兵，不许带别的，只能带腰刀，两边各出三个人进行谈判。怕他们看不懂满文，又把满文翻译成蒙古文，把用这两种文字写的信让俘虏送去。

萨布素说："要他们投降那是不可能的，他们觉得他们还有力量，可以把城守住。他们有毒气牛，觉得可以把我们治住。但我们一定照圣上的旨意办，争取和他们谈判。不管毒气牛怎么厉害，我们先不说，看看到底怎么样。"又合计了一阵。

第二天早上，两个罗刹俘虏带着书信，就往雅克萨去了。到了小城外面，城上的哨兵说："你们不是投降了大清吗，怎么回来了呢？"

这俩人说："我们是被俘虏了，这次我们是带着清兵将军的书信回来的，让我们和他们谈判，我看这也是好事。真要是谈判和了，咱们就回咱们的国呗，何必遭这个罪！"

这些兵寻思也对啊，你们进去，要是把我们总督说服了，我们也高兴。我们也不愿打这个仗，这个仗打得也没意思，从到这里就没享到福，白天下晚提心吊胆的。清兵要是不来的话，当地的老百姓也抗不了，说不上什么时候给你来一箭把你射死了，就把这两人放进去了。

镇守雅克萨的罗刹头子已经升到总督了，叫托尔金。他仗着自己的城修得坚固，有三十多门大炮，又有毒气牛，还有鹿角杈、护城壕。又接到莫斯科的旨意，说有援兵八百到一千二百人随后就到，这样他更趾高气扬。两个罗刹俘虏见到了总督，总督一看就来气了，说："你们两个干什么来了？"

"萨布素让我们给总督大人送封信。"

总督说："交上来吧。"一看信是满文、蒙文的，就找了个蒙古翻译给他念："我们皇上有好生之德，为了和平解决争端，请你们来谈判。你们撤回到自己的国土，把捕逃根特木尔交给我们。你们屡犯我国土，抢掠我边民，这回我们大兵已经到了，如果你们识时务的话，我们给你们方便，让你们安全撤回去。我们可以互相讲讲道理，谈判的日子是后天，如果你们有理，我们甘愿退兵。"托尔金听了也是气得呜嗷怪叫，说："今天，我本来是要杀你们的，现在我让你们送回信，我不去好像我怕他们似的！赶快写回信，后天我准时到场，按清营提出的条件，我们带一百人去。"这两个罗刹俘虏带着信交给萨布素，开始准备谈判。

（三）

这两个罗刹兵回来了，把托尔金的回信交给了萨布素，萨布素说"好吧。"就在双方的中间搭起帐篷，命令已经离城十里的前锋部队后退二十里，谈判的帐篷里面放了一张长桌子、两条长凳子，大帐外又搭了两个小帐，准备双方休息。我方谈判的有萨布素、彭春、郎坦，罗刹那方是托尔金和两个百人长。

到了第三天，到了规定的时间，双方骑着战马来了。萨布素他们穿上新盔新甲，一百个卫兵穿上红、蓝、白、黄四色衣服，挎上腰刀，穿抓虎的鹿皮靴子，穿的软甲，头前打着大清的龙旗，龙旗两边是两面红旗，一面红旗上就写着"大清"两个字，另一面红旗上写着"萨"字。罗刹也骑高头大马，奏洋鼓洋号，穿上新军服到了谈判的地点，都进了小帐休息了。

双方的长官见了面也寒暄了一阵子，坐到长桌的对面，一面都是三个人，马兵在后面站着，谈判开始了。我方成员代表朝廷来的说："我们大清国一直认为打仗不是一件好事，双方都有死亡，弄得民不安生，我们皇上于心不忍，所以把你们请来谈判。我们之所以发兵，也是迫不得已，因为你们背信弃义。你们几次到京城，或者我们的人到你们的地方去谈判，你们总是出尔反尔，反复无常。这回我们要让你们讲一讲，你们为什么要占我们的国土，给我们这里的老百姓造成这么大的危害！"

说到这里，托尔金说了："我不同意你的意见，你说是大清的国土，可是我们三十年前就发现了这块土地，你怎么说是大清的领土呢？"

萨布素说了，"你说是三十年前发现，你以为很早吗？可是在我们的古书上三千年前就有记载，尤其在明代的时候，也就是三百年之前，这里就设卫设卡，不信你先看一看在瑷珲附近还有我们修的关帝庙，还有我们立的石碑。你三十年多呢，还是三千年多呢？"这一说，托尔金不吱声了。

这时一个百人长说了："这地方的中国人是没有国籍的。"托尔金一听这话就瞪了他一眼。

萨布素就乐了，"你们已经是不打自招了，你们既然说中国人，怎么又说没有国籍？这话你们自己来分析分析，既然是中国人，怎么还没有国籍呢？"

托尔金说："他什么也不懂，以后再不许他说话。"这百人长讨个没趣在一旁卖呆儿了。

彭春说："你们不要强词夺理了，这样是没有什么好处的。这三十年里，你们多次来侵扰我们，仅我们宁古塔就出兵四次把你们撵出去。可是你们总是不死心，退了再进，在我们国土上犯了很多罪。第一是侵占我们大片国土，贝加尔湖以东都是我大清国土，你们现在不仅占了贝加尔湖以东，而且占了黑龙江以北很多地方，甚至到了库页岛。对我们的虾夷人、使犬部、使鹿部进行骚扰，是你们到我们国土上作恶来了。第二是抢我们的牲畜，我们蒙古地区的牲畜你们抢去不下两万头，在精奇里江、齐勒巴、瑷珲、尚坚乌黑这些地方的牲畜更没法数了。更不能容忍的是残害我们边民，你们为什么生生地吃我们五十个人呢？扒活人心就不下两三个人，这些都是有据可查的。至于那些无据可查的就更不知道多少了，光推到大江里淹死的就二百多人，仅修道院一处就活活烧死我们二百多人。我们这里的老百姓和你们有什么冤仇呢？要你们这样残酷地屠杀，我们有多少边民都是家破人亡，妻离子散，背井离乡。没有我们大清皇上皇恩普照就得死更多的人。为了这些人的安全，我们被迫把他们安排到墨尔根去了。没有你们的侵犯，这些边民原来在这里生活不是很好吗？你们俄西的拉夫凯、贝勒尔是雅克萨的城主，瑷珲的多化多，都是我们大清的官员，让你们杀死、逼走了，把每城的人杀死一半以上。你们还隐藏了我们的逃人根特木尔，我们要了多少次你们不给，还给他枪炮，让他继续为非作歹，到处招摇撞骗，害了多少人？这是第三点。第四点是你们抢劫东西，抢貂皮一项就三万多张。你们几次到京师，尼古兰也去过，马拉也曾接待过你们，我们把你们当作贵宾相待，但你们出尔反尔，明说要谈判、交好，却暗中出兵占领我们的国土。你们占了我们的矿山，抢了我们的金银，我们的人却没占你们国土一寸地。"这是彭春和郎坦轮流说的。

托尔金脸通红，站起来说："你是只知其一，不知其二。东西不是我们抢的，是他们交给我们的，他们是拥护我们的。"

萨布素说："好，既然你说是拥护你们的，为什么你们所到的地方是十城九空呢？除了根特木尔一小撮人，究竟有多少人拥护你们呢？大部分边民谁拥护你们？除了根特木尔这撮败类，你再给我找一找谁拥护你们。我们这些达呼尔、赫哲、鄂伦春、费雅喀、鄂温克人都是抛头颅、洒热血和你们拼死到底，这是拥护你们的吗？看看这些难民都走了几千里来投奔我们，你说他们拥护你们，为什么不投奔你们呢？"

托尔金又无话可说。那一个百人长说了，"你说我们吃人，我们是吃了，因为我们没有粮食吃。我们向当地人要粮，他们不给我们，我们没办法才吃人；我们吃的是死尸，没有一个是活人。"

萨布素说了："方才你们的总督说了，老百姓是拥护你们的，既然是拥护你们，为什么不给你们粮食吃呢？这不是打了你们总督的嘴巴子吗？"托尔金又瞪这百人长一眼，不让他乱说。

萨布素说："你说吃的是死人，我可以找出实证，我们这一百人就有家里人被你们活吃的，我可以让他给你们说说。"托尔金说："不用了，过去的事不用提了。我现在有一千多兵，我后面还有两千多援兵就要到了，我是不能投降。你如果攻进了我的城，我就服你。我的毒气牛你们就抵抗不了，你们要是听我的话，赶紧撤兵，把黑龙江以北的地方都给我让开。咱们以黑龙江为界，从此友好。"

彭春气得咬牙切齿说："你也太不讲理了，现在我们大军已经包围了你，要攻城那是囊中取物。我劝你放明白些，赶紧退到你们的国土上去，偃旗息鼓，这样能保全你们的生命。不然的话，我们就枪对枪、刀对刀看一看！"

萨布素说："你好好想一想，我们大清不是怕你们才来谈判的，要怕你们我们就不来围雅克萨城了，我们觉得打起来两方面都没什么好处，你们何必找苦头吃？"

但是托尔金还是不投降、不退兵，说："你们先退，退到黑龙江南面，我们在这里把武装力量撤出去，设立行政管区。"

萨布素说："你想的也未免太天真了，你要我们退到黑龙江以南，就是要我们把国土双手献给你们，你这是梦想了！你还是想想你自己退出去得了。"

托尔金还是蛮不讲理，彭春说："你赶紧把军队撤到贝加尔湖以西五百里，那才是你们的国界，这是一；第二交出根特木尔，这就万事罢了，不然的话我们就大兵围剿。这两条如果你做到了，我们也不要你赔偿，你退的时候可以把城里的东西完全带走，我们一点儿也不要，我们让你们安全地撤走。"

托尔金愣是不干，说："我们的沙皇是至高无上的，你们的博格德汗不要强词夺理，应该把这块土地让给我们。"双方争论不下。

萨布素说："我最后再重复一遍，你不要当儿戏，你们已经是理亏词穷了。如果还是这样赖在这里不走，你们可要知道，我们清兵并不是软弱无能，要对付你们还是易如反掌。当今皇上恩典，让你们进京谈判，今天我们又给了你们一个机会，让你们撤出，还我捕逃，我们已经是仁至义尽了。你们这样执迷不悟，我们只有用大兵围剿，把你们驱除出境！"

托尔金瞅瞅他们，说："我们既然是发现了这块土地，就是我们的了。你们快撤出黑龙江，不然的话我们只能用武力来见高低。上帝会保佑我们，你们如能打开我的城，我就投降，否则万万不能！"

彭春说："既然这样就谈到这儿，回去再好好考虑考虑，我们再给你们三天的时间。"这样谈判结束了，双方都回去了。

当天下晚黑，我们的帐篷没有撤，罗刹兵就把帐篷拆了。第二天传令兵来报告，说罗刹把我们的帐篷抢走了。萨布素心想好吧，你是不要和平谈判。就和彭春、郎坦一合计，郎坦说："没有什么好谈的了，谈也不会有结果。敌人倚仗武器好，想和我们在战场上见一高低。托尔金认为清兵的武器是赶不上他们，所以非常嚣张，洋洋得意。如是援兵一到，他们里外夹攻。他曾给莫斯科、尼布楚都去信了，让赶紧派来援兵。"

莫斯科、尼布楚也急得像热锅上的蚂蚁，害怕清兵把雅克萨收复，拼凑六百援兵，连夜从黑龙江上游往下来。来到离咱们的藤牌兵十来里地时，前面的探子就来报告侯爵林兴珠："罗刹已经乘三十只船来了。""好，我们先派十个船去，他们一定要撵，撵到我们这里，我们所有的藤牌兵都下到水里，到了敌船跟前就把船捅破，用藤牌掩护后就用刀砍。"林兴珠把兵都布置好了。

（四）

罗刹的六百兵吹着号、打着鼓，耀武扬威地来了，以为清兵一定会害怕，一会儿还放几炮吓唬人。船正走着，发现清兵有十几只船，罗刹就向这些船开炮。这些船也有炮，打了几炮就扭头往回去。罗刹一看哈哈大笑，清兵也不怎么的，还没有正式交手就逃回去。"给我撵！"这三十只船一字排开就撵起来了，撵来撵去这十几只船就靠岸了，走到跟前发现船上没有人。敌人想把这些船抢来，就到了跟前了。这时五百藤牌兵都下水了，这些福建兵个个都会水，在水里打仗一两个时辰没有问题，藤牌又有浮力，在水上一样作战，藤牌兵一下水就把罗刹的船围上了，炮不好使了。放鸟枪一下子打到大帽子上，没用，用刀砍就像砍在石头上一样，把罗刹吓坏了。这个大帽子兵刀枪不入，藤牌兵到了跟前也不打也不杀，就猫在大帽子下钻起来了，这左一个眼，右一个眼，船上很快就进水了。船一进水就要往下沉的，这时罗刹就鬼哭狼嚎地逃命。

这罗刹一掉进水里，藤牌兵一顿刀，有一二百人被杀死。东西扔得满江，其余就四处逃散，有的回老家了，有的到尼布楚，一个也没有到雅克萨。这时托尔金还在做援兵的美梦，天天打探盼援兵快到。

一天，一个探子来报："可不得了，援兵来了，可是让大帽子兵杀了不少，其余跑回去了。东西也让清兵抢去了。"

托尔金一听就骂开了："混蛋！还没来就让打回去了。我们还要加固城堡，把毒气牛准备好，我们自己干。"虽是这么说，但心里还是害怕，罗刹兵也纷纷传："清兵有飞兵，能飞进城来。有大炮可以打过山，清兵有一万多人。"大家心里都很慌。

谈判不成后，萨布素就按原来的部署安排下去，准备攻打雅克萨。

第六十六章　雅克萨外围战

（一）

　　藤牌兵打了胜仗，振奋了清兵的士气。敌人更觉得惊慌失措，没有援兵，就得孤军作战。萨布素升帐了，找彭春、郎坦、林兴珠这几个人一起合计，萨布素按原来布置，把重炮放在北门，以五声炮响为号，由郎坦和李智远带兵到北面，南面是由瓦礼祜和宁古塔的另一个副都统带着弓箭手和几门小炮去了，让他们堵住南面，不让敌人跑掉就行了。在南面要堆好土楞子，埋伏在土楞子后，虚张声势，不是攻城。东边由达呼尔和鄂伦春头人带射手在那里，以三声炮响为号，开始向城里放箭。把二百来支鸟枪都放在西面，以四声炮响为号开枪。萨布素布置完了，彭春说："林大人，你还得用一半兵力堵截江口，万一敌人再来就不好办了。剩下的负责南面城墙，到攻城时率先登城。"

　　把任务分配完了，女兵不干，说："大人也太不公平了，别人都安排好了，为什么不安排我们？"

　　萨布素说："不是不安排，有你们的任务。把城攻破，西南面有五间房子，名叫裁缝所，实际是关女人质的地方，那里有两个地窖，也都是人质，你们等城攻开以后，就去解救人质。"

　　把各处兵马都安排好了。剩下的二百人由萨布素和彭春亲自率领。把指挥所安排在离雅克萨城四里多地的一个高山上，用二十多人保护指挥所，上面放一门大炮，专门发号施令，各路兵马在四外都埋伏好了。

　　托尔金自己缩在雅克萨城里向多个小城发令，让他们一定坚守岗位，否则就要他们的命。如果努力为沙皇卖命，可以多发一个月军饷，而他自己却在城里不敢出来。

（二）

第二天，萨布素对彭春说："你在大营里坐镇，我领兵去打外围，外围扫灭了，就开始攻雅克萨。"

林兴珠说："现在我还可以拿出二百兵来，我们一起打外围。""好吧。"萨布素考虑不能暴露我们的兵力，就把主要兵力埋伏起来了。萨布素带着三百来人就开始在外面打小城。

清兵个个如狼似虎，几年来一直想收复雅克萨，现在终于到时候了。藤牌兵在前面引路，后面跟着跑。一到小城跟前，几声炮响，藤牌兵就上去了，没费多大气力，两三天就把东西的小城占领了。

萨布素就把指挥营帐安在雅克萨城前，连敌人说话也能听到，堆上土围子，不跟敌人打炮。萨布素又命令用清文、蒙文、俄文的信件射进去，劝他们投降，敌人不理会。萨布素就想看看这毒气牛究竟是怎么回事，和彭春一合计，彭春也同意先试一试。在东面放些连珠箭，装着要攻东门，看看怎么样。

第二天，就开始攻了，敌人不吱声，清兵往上上，一会儿，从城墙底下"噜！噜！噜"跑出几个像牛不像牛的东西，两条腿带着轱辘，好大一个家伙，也有一丈多高，只听呼的一阵风，天昏地暗，一股又臭又辣的味道扑面过来，前面的人马上倒下了。萨布素就顾不上打了，看到敌人要出来抢他们的人，萨布素命令西门北门一起开炮，敌人又退回去了，只见这四条毒气牛吐白烟，一会儿白烟就变黑了，把人们都熏倒了。敌人仗着毒气牛，冲上来了。萨布素只能把大营后退五里地，炮运来了也打不了。每一面敌人都有毒气牛，清兵一百多人昏迷不醒。萨布素愁了，鹿草已经用完了，一些中医想方设法毫无效果，束手无策。这些病号只是有一口气，很危险，大家都很着急。这时传令兵来了，说："启禀大人，外面有三位老人求见。"

"赶紧请进来！"一进来，萨布素高兴得了不得，谁呢？一位是宁古塔的武举人，一位是养犬的老人，一位是关帝庙的瓜尔佳老人。这三个人是不约而同地一起来了。萨布素下座迎上前去，斟茶，请到侧帐。萨布素给三位老人请了安，说："前方不安全，你们来怎么不给我一个信呢？我可以打发人去接你们。"

这三位老人笑了，"我们老哥儿三个也是巧遇在一起。"

原来是这么回事，先说武举人，自从萨布素走后，他一直有点感恩戴德，曾几次给巴海上过条陈，建议打仗的事。也给萨布素送过几次信，可是给巴海的条陈没有转给萨布素。巴海有自己的想法，可是看了条陈上的话有道理，对他也很器重。武举人一直在等回音，却如石沉大海，以后发生的事听从前线回来的人一说，武举人也知道一些。听说要攻雅克萨城了，武举人在家就待不住了，就想到前线去。这样和老夫人一说，老夫人也很支持他，他收拾收拾东西就走了。

走到黑龙江口，碰到一位老人正在训练狗呢：这老人一吹哨，这狗就集中到一起了；老人一指，这带头的狗就猛往前跑。一看这狗都是高头大耳，武举人就有点不敢往前走了。不大会儿，来了一只小狗，拽着武举人就往前走。一会儿这些狗出去又回来了，有叼狍子的，有叼野猪的，都规规矩矩地放在一位白发老人跟前，排成一排，瞅着老头。老人看了看说："大阿哥今天领着打围打得挺好，四阿哥挺出力，能咬死两个狍子。"四阿哥把脑袋提一提，往前挪了一步。他又说："八阿哥，你今天怎么不出力呢？就抓住一个小兔子，是不是贪玩了？下回你再这样就不行。"八阿哥把脑袋低下了，受了批评了。大阿哥过来了，瞅着这八号狗，汪汪汪地叫，越叫就越低脑袋，最后第八号狗就趴下了，就是认错了。大狗就不叫了，回到自己的原位上去了。

武举人一看这狗好啊！小狗接武举人过来了，武举人看到这些狗不敢往前了，这老人说："老兄弟，过来吧，我这狗老实还听话，不会咬你的。"

武举人进门后和老人见了礼，头一句话就是："哎哟！我头一次见到这样的狗，怎么能够训练这么好？"

老人听到别人夸他的狗，比什么都乐，哈哈大笑，"我呀，就是靠这些阿狗生活，来、来，到屋。"就把武举人请进屋，倒了茶，问了武举人从哪里来，他就把来龙去脉一说。

老人说："噢，我知道，当年萨布素将军还上我这里来过，我俩还比过箭。你来了正好，我也是想投营去。因为打雅克萨城最难，敌人用当地山上的一种毒石头炼成一种毒气，很厉害，没有找到一种解药。我有一种叫解毒丹的药，破这毒气的，我要把解毒丹送去。"

武举人听了很高兴，"好，咱们老哥儿俩搭伴去。""好吧。"第二天收拾收拾就要走了，老头对大"阿哥"说："我要出门去了，你给我好好看家，在我出门的时候不要让谁进来，告诉小阿哥，不要接客人了。"这些狗恋恋不舍地把主人送得挺远，老头带了两个兵犬就走了。武举人还带着两个随从，就一起过江了。

（三）

离瑷珲城不远，天也黑了，一看前面有一个关帝庙，说咱们就在这里住下吧。到了跟前叫门，有人搭话了："外面是谁啊？"

"我们是投宿的。我们从江南来，因为前不着村，后不着店，明天一早我们就赶路。"这就把庙门打开了，武举人和养犬老人一看，出来的也是一个老头，红红的脸膛，头发也白了，穿了一身鹿皮裤褂，老头两只眼睛很精神。

待两位老人进屋后，看到院子里尽是木头工具，以为这老人是个木匠。实际就是七兄弟投军在关帝庙遇到的老头，想自己年纪大了，就不愿出去了，在庙里看庙，享清福。临走时，他曾说："你们先去投营，以后有机会我也要投营到前线去。"老人也听说了一些消息，萨布素免官，又升为将军，小昌顺牺牲以至那七个兄弟立了不少功，这些都知道。以后听说要攻打雅克萨，心里总觉得是回事。他也曾几次路过雅克萨，知道城外的鹿角杈一般的刀是削不下来的，一排十几杈，削得很尖，尖朝上，是很不好接近的。解决不了这个问题，城可是万万进不去的，他平素打猎的时候曾研究过一种药品，如果遇到一片草碍事，把这种药撒出去，草马上就消失了。连大拇指粗的榛树干一撒药，你瞅着还长着，可是一碰就折了。老头寻思，我再研究研究用到粗一点儿的木头上去，不也能行吗？就一直研究，居然研究成了！这种药面泡在水里，涂到树上。你瞅这树长得挺好，不动弹它长得挺好，一动弹它就倒了，从根上烂没了，用不了两个时辰。这样鹿角杈就好解决了。就白天黑夜制造这种药粉，做了不少，足够用了。接着他又研究攻城的梯子，平时用的攻城的软梯用铁钩甩上去钩住城可以往上爬，可是敌人可以把铁钩拿下来扔下去，这时登城的人就摔下去了。老人研究了一种小梯子，到那里一接，敌人推不下来，还可以在梯子上和敌人打。老头把两项研究好了，准备投萨布素的大营去。正准备着，那两位老人来了，一唠，老哥儿三想到一起去了，挺高兴，一起奔向雅克萨去了。

到了雅克萨城外的清营中，萨布素把他们请到自己的帐里，一起商量军中大事。伦昆老人说："城外的鹿角杈怎么办？将来登城准备得怎么样?"

萨布素说:"这鹿角权还不怕,我们有削刀手可以除去。"

伦昆老人一听心里就乐了,"不行啊,大人想得过于简单了,你想这里的鹿角权都是用碗口粗的柞木做的,这种木头很坚硬,用削刀砍,你什么时候能砍掉一根?这十几丈厚的鹿角权你要费多长时间才能砍完?我已经研究出一种药面,和上水一撒,草和树都可以倒下。原来我是打围时用的,我现在做了不少,可以除掉罗刹的鹿角权。"

萨布素一听这个,心里别提有多高兴了。养犬老人把解毒丹拿出来了,喝了解毒丹,中了毒气的马上就好,没中毒的喝了也不会中毒了,这样毒气牛就不怕了。

萨布素一听这个就更高兴了,这几位老人真是雪中送炭啊!

武举人从身上解开一个蓝布包,拿出一部书,说:"这部书是我的贱内(老伴儿)从关里带回来的兵书,是过去一些打仗的经验。我送给你,你可以学一学。"萨布素双手接过来,心里是说不出的感激。这三老这么大岁数了,为了打垮罗刹,千里迢迢来到前线。

萨布素把彭春、郎坦、各副都统以及林兴珠、四武举都找来了。四武举和武举人两个相见特别高兴,武举人说:"你到前线几年,身体更好了。"

四武举说:"我觉得在军营里好。爬山渡水活动筋骨对身体有益。"武举人把他家里的情况说一说,萨布素说:"我相信雅克萨攻下来后,把四武举的家接来,帮助我建立新的将军府,共同来防守黑龙江。"四武举原先不知道,这一说心里暗暗高兴。

萨布素赶紧摆上酒席,迎接三位老人。大家开怀畅饮,那边赶忙把解毒丹熬成水,给中毒的人喝了,没到一宿的工夫,这些人都好了。大家就更高兴,就把解毒丹用大锅熬了,全军将士都喝一点儿,就不怕毒气了。把女兵找来,按伦昆老人的配方,制成药粉,来毁坏敌人的鹿角权。全营知道这三位老人解决了这些难题,欢喜腾跃。又找了一些木匠,连夜制造这些攻城梯子,这伦昆老人设计的梯子非常灵巧,到城墙一搭,敌人推也推不下来。这些工作都准备好了,就准备攻城了。

第六十七章 兵围雅克萨

（一）

罗刹不敢往这边来，就改从蒙古那边进犯，真是把萨布素气得够呛。当时撤兵的时候萨布素就提出要放重兵在雅克萨城，防止罗刹出尔反尔，因为罗刹是很不讲信用的，你要不用重兵看守，他们是会偷着来的。可是那时一些将领都归心似箭，都想赶紧回去，不愿在这么远又冷的地方久待。现在出兵天寒地冻，不行，圣旨也没有下来，只能抓紧训练，备木料，先定船只。要想保卫住黑龙江西岸的国土，水师营很重要，已从八旗兵抽出一些身强力壮的会水的组织一个水师营。萨布素这时想，我能不能开一个造鸟枪的铁炉，叫铁炉营？

罗刹把台吉掳到手后，可高兴了，往尼布楚、莫斯科报告，还是要求派重兵。但是那时莫斯科那里也忙于打仗，也派不了兵。罗刹在这里依然为非作歹。

台吉在这里回不去，出不来。托尔金把台吉又找来了，又摆上了酒席劝降一番，台吉一脚就把桌子踢翻了，"你不要再提这个，我宁死也不投降！"

托尔金说："来人！赶快把他绑起来！"又把他绑起来了，这是第二次劝降了。台吉想我是没法出去了，活着有啥意思？好，就想出了一招。罗刹又来劝降，台吉说："要我投降也行，答应我几件事情。"

"什么事，说吧。"

"第一，我要单独和托尔金谈判；第二，把那六个人先放回去，我才可以看出你们的诚意；第三，现在蒙古人生活得很困难，你们给我们拿去五百套棉衣。这三条做好我就投降。"

"好，你只要对天发誓，投降我们，是要衣服有衣服，要钱有钱！"

"那不行，你们先得把衣服送去，因为你们在我这里已经撒好几次谎了，我要先看看你们的诚意。"

托尔金一想，反正你也跑不了，好吧。就把六个人放出来，说："你们回去吧，这是沙皇给你们的衣服，一人一套，然后准备投降。你们的头人也要投降了，这样你们是沙皇的臣民，今后是我的仆人，要为沙皇效命。听我的话，到时候多交一些牛、马。"

六个人也不知底细，以为是台吉真的投降了，可是不要白不要。对台吉有些恨：好吧，你为了当官投降了罗刹，我们也就不救你了。回去了把衣服给大伙儿一分，说台吉要投降。大伙儿不信，那六人说："是要投降，这是让我们拿的五百套衣服，来买大家的心。"大家气得不得了，对这件事半信半疑。看台吉平素的为人，决不会这样，可是衣服是弄来了，心里是二意思思。

（二）

再说台吉，又去和托尔金直接谈判。到了这里一看，托尔金又安排了酒席，后面站着两个卫兵，心想："我怎么能够下手呢？我把他治死，我死了也值个儿。"他原来就不想活了，想抓两个垫背的。三说两说台吉把眼睛一立，一脚把桌子踢翻了，扑到托尔金身上，两人就扭打在一起。蒙古人有劲儿，几拳就把托尔金揣的昏过去了，可是两个罗刹卫兵上来了，把台吉按倒了，可一个人终究抗不了两个年轻人。于是他一手抓起一个锡做的酒壶，一下子打死了一个，那个又上来了，往他小肚子一踢，又踢死一个。他将要扑向托尔金，可是外面进来一伙人，把他绑上了。他瞅着托尔金恨得咬牙切齿，可惜我没有把他治死。托尔金慢慢地缓过劲来，一看老台吉被绑着，两个卫兵倒地死了，说："赶紧让他上绞架！送到蒙古人那里上绞架！"

第二天用木笼囚车把他钉上了，送到蒙古人住的地方，钉了一个大绞架，去了一百多个罗刹兵，里外三层围住了，把台吉活活吊死了。大家一看这才完全清楚了，都大哭起来，这下再也忍耐不住，造起反来了，和托尔金的军队开始交手战。这场战打得恶，虽然我们不得手，但蒙古兄弟打仗特别勇敢，光罗刹就死了二三百，可是我们也死了一百多人。这一仗非常残酷，罗刹竖起了十几个绞架杆。蒙古人一直没有忘掉这次惨案。

蒙古人被迫赶着牲口、拉着蒙古包，远远离开了雅克萨，告别了台吉。以后在那里修了一个喇嘛庙，里面有这位台吉的塑像，蒙古人一直纪念他，他在临死前还为大家骗来敌人的五百套衣服。

蒙古人移走后，雅克萨成为孤城，他们为了活命，就得种地，放牧。

萨布素把兵马练好了。一天马喇来了，萨布素一看马喇来了很高兴，马喇说："我是奉圣旨到雅克萨看看虚实，我看了一下，和你禀奏的是一样的。我回京去禀奏皇上，你好好准备吧，估计外面兵不能来了，就得靠大人你了。"

"好，我已经把兵马练好了，一旦圣旨下来，我要重新包围雅克萨，把罗刹兵再次撵出去，这次撵出去以后一定要设重防。"

马喇说："这件事我们在第一次时就有些失策。"

这样，马喇回到京城，康熙帝一听真是这样，就马上发圣旨，责成萨布素领兵再攻雅克萨，把罗刹驱逐出去。

马喇传达了圣旨，其实萨布素早有准备，萨布素想到上次我们攻了雅克萨又被敌人偷偷占了，是对敌人的心思摸不透。这次我们把雅克萨四面团团围住，让他们和外面完全隔绝。听探子报告，里面也就是八百来人，萨布素这回下狠心了，那时瑷珲也有八个旗了，一个旗三四个牛录，自己挑了一千来兵，又从宁古塔兵中挑了一些，把依兰的兵也调了一些，一共有两千来兵。年前造的兵舰和船都下水了，有三百人的水师营。李智远继续带人铸火炮，神威无敌大将军炮是造了不少。鸟枪也造出来了，择了一个吉日祭天就出发了，水陆大军一起向雅克萨涌去。

这次和往次不一样，萨布素在水路派五百人，旱路三百人，在西路切断敌人援兵，这次敌人想走是插翅难逃。山口用红衣大炮封住，然后用一千多兵把城墙团团围住。我也不打你，就围住你，你出来一个我就打你一个。大军一下子把雅克萨围住了。

托尔金一看清兵又来了，很害怕，赶紧筑城。萨布素想，你要筑城就筑城，反正城里的粮食和水也不多，就采取一个死困的办法，这就把里面困傻了。一出来就给消灭了，不出来要围到什么时候，那西面求援也出不去。托尔金想无论如何要出去，就挑了三百个精明强干的人，拿着手雷、鸟枪，往西面突围。

萨布素料到这一着，让他们出来，到了两山夹一沟的地方，敌人也不敢往前走了，这地方危险，西边一掐住就做馅饼了。正在这犹豫的时候，埋伏兵起来了，你不去也得让你往山沟钻，这一仗敌人干吃亏，死了二百来人，剩下的一百多又逃回城了。

萨布素一看消灭得差不多了，就命令凡是往城里跑的一律不拦。回到城，托尔金一看坏了，出是出不去了，投降呢又不甘心。城外是人欢马叫，该吃的吃，该喝的喝，该休息的休息；城里的罗刹像热锅上的蚂蚁一样，前后没有消息，援兵也来不了。

这时马喇又回来了，赶着驮子，带着四千两银子，还挑来了两千匹好马，用这个钱去买粮，不让摊派当地居民的粮食，可高于市价买粮食。当时康熙帝考虑到北方边民受罗刹骚扰，各方面都很照顾，这样萨布素的粮草更充足了。

这样围了一个月，城内的罗刹粮食比较紧张了，内部经常互相埋怨、打架，有时三三两两的就投靠到咱们这里来了，到这里我们都善养起来。这时又来圣旨，敌人如果不降，不要轻易放过，要紧紧围住。派郎坦协同萨布素作战，又调来盛京兵二百。以后京里不断运来军马粮米银饷，这样更激发了前线将士的斗志。

到八月的时候圣旨下来了，看起来罗刹不会投降了，准备就地过冬，冬天罗刹就困难了。

萨布素命令各旗用土垒成土围子，搭上篷，面对城墙有几个口。准备过冬，这一声令下，八旗兵开始挖工事，挖得挺深的，可以抗冻。一部分人去打柴火，瘦马都送到蒙古地方去换好马，蒙古人帮着放马，这一来真是人强马壮。

（三）

城里的罗刹就不行了，八月前有的地方就挂冰碴儿了，粮食不足，柴火困难，就闹起瘟疫来了，光死就死一百多人。萨布素听说他们闹病了，就命令用箭射去一封信，用俄文写的，说听说你们闹瘟疫了，我们有好生之德，我们可以派人带药来治病，这段时间我们决不进攻。

开始罗刹不相信，但后来病的越来越多，防也防不了了，就打发人出来，说："我们是闹瘟疫了，欢迎你们给我们治病，可不能就势把城占了。"

萨布素说："你们放心吧，我们不攻占你们的城，我们一直围着，到你们投降为止，我们不打炮射箭。""好吧。"就派去了四个老中医。

进城一看，大吃一惊，每人都垂头丧气，吃不下去饭。屋里也冷，老中医给他们熬药喝。回来把情况告诉萨布素,萨布素说:"好,我们送点柴火去,送点粮食去。"第二天都送去了,说:"你们缺什么我们可以送,多会儿想好了多会儿降。"

这样又围了一个半月,已是天寒地冻了,我们围得他水泄不通,他们还是里外不通消息。萨布素给他们治好了病,送去粮食、柴火,他们不但不感激,还像长虫一样就想吃人,关上城门,晃常往我们营盘里打炮。有时把我们住的营盘也炸开了,有些伤亡。这一下把我们惹急了,萨布素命令把炮拉到山上去给他们一顿炮,教训教训他们,把神威无敌大将军拉到北门上。这一打,托尔金上了瞭望哨塔,一炮把哨塔打下来了,把托尔金两条腿都炸飞了,这样罗刹再也不敢放炮了。

围攻雅克萨根据康熙帝的旨谕不要乱伤罗刹的兵卒,要迫使他们投降。萨布素根据圣谕一直不进攻,围困他们。康熙帝还告诉如果罗刹缺什么,可以给一些,以示优待。皇上送来的猪、牛、羊肉也分一部分送到城下,告诉:"这是我们皇上考虑你们也是人,给你们送点吃的,不让你们饿死,你们来拿吧。"这样敌人才能苟延残喘地在城里龟缩着,他们也想投降,但是没有沙皇的命令,只能死守着。

托尔金受伤后军心更加涣散,可是副头目也是顽固不化,副头目是尼布楚总督的一个亲信,说什么也不投降,他和几个人合计:"咱们这么死守着也不行啊,得想个办法。"

其中有个有能耐地说:"我愿意提个法。"

"什么办法?"

"清兵这么厉害,我看他们的主帅萨布素很了不起,文武全才,在士兵中很有感情。我们假装投降,把我们军中的事也透露一点儿给他,然后我伺机杀他。"别人晃晃脑袋,"萨布素是何等人物,你去了人家一举一动都能看出来,你还能杀人家?"

大家一筹莫展,这时有个十人长哈哈大笑,说:"嗨!要除掉萨布素还不是易如反掌啊,何必去假投降?我手下有一个兵,夜间走路像猫似的,没有声音,能跳高跳远,不管是多高的墙、多深的壕他都是一纵而过。让他在夜深人静的时候去,他取萨布素脑袋是很容易的。"

副头目说:"真有这样的人啊,赶紧请来。"见来了那个人,这人个子不高,瘦骨伶仃的,两个眼睛眍得很深,走起道来鸦雀无声。副头目说:"给我们当场试一试看。"

"好吧!"腰一弯,像一阵风似的跑得快,一纵上了屋了,然后又一纵回到原地了。

"好!你要加小心,萨布素是戒备森严,万一出现什么事情就不好办了。"

这小子也是艺高人胆大,说:"没事,我可以见机行事,如果没机会下手,我可以再回来。"

这时天黑了,他就从东墙角系绳下来了,沿着小道奔行营走去。说着话时天已黑了,他像一头猫似的摸到了中军帐。往大旗杆底下一蹲,天又黑,哨兵没发现,他往中军帐一看,里面灯明燃亮,萨布素和其他副都统在商议军务呢,他就没敢动。等着他们合计完了一个一个出来了,有人眼睛尖,一看旗杆下好像蹲着一个人,就问:"谁?"这个罗刹还会学狗叫、猫叫,他一看躲不过去了,就"嗷!嗷!"两声,大伙以为是萨布素带来的那两条兵犬,就说:"你在这里躺着干啥,还不回圈去!"也就走了。

这时由军帐过来四个卫兵在门口一站,他想是个机会,就到了跟前,一看帐里还亮着灯,就手起刀落,把两个站岗的人给杀了。可是一进去看没人。这时四周的兵上来了,他感到不好,几个箭步就退出来了,大伙儿也抓不住他。

看看将军怎么样?进帐一看没人,不一会儿萨布素从后帐转出来了,大家才松一口气,说:"刚才来刺客了,我们没看住,让他进来了。"

萨布素说:"刚才狗叫,你们注意没有,我一共两条狗,一条总在我身旁,一条在南营看仓库呢,这狗都是受过训练的,哪能随随便便趴在旗杆底下呢?我一看你们在说狗叫,我想这里必定有鬼,我故意把灯点起来,我躲起来看究竟是什么人。"大家都暗暗敬佩萨布素善于动脑筋分析。

萨布素说:"这个刺客肯定是城里派来的,我们想什么招把他抓住呢?"

有的说:"今晚我们严加防范,能逮住他。"

有的说:"咱们去城墙外蹲着,他城里放下来人就能抓住。"大家七嘴八舌说了一道。

萨布素说:"根据大家的意见,我看可以这么办,城墙底下搁人,十几步就搁一人。来的时候,就用火镰打一下表示暗号,没等他到就可以传到营里。这个人绝对不是善茬子,一定能飞檐走壁,走得又轻又快,今天下晚是不能来了,过几天咱们再看动静。这两天你们不用到这里来,我自有擒拿他的办法。"

大伙儿说："你一个人在这里能行吗？"

"能行，我一个人在这里比人多还好办些。"

那个罗刹杀了两个清兵，没见到萨布素就回去了。把情况跟副头目一说，副头目说："虽然你没杀掉萨布素，但是你能摸进营去，杀两个哨兵就是立了一功，不要着急，以后杀萨布素是很容易的。"又赏给他一点儿东西。

（四）

过了三天，我们那里防了三天。到第三天发现东北塔棱角放下一筐，没到地下就"嗖"地跳出一个人，径直往营里跑，清兵一看就打火镰，这信号一下子传到中军帐。罗刹不知道这些，到中军帐一看，四个卫兵拿着鸟枪，瞪着眼睛在门口，不敢上前去了——犯愁。不一会儿四个人中有一人打声哈欠，说："咱们这四个人犯上犯不上，人家将军在里面睡觉，咱们遭这个罪。"

另一人说："哎！到厨房去弄点酒，咱们喝。"

"不行啊，将军知道不好办。"

"将军睡着了，罗刹也不来，没事。"就去了一个人去弄酒，他临走前说："你们三个注意，不管是谁来到跟前，你们先来一枪。"

"好吧，你去吧。"

不大一会儿，酒弄来了，又弄来一条猪腿，就喝起来了，你一口我一口，喝得头晕了，直打哈欠，迷迷糊糊地坐在那里。一个说："哎！不好，我们不能睡着，万一罗刹的刺客来了怎么办？"

一个说："三天没来，不敢来了，眯一会儿吧。"就到一旁眯着去了。

罗刹一看这机会真好，一寻思我上次上当了，我应该扒窗户看看里面是谁。里面的灯还亮着呢，到窗户下一看，萨布素正在灯下看书。他认得萨布素，这下可高兴了，一看门是虚掩着没扣上，他冷笑一下：哼，还当元帅呢，连门也不扣。

一个箭步就上去了，"扑通"一下就掉到坑里去了。清兵说："这回行了吧！"就拿着钩子钩上来了，萨布素一看他吓得浑身直筛糠，连眼睛也睁不开了。

萨布素说："你们这点小小的计策，欺骗小孩行，欺骗大人可不行。

你以为上次来我不知道啊？你这装狗叫，我不知详情，没计较你，你回去了。还杀了我们的人，还不改过自新，今天落到我手里了吧！来人，把他身子先洗一洗。"这小子吓得筛糠了，哆哆嗦嗦的。

萨布素说："明天天亮把他放回去，有胆量让他再来"。这样第二天敌人知道出事了，等了他一宿没回来。这时罗刹兵报告副头目，清兵摆开阵了。

副头目到城墙上去一看，只见萨布素骑着马用马鞭一指，说："尔等听着，你们想要杀我，那是万想不能，你们的刺客我已经抓住了，为了教育你们，我们放他回去。如果你们识时务，偃旗息鼓，投降以后回国；不识时务你们就再来，再来可就不客气了。"

说完把人放开，这人就灰溜溜地逃去了。

副头目一看傻眼了，再也不敢让他去了。回来一合计可怎么办呢？投降不行，不投降也不行，又打发人来送信，信上说："你们兵多将广，每人都有战术，我们非常敬佩，但我们是两国交兵，我们不能随便降你们，你们如果宽宏大量，就允许我们去求援兵。如果援兵来了，我们还是战败，我们一定投降。"

萨布素听罢哈哈大笑，"好，我们让开一路，让他们求救兵去。"

萨布素知道尼布楚也只有六百来人，来的路上我们有八百人堵着，救兵根本到不了这里。萨布素也是将计就计，可以多消灭一点儿罗刹。圣旨告诉对城内的罗刹只围不歼，可是城外的敌人我就可以打了。萨布素对送信人说："你们走吧，我们让开一条路。"

送信的罗刹说："没有你老的令箭我们不敢走。"

"好吧，来人，给他一支通行令箭。"

这小子乐呵呵地拿着令箭走了，到了城里和副头目一说，副头目掂量掂量通行令箭，心想人家清兵是太宽宏大量了，两军交战哪有这样的？我给尼布楚总督写信，告诉清兵的这种态度，就让三个罗刹拿着信，拿着萨布素的令箭，很顺利地走了。

萨布素营里有人想不通："我们围困他们就是不让他们搬兵，怎么能放开路让他们搬兵呢？"萨布素说："莫斯科出不了兵，尼布楚也只有六百兵，他恐怕连二百兵也不敢来。那里蒙古人反抗他们，他们自己也是朝不保夕，两个都难保，去也是白去。"那些人听了这话这才放心，果然那里罗刹兵就没再来。

（五）

搬兵没搬来，萨布素还是围着。已经到了开春，一天从西南来了一伙儿马队，大伙儿以为是罗刹的援兵，赶紧布阵。头前有三匹马先到了，一看是蒙古兵，这些人边施礼边说："我们是科尔沁台吉手下的人，噶尔丹叛变了，要我们台吉投降他。我们台吉宁死不降，来投奔将军了。"

这仨人拿了信来见萨尔素，信大意是噶尔丹叛变了，皇上正准备擒拿噶尔丹，噶尔丹要我归顺他，一起反清。

萨布素看了这信，心里咯噔一下，噶尔丹造反了，要牵制我们的兵力，对打罗刹很有些影响。萨布素命令各营列队迎接台吉入帐。城里罗刹哨兵赶紧报告副头目，说："可了不得了，大清兵又来了，不知其数的兵马。"副头目就更害怕了，加强防范，城里粮水不足，瘟病不断，有的人眼瞅着要饿死病死。

蒙古台吉领兵到了这里，台吉相当于副都统，萨布素以礼相见。台吉见到萨布素就像见了亲人一样，给萨布素献了哈达。萨布素把台吉请到中军帐，献上茶。台吉就把怎么回事一说：台吉在科尔沁草原上，噶尔丹派人去说服，说要请他去开会讨论蒙古地区的一些大事。正赶上台吉身体不好，就打发下面一个人去了。走了七八天回来了，说噶尔丹要他们把军队准备好，到时候一起练兵去，所有的兵和武器都带走。台吉就有些纳闷，虽然是蒙古兵，但是都归朝廷管，动兵都要有圣旨，怎么没有圣旨呢？这台吉做事很慎重，对朝廷也很忠诚，就打发人告诉噶尔丹，说我们现在等圣旨，圣旨下来我们就出发。不下我们就不能出，去了也没消息。

一天噶尔丹带着二百多人来了，台吉赶紧欢迎。噶尔丹是个王爷，噶尔丹到了中军帐，把脸一沉，说："我招呼你，你怎么不去？"台吉起身上前打躬："王爷，我没见圣旨，我不敢动兵，因为圣上再三旨谕动兵必须有皇上的圣旨，请王爷把圣旨拿出来？"

噶尔丹哈哈几声冷笑，说："你还蒙在骨子里呢，我们是蒙古人，想当年我们的成吉思汗多么耀武扬威，各部落都归顺我们。我整天想举行大事，你赶紧把兵召集起来，跟我去，不然的话你耽误了我的大事，不但你的官保不住，恐怕连脑袋也得丢，马上调兵！"

台吉一想怎么办呢？就说："好吧，可是我的兵都到各处放牧去了，限我五天，我把兵召集起来。我愿意归顺王爷，我还不愿意咱们得了天下吗？得了天下，我不也当大官吗？"

噶尔丹这下可乐了，"你放心吧，我们一旦得了天下，我封你当王爷。"台吉赶忙叩头表示感谢，噶尔丹也信以为真。

不到两天，台吉召集了一百多兵。噶尔丹一看放心了，说："好吧，我先到别的台吉那里去，五天以后我回来把兵带走。你想跑可不行，你也跑不了。"噶尔丹留下十几个兵看守着就走了。

台吉一看噶尔丹走了，就赶紧召集手下的人，说："噶尔丹反叛大清了，咱们怎么对付？"大家都深受清朝的皇恩，都很愤慨。说我们宁死也不投降他，赶紧驰报朝廷。台吉拟了一份奏章。将要打发人送的时候，牧民们来报："可了不得了，噶尔丹又带三百人回来了。说好是五天，现在三天就回来了，害怕咱们有反复。"

台吉一看情况紧急，就带着人星夜奔萨布素营里来了。噶尔丹撵了一阵子，一看赶不上了，就扬长而去，把剩下的蒙古包和牛马都抢走了。台吉这才找到了萨布素，萨布素一听对台吉挺敬佩，赶紧备饭。安排好了，萨布素写了第三道奏章，把台吉的情况说了，把详情奏上去了。

到了第二年的八九月前，把罗刹已经围了一年了，城里没剩多少人了，也就是二百来人，有些投降了，有些病死了。后来我们干脆放他们走，兴出不兴进，有些就溜回尼布楚了。

这时江南过来报马，说是圣旨来了，赶紧排香案，接圣旨。太监骑着马背着圣旨来了，萨布素率领众将领接出去了。太监宣旨，意思是说：莫斯科察尔汗给京城下书了，愿意撤兵两下和好；命令萨布素把两边兵马撤开，让他们回去，他们也有文书，可以责成他们退兵。

得了圣旨后，萨布素就把两面的兵马撤开了。不到两天，罗刹那里也过来四匹战马，到了城里，把沙皇让他们撤出的圣旨读了。这些罗刹可乐了，好容易才能撤出，赶紧收拾收拾。没有粮食，萨布素派人又送去，他们的车也不够了，萨布素还给他们几辆大车，以便拉着老弱病残的军队撤退。

可是城里的罗刹得到车马、粮食之后，已过去十余天，却迟迟不撤。这期间，哨探传报，说是尼布楚放风要派兵增援，萨布素唯恐坐待发生变故，失去战机，便急忙请彭春、郎坦二位大人分析形势，商讨对策。他们一致认为罗刹一贯不讲信义，我们必须相机行事，乘势施加压力，于是便决定攻城，迫使他们撤兵。

第六十八章　收复雅克萨

（一）

萨布素把一切都准备好，全军心里都有底了，信心百倍，各将领带着自己的部队到指定的地方，开始要攻城。

已经是六月末的时候，天气也暖和了，山上的野花已经开了。第二天拂晓，就听指挥营里"嗵！嗵！"两声炮响，这就是告诉南面的土围子后的清兵开始攻城，其他三面没动。城里的罗刹兵看清兵攻城，赶紧把毒气牛放开，外面的罗刹兵也退到鹿角权里头，南面攻了一阵也不攻了，其他三面还是不动，罗刹也就不放在心上。

萨布素到了夜里突然命令一百多骑兵摸到敌人的鹿角权跟前，把药水都涂上了。一夜的工夫，把东面和北面的鹿角权都抹上药水了，可是敌人还不知道，因为那药水抹了以后还不倒，敌人以为没事。

到第二天清晨，四声炮响，北面的四十门大炮就打起来了，把城墙打得稀烂。打了一个时辰，敌人保不住了，萨布素带二百藤牌兵和削刀手，拿着新造的云梯开始攻城。前面有鹿角权，罗刹以为靠近不了，可是一看吓了一跳，清兵太有劲儿了，碗口粗的鹿角权手一拨拉倒一个，腿一踢倒一个。赶紧报告托尔金，说："可了不得了，清军太有劲儿了，把我们的鹿角权都拨弄倒了。"

托尔金还不信，到跟前一看也害怕了，说："赶紧放毒气牛！"这毒牛一出来就喷上毒气了，可是越喷清兵越精神。托尔金一看坏了，赶紧上去守城。这样攻了一天，外围的城都解决了，离主城只有三四里地。

托尔金没招了，就关了城门死守了。他手下有一个十人长，这家伙很有能力，七八百斤的东西他都能举起来，在俄国是摔跤第一。他还有一招，一鼓气，刀砍不了，枪扎不透。他说："我有一个招。"

托尔金说："那你快说吧。"

"明天我们派一个人到萨布素那里去，跟他说，你们这么多军队来攻我们，不算能耐；如果我和你比比武，看谁的劲儿大。在外面埋五个大树桩，看谁拔起来；再有可以砍我三刀，射我三箭；我把衣服脱了，让他们砍肚子，然后让我砍他们三刀，射他们三箭，他们肯定得输。"

托尔金说："好啊！"就从城上用草筐系下一个人，打着一个白旗到萨布素营里去了。

萨布素一看来人了，以为是来投降的，送来一封信是用蒙文写的，意思是这么说的：启博德尔汗，下面的大将军萨布素你仗着人多将广，来攻我们的城，破了我们的毒气牛，我也很佩服。你们要是真有能耐，我明天打发一个人和你们比武，要是我们的人比不过你们，我们甘拜下风；如果比得过，你们就退兵，退出三十里开外。

萨布素一看这是叫号，敌人龟缩在城里，这是最后一招了。这肯定是他们有能人，就把送信的人找来了，问："比武你家总督说怎么比？"

送信的人挺傲慢，说："我家总督说了，在城外搭一个比武台，比五样：一是拔树桩，看谁能拔出来；二是举桩子，有三百普特、五百普特，最高是一千普特；三是刀砍肚子，看谁能砍死谁；第四是扎三枪；第五是摔跤。"

萨布素一听是个事儿，到这关键时候不是吹的，真得有这样的人。萨布素想，我们大清国这么大国家，就这样被吓住了吗？就硬挺着："好吧，我们停止进攻，和你们比武。"

郎坦也捏了一把汗，萨布素已经说出来了。三位老人瞅瞅大家，养犬老人说："大人，答应了吧，咱们可以跟他比。"

伦昆老人也说："三天之后咱们可以和他比。"萨布素一听就心里有了底，说："我们停止进攻三天，让你们准备比武。"这罗刹兵就回去了。

一到城里，这罗刹兵把萨布素的回信带给托尔金，托尔金把这十人长找来了。这家伙有六七尺高，膀大腰圆，脑袋大，手脚也特大，眼睛往里眍䁖着，走起路来恨不得把地都踩个坑。托尔金跟他一说，他狂笑几声说："好，我给他们一些厉害瞧瞧！"这样，托尔金就命令在城外搭起了台子，埋起了树桩。把柞木杆子埋得有两三尺深，又用石头压上，不要说人，就是用牲口拽也费劲儿。就这样全都预备好了。

（二）

　　萨布素把送信人送走，就在琢磨如何去比。这时魏海来了，他听说比力气就来劲儿了。别看他个子不高，但营里谁也比不了他，也不知道他力量有多大。魏海对萨布素说："拔树桩的事我来。"

　　"你能行吗？"

　　"行！"

　　"那你试试。"就打发人在帐前埋了五六根大树桩，魏海到跟前一看，说："这样不行，把树桩横打。"

　　"那能行吗？"

　　"可以试试，这样能拔的话，就不怕罗刹直埋的了。"就重新打，又埋了六七根。魏海把衣服脱了，把眼睛一瞪，把腰扎一扎，到了跟前，把气一憋，一下子把桩子拔起来了。紧接着第二根、第三根，一连气拔了七根。拔一根旁边的人叫一声好，看的人都出汗了，可是魏海拔完了，气不喘，色不变。

　　萨布素可高兴了，说："有这一招好了！"那三位老人说："你会这招就行了，剩下的我们来。"

　　养犬的老人说："扎枪、砍刀我来！"养犬老人是专练气功的。

　　伦昆老人说："摔跤我的事。"萨布素看老人家虽然身体好，但毕竟年龄大了，伦昆老人说："摔跤是我们祖传的。"萨布素心里有底了。

　　第三天，罗刹那边打着鼓吹着号来了，这边也是鼓锣齐鸣，旌旗招展。这边总督，那边将军都在两边，旁边站着将领。

　　开始了。第一是拔木桩。萨布素一看，这罗刹七尺长，个子特高，站在那里可以吓人一跳，两只手伸出来像两个簸箕似的。在那里一站，说："要比的上来吧！"

　　魏海可不在乎："别看你个儿大，个儿大也是一个。"魏海上去了，罗刹一看能差一个脑袋，高兴了："请吧。"

　　魏海说："你先来吧。"

　　这小子确实有劲儿，一口气拔了五个，后面一个虽然有些费劲儿，但还是拔起来了。魏海一看，你就这么点能耐，拔第五个你就这样了。魏海本来就是力大无穷，现在和敌人比要争光。这样就快步到木桩前，一口气拔掉了五个，换口气又拔了五根，超过他一倍，托尔金一看傻了，第一招输了。

第二招，养犬的老人上来了。罗刹十人长一看，这个老头貌不惊人衣不出众，比魏海还要矮，挺瘦的。不要说砍三刀，一刀就要你的命。罗刹十人长说："你这么大年龄还来卖命，刀可没长眼睛啊，一时丧命了，你可后悔也来不及了……"

"你光说不行，还是比起来看吧。"

"好吧。既然是我提出的，你先砍我吧。"

老人把刀掂一掂，说："那你等着吧。"一个箭步上去，叭！叭！叭！三刀，一看是纹丝不动，只有三个白印。老人暗暗赞佩还是不错，真有一番工夫，就把刀放下了，说："你来砍我吧。"

"那你脱衣服吧。"

"不用。"

"你也是肚子行，别处就不行？"

"你砍我哪里都行，砍九刀也行。"老人一站就像生了根似的纹丝不动，这罗刹一看手也害怕得哆嗦，就用劲儿要砍脑袋。

老人说："你先别砍，我让你砍九刀，三刀一停。"原因是老人也得运气。

"你砍我什么地方？"

"我砍你的脑袋。"

"好！"十人长运足力气，像泰山压顶，奔上来就是一刀，可老人连眼睛也没眨一下。哎哟！罗刹后退几步，又是一刀。一连三刀老头微笑着不动弹，清兵擂鼓叫好。萨布素心里高兴得没法说了。

老人说："你还砍我什么地方？"

"砍你肚子。"一连三刀还是没事，最后三刀罗刹不敢砍了，把刀一撂，说："我认输了。""认输了就行。"

老头说："扎枪你就先扎吧，你哪儿都能扎，你也可以扎九枪。"枪的劲儿更大，它集中在一点，枪尖上也有一千斤力。老人说："你先刺我什么地方？""刺你前脑，然后我上三路下三路。""好。"这回我得把衣服脱了。一脱衣服，看这老头浑身就是一把骨头，没什么肉，可是老人把气一运，浑身的肌肉当时就起来了。哎呀！这功夫是不浅。罗刹就鼓足了劲儿，一连三枪都扎在前脑，扎在石头上还可能扎一个坑，可是那老头身上什么也没有。这时，罗刹一看就害怕了，就把枪撂下了。老人说："下面是有些项目要比，我先不扎你这三枪，你抗不了这三枪，你可以欠我这三枪。先举楼石，摔跤，完了我再扎这三枪。"

这时这十人长有些泄气了，"好吧。"这时魏海一个箭步上来了，说"你举哪个？"

罗刹十人长说："举大的。"罗刹就到一个十五普特的大石头前，一普特是二十七斤，这就有四百来斤啊。罗刹双手操着石头上的梁子一直搬到前胸，往前走了三步，往后退了三步，放下了。

魏海一看他还是够上一位英雄，魏海双手搓一搓，来到石头跟前，来一个骑马蹲裆式，照提梁子就提起来了。罗刹提起来是脸憋得通红，可是魏海脸不变色，提得能比他高半尺，魏海往前走了六步，往后走了六步，然后放到原地，退下去了。

罗刹又输了，泄气了，还得挨三枪呢。下面是摔跤，伦昆老人上来了，衣服一脱，罗刹这次不敢小看这老头了，就想凭我这个坨儿，我也把你压住了。可也没说什么就上去了。但是老头你碰也碰不着，眼瞅着就抓到手了，又躲开了。三躲两躲，躲到罗刹后面去了，罗刹个子大，转身慢，一回头，老头到前面去了，是蹦蹦跳跃、钩拿索打地把十人长弄得眼花缭乱，不知从哪里下手了。这时老人下手了，一个扫堂腿，不要说是人，就是树也扫断了。老头看这个人还挺有能耐，就留点情面，不想使大劲儿，就几个扫堂腿，上面手几个拐，就把十人长摔下去了，起不来了。老头说："凭你这样你还想摔跤，谁有能耐，谁再上来吧。"谁还敢上来摔跤啊！

这十人长在罗刹中是羊群中跑出个毛驴子，是个大个儿的，下去了。可是还欠三枪呢，只能硬着头皮挺着。

养犬老人说："我看你也是一个英雄，不然的话我一枪就可以让你完蛋，你说往哪里扎？"

"还往肚子上扎，我一摆手就扎。"

"行。"老头也没有像他似的后退几步，然后冲上来，他就用手上的功夫，这气一运就有千斤力，一到枪尖就有万斤力，叭！一枪扎在十人长肚子上，十人长就觉得吃不住，还得硬挺着；又来第二枪，第二枪更受不了。老人说："你先把气放了。"十人长把气放了。

老人说："我看你有点本领，今天饶你不死，别害怕，我让你受点伤。"十人长赶紧把平生的气力全憋住，老人往后退了三步，又跟三步，到跟前，手一晃，扎枪就在他肚子上扎了七八个眼，就淌出血来。

老人说："你这样的还来比武，我没使劲儿，一使劲儿就让你肚子穿七个窟窿。”

托尔金一看，就灰溜溜地退到城里。萨布素很高兴地说：“回营。”就打着得胜鼓，回到大营里。

（三）

托尔金使了两个招都没有成功，六神无主，赶紧给尼布楚、莫斯科去信，说我们已经被围多少天了，再不来援兵我们的命就难保了。可是怎么送这信呢？没办法，只能冒险冲出去，可是一出门就让清兵抓住了。知道是送信的，就报告了萨布素，萨布素说：“好，让他去吧。”送信不赶趟了，这罗刹就像惊弓之鸟一样跑向尼布楚去了。

城里正加强防范，凡是能上阵的都去了，要以死相拼了，内部怨声载道，尤其是当兵的。第二天白天，两声炮响，南面的小炮一炮接一炮响起来了，赶紧往南去吧。又听到三声炮响，东面的连珠三箭起来了，罗刹都抗不起身子，就往东面跑。刚一跑，西面的鸟枪又响了起来，又往西面跑，城里的人就像走马灯似的，来回乱跑，不知怎么的了。

清兵三面齐攻，打到晌午，指挥的大营里四声炮响，北面的四十门大炮就一起响起来了，城墙被打开了。托尔金正带着刀在后面督阵，突然被下面的两个百人长按住了，说：“你还想让我们送死，北墙已经突破了，清兵已经登梯子上来了。”

“那怎么办呢？”

“投降。人家清兵说了，只要我们投降，让我们拿着东西回去，我们何必在这里等死？”这时炮一声接一声，清兵已经攻到城里了，像潮水似的进去了，托尔金没办法，只得挂起白旗了。这样雅克萨城就收复了。

托尔金带着剩余的罗刹，排着队来见萨布素、彭春、郎坦。萨布素在马上看了看托尔金说：“怎么样，如果你按我们信上说的，双方何必遭这么大的涂炭呢？我们大清是说话算数的，我们一定放你们回去，一个不杀，我们让开道让你们回去。”然后传令让两面的兵撤出道来，咱们这次出兵就是有理有据、大仁大义，他们的东西由清兵看着随便拿，我们不要他们的东西。

这些人就捡起东西，多了这个少了那个，他们互相打架，自己还打死十几个，清兵看了也憋不住笑。一直忙乎到天黑要走，萨布素说：“你们别忙着走，在这里住一宿。”就住了一宿，第二天才灰溜溜地撤出了雅克萨城。

　　我们用了两年多时间把雅克萨收复了。后世有人这么说：雅克萨这两仗是打得天昏地暗，尘土飞扬，杀声震野，炮声隆隆。清兵健儿精神百倍，大小官员，身先士卒，好似猛虎下山，苍龙出水；敌人抱头鼠窜，跪地求饶，我们获得了全胜。

第六十九章 凯旋班师受封赏

（一）

雅克萨被攻下来后，罗刹举手投降。但他们并不是心服口服，这一点儿清朝估计得不足，总认为既然是投降了，就不会再来侵扰，有点麻痹。罗刹撤了之后，全军就在城里休整，向朝廷奏本，雅克萨已经收复了，把具体情况都写了。这时康熙帝在热河离宫打夏围，就把奏章送到热河。

雅克萨的清兵对阵亡的将士祭奠一番，完了就举行了一次祭天，然后就放假十天，可以随便打打围。这时恩诏下来了，萨布素、彭春、郎坦就带大小将官接圣旨，骑马的传旨太监到了跟前，到了香案前往南一站，开始宣读圣旨。萨布素、彭春、郎坦听旨。三人说："臣在。"圣旨意思说：这次由于将帅兵丁齐心合力，使战争得到彻底的胜利，边境从此得到安宁，我们多次征剿罗刹，这是最大的一功，封萨布素为轻车骑都校，世袭的加三级。封瓦礼祜为恩都校，封昌顺和奥兰特为恩都校，二品供人。立碑永志。李智远封为汉旗军协领，世袭三代。大小将士各按其功劳，有加封为巴图鲁的，有晋级的。还拉来了大车，上面是酒、赏银和各种赏赐的东西。庆功大会以后，彭春和郎坦提出来仗打完了，我们应该撤兵了。萨布素说："彭大人，你看这个城怎么办呢？"

彭春说："我们为这个城死了多少人，我们要不得，一把火烧了，我们就撤到瑷珲去。"

萨布素寻思了半天："罗刹退出去，不能死心，他们总觉得自己有力量，如果我们一退，罗刹卷土重来怎么办？"

彭春说："他们吓得丢魂失魄，不敢再来，再来的话我们再来打也不迟，现在噶尔丹蠢蠢欲动，理藩院给我来信，让我撤回去，我看你也撤回去得了。"彭春这么一说，萨布素只好撤了。藤牌兵也整顿兵马回去了。京师和盛京的兵也都回去了。只剩宁古塔兵了，萨布素每天都送这些兵，彭春和郎坦也回京城了。

（二）

这时又来第二道圣旨，召萨布素到热河。皇上要听听实际情况，萨布素就领着兵到瑷珲城，这时瑷珲城修得差不多了。萨布素把雅克萨城一把火焚之，把兵马撤到瑷珲，自己就赶紧去热河，见皇上，这是萨布素第二次见康熙帝。

第七十章　奉诏见驾

（一）

热河是历代皇帝避暑的一个地方。到康熙二十多年的时候，就修得比较有规模了。设有内外八景。到了夏天，皇上就到热河，朝中的大事也在这里处理，朝见也在这里。一直到了旧历七月底才回京城。

萨布素拿下雅克萨城的捷报康熙帝收到了。康熙帝感到萨布素是挺有能耐的，从吉林见了以后总想再见见这位英雄，这样特召他来热河再叙谈叙谈。

萨布素安排好了黑龙江的事，就带着李智远去了。因为在萨布素的奏章里讲了李智远带来的"神威无敌大将军"，康熙帝对他也很赏识，就让他一起来热河。

萨布素领着这些人马晓行夜宿来到热河。一看这热河修得也是不错，有楼台亭阁，绿树成荫。理藩院赶紧把萨布素安排在湖边的一个三合套院里，院里栽些花草树木，萨布素在这里住下了。

第二天早朝的时候，萨布素穿着朝服随班面驾，康熙帝一看萨布素来了，就传旨让萨布素早朝完了便殿面奏。散朝之后，萨布素吃点早点就到便殿，皇上已经在那里了。皇上穿便服，便殿除了皇上的宝座外，还放了几把椅子，小桌上放了几个盆景，满屋都是书和字画，好像是一个书生的书房，还有一些物理的仪器和药品。那时康熙帝除了练武习文，读满汉经书，还学西洋的一些自然科学的书，像天文、物理、数学，连制造西洋药他都要学，所以他能当了六十年皇上，立下了十大奇功。

康熙帝坐在龙案之上，萨布素行了见面大礼，康熙帝说："看坐。"萨布素又磕头谢恩，坐在太师椅上，康熙帝看了萨布素很高兴地说："这几年你风尘仆仆的辛苦了，你身体还好吧？"

萨布素站起来说:"臣蒙圣恩,身体还挺好。"

康熙帝又说:"坐下,坐下!我们还像在吉林关帝庙见面那样谈一谈。"和萨布素谈了很多。谈了战争情况和罗刹的一些事情,康熙帝说:"明天,要举行庆祝大会,你参加后可以再待几天,玩一玩,我让你好好休息休息。"多年战事一直很累,萨布素心里很感动,就留下了。

第二天大会挺热闹,各大臣、贝勒、贝子、王爷都穿朝衣,有恩诏的福晋和格格都参加了这个盛会,在正殿门前举行的。王爷、大臣几次上奏驱除罗刹之后要举行大典,皇上也恩准了。群臣行罢大礼,康熙帝说:"朕自平定三藩之后,觉得北边的罗刹是一件大事,几次征剿都没解决,一直忧虑在心,我东到吉林就是有意于此。可是有一些人反对出兵,我决然要打垮罗刹。这是祖宗之德,我们才得到全胜,是我们大清满汉各族人民的幸事。"

大家山呼万岁,康熙帝讲:"我们庆贺典礼完了,进行一次狩猎比武,不分大小,每人都单独围猎。我也单独去打,看一天里头谁捕获的东西比较多。"大家都很高兴,因为热河有一个围场。

打围的时候是偃旗息鼓,皇上身旁有两个太监,一入围场,康熙帝说:"你们自己去吧。"也是一个人打围。萨布素也一起走了,打了一天,到下晚上,收围了,打的多的想能得到赏赐,少的害怕受罚。但是,康熙帝挺高兴,摆上了御宴。没看这些猎物,让拿下去做了吃,然后每人都给些赏赐,唯独给萨布素一套新的朝服、朝鞭和一套新的盔甲,又让太监拿出一套日晷赐给萨布素。让他到北方后可以测定时间,以后一一禀报,这样大典就结束了。

康熙帝说:"下次我不再找你了,以后你有事可以直接来找我,不用通知理藩院。"就告诉太监以后让萨布素直接见驾,这是特旨。

萨布素住在小院里,挺安逸。可心里一直在想以后黑龙江怎么治理。又想到罗刹恐怕不死心,还会死灰复燃,有时康熙帝还召见他下棋。过去他俩能下平手,现在萨布素不大敢赢,康熙帝乐了,说:"你还不如我在关帝庙见到时那么自由了。"康熙帝想解除萨布素的拘束,可总是不行,那时君臣的是非是很严明的。

（二）

一天，萨布素骑马去遛遛，早上太阳没出来就出门，忽然听到湖里面扑通一声，怎么有人投湖呢，眼瞅着要淹死了，萨布素水性挺好，把外面褂子闪开了就跳到湖里去了，把投江的人救上来了。一看是个十七八岁的姑娘，长得很美，是一个南方人，萨布素叫来两个姑娘就把她搀到屋里去了。半天她一睁开眼说："不知哪位把我救起来？"

萨布素不大懂南方话，这姑娘又慢慢说了一遍，萨布素说："你好好的，为啥要投湖呢？"

姑娘一听眼泪就掉下来了："大人，你救我倒是感恩不尽，可是救活我还不如让我死！"

萨布素就纳闷，"你怎么到北方来的？跟谁来的？你把事情原原本本和我说一说吧，如有什么困难，我可以帮你忙。"姑娘身上那时净是水，萨布素让她去换了衣服，吃了饭。

（三）

这个湖南岸是跟随康熙帝来的各部、院的官员的住处，北岸是皇上的禁地，谁也不行来。萨布素和一些亲王在北岸。萨布素吃完饭，就把姑娘找来，姑娘见萨布素就跪下了，萨布素让她起来，要她说，姑娘说："大人，我说了可能也没有用。"

萨布素说："那不一定，你缺钱我可以给你，你有什么冤情我可以给你伸。"姑娘这才把事情原本说出来：朝廷有一个都统叫满歪，有一个姑舅哥哥，他随顺治入关立过挺大的功劳，在关外也有些名气。以后当了一个一等侍卫，康熙帝时也很赞赏他，这个人也挺公正秉直的。他有三个儿子，唯独一个小儿子，仗着他爹是个大官就无恶不作。除了玩鸟，就是寻花问柳的，不务正业，可是谁也不敢惹。

他就在京里横冲直撞，京里给他一个外号叫"调邪"，就是酒色财气都好，全城没有不知道的。但是他父亲是康熙帝得意的一等侍卫，大家也不敢吱声，这次他一起随父到热河来了。这姑娘是江苏人，家住苏州，叫杨阿妹，今年十八岁。姑娘一小的时候学了一手好刺绣，描龙画凤很好，长得又好。后来她妈死了，城里的刺绣也一天比一天衰败，为了谋生，爷儿俩就到了京城。杨阿妹一小就订婚了，跟苏州当地的一个玉石工，叫张旺，两家挺般配，后来张旺也到京里开了个玉石铺子，攒几个钱就要成亲了。

在结婚这一天，正赶上"调邪"在外闲逛，到了那里就问是谁结婚，仆人告诉是苏州来的刺绣姑娘杨阿妹和玉石匠张旺结婚。"调邪"就说："快把轿停下，让我看一看。"

一打开轿一看，这姑娘长得太好了，就起了邪心了，告诉抬轿的，先抬到我的府上去，我看看怎么样。这帮狗腿子就把花轿劫到府上去了。玉石匠张旺想告又不敢告，一等侍卫还不知道这件事，他妈又惯着他。

"调邪"把杨阿妹关到一个房子里，姑娘是百般不允，软硬不吃，寻死了几回都让人看着没死成。姑娘也防范得严，你来我就以死相拼，调邪还舍不得她死，越看越爱。这样过了一个月了，这次就强扭把她拉到离宫里来了，到了热河"调邪"还使各种招，姑娘想不如一死吧，就找一个机会投了湖。

萨布素听了，半天没吱声，心想满族是随老汗王起义，南征北战立了许多战功，可是这下一代就出了这种孽种，闷闷不乐，说："来人，把这姑娘好好安排，我一定给你申冤，让你回京就和张旺完婚！"

这姑娘一听这话，"大人，你能把我送回京城，我一定认你做干爹！"跪下就磕头，认萨布素为干老。

萨布素说："好吧，就认你这么一个汉族姑娘吧，以后我让你到江北去看看你的干妈，我派人去告诉张旺让他放心。"姑娘更高兴了，就欢欢喜喜到了后屋。

萨布素想："我一定要奏明圣上，这京城的八旗子弟，如不严加管教，以后一定误国害民。"以后康熙帝对这个问题有些包庇，结果八旗子弟出现了许多肩不能担、手不能提篮的纨绔子弟，尤其是乾隆末年以后，这样的人就多起来了。

过了一会儿，仆人来报："外面满丕大人来求见大人。"萨布素和他认识，都是关外的大员，赶紧请进来献茶。

满丕说："我有一个事情来求求大人。"

"什么事情？请说吧。"

"今天早上大人是不是救了一个回族姑娘？"

"是啊。"

"这人是大侍卫家里的一个奴隶,因为受虐待不过投湖了,幸蒙大人救出来了,我们很感恩,想接回去。"

萨布素把脸一沉,"你是专为这事来的?"

"对啊。"

"这姑娘是在我这里,但我不能交。因为这姑娘说的和你说的不太一样,我觉得这姑娘有冤。我们作为朝廷命官不能徇私舞弊啊,应该秉公处理。我想把这姑娘交给皇上,让皇上圣裁吧。"

满丕一听这个害怕了,说:"这区区小事,何必惊动圣上呢?我们都是一朝之臣,念你我旧情,交给我吧,她是一个奴婢。"

萨布素厉言厉色地站起来了,"大人,你这话差矣!我们是朝廷命官,一是要秉公守法,二是要教育好我们的后人。真是像这个姑娘说的那样,这八旗子弟出了这样的人,有什么脸面见我们祖宗,你不为这件事讨差吗?"

满丕打了唉声。这小子是不争气,可是这事是背着他父亲干的,让他爹知道是活不了的。

萨布素还是不交这姑娘,满丕把脸沉下了,说:"萨布素大人,大侍卫可是当今圣上倚重之人,你可要三思而行。你不要因为小事,贻误了你的前程。咱俩是旧友,我提醒你。"

萨布素冷笑一声说:"满丕大人,你对我太关照了,下官承情,不过有关人命的事,下官不敢领命。"

"那么告辞!"

"送客!"满丕灰溜溜地走了。后来满丕做黑龙江将军的时候处处找萨布素的小脚,就是因为在这里结下了不解之怨。

满丕走了以后,萨布素在屋里来回走,心里非常气愤:有些官员到了京城后确实变坏了,光知道吃喝玩乐,袒护自己人,徇私枉法。这时太监传旨,传将军进宫和皇上下棋去,萨布素说:"领旨。"就换上衣服走了。

到了宫里,见了康熙帝行了君臣大礼之后,把棋摆上了,没下几着,萨布素就全盘输了。一连输了三盘,康熙帝就吃惊了,问:"萨布素,你每回下棋都不这样,今天你是不是有什么心事啊?"

萨布素赶忙跪下,"臣确有心事,臣想启奏皇上一件事情,不知允许奏本不?"

"好,你可以如实奏来。"萨布素就把杨阿妹的事如实说了,但没有说满丕来讲情的事，说："臣有些感想，在京的一些八旗子弟，如不严加管教，像'调邪'那样的人再要为非作歹，不仅有损我们先人的名望，而且以后我们家国难保，危害黎民百姓。我们满人进关主掌天下是以少胜多，我们如不能秉公爱民，我们的江山可能要葬送在这些人手里。"

康熙帝一听，说："好，你说得很好。来人！把这个侍卫和那无赖儿子都带来。"就把他们带来了，一问，把一等侍卫气得顿时变了脸色，吓得满头是汗，赶忙跪倒在地上，"调邪"也知道是完了。

萨布素说："这些事大侍卫确实不知。"

康熙帝说："侍卫平素家教不严，也有责任。"申斥了一顿，说下去吧，大侍卫就下去了。康熙又盘问"调邪"一番，和萨布素说的一样，康熙帝下旨立即斩首砍了。康熙帝在热河就下了一道圣旨：训谕满汉官员，凡是有子女的，要严加管教，不许滋事生非，要勤于习武练文，为国出力。

下了这道圣旨，这些不肖子弟都有所收敛。可是以后八旗子弟还是有些变坏的，拎个鸟笼子游荡，文不行，武不行，造成一代废人，这是后话。

康熙帝盛怒之下把"调邪"斩了之后，和萨布素说："你回黑龙江以后要严加训谕，黑龙江、吉林、盛京这些省是我们满族的龙兴之地，要把八旗子弟教育好，否则真是误国殃民。"萨布素唯命是从，这象棋也没下好，告辞皇帝就回去了。

（四）

萨布素回去后，康熙帝就在寻思，这些当官的子弟不知怎么样。就下了圣旨，明天打围，只许年轻人参加，凡是四品官以上官员的儿子都参加，看谁的骑射好，让太监把那些到热河的小阿哥名字报上来，一个也不许隐瞒，明天就狩猎，有功的赏，没功的罚。这一整就露馅儿了，老一辈谁敢不去啊，排上号，骑上马就开始打猎。

康熙帝一看就火了，从京城来的小阿哥真正骑得好的、箭射得好的没有几个，本来康熙帝准备离开热河了，就下圣旨，要这些人就地操练。这一拖，每天还要操练，有些人就觉得受不了，尤其是平素间游手好闲的人，更受不了。起三更爬半夜的，有的人是头一次遭这样的罪，翻山越岭，越太阳热，越练箭耍刀；腰弯不下去还坠几块石头练腰；胳膊没有劲儿就吊几块砖头，一练就是一两个时辰，你挺不了也得挺着。

第七十一章　墨尔根设坛大祭

　　萨布素自从热河回来后，康熙皇帝对萨布素更加器重，接见了他并加以口头嘉赏。另外还对萨布素说："你回去后要代我向将士们捎个好。"这一句话不要紧啊，这是为皇帝带了圣安回来了。还告诉兵器营、宫廷总务，给萨布素换了新旗、新鼓，用大车拉着兵器、金银。

　　又选择了吉日，康熙把满朝文武都集合到热河的离宫里，告诉内监，把双龙马褂请出一套。

　　"双龙马褂"不像黄马褂，那在清朝是最高的赏赐，谁要是有了最大最大的功劳，皇上赏了双龙马褂，不要说拿出、穿出，这个人就是把它搁在屋里，这个府有双龙马褂，文武百官在府前就都要下马，到府中见到供的双龙马褂，都要像朝圣一样叩头，三拜九叩。这将军要是穿上了双龙马褂，那不管是多大的官员都得先给他叩头，然后再行上下之礼。

　　双龙马褂一般是不许穿，得供在西炕上。有什么朝贺见驾的时候，才能穿，清朝时得到双龙马褂的人并不多。赏赐双龙马褂时，两部都动了鼓乐，还给了一个圣旨龙牌，又恩赐了萨布素将军双眼花翎，还封他阿滋哈哈番，还给了他一些佐领以上夫人的锦缎、旗袍。

　　萨布素从热河带领兵丁晓行夜宿地回到了墨尔根，到离墨尔根二三十里地的时候，墨尔根的大小官员都来迎接。将军到家后，苏木夫人一看是带着圣安回来的，各旗文武官员都得到将军衙门去谢恩。颂圣安的办法，是有一个报马先来报告说将军带了圣安回来的。各家各户都得供上圣旨龙牌，带圣安的人谁家也不能去，先到自己府上，就坐在大堂上，百官跪在堂下，带圣安的人上前跪好后，就说两个字："圣安"，大家就齐呼万岁，万岁，万万岁！每个人就用黄纸领回圣安，上写"圣安"二字供上。

　　圣安礼节也过了，萨布素将军就把左右的协领、满汉八旗十二个佐领留下来，郑重地说："咱们两次征剿罗刹得胜，受到圣上的嘉赏，不可辜负圣恩，故把你们找来，我有几个要事想共同商量商量。一个是巡边的事，不可忽视，虽说已定了条约，但是罗刹反复无常，不知什么时候就潜进来了，咱们一定不能松弛，要时时提高警惕，尔后各旗要经常阅边。再就是从墨尔根一直经北沿至两国交界处所设卡伦、站兵，都分配好了，各旗必须恪尽职守，报效朝廷。"萨将军又说："我们这两次胜仗仗的是上天诸神的保佑，故我打算今年秋天选择一个吉日，开一次八旗大祭，神人同庆，人神同乐。"各旗官员也是连连称"好"。这八旗大祭，在清初还有，以后不多。宁古塔在康熙初期还举行过一次。八旗大祭有点像比武似的，就跟我上次讲的长白山大祭那样，不过这次八旗大祭因在城里，气派要比长白山大祭还隆重，大家纷纷同意，各旗下去做准备。

这吉日选定到九月初六，事先各旗士兵都按祭祀准备，米、猪、酒都重新置备，新供桌、新鼓、新腰铃、新裙子，这是一个新立的将军衙门，一应物品不甚完备，另外这也是头一次在墨尔根大祭。消息一传开，附近一些达斡尔、鄂伦春族也都来了，自然而然地在墨尔根形成了一个大集。

在九月初五那一天，墨尔根家家喜笑颜开，穿新衣、戴鲜花，达斡尔人也有赶牲口的、带豹皮的、带土产的，到这儿来交易。鄂伦春人也赶着牲口来交易，盛京的也听说了，带着布匹从关里赶来了，在墨尔根城外的空地开了一个大集会。

北方九月份虽说是冷些，但也不是特别冷。搭上了棚，棚里中间供天上的诸神，左边四旗，右边四旗。头三天是公共大祭，八个旗把八口猪、八头羊，还有按本族的规矩供鸡的、供鱼的，把凡是八旗的供品都一起供到总祭厅中，八旗出十一对萨满，同时击八对大抬鼓，六十四个手鼓陪着，开始唱神歌，背佛多嗦，唱神歌，然后领生猪、生羊、生鸡，大家一片欢腾，然后是肃然起敬。

白天祭祀时的情况是这样：在棚外设了二十四口大粥锅，每个旗是三口锅，这个礼仪主要是吃小肉饭。满洲家的小肉饭，是杀完猪之后，把从猪的肋条上片下的里脊肉剁碎，然后在大粥锅放上汤水，就把稷子米下里头，熬开了，再把肉丝放里头，然后再往里面放盐、放葱花，锅开了，参加礼仪的人都争着吃，这就叫吃小肉饭。这种吃法很特别，在屋里的人不许到屋外吃，屋外的人也不许进屋吃，但来往行人都可以随便吃，吃得越光，越感到喜庆，要是剩下就不好了。

人们都来喝小肉粥，二十四口大粥锅喝空了，又开始祭祀。主要是喝祭神歌，跳祭神舞，由将军带头，这一白天主要是祭神，这个祭祀一般是一天结束。

第二天主要是祭野神，那时，各族人都带野神过来了，那祭野神可就热闹了，将军坐在中间，发令请野神，有的请虎神、蛇神、豹神，有的请鹰神、雕神、布谷鸟神；还有请小娘神的。这些野神都是通过巫师边唱边舞表达的，场面庄严、火爆，百姓都爱看。

当时还有一些个请来八旗的跑火池子、抢宝刀、上刀山一类的表演，很惊奇。

在祭祀野神将要结束时，从南面来了两个老头，大家刚跑完火池子，这两个老头儿对着他们一笑，说这两个火池子太小了。他们为什么这么说呢？因为满族家祭祀时一切都有规矩，必须照办。铺火池子的人本来是让他预备几千斤炭，他预备少了九百斤，这样火池子的面积就小了，不够大了。那大家谁也没有注意这件事，听这两个老头儿一说，铺火池的人挂不住脸了，知道有明白人，他忙过来请安说："您两位老人家可别说了，要再说下去我就要受罚了，我这儿的炭是少了九百斤。"

老头儿说："你能不能让我见见将军？"铺火池子的忙说："可以，可以。"又问："您老是哪儿的？"回说："我是南边来的。"那人不敢怠慢，就回禀了将军。

将军把他们二人请进来了，到屋里一看，二人慈眉善目，手里什么也没有，见了将军也不行礼，将军起身礼让道："不知两位老人家从哪儿来的？"

二老答道："我们从南方来，听说墨尔根有八旗大祭，所以紧赶慢赶到这里前来看看，我们是南方辉发来的，我们那儿也有祭祀，与北地不同，想来看看学学。"

那时，凡是说要学祭祀的，本身都得有点能耐，所以将军就把八旗的十一个大萨满请来了。大萨满一看，这二人也不怎么样呀，客气地说："二位来到此地，觉得我们的祭祀到底有什么不当之处，请给我们指教。"

二人忙客气地说："哪里，哪里，我们只是前来学习求教的。"老头儿向镶红旗的萨满说："你们祭祀时如何上刀山，我们俩也打算在此表演上刀山。"

大家一听很高兴，就忙把八个萨满聚齐说："如此甚好，那么赶紧准备吧。"

二人问："你们的刀山是用大刀十二把摆出个架子，我们不用架子，叫刀桥！"

"刀桥什么样呢？"

"就是一个铡刀和一个铡刀离一尺，刀刃朝上，摆一百零八口，我可以走个来回。"

大家都不信，于是将军就叫人准备好了一百零八口刀，摆成刀桥。二人系上腰铃，准备好了，打上鼓，冲着南面念了一阵子，就冲刀桥上去了，跑了一个来回。大家肃然起敬，纷纷发问，老头对答如流。

第二天休息了一天，设宴款待，但老头儿不说话，到第三天是个人祭祀，萨布素发下命令，一定要按京城的规矩祭祀。这些年八旗兵忙于打仗，对祭神的事记不太清了，尤其是有的神名也记不太准确了，两个老头儿听了神歌后，对萨布素说："启禀将军！咱们起根是从长白山来的，长白山的几个神祖都要牢记不能忘，可现在士兵们都已记不清了。"

萨布素听了深有同感，于是命令所有人都要记住自己的祖神，并趁机组织了一次学萨满的活动。各个氏族就开始送人学萨满，有男萨满，也有女萨满。这两个老头儿教会了一两百个萨满，还把各个部落的神本校对一遍。现在北方满族的祭祀，据说都是根据他俩修订的萨满神本进行的。两个老头儿分文未要，不告而别。

直到现在也不知他们是谁，原来的说法有些神秘，让他们过刀桥时，刚一上香，他们的腰铃与手鼓就从天上飞来了，他们打上鼓，甩动身上的腰铃顺利地过了刀桥。教萨满时，都是人们根本没听过的神歌、咒语。那时许多没法解释的神的来源，他们都一一讲解清楚了。从此在京城也流传下来了他们的传说。据说在宁古塔的神话传说也是萨布素从老头儿那儿传来的。

两个老头儿走后，将军立下了规矩，各氏族除了祭祀原来的神祖外，还要祭奠阵亡的将士，当作"蛮尼"① 来祭祀。这样的话，各个旗下的氏族的"蛮尼"大神不同。我们宁古塔富察氏族是萨布素的后代，属镶黄旗，除了供老佛爷外，也供三位主事神，是以前阵亡的将士。

八旗大祭结束后，萨布素回到自己府上，夫人接了他，听他说了头尾，说："将军你忘了一件事。"她说了一件重要的事，使得萨布素惊心动魄。夫人说："你没看到吗，分祭肉时，大家都睁大眼睛怕别人分多了，自己分少了，你不知道有四个旗为分肉争得很厉害，八旗之间不能相让，

---

① 蛮尼：满语，祖先英雄神。

在领兵打仗时，大家都各揣心眼，你如何能领兵打仗呢？八旗兵要是不能团结，各立山头，还能打胜仗吗？"将军对夫人连连点头，佩服万分地说："我一定努力让他们团结起来。"

这话真的让夫人说到了，表现在八旗分地的事情上。八旗打完仗后就要开始屯田，战时为兵，平时为农，地不纳税，人是国家的兵，弓、箭、刀、马等在家中放着，如果出兵打仗，头一天通知，第二天就得走，这就叫屯田。

八旗打完仗时，家属也从老家接来了，也有达斡尔、鄂伦春、赫哲、汉军等都在此安家。如何安排呢？萨布素就领着八旗首领在墨尔根四外看了一下土地，墨尔根土地较平，但也有好坏之分。立下了桩子分给各旗，各旗钉上了牌子分给旗下各户，就可以开荒种地，到秋集合练兵。

哪承想地一分完就出了争端，这个说分得不公平，我的地少，那个说我的地不好，等等，弄得不可开交。那时，军队也好、衙门也好，有个习惯，打仗时一心想打仗，打完仗为了生活的事什么争吵都来了，相争不让。

萨布素一看这也不行啊，就说了："来人啊，找来八个大桶，装上谷子、麦子、豆子等八样粮食。"佐领们被他请来一看，都很奇怪，厅上摆着八个大桶，后面还摆着筵席，将军说："没什么了，我请大家吃饭、喝酒。"将军谈笑风生，吃完饭大家到了上屋，将军说：我有事与大家商量，这八桶粮食是皇上赏赐的，说要每个旗的佐领每人给一样的一份，我心里不明白，八种粮食，如何分呢？小麦最贵，给谁呢？大豆最贱，又给谁呢？我掺和起来再分，也不合乎皇上的吩咐呀？八旗众首领议论纷纷，有的说，皇上的赏赐不能打乱，打乱了不好挑，辜负了皇上的恩情；有的说，不打乱，也做不到每份一样；最后大伙儿说，分多分少有什么关系，何必斤斤计较。萨布素说："是呀，如果大家争皇上的赏赐，就越争越乱，如果大家谦让，就能解决分粮问题，分地问题也如此吧？"大家点头称是。

萨布素又说："我想出一招来分粮。将八桶粮食编上号，大家射箭比赛来确定名次。"大家都叫好，穿上军装，开始比箭。大家的兴趣在比箭，而不在乎粮食。比赛结束，按名次分粮，大家都兴高采烈。

大伙儿要走时，萨布素说："分地也这样，每旗出一百人，每人三箭，比箭排名次，训练一个月后开始比赛。"大家欢呼叫好。萨布素暗暗高兴，这一来，既能练兵，又解决了分地问题。

大伙儿回到自己旗下，都暗暗使劲儿，起五更爬半夜的，谁也不甘心落后。到了比赛的那一天，射手们亮甲骏马雄赳赳来到城外比武场，各旗老少倾家而出，前来助威。萨布素在比武场中间的高台上，环视四周，只见左侧是正红、黄、蓝、白四旗，右侧是镶红、黄、蓝、白四旗，包括汉军、达斡尔、鄂伦春、蒙古、赫哲族等各族军民，共有一千六百射手，个个摩拳擦掌。萨布素下令"开射"，全场沸腾，只听飞箭呼啸，喊声震天，人们都为本旗射手呐喊加油。萨布素令"笔帖式"一一记录在档。

比赛热热闹闹地进行了一个月，成绩张榜公布，镶黄旗第一，其他名次也排出来了，一看，呀！正白旗与镶蓝旗是一个等级的，正红旗与正黄旗是一个等级的。那可咋办？比赛不能再进行一次。萨布素犯了愁。

萨布素回到府上，苏木夫人问："什么事不高兴？"

萨布素说了缘由。

夫人道："早年，你从抚顺回来，给我讲了'二桃杀三士'的故事，不能让各旗为争地发生这样的故事。"

"那怎么办？"萨布素问道。

夫人笑说："你不会一个人再给一个桃子吗？咱们镶黄旗考了第一，土地好，人们也高兴，咱们召集旗人开会，让出好地来，分成四份给他们，这样谁也不会争了。"

萨布素一听就明白了，对夫人就更敬重了。

萨布素把本户的穆昆达等人召集到家里，萨布素夫妻先给祖宗龛上了鞑子香，磕头拜祀，萨布素说："我们今天能安家过日子，是托祖宗在天之灵，也是当今皇上的恩典，咱们现在高高兴兴得到一等的土地，是大家的功劳争来的！"大家说对。

萨布素又说："我有事与大家商量，不知你们是否还记得，正蓝旗有一个老寡妇送儿子打罗刹？"

众人答道："没有忘啊，现在她儿子是骁骑校。"

萨布素说："对啊！这么一个老寡妇把她的儿子送来当兵，可现在她分的地很不好，你们没忘正白旗有两个兄弟为了争着报效国家而去打官司，那我们的旗里为什么就没出这样的人呢？可他们的地都比我们差呢。"又举了正红旗和正黄旗的不少英雄事迹对大家说，大家都不吱声。

一个老穆昆达说："那么将军，依你之见，如何办理呢？"

萨布素说："依我之见，把我们的土地让出去给四旗，咱们把四旗的地分来一份，省得四旗争执不下"。大家都同意了，户与户之间也不争了，已经搬进去的人家也往外搬。

萨布素把有争议的四旗佐领请来，说："你们说的都有道理，你们都是屡立战功的，我们已经搬出去，把好地给你们。"四位佐领立时跪下说："我们知罪了，不能要你们的地。"

镶蓝旗佐领说："我情愿要五等。"正白旗也要五等，正红和正黄旗争着要七等，马上由争地变成了让地、争歪地、这一争就更不好办了，萨布素说："这样吧，我们全让也不好，咱们来个杂花地，这五个旗把土地打乱，再重分一下，照顾那些孤寡老弱，互相有个照应。"大伙儿齐声答应。

将军的宽容大量，一传十，十传百，传遍远近，这样一来，过去各旗为分地引起的纠纷逐渐平息了，大家以萨布素为榜样，互相谦让。

再说正蓝旗的梅赫勒他们家，那个老寡妇的儿子当了骁骑校，是个五品官，就把老母接到家中，老太太挺高兴，儿子立了功，有了世袭，也有了家口，生了孩子。分地旗上分完了，就分到各家。镶蓝旗在将军的影响下，首先把好地给了老寡妇。她原来挺高兴，后来一听是将军主动让地，她心里不得劲儿，对儿子说："你叔叔家哥儿三个当兵去了，阵亡了两个。咱们家中，你已平安地回来了，咱们分的好地，是不是与他们换一下？"

儿子把叔叔请来了，老寡妇说："他叔叔，没别的，论功劳你们阵亡了两个，可地我比你分得好，我于心不忍，我和档子老爷①说了，一定要把地换给你。"叔叔不要。

第三天发土地的文书了，老寡妇就上了衙门，将军迎了出去，说："老嫂子来了，有什么事呀？"

老寡妇说："你能不能把我的地改个名？"

将军说："改什么名呢？"

"改孩子他叔叔的名。"

萨布素一听，说："好啊，你想的很周到，我先不给你改，先把他叔叔请来商量一下。"就把叔叔找来了，叔叔却执意不肯，后来就说："咱两家就合在一起了，你有一个孩子，我也有一个孩子，咱们合在一起，

---

①　档子姥爷：牛录中管户口的。

两家共同种地，不分你的我的。"这两户又合到一块儿了。

他们这么一合不要紧，各旗有争端的都说："人家寡妇家都能这样，咱们还能争啊！"这个办法想的是真好，分地的争端顺利解决了。

第七十二章　再迁将军府

　　说着话已经是过了两三年，每次老将军总是想：往北去瑷珲返往京城送文书要过大河不方便，经南边去到宁古塔也不方便，这时他就想到在布达哈旗那儿有一个卜魁，他去过几次，这个地方不错，卜魁北边是一条大河，南边是一望无边的平原，另外往北、南，往京城去都方便，离草地也不远。那时还没有想到那儿有涨水的问题，一心就想迁新城。

　　有一天他找来八旗佐领以上的官员来开会，说了自己的意见，大家听了都不高兴，已经迁了一回了，还要再迁一回，好容易在这儿安的家。萨布素说："我也想到这个问题了，总的来说要考虑得周到些，卜魁往京城、宁古塔都方便。"大家说那里水灾大，将军说："那咱们在北岸，北岸比南岸强。"这样的会一年开了几次，也没有解决。有一少部分人同意老将军的办法，一多半人不赞成这件事。

　　老将军回府后说："这些人在这住惯了，地也分好了，贪图安逸，都不想走。"老将军左思右想，这样迁延下去不行，必须早日决定下来。于是又把官员召集起来，说："你们不想走的话，我就报请皇上，皇上批了你们不走也不行。"大伙儿又劝他，"再好好考虑考虑，搬到新地方以后不大好管理，要不就搬到江北去吧！"将军说什么也不听，拟写了文书报到京城。京城的理藩院对这个情况不太知道，因为萨布素在京城的威信很高，很快地批了回来，大家不满意也得搬，就先打发主要劳力到卜魁建新城。

　　将军不辞劳苦来到卜魁，到那儿察看地势，动了工，先修新城。到了新城以后，下面的人不爱修，大伙儿就合计，怎么才能不在这儿修，这儿不等修好，大水一上来就冲垮了。有人就说："白天咱们装模作样修这个城，晚上咱们到江北好好修一座真城，这个城咱们好好修。"有人说："那太累了！""可是修好了，怎么办哪？""将军要知道了，咱们就说是大风将新城刮到江北去的，是天神搬动的，不是咱们的事。"大家都同意这么做，白天修这个，晚上修那个。南边的只修一半，北边的城修好了。

将军一验收，说："怎么北边还有个城呢？"

大伙儿就说了："这是上天把这个城刮去的，我们也没修北城，北边就出来个城，将军，我们还是搬到北城吧！"

萨布素不信，说："没有这种事，今天我不回去了，和大家一起修。"一起修城，将军就知道了是怎么回事，立即把大小首领召集在一起好一顿磕打，大家磕头认错，南城是捏着鼻子修起来的，在这个问题上，将军自己是有些后悔的，他没有深究。

城修好了，大家提出要修将军府，老将军说："先修住宅地，把老百姓的住处安排好了再考虑修将军府。"他在卜魁就住五间草房，在卜魁修了五间房的学堂，以后说他办学时再细讲。现在满族中仍然流传"风刮卜魁"的传说，就指这个故事。

家里凡是当官的都没带家眷，以后才搬来的。搬来第二年，正赶上涨大水，把城北整个冲垮了，大家埋怨，将军也后悔，就动员了不少人修堤。那个堤开始时很不好修，将军带领大家日夜轮班干，总算修好了河堤。

不到七八天，卜魁就出了谣言，有人说："卜魁本是妖魔地，二月瘟病满地行，苍天已死黄天立，逃出卜魁能活命。"大人小孩都在叽咕这事，有的住户就开始准备往墨尔根搬，有的想回宁古塔，弄得人心惶惶，又出了谣言——老母猪也会说话了，它说："你站在我的脊梁上，你往东看一看是青枝绿叶，那是墨尔根，往北看一片汪洋"。还有人造谣，说是在校兵场上看见了八个蛤蟆在那儿开会，蛤蟆说："今年卜魁粮铺地，明年卜魁人铺地。"这一搅和，人们有的走了，也有的房子也不盖。

偏赶上第二年卜魁春旱，又有了谣言，说是"卜魁城压住了老龙口，大旱十年八年寸草不生"，这一来，春天该种地的也不种了，该修堤的也不修堤了。这可怎么办呢？有人和将军合计，将军左思右想，点头说："好啊，我有办法了。"将军第二天贴出告示说："今年秋天我们迁回墨尔根，春天先在这里安心种地。"这个告示一贴出来，十几个佐领就纳闷儿，说老将军怎么出尔反尔呢，一会儿说是要在这儿，一会儿又说要搬回去。有的高兴，有的不高兴。没过几天又有谣言出来说："老城迁新城，天天都受穷，新城回老城，个个都没命。"这个谣言传得更广，大家都在议论这个谣言。将军想：回不回去都有谣言，心中明白这里每年都要治洪水。

老将军又贴出布告：我这个将军无福，不能压住灾难，没有别的，我现在要请法术高明的人，能把河水镇住，使黎民保平安，我把将军让给他，给他金银。布告一传十，十传百，大家都知道了，但是都没有办法。

这一天来了三个人，都是身穿喇嘛袍，到了城西门揭了榜，说要面见将军。老将军列队相迎，把三个喇嘛请进来敬了茶，老将军打了一个唉声说道："我已经出榜招贤，今天你们三位揭了榜，不知有什么高策呢？"

三个喇嘛说："我们专能降妖捉怪，我们一看将军真心想要治理这块地方，那么我们愿意帮忙。"

老将军高兴，连忙摆宴招待。酒过三巡，菜过五味，老将军提出："你们三位有何办法？"回答："我们三个学会了高深的道法，能呼风唤雨，撒豆成兵，不管有什么妖灾，都能破。这个城压住了老龙口，将来要有十八年大旱。"

老将军点点头："最近城里有人这样说，我听了也心惊胆战，又有人传老母猪说话，八个蛤蟆开会，我很揪心。"

三个喇嘛说："那我们可以为您掐算掐算。"闭上眼睛一掐后，三个人一起站了起来："启禀将军，这可真是如此，真要是在此地住长了，恐怕十八年不能够安顺。"

将军说："那我想要搬回去怎么样呢？"

三个喇嘛说："不行了，这个城已压住老龙口了，你再想搬回新城，那就悔之晚矣，就要人没命、牲口跳圈哪。"

将军听了很焦急地站了起来说："我不当将军没关系，可是老百姓不应因我而受苦。"

三个喇嘛一看，将军是诚心诚意的，便说："如果您是诚心的话，三天之后我们来告诉你们一个办法。"将军应道："那太好了。"就派人好好招待这三个喇嘛。

他们向将军要一个安静地方，好准备法术，不然就不灵了，晚上还要练功，希望大家不要惊动他们。大家忙都应承，说一定不进去。就到了第三天，又把喇嘛请来摆上宴席，喇嘛说："要救这个城的百姓也容易，办法是在城南给我们搭一个台子，四面围上土墙，土墙一面要站上七七四十九个兵，都戴假面。我在中间修行作法，手举红旗指挥，我的旗往东一摆，东边四十九个兵就往东杀出三里地，完了再回来。我的旗指向西面，西边那七七四十九个兵就往西杀出三里地，再回来，等着我的符和咒。第二个是将军要沐浴净身，吃三天斋，给你三道符，一天念一道。第三个我作法到第七天时，将军在半夜子时一个人到法坛上来，要跪一个时辰，不许说话，一个随从也不带，要心诚，我们三人为你祈祷，我们并不想当将军，只是救百姓。"

将军说："我可以照办，一百九十二个人明天我给你安排好。"

三个喇嘛很高兴，就开始布法设坛。将军就给他们安排人修这修那，又布置红旗、黄旗，又是降妖旗、斩怪旗，中间还有一个神座旗。

有些佐领奇怪，说将军不好好修堤，怎么相信这个，搞起这个来了呢？就去请示将军："这样做不合适吧！"

将军不高兴地说："你们懂什么，人家是世外高人，来为我们治理这块地盘，还有什么坏处呢？你们来此胡说，还不快退下去！"第二天，又来了四个佐领劝将军不要这样做，这样的做法更加扰乱民心，将军还是不听。

萨布素一回府，苏木夫人把他接进来问他："我听说您请了三个喇嘛，想要除妖镇邪，是不是真的啊？"

萨布素说："是啊！"苏木不高兴地说："你这就不对了，这不但无济于事，反而会更加惑乱民心！"

萨布素反驳说："你这只是妇人之见，这是佛法无边，一定会保佑我们卜魁城平安无事，洪水也不会再涨了。"

苏木纳闷，老将军中了邪了？素来也没有这种事啊！晚上把老萨满请来了，就和老萨满说，老萨满也觉得奇怪，这时那边三个喇嘛还做着法，老将军什么都不干，只是一天三次到坛上又磕头又礼拜又烧香的，各处都是那些戴上假面的士兵，每天跟着遍地跑，弄得他什么也不管了。大家都很奇怪，又着急。苏木就认为萨布素是中了邪，就请老萨满来祭祀跳神，祝告祖先神保佑别让他中魔。就这样，那边升着坛，这边跳着神，弄得是乌烟瘴气，乱七八糟。

但一天比一天，萨布素更来劲儿了，连家也不回了，他的屋子不让进人了，晚上烧上香，白天也不出门了，谁找他也不出来了。

到了第七天的晚上，这三个喇嘛请将军子时务必到坛上，一个兵也别带，连侍卫也别带，萨布素也答应了，"今晚我一定到！"大家都不让他去。一是怕他再中魔，二是不知道三个喇嘛到底有多大的本领，要把将军弄魔了，卜魁城谁管呢？大家执意不让他去。将军说："你们不要阻拦，我一定能看到神。"说话中就有些疯疯癫癫的，大家也拦不住，各旗人都请了萨满替老将军祈福，替老将军担忧。

到了第七天头，老将军起来了，家也不回啊，就洗洗头、洗洗澡，衣服也换了喇嘛一样的道袍，一天也不出去，在屋里坐着，渴了就叫贴心的茶房送茶，今天茶房往他那里送茶，让大家在外面等着，可是萨布素不让见，想着要见吧，也见不着。

不大一会儿，那三个喇嘛打发一个人来看看，再不一会儿，又来了一个，一看将军屋里也供上佛了，将军正在虔诚地烧香供佛，来人很高兴，就走了。

说话也快呀，就到了晚上，定更时分，萨布素就把左右翼的佐领叫了过来，佐领们一心劝他不要去，萨布素说："今晚我去拜神，你们好好看守，不要离开衙门。我有一事求你们，半夜时分，你们告诉全城人不许点灯，全城戒严。"将军又安排道："到了半夜子时，人家三个大法师说了，叫你们俩也穿上法衣，再找三个，共八人穿上法衣，一个门上放两个，这八个人谁也不要让外人知道，但等大法师烧上香，闪着红亮的时候，你们就进去，因为你八个人的命也挺大，你们来一定能看到神的。"

这两个佐领哭笑不得，有心要办吧，不相信，不办又是命令。将军再三叮嘱："你们一定要照办，否则会耽误大事，有杀头之罪。"两个佐领捏着鼻子出来了，找了三个有能耐的人，穿上法衣，一个门放两个。

一到子时，将军穿戴整齐，将军的住处离台子也就是三四十米的距离，就是在将军府的南大院里与喇嘛喝茶聊天，到时候将军也去祭拜上香。到了半夜，台上点着九炷香，萨布素就在那儿跪着，当时夜深人静，三个喇嘛把法衣一脱，就把萨布素拽住了，说："你上了我们的当了，你以为我们真是来给你设坛求神拜佛的啊！实不相瞒，我们今天是来要你的命的，你说怎么办吧，你要是投降，我们就善罢甘休，如不然的话，我们就在此杀了你，反正四处也没有人，你怎么办啊？"

萨布素说："三位法师，不必如此着急，有话请讲明白。"

这三个人中像头儿的人说："实不相瞒，我们是根特木尔那边派来的，一是杀你，一是逼你投降，不降也不行。"

萨布素说："投降，会怎么样？"

这三人说："我们已和根特木尔说好了，你投降可以是副王，根特木尔是正的。"

萨布素说："这样去不好，我给你们出个主意，咱们还是照常请神吧，我当然希望到你们那边去，我在这儿还不是当将军，在哪儿不一样？只要能保证我的官就可以。我们再上香，大家就以为是真的了。"

三人说："也好"，就点上了一大炷香。

一点香，四外八个已安排的人都上香了，看到信号，预先埋伏的四十九个人就冲了上来，将军一个箭步到神坛前，立马把这三个人摁住了。别说三个人，就是三十个人也跑不出去。将他们押了下去。

第二天升堂一过问，大家才明白。萨布素下令将他们游街示众，老百姓也明白了。萨布素命令道："今后凡是散布谣言者，都是这三个人的下场。"大家伙儿明白了真相，没有不拥护萨布素的。

萨布素把八旗大小官员、佐领都叫到法坛那儿说："这件事情在头年我就发现了，不知各位可还记得，我说要搬回墨尔根，有人说，搬回新城人也死，回老城人也亡，我就知道有坏人造谣，但不知坏人在哪里，所以我才使出了这个办法，出榜招贤，谁能降妖除怪，我就把将军让出去，这样敌人就上了套，他们跑了出来。"说罢，将军说："把这三个人给我带上来！"

带上三人后，萨布素道："你们如实招来，我可以宽大，不然就就地斩首。"

有两个人至死不说，有一个小子害怕了，跪爬半步说："将军大人，我愿说实话。"将军讲："说吧。"

那人说："去年冬天，我们奉根特木尔的命令来到这儿，根特木尔说：这是他的领土，一定要夺回来，听说你迁城后人心不安，就想办法造了一些谣言，但没有什么效果。后来一看您老要回墨尔根，我们又造了谣言，又没用，这样我们回去也得死。我们不知您老的计谋，以为您上了当，就假扮成三个大喇嘛前来骗您，其实我们才上了当。"

大伙儿一听，这才从心底佩服将军的妙算如神，就这样，镇压了坏人，安定了卜魁的老百姓。

第七十三章　满汉争地公正论处

卜魁那个地方和墨尔根不同，墨尔根主要是满族，还有四个汉军旗，可卜魁有不少汉民，他们背井离乡地一头挑着孩子、一头挑着行李卷儿来到这儿，有关里闹灾要饭来的，还有一些平定三藩后一些罪官的家属发配到这里，汉人要占三分之一，满汉之间的关系成了一个很大的问题。满族势力大，欺负汉族说："你们汉族算什么，到了官厅，有我们坐着的地方，没有你们跪着的地方！"汉族有气儿不敢说，尤其那些流放人员更困难，生活上苦，衙门也不管。

萨布素听到此事，心中不安，他说："咱们夺了大明的天下，人家汉人把咱们的皇上当成自己的皇上，可咱们对汉民族要是不团结，怎么能对得起人家的情分呢？"他有这么个理儿，他对汉族，不论是汉军还是流放的都一样对待，听他下面的三件事：

（一）一张牛皮地

有个姓王的从关里带着老婆孩子来到这里，有三年了，那时这里没有人，开垦了四五垧地，地是黑油油的，打的粮食也多。后来将军府迁来之后，来了不少满族，有一个镶白旗的人打仗时立了功，得个五品顶戴功名，但他仍然是甲兵。

他吹呼的，没什么本事又能吹，说他如何立的功，是和佐领一样的官，开始大家还信，后来就叫他五品大吹，当面叫五品老爷，背后都叫他大吹，他也不知大家是讽刺，还挺高兴。

他的地与姓王的地挨着，老王家人很忠厚，关里人到关外来了，能忍就忍，能让就让，有时小孩打仗，也叮嘱他们不要外出惹祸，安分守己在家干活。

五品大吹搬来后眼红老王家的地，越看越好，就想了个坏主意，他打发人把姓王的请到家里，弄了四个菜，打上酒说："咱们两家是邻居，地挨地房挨房，多年了，我请你吃顿饭。"

姓王的挺实惠，心想人家真是宽宏大量，再三推辞不行就去了。到那儿吃喝的时候，五品大吹就打个唉声说："大哥我有点事要求你。"

姓王的连声应着说："凡是我能办到的，我一定照办！"

五品大吹就说了："你看我打算把我父亲的坟迁过来，可没有坟茔地，找了个风水先生一看，他说就属你家荒格子那块地方好，你能不能给我一块坟茔地？"

姓王的问道："要多大的地方？"

五品大吹指指院外说："院里挂着一张牛皮，我就要一张牛皮大的地方。"

老王说："那太行了。"五品大吹说要多少钱呢？

老王说："那么小个地方要什么钱，我送给你了。"

五品大吹说："不行，知道的说你是让给我的，不知道的说我霸占你的，咱们立个文书吧！"老王说行，就立文书。问要多少钱，老王说"要五百钱"，也就是能买个二三十斤粮食。说好了，立了文书，写得明明白白，是一张牛皮大的地方，约好三天后去量地盘。

到了第三天，到了地里就变样了。五品大吹说："老王头，我来要地了。"

"行啊。"

"咱俩可说明了，我要的是一张牛皮大的地方。"

姓王的应道："没错。"

五品大吹叫人把牛皮拿来打开，姓王的就不明白了，怎么呢？原来是他把牛皮割成一细条一细条的，一打开，牛皮像一根长长的绳子，就将他的地全圈下来了。

姓王的一看急了，这不是调理我吗？你说的是一张牛皮大的地方，你剪成细条，地都成了你的了，姓王的不干了。

五品大吹瞪眼道："你立了文书，一张牛皮的地方，说好了五百文钱，你都拿走了，还有什么可说的？"

姓王的傻眼了，说："我得告官。""你告谁去，将军衙门是我们的，还有你麻雀炸翅的时候？没别的，你老老实实地把地给我，我算积点德，养活你，你帮我干活，不然哪，你就别想活。"姓王的走投无路，告到协领那里。

协领衙门把五品大吹找来，五品大吹说："那是他去找我卖地，我们立了文书，把五百两银子也拿了。"

协领拍桌子道："你自个儿卖了地，还来告官。不卖也行，你把五百两银子退还人家。"

姓王的说："我只拿了五百文钱。"

协领说："什么五百文钱，那分明是五百两银子。"王说不清，官司就这么输了。

姓王的带着孩子跪在将军衙门门口，头一天，让军门推了回来，说："去协领衙门吧，屁大的事也找将军，将军哪有工夫？"姓王的连去三天都不让见，第三天正赶上将军出来，一见有人跪倒，就上前打听，说姓王的告五品大吹占了他地，将军想，汉族人少，没有大的冤情他们不会到将军衙门告状，就把他带进衙门来细问，姓王的一五一十把事情前前后后说了一遍，将军就说："你把文书拿出来看看。"姓王的拿出文书，萨布素看了看，问老王头认字不，姓王的说不认字，那么谁写的呢？答道："找旗下的一个笔帖式写的。"将军喊道："来人，把笔帖式找来！"

笔帖式一看老王头，心里就有点怵，将军说："文书是你写的？""是。"

"这块地用多少钱买的？"笔帖式不敢吱声，将军一坐就十分威风，凡干了坏事的人在下面一看就害怕，要不怎么叫将军呢。他把脸一沉说："你给我如实说，要不小心你的命。"笔帖式如实说了。

将军这会儿升的是大堂啊，佐领师爷一干人等全都来了，五品大吹一看，心里就明白了，这是老东西把我告了，心想，我和将军也挺熟，不怕。可一看这势头心知不妙，不知不觉地就跪下了。将军问道："听说你花了五百两银子买了老王头的地，是真的吗？"

回答说："是真的。"

"有何凭证？"

"文书为证。"

"老王头地有五十两银子就行了，为什么给十倍的钱？""我寻思汉族，从关里来的，不容易，我能霸占人家地吗？"

将军一听这话："啊，你心可不错呀！"又叫传老王头，问道："你可得到五百两银子？"

"我没有啊，青天大老爷呀，他只给了五百文钱。"

将军听罢又问道："你给的是现钱吗？"

"是十两一锭的元宝银子？"

"是哪天给的？"

"三天前。"

"还有谁在场？"

"我不知道。"

将军大骂："好你个混蛋，竟敢在光天化日之下霸占人家的土地，人家一家人是靠它活命的，你该当何罪？"

"没有啊，小的不敢啊！"

"来啊！把笔帖式找来。"五品大吹一听找笔帖式，心里害怕了，可又一想说："将军大人，我出生入死立了功劳，就是犯了错误，也不该把我怎么样。"

将军大怒："王子犯法与庶民同罪，你身为五品官员，知法犯法，是罪上加罪，来人，把他的功名给我摘下来！"来人摘了功名，他赶忙像鸡啄米一样磕头说："将军，我再也不敢了，饶了我吧！"

将军冷笑着说道："饶了你？你亏心事干得太多了，来人，把大堂搬往校兵场。"将军在校兵场当众告示："今后谁再敢霸占汉人田地，他就是榜样！"下令将五品大吹打上一百板，然后双箭插耳，游街示众。本应杀头，以儆效尤，因他有些功名，现将他发到雅克萨去充军，全家都跟着走。从此满人不敢再随便欺负汉人，就这样平息了争地矛盾。

（二）小黄旗的故事

镶黄旗瓜尔佳哈拉有一个老佐领，忠厚老实，打仗时是个掌旗官，有点功劳，将军为他请了四个小黄旗，上面绣着龙。他有什么事只要把小黄旗插起来，就代表朝廷，谁也不敢惹，这样来报答他几次出生入死的功劳。

老佐领一再告诫孩子们要小心谨慎，安分守法，不能有了小黄旗就为非作歹。他有三个儿子，头两个都挺好，三儿子游手好闲，仗着父亲的势力四处吹，"我们家是受皇封的，有御敕的小黄旗。"老佐领已是七十多岁了，已是原俸休职了，大儿子当了佐领，大哥也有点娇惯老弟弟，惯得他无所不为。

东边有一家姓刘的汉人，是流放的文人，他家有一个姑娘，长得如花似玉，识文断字，而今十八岁了，许配给一个文人的儿子。老三看中了这个姑娘，打发人去说媒，姑娘的父亲说一是有了主儿，二是现在年龄小，不能结婚。

老三去了说："我家有皇封的小黄旗，你女儿受不了屈儿，不当正房也没关系，我可以让她有享不尽的福。"但被老人再三拒绝，他就找狐朋狗友商量，一个小子说："五月节庙会，那姑娘也会去看热闹，我领人去抢，把她带到你家东院，你插上四面小黄旗，谁也不敢进来，你就强迫她成亲，生米煮成熟饭了，再上她家门。"老三一听直叫好。

五月初五时，老三对老佐领说："四个旗多少年也没有看到了，五月节来往行人也多，是不是拿出来看看呢？挂到四个墙角吧！"

老佐领说："不行，那我就没法接待朋友了。"

"那就挂在东院吧。"

老佐领说："那里行，挂一两天就拿下来，不然好像成了炫耀似的。"

老三一听心里很乐，忙打开金匣，把四个小黄旗请出来，在东院一个墙角挂起一个来，大伙儿一看，"哎呀！这家挂黄旗了，得赶快去朝拜。"文武百官、老百姓都来烧香磕头。

这四个龙旗招来多少热闹，将军听说也来看，一看真的挂了，忙三拜九叩。老三看见高兴坏了，连将军都得下跪，我还怕谁？与四个小子合计好，今儿个刘家姑娘非出来不可，她一过门口就抢过来。

老刘家真的带着姑娘出来了，不在意时，有两个蒙面的人扑过来，不由分说就把姑娘抢走了。老人愣住了，没有看清楚，就找不到女儿了。那些人将刘家姑娘抢进了东院。老刘家四处去找，不见踪影，忙报告将军，将军下令戒严，到处找，还是没有找着。

老三一看姑娘到手了，就安慰她说："我俩是天生的缘分，我早就爱上你了，你只要依了我，咱们过一宿，明天我就带上礼物去见岳父岳母。"

姑娘心想，反抗吧，打不过，不反抗要吃眼前亏，心里一转就说："你和我成亲，是为一夜夫妻，还是为白头到老？"

"当然白头到老。"

"要白头到老，总要明媒正娶，两相情愿。"

"那太好了，我也求之不得啊！"

"得选个日子，拜个天地。"

"行，一定拜天地，但今夜得成亲。"

"那不行，那还有礼仪，否则也失你们做官人家的体统，叫人家取笑，我是少爷的夫人，让人家说我不要脸，我就得一死。今晚咱们还得分开，等着拜天地敬父母后再成亲。"

少爷说："你要跑了怎么办？我的屋里有两间，在那里住吧。"

"不行，这是同室两居。这么办吧，我住前门房，你住后门房，咱们南北跨院，明天一同见父母。"

"行，反正你现在跳进黄河也洗不清了，不怕你跑了。"老三吩咐道："来人，好好给她安排住处，要看好了，不许她出去。"心里放了心，不一会儿，家人来告诉说："可了不得了，街上正在到处找姑娘呢。"老三满不在乎地说："这里谁也不敢进。"

将军正在纳闷，这么多兵，一家家翻，怎么就找不到呢？最后来到老佐领家，挂着黄旗不敢问。将军素来知道佐领的三儿子为人不正，就问刘文人说："过去可有人来求婚？"

"小女已订了婚了。"

"还有谁来？"

"老佐领的三儿子。"

将军明白了，就带人到了佐领衙门。老佐领忙出迎，将军问："挂旗为何呢？"

"我那三小子打去年就说要看龙旗，大家也想看，他再三说，我就让他挂了。"

"他住在哪里？"

"西厢房。"

"请来一见。"萨布素说。

可西厢房哪有老三人呢，将军心中全然明白了，这是怕我们进去查人呢，便对老佐领说："能不能请龙旗下去，我们来看看，我们这边没找着。"

老佐领心中也紧张，忙让烧香请龙旗，只有老佐领能请下来。那时老三在后屋睡着了，几个心腹看着姑娘。龙旗请下来后，萨布素令人进去查看。刘文人从门房进去，一看还点着灯，姑娘正一个人在哭呢，父女一见面，姑娘说："他正在后屋呢。"大伙儿到西屋就把老三抓住了。老三开始还嘴硬呢，吼道："挂着龙旗还敢进来，有杀头之罪。"

将军怒道："少废话！给我带到衙门去，打入大狱。"人们把他押走了，这时老三才知道将军把旗请下去了。

老佐领当场就气得没气了，想不到我摊上这么个不孝之子。第二天老佐领到了将军衙门，摘下帽子搁在左边，跪地给将军请安，萨布素说：

"老佐领快快请起，你为人忠厚，一人生九子，九子各不同，对老三我一定严惩不贷，也好教育所有这些老屯的子女，不让他们为非作歹。"

老佐领说："任凭将军处罪，怎么罚我也没有怨恨，我教子无方，辜负了皇上对我的厚意，我请将军给皇上奏本，把四个龙旗如数返回朝廷。"

将军说："这是后事了，三儿子死了，你还有两个儿子。"

"只要恩准我们全家无罪，也就感念将军的大恩大德。这样的恶逆之子，杀了他干净。"将军也掉下泪来，叹道："就这样吧。"第二天大堂上，不容分说，将老三推出斩首示众。斩了老三后，本应悬首示众，但念到老佐领的功劳就免了。

如果说一张牛皮解决了争地的问题，这件事就解决了八旗子女的教育问题。

（三）按口分田

当时围着卜魁城四周的地大家都争，这么一弄，凡是旗民都分着了土地，汉人都没分到。萨布素注意到这件事，原来满族人不会种菜，让汉人来教种菜园子，现在汉人却没有地，将军觉得奇怪，找来丈地的人，他说："将军当时有手谕，把这地分给八旗兵，没把这地分给民人。"萨布素说："哪有这样的事？"丈地人拿出将军手谕，将军一看大吃一惊，问他是哪里来的，他说我是从您的笔帖式那里拿来的。将军找来那个笔帖式，他回说："一次将军阅边时，下人从佐领吐尔棍那里取来的。"

吐尔棍能说会道，满汉齐通，就是干活耍尖，分地最多。萨布素令人传唤他，不料他跑了。萨布素派人费了挺大事，才从蒙古包那儿找回来了，他在那儿贩卖牛犊子，于是就把他抓回来了。抓回来一问，是他学的萨布素笔体，他认为汉人没有功劳不应分地，就冒充将军手谕，不料被萨布素识破，受到处罚。分地的事被萨布素给纠正了，旗人民人一律按口分田。从此，汉人能够安生了。

这里还要补充一个故事：

满族当时建房子，不仅要看阳宅，而且要看阴宅，就是坟茔地。过去满族没有这个习惯，康熙年以后才渐渐地从关里传来了。萨布素父亲故去后，也开始找坟茔地，请来一位风水先生。他一看将军一家人挺忠厚，就有心帮他找个好地方。他把宁古塔走遍了，对萨布素说："我找到一块好地，令尊大人葬在那里后，你们家能出两个将军，可有一样，我给你点了正穴后，我的眼睛要瞎了。"

将军说："别，别的。"

"那是天意。"

萨布素难受地说："即便你找不着好地，我也可以照顾你，如果为了我，你要遭罪，我可以养你一辈子。"

风水先生听了挺高兴，就下决心说："好！这一辈子我最后再点这一个穴了。"

风水先生在牡丹江南岸点了一个穴，动土、开工、入葬都按他说的安排好，将军一切照办。葬好了后，老头儿的眼睛果真一天天地瞎了，将军将他接到自己家中，派专人伺候他，吃饭时第一个先敬他，完全把他当作自己的老人。此后，萨布素果然从协领升到副都统，最后当了将军。每当萨布素出征前都再三叮嘱夫人要好好照看老人，苏木夫人照顾得十分周到，老人很高兴，也很硬朗。

苏木夫人搬到卜魁城时，要把老人搬去，老人不去，那儿冷，要留在宁古塔看着屋子，夫人留下两个人伺候他，就搬走了。时间一长，下边的人烦了，就有些疏忽他，再过一两年后，把老头儿打发到西边厢房去，老头儿遭了罪了，吃不上，穿不上。一听说萨布素要回来，就对他好一些，老头儿也不好说啥。萨布素几年才回来一次，他一走下人又把老头儿轰到下院。

一天，老头儿正在门口打瞌睡，忽然听到一个人说："师父！这些年我找你找得好苦，我是您的大徒弟呀。您怎么样啦？"老头儿哭着把前后经过一说，说将军人好，家里人坏。那个大徒弟："我要为您报仇。"

老头儿忙拦他说："千万别对将军来气，治我的眼睛要紧，到了半夜子时时分，你到将军父亲坟头上挖一尺深，里面有一个坛子，坛子里有一对泥鳅鱼，你把泥鳅鱼连水端来，给我煮了吃上，再用水洗洗眼睛，我就能看见了。"大徒弟答应而去。

大徒弟到了那儿，一看这块地真是好风水，心中暗恨将军家人，他们不应这样对我师父。他知道要切断将军家的虎脉，必须挖一条一二百米的月牙儿河，这样好一好，将军掉脑袋，坏一坏，将军也得免职。他就找将军家的穆昆达说："这个坟地谁看的？"穆昆达告诉他是谁看的，他说："好是好，可是缺条河，如果再在前面挖一条月牙儿河，不仅他们家出将军，你们屯一户能出一个将军。"穆昆达乐坏了，就按他的话做了。大徒弟把小坛取出来了，风水先生洗好了眼睛，两人就一起走了，那边老将军就免了职了，与此有关。

老将军在风水先生走了后，就想要处理宁古塔的房子，这儿是老房子四合院，东西厢房，加上上屋共九间屋，这边没近人，只有八个叔伯兄弟，争个不休，都说这儿能出将军，拼命争，最后去打官司，问将军肯给谁。

到了卜魁跟将军一说，将军说："我是想把房子给族中人，但没定下来给谁。"大家都纷纷说，有的说可以给多少钱，有的说咱们是近支儿，互相争得不得了。

将军说："你们要是缺房子，我们一家帮你们盖一个。"

"不，不是。"但也说不出是为了当将军，将军明白了，说："你们抓阄儿，谁抓住归谁。"八家又想抓，又想不抓，你抓了好，你抓不着怎么办呢？

萨布素说了："你们不抓也行，我留你们三两天的，到北边溜达溜达，看看这里的风景。然后一起往宁古塔走，谁先到房子给谁。"那八兄弟其实是两家，一家哥儿四个。他们说他们来卜魁不是游山望景的，今天就可以回去了。萨布素说："好，那就往回走，谁拿着我的文书先到宁古塔，房子归谁。"八兄弟一片欢呼。

这几个人就日夜兼程地往回跑，萨布素二兄弟的孩子先到了宁古塔，没有回家，直奔副都统衙门交上文书了。副都统一看乐了，让他等一等，明天我领你们去看房子。

第二天，二兄弟的孩子到那里一看，长长眼睛了，原来的九间房子收拾得一干二净，成了老傅家（萨布素的满姓"富察"，汉姓为富或傅）的祠堂了。萨布素将自己的老屋变成了氏族公共的祠堂。再一看，东边盖了九间新房，副都统说了："这不，将军恐怕你们争房，把自己的房子变成大家的公房，人人有份。他用自己的钱盖了新房子，你们两家的房子不好，应该换新房了。"八兄弟一听，忙下跪给祠堂里的祖宗像磕头，再也不争了。

第七十四章　巧断真假人

　　萨布素在宁古塔当协领的时候有一个老部下，叫乌隆阿，在萨布素到东海窝集部收服新满洲的时候，乌隆阿也一同去了，立了大功，不幸阵亡了，他的夫人就回了伊兰哈拉（满语地名：三姓，即今天的黑龙江省依兰县）老家了。

　　乌隆阿对萨布素像兄弟一样，送了他不少东西。乌隆阿心灵手巧，擅做木匠活，用色木、桦木等做了一些很精巧的茶筒、墨盒儿、小家具等，这些东西萨布素走到哪儿带到哪儿，天天擦，已经锃亮了，萨布素是在思念自己战场上的兄弟呢。

　　乌隆阿夫人回娘家后，萨布素给他报了一个请功的文书，说他在东海时立了大功，偏偏此文书让巴海将军手下的笔帖式给压下了，因为他平时与乌隆阿不对付，把他的功压下了，不往上报。后来老笔帖式已经死了，萨布素当了副都统，整理档案时一看被压下的文件，就又重新上报，因为是以萨布素的名义报的，批回来的文书也就回给萨布素，圣旨上说道："今追封扎阿里哈拉乌隆阿佐领衔，恩赐五品顶戴，以表彰其收服东海窝集部立的功劳。见缺就补，由其长子世袭，如长子不在，可由次子世袭，以此类推。"将军一见，心里挺高兴，但也很难过，不知他的儿子在哪里。正巧，第一天领旨，第二天就有人报告乌隆阿的儿子多伦太求见。萨布素大喜，没想到是这么顺利，忙请了进来。萨布素一看，是一个三十岁左右的年轻人，从没见过。多伦太跪下说是乌隆阿的儿子前来领缺，萨布素忙让人给他换衣服，问他额娘的情况、家世，多伦太一一回答，并说："我母亲已经在姥姥家故去，我到处流浪，听说父亲受了皇封，从远处找来，求将军栽培。"萨布素奇怪，他怎么知道得这么多呢？又想，可能是凑巧，就很客气地留他住下，说："我和你阿玛是生死之交，你不要叫将军，就叫叔吧。"将他留下。

　　这小子挺会来事，叔叔、姨娘的叫得挺甜，吃完饭就四处溜达。有一天，多伦太说："叔叔，我一天天地闲不住，能不能给我一个实缺，让我上外面去干点啥？"萨布素说不忙。第三天吃饭时，萨布素问他："你母亲什么时候故去的？"

"我额娘在我三岁时故去的，我就跟着外祖母过活长大的。"

"那你今年多大了？"

"三十二岁了。"

萨布素心中划魂儿，他一算计，乌隆阿阵亡到现在还不到三十年，这小子已三十二岁了，差岁数哪，不对，他又一想，大概是他母亲故去得早，他岁数太小记错了年龄。

也就到第六天头上，萨布素问："你父母没给你留下什么东西吗？"多伦太答："我们家穷得丁当响，一贫如洗，什么也没留下。"

"那么有什么纪念物吗？"

"没有。"

萨布素奇怪，又问："哎呀，你阿玛很英雄，没听说他是怎么死的啊？"

"就听人说我阿玛打东海窝集时让人家射死了。"

萨布素听了一惊，心想，不对呀，不是这么回事呀。实际是萨布素收服东海窝集部时乌隆阿害怕将军受人暗算，就带了几个人先进去了，不料被俘，被他们捆在树上生生冻死了。萨布素想，这件事我已和嫂子说明了，为什么她会不告诉族人呢？这里有蹊跷，就说："你先待着吧，以后有实缺，我给你一个佐领，你原来是正白旗的，仍然在正白旗当佐领，世袭罔替的。"多伦太高兴得不得了。

多伦太穿戴光鲜，上这儿上那儿的，人们都敬他是萨布素故友的儿子，请吃请喝的。一些日子过去了，萨布素还没有给他补缺。有一天，他说："叔，有件事不知能不能说？"

萨布素说："你说吧。"

"我来了一个多月了，是不是您不相信我呢？实不相瞒，我千里迢迢来到这儿，就是想为国效力，补个实缺，好施展我的才能。"

萨布素说："你有什么才能呢？"

"我会射箭，打铁。"

萨布素寻思：他父亲是木匠，他怎么成了铁匠呢？说："好吧，咱们爷儿俩打回围吧。"萨布素想探探虚实。

过了几天，二人带上几个兵就出外去打围，萨布素要看他的箭法是不是真的，结果碰到一只小白兔，骑马追过去，萨布素喊："快射，快箭射。"多伦太三箭都射不到小白兔，萨布素一看他箭法不行，回来对他说："孩子，你的箭法还差得远，可惜过了三十，小时候没有练功，大了再也练不出来了。"又问："会不会满文？"

"不会。"

"那么汉文呢？"

"汉文我也不会。"

一看什么也不会，萨布素就寻思：这个多伦太也太熊了。问他："你三十多岁了，成亲了吗？"

那小子打个唉声："母亲死得早，外祖母家不宽裕，没成亲。"

"那你会不会种地？"

"没有种过。"

萨布素一看这人也没有什么用处，就说："那好吧，明天你就上衙门，跟着捕监营学跟班，怎么样？"多伦太连声答应。

第二天萨布素就把他派到捕监营去了。又过了三天，多伦太来了，对萨布素说："听说圣旨上说让我继承佐领，有缺可以补吗？"

萨布素说："应该是给你一个佐领，现在给你也白搭，先不忙，还是先在那里干着，有了能耐再说。"

不给他也不能强求啊，他只好应着下去了。多伦太能当什么补差啊，只能东走西走，游手好闲，也不常去萨布素那儿了。

萨布素手下有一个最近边的骁骑校西伦太，总是在将军的左右，从不多嘴，最近总是在将军面前说多伦太好，有次说："将军大人，人家都说您的老朋友乌隆阿儿子多伦太来了，圣旨让他当佐领，您却让他当补差，大家有说法呢。"将军听罢，一笑了之。

有一天吃完午饭，萨布素坐在院中，想打个盹儿休息一下。外边有个老甲兵慌慌张张地进来要见将军，把门说你有事可以告诉笔帖式，将军正在休息。他一定要见将军，将军听到了说："就让他进来吧。"老甲兵给将军磕了个头说："我在树林里救了一个人。"

将军问："谁？"答："多伦太。"

"不能啊，他上树林里去干吗呀？"

"他要寻短见。"

"不能呀，我给他从里到外都安排好了。"

"他说他认识将军，但是没有脸见您，感到没有出息，在这儿转悠了一阵子，想上吊。"

将军道："不会，我前不久还见过他了，他在哪儿呢？"

"现在门房。"

萨布素忙令佐领叫了进来，只见一个小伙子虎头虎脑，三十来岁，只是苦日子过久了，看着有些萎靡不振，他进来跪下就叫着磕头，"侄儿给叔叔大人磕头！"将军忙让起来，一看和乌隆阿长得一模一样，将军心里奇怪，问："你说，你是不是冒充的？多伦太已经来报到了，快说实话！"下面来人，三下五除二就把人绑了起来。

那人喊道："好啊！萨布素，没想到你是这样的一个人，我妈千行百里地打发我来，说你一定能安顿我，没想到你安的这个心啊，反而把我绑了起来，绑上你就杀吧，你就是放了我，我回头就走，你当你的将军，我当我的老百姓。"

将军一看这个小伙子挺有志气，心里有几分喜欢，大声问："你快说，你到底是谁？叫什么名？"

小伙子答道："我一辈子也不会改姓换名的，我是扎阿里哈拉井泉牛录下的骁骑校乌隆阿的儿子多伦太，你又何必多问！"

萨布素心想，这儿有两个多伦太，谁是真的呢，先命松绑，多伦太立而不跪说："你既然放了我，我就此告辞了。"

萨布素忙说先留步，我有事问你，这小子说啥也不干，要走。手下人喊道："不让你走就不许走！"多伦太憋着气坐在那儿，将军走上前细细地一打量，这小子长的和乌隆阿一样，将军想这个是真的，那个是假的，自己两边都无证据，不能鲁莽，就说："你衣服太旧，先换衣服。"就把他领回了家。

那小子跟萨布素到了府上，一看桌子上放着一个桦木刻的鼻烟壶，拿起来就吹上了。将军忙问："为何拿我的东西？"

"这像我阿玛做的，我还有一个。"说着从兜里掏出一个，和萨布素的一模一样。

将军心里一动说："你父亲死后可留下什么？"

"有！"他就从袋里拿出一个纸包，里三层外三层地包着，打开后拿出一件东西说："这就是我父生前留下的，说是你给他的玉石碟子，我交给你了，以后你当你的将军，我当我的老百姓。"

将军见了旧物，百感交集，说："老贤侄，我对不起你，惊你了，你母亲还好吗？"

"好，她还在三姓，不过眼睛瞎了。"

"不是说你母亲故去了吗？"

那小子扑腾一下站了起来，怒道："谁说的？谁说我额娘死了？我要和他拼命去！我没有阿玛，她好不容易把我拉扯大，我绝不能让人咒她老人家。"

萨布素一看，这是真的多伦太，又问："你阿玛是怎么死的？"

"你还来问我？要不是为了救你，我阿玛不能死。他带几个人先进去，让人家冻死了。"

萨布素点头说："啊，对了，孩子别怪我，我早打算去接你们母子来，可是多少年来我南征北战马上过日子，没工夫去接你们，现在好了，临走时你额娘怎么样。"

"还好，只是眼睛不太好！"

萨布素命令快备车到三姓接乌隆阿夫人，这小子一看将军很好，但为什么一开始要绑我呢？就叫一声："将军。"刚一叫，被萨布素拦住了，说："不要这样叫，我和你父是生死之交，就叫叔叔吧。"

多伦太就说："我还不太明白，还叫你将军，为什么一见面要把我绑上呢？"

将军一五一十地说了，多伦太听了才恍然大悟说："啊，怪不得你那西伦太骁骑校说你要把我害死，让你的二儿子多伦太当佐领。"萨布素忙拦住问："怎么回事？"多伦太就把他如何来到卜魁的事说了一遍，萨布素恍然大悟。

原来，多伦太一小和母亲在外祖母家，外祖父也是一个武将，和他女儿说："你一生就一个孩子，不要娇生惯养的，要好好地照顾他管着他，让他长大了像个人样，这样吧，交给我吧，我虽老了，仍可以教他。"外祖父从他五六岁开始就教他射箭、使腰刀、骑马这套武功，一直教到十几岁。十八岁那年，康熙平三藩，带着他就随军入关征三藩，有点小功劳，得了一个骁骑校的缺。回来后他母已失明，这小伙子官也不当了，一心一意地服侍母亲，回来时是二十六七岁，那年安了家，种了地，同时还不忘时不时地练练弓箭，日子越过越困难，后来，姥姥、姥爷都死了，额娘把玉石碟子给他，让他去找萨布素当差。

多伦太穿好衣服，拿了点碎银子，就上路了，不料路上遇到一拨儿强盗把银子都抢去了。他要饭到卜魁，到跟前就遇到骁骑校西伦太，他骑着马上西边去巡检去，他看到多伦太也穿着骁骑校的服装，和他的职位相同，但破衣露瘦的，就没有理他，打马西去。多伦太大喊一声："你站住，我有话要问，将军衙门在哪儿？"

"你是满洲人吗？"

"是。"

"你有什么功名？"

"我是征三藩的骁骑校。"

西伦太赶忙下马问："你是哪里人？"

"我是乌隆阿的儿子多伦太，来找萨布素。"

西伦太心里咯噔一下子，就说："那好吧，你跟我到家吧，明天我带你见将军。"

多伦太很高兴，他俩人牵着马进了家，西伦太告诉老婆备饭。吃完了饭，给他拿了几件旧衣服换了，多伦太很高兴，说："明天我要见将军。"

"慢一点好不？"

"为什么？"

"我劝你晚一点好！你阿玛的功名已有圣旨降下，是佐领，见缺即补，但萨布素已把你家的这个功名占了，你不来领罢，你要是一来啊，轻的是把你抓到狱中，重了要杀你。"

多伦太心中恼火，有点不相信。西伦太说："官大了，心中就变了，大家都替你气不过。不过你也别上火，你就住在我家，我可以养活着你。"西伦太又告诉他："你可千万别出门，叫将军衙门的人看见就没命了。"多伦太无奈住了下来。

过了三天，多伦太在家憋得慌，就出来了，正碰上西伦太从衙门口出来了，大吃一惊说："你怎么出来了，快回去！"

多伦太答："没人看见我，我就出来了，没关系的。"

"快回去！"二人就回去了，一宿无话。

第二天晚上，西伦太说："你那天出去叫将军手下人看见了，不出三天就要来抓人了，我也不敢留你，给你点银子，你快走吧！"

多伦太走了，到了北林子后，刚要往大道上走，一看有十几个兵把他围住了，他赤手空拳和人家十几个人打了起来，好虎难抵一群狼，他一个人打不过人家，被人家一顿棒子打倒在地上了，又把他挂在树上，人就散了。

偏偏这时，十几个人中有一个老甲兵，始终不理解为什么要打这个人呢。别人走了，他不走，就留在那儿看着，等人家走了，他把多伦太放下来，看他活了，把他背回家。几天后，老甲兵问他怎么回事，多伦太一说原委，老甲兵说："不会的，将军这个人绝不会做这样的事，这

一定是有差头了。将军是大仁大义的人，明天我领你去见将军。"多伦太半信半疑地说："你一个甲兵能见着将军？"

"你不知道，我们将军对老兵可好了，可爱护了。到他们家是早也行晚也行。"多伦太就这样来见了将军。

将军说："这里出了一个假多伦太，为什么西伦太天天为假多伦太吹风，让我给他补缺？其中有诈。"说着有人来报乌隆阿夫人到，一听老嫂子到了，萨布素就开了大门，领着家里的夫人、儿子、孙子相迎，小车一到，将军双膝跪倒说："老嫂子，我实在是对不起你，不该没去接你。"

老夫人下了车，摸到萨布素，流下泪来，赶快将他扶起来说："老兄弟快起，你也是将军了，哪能给我一个瞎婆子下跪？"

将军说："那可不行，那得分什么人，我哥哥是我的救命恩人，我永不能忘。"说着忙把她请进府里，萨布素夫人亲自为老人家梳洗、更衣，然后萨布素又重新行礼。老夫人说："你打发人来接我，虽然我看不见你，但就是摸摸你也挺高兴。"老将军和老嫂子唠了一些往事，感慨甚多，接着又把真假多伦太的事从头到尾说了一遍。老夫人听罢，怒道："真是气人也，你已把缺给了他？"

"不，他没有能力，我没有给他。"

"好，我想你也不会给他的。"

第二天萨布素升堂，将假多伦太与西伦太一起押来，真多伦太在此，老夫人也在此，假的没话说了，从实招来了。

原来假多伦太是西伦太的一个姑舅兄弟，是一个天天游手好闲什么也不干的闲散人员，西伦太听说有圣旨赐缺，又听人家说乌隆阿死了，老伴儿也死了，就把假多伦太叫来说："这下咱们家有出头之日了，你赶快就找上去，认了是乌隆阿之子多伦太，他一定会让你认缺。"

"不，不行啊，可不能去，万一叫人家认出来怎么办？"

"没关系，让我来告诉你怎么办，将军家的事我还知道些。"这样假多伦太就来冒充了，不料将军没有让他补缺，更不料真多伦太来了，西伦太慌神了，怕冒名顶替的隐情败露，就先想办法软禁他，后来想害死他。将军得知这些奸谋，就下令让那些甲兵对证，他们说是西伦太传达将军命令到那里去打一个逃脱的强盗，我们才去的。真相大白了，萨布素惩罚了这两个骗子。

第三天萨布素重新宣读圣旨，命真多伦太为正白旗佐领，就把这件事圆满地解决了。

第七十五章　将军教民

将军在卜魁时，已没有什么战争，只是开荒种地，修路建堤，秋围巡边。打仗时人们不计功名富贵，战争结束评功论赏，分土地，争功名就计较没完，曾有兄弟俩为争功名打到官府。

宁古塔一带正黄旗下有哥儿俩，大的叫哈旗，小的叫思旗。兄弟俩年轻时当兵，岁数不大，也就是十六七岁，挺能干，和萨布素打了几仗后就和康熙皇帝打到云南了，当时家里就他哥儿两个。哈旗在打三藩时阵亡了，没有孩子。思旗有两个孩子，大的叫喜隆阿，小的叫色隆阿，都住在卜魁。喜隆阿过继给大爷（大伯，即哈旗），世袭了他六品防御的功名，弟弟毫不在乎。

后来，来了一道圣旨，思旗因打三藩立了大功，虽然已故，仍赐副都统衔，可以世袭。这次本来应该让色隆阿继承功名，可喜隆阿不干了，说自己虽然过继给大爷，可在家中仍然是长子，父亲的功名首先由他继承。弟弟当时什么功名也没有，也不相让，在家族中闹得不可开交。

喜隆阿杀猪请客，让大家帮他说话，大伙儿也答应了，报到萨布素那里。萨布素知道老大已世袭了大爷的缺，这回应该是老二的，就让色隆阿继承副都统缺。喜隆阿就上大堂告弟弟争缺。

萨布素升堂后，色隆阿年龄小说不出什么，喜隆阿说："我是长子，按大清国法应该由我继承副都统。"

萨布素说："你已继承了你大爷的缺了，就行了，别太贪了。"

"那我把六品让我兄弟。"这时色隆阿在一旁哭。

萨布素问："你哭什么？"

"哭我的父亲，他活着时我们没有机会孝敬他，现在我们当儿子的还要占老人家的光。"他又对哥哥说："你要就都要了吧，我一个也不要，我也没别的要求，只有一桩。"

"要什么？"

"我要求给我几个钱，把我父亲的骨殖接回来安葬了，就心满意足了。"

喜隆阿一听红了脸，心想自己只顾争官，忘了父亲的后事。萨布素厉声说："都是一样的儿子，你看你，为了争官，一天到晚到处托人，你看你弟弟，人家多孝顺？你看你什么样子，成何体统，这个官现在谁也不给，以后你们谁有功，谁孝顺老母，我就给谁。"兄弟俩只得回家。

喜隆阿碰了一鼻子灰，也不回额娘家去。弟对母说了一番，母亲听了，当下没说什么，就上他的哥哥那儿去了。到他哥哥那儿，喜隆阿不开门，隔着门说："你要进来也行，你去见将军，把大官给我要来，你要来了官，我天天好好地伺候你。要不，就不让你进门。"

老额娘气得说不出话，回来了，对二儿子说："算了吧，不理他，只怕你小子没能耐，如果有能耐，你就立下点功劳，超过他。"色隆阿第二天就收拾收拾，出了门骑马南下，他要找到自己阿玛的尸体。

色隆阿日夜兼程到了盛京，盛京将军问他来历，他说：我是思旗的老儿子色隆阿。盛京将军一查档，阵亡之人中果然有思旗，圣旨已下了，让他的儿子继承副都统。但传说他在山海关受重伤而殉职，不知道后来埋在何处。

色隆阿听罢，直奔山海关。那儿不归盛京将军管，色隆阿到那儿一打听，当时他阿玛职务低，相隔的时间长，谁也不知道。

一个半月后，色隆阿在一个老甲兵那里终于打听着了，老甲兵说道："思旗与我在一个牛录，我知道他受伤的地方。"接着把色隆阿领到个地方，说："这块儿就是他受伤的地方，他后来到底怎么样我就不知道了"。色隆阿在阿玛受伤的地方哭了一阵，包了一包土，骑马回到卜魁。

色隆阿把带回的土送给将军了，把他去盛京和山海关寻找父亲尸骨的经过一一禀告。将军心里想，这是一个孝子，就命令从衙门出钱，让他再找个好地方，给思旗做坟。坟建好后，将色隆阿从山海关带回的土埋上，立了碑文，大家都来祭奠，连将军也亲自来了。

这一天，萨布素要去巡边，找来了喜隆阿，对他说："准备一下，过五六天要去巡边，带上你那一哨人马。"

"我难去，正忙着盖房子。"

"盖什么房子？"

"我要翻盖老房子，皇上要是批回我当副都统，这房子就不够用了，也不给你将军长脸。"

萨布素生气道："你还能当副都统？"

这时色隆阿全副武装进来了，说："将军，听说要带我巡边，我已准备好了，什么时候都能听命令出发。"

将军问他："你怎么不穿官服呢？"

"我现在不能穿，还没有立功呢。"

"看看你哥吧。"

"怎么？"

"你快问问你哥吧。"

一听兄弟来了，喜隆阿脸红了，也没法说，将军把经过一说：色隆阿吐了一口唾沫，说："你真是不知进退，父亲死了尸体没找到，现在要巡边你又不去，你这样真的能当上副都统吗？不孝不忠，有了职位也不应是你。"

喜隆阿听罢大怒，即要动手，萨布素说："从明天开始停修房子，准备准备跟我去巡边。"喜隆阿只好听命。

兄弟俩跟萨布素去巡边，喜隆阿白天走道，晚上就支使人打酒做菜。色隆阿白天走道，晚上看看兵书，将军也挺喜欢他。兄弟俩完全两样。巡边回来，大儿子还是要争，圣旨也没有下来。

有这么一天，南边跑来两个骑兵，飞鞍下马，到将军府门房一打千儿，说我们是盛京将军府来的快骑，有要事要见将军。报入后将军传见，进去拜见了将军，萨布素把文书打开，一看，原来是盛京将军来信说思旗凯旋回来了！

这是怎么回事呢？原来思旗在山海关受伤后被人救了，伤好后随着平三藩的军队往关里去，一直到了云南，打败了吴三桂。他上面的一个将军叫龙福，就把他留下了。他是总督，想让思旗当副都统。思旗怀念家乡，说什么也要回去，家里人扔下二十来年了，音信全无。就这样，云南总督给他备了一份文书就回京去了，军机处也知道思旗功劳不小，够正二品大员了，要把他留在京城，思旗还是想回家乡宁古塔，听说宁古塔也平定了，就日夜兼程来到盛京。盛京将军喜出望外，就告诉他的儿子色隆阿如何找他的尸首的经过，他就更想念家乡了。盛京将军给他安排了一个驿馆，然后打发两个人给萨布素送信。萨布素知道内情后，就把色隆阿哥儿俩和母亲一起找来了，喜隆阿一听立时傻了眼，色隆阿则欢天喜地。

过几天，思旗领人马回来，在卜魁当了副都统，萨布素为他修了一个副都统的官邸。

　　萨布素想到，八旗子女如此争下去也是一个事，就把此事如实上报了盛京，据说查老档还可以查出萨布素教育八旗子女的文书有三处。此后萨布素建立了武学堂、文学堂，文学堂包括满学、汉学。所有的八旗子弟必须上学，不好好学习的要惩罚，甚至没收财产充当学资。卜魁的学风兴起，八旗子弟面貌焕然一新。

　　思旗比将军只大一两岁，就想要巡边，要帮将军尽点力量。两人就带领百十个人一起巡边，一路上，萨布素就把征罗刹的事，走到一处讲一处。到了一处，萨布素一看，说："哎呀，此地方是羊泉老人住所，我们一起去探望吧！"

　　走进沟里，一切依然如故，到跟前一看，房子还有，老人不知上哪儿去了。将军一看房在人空，想到老人在征罗刹时立的功劳，但老人不图名利，不当官，一个人在山里过生活，如今不知他是死是活。于是领人在山中四处打听，有人说看到了，有人说没看到，打听了七八天没找到，又回到原处，一看房子有人收拾得干干净净，进屋一看像似有人刚收拾的，一看墙上有四个字："将军保重"，下有一首五言诗："官大遭风险，树大更招风，急流应退步，方为真英雄。"萨布素一看，老人家是让他辞去官位，可又一想，自己虽不想当官，但新建的城怎能扔下不管呢？又一看，北炕炕头上有一个小柜，打开柜里面有一黄包，打开再一看，是四部书，都是满文的，分别是"兵""学""农""商"，都是写治理地方的事，很高兴。下面有一个字条写道："感谢将军来访，如今后会有期，我再相见。"意思是今日不见，送你四部书治理地方，将军掉了几滴眼泪，就回来了。加紧练兵办学，坚守边疆。

第七十六章　将军识宝马

前一回说到萨布素识别了假多伦太，让真多伦太当上了佐领。这一天多伦太带上亲兵去打秋围，眼看天要黑了，打的牲口也很多，不忙回来，就准备打小宿，这就支锅做饭。大家正在闲聊之时，就听到呼呼啦啦几声响，打东边儿跑来一个挺大的动物，黑乎乎的，到了营地站下了，大伙儿一看，是一匹野马，全鬃全尾，又高又大，再仔细一看，头至尾有八尺，高也有六尺，嘶叫踢蹄，呀！这是大菊花青宝马。这匹马在原来的本子（同治年间关于萨布素说部的本子）上有一个宝马赞："好宝马，菊花青，千里能称雄，头至尾长八尺，身高六尺多，两耳尖尖身似箭，四蹄蹬开能追风。"说也奇怪，这马到这儿就老实了，多伦太给它配上了鞍子，飞步上马，也不管天黑了，骑上就跑，跑得又轻又快，比一般的马快一倍，多伦太高兴极了，也顾不上打猎了。那时满洲人净指着发兵出马，要见着一匹好马比什么都珍贵。

第二天多伦太回家了，一进屋就对额娘说："我得了一匹好宝马，在院里拴着呢。"额娘看了也格外高兴，对他说："我有件事和你商量，咱们娘儿俩能有今天，谢谁啊？"

"那还用说吗，当然感谢将军，我的叔叔啊！"

"对！将军对我呀，虽说是嫂子，但对我像亲娘似的，过不了两天就来看我，不管做了什么好吃的，先来敬我。就是你当了佐领，还不是你叔叔白天教武，晚上教文，你才有了长进。我打算把宝马送给将军。"

"好啊。"多伦太痛快答应。

第二天，娘儿俩牵着宝马就奔将军府来了，到了府门，把门的一看老太太来了，都不用传话就往里请。再一看，好一匹大马，别说是在卜魁，就是在草原上也没见过这么好的大马。这匹马好啊，看脖子，和别的马一比，就如同一头牛比着一头羊，到了院里和别的马在一起，别的马是吓得乱颤。

娘儿俩进了屋，将军一看嫂子来了，说："你来了怎么不发个话，我打发车去接你，要不你有事打发人来说，我来办不就完事了吗。"

老太太笑眯眯地说："今儿个，值得我跑一趟，这小子昨晚上得了一匹好马，请你看看怎么样！"

将军一听有好马，忙到院中看马，这马像是认识萨布素似的，仰天长嘶，萨布素连伸大拇指夸道："宝马！宝马！"又说："我有一套好鞍，就像量着这马做的。"

多伦太问："叔叔，这鞍您是什么时候做的呢？"

将军笑道："是我年轻时到吉林朝圣（拜见皇上），准备探长白山时得了这么副好马鞍，但多年来没有一匹马能用，这多巧呢，正好今天碰上这么一匹好马。"

多伦太说："叔叔您骑这马试试。"萨布素翻身上马，用脚一蹬，一下就奔墙上过去了，四蹄如风，一溜烟就没影了，半响才回来。

萨布素嘱咐多伦太好好保护，三人进屋，老夫人说："他叔叔，我们得到了这匹好马，责任重大，我们一直受你照顾，没什么报答的，把这匹马送给你啊！"

萨布素说："哎呀，这可不行，马鞍我都送你了，哪能收你的宝马？"

多伦太就双膝跪倒说："叔叔，您不收，我就不起来，这匹马应该是您的，您想啊，您骑上它去巡边，本来是六天到，现在两天就到了，对国家朝廷有好处。"说完又苦苦哀求，将军说："好吧，我收下了。"说罢萨布素给老夫人就地请个安，又道："我真感谢这小子，给我这匹宝马，这一来，八旗将士的骑术都能提高一大截。"从此，萨布素让几个人专门照顾着这匹马，每天夜里自己要起来几次去看看马。宝马不仅给将军带来方便，也经常被其他将士用来学习骑术。

一天，从草原上过来一帮马队，将军一看马都不错就把马都买下了。贩马头子说："我有一匹好马，是千里追风，一般马比不上。"

将军一看，这马是不错，但比不上宝马，将军说："你的马虽好，但还是比我的宝马要差一点。"

马头子说："差一点？我的马是天下第一。"将军让人将马牵出来，马头子一看，真是无价之宝，太好了，马头子就向将军请求，能不能让他一下，将军沉吟不语。

马头子说："这不要紧，我把这一百匹马都放在这，我要跑了，这一百匹马的价钱也顶住了。"

将军想他也不能跑，就同意了。马头子骑马走了，过了两袋烟的工夫，不见踪影，又过了两三个时辰，还没有回来，萨布素头嗡的一下，这可坏了，马不回来了，这比丢了命还重，对不起老嫂子、多伦太的一片心意呀。将军心痛，一头冷汗，说不出话来，谁叫也不起身。大伙儿纳闷，老将军怎么了？赶快请老夫人来。

老夫人一看心里着急，遂问："他叔叔，怎么了？你生病了吗？"

"没有。"

"那你也告诉我，虽说我看不见，但我听了也可以给你出个主意呀！"

萨布素说："老嫂子，我对不起你呀，我把你的马丢了。"就把丢马的事说了一遍。老夫人也心痛，说："你呀，聪明一世，糊涂一时，人有宝物哪能轻易出示，可马已丢了，你只是躺在炕上愁，又有何用呢？咳，那个偷马的人用一百匹马来换宝马，说明他认货，只要他认货，这马一定不能死，要找就有希望。"

萨布素一听嫂子说的在理，就说："嫂子，我是多么糊涂，你看我该怎么找？"

"哪儿来的，上哪儿找。"

一句话提醒了萨布素。他把老思旗请来了说："我要到边外找我的宝马，请你代我将军的职，一天找不到我一天不能回来，一个月找不到我一个月不能回来，两个月找不到两个月不回。"大伙儿也替他上火，看他决心已定，只能这么办了。

第二天，萨布素带着多伦太和一二十个武士出去找马，可就像大海捞针，上哪儿去找呀？各个草原转悠，找了二十多天连影子也没有。从卜魁往西走，到了外蒙古一带，没有任何消息。

这一天天黑了，到了一个蒙古包前，只见一个老头儿在挤奶，萨布素与老人商量想住一夜，老头说："不知你从哪儿来的？"

"从卜魁。"

"哎呀，从卜魁到这儿有两千来里地啊，你来做什么呢？"

"找马，您曾看到一头又高又大的马没有？新鞍子，金套头。"

"没有。"

于是众人就要进入蒙古包，老头儿拦住说："我的帐篷小，你是个章京吧，你在这儿住，我再搭一个帐篷，让他们住。"

"好吧。"于是老头把鬼头鬼脑的小儿子叫起来，搭好帐篷让他们住下了，萨布素住在蒙古包里。

到了半夜，老头儿悄声出去了，不一会儿，就见帘子呼啦一闪，进来两个小子，二话没说就把萨布素按住了，把马灯点上了，一看正是偷马人。他嘻嘻一笑说："我就知道你得来，你也是到了寿数。我是噶尔丹手下一员战将，听说你有宝马，就去骗来了，你聪明一世，糊涂一时，栽在我手里，还有什么说的？"

萨布素问："我那十多个人呢？"

"哈哈，都成了瓮中之鳖，你还有什么嘱咐，我可以给你捎信。"

萨布素说："不用你捎信，不过你杀我，日后定会有人给我报仇。"

"那不管，我取了你的人头，取了宝马，见了噶尔丹，最低限度我能官升几级。"说罢把将军绑在外边的桩子上，把他前胸衣服撕开，狞笑着说："今天我要尝一尝活人心。"

柱子旁放着一个小盆，上面搁着一把闪着寒光的尖刀，马头子举起那把刀，正要下手，在这千钧一发之际，从东边飞也似的跑来一匹战马，好像是将军要找的马。马头子一看，吓得扔下刀骑上那匹宝马就跑了。

一个小伙子闯过来解开了将军，进帐又把老头儿和那小子一刀一个杀了。将军一看，是个汉族小伙子，长得好，二十多岁。他问道："您是不是萨布素将军？"

"是。"

他跪下就磕头，说："我可找到您了，您手下有一员战将叫魏海，我是魏海的儿子魏明。"

"你怎么来的？"

"我在家中练好武功，想来找我叔叔，从关里走了好几个月到卜魁，我叔说你已去草原找马，我一问偷马人的样子，我说我认识，在战场上我抓住过他三次，他表示要投诚，我就没有杀他。他害怕，见我就跑，他是叛兵噶尔丹的手下，住在最西边的部落。还有这个老头儿与小子，也是他手下的奸细，我带你去找，不过不要带那么多人，带多了也没用，大老远就知道了。"

萨布素问："那怎么办？"

"咱们换上便衣，找一匹好马，慢慢地找。你把胡子也剃了，装作汉人去买马，不惊动他们，才能找着宝马。"

"好吧。"萨布素答应。

他俩这就要走，多伦太不放心，一定要跟上，三个人就一起日夜兼程到了西北最远的地方，一看有个蒙古包，正忙着开赛马大会呢，规模很大，西北三十几个部落的赛主来参加大会，谁的马第一就可以官上加官，魏明说盗马人就住在这一带，咱们装着卖呆儿，千万别露出马脚。

第二天开大会，几千匹马参赛，一跑起来就像一片飞云。赛马大会开了七八天，几千匹马就剩下一二百匹了，到了最后一天，最后剩下十二匹马，不分胜负。这时，就听赛马场外有人大叫一声："你们的马叫什么好马，看我的宝马！"

这正是萨布素的马，众人全没见过，都看呆了，这匹马一出场，就将其他马远远落在后面，在几千匹马中跑了第一。参赛的蒙古人欢呼着围过来观看，这个送牛、送哈达，那个送羊腿、送长袍，把他作为草原的英雄恭敬。魏明悄声对萨布素说："不用着急，跑不了他。"萨布素默默点头。

大家把那小子请到了最好的帐篷喝酒，吃完饭了，这人着急要走，大家一定要留住他，今晚要开一个篝火大会庆功，让大家来看看从未见过的宝马。他没办法，只能硬着头皮留下了。

到了掌灯时分，魏明手执双刀，对萨布素说："您在外面等着，我和多伦太进去，不能杀他，让他当众说明。"萨布素就等在帐外。

帐篷中还有五六个人，没防备，二人如燕子一般轻轻飞了进去，进去就像提喽小鸡一样将那人提喽起来。大伙儿感到奇怪，为什么要提喽赛马的夺魁者？就围了上来。魏明把刀按在他脖子上说："众人退后，让他自己说。"又对盗马人说道："这是第四次抓你了，你如说实话，我就放你。"

他就当着大家的面一五一十地说了，大家这才明白是怎么回事，要打他杀他。魏明将他推到萨布素面前，他给将军跪下了。萨布素说了他几句，就放了他。萨布素他们带着宝马回到卜魁。

这期间，关里来了两个磕头兄弟，一个叫王恩，一个叫守义，二人家里穷，从一个村子出来后，拜了干兄弟，发誓不能同生，但求同死，有福同享，有难共当。

两个人跟着放山人到长白山挖棒槌（人参），他们没有经验，帮人提个小米袋子什么的，一连来了三年，忙乎得很，也没有分到银子。第四年，二人就自己上山了，上山后，到了初冬，眼看就要回家了，也没开眼。

这一天两人到了大山深处，王恩挺懒的，一到一棵大树下就睡着了。守义看到东北的碴子下火红火红的一片，心中纳闷，一看王恩睡着了，不好叫他，就自己过去了，好像远处有一二百个红榔头（人参花），再走近一看，却什么也没有。第二天守义将此事告诉了王恩，王恩过去一看，什么也没有，连去三天也没有看到。王恩想守义是撒谎，两人只能回家。

第二年春天，守义和屯里的一个姑娘定了亲，那个姑娘很好看，但家里穷，守义听说叔叔在卜魁，就想到那里看看能不能挣钱。守义带着未婚妻与王恩一起到了卜魁，找到了叔叔。没想到叔叔也很穷，好不容易将他们安排下了。没招儿，三个人一起上长白山挖棒槌。一连好几天，还是没有发现人参。守义心里惦记着那片石砬子，找来找去，真找着了那石砬子，走近仔细看，也没有人参。第二天去了，还是没有。守义说："听老人说，人参成精会长在高处。"就攀到砬顶，果然有一棵大人参，忙招呼大家上来，众人拉上红线，用鹿骨棒仔细开挖，足足挖了半天，呀，竟有十二两重。俗话说：七两为参，八两为宝。这十二两的大人参是稀世珍宝，发财啦！收拾收拾要回家。王恩心里嘀咕：我要是一人独吞，不仅能发大财，那个漂亮媳妇也能到我手。

第二天要回走，王恩说："叔叔，咱们再走上两三天，一定还有大人参。""好啊。"他们又往高处走去。天黑了，众人休息。他们带来的那条狗，走到哪儿，跟到哪儿，这个狗就看不上王恩，总咬他，王恩也恨它。第二天早上醒了，守义一看他叔叔死了，也不知怎么死的，这时狗用舌头舔他叔叔，对王恩连咬带叫。守义憨厚，看叔叔也没有外伤，只得哭着将叔叔埋了，狗围着坟堆叫，怎么也不走。守义说，你不走就看着他吧，给你留下吃的，我到卜魁准备棺材来接他老人家。那狗叫得十分凄惨，留在了那里。俩人上了一处石砬子，王恩到顶上一看，说："兄弟，你看山下有一棵大人参。"守义到悬崖边一看，王恩在后面一脚把他踢了下去。王恩回到了卜魁。

王恩一直惦记着那姑娘，到了姑娘那里，姑娘忙问他守义的情况。王恩打个唉声说："本来我们已经说好了要回家，可守义非要再挖一下，没办法，我劝他也不听。老人不知什么病，一宿就死了，不是我讲究死人，守义连哭都没哭，我都没心思再放山了。他一心只想着挖参，到了一个大石砬子顶上，我说你加小心，别再往前走，他说前面有一棵大参，一不小心摔下去了，我怎么也下不去，只能回来了。"姑娘一听，天旋地转，号啕大哭。王恩劝她："人死不能复生，别哭了，你要不嫌弃，跟上我，咱们买地买房子过好日子。"姑娘不允，一个劲儿地哭，王恩看看也无趣，就灰溜溜地走了。

过了三天，卜魁山货开市，王恩卖参卖了个好价钱。萨布素正在大堂上主持集市收账典礼，忽然跑来一条狗，汪汪汪地直咬，怎么撵也不走。听下人说，它已来了一个多时辰，现在它在大堂跪下哭叫。萨布素走到狗旁边，那狗拽住老将军的衣服往外拉，一直到姑娘屋里。姑娘正在哭，一见狗来了，哭得更伤心。狗瞅瞅姑娘，又看看萨布素。姑娘见是将军忙跪下了，将军说："有什么冤情告诉我。"姑娘说："这狗是守义家的狗，我是守义的未婚妻，他们上山挖棒槌，可就王恩一个人活着回来了。"姑娘将经过一说，将军让人把王恩从店里找来，王恩看见狗，心中害怕，跪下说："我们私自出关，请恕罪。"萨布素说："我不问那个，你出来几年了？""五年了。""今年山货儿怎么样了？""托大人的福，很好。""你卖了多少两银子？""有三四千两银子。""你们去了几个人？""三个人。""他们呢？"王恩瞎扯了一通，萨布素想了半天说："守义和未婚妻就要完婚，要发财了，怎么死了呢？""唉，他不听劝，摔死了。我准备把老人与他的骨殖接回来，给他们起个坟。这时狗冲他一个劲儿地咬，拽着萨布素要走，老将军问："你叔叔埋在哪儿？""埋在挖人参那儿，老远老远了。"狗又来咬王恩。萨布素命令："来人，把马牵来，我要到石砬子看看。"也给王恩备了快马，一拨人马飞驰而去。

萨布素等人到了那儿，狗就用爪子扒坟，连扒带哭，萨布素命笔帖式快把仵作找来，王恩有意将了萨布素一军，说："老大人还是认为老人死得不明吧？不过要是私自开坟是犯罪呀！"萨布素知道大清有律条，不管多大的官，要是私自开棺，就要治罪，他冷冷地说："这是本将军的事，与你无关。"又问王恩："我问你，这个老头儿身体如何？""好啊，不好能上山吗？""吃饭怎么样？""吃饭也好，就是暴病而亡。"仵作来了，把坟挖开了，萨布素说："王恩过来，本官我要验尸，如验出来你有罪就治你罪，验不出本官服罪。"王恩无语。狗也用爪扒坟，扒了很深的坑。不久，把尸首抬了出来验尸，上下一量，左右一验，仵作说："回大人，死者身上无伤。"萨布素又命开膛破肚，看是否中毒，结果还是无毒。萨布素心里一凉，真的是我走眼？王恩说："这回大人相信我无罪了吧？"萨布素只能命令埋上，狗又哭叫起来，王恩吆喝着不让狗叫，萨布素盯着狗看，狗看了萨布素一眼，跑过去一口把死者头发咬开了，萨布素心里一动，命仵作赶紧验死者头部，他上去一看，是一根大铁的四棱钉子。王恩自己扑通跪了下来，萨布素冷笑道："好啊，差点让你混过去，你还有什么话说？"王恩哆嗦着说不出话来，被下了大狱。萨布素把卖人参的银子给了姑娘，让她回关内老家去。

姑娘不肯马上回老家，她要为守义治丧一百天，不料到了第三天头上，守义浑身带伤地回来了，姑娘一下子扑到他怀里。原来，王恩把守义推下去时，守义被东边一棵树挂住了，他醒来后，就一步一步走了回来。萨布素知道后大喜，亲自为他们主持婚礼。王恩不久就伏法被诛。

第七十七章　卜魁三修将军府

从墨尔根迁到卜魁，萨布素始终住着一个两进的三间茅房，带一个东跨院。八旗佐领、协领曾经几次想要给他重修一个将军府，他摆头不允。后来京城发下了赏银，要给萨布素修一个两进七间带大堂、东西厢房的将军府，老将军还是摇头。不久，圣旨来了，将军不得不听了，于是上上下下忙活起来，就准备修将军府。

有人请了一位风水先生看房址，东瞅西看，有人说应该修在东头，有的说西头比东头敞亮，大家你一言我一语地议论。此时，老将军也在寻思。他往北看，嫩江江水滔滔，紧着作乱，从搬到这儿，年年得修堤防洪，一忽视就有淹了卜魁的危险，这是一件关系全城的大事。

他把大家请到一起说："大家为修将军府费了不少心思，不知在哪儿修好？"大家七嘴八舌地议论一番，多数人认为要修将军府，安全为上策，这就必须远离江边，选一处高爽之地，那才有居高临下的气势……将军听完众人建议，又是摇头，于是大家就想听将军的意见。

萨布素说："各位提的地方都是万全之策，我也领情，不过我不想在那些地方修，大家都知道我们卜魁这儿长年是闹水灾、风灾，这些灾一来，江边先遭殃，不考虑这些问题是对老百姓的犯罪，所以我自己选一个地方。"大家仔细听着，萨布素又说："我选江边修将军府。"

"那可不行，江边涨水淹了将军府怎么办呢？"

"不，一定要修在江边，不但修在江边，而且满族习惯不留北窗，我要留北窗，每天早上能看见水的情况，这样才能保护城市，大家不要劝，我意已定。"

大家又劝。"不要劝，为官应爱民如子，百姓遭罪，咱们就是吃香喝辣也于心不安，如我看不好，水先淹我。"萨布素说得坚决。

别人找了三个地方，萨布素都说不行，他自己找了一个涨水最容易进来的地方修房子，大家都捏了一把汗。萨布素说："不用争论了，只有修在这个地方，才能时时看到涨水的情况，才有利于安抚百姓。"大家也只能听将军的。这个佳话一直流传到现在。

七月初，房子破土动工，备料，打地基，可偏偏那年又发了大水，把江堤冲走不少，水一天天上涨，要什么没什么。萨布素日夜在江堤上，指挥修堤。最后到一个有裂口的地方，风大浪急很危险，萨布素决定把修将军府的木料运来，堵在裂口上，但仍远远不够。将军命八旗兵去采集木料，一时运不进来，全城老百姓知道了，有的拆房取料，有的将家中木料送来，没有两天的时间，料就够了，将堤坝修好了。

到了第二年春天，准备要修将军府，偏赶上大风，把民房刮倒了不少，顾不上修府。到了六七月份，大风已过去，大家纷纷备料，准备修府，将军脸一沉，说："灾民这么困难，我能忍心修将军府吗？"第二次修府又停了下来。

这一年秋天，粮食只收了三四成，不少人家眼看断了顿，尤其是墨尔根灾情更严重，那儿有达斡尔、鄂伦春、满族等。当时的墨尔根协领是萨布素的侄儿常福，为人精明能干，他给将军写文书报告了那里的灾情，萨布素为此寝食不安。

墨尔根由于粮食不足，达斡尔、鄂伦春要回去打猎，从宁古塔来的也要回去。常福一看军心涣散，操练也不齐，束手无策，便自己骑马来见将军。萨布素说："我这儿也闹灾，给你带上一封信到三姓去，那里有一个老协领发克石，是我的患难之交，听说他那儿丰收了，向他借粮五百石。"常福答应一声，拿上萨布素的亲笔信向墨尔根飞奔而去。

常福到了三姓协领衙门，听说萨布素的侄儿来了，协领特别高兴，从正门快步迎接。哥儿俩没见过，一问年龄，发克石大他三岁，常福忙称兄长，协领问萨布素的身体情况，常福说不比当年了，现在他年龄大了，已有白发，边务繁忙，不得休闲。发克石问有什么事吗，常福说要借粮，发克石一听借粮，心里凉了半截。他本以为将军要给他什么官职，原来是借粮来了，半天没吱声。

常福一看，心里咯噔一下，真上火。发克石说："兄弟，本应多给老将军一些粮食，但今年我们也歉收，只能吃到明年开春，我本还想让叔叔周济我们的，但你已来了，就让人套两辆车，给我叔和你一点粮，更大的力量我是不行。你们富察哈拉一共有多少户，在卜魁有五十多户吧？你们户下的人一人一斗粮，有二十石差不多了。"

常福一笑说："既然如此，我就不要这二十石粮食了，你也同样有难处。"

"我的伯父老大人不知埋在哪里呢？"

"我知道在哪儿。明天我要去祭祀，临走我叔叔还嘱咐了呢。"发克石要让他到家去，他也不去。

大伙儿准备了米酒、年糕。那时关外满族有那么一个习惯，凡是祭坟，总是要把死者生前喜欢的东西哪怕只有一两样，在坟上烧化，叫"饶饭"。祭奠完了升上火，把酒、糕等扔进火里去，最早时，如他生前有马，也要烧了骨灰入葬，大家还要从火上过去。以后就不葬马了，将马放了，谁捡着算谁的。

第二天，发克石与常富一起去了，发克石在坟头按仪礼摆上供，往坟上浇了三杯酒，然后就拢起火来，把糕、酒、衣物扔在里面。发克石以为这就完事了，不想常福在坟头放声大哭，连哭带数落，一铺一铺地把老协领和老将军的交情故事说出来，连石头听了都得感动。他说："老协领，您一生南征北战，立下赫赫战功，八旗子弟都记得您的功劳，有一次您到了三姓，外边的人都出去打围了，只有几个老弱残兵，你们被围了，那时，哥哥才十几岁，根本抵挡不了，眼看不行了，您把全部家财分散给老百姓，自己带兵死守。后来，老将军的援兵到了，救了众百姓，那时您身受两处伤。过了两个月后，老将军把发克石送到您身边，您老哭着对萨布素说：我的儿孙不能忘了您的大恩大德。那时您只是一个佐领。还有一年三姓大灾，五十多户百姓没有吃的，二十多户没有房子住，老协领您把自己的粮食房屋给了灾民。后来我叔把您的功劳上报朝廷，还送了粮食、衣服，您还升了一级。"

发克石听罢，也掉了泪，起身相劝道："你别哭了，回去吧。"

常福接着哭道："大爷，您还记得不，有一年，发克石十三岁，您带着他和将军一起打秋围，他一个人出去迷路了，那时您带兵官务在身，我叔带兵找了三天三夜，结果在双石沟找到他了，当时他只有一口气了。您老死后，我叔叔年年在想您，叨念您。"

常福哭诉完，站起身，转身对发克石深深一揖说："我不回去了，就此告别。"

发克石一把拦住他说："你不要着急，三天后我把粮食筹集起来，给老将军送去。"常福点头答应。

发克石回到家，心里不好受，一头倒在炕上起不来了，老夫人过来问："怎么了，你不要太难过，以后咱们好好祭祀，也就对得起你阿玛了。"

发克石沉重地说："老将军来借粮，开始我没借。"

老夫人拿起柳条子就要打他，骂道："好个忘恩负义的东西，你怎能忘了叔叔对你的恩情？"

"是呀，我本来是想多积蓄粮食，防明年的春荒。现在我兄弟在坟上讲了我阿玛与老将军的事，孩儿知错了，宁可我们挨点饿，也不能饿着老将军。"老夫人连声说好。

第二天一早起来，发克石令人开仓装粮，大车子排成一排，有六七百石吧。过了两天，兄弟俩押着粮车向西出发。

常福他们日夜兼程到了卜魁，萨布素听说粮车来了，大喜过望，亲自欢迎。发克石见到萨布素跪下磕头，哭着请罪。萨布素说："请什么罪，你送来这么多粮食，搬掉了我心里的大石头。"发克石把经过说了。萨布素打了个唉声说："嘻！孩子，有错改了就是好孩子，何况你也是为了当地老百姓，等卜魁丰收了，也要还你们。"发克石感动得长跪不起。

萨布素留了他几天，询问他们那里的练兵情况，对发克石与常福说："你们哥儿俩要好好交往，以后我把各个地方的副都统、协领定期请来，一起练兵，每四年必有一次大围。"大家都说好。以后真的每四年有一次大围，那是萨布素立下的规矩。萨布素给发克石的母亲带了一些礼品，送他回去了。

为这件事，将军府的修建又晚了一年。

第三年春天，卜魁的人口多，这点粮食还是不够，老将军心中很发愁，这时有一个老兵，是瓜尔佳哈拉的，对萨布素说："要解决眼下困难，还得靠我们自己想办法。"萨布素忙问什么办法。

老兵说："我们还得像当年在宁古塔时那样打猎卖皮子换粮食。"萨布素连声说好，组织八旗人马围猎，派专人到盛京、抚顺卖皮子换粮食，才渡过灾荒。

灾荒过去了，将军府才真正动了工，修了起来。整整三年才修上了萨布素的将军府。

第七十八章　办官学开科取士

　　萨布素任将军后，多在瑷珲、墨尔根、卜魁，所以老将军后期的故事在那里流传，但在宁古塔讲的不多，原因是他的家属大部分去了卜魁，在宁古塔就少了，只能讲片段。

　　萨布素修了将军府以后，考虑要在卜魁设立官学。他在宁古塔时兴建了文武学堂，文学有满汉两种，武学是八旗子弟、披甲之人都要进武学堂学习，曾经办了几个武学堂。学武能够锻炼一个人的开创精神和智谋，遇事如何对付就心中有数了。在武学中应先练好射箭的基本功，还有骑马、刀功等。满族的刀法基本上是从汉族传入的，箭法是满族的传统。萨布素在卜魁办起了官学后，每天都到射箭场去，看大家的射箭程度。老将军体质不如青年，但精神不老，亲自指点射箭，精神好的时候还射几箭，大伙儿练得热火朝天。

　　秋围时，将军累着了，就不能领着人马去了，就让两个副都统带队，几十个武学堂的学员都去打秋围，学员们个个摩拳擦掌，拉着帐篷，赶着车，带了箭、粮、衣物、旗帜到了苏克苏地方，那里是有名的"乌朱拉达"山——有九个山峰，而且九个山峰都一样，进去就容易迷路，有时三天三宿也出不来。萨布素赶来了，教他们搭帐篷，训练了几天，又教他们野外做饭、如何爬山，随后开始行围。

　　头三天他们挺好，打回不少野牲口，有的就地吃，有的送回卜魁。

　　第四天头晌，萨布素把五个小头儿叫来，让他们打分围，分五路进去，每个人准备三天粮，打到拿不动时就回来。五个头儿各领了七八个人，剩下的跟着萨布素在营里。选上的人都只十四五岁，个个摩拳擦掌，本应让有经验的头领领着，但为了锻炼他们，就让年轻人自己摸索。发了五支鸟枪给他们，又带了些弓箭。

　　刚进山时，他们可欢实了，一个劲儿地往前冲，碰到狍子、熊、野猪、野鸡等，就开打，打了不少野牲口，但怎么前进，又怎么回去，五支队伍却大不一样。

第一路人的头儿叫顿巴齐，他平时就挺软弱，习惯人家来管，现在走着走着，找不到路了，吓得直哭，在山里乱转起来了。

第二路头儿叫乌扎拉，平时听老人讲进山必须在树上砍路标，进山时他们每到一处就在树上砍个白碴儿做路标，不仅打了不少猎物，还顺利回了家。

第三路头儿是富察氏的小伙子，也在山上迷路回不去了。他很沉着，一看迷山了，赶快扎营，不要乱闯。第三天找到来的小河，来的时候是逆水，现在就顺水走，也回到了自己的营地。

第四路的领头人遇事不慌，虽然他们也迷路了，但就地扎营，仍然打猎，静等老将军的消息。

第五路领头人有些贪功，大家带的粮自己顾自己，打围时也不互相配合，为了一点儿小事就争吵，结果分了伙，打了一整天，也打不到什么，不仅迷路，还挨饿，被困在乌朱拉达山了。

到了第五天，萨布素有些着急，五路人马只回来两支。萨布素亲自带兵到乌朱拉达山，先找到第四支，他们在临时帐篷里收拾着兽皮，附近的树林子里还养着一群小狍子，两个小孩子在一旁烤肉吃。领头的说："我们迷路了，但我们知道您一定会来找我们，我们正等着呢!"萨布素笑一笑，也没说啥。

萨布素带着他们，找到了另外两支，他们都很狼狈，看到老将军都耷拉脑袋了。萨布素说："都给我抬起头、挺起胸来，八旗子弟什么时候都不能自己糟蹋自己。"让他们就地做饭，吃饱了往回走。

回去后，大家都佩服老将军的韬略与眼光。萨布素对第二、三路加以表扬，记了功，给了不少礼品，对一、五路的人批评了，语重心长地说："打围与出兵打仗一样，迷路是常事，关键是遇事时心中不慌。"就分析了他们为何不能团结、又找不到路的原因，说得大家心服口服。

从此，八旗子弟精神面貌大变样，人人发愤图强，也从实际中选拔出一批人才当头儿。在练射箭时，也主动在各种地貌中练，虽然还没上战场，但已经练出过硬的箭法。

在满汉文字方面，将军也下了一番功夫，当时满族人也考秀才，不许考状元，"北不占元(状元)，南不封王"。那时满族尚武，满学考中一个秀才也不易。萨布素鼓励八旗子弟努力学文，不管程度如何，必须每年考出三个满学新秀才。一样的秀才，汉学秀才比满学秀才学得多，老将军命人在墙上左面张贴满文榜，右面张贴汉文榜，也鼓励汉族学满文。每到一年一次的大考，萨布素亲自到考场，鼓励满汉军民好好考试，考试结束后，选上满汉秀才的都要张榜公布，并送喜报到他们家里，还有奖励。一些没有考上秀才的人，有进步萨布素也设宴庆贺。朝廷很支持萨布素这样做，每到正月初一，六部就将这些新秀才名字上了将军府前的文华榜，这是很大的荣耀，使卜魁学文成风。

每年农历六月六那一天，由老将军主持盛大的祭天典礼。过去，大典的祭文都是用满语说，由萨满口耳相传，后来有了满文，现在萨布素让用满汉两种文字，大笔写出来张贴两旁，让满汉军民都能看懂。因为这是当时最神圣最重要的大事，大家写得格外认真，加强了满汉文化交流，出现了一批满汉兼通的人才。祭词，满语称"佛波密"，由于萨布素提倡满汉兼通，所以卜魁的文化与宁古塔、京师都不一样。

第七十九章　奉旨出征嘎拉山

　　老将军几十年的风风雨雨下来后，已是五六十岁的人了，体质不太强，有腰腿疼的病，但一大早还要坚持练武。这时蒙古的噶尔丹叛变了，将军听着信儿后，就把各级头领找来说："噶尔丹反了，咱大清皇上肯定要用兵，你们回去加强训练，准备出征。"大伙儿开始准备。

　　噶尔丹的叛变，越传越远了，将军就忙请示朝廷，要求出征讨伐噶尔丹，协助亲王攻取噶尔丹。皇帝担忧将军的身体不好，打发人劝他作罢，可老将军一再要求，说是国家需要，个人身体又算什么？皇上见他忠义，才下旨命他出兵。这次带兵，一共出了不到一千人，其中有五百骑兵，派他的任务是要守住嘎拉山口（也叫伦布山口），不让噶尔丹的人马过去，断他的后路。

　　从卜魁到嘎拉山有几天的路程，萨布素带兵到山口扎营，立即出去观测当地的山势河流地形，走到南山时发现树林里有人，就带人追上去。远看，有三个人，追上时，跑了两个，剩下一个人。这个人看上去就要不行了，萨布素赶快把受伤的人扶起，他只有一口气了，一看到萨布素救他，他挥了挥手说，"我不行了，你们快去告诉老将军，赶紧回去，守住大营。"说完就咽气了。老将军与大家一起将他掩埋了，立刻赶了回来。

　　萨布素回到大营，立刻将众头领召集在一起，命令大家加强放哨，准备迎战敌人的袭击。到了后半夜，萨布素命令四个牛录到四周埋伏，听到他的号炮一响就围上来。令正红旗牛录将军帐里的锅灶点上火，在帐外插上军旗，帐后放上号炮。众头领领命而去。

　　一时间，萨布素的人马各就各位，安静得只有帐前军旗猎猎作响。老将军一个人在烛光下读起书来。过了一个时辰，只听一阵马蹄声，一支蒙古兵摸了过来，他们见清兵大营没有防备，直扑营中大帐，为首的蒙古台吉①用刀尖挑起大帐门帘，正好与萨布素瞅个正眼，萨布素手握书卷，微微一笑，台吉一时愣住了，醒过神来，扭头就跑。

萨布素喝了一声："不要走，进来吧！"话声刚落，一阵号炮声起，清兵从四面八方围了上来。蒙古兵突围而出，跑了一百多个，清兵也不去追杀，剩下的都抓住了。

萨布素升帐，清兵押着俘虏一一过目，笔帖式将他们一一入册，并将立功的将士记入功劳簿。萨布素命令将所有俘虏松绑，有伤的治伤，没伤的请去吃手把肉。最后，把那位蒙古台吉押了进来，他叫嘎拉台吉，也叫伦布台吉，是当地蒙古的一员猛将。伦布台吉怒目向前，宁死不跪，萨布素说："大清待你们恩重如山，你为何背叛大清，听信噶尔丹？"蒙古台吉怒目道："不必多说，要杀就杀，要剐就剐，我与你们势不两立。"

萨布素问："为什么呢？"

台吉答："不必多说。"

萨布素说："我已抓住你两次了，你还有什么不服的？"

台吉一挺脖子说："你这次抓住我也不算，这次中了你的埋伏，并不是真刀实枪地对阵，不然你们抓不住。"

萨布素说："那好，我放了你，让他们饱餐一顿后，放回去。"

老佐领上前拦住说："这是放虎归山呀。"

萨布素道："这不是打罗刹，这是我们内部的事，蒙古族自太祖在位时，就与我们世世代代一心一意，对他们要做到心服口服。"将士们就将蒙古兵都放了，人们都称赞将军宽宏大量。

---

① 台吉：当时的蒙古地方首领的称号。

第八十章　萨布素大破勒勒阵

　　话说萨布素放走了伦布台吉后，他不感谢萨布素的宽宏大量，仍然执迷不悟。他退回到自己的草原领地后，召集各部落牧民，准备再与萨布素决一雌雄。这时，噶尔丹手下的大法师蓬拉台吉来到这里，原来他是蒙古草原上出名的喇嘛，很有计谋。噶尔丹一心要进攻京城，就派这位大法师到嘎拉山口，要他帮助伦布台吉平定这一带清兵，为自己留下退路。

　　伦布台吉将大法师请进大帐，摆上宴席，打个唉声说，萨布素太精明，就把夜闯兵营遭埋伏的事说了。大法师笑着说："要破他萨布素容易，这次我带了两千勒勒车，还有一千辆火药车、五百辆毒气车，伦布山口十分险要，两边是悬崖峭壁，中间只有一条道，必由此过才能到蒙古草原。我要布连环阵，夺回这条道。"说罢他就开始发号施令，命令一千辆火药车在最前面，每一辆车上有一个喷火筒，一喷火有四十步远，构成第一道防线。第二道是八百辆勒勒车阵，用牛拉着。

　　蒙古勒勒车轮子大，在草地上很轻快，俗称"草上飞"。厉害的是这八百头瞪眼往前的牛，不管出现什么情况，就是一直向前跑，车后有一名刀手，非常厉害。第三道防线是五百辆毒气车，一放起来，不管多少人都能熏死。这连环计够狠毒的了。伦布台吉一听大喜，命手下人按大法师命令准备就绪。

　　大法师说："你们该放牧就放牧，该打猎仍去打猎，让萨布素蒙在鼓里，我们可以打他个措手不及。"

　　萨布素放了伦布台吉，正琢磨如何把部分军队争取过来，清军是仁义之师，这些蒙古人也是上了噶尔丹的当，让他们清醒过来，才能完成守住山口的任务，所以他派出不少探兵打听蒙古草原的情况。探兵不断来报，说来了一个蒙古大法师，带来了许多勒勒车，还有火药车、毒气车什么的。萨布素正在纳闷，探兵又报，山口大道已被敌军占领。将士们纷纷要求反击，萨布素按兵不动。

过几天来了圣旨，命萨布素立即抢过嘎拉山口，嘎尔丹有东去的危险，如果不抢占山口，叛军就会逃脱。萨布素赶快整顿人马，准备攻山口。四个佐领率军猛冲，不料敌军的火药车靠近不得，离车群四五十步时，火就喷了上来，把三个小头领与十几个士兵都烧死了，敌军毫发无损。清军只能退兵。

萨布素的心凉了半截，他命令全军退回大营，拒不出兵。大法师与伦布台吉哈哈大乐，命士兵每天来营前挑衅。

萨布素想起与他一起作战的汉族弟兄四武举、李智远，就把他们传来共同研究对策。李智远说："敌人用火攻，咱们也要以火攻火。我研究了连发弩，上面也装上火器，敌人来时放连发，能将后面的敌兵射倒，就破了敌人的火药车阵。"萨布素马上命令制造大批连发弩，并安排在暗处，前后安排了十排。清军日夜做准备。

一日，大法师率火药车队又来挑衅。当他们快到清军大营时，发现军营里静悄悄的，大法师哈哈大笑，以为萨布素已经逃跑了，刚要下令进攻，伦布台吉一下子挡住了，说："且慢，萨布素喜欢设埋伏，小心中计。"

大法师说："我的火药阵，天下无敌，我们开到大营前，一阵火攻，先烧了清军的老窝。"伦布台吉点头称是。

敌人到了大营前，没有进攻，只是用火药车围住大营，准备喷火。只听一声号炮，附近的林子里射出如狂雨一般的火箭，将不少火药车点燃了。火药车只能喷四十步远，喷不到清军。大法师连忙下令撤退，萨布素也没有下令追赶。大法师连环计的第一阵被萨布素破了。

大法师回到大帐，十分愤怒，令手下准备勒勒车阵，想用这暴怒的牛群踏平清军大营。萨布素回到大营，来不及庆功，将四武举他们请来商议。四武举说："我们以火攻破了第一阵，现在要以牛攻牛破第二阵。"又向大家讲起萨布素小时候在宁古塔用牛杀死老虎的故事。大伙儿一下子像在心里点亮了一盏灯。萨布素心里也有了底，命令征集壮牛，牛尾巴上挂上火绳，牛角上绑上两把尖刀。

过了几天，大法师率两千勒勒车来到清军大营前，他这次不慌不忙的，先布好阵，等清军来进攻，他的士兵在勒勒车后放箭，等清军把牛激怒了，再放牛群去踩踏清军大营。不料清军穿着厚甲在后面，前面是头上戴尖刀的牛群，因为牛尾巴上的火绳点着了，牛群像一座火山一样压过来，将大法师的牛吓得四处逃散，萨布素破了勒勒阵。

第八十一章　用土方巧破毒气阵

　　萨布素连破二阵，想一鼓作气夺回山口，便率领精兵夜袭敌军大营。敌军正在睡觉，萨布素一马当先突入，蒙古兵也不接战。萨布素命令不许追杀。突然一股刺鼻的气味扑了过来，萨布素在马上差一点掉下来。侍卫将老将军扶下马。萨布素知道这是中了毒气，下令清军赶紧后撤。一时间就有五六十人倒下了，叫人家抓去了。

　　萨布素回到大营，心中发怒，这可怎么办？敌人撤出了嘎拉山口，可咱们也攻不进山口，这毒气没法对付。萨布素在大帐里来回踱步，愁得他嗓子直冒烟。这时外边来报，有一位老人求见，萨布素亲自出去迎接。出来一看，原来是弄犬老人来了，萨布素纳头便拜，老人过来扶起。萨布素请他入帐，老人说："是不是为山口的事发愁？"

　　"唉，这毒气可难倒我了。"

　　"我就是为此事而来。"老人告诉他，他已配出毒气的解药，将配方给了萨布素。萨布素按配方熬药，装在一个小葫芦里，每人一个。准备好后，便起火做饭，萨布素率兵又攻往蒙古帐篷。大法师正在与伦布台吉喝酒，看见清兵来攻，一摆手，几十辆毒气车又喷毒气。只见清兵掏出小葫芦一喝，就不怕毒气了，反而将毒气车俘虏了。大法师一看不妙，撒腿就跑，萨布素也不去追赶。一仗下来，清兵抓住了一百余人，老将军说统统放回去。有一些不愿回去的，编入蒙古八旗。嘎拉山口又在清兵手中了。

　　大法师领着蒙古军撤到远处，正在发愁，有人报，有一位蒙古将军求见，原来是"铁犁王"到。大法师与伦布台吉十分高兴，心想铁犁王来了，这回什么也不怕了。铁犁王是蒙古草原赫赫有名的战将，还带着一千兵，重新安营，准备从清兵手里夺回山口。

　　铁犁王立过大战功，耿直、耳朵软。他本是贝加尔湖以西处的一个贝勒，罗刹入侵后，老贝勒领着家里的人走了，投到蒙古地方，大家很看重他。他和萨布素打过交道，二人一见就情投意合。有一天蒙古的索王要和铁犁王较量，索王命人推着一个大铁勒勒车，上面装着肉，到铁犁王这儿卖肉，实际上是特地找碴儿。头一天铁犁王不理，第二天又来卖油，铁犁王还是不理，第三天堵住铁犁王门房口不走。

铁犁王出来说："你们想干啥？"

索王说："我们有上等好肉，想卖给您。"

"好呀！"铁犁王到大勒勒车前，一看，这车可够大的，七八个人推不动，心想：这是与我比力气呢。不禁微微一笑，问他："多少钱一斤？"索王回说多少钱一斤。

"你给我称五斤肉。"砍了五斤肉，一共要五百个大钱，铁犁王拿出一块银，让称一称，索王要找给铁犁王四五十个大钱，铁犁王摆摆手说："不用，不用。"

索王一边说"那可不行"，一边从怀里掏出几枚铁箭头，说："用它来顶账吧。"

铁犁王接过来说："这也不是铜大钱呀，不过，也值了。"说罢，捏起拳头，一张开，铁箭头成为一个铁砣子。

索王忙趴下磕头，说："我真是不知天高地厚，请大哥收留我这个不肖弟子。"

铁犁王将他扶起来，说："我早知道你是一只草原雄鹰，今日有幸相会。"两人结为兄弟。这段佳话，宁古塔人在光绪时还在传播。

铁犁王一来，伦布台吉就把败在萨布素手下的事说了一遍，铁犁王说："萨布素是一位墨尔根[①]，我和他还挺好，他怎么就对噶尔丹这么仇恨？"

"噶尔丹也不错，让蒙古成立一个国家，封我们为王。我要劝劝萨布素，让他也过来吧。"

大法师说："萨布素忠于清朝，不那么容易吧？"

铁犁王说："至少让他退兵。"铁犁王开始布置战事。

萨布素知道铁犁王来了，下令全军戒严，又命令无论什么时候清兵都不能伤着他。这时，蒙古兵送来了一封铁犁王的信，萨布素打开一看，信中说：噶尔丹也是一位草原英雄，要萨布素过来，一起在草原自由自在做王爷。萨布素也给他回了一封信，告诉铁犁王，他死也要保大清，

① 墨尔根：阿尔泰语，勇士。

只有大清能使各族百姓安生。噶尔丹虽然英勇善战，但他与罗刹勾结在一起，让中国人当罗刹的阿哈①，要铁犁王归顺大清。铁犁王读完信打一个唉声，命令不要轻易出击。

这时，康熙打发人送的粮车到了，还有衣甲、武器与医生，清兵士气大振。而蒙古这一边闹瘟疫，病的病，挨饿的挨饿，又来了一大批噶尔丹败兵，铁犁王焦头烂额。

萨布素打发几个医官带上粮车到蒙古大营。一开始台吉不信，所以不让进，后来萨布素特使说："我们老将军讲信用，他说了打仗归打仗，治病归治病，粮食是送的，治好病再开仗不迟。"

铁犁王知道了说："萨布素大仁大义，不会干背信弃义之事。"便挂上和旗，让清兵的大夫进营治病，蒙古兵有了粮食赶紧起灶做饭。

伦布台吉想，现在萨布素一定没有准备，我去袭击，说不定能生擒他。立即带一支精兵偷袭清兵大营。不料一进去又是一个空营，自己已被包围。蒙古兵赶紧往后撤，伏兵大声齐喊："台吉大人，这次你跑不了了。"伦布台吉更心慌了，被马绊拉下马来，押进了大帐。萨布素说："这回不能马上放你回去了，先在我这里休息休息吧。"老将军下令把台吉软禁起来了，将随行的蒙古兵都放了回去。

回去的蒙古兵向铁犁王报告了此事，气得他要杀了台吉，人家来救咱的难，咱还去偷袭，太不像话了！铁犁王正在生闷气，噶尔丹的密使到了。铁犁王打开噶尔丹的密信，原来是让他与尼布楚的罗刹兵合在一起，攻打萨布素。铁犁王一看气得撕了书信，不少随来的蒙古军民是从尼布楚被罗刹撵出来的，他们纷纷向铁犁王述说罗刹对中国人的暴行。铁犁王用刀砍下桌子一角，大声道："噶尔丹勾结罗刹，是蒙古人的叛徒。兄弟们准备跟我打罗刹。"在场的蒙古军民齐声响应："回归大清！"铁犁王带着大队向清营跑去，萨布素兵器都不带就迎了出去，二人行了抱腰大礼。萨布素相让入帐，相约共守山口，并将伦布台吉交还给铁犁王。

铁犁王气得拔刀要杀他，被萨布素挡住了，说："草原的英雄，不能死在自己人手里，他会认清谁是真正的敌人。"伦布台吉泪流满面，说这一回是心服口服了。后来萨布素与铁犁王联手，消灭了噶尔丹与尼布楚来犯之敌，守住了山口。

---

① 阿哈：满语，奴隶。

第八十二章　移风易俗

　　萨布素凯旋后，卜魁城来了很多人，瑷珲、墨尔根、宁古塔各族军民都有来投奔老将军的，还有蒙古的四个旗，连流人[①]也来了不少，如何使这些人定居下来，安心地干活，种地有饭吃，成了老将军的心事。

　　萨布素年事已高，练兵还抓得紧，但他每天骑马到各处看看老百姓的生活。他看到这里的很多人不懂种菜，只会种荞麦、谷子，只吃些山菜、野菜，如柳蒿、明叶菜、枪头菜、蕨菜，除了夏天，平时很少吃菜。老将军想起在宁古塔时，一些流人从关外带来一些种子，会种菜，就到几家流人家，家家园子里都种有白菜、生菜、豆角、茄子、辣椒，十分好看。萨布素就问他们如何种好菜。

　　回到将军府，萨布素请来十二个流人教八旗种菜。有人说他们是罪人，不应学他们，萨布素说："他们以前是罪人，现在是巴克西[②]，要好好向他们学。"八旗人家开始学种菜，很快卜魁就有菜吃了。其中一个姓王的流人菜种得特别好，卜魁第一家王家园子的菜名扬全城。

　　鄂伦春人有一个风俗，人死后用桦木皮包上或用四片板钉上，挂在树上风葬。萨布素看不上眼，下令要再将死人往树上挂，或扔进河里，就要罚钱。也没和死者家属商量，该埋就埋。这一下，老人们气坏了，认为人死后埋在地下上不了天了。有老人的都偷偷地往外搬，一天比一天多。萨布素一看自己太冒失了，人家的民族习惯是几千年、几百年形成的，咋能一时间就改了呢？立即下了一个告示，告诉大家不要搬家，该怎么葬就怎么葬，暂时把大家拢住了。

　　萨布素明白移风易俗是个长期的事，要人家自愿才行。他将各族的头领都找来了，参加满族瓜尔佳氏的"抄谱"仪式。萨布素告诉他们，

---

① 流人：流放的犯人。
② 巴克西：满语，贤师。

祭祀祖先要记住祖先的名字，把祖先名字忘了是不孝的。头领们一看各代祖先的名字都写在谱上，真是个好办法，可我们过去打围、游牧，也不会写字记录。萨布素出个主意，将祖先在大树上做个记号，或者是一把弓箭，或者是条桦皮船，或者其他象征图案，只要族人能记住特点就行。头领们连声说好。从此就有了木刻档子。萨布素还给他们立了许多新规矩，如孝敬老人、不酗酒等。这是继移风易俗学种菜后的第二件事。

第三件，卜魁打铁的人不多，萨布素就从外地请来一些铁匠，打造农具与兵器。不久起了谣言，说哪儿要有铁匠炉，天就要大旱，这等于烧了老天，只能将小孩扔到铁匠炉里祭天。这么一来，铁匠炉一到晚上就被人拆了。萨布素奇怪，找了一些老年人，他们开始不吱声，后来跪着说："您什么事都好，就打铁的事欠考虑，要是立炉，便年年大旱，小孩也养不住了。"

萨布素心中一惊，说："哪有那事？"但大家还是不听，萨布素下令，把各处铁匠炉都拆了，盖到我家西边的空地儿。大家都替将军担心，怕他府中的小孩不好。可萨布素的孩子活蹦乱跳的。谣言不攻自破。一直到现在，齐齐哈尔市一条老胡同还叫"打铁匠炉胡同"。

第四件，治病在卜魁也是大事，满族人小病吃药，大病不吃药，请萨满跳神。有人说：人的命是天神给的，天神要你走，再小的病也治不好。天神不让走，萨满就能治好。那时，城东有个老佐领七十多岁了，一辈子没吃过药，身体一直棒棒的。可最近得了病，他儿子找了一个老中医，看看能不能治，中医说他的病几服药就好，就开方子，让儿子抓药。老头儿不让，说啥也不吃药，请一位萨满太太天天给他上香、跳神，但他的病一天天地重了，他儿子急得很，结果死了。萨布素去给老人送终，知道了此事，一直在寻思。

过几天，有一个满族老头儿有了病，也不吃药。他儿子是笔帖式，萨布素将他儿子找来，耳语了一番，他儿子领命而去。

笔帖式请来了中医，中医来了一看，说吃几服药管你好，但怕老人不吃，笔帖式烧上香祈祷，就请老天爷赐灵丹妙药，药熬好了，儿子端给老子，老人说："天神招我上山了，你就好好保国护家吧。"儿子说："我祈祷了老天爷，老天爷说您阳寿未尽，特赐良药。"老头儿知道儿子特孝，乐了说："那好，让我上香谢谢天神。"就将族人请来，杀猪、烧香，完了就将药当众喝了。一连几天都服药，身体一天天好起来。人们说是儿子孝心，感动了天神，送来了好药。萨布素一听就乐了，让他儿子如实说，儿子对大家讲了，从此卜魁人开始相信中医，也有了药铺。

第八十三章　元宵节灯会

康熙三十几年的那一年风调雨顺，打围也满载而归，家家户户生活安定、富裕。腊月三十那天，萨布素宣布：为了让大家高高兴兴过个年，将军衙门到正月十九才开印。此后，在卜魁、吉林、宁古塔留下了一个习惯，每年的衙门是腊月十五封印，正月十九开印。

在过年前，萨布素从宁古塔那儿请来扎彩灯的匠人，从盛京请来了会做鞭炮的工人，头年开始做，一过腊月初五就让各氏族族长领着一帮妇女扎灯笼。萨布素告诉协领衙门各家各户都要挂灯，不会扎的就请手艺人给扎；成立灯市，专门卖灯，有的去学，有的买几个。从宁古塔请来做蜡烛的，做了不少蜡烛，放在灯笼里，晚上特别好看。

从农历十四、十五、十六日三天是元宵节灯会，萨布素命一位五品官任灯官，他的责任大，大街小巷、衙门、各家各户的灯都归他管，他带几个精兵巡街，如在灯会上有打架斗殴的，他手下的兵立即将其抓起来拘留。他还要点评出谁的灯最好，予以奖励；还要管防火。

到了十四那天，灯官去将军府，萨布素给他一个木头大印，说："九十九品加一级。"那就是一百品，太大了。灯官头戴亮红顶子，坐四人大轿，前面有四个人，手提着大灯笼，还有四人鸣锣开道，后面有八个精兵护卫，好威风呢。

正月十五那天，是灯会高潮。灯官巡街时，万人紧随。各协领衙门的街道上挂满了彩灯，地上是各种猛兽飞禽形的冰灯，里面有碗灯可以点亮，晶莹剔透。灯官巡到将军府前，人们将彩灯、冰灯垒起来，如一个大的葡萄架，里面描绘出各种故事，像十几出戏在演出。

老将军出来向灯官和大家贺喜，一时欢呼声直冲云霄。这时各旗将自己的绝活儿亮出来。正红旗是扬烈舞，四个、八个、十二个一组，在高高的竹竿上起舞，人们可以在底下穿行，也可以攀高跳舞。镶白旗、镶黄旗是大武魁舞与小武魁舞，其他各旗有东海莽式舞、假面舞、金铃

557

舞等，蒙古人跳海青舞，汉族跳秧歌舞，鄂伦春人跳斗熊舞，达斡尔人跳"罕贝舞"，等等。萨布素一高兴，也到队伍中跳起满族的莽式舞。人们看到老将军与他们一起跳舞，齐声喝彩。

群舞刚结束，灯官宣布萨满铜镜舞开始，四个氏族的大萨满神技高超，每人双手各持两个大托利，托利后面缀有七彩布条。一个萨满将金光闪闪的托利扔到半空中，另一个萨满又扔上一个，接着其他两个萨满依次扔出托利。第一个托利还没有落地，第二个托利又甩向半空，接着第三、第四个托利抛向半空。七彩布条在空中连成一个彩圈，萨满手接一个便立刻抛出去，就在空中形成四个闪光的彩圈。众人鼓掌叫好。萨满更来劲儿了，他们前后翻滚，如虎跳跃，如马奔驰，如鹰飞翔，如蟒爬行，但托利始终不落地，在空中穿梭，不时两个托利相撞，金灿灿一片，把大家带到一个神奇世界，相传，这是从女真时代传下来的萨满特技。

最宏大的场面是在嫩江冰上的跑冰船，在船底下放上两条硬木，船上十几个人用棍支着冰，竟跑得比在水上还快。远处有一面红旗，最快的冰船扛到红旗，就是夺魁，老将军当场有赏。这个活动男女都参加，有说有笑的特别快乐。

月到中天，一阵鞭炮声直冲云霄，萨布素将所有七十岁以上的老人都请到自己府上，开始老人宴，连京师、盛京、瑷珲和宁古塔的老人都来了。萨布素给这些与自己出生入死的老人一一敬酒。

正月十六是姑娘们的狂欢节，那天晚上，花枝招展的姑娘们从灯会来到野外的雪地上，三五成群，在雪地上踏步，走了一阵后在雪地上翻滚，互相往脖领里灌雪，这叫走百病，有了雪神妈妈的庇佑，百病皆除。最后，姑娘们用炭互相在脸上抹黑，传说这样耶鲁里就认不出你，你就很健康平安。姑娘们银铃般的笑声在雪原上回荡，但小阿哥不能上前，只能远远地看她们撒欢儿。

第八十四章　宁古塔宗族大续谱

　　元宵节过后，到了春暖花开的时候，萨布素领着富察氏的族人回宁古塔，原来今年是氏族祭祖、大修谱的日子，这可是满族人家的大事，你就是当了再大的官，跑到再远的地方，也要回来参加。老将军离故乡很长时间了，心里总惦记着，现在他日夜兼程赶回了宁古塔。

　　萨布素回到故乡，乡亲可高兴了，奔走相告，不少人要对他行磕头大礼，老将军赶紧将他们扶起来说，这次回家是祭祀我们共同的祖先，我是普通一个族人，完全按族中辈分行礼，当场给长辈磕头。有的长辈比萨布素小多了，不好意思，萨布素说这是满族的规矩，谁都要遵守。副都统、各位协领要拜见老将军，萨布素说："祖宗为大，等祭礼完了，再与大家相述。"

　　富察氏有三大支，每支都有一个堂子，萨布素从卜魁带了几个满汉齐通的笔帖式，帮助各支抄谱，从此，老富家就有满汉两种文字的谱书。族人打糕、做米尔酒，做各种准备。

　　到了萨满卜定的吉日，萨布素与族人穿上礼服，进入堂子，齐刷刷跪在"窝澈库"[①]前，听萨满念报祭词，领牲[②]后，一起叩头，礼毕，萨布素等又到谱房拜谱。"奥姆达"[③]将八分熟的喜猪肉摆成一个整猪，叫"摆键子"，供奉祖先与萨满众神。然后，萨布素与族人席地而坐，喝米尔酒、吃"阿木顺"[④]肉与黏米饽饽。

　　堂祭完毕，开始祭天大典，萨满在院子东南方立起神杆（九尺高的直树杆），杆尖上涂新鲜猪血，是供天神的；其下绑谷草，里面放猪杂碎与五谷杂粮，是供乌鸦、喜鹊女神的。萨布素等人叩拜神杆后，静等乌

---

① 窝澈库：满语，祖宗神龛。
② 领牲：将清水灌入作牺牲的乌毛猪耳中，如猪耳动，意味着神祖领了这牺牲，称为领牲。
③ 奥姆达：满语，锅头，即祭祀中杀牲并负责供品的人。
④ 阿木顺：满语，清水煮的喜猪肉。

鸦、喜鹊到来。果然，不一会儿就有叽叽喳喳的喜鹊来了，叼吃神杆上的粮食，不久，一只大乌鸦带着两只小乌鸦也飞来吃，众人大喜叩拜。

萨满在屋门旁立起一株柳树，又持弓箭绕柳树三圈，以净化该地，从柳树上拉一根长绳到屋里窝澈库下，长绳上间隔着挂彩布叠成的"锁线"，这是满族的始母神"佛朵妈妈"①守护孩子生命的吉祥物，萨满击鼓吟唱后将锁线挂在族中孩子的脖子上，族人高高兴兴地将挂好锁线的小孩让老将军抱。

夜晚，萨满将屋内外一切火光熄灭，开始"背灯祭"，祭祀众黑夜女神，礼毕，阖族围坐在一起，听萨满与萨布素讲祖先的英雄故事。萨布素漱口洗面，讲起先祖充舜的英雄故事，讲到高潮时，不少族人流下了眼泪。

富察氏续谱仪式后，萨布素带了两个随从到处走走，拜访了副都统衙门，到了西阁山，一看西阁山上已有金碧辉煌的寺庙。萨布素进去上了香，遇到了两位大和尚，与他们聊了一阵，宁古塔也有了佛教。萨布素下到"十里长江"（今牡丹江在宁安的那一段）坐船到了东大碴子，想起那时这里是东城门，里面就是将军府，也没有几户人家。现在立了一个高大的东牌楼，与远处的西牌楼遥遥相对，两牌楼之间，是各种各样的商铺，人山人海，萨布素过去一看，连京城里的绸缎店都有了，各种衣物、帽子都有，大街上，各民族的人都有。萨布素他们走到城外，看到一家一家的菜园子都连成片了，宁古塔人会种菜了，也知道用水浇地了，家家生活很安定富足，萨布素格外高兴。

第二天，萨布素到了他小时候放牛的南马场，一看自己当年住的小房没了，盖了新房大院，牛马成群，当年的小朋友有的出兵打仗驻扎在外地，有的老了。

他们看到老将军来了，喜出望外，家家都要拉萨布素住，萨布素只能留下几天，与他们喝酒聊天，一聊到半夜。

过了几天，萨布素与儿时的小伙伴到了东草场，老人们讲起当年萨布素在这里用头牛斗虎的场面，随从的年轻人听了直竖大拇指。萨布素带着众人到了附近的射箭场，呀！已是杂草丛生荒废了，老将军心中不悦，把七八个小伙子叫来，让他们射箭，都拿不成个了。萨布素飞步上马，"嗖嗖嗖"三箭，都射在远处一棵大树的一个树窝里，小伙子们都看

———————

① 佛朵妈妈：满语，柳母神。

呆了。萨布素对他们说:"我从小就学射箭,十二岁开始正式练了三年,现在我都不敢不练。你们现在学会了种地,固然不错,但我们满洲人的传统不能丢。"大家点头称是,萨布素为他们立了箭靶,手把手地教了他们几天。

萨布素离开南马场,到了卧龙岗屯,拜访那里的老嘎珊达,这是萨布素光屁股娃娃时候的兄弟。他一见萨布素来了,高兴得一把抱住,两人都流泪了。一看老人身体挺硬实,家中儿孙满堂,连同媳妇跪了一地,好啊!萨布素高兴得连连捶他,老嘎珊达说:"全亏你们在前方打胜仗,大清才能国泰民安,我们才有好日子。"两人连喝带唠,直到后半夜。

萨布素迷迷糊糊地刚要睡着,忽然听到有人叫门,老将军惊醒了,先把刀抄起来了,两个随从也忙起身,就听外边有人大叫开门。老嘎珊达问是谁,外面来人已把门踹了,冲进来四个人,将刀尖直逼萨布素的喉咙。老嘎珊达喝道:"快把刀放下。"来人不听,反而逼得更紧了。萨布素出手了,只见一闪刀光,咔嚓一声,两人的刀被萨布素折成两截。萨布素一扫腿,两人被扫倒在地下。萨布素的两个侍卫将另外两人也擒住了。老嘎珊达要找绳子将他们捆起来,萨布素摆摆手,让他们坐在炕沿儿,问道:"我们素不相识,为什么要杀我?"他们不吱声。

萨布素又问,有一人说:"你们官官相护,既然落到官府手里,要杀要剐由你。"

萨布素说:"我看你们像正经人,一定是有冤屈。"这一说,四人都扑簌扑簌直掉眼泪。

老嘎珊达说:"这是萨大人,黑龙江将军。"四人立刻抬起头说:"您就是萨布素将军?"

萨布素点头称是,那四人说:"外面遇到青天了,老领催有救了。"他们就把来由说了。

原来,这卧龙岗地方有一个老领催,为人正直,出生入死,副都统衙门给了他一个"年老休职",大儿子是个甲兵,二儿子和他一起在此种地。二儿子喜欢使刀舞枪,老领催也教他功夫。这二儿子,有邻里四个好兄弟,手足情深,白天一起种地,晚上一起练功,日子过得很安生。

去年,从京城来了一个老贝勒①,原来属于朝廷内八分铁帽子世袭的官,犯了很大的罪,被流放到了宁古塔。他虽是犯了罪,但功名未除,

---

① 贝勒:清代贵族爵位,地位在亲王、郡王之下。

与一般的流放人不同。他本应安分守己，但他到宁古塔后，照样耀武扬威，没有把副都统放在眼里。副都统也因为他爵位高，是皇上身边的人，对他恭恭敬敬。老贝勒听说卧龙岗风水好，就要到那里住，副都统只能由他去。他到了卧老岗就看上老领催的地方，要在那里盖贝勒府。老领催说，这是旗下分给他的地，关系到一家人的生计。但老贝勒哪能听进去，老领催耿直，两人就吵吵起来。老贝勒一怒就让手下人将老领催暴打一顿，关进了柴房。

第二天，领催的二儿子来要人，贝勒爷要他签字画押将房地让给他，二儿子不答应，也被暴打关押。贝勒爷又命人拆了他的三间房，将他们家人赶了出来。四兄弟知道后，与老贝勒说理，也被暴打。幸亏他们年轻，跑了出来。老贝勒派人追杀他们，并将老领催父子送进衙门的大牢中。

四兄弟在鹰哥岭藏身，寻找报仇的机会，无奈贝勒爷的侍卫太多，无法下手。听说领催父子在牢中已奄奄一息，四兄弟更加着急。在鹰哥岭苦熬一冬后，终于听说贝勒要进山打春围，四人在道上设埋伏。不料贝勒爷带来二十余人，只有一箭中到老贝勒肩上。贝勒受了伤，就打发人抓凶手，抓不着就威逼副都统派兵追捕他们。四兄弟以为萨布素带两个侍卫，就是来追捕他们的官兵，所以半夜来拼命。

萨布素听后长长叹息道："这也太不像话了。"四人跪下大哭道："将军呐，赶紧救救老领催吧！"萨布素将自己的将军官牌交给老嘎珊达，说："将这官牌挂在你家大门上，谁也不能进来抓人了。"又告诉四兄弟哪里也不要去，只要待在这里就是安全的。

萨布素给贝勒送了个拜帖，贝勒只能接待。萨布素见贝勒磕头，贝勒回礼之后，让人献上香茶，贝勒说："我听说你是黑龙江将军，卓有战功，受了皇上几次的嘉赏，本贝勒也很高兴。"两人说了一阵后，萨布素问："贝勒爷到宁古塔之后可有困难吗？"

"不，没有什么困难，我到此之后一切都不错的！"

"我有一事不明，要请教贝勒爷。"

"请讲。"

"听说您到卧龙岗准备盖贝勒府。"

"是啊，过两天就要动工。"

"可那块土地是谁的？"

贝勒一听打了咳声："是个老领催的。"

"那怎么能在人家的地上盖呢?"

贝勒爷说:"我跟他商量过,但他不知好歹,被我押起来了。"

萨布素一听气得站了起来说:"根据大清条律,上至王爷下至百姓,凡是流放到宁古塔来的人都应按流放的规矩,虽然您是带着贝勒名分流放来的,可以优待,不过仍请大人按大清条律办事,像您这样侵占了领催的房地,是不对的。"

贝勒从未被人顶过,一拍桌子喝道:"你这话是冲谁说的!你不过是一个黑龙江将军罢了,宁古塔的事自有当地地方人员解决,你不要越权。"说罢,一把撕开自己的上衣,指着肩膀上的箭伤说:"这是他儿子的同伙刺杀我的铁证,你是将军,就得将他们斩尽杀绝。"

萨布素气得说不出话来,贝勒说:"来人,看茶。"萨布素一听知道要撵我,就说:"我们公堂见。"说罢就回去了。

第二天,依着两管家的意见,老将军的年纪大了,总管此事也不好,就想让他回去。萨布素说:"我身为朝廷命官,老百姓有难,哪能不管?"命笔帖式再给贝勒送拜帖,老贝勒捏着鼻子只能请萨布素来府上。萨布素对他说:"你虽是贝勒,但是犯人,这样做太过分,如你听我的相劝,我可以和副都统商量再给你一块好地,何必一定要强占人家的地,弄得人家家破人亡,不好。"贝勒不听,心想我是贝勒,谁也不能把我怎样。

萨布素回到住处,就穿好了将军服,上了衙门。副都统一看萨布素穿官服来的,忙上前迎接。接进去后问:"将军,今日可有什么大事?"

萨布素说:"有!来人把领催请出。"副都统下令将领催送到大堂。领催受了大委屈,六七十岁的人也吃了不少苦,他一见将军,跪下大哭,当年他跟将军当过兵打过仗。老将军扶起他来,说:"你受屈了,我一定给你一个公道。"命副都统让他们在衙门疗伤。

萨布素正在为贝勒之事发愁,那老家伙地位高又硬又臭。这时圣旨到了,萨布素打开圣旨一看:老贝勒犯了过失杀人罪,念他曾经有功劳,把他调到宁古塔听从调配。萨布素一看有听从调配四个字,高兴了,忙叫人传贝勒。老贝勒一看圣旨在桌上,不得不跪下。

萨布素宣读了圣旨后,对他说:"皇上本来是对你加恩,你带贝勒衔来的,副都统也照顾你,让你修府安居,你竟敢作威作福,霸占民房。"说到这里萨布素大声喝道:"给这流人穿上罪服。"侍卫立马给贝勒穿上罪服,这下他也耷拉脑袋了。

萨布素说:"现在你知罪不?"贝勒伏地叩头小声答:"知罪了。"

563

萨布素上前一把将他扶起来说:"你本是当朝的一位巴图鲁,是巴图鲁就不能欺负平民百姓,好了,拿出巴图鲁的气概来,到瑷珲军中戴罪立功。"老贝勒感动得直掉泪,感谢老将军给他戴罪立功的机会。回家后,立刻将房地还给老领催,并给他不少银子养伤。领催二儿子与四兄弟也到军中效力。

萨布素回到卜魁,把富察氏的满汉文新谱也带来了,里面还有新定的族规:

1. 孝顺二老,不许忤逆,否则送官,屡教不改的打死勿论。

2. 不许偷盗,第一次打板子,第二次送官府。

3. 各家妇女必须守妇道,不许胡为。

4. 各家和睦相处,不许打架骂人,讲礼法守规矩。

5. 不许跳大神,不许信胡黄柳白①。

6. 不许学吹鼓手等下九流的手艺。吹鼓、唱戏什么的都不许。

根据这几条约束每个人,真有游手好闲、偷盗不孝的借此机会就要处罚。在卜魁的富察氏也公选了族长,他的威信有时超过官员,各家有大的事情要请示族长。

萨布素还从宁古塔请来了本姓的老萨满,他博古通今知识渊博,让卜魁选出优秀子弟跟他学"乌云"②。大家学得很认真,果然学成了好几个小萨满,有男有女,还举行了"抬神"③仪式,将宁古塔的富察氏萨满在卜魁传承下来了。

---

① 胡黄柳白:狐狸、黄鼠狼、蛇、老鼠。

② 乌云:萨满教用语,原意是"旋天",这里指学萨满的祭祀礼仪与相关神技。

③ 抬神:萨满学成后的神验仪式。

第八十五章　萨布素日夜守大堤

卜魁地势低洼，如嫩江涨水，江堤决口，至少淹掉半个城，洪水来了，全城都保不住。萨布素时时关注这件事，农闲、猎闲时就组织军民修堤，年年加固大堤。

学萨满的第二年，萨布素已近七十岁了，身体一天天不那么好了，这一年雨水大，江水一天一个涨，萨布素命令八旗停止操练全营出动，保护大堤，自己也白天黑夜地守在大堤上。

那天，他正在北头时，有人报告："南头大堤决口！"萨布素头嗡了一下，立即率人跑去一看，那大水就像一堵墙一样从堤上过来，眼看就要到卜魁城了，萨布素立刻上前抢救，将来人分成两拨儿，一拨儿救附近的村庄，一拨儿堵大堤决口。日夜奋战了五六天，堵住了决口，被淹的四十几户人家也得救了，大家松了一口气，请将军回府休息，萨布素说："不，水不退，我不回府。"

第三天头上正吃饭时，又听北边来人，报北边大堤决口了，萨布素饭也不吃，就往北堤跑。这个堤决口有半里长，料不够了。萨布素调来了外边两个旗的驻防兵，他们骑马赶来了，附近四屯八屯各族百姓都来了，人山人海的，有力出力，有料出料，花五六个时辰把决口堵住了，这时老将军已起不来了。大伙儿要他回府，萨布素说："这时候，就是死也死在堤上。"大家感动得掉泪，与老将军一起守在堤上。

萨布素在大堤上安了帐篷住下了，一个时辰听一次水情报告。水仍不退，又过了三四天。那天老将军也太累了，将要躺下，正白旗南边的大堤又决口了，萨布素纳闷，这个地方是我领人修的，最坚固，怎么会从那儿决口呢？亲自到那里一看，有一里来宽的口子，比过去还大。将军心里嘀咕，这么结实的大堤，怎么说决口就决口了呢？老将军急眼了，命令道："快拆我的房子，将木料拿来打桩。"一声令下，全城的人都纷纷拆自己的房子，将木头、石头搬来，忙乎多时，将决口堵上了。

　　过了七八天，老将军在大堤上巡视，遇到了墨尔根协领常福，常福行了军礼，说："叔叔，这个决口不是自己被水冲破的，当时我在水中捡着了一把镐头。"

　　将军一看，知道这是新打的，将常福拉到一边说："不要声张，我把此事交给你，你找几个心腹查看一下。"常福十分精明，他把镐头小心藏了起来，无事一样。江水仍然在涨，萨布素还在大堤上守护。连决了三次堤，人心惶惶。

　　常福来到打铁铺，大家知道他已是墨尔根协领，迎接进来。常福问："有没有人请你们打镐头？"

　　"有呀，老将军派人来打了一百二十个。"

　　常福回去一查，还是一百二十个。他又回来查，一直问到第九家炉，问了半天才说："一天半夜，有五个穿着正蓝旗军服的人来了，头儿是个领催，让我们连夜打十二把镐头，说是官府要用，我们半夜就开炉，后来他们拿了镐头扔下钱就走了。"

　　常福回去又查，正蓝旗没有，其他各旗也没有。常福又回来问，领头的长什么样？铁匠说："半夜时他们都戴着护扇帽子，在暗处也没看清。"常福只能回去暗访。

　　有一次常福带两个人溜达到一个小庙前，天下雨了，就进庙去休息。进去后，先给土地爷磕了一个头。当时，这几个人身上也湿了，正好屋里有干柴，就拢火烤衣服，雨越下越大，就不走了。

　　两人睡，一人打更。过了半夜，打更的叫醒常福，听听只有风声雨声，没有别的动静，就又睡下了。到四更天时，守夜的人也在打盹儿，这时突然进来七八个人，啥话也不说，把三个人按住了，蒙上了眼睛往外走。

　　天亮了，把他们押到一个地方，打开眼罩，一看屋里有十几个人，一个也不认识。一个头领模样的人哈哈笑道："没想到被我们抓住吧？你们自以为聪明，还是逃不出我的手心，今天有你们的好去处，我们是根特木尔派来的，要夺大清的天下。我已为王，你们投降吧！"

　　常福骂道："好个逆贼，背叛大清，还有脸在这里称王，不怕杀头呀！"

　　那人怒道："来人，打！"把三个人打得皮开肉绽，打完了又问："降不降？投降可活。"

　　常福仍破口大骂。

"推出去斩了。"正在此时，有一人对带头人的耳朵嘀咕了一阵，头儿点头说："推回来，关在山洞里，咱们把他们带回去交给根特木尔领赏。"就把他们给推到山洞里。

三个人被关在山洞里，大眼对小眼。常福正寻思：这拨儿人怎么过来的呢，一定是一些卡伦荒废了，他们乘势过来的。不一会儿，洞外好像有人在用刀撬门，就听有人说："小将军在里头。"

"我在这儿呢。""小将军快走，我是达斡尔人，是拉布凯手下的一个猎手，我被老将军救过，来报恩。"

常福说："我跑了，你怎么办呢？"

"今天不是我站岗。我来这里吃狍子肉喝酒，站岗的不敢喝。我又吃又喝，剩了的就扔在他旁边了，他一看我走了，就把酒都喝了，肉都吃了，现在躺下睡着了。你们快走！"常福他们几个乘机跑回来了。

再说这个达斡尔人回去睡觉了，第二天醒了，一看人没了，那个站岗的一看关押的人都跑了，心想：这事被当官的发现自己命就没了，赶紧跑吧。那个救了常福三人的达斡尔人也暗中投奔了卜魁。常福回到大营，把情况报告了老将军，萨布素点点头，心中有数了，悄悄做了安排。白天他们仍然修堤，晚上早早让大家休息了。

到了半夜，没有一点儿星光，只见远远地过来一条船，靠岸后，就刨起了大堤。只听一声炮响，常福带几十个甲兵，高举火把，将他们团团围住，十来个人一个也没跑掉。

萨布素连夜审问，他们怒目而视不吱声。这时那位达斡尔人突然挤上来了，说了他们的来历与在草原上的种种恶行，揭穿了他们的本来面目，这下全奔拉脑袋了。老将军将他们收押起来。

常福上来，给达斡尔人行大礼，感谢救命大恩。达斡尔人哈哈大笑道，当年老将军救了我们多少族人，还没有机会谢呢，现在总算有一个机会了。说罢，他给萨布素行了大礼。不久，他将周边的达斡尔人都找来，一起修大堤，大堤终于保住了。

第八十六章　卜魁首开骒马大会

　　老将军这几年心中就惦记一件事：修好了大堤，八旗也先后到了附近，关内的人，蒙古草原的人都陆续来了，建成了大市，盛京、宁古塔、瑷珲远近客商都到这儿来做买卖，商市一天比一天繁华。但北边蒙古人卖马不知这里的行情，经常受骗，两匹好马只能换一匹布，萨布素觉得这样对蒙古人养马不利。

　　这一天，他带了几个家丁到蒙古王那边去了，到王府递上拜帖。萨布素地位没有王爷高，但很有威信。王爷请萨布素到了王爷府，下面的人献上茶，寒暄后老将军说："我此来拜求王爷，能不能把草原的骒马大会移一部分到卜魁？皇上也来信了，要在卜魁设一个贡棚，这样，北边的人给皇上进贡马，不用长途跑到盛京去了。"王爷也早有此心，过去卜魁没有骒马大会，老王爷也要派不少人到卜魁买布、盐等生活用品，要是设了骒马大会，就更方便了，因此，王爷当即表示赞成，并立即派了一个台吉领一帮人去卜魁筹备。

　　萨布素回到卜魁，派人在卜魁南边设棚，并以将军和王爷名义出了一个告示：九月在卜魁举行骒马大会，打发人各处投递。盛京、旅顺、宁古塔等地都积极准备。

　　九月十三那天，骒马大会正式开始。在开始之前，王爷与将军一起立杆祭天，各地的人陆续来到，搭帐篷的、推车的，赶牛、马、羊群的和关里卖布的、卖锅的都来了，先祭天，再祭地，又祭诸神，广场中心设一个土台，上面供着诸神。骒马大会开始交易时，先举行比赛大会。

　　王爷说："将军旗下很多人会骑马，今天看看蒙古马术吧！"王爷一挥手，一位台吉率领二十个青壮年飞马而出，犹如一声春雷，驰骋过去，刀光如闪电，齐刷刷，一路上连砍了一百根树桩。场外军民齐声叫好。老将军也挑了二十来人，也是一块儿放马出去，也用腰刀一连砍了一百根木桩，王爷也暗暗佩服。

这时蒙古的两个台吉喊："我们要献绝技！"说罢把二十多个大钱用力向远方撒开，接着领人骑马跑去，一时间，只见这个镫里藏身，那个贴地飞奔，个个动作矫捷。一会儿，只见骑手双手高举，他们已将草地上的大钱都捡起来了，一个子儿也不少，观众掌声如雷。

这时常福率领马队跑出来，叫道："来人，把桩子上都套上圈儿。"兵丁在木桩上套上圈，常福头一个跑出去，双手撑在马鞍上，把脚朝天直立起来，经过木桩，用脚把圈取下，围场一周后，又回到原桩处，将取走的圈都如数套上。他手下骑兵也个个如此。观众欢呼。将军、王爷一起奖了这些人。

斗牛大会专比力量，与牛摔跤，看谁能一连摔倒几头大牛。这里刘黑塔上场，挽起袖子，一连摔倒三头大牛。蒙古也来了一个，也摔了三头大牛，大家一看都很惊奇。这时蒙古王爷一块儿赶出了二十来头牛，一个比一个大，一块儿哞哞地叫。王爷说："谁将牛绊倒，这牛就归谁。"话声刚落，上来了二十来个蒙古小伙子斗牛，他们来回盘旋，把牛都弄蒙了，不一会儿，二十多头牛全绊倒在地。王爷哈哈大笑道："蒙古大力士哪有绊不倒牛的！"萨布素也连声夸奖。

下面是比箭大会，称为"五虎争雄"。老将军高兴地说："三国时有一个曹操，比箭时挂上战袍，射断战袍上的细绳子战袍就归他。"王爷连连赞同，就在校场上挂起五领战袍。一声炮响，三位满洲八旗的射手飞马上阵，只听得弦响袍落，欢呼声中他们领了三件战袍。

王爷心中打怵，他们这边没有这么准备。萨布素说："没关系，让他们轮流射箭，总有神箭手。"蒙古兵上阵，不一会儿，剩下的两件战袍被蒙古兵所得，王爷也露出笑容。

这时，萨布素飞身上马，到了靶场，脱下自己的将军战袍，挂在杆上，高声喊："蒙古的巴图鲁来取此战袍。"话声刚落，北边跑来一个十七八岁的蒙古小猎手，骑马到了王爷跟前行礼，然后他往场外跑去，约二百步远的地方，嗖的一箭飞出，只听嗡嗡作响，一箭就将战袍射落。萨布素一把接过将要落地的战袍，快马过来，亲自给这位蒙古的巴图鲁穿上。

王爷问他是哪里人，他说他本是噶尔丹部落的人，其父顶撞了噶尔丹被杀，是来投奔王爷的。王爷大喜，将他收留在身边，再三谢了萨布素。紧接着就开台看戏，各族的歌舞都有。

骡马交易大会开始，特别红火，由于货源充沛，价格就合理。原来在草原上两匹马只能换一匹布，现在一匹马能换两匹布。王爷与蒙古牧民特别高兴，他们将最好的马交给萨布素，作为朝廷的贡马，与老将军约定，年年这时候到卜魁来开骡马大会。

大会圆满结束，萨布素送走了客人，回到府上，连一口水也没喝上，只见从抚顺来的十来个人求见将军，跪地说："启禀将军，我们前来告状，这些桦皮篓里的人参不是真的老山参，我们受骗了，但市上这么多人，找不出谁是卖主。"萨布素查看了，确实是假的。二话不说，自己拿钱如数赔了他们。

过了几天，老将军要去巡边，临走时将一个掌刑法的协领找来，要他把桦皮篓的主人找出来。将军走了，协领就到处查，查了七八天也没查出来，他就想了个办法，挂了个告示，说将军衙门按价收购桦皮篓。不到三天，果然从中找出来与装假人参一样的桦皮篓，一细查，原来是一位休职在家的老佐领，只有他才能编出这样轻巧美观的桦皮篓。可他是个老实巴交的老兵，立过不少战功。这位协领犯了难，就将这件事交给了他原来的顶头上司，也是一个协领。那老协领将老佐领叫到府上问："这桦皮篓是不是你编的？"

"正是我编的。"

"你用这篓装孬货骗人，还不认罪！"

老佐领说："篓是我的，货不是我的，我没卖过这样的货。"

"你这样倚老卖老，还敢抵赖？来人，把他押下去。"就把老佐领入了狱，天天打骂。

这协领完全是公报私仇，原来这六十多岁的老佐领随老将军打了不少仗，箭法百发百中，这协领常常抢老头儿的功，所以长期只是一个领催，老头儿也不吱声。后来为一件事急眼了，两人争起来，萨布素详细调查后，狠狠骂了老协领，将他的军功加在老头儿身上了，提升他当了佐领，老协领从此怀恨在心。

过了些日子将军回来了，老协领向将军报告。将军一听是老人，不相信，老佐领几十年跟着我，从不唬人啊，但赃物俱在。将军说，我亲自问一下。协领心中有些害怕，一再推辞说："我已处理完了，赔款押他几天就完了。"

萨布素说："不行，真要是他干的，光赔款不行，还要双箭穿耳游街。"

"他过去有功劳，将军应该饶了他。"老协领不敢让将军看见老佐领，因为他已被打得浑身是伤了，怕告状。

　　萨布素说："这不是小事，失了我们卜魁人的信用，一定借此事教育大家。"老协领支支吾吾地走了。

　　萨布素让人将老佐领请来，一看老佐领浑身是伤便发了问，佐领哭得泣不成声，跪地说："您可回来了，我受了不白之冤。"把经过一说。老将军又问伤由何来，老佐领说："协领不由分说，一天打我一顿，非要我认罪。"

　　将军一听明白了，又问了桦皮篓的事，老人说："篓是我的，但不是我装人参去卖的。"

　　将军让他回想一下，有没有人来买篓。老人想起来说："去年来了一个商人，专门要我的篓，我就卖给他二十个了。"

　　"他是什么样人？"

　　"他对我说住在开原。"

　　萨布素说："先把此事压下，谁也不许说，过几天再有人来买篓，你赶快来告诉我。"就把佐领放了。

　　到了冬天，那个买卖人又来买篓了，佐领偷偷让儿子送信，老将军派人来把他带了去。

　　萨布素一看这人小头小脑的，一审问，原来他听说老人的篓好，受欢迎，有信用，他就套用此篓放假货挣了三四倍。真相大白，老将军将他双箭穿耳游街，入狱，罚款，并通知抚顺的商人，也处分了那假公济私的老协领。从此，卜魁的骡马大会名扬关外。

第八十七章　老将军巧断杀人案

当时的将军衙门也管地方，主要是断案、收官粮、管档案。这天萨布素正在将军衙门论事，忽然听外边有人哭着喊着来告状，一般告状是由五品或六品笔帖式接待，重大的再交将军办，这次是人命关天的案子，将军吃了一惊。这几年卜魁无杀人案，连偷盗也很少，在瑷珲、宁古塔都很少。佐领们将东西挂在树上，或办衙门公务，或放牲口去了，三两个月回来，东西还在树上，没有人拿。真是"马放南山、刀枪入库"的太平景象。现在突然出现人命案，萨布素立刻升堂。

将军命人把杀人犯带上来，下人把被告带上来，看是个十七八岁的姑娘，哭的像个泪人。将军一问，她说："我是宁古塔人，我阿玛是随将军来的，家住在卜魁东边正蓝旗。"

"父亲可还在？"

"不，已经死了。"

"你为何杀人？"姑娘也不吱声，直哭。老将军看姑娘也不像杀人犯，便详细询问。原告是一个山东新过来的老太太，他儿子好要钱，经常不干活，好穿着打扮，他看中了这陶家的姑娘，就常去她家。姑娘灵气，从小就会射箭骑马，又会扎花绣朵儿的，小伙子经常去人家买衣服送花，调戏人家，姑娘毫不为所动。老太太经常说他儿子，你要务正，业好好干活，不能一天天游逛，叫人笑话，没法过日子，儿子也不听。一天吃完晚饭了，他对妈说，我要去陶家走走，老太太不让去，他也不听。到了半夜小伙子还没回来，老太太就告诉姑娘看家，自己出去找儿子，就到老陶家去了。到了老陶家，老太太如五雷轰顶，只见儿子双脚倒挂在板障上，头被砍下来扔在一边，被人杀了。老太太忙去报官，说老陶家杀人了，官府把老陶和姑娘传去了，父女俩都不知道。佐领说尸首在你家，找不着别人，就得顶罪，就把他俩打入大牢。

老太太说，我儿子几天来就和那姑娘有勾搭，那姑娘不干，是不是把她惹气了杀了我儿子？佐领听了此话，也认为是姑娘杀的，传来审问，姑娘不承认，佐领说："你不承认，就是你爹干的，到时候就开刀问斩。"

姑娘一听这话，说："你把我爹放了，有什么事我顶着。"佐领劝她承认杀人，不然父女俩都得死，姑娘就承认自己杀了人，被押在大牢里。老太太一听姑娘已承认杀人了，就告到了将军衙门。

老将军问老太太："你儿子今年多大？"

"二十二岁。"

"你儿子干什么的？"

"我儿子在关内做些小买卖。"

"你儿子什么时候从关内回来的？"

"他一个半月前回来的。"

"他可有什么嗜好？"

"好耍钱。"老太太一口咬定是姑娘杀的，萨布素也不和她多说，让老太太回去了。

萨布素又问姑娘道："小伙子去过你家多少次？"姑娘讲："他隔三岔五地总来，死皮赖脸的，我从来没有好脸色，可他就是不死心。"

"除他之外，可有来求婚的？"

"老关家的小伙子也常来，与我家说起来还是个远房姑舅哥哥，他是一个领催。"

"他认不认识这个小伙子呢？"

"不知道。"

老将军让她下去了。

老将军先把耍钱的人都找来了，这些人说："我们是与他一起耍钱，但不知他怎么死的。"萨布素又找来姓关的年轻人，他吓得直哆嗦："我是托人求过亲，但这小子我只是听说过，没见过。"萨布素让他回去了。

这天萨布素把姑娘找到内厅，当着夫人的面说："这事一时弄不清，你先委屈几天，去大狱中待着，我就扬言说要开刀问斩，但你可要沉住气，我不信你会害人。"姑娘也只能应承。

第二天老将军宣布：案情已审清，杀人犯是姑娘，结案报告上报朝廷后开刀问斩。又告诉笔帖式，我要去巡边，有谁找我，就说我外出不能接见。说罢萨布素就走了。

那时，卜魁东南有一些饭铺，有来往的车把式、卖艺的、做买卖的都在那里吃饭。萨布素知道那里消息灵通，就打扮成一个平民老头儿，到了一个小饭馆，只听食客唠闲话，有人说："大家都说将军这个案断得不明不白。"

"那你说谁杀的？"

"这我不知道，但那个姑娘不像杀人犯。"

这时，有一个一脸横肉的凶汉说："那个姑娘不正派，相好四五个人，能不出人命吗？"

萨布素悄悄到了那凶汉跟前，问："你认识那个小伙子吗？"

"这个小伙子是我的一个侄儿，想不到一年就死了。"

"你也从关里来？"

"是呀，我也从关里家来投奔他们，遇到命案，我只能住在店里。"

萨布素默默点头。

第二天萨布素装成了一个算命先生，来到一个小旅馆，找到那个凶汉，他一看老头儿说："咱们真是有缘，都是走江湖的，多多帮助吧。你会算命呀？"

"只要你说真话，我不仅算得准，而且能破灾。不过你先拿出一钱银子。"

那汉子拿出一锭银子说："只要你算得准，这银子就归你了。"

萨布素将银子一推，说："如算不准，我分文不取。"

凶汉伸出手来请萨布素看，萨布素看了又看，说："你的寿纹左边长，右边短，必有大难。"

凶汉一惊："什么大难？"

"生死之灾。"

汉子跪地求道："老先生，快帮我破，我十倍的银子谢你。"

萨布素将桌上银子一拿，就要走人。汉子说："老先生，救我一命，我可以养你终老。"

萨布素面露难色，吞吞吐吐说："你的灾太大了，惹了一个塌天大祸，要吃人命官司，只有你肯说实情，才能破解。"

"老先生，实不相瞒，那姑娘杀人案是我干的。"

"那你为什么要杀他？"

"那小子是我远房的侄子，他们家原先很有钱，有地有店，家中有一个祖传的玉石盆子，价值连城，我偷来时被他父亲撞来了，无奈之下我把老头儿杀了，被他儿子远远看到。我逃到了京城，玉盆卖了七八百两银子。这小子看到官府追不到我，就作罢了。"

"那你怎么来的卜魁？"

"我听说卜魁要开骡马大会，就偷偷跑来了，想不到他们也来了，那小子没看到我，我看见他了。我害怕会认我，听说他总去那姑娘家，我就埋伏那儿杀了他。"

萨布素说："你的罪孽太大了。"

"你要保我安全，我再给你一百两银子。"

萨布素收下银子，打个咳声说："明天晚上你到土地庙去，带一只鸡供奉土地老爷，求他保佑你平安无事，将凶器埋到庙后。"说罢，萨布素又拿出一道符，说："这是一道防身符，你吃下去，谁要抓你也看不见你。"汉子千谢万谢地走了。

第二天，汉子白天一天没出门，晚上带了一只鸡，到了土地庙，上了香，杀了鸡就叨唠："土地老爷呀，求你保佑我平安，我为你塑金身。"说完后就把符吞下了，他来到庙后挖坑，准备把凶器埋下去，只见周围窜出一队官兵，打着火把，将他团团围住。官兵将他押到将军衙门，那汉子一抬头，呀！这不是那位算命先生吗，怎么成为将军了？萨布素喝道："从实招来。"汉子一看到案子上的银子与自己杀人的凶器，知道自己上当了，再抵赖也没用，就如实招供了。萨布素将陶姑娘放回家，不久，将那凶犯开刀问斩。

老将军有个习惯，每天起来要骑马到各处走走。初冬的一天，老将军到树林旁骑马溜达，这时听一个老头儿在林中泣不成声地哭，到那儿一看，有一个五十多岁的老头正要上吊，正拽着绳子哭，将军跑了过去，一把扯下绳子问："您老为什么要寻短见？"

老人一见是个官儿，也不敢吱声，只说："人到岁数了，活着也没意思了。"

"您从哪里来的？"

"关里来的。"

"家中还有什么人？"

"我领着姑娘过呢。"

"姑娘呢？"

老人一听提到姑娘，哭得更凶了，萨布素将他扶着坐下来，二人席地而坐，问老人的来龙去脉。老人一五一十地告诉了将军。

老人原住山东登州府，家中遇灾荒，老伴儿死了，有个姑娘会说大鼓书、山东坠子，人模样好，听说关外日子好过，父女俩就到了盛京卖唱，生活也过得下去。后来听说卜魁要开骡马大会，就来了，说了几天书，挺火。一天正在说书时，从北边过来一拨儿人，雄赳赳的，到这儿也听书，看姑娘长得好，就对老头说："跟我们去吧，别再受罪了。"老人不干。

晚上，父女俩回到小店里，刚要休息，不料来了一伙人，不由分说，把父女俩拽到马上，抢走了。

到了一个帐篷，他们给老人摆上了酒，有一个头领模样的人说："你说书也挺难的，我们家协领年方三十，刚死了夫人，你把姑娘许给我们协领，就跳出苦海了。"

老人说："我家姑娘已许过人了，不能再许人了。"

那人说："嫁给我们家协领，吃香的、喝辣的，就是夫人！享一辈子的福。"老人还是不干。俩人强拉着他姑娘走了，将老人一个人留在军帐中。

第二天老人醒来一看，帐篷都没有了，自己的姑娘与这伙人无影无踪了。老人就想寻短见了。

老将军听了说："你跟我回衙门，我有办法把你姑娘找回来。"老人一听这话，就跟萨布素回了城。

萨布素将老人请到府上，问老人："这伙人像是哪里的人？"老人想一想，说："他们说到是从开原来的。"萨布素安排老人到小店住，又派人照顾他。

老人问下人："他是干什么的？"

"你真的不知道？那是将军。"

老人一听，心里很感激。

第二天，萨布素打发几个传令兵带十几匹马，日夜兼程，换马不换人，一定要将将军的文书送到开原的协领那里。不到四天就到了开原。

协领的马队披红戴绿，正在迎亲。原来协领看到这姑娘这么漂亮，喜出望外，不料姑娘性情很烈，宁死不从。协领就把姑娘捆绑在轿子上，想先成亲，生米煮成熟饭。眼看就要入洞房，萨布素的使者到了。他接了老将军的文书，只得将姑娘交还给使者，自己还受了降级的处分。

使者们快马飞奔，将姑娘送到了卜魁的将军府。萨布素请老人来府，父女俩见面，抱头痛哭，跪倒在地，谢萨布素救命大恩。老将军说："你们不要走了，我给你们找个说书的地方。"从此，卜魁有了书场，那姑娘后来嫁了个好小伙儿。

第八十八章　惩奸商收金矿

第二年春天，卜魁缺盐，头年冬天运进来的一下子盐都没有了，价格一涨十来倍，还买不着。眼看官盐也就够七八天了，卖盐的越来越少。老将军派人去调查，回来报告：今年一年也进不来盐了。大家就着了急。萨布素寻思：往常官府的盐可以供两个月，为什么到七天就卖没了？一定有原因。老将军就派人到宁古塔、瑷珲、墨尔根各城，让每个地方赶紧运来几车盐，稳定市场。

老将军让手下人起五更时赶一个车，车上装满盐，到城外去，然后从城门进来，看看谁买这个盐。第二天，下人一早天未亮时就推出两辆车，每个车上装了二百多斤盐。到城外溜达一白天，天黑了慢慢赶车回来，一进西门，五六个人就来问："赶车的，你们那车上装的什么？"

"没什么，别打听。"

"我看看，咱们都是做买卖的，让我看看吧。"

"我们车上拉点盐。"

"那好啊，你卖给我吧。"

"我们打算到市上看看行情。"

"给你原价的两倍怎么样？"

"行，这两车盐就卖给你了。"

那人就领着两辆车到东门里边的三间房子，一看这儿的盐太多了，屋里屋外都是盐。那些人痛痛快快地一个钱没少给了他们。

他们连夜向老将军报告了，萨布素当夜就率人把这伙贩盐的人抓住了。原来是他们造谣说卜魁没盐卖，私下里大肆买盐囤积，到市上卖高价，几天的工夫赚了五六百两银子。那时是杀头之罪，为首的当时砍了头，并告示军民，人心就安定了。萨布素令人将所有的盐拿出来，解决了市场需要。

到了春头，要打春围，八旗兵练武大演练，各旗都要骑马射箭，也叫打大围。每年八旗春围都没有缺的，今年春围，各旗都少了几个人。老将军问众佐领，他们回答：打去年入秋，各旗有走的，不知干什么去了，一开始走个三两个，现在走的就更多了，今年种地人手都不够了。老将军命人开围，同时也派人打听，到了走人的人家，家人也说不明白。打听了一百里地远，也没打听出来他们干什么去了，二百多里也没打听出来。

萨布素委托正红旗的关佐领往远处去找。他做事精明，说道："老这样找，带着人多谁敢说？他们跑必有原因，我带两个人去，一定要把此事查清，没听到我的信儿，先不要来。"萨布素同意了。

关佐领带两个人往北走，走了好几天，到了一个挺荒凉的山沟，却有帐篷，他们进帐一看，挺气派的，有毯子、铜炉、烛台等。一个管家模样的人出来问："你们从哪儿来？"

"我们是卜魁来的，想找个活儿干。"

"那好啊，正好我们缺人手，就留下吧。"

"一月能得多少银子？"

"十两银子一个月，三个月一结。"

"好，这么高的工钱，干什么都行。"那时十两银子够一家人过一年了。那人还说："但有一个规矩，三个月一期，不满期不能回去，否则一个子儿也没有。"

"中！"

"第二是有腰牌，每人一个，不能互换。第三不许偷东西。"

"行！"三个人齐声答应。那人先给了几两散碎银子，将他们安置下来。

第二天，他们走了二三十里地，到了干活的地方一看，是金矿，有几十人在干活，他们也下河淘金。过了五六天后，关佐领告诉其中的一个人说："你装病回去报告老将军，告诉他们先不要来人，多了解一下情况再来人。"这个人第二天就装病了，关佐领说："你真是有命无运，这么好的活你就是干不了。"掌柜的打发他走了。

姓关的拼命地干活，大把头不让他干活了，让他当监工，干得也好，人也精明，又被大把头看中了，让他管账。有一天，大把头说，你下去告诉下面的把头打点猎，明天要来验货。关佐领就打发人打猎，准备了二十来人的饭菜。

这一天晚上，来了一辆大马车，开头下来三个人，姓关的一看吃了一惊，这里头的两个是俄罗斯人，一共七个人，行动挺神秘的。姓关的忙里忙外的，不知他们说什么。后来有人把他叫到里面，一个头领模样的人说："我听大把头说，你干得不错，我要奖赏你。"叫人端出了一百两银子，还有一个金牌子，说："给你吧，你就在那儿住，以后打发人暗暗地去接你的家属过来，你在旗当兵，一年最多十八两银子，你跟我干，一年我给你三十两银子。"

姓关的就趴下磕头，说："那我一定尽心竭力，跟着您发财。"那人又指着两个俄国人说："这是从莫斯科来的大掌柜，只是有一条，打死你也不许说是谁开的。"

关佐领连连答应，心里恨得咬牙根，是这伙人把中国的金子偷运到俄罗斯。大吃一顿后，那些人将金子运走了。

姓关的表面上干得更起劲了，暗地里探听内情。一天，有人报告说，有一个人偷了一块金子，这人正是和姓关的一起来的那个人，关佐领把他叫来，连骂带打，把他关在柴房里，说你敢偷金子，明天插耳游街。到了半夜，关佐领进了柴房，一把抱住他说："兄弟，委屈你了。"原来那人是听了关佐领的指示，故意去偷金子的。那人擦擦眼泪，说："大人，请吩咐。"

"赶紧回卜魁，请老将军收复这金矿。"那人连夜跑了。

过了几天，一天半夜时分，大家都睡着了，萨布素的军队已将金矿团团包围，以查矿户为名，将所有的人都看押起来，那头领模样的人还想抵赖，关佐领上来一一指认，又搜查出几个俄罗斯的技师，他才认罪。萨布素将此事报告了朝廷，将几个俄罗斯人送到京城。朝廷向俄罗斯国提出抗议，俄使来了保证永不犯界，领走了人犯，并规定，再有越境一律杀头。老将军收回了中国的金矿。

第八十九章　萨布素开仓放粮

　　卜魁作为北边的重镇，修了一个大仓库，存储粮食，准备一旦有战事发生就作为军粮。皇上有圣旨：谁也不能动，动了军粮起码是革职的罪。

　　有一年卜魁年头不好，春天大旱，七月十五连降大雨，入秋有虫灾又有雹灾，颗粒不收。第二年百姓没有吃的，开始有点野菜、树叶，后来连这些也吃不到了。武不练了，地也不种了，从依兰、宁古塔等地来的人纷纷要走，北边来的少数民族也要走。老将军就派人到宁古塔、瑷珲等地借粮，也没有，那里也是大荒年，连衙门的人也吃不上饭了。萨布素就给朝廷去紧急公文，请皇上放粮。要饭的、饿死的都有了。

　　将军在衙中走来走去，想怎么办呢？最后他拿定主意，将两个副都统请来说："我请你们两个来商量，老百姓饿到这个程度，怎么办呢？"两个副都统也直叹气，没有办法，将军把脚一跺，说："明天开仓放粮。"

　　"仓里没有粮。"

　　"咱们有军粮。"

　　"哎呀，那咱们不敢，那是杀头的罪。"

　　"不行，宁可我杀头，也要放粮，请示朝廷，来不及了，再有四五天，老百姓会饿死一大批。今年放粮，以后丰收了再填上。"两人不能附和，连说："这是犯罪啊，请将军三思。"

　　萨布素说："此事是我一个人决定的，所有罪都我一个人担着，你俩帮助我把粮放好。"两人含泪退下。

　　第二天，萨布素到了将军衙门大堂上，将八旗所有佐领都找来了。八旗佐领来了一看，案桌后面只有一套将军服，萨布素穿着便服在一侧，将大家迎了进来。这是怎么了呢？

　　将军等大家来齐了，向管仓库的佐领行了大礼，说："帮帮我的忙，开仓放粮。"

那个佐领一听就明白了，回礼道："万死不辞。"

萨布素高声说：各位可证，今日之事是我一人决定的，与各位无关。众佐领跪拜齐喊："愿同将军同生死。"

萨布素令笔帖式将全城档子拿来，让众佐领按册子名单放粮，就连临时来卜魁的难民也每人一份。让佐领们告诉大伙儿，这是皇上给百姓的救命粮。众人领命而去。

佐领们含着眼泪放粮，放出一斗心一跳，到分完了粮，佐领们都哭着说："将军啊，您犯了重罪了。"

将军摆摆手说："就是砍了头，只是我一个人。咱们八旗子弟南征北战，立下汗马功劳，忍心让他们白白饿死吗？卜魁城是我们一砖一瓦建起来的，嫩江大堤是我们拆房修起来的，不能毁于一旦。何况我总不会有杀头之罪。"萨布素把大家劝回去了。

不到两三个时辰，风声传出去了，老百姓知道是将军冒着杀头的罪放下来的粮，不少人将粮食背回来了，齐刷刷地跪了一地，要萨布素把粮食收回去。萨布素再三劝说，他们仍跪地不起。来的人越来越多，不少官兵也来了，他们宁可饿死，也要保住自己的老将军。跪地的人有的饿昏过去。将军抽出刀来放在自己脖子前说："如你们再强劝，我只有一死。"人们只得站起来。萨布素说："赶紧吃饱饭，种地去，我们要安生在卜魁，还是要好好种地。"人们只得将粮食背了回去。

粮食放了下去，各家又开始冒了炊烟，街上有了小孩的嬉戏声。萨布素老夫妇穿着平民服装，互相搀扶着，到处走走看看。看到地里人们开始忙碌了，老夫妇掉下了喜泪。

朝廷很快知道了此事，下了圣旨：要萨布素将军把粮如数归还，不然的话要派钦差大臣查处。怎么办？违旨有杀头之罪。萨布素对使者说："我当了多年将军，但家无积蓄，卜魁军民仍然在生死挣扎，也一时交不上军粮，只能由我领罪了。"使者长叹，只能回京师复命。八旗军民不少人为萨布素感到不平，结集了一百多人往盛京、京师出发，准备告御状，走了不到半天，将军打发人劝他们回来了。

萨布素的心反而平静下来，与苏木夫人有说有笑地喝稀饭，说道："我这将军也当到头了，我如被治罪，你就带孩子回宁古塔老家去。"夫人点头答应。

有一天，京城派来了钦差大臣满大人，向萨布素宣读圣旨：萨布素私自开仓，发放军粮，本应斩首示众，念其屡立战功，革职为民。钦差令人摘下萨大人的帽子，萨布素自己拿下帽子往边上一放，叩了几个头，起身站立。满大人与萨布素相识，带笑不笑地说："你为民放粮，情有可原，但作为官员，不应违旨呀，皇上曾经夸你为'第一将军'，现在大家都为你可惜。"

萨布素微微一笑说："我明知有罪，但作为一个地方官，不能为自己的这个位置，就不管百姓死活，我宁可得罪朝廷，也不能让百姓饿死。"

满大人只能称是。萨布素又说："大人，我感谢皇上不杀之恩。请您报告朝廷，黑龙江人少地薄，天气寒冷，容易缺粮，要及时赈灾。"满大人连连答应。

萨布素一身布衣，回到府上。苏木夫人二话不说，没用三天就与家人搬出将军府，只用一辆车装了一些家具，就到了城东的三间茅草屋。从此萨布素与百姓一样早起收拾院子、种菜，过起了清贫的生活。

第九十章　老将军归天遗嘱

　　萨布素革职后，八旗父老纷纷来看望老将军，一看他与普通百姓一样，开荒种地，苏木夫人劈柴做饭，一家人乐呵呵的，就是不上别人家去，也不收任何礼物。有时，夫妇俩在嫩江大堤散步。

　　卜魁八旗军民感念老将军，写上了满文字的"如我父母"的金字匾，敲锣打鼓地到了萨布素的住房，想往大门上挂。老将军说："这事万万使不得。"

　　众人说："打罗刹、征噶尔丹这些总不是假的吧！"

　　老将军说："我萨布素南征北战打了一些胜仗，但那是多少八旗将士与老百姓流血牺牲换来的，不能算在我一个人头上。"

　　"建卜魁、修大堤，也有目共睹。"

　　"那是大伙一砖一瓦建起来的。"

　　"您违旨放粮，救了大伙儿的命，恩同父母。"

　　萨布素摇摇头说："这是朝廷的军粮，是皇上救了大家。"大家被萨布素的话堵住了，只得将匾拿回去。

　　晚上夜深人静的时候，一伙人偷偷地将匾挂上了，他们认为匾兴挂、不兴摘，挂上了，也就这样了。

　　第二天一早，家人看到匾挂上了，老将军一看乐了，他们以为匾兴挂不兴摘，那也分什么事，皇上赐的不许摘，这个还是可以摘下来的，就摘下来了。萨布素想砸掉它，苏木夫人说："这是老百姓的心意，砸了不好。"就放在"哈次"中。不料第二天晚上又挂上了，萨布素取了下来。一连挂了三夜，萨布素让人埋了起来。

　　事情传到了京城皇上那里，但新将军已经任命了，皇上也觉得处分过头了，又下了第二道圣旨：念将军一生劳苦功高，封他为散秩大臣。后来，招他到京城。将军在京城待了三五年后，怀念家乡，三上奏折，请求告老还乡。朝廷最后同意他以散秩大臣原俸休职，回卜魁或宁古塔。

　　萨布素惦记着卜魁，先回到那里。老将军一家人还没有看见卜魁城，百姓在十几里外就来相迎，道不尽的思念情。萨布素回家一看，家中被收拾得焕然一新，将军很感动，再三道谢。本来萨布素准备在卜魁住几天，就回宁古塔老家，不料嫩江又发了大水，眼看又要淹了卜魁城。

　　新将军音图做事不像萨布素，到这以后不住江边的将军府，重修了将军府，作威作福，百姓怨声载道。大家说：如老将军在，今年这点水算啥，当年发那么大水也制服了，现在宁可水淹卜魁也不给他效力。新将军再三动员，人也不齐，干活也不起劲儿。有个笔帖式对音图说："你请老将军来治水吧，他一发话，城里没有不听的。"音图就到了萨布素家，老将军当时身体很不好，请音图进屋后，苏木夫人献茶，音图说："老将军帮帮我，请帮我策划如何治水。"萨布素心中明白，答应明天去大堤，为大人效劳。音图回衙门去了。

　　第二天，音图在衙中准备了好酒好菜，请萨布素赴宴，左等右等不见人影。笔帖式来报告，萨布素已带人在大堤。音图也赶紧到了大堤，只见大堤上人山人海，差不多全城的人都来了，个个汗流浃背。这时大堤被洪水冲开了一道口子，光脚的老将军跳进缺口中，许多人随着跳下水去，没有一袋烟的工夫，大伙儿将缺口堵上了，保住了大堤。音图将老将军从泥水中拽上来，他已经站不稳了。音图命将老将军抬回去，萨布素摆摆手说："将军，现在你我都不能回去，水还在涨，保住大堤要紧。"新老两位将军都在大堤上。

　　老将军三天三夜没下堤，大堤保住了，洪水也退了。老将军回家一病不起，他已七十三岁了。这一天他的儿子常德和他的侄儿也都回来了，将军挣扎着起来了，洗脸漱口，让人拿来了笔和纸，轻轻地打开要写个奏折，并告诉家人要传给我们子孙后代。奏折共有十条：

　　1.设卡伦，设好边防站。

　　2.按时巡边，保卫好边疆，不要以为安定无事了。

　　3.应开矿致富，黑龙江一带有多少矿都要画下来，及时开掘。

　　4.兴农业，画一张黑龙江的农业图，哪儿有多少地要开垦都已标明。

　　5.造兵器，造快枪与红衣大炮。

　　6.养精兵，八旗兵不能养尊处优，要抓训练。

　　7.定期开骡马大会，发展边疆商业。

　　8.办学堂。

　　9.对流放人员应量才使用。

10.写了肝胆相照的三个大字:"保大清"。

奏折送去了京城,皇上看了也连连称是,下旨命各部与新将军照办。这奏折的内容也在富察氏族中传下来了。

第二年开春后,萨布素的病情好转,还能挂棍到外边看看,夏天时还去军营、农田里转转。空闲时间,他将自己一生中的大事情详详细细地告诉儿子常德,他要儿孙们将八旗军民与各族百姓浴血奋战保卫边疆、建设边疆的英雄之气代代相传。后来常德也成为将军。

有一天,萨布素正在与小孙子在菜园子里种菜,将军音图来拜访他。原来,从打《尼布楚条约》签订以后,北部边疆倒挺安静,日子一长,守边的官兵有些放松,罗刹又偷偷摸摸地过来几个,开始只是倒腾点东西,后来看我们的边哨这么松懈,就派了二三十个骑兵占据了我们边区的一个小城堡,加固了城堡,军队也越来越多,到了几百人。清兵几次去攻打,都没有攻开。音图为此日夜不安,有人说,这件事你去问问老将军,他对付罗刹有办法。音图来到萨布素家。

新、老将军见面问候,萨布素请他进了屋。音图打个唉声说:"北部边疆又不安静了,罗刹占了我们的一个小城,我们几次攻城也没攻下来。"

"是不是在古伦河那地方?"

"正在那儿。"

"那儿离尼布楚城不远,我早料到那儿罗刹会来骚扰,果不其然。"音图听了心中暗暗佩服,老将军对那里这么熟悉,说:"那里那么远,我就不想在那儿建城,那里地势平坦也不好防守,我打算再建一个新城。"

"大人,那里可千万放弃不得,守住国土那里是第一个关卡。"萨布素坚定地说。

音图有点犯难了,叹气道:"那可怎么办?"

萨布素说:"有办法,把我在抚顺认识的李老先生的儿子请来。"那时他已是火枪营总管,音图将他找来了。

李总管看到老将军消瘦了,忙上前请了安,萨布素说:"你来得正好,音图大人要收复古伦城,你带五六十人能否把敌人赶走?"

李总管忙应道:"五十人足够了。"

音图不信,说:"我带了五百人,还有红衣大炮、火枪,就是攻不下来。"

萨布素说:"对付罗刹,只能智取,不能强攻,李总管有经验,我看中。"

音图对李总管说："那你就带五十人吧，我派五百兵作后援。"

李总管忙说："大人，罗刹很奸诈，他见人多，就固守在城里不出来，你就没招了。我只要五十个精明的小伙子就够了。"音图答应了，萨布素又帮他谋划一番。

李总管带五十精兵来到了离小城一里来的小山上，让一个兵骑一匹老马，给城里的罗刹送一封信，信中要他们撤回尼布楚去，否则五十精兵要发起进攻。罗刹头目看了信，哈哈大笑，怎么来了五十个人就想攻城？五百人我都不怕。就没放在心上。

第二天，李总管又叫人射进箭书劝降，罗刹还是不理。李总管连发四封信劝他们撤退，罗刹火了，派出三十人的马队，拿着大刀、火枪冲出城来，李总管马上领人撤退。罗刹心想：这几个小毛崽，想来干扰我们，准备好重兵，将他们包围全部消灭。

到了第五天，李总管又发一封信，说："按尼布楚条约，各不相犯，你们为什么不守信义，请快快退回吧！"罗刹头目让全体官兵做好准备，要一下子包围清兵。罗刹还没有出城，李总管的四十人马从东门放炮进攻，清兵的响箭飞过罗刹头目的头上。罗刹头目一声怪叫，领着大队人马冲杀出去，看到清兵只有区区四十人，还没有火枪，就喊："全部给我活捉。"那四十人只是虚张声势攻城，见罗刹出城，打了几个回合，就往后撤，罗刹紧追不放。这时，李总管已带着十人到南、北两个城头，飞步入城，到了一棵树下的大军火库，把门砸开，将火把扔了进去。只听惊天动地一声巨响，军火库爆炸了，连带着许多小军火库、粮库都爆炸了，城里一片火海。李总管还当起了救护队，将城里的牢房打开，将被关押的中国人救了出来，还将城里罗刹的老弱妇女都救到城外。

罗刹头目带人追赶，到了山碴子，清兵一个也不见了，正在纳闷，突然听到巨响，赶紧回城。到了跟前，城里已是火海，倒是没有伤害很多人，一问，还是清兵将他们眷属救出来的。李总管他们已扬长而去。罗刹头目哭喊了一阵，带人回到了尼布楚。

李总管回到卜魁，一个人也不少，音图大喜，嘉奖了全体官兵。萨布素也夸奖了李总管。从此，尼布楚的罗刹不敢轻易犯边。这是老将军办成的又一件大事。

春天，萨布素病情好转，一入冬，病又重了，卧床不起。病了三四个月，全族与全卜魁的人无不为他的病担忧。老将军一生风风雨雨的，积劳成疾，就在第二年春天，老将军不行了，他把家人叫到跟前。他的枕头旁有一个小箱子，让大家把箱子打开，一看是他的遗嘱，老将军让族长给大家念一念，有这么几条：

1. 子孙立忠立孝，永保大清。
2. 子孙永戍边疆，永保国土（所以至今他的族人仍在瑷珲）。
3. 苦读兵书，习文练武。
4. 严守家规，抚爱四方。
5. 忠厚传家，以忍为上。
6. 廉洁守法，心地善良。

此时八旗各佐领也来了，老将军喝了点水，坐了起来，告诉家人把我案头上的奏书拿来，一看上面是他亲笔所写。萨布素说："我没有别的奉送，有这么几条传授给你们：精在常习，勇要多谋；将之一错，全军覆没；行军贵速，行舟贵顺；独勇之夫，不可重用；遇事沉着，多机善变；兵不在多，而在同心；将不在勇，而在策划；互有猜忌，乱军之始；望敌生畏，败之先兆；精忠报国，永无二心；永胜不败，清国万年。"萨布素念完了，就一下子倒下去了，一口气捯一口气，到了晚上，老将军与世长辞。传说这是康熙四十一年。

萨布素的奏章送到了京城，他是散秩大臣，还要等圣旨。不久皇上下旨封他为光禄大夫，以二品官衔行葬礼。在屋中停尸七天，第八天入殓，挂了大幡，开始祭奠。老将军的祖坟在宁古塔，打算开春后就葬在宁古塔。

也有说将军是在夏天死的，死了之后立刻移往宁古塔。不管怎么说，肯定是夏天起的灵。老将军的大儿子、二儿子、侄子、苏木夫人一起送灵，走到了依兰，就赶上了连天大雨，准备把将军灵放在依兰，到秋天好再迁宁古塔。哪承想水太大了，牡丹江波涛滚滚，把将军的灵柩不知冲到哪儿了，以后只好在宁古塔做了衣冠冢。

雍正年间，朝廷对萨布素违旨放粮的事又做了调查，弄清楚了他是为了救一方百姓动了军粮，他一生南征北战，文治武功，被康熙帝写了匾：将军第一。雍正帝下旨：恢复萨布素旧职。富察氏族闻听此讯，在族中举行一次大祭，告慰老将军在天之灵，当时黑龙江与吉林将军、宁古塔副都统、北边各地的官员都来了，隆重祭奠，并立了碑文。

萨布素的儿子常德当过吉林将军，他把老将军的一生写下来了，正是在那时，我们的先人乌勒喜奔在常德手下当笔帖式，就写了一个将军传，这个本子也叫"老将军八十一件事"，民国时期传给了我的三祖父傅永利。

　　萨布素从一个放牛娃，浴血奋战，成为首任黑龙江将军，但晚年为救大灾中的百姓，免职遭贬，所以，在本族祭祖后的"讲古"仪式中，总会发出"仁义救将军"的呼声。

后　　记

　　一九八一年春，笔者在吉林省社会科学院文学所新成立的东北少数民族文学、文化研究室开始学术生涯，在研究室主任富育光的带领下，与程迅先生在牡丹江上游的宁安县① 结识了时任县志编辑的傅英仁先生。傅老与育光师同为清朝首任黑龙江将军富察氏萨布素同宗后人。傅老是萨布素家乡老将军说部的传承人，育光是萨布素为抗击沙俄侵略者移师瑷珲后富察氏老将军说部的传承人。两位同一母题两个版本，自有其特殊的宗族与共同文化旨趣的深厚感情，所以傅老一家对我们亲如家人。当时，傅老年近六十，只要一提起老将军② 的故事，饱经风霜③ 的脸庞立刻神采飞扬。我们便在傅老家边听他讲边录音，回到旅社就听着录音抄录下来。因为在这部原名"老将军八十一件事"的长篇说部中，涉及清初许多重大历史事件与一般人不了解的满族民俗以及相关满语，不及时抄录，事后不易理解，所以我们在近两个月的时间内，几乎天天与傅老在一起。在听讲中，我们逐渐感受到，满族说部不是一般的娱乐性的民间传说故事④，而是有凝重的英雄崇拜的文化情愫，是进行氏族自我教育的庄严方式。所以，傅老在讲到萨布素成功时，会开怀大笑；在讲到萨布素厄运时，会哭泣悲哀，甚至几天都难以自拔，因为说部中老将军的命运已与傅老的命运融为一体。在不到两个月的时间内，傅老一鼓作气讲了八十余盘录音带，笔者抄录的文字已在五十万字以上，可见傅老对老将军故事的熟悉程度。

　　当时的生活条件是比较艰苦的，我们经常一家一家找最便宜的饭店，几个人吃一个菜。最高的享受是一起抽一包一角几分的"红月季"香烟。

---

① 清代称宁古塔，为清初东北地区的军事重镇，今宁安市。
② 瑷珲、宁古塔等地民众对萨布素将军的尊称。
③ 傅老因收集满族说部而于1957年被打成"右派"，下放劳动多年。
④ 民间传说故事，东北俗称"讲瞎话"，多是娱乐性的

但我们感到特别兴奋与充实，因为"老将军八十一件事"的长篇说部给我们展现了一个崭新而多彩的文学世界，故事以萨布素从一个放牛娃成为抗俄名将的一生业绩为主线，广泛地反映了清初顺治——康熙年间东北地区各族人民抗击沙俄侵略者的英勇斗争，不仅有收服东海部、康熙东巡、松花江战役、兴建瑷珲城、雅克萨自卫反击战、签订《尼布楚条约》、征讨噶尔丹、修嫩江大堤等重大历史事件的生动描述，而且全景式地展示了满族等北方民族鲜为人知的生活场景与爱情方式，表现了中华民族的阳刚之气。

　　为了保证满族说部整理与将来研究的科学性，我们在一九八一年六月二十二日在宁安县宁安旅社，就满族说部"萨布素将军"的传承与流传情况，开了一次专题座谈会。通过这次座谈会[①]，我们了解到满族说部的形成与其历史悠久的"讲古"民俗有关，如傅老所言：满族有一个习惯，经常要举行祭祀或者抄谱，当祭祀完了的时候，总是要讲一些故事。我们家呢，就讲老将军的故事。因为萨布素是我们富察氏家族的祖先。在平素间或过年、过节啦，甚至在没事的时候经常讲故事，我讲这一段，他讲那一段。这就是说，在我们傅氏家族中讲将军的传说已经成为一个习惯。在满族中，讲古是进行族规族教的主要方式之一，所以容易形成世代传递的传承人。如傅老的萨布素故事主要是从其三爷傅永利那里传承下来的，傅永利因善讲萨布素故事被称为"三将军"，他已持有该氏族在清同治五年抄录的"老将军八十一件事"的文字提纲，后传傅英仁。该氏族最早的讲述者是傅老的第四代祖乌勒喜奔，雍正年间在萨布素的儿子常德的将军衙门里当笔帖式，对萨布素的一生很熟悉，能把萨布素的故事成套讲出来。一代一代传承，到同治年间已形成规模。傅老还讲道：虽然满族并不刻意培养传承人，但有时族中某老人在临终时嘱托："你们得注意啊，把我们老将军的故事流传下去，不要到咱们这一代就停止了。"所以传承说部故事成为氏族的集体意识。"老将军八十一件事"的流传基地是宁安缸窑沟，是富察氏聚居的地方，傅永利也经常到那里讲述，但萨布素故事的流传区域非常广阔，因萨布素有一支族人在康熙年间因为抗俄的需要迁到瑷珲[②]，有一支族人到卜魁（今齐齐哈尔），萨布素的直系家族还有进京的，富察氏分布在嫩江、卜魁、瑷珲、吉林等地，

---

　　① 关于满族民间传说《萨布素将军》流传等情况的座谈会纪要，将附录在《黑龙江将军萨布素传》(《老将军八十一件事》)的整理稿中。

　　② 指黑龙江北的老瑷珲城，今黑龙江省黑河市瑷珲区。

相关故事也就流传在那些地区。虽然萨布素故事主要在富察氏家族中流传，但萨布素当了十八年将军，当时他的影响是跨氏族的，在他身后，他的故事也在其他氏族，甚至其他民族中流传。而富察氏在传承萨布素故事时，也会传播到相邻的氏族或民族，如在宁安，熟悉萨布素故事的有满族关墨卿、关瑞芳、关文魁、张玉生、寿正川等人，也有汉族海大憨、刘大个子等人。

我们根据傅老提供的线索，采访了当地的文化工作者马文业、栾文海、宋德胤等人，据他们的调查，萨布素故事在宁安、牡丹江、敦化等地广为传播。我们还根据"老将军八十一件事"的故事发生地，与傅老共同考察十里长江(宁安境内的牡丹江)、泼雪泉、镜泊湖、渤海古城等地。该说部的录音、记录、考察、考证工作前后花费一年半时间。虽然，遗憾的是傅老生前没有见到该书的出版，但那时的田野调查为今天的整理出版奠定了坚实的基础。

为保持文本的科学性，我们对傅老讲述的录音进行忠实记录，在整理时只是在个别字句上做了加工，力求体现傅老讲述说部的风格特点，保持原汁原味。此书的出版，既是告慰傅老在天之灵，也是我们二十多年为之奋斗的心愿。

王宏刚

二〇〇七年七月